旱码头

陈杰 著

北方联合出版传媒（集团）股份有限公司
万卷出版公司

图书在版编目（CIP）数据

旱码头/陈杰著. —沈阳：万卷出版公司，2010. 3
ISBN 978-7-80601-983-2

Ⅰ. ①旱…　Ⅱ. ①陈…　Ⅲ. ①长篇小说—中国—当代
Ⅳ. ①I247.5

中国版本图书馆CIP数据核字（2010）第032504号

出版发行：北方联合出版传媒（集团）股份有限公司
万卷出版公司
（地址：沈阳市和平区十一纬路29号　邮编：110003）
印 刷 者：北京中印联印务有限公司
经 销 者：全国新华书店
幅面尺寸：164mm × 234mm
字　　数：620千字
印　　张：35.75
出版时间：2010年4月第1版
印刷时间：2010年4月第1次印刷
总 策 划：李英健
策划执行：周莉莉
责任编辑：丁建新
封面设计：江山社稷
版式设计：张　莹
责任校对：侯骏华
ISBN 978-7-80601-983-2
定　　价：36.00元

联系电话：024-23284442
邮购热线：024-23284050　23284627
传　　真：024-23284448
E-mail：vpc_tougao@163.com
网　　址：http：//www.chinavpc.com

第一章

引子

周村本是鲁中的一个小村，约有七八十户人家，后因一官员仕途遇变，规模渐起，日益繁荣，遂成北方第一名镇，此人名叫李化熙。

李化熙，字五弦，山东周村人。崇祯七年进士。曾任榆林三边总督。崇祯十七年，奉命率部西进剿匪，行至中途，忽闻李自成攻陷北京。崇祯皇帝自缢煤山，吴三桂率部投降，清军铁骑，所向披靡。正犹豫间，又闻清军连下大同太原。本欲回身死战，又念老母在堂。无奈之下，率部“附逆”。清世祖感其“悃诚”，授工部右侍郎，累次升迁，终至兵部尚书。化熙目睹明末腐败，深知天命难违，并深悔宦海求仕，终至贰臣。便于朝中强颜欢笑，不进一语，旋即告老还乡。化熙虽降，但心崇道统，守节于心。并于降清之前，命亲信侍从把大批的军饷运回周村。他深感于《管子》“国多财则远者来，地辟举则民留处”，就用当初明朝的军饷代完今天清朝的市税——你来周村做生意我替你交税，人为地制造出一个免税区。一脉相延，子孙相继，各地商贾，纷至沓来。仅数十年，周村就从穷僻之乡变成了交易如沸的旱码头。

后人感其诚，立“今日无税碑”以志。

1

清朝末年，山河灰暗。

清晨，山东周村丝市街。虽是已过小满，春天却似没有力气烂漫。细雨如雾，石板街道泛光滑腻。慢长棰乐器店的门开了，却不见人出。须臾，凭空抛出一个铜钱。那铜钱在空中翻了几个花，跌在石板道上当当唧唧地躺倒静默。

青瓦房顶上有点去年的蒿子，两只猫你一声我一声地酝酿商量制造后代，呻吟似歌，发自肺腑。

一个小贩挎着个篮子，东张西望地叫喊着走来："周村烧饼！周村烧饼！"

乐器店里黑糊糊，孙掌柜手扶桌边冲街而坐，他看着小贩走过门口——那双脚迈过光亮的铜钱，便觉此人无财，不由得轻叹一声，顺手摸起个大号锣棰。

门外，靠墙架着面三尺大锣，因声如虎啸，惊心悚魄，人称"江北第一虎音"。他弯腰拾起铜钱，看着小贩的背影悲凉喟叹："唉，你这辈子只能卖烧饼！"

他装起钱，用块破布抹着雨湿的锣面，来回看看清寥的街，抬手就是一棰。

锣面颤抖，余音波荡，周村在锣声中苏醒。

他昂起头来扯着嗓子喊："周村开张——"

房上的那对猫原已亢奋忘我，水乳交融，将成正果，锣声突然震撼，惊窜去了两个方向。

周村安静如初，他站在街心疲惫地自语："周村开张，周村开张，"抬眼看天，"我什么时候开张呀——"

自问里满是迷茫，兼有对天质询。

2

德和永货栈门前有条汉子，瞅着门，来回窜走，盼门早开。

后院里，杨掌柜早已起床——在院中打着自编的太极拳。他有四十多岁，面目清瘦，身材细高，眉宇之间有些愁绪，形如鳏夫感伤际遇，回忆以前的美满。

东屋门开，出来一个青年，二十冒头，中等身量。拿着个手帖——把要背诵的文章写在上面，随走随念。他偷眼看看爹，假装用功地嘟囔着。

父亲不屑地看他一眼。

青年赶紧躬身请安："爹。"

爹哼一声。

青年往外走。

爹叫住他："下雨还出去？这书就不能在家里念？"说罢生气，捂着心口。

青年赶紧过来扶他："爹，洋叔说你这是心脏病，得吃药。不能指望着犯了抽口大烟，这不是长法儿！"

父亲闭眼摆手："瑞清呀，长法儿不长法儿这是后话！——你还是少和那洋鬼子来往！——没事别往那洋庙里钻。"他不解地歪头问，"那里有什么？"随之右手高抬环指全局，"这四下里并不肃静！青州潍县一带那信教的就和不信教的打。唉，孩子，还是那句话，诗书传家远，耕读济世长。"他说着来了气，恨铁不成钢地咬牙跺脚，"你也发发奋，考个进士我看看！"他狠指着地面，"也让我对列祖列宗和你地下的娘有个交代！"说话用力气，他有点喘。

瑞清扶着父亲进了北屋。

四胜——店里唯一的伙计从饭屋端来水，躬身问："东家，下门吧？"

东家抬手让他去。

父亲喝口水，指着儿子那手帖说："我敢说，这上头一个字没有！"

瑞清垂首默认。

父亲："你看看你，除了去和洋鬼子胡扯，就是和老鸨子的闺女乱搭拉，你想干什么？——咱是清白人家！"

瑞清表情恭顺，木讷不语。

父亲一扬手："唉，什么也别说了，你直接说——今年会试有谱儿没？"

瑞清抬起头："爹，这科考完全是靠撞大运，哪敢说一定有谱儿。"他进前一步，"爹，咱这货栈经营着丝，经营着瓷，还有缫丝机坊，也算吃穿不愁，何必费心劳神去……"

父亲认输认命地摇手："唉，什么也别说了。"他目光神远地看着院子，"还是祖坟不行呀，老墓田里没那股子青烟！——你爷爷当初没考上，我是穷得没法儿考，满心指望你为咱杨家争口气。可你——"他不愿继续生气，就没把话说尽。

瑞清自惭。

父亲变硬为软，目光亲切："孩子，你十二岁中秀才，十六岁成举人，是远近闻名的神童，到了考进士咋就忽然不行了呢？”

瑞清：“爹，中进士不在学问深浅，更不在才情大小，关键是得胡说，你得——”

父亲一拍桌子：“你要不胡说早就考上了！”

瑞清低头：“我说的都是真话！”

父亲鼻子出冷气：“你把秦皇汉武骂了个遍，这是真话？要不是人家考官好，早把你办起来了！”

四胜把一直在门外徘徊的那个汉子带进来。

瑞清忙叫：“刘叔。”

杨父指着椅子让座。

老刘似是有点着急，不经过渡直接说：“杨掌柜的，茧子的事儿你想好没？”

杨掌柜：“老刘，咱也不是外人，你也知道我不是刁顽之辈。”他指着桌前面，“连这趟你来四趟了。唉，还是那句话，得等着王家收完了，咱这样的小户才能收！”他思忖着摇头，“你还是去找王老爷吧。这是规矩。”

老刘：“我找过了，就是因为他不收我才来你这！”

杨掌柜意外，他坐直身子问：“为什么？”

老刘：“他说得看看南方的动静！”

杨掌柜：“南湖州，北周村，各自的茧子统一的丝，看南方干什么？”

老刘叹气着急：“他说是因为发明了电报，胡雪岩囤生丝才让洋人办住——王老爷说得看看意大利有什么动静。”他斜侧着靠近，“我说，他扯得是不是远点呀！”他猛地站起，“等那意大利有了动静，茧里的蛾子都出来了！急死我了！”他走到门口又甩手折回，“他原来说得好好的，我才收下了桓台、邹平俩县的茧子，定钱也给了那些庄户。”声音高抬，“这倒好，让我等，让我等，这等到什么时候是个头儿！”

杨掌柜突然轻问：“老刘，别急。这茧子是大年还是小年？”

老刘：“大年。那茧又大又白！”

杨掌柜参破天机地一笑：“老刘，王家是想压价儿呀——”

瑞清趁父亲说得热闹抽身退出。

他来到前堂，四胜看着他乐：“大清早就给弄了一顿？”

瑞清叹气：“唉，四胜，你说是做官好还是干买卖好？”

四胜有十七八岁，他两眼一瞪：“当然是做官好！”

瑞清：“为什么？”

四胜：“干买卖是刨着吃，当官是躺着吃。少东家，你也使把子劲，考它个头名状元，咱也仰着脸走道儿，也把王家摁下去！”他绕过柜台，“要那样，咱这铺面的门头上也给它挂上‘奉旨专营’！”他越说越来劲，“咱也坐庄收茧子，发大财！让王家吃吃咱的气！”

瑞清咂摸着四胜的话，不住地点头：“头名状元，头名状元。”他忍着笑看四胜，“这玩意儿就这么好考？”他指着四胜，“你说！淄川蒲松龄那才分大不大？”

四胜傻眼：“大！”

瑞清：“《聊斋志异》好不好？”

四胜：“可是好！特别是那些狐狸娘们儿最来劲！”

瑞清二目同瞠：“蒲柳仙才分这么大，又是半仙之体——考了一辈子，结果考了一肚子气！”他歪头看四胜，“他老人家都办不了这事儿，你让我去办？”

主仆二人笑起来。

四胜很勤快，说话时还用鸡毛掸子打扫那些瓶罐：“少东家，你为啥不愿念书？”

瑞清解释：“我不是不愿念书，是不愿科考，我觉得那玩意儿挺没劲！”他看着外面琢磨，“科考做官是为过好日子，做买卖发财也是为了过好日子。”他抬眼看四胜，“既然这俩事的结果一个样儿，我哪件儿省事儿干哪件儿！”

四胜点点头，跑到后门处望望，再贼头贼脑地回来，两眼一眨小声说：“少东家，刚才桂花来过，说有南方客人带来的点心，让你去吃。”手扶柜台挺直身，“少东家，你是有点艳福！”

瑞清点头，弹袖而起：“嗯。是有点艳福儿。四胜你看着，我不用中那头名状元，照样把王家盖下去！”

四胜：“这我信！”

瑞清捏住他的袖子："小子，你给我看着，我也不用中进士，照样娶二十个老婆，生一百多个孩子！"说过宏图壮志，收回来小声说，"我先去会会相好儿！"

四胜扶着门帮，眼馋地看着瑞清走去，随即用五音戏的调门唱道："南方的点心真正香，妹妹俺那留着，留着给那情郎，那情郎就是，就是俺瑞清哥，说不定那哪一天就考上个状元郎。"四胜见瑞清不回头，就作少女扶窗而望的姿态，捏着鼻子学女声，"俺那瑞清哥怎么还不来呀，我想得好那苦——"

他那个拖腔还没完，瑞清猛然转身："我揍你！"

四胜不惧，照样学戏里的女人搔首弄姿表演。

瑞清拾块砖头，四胜躲回门里。

3

王家的府第正冲着大街，坐北朝南，轩昂气象，门口两尊石狮子，墙上嵌着一溜拴马柱（那东西石头刻制，嵌在墙里），门前有两块上马石——石上镂有云雾图案，俗称"一步登天"。砖石门楼木门厢，横额上金字匾书"进士第"。两边的对子口气很大，右边：门楣常新足兆三槐之瑞；左边：人文蔚起记拔五桂之芳。

北屋里，王老爷正首而坐，儿子恭坐一旁。他儿子叫王新成，一表人才，体面排场。

"爹，今天赌场开张，我请了不少头面人物，中午您老也过去坐坐？"

王老爷用英国白铜水烟袋咕噜着抽烟，他不看儿子："新成，三江四海水未到，七阡八陌旱码头，这周村虽是繁华开化，茶楼酒肆，秦楼楚馆，一应俱有。"他口气一转，看着院子叹道，"唉！新成，这下馆子逛窑子都不至于倾家荡产，可这赌——"他停下了。

王新成："爹，你得这样想，咱不开别人也是开……"

父亲抬手打断："一会儿你去县衙把吴师爷叫来。"

新成意外："叫吴师爷干什么？"

王老爷："这赌场开在别处，也许不是大事儿。但在周村就得有所防备！"他用老江湖的目光看着儿子，"小赌，是客人互赌你抽头，这大赌是客人和庄家赌。江浙菁英，关东豪义，”他在眼前画个小圈，“时不常在周村一现真身，这是你要防备的！你把吴师爷叫来，咱爷儿俩立个文书，划一块家产给你。”儿子想争辩，他抬手阻止，“我是盼着你发财，但我也得防着别人发你的财！——有个文书，大也不过把你那块赔进去！”

新成站起：“爹，孟三爷的赌术名震中国，有他给咱当‘大帅’您老大可放心。嘿嘿。”

王老爷轻蔑一笑：“天外有天。就按我说的办！新成，你也是小三十的人了，有些事我也不好过度阻拦，但这赌，”头摇动，“终归不是大道！”他自嘲地一笑，“四代进士，一门书香，到你这里竟开了赌场。唉。”说罢叹气。

王太太从西厢房出来，先给丈夫添茶，坐下后为儿子解窘：“老爷，新成是想挣钱，又不自家下场子。”她转向儿子，“按你爹说的办，把吴师爷请来。”说时给儿子使眼色。

儿子欲走。

王老爷叫住他：“你顺便把杨掌柜的叫来，我给他说说茧子的事儿。”

儿子的眉毛立起来：“和杨痨病商量？他还敢坏规矩？”

王老爷有点烦：“新成，切记口净，你叫人家外号干什么？人家身子不好碍你什么事儿？”

新成：“是，是，是。爹。叫杨掌柜的干什么？”

王老爷：“茧子是大年，论说是个旺相事儿，刘胖子也把俩县的蚕子定下了，我本想挤挤他，把价钱往下压压，可现在乡下人挺难，我给他的那价钱——”

新成：“低了？”

王老爷点点头：“是低点儿了。这个价钱刘胖子根本收不来！”他为难地摇头，“改口吧，我又回不过脖儿来，不改吧，又怕别人收了去。我得和杨掌柜的商量商量。在周村，除了咱就算他那机坊大。”

新成轻蔑一笑：“杨痨病不敢收！我料他没有这个胆儿！王家一口价，历来如此！爹，你甭担心，用不了五天老刘就得服了气！他再掩蛾子就能出来！”

王老爷站起来，细细地看看儿子：“你这赌场还没开，咋先这么横呢？”

4

瑞清来到金陵书寓。所谓书寓就是妓院。金陵书寓四周都是二层楼，中间是个大天井。时间还早，未到营业时间，留宿的客人也未起床，只有些尚未入流的小女孩进进出出，打扫擦拭。

桂花家在书寓的一侧，青砖房舍，雅致安逸。西厢房下还有两丛丁香。

此时，瑞清坐着吃点心，桂花站在后面给他梳辫子。

桂花："今年会试去不？"

瑞清喝口茶："会试会试，我爹那里刚放下，你这里又接上。我就不明白为什么非考这玩意儿！"

桂花撇着嘴笑："自家考不上，就说科考不好。"

瑞清回身拉她坐下："桂花，你猜我为什么不愿意考？"

桂花："为什么？——我觉得你没什么正话！"

瑞清："我是怕一不小心真考上！"

桂花撇嘴轻哼一声。

瑞清："唉，真考上可就苦了，我这辈子也就算完了！"说着摸出荷包卷烟，"李商隐考中之后就十分后悔，还作了一首诗。"

桂花含情睇笑："背来听听。"

瑞清捏索着卷烟："李商隐中了进士后和他太太开玩笑，作诗说：'为有云屏无限娇，凤城寒尽怕春宵。无端嫁得金龟婿，辜负香衾事早朝。'"他指着桂花的小鼻子，"就是因为中举，才弄得五冬六夏得早起！把两口子的正事儿全给搅了！"两手一摊身子一仰，"这就是做官上朝的好处！哈……"

桂花用食指杵下他脑门儿："满脑子里尽这个，哪还有地方去装四书五经！"受母亲影响，语气还有吴侬之韵。

瑞清："我脑子里还有你。"

桂花低下头，须臾，轻问："咱俩的事儿怎么办？就这样拖着？"

瑞清拍下大腿，叹道："唉，有点难呀！我说，这也怨你——你娘干什么不行，偏偏开窑子！"

桂花瞪眼："别窑子窑子的，那叫书寓！我娘开窑子我又不干窑子，我是清白的大闺女！”她向南指去，“金陵书寓的二门我都没进过！”

瑞清：“这我知道，可我知道没用呀。我爹——”

桂花：“哼，要想让你爹实实落落地答应——”她一挺胸，“今辈子怕是办不到。要是依我说，”目光坚定，“咱直接私奔！”

瑞清双手阻挡：“不行，不行。千万别动这念头，我爹不壮实，咱要是真窜了，老人家急出个好歹来咋办？”

桂花用疑惑迷失的目光看着他：“就没别的招儿？”

瑞清：“饿着闻着那饭菜香，守着要好的大姑娘！”一拧脖子，“就是生生娶不走！我比你急！”

桂花小嘴一抿，红唇紧闭，随后果决地说：“要不就选个端正的日子，你来这里，像那戏里说的，咱偷着拜天地，私自入洞房，我给他老人家生个大胖小子，生米成了熟饭，孩子一叫爷爷，你爹兴许就应了。你说这招儿行不？”

瑞清眼一亮：“我看行！先办了实事再说！”桂花看见了希望，瑞清随后一松：“可我不敢。”

桂花指点着他：“真菜呀。你这也叫汉子！”

瑞清辩白：“我是怕他老人家生气！”

正说着，四胜在外面咳嗽：“少东家，东家让你回去。”

瑞清答应着站起来，伸出左脸：“亲一口。”

桂花生气：“走吧，熊包！”

瑞清沮丧地自嘲摇头，无精打采地去开门。

桂花在后面抱住他：“瑞清哥，俺心里只有你！”

瑞清回过身：“桂花，你等着！”浓眉一横，“大丈夫纵横天下，我早晚娶了你！”说完豪言壮语又想起现实，“唉，这事有点难呀。”

5

瑞清和四胜往外走。四胜瞅着他的脸：“少东家，亲口没？”

瑞清：“没亲。正气呢！”

四胜哼一声：“我估摸着就没亲上，脸上没有红印子！”他傻了吧唧地抬脸追看瑞清，“少东家，咱实实在在地说，这桂花真叫俊！”

瑞清一斜眼：“不俊我能要？”

四胜幸灾乐祸地看着天：“就怕要不成呀——”

瑞清一把扯过他：“小子，你看着，我不仅要成，我还得要好几个。不信你就看着！”

四胜：“这个还没弄回来，先想着下一个，不怕人家说你花心带变心？”

瑞清：“我对谁都不变心，我将来对谁都挺好。我来世上走一遭，不能白白地混过去。可是，我爹找我干什么？”

四胜回归正色：“看来是买卖上的事儿。刚才王家把东家叫了去，回来之后东家就收拾行李，说是要回桓台老家住两天。少东家，咱正预备着收茧子，老爷这时候走——耽误了春里闲半年，咱那机坊怎么办？”

瑞清生气：“你说得也对，也真该考个官，把王家气焰压下去！他娘的，看他的脸色干买卖，真他娘的憋气！”

四胜认真地问：“少东家，这时候用功还赶趟不？”

瑞清：“只要想考就赶趟！”

街上的人多起来，商家的店门也全开了。

6

瑞清和父亲在北屋里说话，四胜把驴拉出来，挽起口袋喂料。

父亲叮嘱道：“孩子，用功也好，不用功也好，千万不能惹事儿，我过两天就回来。你记着，你胖刘叔就是说下天来你也不能收茧子！”

瑞清：“我知道。爹，你走了，周村剩下了王家，刘叔也只能把茧子卖给他！”

父亲：“唉，干买卖就是盼着旺相，咱也是这么干的——经过这些年的扑腾，咱的机坊是大了，这机坊一大用茧就多。”无奈地摇头，“——就遭忌呀！”

瑞清瞪眼：“遭忌怕什么？噢，他不收别人就不能收，这也太霸道！”他朝外指，“不说邹平，光桓台就有上万担，他王家就能吃下去？年年上演这一出！他先低价收，他收够别人才能动秤——既耽误工夫又多花钱！满嘴里诗书礼乐，可干的这事真不让人赞成！”

父亲：“人家是‘奉旨专营’！我为什么让你努力进仕，就是为这个！”

瑞清冷哼：“奉旨专营，六十年前的旨了！”

父亲：“就是一百六十年，那也是圣旨！”

瑞清：“哼，胡雪岩更是奉旨专营，结果让洋鬼子弄了个灰头土脸。买卖就是买卖，弄的哪门子旨呀！”

爷儿俩正说着，四胜领着个四十多岁的洋人进来。他身穿背带工作服，一身油垢，像个机修工人。

杨掌柜赶紧起身：“克牧师，坐，快坐。四胜，快倒茶。”

洋鬼子叫克利尔。他礼貌地躬身：“杨先生，我听说你心脏不太好，你为什么不让我太太给你看看？”

杨掌柜略窘：“不便，不便。别听瑞清乱说，没什么大碍。”

克利尔点点头，从手袋里掏出一瓶子黑色药水：“我太太说心脏病大致有三类，她听了瑞清的描述，认为你这是冠心病。”他把药放到桌上，“你疼的时候就喝一口，喝下去立刻就止疼。不要抽鸦片，那东西会害了你。”

杨掌柜双手接：“谢谢，谢谢。克牧师，你坐着，我要出趟门，失陪，失陪。”

瑞清送父亲至门外。临上驴杨掌柜再次叮嘱：“记住，别收茧子，我顶多三天就回来。”他向院里看看，“洋鬼子来找你干什么？”

瑞清：“没什么大事儿。他那教堂盖完了，兴许找我商量商量开业的事儿。”

父亲：“孩子，这华夷有别，千万别弄出事来。还是听我的，把那些女人头银洋还给他。听话。算爹求你。”

瑞清：“他肯定不会要——我帮着联络泥瓦匠外带办砖瓦，洋叔说这是佣金。是咱应该得的。”

父亲长吸一口气：“随便你吧。”

四胜递过凳子，扶杨掌柜的上驴：“东家，我送送你不？”

杨掌柜不耐烦地一扬手，打驴而去。

瑞清回来，给克利尔倒茶："坐，洋叔，拾掇利索了？什么时候开张？"

克利尔："明天。瑞清，你还得帮我个忙。"

瑞清坐下："说。什么事？"

克利尔："帮我找十个女佣，让她们去教堂帮我太太烤面包。"

瑞清："这好办。烤面包干什么？"

克利尔："唉，天主教在周村已经很久了，可我们基督教却刚刚开始。明天我要请所有到教堂去的人吃面包，你也要去那里帮着我。"

瑞清："嗯。我明天一早过去。"

克利尔："刚才你父亲不高兴，是因为我吗？"

瑞清："不是。"

克利尔点头。

瑞清忽问："洋叔，你那英国有'奉旨专营'这一说吗？"

克利尔很迷惑："什么奉旨专营？"

瑞清解释："就是皇帝特许某人经营某种东西。"

克利尔想了想："有过。工业革命早期有些项目就只准贵族经营。"他用一个手指在面前来回打，"但时间很短，很快就被市场的力量冲垮了。你问这干什么？"

瑞清："我们这里有户人家，他就是奉旨专营。洋叔，你说用什么招法冲垮他？"

克利尔明白了，慢慢地点着头："奉旨专营是过时的东西。瑞清，请相信我没有任何偏见，"他指一下瑞清又回指自身，"咱们也是朋友。我来中国十几年了，也在山西河北传过教，我很热爱中国，同时我也阅读了大量的中国文献——不仅奉旨专营过时，中国的皇帝也很落伍。"

瑞清吓一跳："咱不说皇上，我是问用什么招法冲垮他。"

克利尔："我明白。经济的活力来源于自由竞争，自由竞争的前提是机会均等。"他摆着手，"他这种专营违反经济规律，很快就会灭亡。怎么？你和他竞争违法吗？如果违法那就不能争——法律高于经济。"

瑞清皱眉："谁也没和他争过，也不知道犯不犯法。"

克利尔笑笑："那就试一下。"

瑞清琢磨着点头。

克利尔："还有一件事儿你要帮我办，我们开坛布道，要让四周的人都知道，周村没有报纸，没法登报告知。我们用什么办法宣传呢？"

7

第二天早上，慢长榧乐器铺再次打开，照样抛出那个锃亮的铜钱。那钱摔落还没稳住，瑞清就弯腰拾起："叔，你是天天找那有缘人呀！"

孙叔赶紧接入，他接过钱："唉，我天天扔，就没见谁捡着过，小子，你这辈子能发财！"

瑞清笑着："叔，我发财不发财是后话，我先让你发个财。来，给我十面锣！"

孙叔大喜带惊："要这些锣干什么？"

二人坐下。

瑞清说："唉，南下河那新教堂今天开张，既然开张就得让人知道——我给他找了十个闲汉，每人一面锣，让他们到四乡里敲着锣叫唤。叔，这招儿行不？"

孙叔思忖："行是行。可是瑞清，咱这大清国有些规矩呀——这不初一不十五的，你弄些闲汉敲着锣叫唤，县上不会拿咱？"

瑞清笑了："既不偷，又不抢，敲锣打鼓听个响儿，这显得国泰民安。"手一撩，"没事儿！"

孙叔笑了："瑞清，我就是愿意听你说话，痛快明白。你要什么锣？"

瑞清："锣还不一样？我就要你自家打造的那种。"

孙叔："还是苏锣吧。苏锣带着虎音，传得远！"

瑞清："多少钱一面？"

孙叔两手无措地在襟上擦着："嗨，你来照顾老叔的买卖，就看着给吧。"

瑞清一歪身子掏出五个银元："这够不？"

孙叔大喜过望："够！够！可是够！瑞清，你娶亲的时候我随礼！哈……"

瑞清站起来："叔，我走了，赶紧叫起伙计来，把锣送到教堂去。太阳一出就得敲！哈……”

孙叔掂着银元往外送，来到门口他拉住瑞清：“瑞清，我干了这些年买卖，头一回收着这洋银元——这女人头和那光绪银元哪个沉？”

瑞清指他的手：“这个沉，沉三毫。”

瑞清向北走去。

孙叔欣赏地掂着重量，他抬头看天自语：“真是天上掉馍馍！”

瑞清走到街口，听到那“周村开张”大锣敲响。孙叔今天用力大，虎音激越，瑞清不禁笑了。

孙叔挺直身子高喊：“周村开张——周村开张——”他右手拿着锣棰，左手托着银元，美滋滋地总结：“今天周村我第一个开张！”

8

太阳斜照着王家的院落。王老爷坐在椅子上看着明亮的院子静思。

王夫人过来坐下：“还是赌场挣钱快！——昨天开张，当天就挣了二十多两！这顶缫多少丝！”

王老爷：“挣二百两也不能夸，那不是正道儿！”他转过脸，“论说这赌违法呀。唉，也就是咱，换了别人县里的衙役早去了！”

王夫人应和：“可不，咱靠的就是祖上的荫德，靠的就是你那威望。新成明白，昨晚他回来就说，那些去捧场的人都是看着老爷的面子！”

王老爷受到恭维，脸上有了些春气，忍着笑意轻哼一声。

王夫人右肘支住桌子，努力向前伸头，小声说：“老爷，可这杨掌柜的也走了，这刘胖子咋没来呢？”纵深分析，“他手里压着两三万担茧子，本该着急，可他咋这么沉住气呢？”

王老爷姿态不改，看着外面：“早晚得来。自古华山一条道，他非来不可！”

这时，街上传来锣声喊声，王老爷问：“这是干什么？”

王夫人：“我哪知道！”

王老爷站起来：“走，看看是什么新鲜事儿。”

街上，一个不务正业的瘦汉子——脖子上挂着白色木质十字架，扯着嗓子喊："上帝光临，惠我东方，普救众人，家家吉祥。今天晚上新教堂开坛布道，克利尔牧师登坛开讲。"

街边火烧铺的掌柜在围裙上擦着手，对身旁的人说："石头这回是吃饱了，喊得真响！"

石头继续："各位乡亲，晚上可去呀！那克利尔牧师毕业于大英帝国剑桥神学院，是上帝的使者——"他忽然艮住，显然是忘了词，两眼呆滞，努力想下文。

周围的人都笑。

他未能想起原句，就根据大意即兴发挥："各位乡亲，可别误了。天一擦黑就去呀！克利尔牧师他老婆亲自蒸的洋馍馍，还有西洋肉棍子——"

一个穿着体面的外地客商拉住他："喂，伙计，停停，停停。"

石头："怎么了？"

客商："伙计，那不是肉棍子，那叫香肠！"

街上的人哄堂大笑。

石头闻过则喜："洋馍馍夹上香肠真香呀！说不定还有菠菜鸡蛋汤！这鸡蛋汤是我自家加上的，要是去了没有就怨我，别怨人家克牧师。各位乡亲，可都去呀，去晚了就抢不上了！各位乡亲，我亲眼所见，教堂里的灯头朝着下，那真叫神呀——"

那位客商再次拉住他："伙计，那叫电灯，不是灯头朝下！"

石头："对，电灯，还有电灯！光有亮没有火呀，晚上去看西洋景呀——"

围观的人们开始议论："真有这样的灯？"

另一位："说不定。洋鬼子是有些稀罕玩意儿！"

"这洋馍馍是什么样？"

"我没见过——不管怎么样，反正蒸馍馍得用锅！"

那位客商过来更正："年兄，这洋馍馍真不用锅，是用火烤的，那玩意儿叫面包！"

"你见过？"

客商："我还吃过。上海就有卖的！"

王老爷和夫人站在台阶上，置身事外地看着。

夫人问："西街上不是有个洋庙吗，咋又出来一个？"

王老爷："我听说那个和这个不一锅。虽是都有十字架，兴许念的那经不一样。"

王夫人："我听新成说，是杨家那孩子一直帮洋鬼子忙活？"

王老爷："嗯。那小子不是善类！就是因为他，新成才没揽下这盖教堂的买卖！"

王夫人："嗯。这小子是不善！你看他走路低着头！——抬头老婆低头汉，朝天辣椒独头蒜——毒！这样的人最难斗！"

王老爷想着没能揽到手买卖，怒从心起，昂视着街面："哼！在周村，谁也不难斗！"

夫人："这小子十六就中举，说不定今年能考上进士！"

王老爷生气："咱家一门四进士！"一甩袖子回身进院。

那汉子敲着锣走远了。

9

克利尔的太太有点胖，戴着洋围裙在面包炉前生火。桂花也来了，领导似的带领着十几个妇女和面。指指画画，十分活跃。

昨天下雨，木柴略湿，面包炉里冒起烟，桂花忙摸把扇子过来："洋婶子，扇扇。"

克太太："谢谢。"

扇子送风，小火渐起，克太太挺高兴。

桂花问："洋婶子，我听说这馍馍直接烤？"

克太太："对，等一会儿木柴就会烧成木炭，但温度却很高，这时把面团放进去就行了。"

桂花："烤不煳？"

克太太："烤不煳。一会儿你就明白了。"

桂花指着黄色的炉子："这盘炉子的砖也是从英国带来的？"

克太太笑了："这是博山耐火砖。世界有名，还往英国出口呢！"

桂花："我咋不知道？"

克太太："中国没有工业，用不到这种砖，所以你不知道。桂花，我听说你是瑞清的未婚妻？"

桂花纳闷儿："什么叫未婚妻？"

这个教堂不大，约能容纳三百人。布道大厅后面光线昏暗，克利尔和瑞清站在煤油发电机旁。

他拿过一根细绳绕在外飞轮上，用力一拉，发电机嘭嘭地哆嗦转起。

外面那些揉面妇女诧异地问："这是什么响？"

克太太解释："不用怕，这是发电机。"

一个四十多岁的女人问："干什么用的？"

克太太："照明。"

另一个妇女过来问："他洋婶子，这面和糖稀似的咋蒸呀？"

克太太耐心地讲解。

教堂内，克利尔指着墙上电闸对瑞清交代："你听到我在台上喊道'上帝说，要有光！'你就把这个电把子推上，"指着另一个，"听到我说'要有火'，你就推这个。"

瑞清："我知道。洋叔，电灯我是明白了，可这火怎么弄着？"

克利尔："我把大厅中央的灯盘里倒上了火油，虚接上两根电线，你一合闸，电线打出的火花就能引燃火油——到晚上你就明白了。"

瑞清："洋叔，光管饭就能把人引来，用不着这么麻烦！"

克利尔横摇着指头否定："你不明白。"他和瑞清向前厅走，"我上大学的时候专门选修过《中国宗教史》，研究了佛教道教，就以为明白了中国人的宗教心理，但来到中国之后却发现完全不是一回事——中国人信教是为了实用，甚至是为治病。这就要求传教士有些技巧。我在河北传教的时候，就曾将两种白色的化学试剂分别放在两个杯子里，当把它们兑在一起的时候却变成了红色。其实这是化学反应，但教友们不明白，就认为我神。所以我传教很成功。"他俩在木台阶上坐下，"把这些传教的经验写成材料寄回国内。"他转过脸，"瑞清，你知道吗？——现在新来的传教士都会变魔术！"他说着笑起来。

“所以今晚上要弄出火来？”

“我要把周村的教友吸引住，也让他们觉得我神！”

“我听着都糊涂，更别说那些人了！”

“瑞清，你是个很聪明的青年，等忙完了这一段，我教你学习几何和物理。”

“洋叔，那玩意儿没用，科考不用这个！”

“孩子，周村太小，你应当出去看看。”他按住瑞清的手，“中国需要的不是科举，而是科学！”

“什么是科学？”

这时，桂花进来：“瑞清，胖刘叔找你，在外头呢！”

10

教堂的院墙还没垒起来，出门就是庄稼地。刘胖子坐在柳树下抽烟。他一见瑞清忙站起，打趣地说：“干洋差了？”

“刘叔有事儿？我爹回桓台了。”

“我不找你爹，你爹办不了这事儿！”

“噢？”

刘胖子拉他坐下：“大侄子，我的难处你也知道了，刚才我又去了一趟王家。他是王八咬住了杨贵妃，见了皇上也不松口！还是一两银子十五担！”

刘胖子瞪眼：“自古有过这价儿吗？我收也收不来呀！”

“刘叔，认了吧。等着秋里再给王家送茧子，你提前和他签个文书，省得再吃这样的亏！”

刘胖子着急：“那是后话，我现在怎么办？当然，我可以和那些庄户耍赖，可以后人家就信不着咱了，我也就没法再干这行了。可我要不耍赖，就能赔个三辈子翻不了身。大侄子，要是按这个价钱走下去，庄户们就不养蚕了，桑树也就伐了。要真到了那一步，周村这‘万口缫锅子千张机’也就煞戏了。”

瑞清一笑：“那王家也就踏实了。”

刘胖子长叹一声：“大侄子，我不是没了招儿才说这话——我从旁瞅摸你多时了，你是干大事的人！”

瑞清顿时提高警惕。

“你看这样行不行，你挑头，咱再联合上几家机坊，我出茧子你们干，咱缫出丝来自家卖！不再挨王家这一刀！这招儿行不？”

“咱怎么和人家那些机坊结算？”

“卖了丝给他加工费，还是咱俩拿大头。”

瑞清不动声色：“好是好，可这犯法呀——忘了奉旨专营这一出？”

刘胖子不在乎：“那是六十年前的旨！没事儿！”

“叔，大清朝还在呢！”

刘胖子解释：“我知道。昨天我和上海的老闵吃饭，说起了这事儿——”

瑞清：“老闵咋说？”

刘胖子：“他说根本没专营这一说！”

瑞清瞪眼：“难道王家吓唬咱？”

“唉，这些年大伙碍着面子，不愿把事弄顶了。你想想，咱这些年吃了他多少气！——他先低价收茧子，他收够了你这些机坊才能收，不仅价钱比他高，缫出丝来还得卖给他——他又成了周村唯一的卖家，再从中赚大钱。”他叹口气，“赚钱就赚钱吧，你别拾掇咱呀！”他杵着地面，“你再想想，咱哪回去送丝，他不说你的成色差？弄得咱成年论辈子的欠人情！可实际根本不是这回事儿！”

瑞清：“噢？”

刘胖子噌地跳起来大吼：“咱周村这‘鲁黄丝’在上海卖得最贵！英国意大利都抢着要！大侄子，我爹早说过，老实人发不了财——咱这些人忒老实呀！”

瑞清站起来：“那咱干一回？”

刘胖子精神大振：“干！”

瑞清又塌下来：“可是我爹回来不依咋办？”

“大侄子，你爹也生王家的气，咱要是真干上，你爹也就认了！”

瑞清琢磨着：“也是。可是刘叔，县上来拿咱怎么办？”

刘胖子一拍胸膛：“让他拿我！”

“叔，亲是亲，财是财，亲朋恼了财上来。咱得立个字据，一条一条写明白。”

刘胖子乐了，他以长辈的姿态拍一下瑞清的后脑儿："小子，行！别和洋鬼子胡闹了，走，咱去叫几家机坊商量商量！"他看看天，"舍命发大财，从此出苦海，我非办王家一回不可！"

瑞清皱着眉："叔，别让王家办了咱！"

11

杨掌柜在老家的院子里自斟自饮带犯愁，喝口酒，捏块咸菜。另一个浅黑碗里有点酱，碗边上架着两棵小葱，还有几张煎饼。

天渐黑暗，南墙根处的那棵枣树成了概念，驴无聊地刨着前蹄。

这时，大门咣当开了，四胜一头大汗跑进来："东家，不好了，出大事儿了！"

杨掌柜一惊而起："咋了？慢慢说！"

四胜："东家，少东家和刘胖子合上伙了，大批的茧子正往机坊里运呀！昨天开的工。全周村的娘们都忙上了！——有家什的在家里干，没缫锅的就去了机坊！"四胜抖搂着手，"整个周村反了湾，东家，那场面忒感人了！"

杨掌柜并未慌，他纳闷儿："瑞清没钱咋收的茧子？"

四胜跺脚："嗨！东家，一句半句说不清，总之一句话，刘家的茧子咱的工，缫出丝来平半分。东家，我跑了四个钟头，你看这身汗！——咱那水缸在哪里？"

杨掌柜指着西墙下，他扶住手边的椿芽树，仰面视上苍，嘴吧嗒了好几下："天呀——"

第二章

1

瑞清和刘胖子合伙缫丝，破坏了原有的秩序，王老爷奉旨专营了多年，没想到他们竟敢这样干。他铁着脸，坐在椅子上一言不发，独自憋气。太太一旁察言观色，小心侍候。

儿子新成在屋中央猴急乱走："气死我了，气死我了！"

王老爷宽怀地说："麋鹿行于侧，泰山崩于前，均应无动于衷！大也不过少挣回钱，至于这么着急？"——是他开价过低，逼走了刘胖子，所以未便训斥，仅为劝导。

新成站住："光这一回不要紧，有了这一回，就有下一回，到秋茧下来怎么办？"他反手朝外指去，"就由俩舅子这么闹？"

王夫人："老爷，咱不是奉旨专营吗！下午谢知县怎么说？"

新成也问："谢知县没说怎么办他？"

王老爷有点窘："唉，奉旨专营那是老辈子的事儿——"

新成不等父亲说完，就逼上来问："这一时里不灵了？大清朝的圣旨废了？"

王老爷面对妻儿质问，无奈说原委："这事儿你们不清楚！唉！"他微抬起脸，似是回望历史，"道光四年，我老爷爷任江淮转运使。你们知道，中国历来重农抑商，商人的赋税特别重！商人无利可图，也就没人愿意经商。这就致使很多朝廷定购的东西收不上来。我老爷爷有感于此，就上了道折子，恳请皇上为全国一百二十二家大商人减税，主要集中于铜铁丝盐茶马漆。咱家是丝。唉，可咱这里出过一个李化熙呀——周村这税本来就不重，这旨也没大使上劲。”

夫人赶紧添茶，儿子聚精会神。

王老爷喝口茶润下嗓子，再叙家族光荣：“那时候咱家的机房已经很大了，我爷爷为了独占这行，就对外宣扬只有咱家能经营，请了六十桌客，当众宣了圣旨。”他一点桌角，“唉，这就是那奉旨专营的由来。”随之沉下脸色，似是感叹今不如昔，“那时候的人老实，没有现在这么刁，所以这些年咱一直独占着丝行。事实上，这道圣旨是为减税，不是说在周村只有咱家能缫丝！明白吗？”

新成震惊：“原来咱是蒙呀！”

王老爷斩钉截铁：“不是蒙！圣旨上也有‘从先纳购’这一说！”

新成上前一步：“谢知县知道这段不？爹，就凭这一条，咱就能办他！”

王老爷摇头：“新成，话不能这样说——人家刘胖子先来找的咱，”手伸出去再兜回来，“已经让咱先购了，是咱自家没购，这事怨不着人家！”新成想反驳，王老爷的目光越过儿子的头顶望向远方，口气开放地说，“是我老了，看不清局势，才逼得刘胖子豁上犯法合了伙！”向外一扬手，“忘了这事儿！”

新成：“听你这说法——谢知县不管这事儿？”

王老爷：“嗯。他没置下文。”

新成不甘心：“咱要是给谢知县送点礼呢？”

王老爷摇摇头：“不行。贿官栽赃的事儿咱不干——别把小事儿弄大了！”

新成伸着脖子：“弄大了？周村街里的一个小铺户还能把事儿弄大了？”

王老爷：“杨乃武他姐姐就把小事儿弄大了！一下子摘了六十多个顶子！再说，谢知县是个很清廉的读书人，官服上都是补丁，这些年没听说他收过谁的礼——我看这样的事儿他不会干！”

新成不以为然：“嗨！他那是装蒜，现今还有清官？”

王老爷一拍桌子：“放肆！没有清官大清朝早完了！”

夫人一看老丈夫即将成怒，忙打圆场：“老爷，咱不贿官，也不栽赃。我估摸着以你的威望，让谢知县把刘胖子和杨掌柜的叫去问问总行吧？——新成说得对，有了这一回，就有下一回，这么个闹法儿，以后咱真没法儿干。”

新成忙帮腔：“我娘这招儿好！爹，你得这样想，谢知县一问，就证明这奉旨专营还没废，他们往后也就不敢了。你再从中打个圆场，让他们下不为例，咱是既做了好人，又保了面子。”他越说越来劲，不由站起，“中国人历来怕见官，不用别的，拿着两色棍子的衙役到这两家喊一声，刘胖子也好，杨掌柜也好，我看都得吓尿下！”

王老爷捻须琢磨。

夫人赶紧从旁助势：“我看这招儿行！”

王老爷权衡利害：“让我想想。”

2

瑞清家的机房在城西，三边是平房，西边是道水沟。空场子上茧子垛如山，高过屋脊去。

天黑了，缫丝的妇女陆续往外走，瑞清和刘胖子指挥几个“觅汉”（短工）往茧垛上盖席子。

瑞清说：“叔，明天先别运了，要是下雨淋了，丝就潲成色。”

刘胖子点头：“瑞清，这回咋干得这么慢！”

瑞清笑笑：“咱一个锅里抡勺子，你担着风险，所以觉得慢。”

刘胖子：“也是。”他拿过褂子，“我到另外的机房去看看，唉！”褂子往肩上一搭，总结道，“挣多大的钱着多大的急，一点不假！”

瑞清打趣：“世上有那光挣钱不着急的事儿？”

刘胖子刚走，桂花送饭来，她脚步坚定，理直气壮，俨然像是已过门。瑞清看着她挎着篮子腿轻脚快地走来，心中美滋滋的，亦有丈夫的感觉。

瑞清席地而坐，桂花把饭摆到他跟前，忙从篮子里拿出毛巾：“先擦把手。”随后掀开笼布，“吃吧，单饼卷羊肉！——看你多有功！”

瑞清幸福地傻笑，突然猛咬一口，两眼发直装作噎着。桂花打他一下：“吃饭也不老实！”又从罐子盛碗稀饭放他跟前，“慢着点儿，没人和你抢！”

瑞清端起饭来喝，桂花看着自己的心上人，俏丽的脸上溢着甜蜜的笑意。

一个觅汉把罩子马灯递过来：“少东家，没事儿俺就回去了。”

瑞清：“回吧，天一亮就得来！”

那几个觅汉走了。

桂花斜着眼："瑞清，你用人挺狠呀！"

瑞清："干买卖就这样！桂花，咱要是有电灯该多好，夜里也能干！"

桂花："这罩子灯不行？"

瑞清："你整天坐在那绣楼上，不知道外头有多苦！机房里全是开水锅，热气一捂，和没灯一个样，根本看不见丝头！"他举臂环指四周，"再说这场院里全是茧，最忌讳点火掌灯！"

桂花点头，随之给他设计美好未来："瑞清，咱真把这条路走通了，两年就能干大了，咱也让洋叔帮着咱装上电灯！"

瑞清："是呀，是得装电灯！洋叔说外国缫丝用机器，我怎么也想不出这机器怎么缫丝！"

桂花点头："唉，听洋婶子说说那外国，咱这些人就是那井底下蛤蟆！——她给了我本小画书，叫《西洋科学画报》，那上头尽些新鲜事儿！"说时歪着头，样子很好看。

瑞清吃饱了，拿过毛巾擦手："不用急，咱还年轻。等咱将来真是干成大买卖，我就带着你去西洋转一圈，坐上火轮船。知道火轮船吗？那船呼呼地冒烟！"

桂花："知道，那画书上有！"

二人正憧憬美好未来，四胜先行来报信儿："少东家，东家回来了！"

瑞清抬头，杨掌柜已冲进来，顺手摸起根杠子，直向瑞清扑来。瑞清怕爹生气，老实地就势由坐改跪，伏于地上，准备承受。

杨掌柜那火气早憋了一路，扬手就打，一杠子下去正砸在瑞清背上，砸得他"咯儿"地一声。

桂花冲上去夺杠子："叔，有话好好说，你这能砸死他呀！"

杨掌柜一拐肘子，把桂花挡出去好几步，意欲继续殴打："我的儿，砸死他也就这么着！"

桂花一步蹿来，盖伏在瑞清背上："那你也把我砸死吧！"

杠子停在空中。

杨掌柜怒气不出，抬脚踢翻稀饭罐子，用国粹传统中指桑骂槐术道："唉，我咋生了这么个不要脸的东西！"

言毕，心口疼，几欲摔倒。

四胜忙上前扶住他。

瑞清泪流满面，爬到父亲脚下："爹，瑞清不孝，让你生气！"

桂花找来个凳子，扶着杨掌柜坐下。

杨掌柜两眼紧闭，一脸黄汗，呼呼直喘，那脸也疼得走了样。

桂花一把扯起瑞清："别跪着了，快去叫洋婶子！"

瑞清慌乱应着："爹，你忍着，我这就回来！"

四胜端水来，瑞清飞窜而去。

3

夜深了，王家西厢还亮着灯。新成独自在书房里抽烟。

他太太一觉醒来，见身边没人，就披上夹袄过来："新成，咋还不去睡？"

新成："我睡不着，又起来了。我咽不下这口气！"

"别生气。啊？快去睡吧。"她姓温，亦是本地大家出身。

"你说得倒轻巧，给咱嘴里塞上了这么个油蚂蚱，你说，让我怎么咽？"食指捅天，"往上数五代，咱在周村吃过这气儿没？"

少奶奶拉个凳子坐下："相公，不能说咱家是官宦，就觉得比百姓高一等，这不是读书人的作为。"

新成一拧脖子："我不是读书人！"

少奶奶笑笑："相公，消消气，别让外人说咱有失祖风。他俩已经干上了，就让他挣这回钱吧——省得争执起来出意外。啊？"

新成斜着眼："什么意外？"

少奶奶心平气和："相公，做买卖是为了钱。你看这个钱字。"她在桌子上画，"这边一个金字部，这边是戈，戈是兵器，万一弄不好就出凶象。听话，啊，咱家的钱五辈子也花不完。富而思贵，贵而思安，对咱来说平安就是福，实在用不着和人家争。"她柔声细语，仪态美丽。

新成猛然转过头，目露凶光："凶象？我就是要让他出凶象！天一亮我就去长山找柳子帮，你看着，我把刘胖子他俩的腿全砸断，让他下半辈子爬着走！"

少奶奶淡然一笑："相公，没忘了咱的出身吧？"

新成恶瞪太太："怎么着？"

少奶奶毫无惧意，他指向正屋："咱爹那堂上挂的什么？'儒商助国'，那是张之洞大人写的呀。相公，柳子帮是什么人？是土匪，咱和那些人是阴阳界呀！"

"别说这些没用的！你温家也是大户，你六叔也是四品道员。你哥哥不也是为了头骡子逼煞人？还说我呢！"

少奶奶并不生气，慢慢地站起来，拉一下夹袄，轻声说句："不可理喻。"去了卧房。

4

杨家的堂屋里点着两盏灯，杨掌柜的病情已稳昏睡。克利尔太太再次用喇叭口听诊器问诊。

克牧师在一旁陪候。

克太太听完直起腰。

瑞清轻声问："洋婶子，不要紧了吧？"

克太太把听诊器放进药匣，示意外头说话。

克牧师接过药匣，一行人来到院里，四胜先头去开大门。

克太太扶着瑞清手："现在看来不要紧。你可以去睡觉了。"瑞清刚想放松，克太太又说，"记住，不能让他喝酒，更不能生气，避免使他情绪冲动。记住了？"

瑞清："记下了，洋婶子。"

克利尔："瑞清，我真不明白——那个王家并没有说不让你们这样干，你父亲为什么这么怕？"

瑞清叹息："洋叔，一言难尽。天黑了，你和俺洋婶子慢些走。"

克太太："记住，那些白色粉面一定要放在手边，他一发病立刻就服。你父亲还很年轻，希望他慢慢地好起来。"

克利尔拍拍他的肩："瑞清，我给你帮不上忙。记住，咱们是朋友——你父亲病情有变化，不管白天黑夜，你就来叫露西。”

瑞清和四胜站在门口，目送那对夫妇相扶着走入黑夜。

四胜说：“少东家，都说这洋鬼子讨人嫌，青州的老百姓气得把教堂都烧了——可洋叔两口子咋这么通人情？”

瑞清感慨：“唉，一母生百般，也有狐狸也有獾，咱这是碰上那好的了！”

5

天将放亮，窗户发灰，少奶奶睁开眼，右手一摸，身边空空，一跃而起。她一脸惊慌，胡乱穿上衣服，拢下头发，边扣襟怀边往外走。

婆婆早已起来，正吩咐佣人做早饭。她见儿媳神色慌乱忙追上问：“相公娘子，咋了？“

少奶奶正要说原委，见公公出来，忙行礼问安：“爹吉祥。”

王老爷：“吉祥，吉祥。”

少奶奶拉着婆婆进了屋。

婆婆：“咋了？”

少奶奶：“娘，要出事儿呀！”

婆婆抱着儿媳的手：“别吓我，慢些说。”

婆媳在屋里说话，王老爷在院里练拳，一招一式，沉稳扎实。

婆婆听完了儿媳的叙述，脸色大变：“这可怎么办呀？”

少奶奶：“娘，别慌。从长山到周村最少也得半天，我觉得柳子帮当时来不了。这样，我去给杨家送个信，让瑞清这两天先别出门儿。一会儿新成回来你劝他撤了‘签’，咱多给钱，无论如何也得把柳子帮的签撤下来！”

婆婆：“这我能办！”

少奶奶：“娘，我走了。”

婆婆拉住她：“文绣，真让你笑话，真让你笑话，这事可别对你娘家人说呀！”

少奶奶：“娘，看您说的！我走了。”

婆婆还是不让她走："可你咋对瑞清说呢？"

少奶奶："我也正犯愁！但不管怎么样，这事不能直说——昨天晚上杨掌柜的那病又犯了，我就说让他别乱跑，让他在家里守着他爹。"

婆婆："他能听？"

少奶奶："我也不知道。"她干咽一口，看着婆婆，"唉，从俺娘那边算起来，杨掌柜的是俺刚出五服的舅，所以瑞清叫我表姐。我去试试吧。"

6

街上空静，几无行人，少奶奶穿过银子市，拐进丝市街，前面就是金陵书寓。她远远看见花红柳绿的窑子门面，觉得那地方不净，就返身回来，想从另一条街上去杨家。正在这时，"周村开张"的大锣响起，吓她一跳。

桂花从书寓的侧门出来："少奶奶，你这是去哪？这么早！"

少奶奶站住："唉，桂花，你来得正好。我整天不出门，咋猛一下子找不着杨家呢！"

桂花："去杨家干什么？"

少奶奶："听说俺舅病了，我去看看。唉，瑞清也是，自身是举人，不说好好念书准备会试，却和刘胖子搅和着胡闹，真不省心！"

桂花："走，我也正要去！"

少奶奶叹口气："唉，桂花，我知道你和瑞清要好，抽上空的时候我也劝劝俺舅，让他应了这门子亲事。"

桂花喜出望外："可得谢谢少奶奶！"

少奶奶收去笑容："桂花，俺舅这病也不是一天了，犯得也越来越勤！这几天你看着瑞清，别让他出门，让他好好守着他爹。机房让刘掌柜的看着就行。记下了？"

桂花："记下了。少奶奶，你说杨叔他能听？"

少奶奶心里急："你只要看着瑞清别出门——把俺舅照顾好，我就尽力办！——让瑞清娶了你！"

桂花："行！可是少奶奶，你用啥法说杨叔？"

少奶奶："很简单。前人曾说出污泥而不染，何况咱还没在那污泥里。"她抬手指去，"状元街苏家三少爷，堂堂学道候补，不也娶了个唱戏的？周村是繁华商埠，不看重这些旧规矩！"

桂花看见希望表决心："少奶奶，你放心，我保证让瑞清好好看护着杨叔！"她拉住少奶奶，"可我咋谢你这大恩呢？"

7

少奶奶这边通风报信，王家也布置阻拦。两个佣人站在北屋中央听吩咐。

王老爷拿过两锭银子，交给一个四十多岁的壮汉："留柱，柳子帮杀人也不过十两银子。这是四十两。"他回手拿过一张名帖——中国传统大名片，大小如鞋底，"这是我的名帖，把这个给那香磨李，银子也给他，把签撤了！"

留柱："我明白，老爷。可是，老爷，我路上迎见少爷咋办？"

王老爷："不用管他！"

留柱："少爷要是拦我呢？"

王老爷："打翻他，伤了也不怨你！快去，骑上骡子！"

留柱拿着那套营生去了。

王老爷叫过另一个："狗剩，你去杨家机房，把刘胖子叫来！看咱这是多不省心！"

狗剩多嘴："老爷，刘胖子要是不来呢？"

王老爷："不来你就守着他，跟着他，万万不能出了事儿！"

狗剩："他晚上回家我也跟着？"

王老爷火起："快去！等不到晚上留柱就回来了，签子也就撤了。唉，咱尽养着些傻瓜呀！"

狗剩红着脸窜走。

王夫人从东厢出来，佣人送来茶。

王老爷对佣人说："你先出去。"

佣人低头退出。

王老爷转向夫人："他娘，把那制钱拿来，我得算一卦！"

王夫人从抽屉里拿出制钱，王老爷端正净手。屏气息，安神态，放下毛巾回来坐好。

王老爷闭目向天，双手摇动制钱，哗啦在桌上。

这时，少奶奶也回来了。

婆婆忙问："安顿下了？"

少奶奶："安顿下了。"说完，给公婆倒茶，同时斜目看卦面。那六个铜钱久经使用，光滑流亮。

夫人："老爷，这是什么卦？"

王老爷面有不悦："下坤上乾，否！"

夫人："好不？"

王老爷记诵经文："'否之匪人，不利君子贞，大往小来。'"他看着那溜铜钱纳闷儿："难道要破财？"

夫人助解："咱刚送出去四十两银子，已经破财了！"

王老爷摇头："不对。否是不通。"他表情虚恍看太太，"难道真要出事儿？"

夫人也心虚："别自家吓唬自家，还能出啥事儿？"

少奶奶明朗地说："爹，你得这样看，卦面虽是'否'，但'否'和'泰'靠着，所以说'否极泰来'。这否虽是不通，但咱家里外头的这一弄，不通也就通了。爹，你放心，不会出啥事儿！"

王老爷点点头，心也似是宽了些："相公娘子说得透彻，对，否极泰来，不要紧，不要紧。"

王夫人却不放心，她看院子："天不亮就走了，这小贼羔子咋还不回来！"

8

机房里光线昏昧，热气腾腾，一溜锅台，十几个妇女在缫丝。一人守着一口锅，锅里漂层白色茧子，锅上是木质大框车——直径比纺车大一倍。她们左手往框车上挂丝，右手拿着个新炊帚——皇上点三甲似的在锅里有目标地乱点——蘸出丝头挂上去。

刘胖子光着膀子，形如把头，扬手大声喊：“咱和王家不一道局！——干得多，挣得多，一天一结算，当天就能买粮食！”说完结算说待遇，“瑞清没来，我做主了，咱今晌午不吃窝头了，吃两掺的卷子，外带咸烤鱼！那叫香呀！”

妇女们好像没听见，依然忙于手里的活计。

狗剩在后面拍他肩：“别叫唤了，走，老爷叫你！”

刘胖子上下打量他：“谁的裤裆破了，把你露出来！”

狗剩一瞪眼：“这是怎么说话？老爷叫你，是为着你好！”

刘胖子：“为我好？想改价钱呀？晚了！”右手往外一撩，“我不去！”

狗剩：“你怎么不知道好歹呢！”

刘胖子走出机房，看着春光自语：“唉，不该是你来呀！”

狗剩：“那该谁来？”

刘胖子：“该是衙役！”

“哼！就你这样的，还用衙役？柳子帮能就办了你！”不慎说出实话来把自己吓一跳。

刘胖子伸前脖子：“什么？柳子帮？你也不问问柳子帮的葫芦头是谁？香磨李那是俺表姐夫！滚！”说着抬手往外轰，“平时不好意思撕破脸！真撕破了也就他娘的这么着！什么他娘的奉旨专营？这些年还没让王家坑死？你也不想想，没有两下子敢在周村混？回去告诉王老爷，就说我没空见他！”

“好好，你真长了本事！”狗剩指点着刘胖子的身躯，“你看看你这样儿——光着膀子盘着头，哪像个掌柜的，直接是那白莲教里的‘八万’！”

刘胖子要揍他，觅汉们来拉住。狗剩也不走，去门口找块石头坐下。

刘胖子：“你咋不走？”

狗剩：“老爷让我看着你。”

刘胖子纳闷儿：“看着我干什么？”

9

自从算完卦，王老爷就不踏实，儿子还没回来，这更让他不放心。一个人在院子里溜达。

门房快步来报："老爷，杨掌柜的和他那举人儿子来了。"

王老爷："噢？快请！"

门房去了前院，王老爷原地整肃情绪，准备见客。

杨掌柜在前，瑞清在后过了二门。门房在后面帮提着点心盒子。王老爷赶紧迎上，口气亲切："汉臣，我听说病了？好了没？"

杨掌柜一脸羞惭，长叹了一声。

瑞清赶忙跪倒下拜："王老爷，晚辈不知道好歹，惹你老人家和家父生气。王老爷大人大量，还请饶恕晚辈失当。"

王老爷赶紧搀起："这是哪里话，大侄子快起。"

瑞清不起。

王老爷着急："嗨！快起来，你想折煞老叔呀！"

杨父哼一声，瑞清这才站起来。

王老爷拉住杨掌柜："汉臣，这是多大点事儿？咋还用着这个样儿？快，屋里请。王妈，冲好茶！"随后又补一句，"冲全祥茶庄送来的那明前银毫！"

王夫人也赶紧迎出来，拉住杨掌柜的手："他舅，好了没？"

杨掌柜本是打算来受训，未想受到热情欢迎："嫂子，你弟妹下世也十来年了，唉，我也未谋续弦。一个孤汉拉巴着他，整天盼着他好好上进，努力用功有出息，也算对你弟妹有个交代。唉，没承想我出去两天，他就闯下这样的祸。我心里……"说到伤心处，抽泣不止。

王夫人把他扶进椅子："快，快别难过了。不就是一季茧子吗？这不算事儿！老爷早晨就说了，这钱谁挣也是挣，反正没出咱周村，又没让外人挣了去！快，快别难过了。"她去盆架子上拿来毛巾，"他舅，平时你也没有空，晌午在这吃饭！"

杨掌柜擦下眼："嫂子，不了。我说完事就回去。"他抬起眼看着王老爷，"王老爷，您老人家是周村之望，这些年是你老人家带领大伙儿朝前奔，大伙儿心里都领情。唉，事儿已经出了，我就不说什么了。论说这事儿不难办，关键中间还有刘掌柜的。你常对大伙儿说，周村以至信至诚立商埠，改什么不能改字据。咱和刘掌柜的那字据也就不便改了。可是卖了丝，刘掌柜的拿他那一股，我这一股子全归王老爷。"他一脸恳请，"王老爷，汉臣老实了一辈子，从来不干讨人嫌的事儿，这事儿你依也好，不依也好，反正这股子利钱我不要！”他说得很坚决。

王老爷认真地听完，平心静气地说：“汉臣，你说差了！”杨掌柜想争辩，王老爷抬手挡下，“往远处说，咱们认识也几十年了，逢年过节还走动，婚丧嫁娶都捧场。弟妹去世，我见你一个孤汉领着瑞清，我和你嫂子都掉了泪。唉，咱不说这些难过的。咱再往近处说——少奶奶她娘，我那亲家母是你本家的姐姐，咱也算是亲戚。这事儿不怨瑞清——他是个书生，虽是中了举，但还是个孩子。是老刘胡撺掇，这才弄出这些麻烦来。今春里就这么着，秋后别这样就行了。至于你那股子挣的钱，我是说什么也不能要！”

杨掌柜急得站起来：“王老爷，不行，这钱你说啥也得要。我有病，不能使劲说话。”他抱拳在胸，“你就算帮我个忙，收下这钱，我也好过踏实日子！”

这时，王老爷见新成回来——直接去了西屋。顿时松了口气。他过来扶杨掌柜坐下：“汉臣，你也得替我想想，我要是真收下这股子钱，人家不说我仗势欺人吗？不行，不行。”

杨掌柜：“王老爷，要把这话翻过来，我要是昧下这股子钱，周村人不说我穷急生疯抢买卖？更别说这是犯上了！唉！”他转向站立一边的瑞清，“都是你这个畜生！”

王老爷：“唉，汉臣，邹平桓台加起来，大致有三万多担茧子，这些年，我吃一万来担，剩下的各机房购了去。圣上虽是许咱专营，但我并没有扩大机房把这些茧子全吃了。”他转向瑞清，“大侄子，你还是年轻呀！我给刘掌柜的压价，是为了所有的机房，不光为了我自家。你想想，这一带的茧子由他一人控制着，老叔能由着他漫天要价？你千不该，万不该，不该另给他开出一条道呀！”随即一扬手，“好了，不说了。要不在这吃饭，要不你就早回去歇着。这事儿就算完了，点心我收下。他娘，给汉臣拿上根高丽参。”他站起来，“汉臣，金银有上千万，不如有个好身板！快回去歇着吧。”

10

第一批丝出来了，场院里又成了络丝场。许多妇女用拐车合股加劲，那拐车形如半块马扎，摇起来扑扑棱棱。

刘胖子看着一捆捆的成品丝笑逐颜开："瑞清，那边缫，这边络，咱这买卖真不错！再有个十天半月的，咱就能卖头一批了！"

瑞清并不高兴："唉，都把我爹气病了，到这还在炕上躺着。不顺不孝，我想起来就埋怨自家！"

"嗨！你爹那也叫病？我认识他三十年了，三十年前他就病病怏怏，到这不也挺好吗？他在炕上躺着是怕出来见人，等你把钱挣回去——成包袱的银子往他跟前一放。你信不信，他能噌地一声坐起来。"他指着脚下，"钱就有这么大劲！"

太阳挺强，瑞清觑着眼："还有多少担？啥时候能缫完？我都烦了！"

"还早呢，"他指着茧子垛，"还有这样二十垛！"

这时，桂花来了。

刘胖子笑着问她："又来叫瑞清去吃饭？客人又捎来啥新鲜玩意儿？"

"板鸭。刘叔，你也一块儿去吃吧？"

刘胖子后退："不行，不行，我和瑞清差着辈呢！快去吧，我在这守着！"

瑞清怏怏地跟着桂花往出走。

桂花问："咋还不高兴？"

"唉，经过这一场，我还是觉得念书好，干买卖，生气着急的没意思！"

桂花抱怨："你是躺着想站着，站着想躺下，不知道怎么着舒坦！"

瑞清："我看着你倒挺高兴！"

"我刚从王家来，少奶奶说，等杨叔那病好了，她就去说咱的事儿。"

这时，克太太背着药匣子朝这边走来，瑞清赶紧迎上去接药箱："洋婶子，让我背着！"

克太太："你父亲好点了吗？"

桂花："好多了。饭量也见长！"

克太太："感谢上帝。"

11

夜深了，瑞清还在灯下看书，神情专注。

这时，桌上那灯火忽然向上蹿了两下，接着就摇晃，起风了。北屋的窗户刮得呼呼哒哒。

他赶紧来到北屋，吹着火绒点上灯，端灯来看看爹的脸色。

父亲醒了："还没睡？"

"我正看书呢，爹。"他向上拉拉被单子，把灯放回桌上，回来坐到炕沿，"爹，你说得对，人得上进有出息，我从现在就用功，这回考不上就下一回，下回考不上就再一回，总有考上的时候！爹，你放心，我非得光宗耀祖登了科，让咱那墓田里冒青烟！"

父亲闻此洪武正韵，一把攥住儿子手，嘴绷着抑制才没哭出声："那，那，我这辈子也算没白活！"说罢，老泪横淌。

瑞清给父亲擦去泪："爹，你好好地养着，浪子回头金不换，何况我还不是浪子。没了俺娘，你一个人拉巴我这么不易，我得好好学。今天我去县上报了名，谢知县还给我出了几道策论的题目。爹，你好好地养着，壮壮实实的，等着中军来报喜！大丈夫志在四海，我非活个样给周村人看看不可。我让你老人家下半辈子昂着头走路，谁见了都叫你老太爷！"

杨掌柜激动至极，大张着嘴哈气，仰望天棚："他娘，你可都听见了，咱瑞清上了正道儿了！"

瑞清也是一脸泪："爹，你早歇着吧，洋婶子说你不能激动。接着睡吧。"

说完，不敢再看父亲，慢慢地低头走出。

他来到院中，忽见满天通红。

街上门板乱响，接着有人喊："杨家的机房着火了！杨家的机房着火了！"

四胜从机房跑回来报信——奋力砸大门："少东家，快开门，快开门，咱那机房失火了！"

12

街上人影纷乱，喊声一片，人们提着水桶拿着盆往西跑。

王老爷披着衣服冲到院里，大声呼叫所有家丁："快，快，都去救火！"

西屋里的灯也升亮起来，少奶奶端坐床上，审视着丈夫："不是你让人放的？"

新成翻身朝外："废话！"

少奶奶穿衣下床。

新成坐起来："你干什么去？"

少奶奶："去救火！"

"你一个妇道人家能干什么？快躺下！"

少奶奶不听，快速系扣子。

新成跳下床："你敢去！"

"不是你让人放的？"

"不是。"

这时，街上有人喊："不好了，火向西来了，永世蒸笼屉铺也着了！都快来呀，快扒倒几趟屋呀，要不就烧了整个周村呀！"

又一位喊："不好了，城外头的麦子地也着了！"

新成脸色蜡黄地坐起，手哆嗦着点烟。

少奶奶立于屋正中："说！是不是你！"

"我让放火烧那茧子垛——是想吓唬吓唬那俩人。"一顿足，"谁想到起风呀！"

"哼，街里房子挨得那么密，这就烧了整个周村！"伸出食指冲向丈夫，"你就等着蹲大牢吧！"

新成扑通跪倒，抱着夫人的腿："文绣，念及夫妻一场，还有俩孩子，你可别去告我呀！"

"这事儿明摆着，还用我去告？"

新成脖子一拧站起来："一不做，二不休，搬倒葫芦洒了油。反正也着了，爱怎么着怎么着！"

少奶奶轻蔑地看着他："这辈子，你那良心能安生了？"

新成似是没听她的话，两眼直勾勾朝外看，突然钻到墙角处浑身哆嗦，语不能发。

少奶奶慌了："相公，咋了？"

新成指着外面却是说不出话来。

少奶奶蹲下揽住他："别怕，别怕，我不去告你，我不去告你！"

新成缩成一团，紧偎在太太的怀里。

少奶奶看着外面自语道："难道还能烧煞人？——要不咋来的冤魂？"

13

天亮了，周村烧去了半条街。

火虽是灭了，但那房梁却成了木炭，依旧青烟徐徐。被火殃及的人们坐在街上，表情麻木绝望。

谢知县忙于救火，只穿着内套官裤，上身白褂子，一脸烟火余痕。他一边叹气，一边带着两个衙役巡视损失情况。

人们一见县太爷走来，就势跪倒："谢大老爷呀，你可得给俺做主呀，俺这家子可咋过呀——"

哭声如沸，诉求迭起，内容大同小异。

谢知县一一安慰，向杨家走来。

杨掌柜的去世了，门上插着"丧幌"——竹批子上夹着刀火纸。谢知县远远见此，不由摇头叹息。

杨掌柜那尸体冲门停着，身上盖着白纸。桂花在饭屋里烧水，慢长棰的孙叔里外张罗后事。克牧师陪瑞清守灵。

克利尔："你打算怎么办？"

瑞清木讷："不知道。"

克利尔："准备告王家吗？"

瑞清低着头："凭什么告？咱又没有证据。"他无力地摇摇头，"别说没证据，有咱也告不赢。"

克利尔点点头："对，没有证据。没有证据谁也没办法。"他双手支在膝上，"你的工场失火，连累了那么多人，你还能在这里住下去吗？"

瑞清抬起头："那我怎么办？"

克利尔："我正在想。"他温和地看着瑞清，"你去上海吧！"

瑞清："去上海干什么？"

克利尔：“找机会。我弟弟约翰·克利尔在东印度公司中国部，也叫联华洋行。他在那里做经理，到他那里去吧。”

桂花送来水。

瑞清：“我能干什么？又不会什么手艺。”

克利尔：“上帝没给我们手艺，却给了我们勇气。唉，瑞清，我多次劝你信仰上帝，你总是一笑置之。但上帝并没抛弃你，仁慈的上帝虽然关上了这扇门，却为你打开了另一扇窗。换个环境你或许可以振作起来！”

这时，四胜恭敬地让着谢知县进来。

瑞清磕头，克利尔站起来：“谢县长好。”

谢知县：“克先生好。”他转向瑞清，“刘胖子呢？”

四胜在后面插话：“昨晚上他一看火来了街里，拿起衣裳就跑了！向西跑的，这时候兴许到济南了！——快下牒文把他拿回来吧。”

“他跑什么？”

瑞清：“一是烧了半条街，再就是欠着庄户们的茧子钱。”

谢知县坐下：“唉，你看看，你俩这是闯了多大祸！说说，咱怎么赔那些街坊！”

桂花在门外含着泪咬衣角静听。

瑞清低着头：“除了周村这处房子，桓台还有一百多亩地，全都交给县上做主。”

谢知县：“这火是自家着的，还是有人放火？得罪啥人没？”

克利尔紧盯着瑞清。

瑞清低着头：“我爹那么老实，哪能得罪什么人。着火的时候我正在念书。”

谢知县站起来：“就这么着吧，发完了丧我就替你变卖家当。唉，可这点东西不够呀！”

克利尔和瑞清把知县送出来，克牧师鞠躬，瑞清磕头，谢知县叹息着走了。

谢知县走出几步，一个衙役小声说：“老爷，我听说这事儿和王家有关！”

谢知县点点头：“不管有关无关，他得出点钱。”他指向那些难民，“要不这些人怎么安置？走！去他家化缘！”

克利尔拉住瑞清的手："这是五个银币，你不要推让，这是你应得的佣金。没有你，那天开坛布道就不会那么成功。唉，我该多给你点钱，可是经费还没寄来，你节省用吧。好，就这样，我回去给约翰写信，到了上海他会照顾你的。"

桂花跟在后面含泪听。

14

桂花跑回家，进门就收拾衣裳，拿过包袱铺床上，把橱子里的衣服直接往里抱。

金陵书寓里，一个小丫头跑来汇报："妈妈，小姐回来了，正在收拾衣服！"

桂花娘四十多岁，眉清目秀，干净利索。她坐在椅子上深长叹喟："六十年一个轮回，这还不到六十年呀！"说完，不住地咳嗽。

小丫头忙端来水："妈妈，别着急，小姐一时半会儿还走不了。"

桂花系好包袱，摸摸自己的床，冲着镜子照一下。环顾一下屋子，小嘴一抿，毅然决然拎起包袱就走。

但是门锁上了。

桂花跺着脚喊："开开门，娘，开开门！"

她娘站在外边，感情真切地说："孩子，别犯傻，这样的事儿娘干过。"

桂花威胁："娘，我先说好了，你要不开门我就上吊！"

桂花娘："孩子，这样的话我也说过。听娘的话，咱好好地过日子。瑞清要是有真心，他混好了准回来接你！"

桂花："他要是混不好呢？"

桂花娘："怕的就是他混不好！孩子，别犯傻了，当初娘要不犯傻，哪能有你呀！——想知道你爹是谁吗？"

15

小清河码头上，一条小船停在岸下，艄公是个瘦老汉。岸高水低，老者更显瘦小。

瑞清与克利尔夫妇道别。四胜拎着包袱抽泣。

孙叔拉着瑞清："孩子，一到上海就打信来！"

瑞清："我记下了，叔。"他可怜巴巴地看着孙叔，"叔，五七的时候，别忘了给我爹烧纸呀！"

孙叔："放心，你一天不回来，我一天替你上坟！放心去，干个样儿出来给王家看！"

瑞清谢过，又冲克利尔夫妇鞠躬："洋叔，洋婶子，我走了。你们多保重！——今天是东风，我下午就能到了济南。"

克太太掉泪，克利尔抱过瑞清，拍着他的背："一切都会好的，上帝保佑你。"

四胜哭着递过包袱："少东家，你啥时候能回来？"

瑞清坚毅地说："很快！"他深吸口气，"四胜，把受连累的人家记下来，人不死，债不烂。我要是混好了，就回来给人家盖新屋！兄弟，咱还有见面的日子！"

小船远去，瑞清独立船头向回招手，克利尔在胸前画着十字。

孙叔高声喊："瑞清，你可好好干呀！叔盼着你成器呀——"

瑞清："回吧，叔——"

四胜看着船走了，这才想起了自身，蹲下哭："俺可咋办呀——"

第三章

1

上海一片混乱，洋人四处盖楼，民工们光着膀子挖地沟。外滩上全是木杆子搭的脚手架，灰盘铁锨，叮当乱响。楼与地面斜搭着台桥，工人们推着西式独轮小车——上边拉，下边推，吆喝着往上运料。

五月黄梅天，忽雨忽晴，地蒸天煨，闷热难耐，瑞清却还穿着北方夹袄。久未洗澡，衣服黏身，他左手揪着领子，呼哒着透透气。他拿着地址边走边问，一个老者指向一座灰楼——总算找到了联华洋行。

他来到楼下，屏心静气，举头望去——石头大楼长柱顶天，台阶高远，更显傲岸。他忍着自卑与渺小，慢慢向上走来。

他刚走上门口平台，两个头上缠红布的印度警卫拦住他，瞪着大眼咕噜英语。

他从包袱里拿出信，警卫一见，立刻肃然起敬，躬身出手向里让。

他刚进去，一个精明干练的中国青年便迎上来："先生，找谁？"

瑞清没说找谁，却是端详着这位："你怎么不留辫子？"

青年摸一下后脑勺儿："剪掉了，早晚你也得剪。先生找谁？"

瑞清："我找约翰·克利尔，这是他哥的信。"

青年看看信皮，领着瑞清去了里面。

里面是个大厅，好多人在办公，瑞清纳闷儿，怎么白天也点着电灯！

青年带他到会客区坐下，一个黄头发的英国妇女送来咖啡，歪头对他一笑，给他倒上。

瑞清半坐半蹲，手护碗边："谢谢洋嫂子。"

那青年回过脸去乐。

洋妇女眉开眼笑地执壶走去。

瑞清问："年兄，"他指那些办公的洋人，"哪个是俺洋二叔？"

青年："你是说克利尔先生？噢，很不巧，他去湖州了。"

瑞清有点傻："那俺咋办？"

青年："克利尔先生过几天就回来，你先找个小旅店住下，再来告诉我在哪里，克利尔先生一回来我就通知你。"

"那你把信给我吧。"

青年笑笑："先生，大可不必。"

"请教台甫？"

"杨立俊。先生怎么称呼？"

瑞清已经适应了环境，大大咧咧地说："五百年前咱是一家，我叫杨瑞清。宗兄，你留下这信不要紧，得给俺写个字据。"

青年谅解地一笑："可以。"顺手摸过茶几上的蘸水笔，极为流利地写了个便条。

瑞清拿过来看："宗兄，体谅兄弟乡下人进城，咱还是用汉字吧。"

立俊一笑，重新用汉字写了。瑞清收起条子，立俊客气地送他出来。

楼外平台上，立俊伸来右手，瑞清却是抱拳，两下里没能对上茬儿。互为理解地笑起。

瑞清看着那印度警卫，突然来了幽默，他问立俊："宗兄，这五黄六月的，头上还缠着半匹布不热？"

印度警卫目光茫然，不知所云。

立俊觉得这人挺有意思，笑笑："这是风俗——住下之后来告诉我。"说完躬身行礼，回到洋行。

瑞清慢慢往下走。

黄浦江里正有轮船路过，一声低吼，势如牛鸣，他觉得新鲜。

那边，一个洋车夫蹲着观察，拿不准这位是不是坐车。

瑞清走下台阶，想到江边看个究竟。忽见地上有封信。街上很湿，那信封也脏了。他拾起来，找个水洼涮洗一下。然后抽出信笺——全是英文表格，他又装回去。

洋车夫过来了："先生，坐车吗？"

瑞清递上信："请教，这个地方在哪里？"

洋车夫："我不认识字的。"

"安塞尔路六十八号。"

洋车夫的头很小，脸上的皮也薄，一瞪眼："噢，我认识，那地方很远的！我带你去。上车吧！"

"多少钱？"

洋车夫伸出后三个手指："三个铜板。"

瑞清上了车。向后一躺，欣赏外滩景色。他看着那些在建的高楼，觉得不可思议。

安塞尔路就在外滩后面，瑞清正看得过瘾，车夫却说："到了，先生，就是这里！"

瑞清下了车，皱着眉问："这叫远？这就要三个铜子儿？"

车夫解释："你是外省人，我不拉你来，你一天也找不到的！拿钱来吧啦。"

瑞清感叹一声，数三个铜板付上。

车夫还是伸着手："不加小费来吧啦？"

"什么小费？"

"洋行里出来的都付小费的啦。"

瑞清一瞪眼："我踢死你！"

车夫装好铜板："外省就是蛮，就是蛮！"嘟囔着走了。

这是一个青砖灰瓦院落，精致讲究。黑门上有红漆镶芯，上写"江山千里秀，家园万年春"。

瑞清看看信封，抬头再看门牌，忽然想起唐人"鸟宿池边树，僧敲月下门"的句子，不禁一笑，学唐人风致，轻咳一声，一板一眼地拍了三下。

"来啦——"莺啼燕语，一个女子在内婉亮作答。

瑞清后退一步，拉开距离。

门开处，一个十八九岁的女子出现。细高身材，下穿到脚黑长裙，上身灰色圆襟半袖褂，风姿绰约，文质婀娜。

瑞清一慌，低首抱拳："请问夏半山先生是否居此？"

女子："是。请问先生是——"

瑞清："噢。学生适才到联华洋行访友不遇。出门时拾得这封信。"

说着双手把信呈上。

女子惊讶，赶忙接过来："谢谢。"回身对院内喊，"妈姆，提货单找到了。是位先生送来的——"

一个妇女闻声出屋。

女子侧立身子，恭请入内："先生，快请内坐。家父找得苦，又去找了。原来就丢在洋行门口。先生内坐！"

瑞清整顿情绪，端步而入。

2

瑞清家败了，四胜也就失了业。他辗转来到张家羊肉铺。案子冲着门，摆着些红色的熟羊肉。四胜腰扎围裙，圆头刀拄着案板，高声叫卖："张家酥羊肉！用料那叫精，做工那叫细！邹平青山羊，皮板筋全剔去（去，周村人读"气"）！老汤炖，红曲糟，下酒你就割当腰！要说香，是磨裆！要说美，是羊腿，让你吃得摘不下嘴——"

路南的这溜房子全都经营熟食，紧靠四胜是家酥锅店，这小伙子比四胜个子高，叫卖之声更响亮："博山酥锅十八样，章丘大葱莱芜的姜，海带鲤鱼白莲藕，猪蹄白菜盘大肠。八陡酱油王村醋，桂叶茶籽出苏杭！祖传的方子学不走，能煞你也兑不了汤！白色的胡椒波斯产，还有印度的黑丁香——"

旁边卖周村烧饼的没有这套词，只能加大音量，那汉子瓮声瓮气打夯似的喊："周村烧饼！周村烧饼！"

购者络绎。

桂花朝这边走来，仅这几天，人就消瘦下去了，也没了以前的活泼伶俐。眉蹩嘴抿，闷闷不乐。

她站在门外问四胜："瑞清来信没？"

四胜把羊肉递给顾客，点头哈腰送走。叹着气在围裙上擦手："唉，哪有这么快呀！"

桂花："都半个多月了！"

四胜着急："你连周村都没出过，你知道中国有多大！唉，去那上海挺费劲！"圆头刀在案子上画着点线，"得先从咱这里去济南，再坐驴车去济宁，这才能从运河里坐上船——这时候到了就不孬！"

桂花："不是说要修铁道吗？"

四胜："这不是还没修嘛！你放心，少东家到了准来信，来了我先给你看。快走吧，掌柜的看见不依！"

桂花放下仨铜板："顶多是买他点羊肉！"

四胜朝后看看，伸出头去小声问："我听说你娘要把你嫁给爆仗刘？彩礼也收下了？"

桂花："收也白收！我不依，俺娘能把我绑了去？"

四胜赞成："可是不能依！你和少东家也不是一天了，曾在绣楼里对天许下千般愿——这我都知道！"他瞪着眼加重语气，"桂花，这段真情不能忘呀！——咱不能少东家头脚子走，你后脚子嫁了人！要那样，可负了那番情意了！"

桂花难过，低眉未言语。

四胜同情："唉，咱实实在在地说，嫁给爆仗刘真不是上选！不是上选！人虽是不错，也算瓷实人家，可这一年到头擀爆仗——今天崩着眼，明天崩破头的有准儿吗！桂花，你可得顶住！"

"我顶着哪！除了瑞清我谁也不嫁！"

四胜放心了："这就对了！用不了几天少东家准来信，你想想，咱给洋叔帮这么多忙，他兄弟能对少东家差了？那天上海的老闵来买肉，我打听了，那联华洋行在上海最有名！洋叔他兄弟更不用说！你等着，用不了几年少东家准带着大钱杀回来，回来灭了王家！"再次叮嘱，"你可得等着呀！"

桂花点头："我等着，到死也等着！"

"这就对了。老闵在咱周村收丝，回去就卖给联华洋行。一会儿我再去找找他，看他走了没。也让他帮着咱问问！”

桂花：“那个老闵我认识，他常到书寓去！——他这阵子正忙活着收王家的丝呢！”

四胜叹息：“唉，胖刘叔本想和少东家闯出条路来，唉，这路没闯成，倒让老东家搭上命！最后还是王家拾了个大便宜！”他看看四周小声说，“你知道不？那茧子一两银子二十担！哼！咱毁了，庄户们也赔了——我看快剖桑树了！”

“这回行了，不用那奉旨专营他也专营了！谁敢抢这买卖就给谁家放火！——这就是那读书人，这就是那一门四进士！”

四胜宽慰她：“嗨。这麻将牌九刚开始，还不知最后谁能赢！你看着，乾坤不变道不变，发财的风水轮流转，少东家不能这么散了！”

桂花回身看看街，轻叹伤感：“唉，瑞清那么聪明一准能发财，就怕发了财，把咱这些人忘了呀！”

“哪能！少东家自小就重情义，断不能是这路人物！”

掌柜的从后面前来：“四胜，你去下河街说书吧！”

桂花走了。

四胜撑着案子探出身：“拿着肉呀——”

3

瑞清送来提货单，夏半山先生一家很高兴。他太太亲自下厨，帮佣人做了几盘精细小菜，一家人围着圆桌坐下。

夏先生有四十多岁，身形瘦长，精明细致，他太太气色极好，人也富态。她看着瑞清挺顺眼——不住地暗自点头。

夏小姐夹在父母中间，因是圆桌，正与瑞清对面，她含羞带笑只是不敢抬头。

夏先生扶住酒杯：“我们无锡人出门做生意，先是找同乡，后是靠朋友。如果遇到贵人，那发展就更快啦！这个提货单要是让瘪三拾去，他就发财了，我就垮掉了！码头上的洋人只认单子不认人的！你知道这批货色值多少钱吗？”

瑞清：“多少钱？”

夏先生："值一千镑，大致要三千多两银子的！"

瑞清点点头。

夏先生："来，我们干一杯，我们一家谢谢你！这是真正的状元红！"

瑞清想起自己未能考上状元，不禁自嘲一笑。他没喝过绍兴酒，咽下之后表情异样："这是酒？"

夏先生："对！酒，好酒。有什么不对吗？这是真正的状元红！没有今天的喜事我是不会打开的！"

夏小姐低着头笑，夏太太看到了，高兴地撇下嘴。

夏先生为他布菜，瑞清手足无措。

夏先生点上支香烟："你既然认识克利尔先生，以后发展会很快的，"他先指瑞清，后指自己，"我也会跟着沾光。"他掐住小指肚，"只要他给我很小的一个单子，对我们就是大生意！"

瑞清："互助，互助。我还没见着洋二叔呢。"

夏先生："他很快就回来，湖州很近的。"

夏太太给瑞清夹来块蹄膀："杨先生你吃呀，不要光讲话误了吃东西。水晶蹄膀，很好吃的来。"

瑞清局促不安，浑身冒汗。

夏太太："客房我让人收拾出来了，你就住在这里，等克利尔先生回来再听人家去安顿。不要见外噢！"

夏先生忙附和："对，住在这里最好，住在这里最好。明天让稚琴带你去街上转转，免得走迷失。另外，将来你要到洋行里做事，应当识点英文字，让稚琴教你好了！"一指女儿，"她的英文比我好，跟外国嬷嬷学的。"

夏小姐虽是未喝酒，一听自己有任务，脸红到脖颈："杨先生听不来上海话，人家怕是教不好！"

夏先生："让你教你就教好了……"

瑞清双手撑着腿面："夏先生，你什么时候去码头提货？"

夏先生："明天。"

瑞清："我想去看看，也跟着学学。"

夏先生："好的，好的。杨先生家原来是做什么的？"

瑞清："生丝和瓷器。"

夏先生向后一仰身子，惊愕地说："大生意的来！"

这院子三面是屋，南面是另一家后墙。北屋门外左右各一棵枇杷树，此时正开花。

夏太太带着瑞清去了西屋，夏小姐回了东屋。她没开灯，却是立在门帘后面朝外看。

她看到母亲出来了，就冲院里的佣人招手，小声叫道："林嫂，林嫂。"

林嫂进来："小姐，有事情？"

夏小姐："你端盆洗澡水给杨先生送去，我闻到他身上都馊了。"

林嫂："已经烧好了，这就送过去。"

夏小姐拉住他："不要忙嘛。"减了音量，"把他那衣服抱来洗一下。"

林嫂担心："梅雨天，明天怕是干不好！"

夏小姐："拧干些，再用熨斗烫过就好了。"

林嫂忍着笑出来，夏小姐双手捧住脸颊自羞地回过身。

4

早上，瑞清跟着夏先生来到码头，账房拿着算盘迎来："东家，"他一指瑞清，"这就是捡到单子的那位先生？"

夏先生挺高兴："怎么样？人很端正吧？杨先生，这是顾先生。"

瑞清抱拳寒暄。

顾先生说："东家，买家都到了，款子也收了。发货给他们吧？"

夏先生点头。

账房得令而去。

那边垛着堆木笼箱子，里面是些矮粗的大玻璃瓶，瓶身上缠着草绳，下面垫着厚草。

瑞清问："夏叔，这是什么？"

"硫酸。一瓶要三镑多！"

“这么贵！”

“对嘛。我们中国造不了嘛！”

“我听说过这东西——周村的染坊里常用。”

夏先生感叹：“做这货虽是能够赚到钱，但风险相当大。运费极高，是一般货色的八倍！”说时，手做成八形，“因为破了瓶子硫酸会把船烧坏的！”

瑞清：“那咱咋办？”

夏先生：“我们不怕——船要在海上遇到风浪，瓶子破了，洋行方面是会赔我们的。因为我们缴过保险金的。”

“什么是保险金？”

夏先生笑笑：“慢慢来，慢慢学。我回头给你讲。”

码头上的苦力两人一箱，轻抬慢走，精力集中，相互照应，请神似的小心翼翼抬车上。

瑞清眼一亮：“夏先生，这硫酸用瓷坛子装不行？——我去年到博山订货，见有专门烧这玩艺的，那坛子一个鼻儿。”

夏先生：“对，一个鼻儿。”他笑笑，“那是给日本人用的。日本人能用，我们不能用。”

“为什么？”

“日本人可以在青岛装船运走，可我们要把这坛子运来上海，太麻烦了。唉，英国不出产这种坛子，可能是烧制不了。我们中国也只有唐山和你说的博山能烧。但唐山和博山这两个地方都不通船，运到上海要两个月。我们的生意很小，所以只能买这瓶装的。”

“为什么不买日本硫酸？”

夏先生笑了：“日本也造不了硫酸，它是把坛子运到英国去装。”

瑞清点头：“我看，带上些匠人到英国去烧坛子就能发财！”

夏先生笑笑：“你家是做瓷器的，肯定懂得了，瓷器和土质有关。不是什么土都可以烧瓷器的。”他回过身，“一会儿你到洋行看看克利尔先生回来没有。你要主动些。”

瑞清看看那边的轮船，转回来说：“夏叔，咱们也算有缘人，说话也不见外。我没出过周村，也没见过更多的洋人。洋叔虽是对我挺好，可我心里挺嫌弃洋鬼子。”

夏先生略感意外：“为什么？”

瑞清：“你看这几十年，大炮开着路，硬往咱这里贩大烟，不要都不行。唉，贩大烟就贩大烟吧，还把圆明园烧了。也忒欺负咱了！”

夏先生苦笑一下：“这种情绪我也有过。我们为什么受欺负呀？朝廷软嘛！我们有什么办法！它软一点儿还好，它一硬起来和洋人打，接着就得赔款，我们就跟着多缴税。我们是生意人，不要去想这些。瑞清，你不是想赚到钱回家翻身吗？好，那就要把这些想法昧起，和克利尔搞得好钱就赚到了！”

瑞清：“不是天下兴亡，匹夫有责吗？”

夏先生觉得他幼稚：“张养浩说‘兴，百姓苦；亡，百姓苦’。这些书我都读过。朝廷要亡的时候想起百姓来了，兴的时候却只想到自己，除了盖宫殿就是给自己造大坟，再就是用天下的钱为自己办寿礼。从秦始皇开始哪朝皇帝不这样子？哪里想过我们百姓？我说得对不对？”

账房过来汇报：“东家，货发完了。咱们进的太少，买家还要呢！——再去洋行订些吧？”

夏先生：“下批货让杨先生帮我们订，一定会便宜的！”

5

克利尔在办公室里看哥哥的信。边看边笑，间或摇头叹息。他有三十多岁，人较瘦，干黄色的头发。

接待瑞清的那个帮办杨立俊站在桌前。

克利尔问：“杨瑞清现在住哪里？”

杨立俊：“住在夏半山先生家。”

“他认识夏？”

“很偶然。那天夏先生来拿提货单，上洋车的时候掉在门口了。杨瑞清从这里出去，正好捡到，就给夏先生送去了。”

克利尔点点头：“果然很热心。”

“我去叫他来？”

克利尔思忖："叫他来可以，可我哥哥让给他安排住处，还要租近处的房子——你顺便问一下。"

"总经理要录用这个人？"

克利尔看看信："我哥哥对他大加赞扬，并说他头脑灵活，很有商业天分。你去叫他来，再让秘书在巴黎餐厅定个位子，我请他吃饭！"

杨立俊要走。

克利尔叫住他："我决定录用杨瑞清了，以后你要多帮他。"他走到立俊跟前，扶住他的肩，"他虽然常和我哥哥在一起，但我估计他不会英语——因为我哥哥的中国话比中国人说得都流利。"说完，轻轻地笑。

6

夏小姐在教瑞清认字母——枇杷树下放张小桌，书本对着瑞清，夏小姐歪着身子指教："这个念F。"

瑞清："爱夫！"

夏小姐着急："你不能用山东腔读字母！看我舌头放在哪里。念，F！"

瑞清不便看。

夏小姐："看哪。这样，先把舌头抵住齿内，念F。"

瑞清不看夏小姐的眼，只看舌头，跟着念："F。"

夏小姐："这就对了。再一遍F。"

瑞清跟着念。

夏小姐表扬他："对。念得很好。就是嘛，这样念就对了嘛。再念这个G——，G——"

瑞清直起身子："唉，这玩意儿挺费劲！除了钩子就是圆圈，没撇没捺的实在没什么意思！"

夏小姐："学会了就有意思了。"

瑞清："我看够受！"

夏小姐鼓励他："不难学，不难学。英语是种很简单的语言，比我们汉语容易，有章可循的。"

瑞清："我看挺难。洋叔也教过我，我根本进不到心里去。"

夏小姐："英语很有用，你只要会了英语走遍全世界也不怕。"

瑞清："让你这一说，这英语还非会不行？"

夏小姐："对呀！"

瑞清："秦始皇也不会英语，照样统一六国！"

夏小姐乐着生气："你真不讲道理！来跟着我念嘛！"

瑞清："不行，不行，我弄不了这玩意儿——那四书五经还有个注释，这玩艺直接是认模样，不行，不行，我学不会！"

夏小姐更着急："你不是要去洋行里做事吗！"

瑞清自有办法："没事儿。洋行里有同仁，家里有你，我会不会的不要紧！"

夏小姐："那你出去呢？我不能总跟在你后面嘛！"说完愕然，脸也红了。

这时，杨立俊拍门，夏小姐跑去开门。瑞清站起来。

夏小姐带着杨立俊进来，他一见瑞清就抱拳："宗兄，恭喜，恭喜，总经理要录用你！还要请你吃西餐！"

瑞清："洋二叔回来了？"

立俊："回来了。"向前一凑，"宗兄，将来发达别忘了小弟呀！哈……"

瑞清笑着："这麦子还没耩上，你先说蒸馍馍的事儿——这是不是早点儿？哈……"

夏小姐退让在一边看着，眼里满是喜悦。

立俊："走吧？"

"好。我去拿见面礼。"

"什么东西，要是一般的东西就不用带了。"

"周村烧饼，又酥又脆，洋行里准没有！"

瑞清回屋提了个包袱出来。

立俊："这么多？"伸手接过。

瑞清："看着不少，连三斤都没有。走。"

夏小姐："等等。"说完跑回屋里。

立俊打趣："行呀，宗兄，很有手段嘛！"

瑞清不及反驳或更正，夏小姐拿着紫木匣出来："把衬衣换上，去洋行，你这衣服不适合！"

立俊看着那木匣上的英文，惊异艳羡："landgrave（伯爵）！这要三镑多呃！"

瑞清一瞪眼："什么？一个褂子小十两银子，你也忒不会过日子！"叱责后自知失当，"我是说洋鬼子蒙咱。嘿嘿。"

夏母过来解窘："快去换上嘛，稚琴已经买过来了，好意嘛。"她接过女儿的木匣。

夏小姐不高兴，赌着气回身进了自己屋。

瑞清穿着制服衬衣走了，夏小姐拉着门缝追看，她看着瑞清挺胸昂头，身板直立，大辫子摆来摆去，心里很高兴。

母亲院中不满："后面身有什么好看的！"

7

立俊和瑞清沿江边走，帆船来往，波光潋滟。瑞清满眼风光，心旷神怡，不住地感叹。

立俊说："宗兄，你做过生意，很快就会上轨。再加上总经理欣赏，提拔一定很快！"他似有忧虑，"不像我，从学生直接到了洋行，只做些碎事！"

瑞清："你在那里管什么？"

"体育用品推广交流。"

"这是什么？"

"很简单。就是把西洋扑克网球还有飞刀介绍到中国，同时把麻将介绍到英国去。"

"洋人不会打麻将？"

"不会。他要会了我们怎么赚钱？"

"噢？说说。"

"我用英文编了本教材——首先告诉他们什么是饼条万，再告诉他们什么是一条龙，什么是青一色，还有断幺、门清等等。只有培养出他们的兴趣，才会买我们的麻将。”

“一副麻将在英国能卖多少钱？”

“我们现在定做了两种，卖给中产阶级的那种要一百二十镑，卖给贵族的要二百多镑。”

“天呀！这不就是生生蒙人嘛！”

立俊一笑：“贸易就是这样。把那边没有的运过去，把这边没有的运过来。我们从中谋利，这就是贸易！”

瑞清明白了：“就像硫酸。”

立俊：“是。还有煤油。”

瑞清：“什么是煤油？”

立俊：“是点灯用的油。硫酸只有工厂用，而家家都要点灯，所以煤油比硫酸有前途。”他笑看瑞清，“贸易要的是量大。联华洋行正推广这东西！”

瑞清：“老百姓没钱，卖贵可没人买！”

立俊：“你说得很对。煤油比菜籽油便宜许多，还没有烟！”

瑞清：“把这玩意儿弄到周村就行！”

立俊：“宗兄，记着，做贸易要放眼宽，要知道世界上有什么，咱们中国有什么。两边来回倒运。不要总想着周村！”

8

四胜忙活着卖肉，桂花来了。四胜示意她等等，同时加快卖肉速度。

总算打发走了那些客人。

桂花急切地问：“瑞清还没来信？”

四胜也急：“没哪！”

桂花跺脚：“急死我了。俺娘把成亲的日子定下了！”

四胜：“什么时候？”

桂花：“下月初六！”

四胜更急：“这不快了嘛！你不是死扛吗？”

“唉。俺娘从头给我捋续——说她那些不易。劝着我应了这门子亲。我觉得瑞清很快就能来信，收到信我就按地址去找他——我一走，什么也不说了。”一跺脚，“可到这不来信。可把我急煞了！”

“也就是说——你应了这门子亲？”

“她鼻涕一把泪一把的，我想也别和她争了，收到信我就走——”

四胜一扔刀：“那上海离这里两千多里地，信能这么快吗！完了完了，这可完了！少东家本来就心绪不济，如果知道你这里成了亲，还不得窝囊得投了江呀！洋叔说了，上海那里有条江，大火轮都能跑开！”

“你让我咋办？”

“回去给你娘说说，就说你找张铁嘴算了，这个日子不吉利。往后延几天，说不定拖这几天就能成就那一辈子好姻缘！”

桂花一跺脚：“嗨！这日子就是张铁嘴给选的！”

掌柜的出来了：“四胜，我听来听去——这里头根本没你的事儿，快卖肉！”

四胜猛然回过身，持刀恶目：“咋了？顶多我不干了！”说着就解围裙。

掌柜的一下找不到人，忙过来说：“别别别。干得好好的，别说不干就不干呀。咱说话别耽误干买卖！说吧说吧。”掌柜自动回后面。

四胜哼一声：“得了信，我陪着你去上海，也去找个差使干。在这里剔骨头切肉的，一辈子没有大出息！”

“好！一得信儿咱就走，我先回去准备下行李！”

桂花娘怕闺女跑了，笑吟吟地找来。

四胜劈头就说：“花仙姑，你吃过亏，上过当，见过东海的大风浪。不是侄子说你老人家！你打了一辈子牌九，咋看不出谁站在‘天门’上呢！那爆仗刘能和少东家比吗？”

桂花娘：“四胜，你不是我，你知道我有多难？嗯？瑞清就是孔圣人——这一时里正少吃没穿的周游列国，我也不敢把闺女嫁他呀！”四胜想急，花仙姑一改口气，“唉，瑞清是不错，当初我也不拦着。可现在他是丧家犬呀！”

四胜突然软了：“花仙姑，这是桂花一辈子的事儿，你就是硬把她嫁出去，她心里装着少东家，就能和爆仗刘过踏实？再说了，哪天少东家一回来，还不是一场现成的乱？”

桂花哭着走了。

花仙姑叹一声：“当娘难呀——”甩着花手绢快步追去。

9

将近傍晚，克利尔和瑞清从洋行里出来，印度警卫冲他们鞠躬。

克利尔：“两家馆子，一家俄式，一家法式。我们去哪家？”

瑞清：“哪家我都没吃过，洋二叔看着办吧。”

克利尔：“我说过了，不要叫我洋二叔，叫我名字也行，叫我总经理也行。记住了？”

瑞清：“那成了没大没小了！虽然咱不是一族，可咱差着辈呢！”

克利尔笑着：“按我说的办吧。”

瑞清想个折中之策：“那有人的时候我叫你总经理，没人的时候我还叫洋二叔。”

克利尔：“你很固执！”一耸肩，“随便你。”

他俩沿着江边走，前面就是杨浦公园。瑞清说：“这地方夏小姐带我来过，说是有个牌子，写着不准我们华人进去。有这事儿？”

克利尔：“有，是一些自以为是的人干的。他们根本不懂中国！”

说时，表情反感。

克利尔点支烟：“以前我也是不懂中国，所以吃了大亏。”

“噢？”

“初到中国的时候，我总用女王专使的态度去各地订货，从而招致了对方反感。可对方又不便直说，就开出一个极高价格——用价格拒绝你。但是两国的经济环境不一样，我也没觉得价格高——多花了很多钱！”他转过脸，“这就是傲慢的代价！”

瑞清：“现在呢？”

“现在我尽量把中国商人看成伙伴，起码要给面子，懂礼貌，这样才能获得对方的好感。”他甩出烟蒂，“在对中国的开发中，第一批人可以是强盗，但接踵而来的应当是绅士。所以有人揶揄说——绅士跟在强盗的后面！”他笑了。

“洋叔也说过这样的话。他就对周村人挺好，洋婶子也不嫌脏——给难产的娘们接生。周村人都信他两口子，更没拿着当外人！”

克利尔：“所以别人教堂被烧了，他却没有这样的顾虑。”

他俩转过弯。

“我来到中国后努力学习汉语，也读了很多中国经典，我越读越觉得中国文化伟大。而且是不可抗拒的！”

瑞清点头：“顾炎武也说过类似的话。他说蒙古人打下中原后，不肯向中国文化下跪，所以很快完蛋了。清朝就接受了这个教训，杀进北京后啥都不干，先给崇祯发丧！顺治十六年又在崇祯的墓前大修建明楼和享殿，顾炎武还作诗说‘殿上定三主，并田立娘娘’，也夸这事儿办得聪明！”

克利尔接过来：“这就对了。这样能增加亲近感，也减少了很多抵抗。一支送葬的队伍顶多少军队？你计算过吗？”

瑞清刮目相看：“洋二叔，你知道不少中国事儿呀！”

克利尔：“既然是想开发中国，就要懂得中国。现在英国的大学里也读中国书！”

“噢？这倒头一回听说。”

“剑桥大学是所很高傲的学府。但你要在剑桥读商科，就必须读《管子》。那本书我也读过，真是一本了不起的经济学著作，再过一千年也不过时！”

“我读过《管子》，有些还能背过！”

克利尔摇动一个指头：“中国人读书是为了考试，不是为了使用。这是很悲哀的事情。这么大的国家，却让一个自私怪僻的老女人，对不起——慈禧太后统治着，管子的理论永远不会被用来改造现实！”

他俩在餐厅坐下。

克利尔抽着烟：“生丝和陶瓷是我们主要的业务，这两种东西你都懂，来做我的助手吧——你去和中国商人打交道，你比我有优势，他们不会骗你的，同时也骗不了你。是这样吗？”

“我可不会英文呀！”

“这不需要英文。你要多少工薪？”

“按我们那里的规矩——”他顿了一下，“学买卖管饭就行，不用给钱。”

克利尔拍他肩：“你不是学徒，而是职员，用不了多久，我相信你会成为高级职员！”

“那你看着给吧。”

菜来了，是沙拉和炸牛排。

克利尔用眼示意瑞清该怎么拿刀叉，瑞清点头跟着学。

克利尔往牛排上淋一点酱油：“这酱油的味道极好。”

瑞清点头，也淋上一点儿。

克利尔：“在中国，你可以尽情地往牛排上倒酱油，但在英国就不行了——酱油比牛排贵，餐厅只给一点点！”他叉起一块肉放嘴里，“英国不出产这种酱油。英国的酱油没有颜色，也就是你们说的清酱。”

“咱为什么不往英国运？”

“四十年前就运了，但运费一直很贵，一打十二瓶，光运费就要两镑。所以只有商人和贵族能买得起。”

瑞清吃块肉，品着那酱油：“这酱油没什么特别的。我老家博山八陡出的酱油比这好，颜色也红亮。”

克利尔：“是吗？”

这时，一个洋人来敬酒，瑞清也跟着站起来。

克利尔高兴地介绍：“我的助手，瑞清·杨先生。”

10

下午三四点钟，四胜坐在案板后面打盹儿。

邮差叩响案板：“四胜，瑞清来信了，快拿图章！”

四胜噌地站起来：“快给我。”

邮差：“图章！”

四胜：“我哪有图章呀！”

邮差：“摁个手印吧。不光信，还有鹰洋呢！”

四胜："好好。"

他摁过手印，邮差把信和一个铅封袋给他："数数对不，当面签收，回头不认！"

四胜撕开铅封袋，倒出银元，是十个墨西哥银币，上面有只老鹰。他先把铅封袋还给邮差，顺手切块肉："拿着，我请客。一会儿我把钱垫上！"

邮差高兴地提着肉走了。

四胜看着信，一把将银元拍在案板上，失声哭道："少东家，你这信来晚了，人家桂花嫁了呀！"

掌柜的从后面出来："哭什么？我看见你给邮差切肉了，钱呢！"他一眼看见那些银元，细声问，"四胜，瑞清这么快就发财了？"

四胜痛哭不止："晚了，什么都晚了呀，少东家——"

掌柜的："什么晚了？"

四胜一步跳到街上，冲西面跳着大叫："爆仗刘，你乘人之危夺人爱！你缺德呀！爆仗刘，你等着，等着俺少东家回来办你个舅子——"

各店铺里人跑出来观看。

11

自从瑞清到洋行上工，夏小姐就添了一项业务——每天到厨房帮着林嫂做晚饭。

厨房里，林嫂正炒菜，拿过罐子要放糖，夏小姐一把拉住："不要放这甜，杨先生不爱吃的！"

林嫂笑："小姐心真好细！"

夏小姐对话外之音故意忽略："放得咸一点，北方人爱吃咸。"

林嫂："太咸，老爷太太吃不来的。"

夏小姐："不打紧。慢慢也就适应了——当然不要放太咸。"

这时，瑞清提着木箱子回来，那箱子木茬光净，整齐崭新。上面还喷着英文字。

夏小姐从厨房欢快跑出："这是做什么？"

“洋行里有件小生意，我问问夏叔愿做不？不愿做我再向外发包。”

夏先生挑帘而出：“什么货色？”

“猪鬃。克利尔指定要常德产的，”他掏出一小捆样品——那撮猪鬃用红线捆着，细毛朝上，如刮脸打肥皂的刷子，“要这么长的。”

夏先生：“我知道，我知道。”

他们来到屋里。

夏先生戴上花镜观看，夏小姐去那边的几子倒茶，母亲虽在帮忙，却不满地小声抱怨：“养你这大，也不曾给我倒！”

夏小姐抿着嘴笑。

瑞清问：“咱能做不？”

夏先生：“能做，能做。这是常德鬃，常德周围十二个县都有出产！”

瑞清意外：“噢？猪鬃还有这么多讲究？”

夏先生摘下镜子：“对，极讲究！那种猪名字叫花狸，是英国人用兰开夏猪和常德猪杂交的。织造礼服呢，”他指自己的脚面，“做鞋子的礼服呢只能用这样的鬃！”

“夏叔对这行挺熟？”

夏先生：“熟，熟。非常熟！——以前就是我帮赖先生去湖南组货的！”

瑞清：“哼！今天我截的就是这姓赖的！只要咱的价钱比他低，这桩买卖就归咱！”

夏小姐把茶放在瑞清跟前，柔情蜜意地看他一眼。她的眼睛黑白分明，清灵明澈。

瑞清那生意谈得正紧，没注意夏小姐什么眼神。

夏先生：“多少钱一吨？”

瑞清：“七十镑。要五百吨。”

夏先生大惊：“没有错吧？”

瑞清：“低了？是七十镑！”

夏先生：“过去我们卖给赖先生是三十镑，他这是赚到多少钱呀！瑞清，快答应他，四十镑我们就做！”

瑞清慢慢摇头，口气温和地说：“夏叔，我虽初入此道，但这做买卖讲的是

‘对点儿’，只要对方觉得便宜就行！——六十五镑克利尔就能高兴得蹦高儿！”

夏先生两眼大睁：“我们发财了！”

瑞清姿态似大亨：“这仅才刚开始呢。”

夏先生急速命令太太：“快去告诉林嫂，炒什么炒，不要再炒嘛！那菜让她自己吃好了，我们一起到外面去吃。去扬州饭店！”

太太高兴地剜他一眼：“银两还没赚到手呢，高兴成这样子！”嘟囔着出去。

瑞清说：“夏叔，克利尔说一定要用这种箱子装，还要垫上黄油布。”他指着那箱子，“我看光这套陪衬就不便宜！”

夏先生内行：“我知道，我知道，裹油布为了防水湿——以前就是我在做嘛！”

瑞清：“那明早去签合同吧。合同一签洋行就付一半定金。”

夏先生：“最好，最好。给一半我们就先有得赚了！最好，最好。可是瑞清，”他减小声音量，“你要多少？”

瑞清一愣：“夏叔，你把瑞清看小了！”

12

第二天早上，瑞清来到克利尔办公室。他正半躺在椅子里反正端详着白瓷盘。

他把盘子放下问：“夏先生肯做吗？”

瑞清：“做，一会儿就来签合同。六十五镑一吨。”

克利尔惊讶：“一吨差五镑？不可思议，不可思议！如果他能维持这个价格，我们就和他签订长期协议，猪鬃就不再找别人！当然，洋行也要奖励你。”他挑起大拇指，“杨，你真棒！”

瑞清笑笑，顺手拿起白瓷盘，眼看别处抚摩盘子正面，然后再细看。

克利尔得意地点上烟，架起二郎腿：“考考你，这是什么瓷？”

瑞清一笑：“醴陵致工瓷。要报价吗？”

克利尔一惊，立刻坐正：“要！一打一箱，要一千箱。要用木箱包装，否则在船上会碰碎的。”

瑞清一笑：“箱子盘子各一半，咱们多少钱发包？”

克利尔：“最高一镑四箱，要用棉花衬垫。”

瑞清一笑：“一镑七箱，但要用猪鬃衬垫！”

克利尔惊得一弹而站：“天呀！我怎么没想到！”他绕过来拉着瑞清，“杨，你是个天才！”

瑞清一笑：“总经理，这最应当想到。”他顿一下，“常德醴陵都在湖南，都在长江边上！猪鬃瓷器在同一个产地，为什么要用两个包装？”

这时，夏先生提着皮包进来，克利尔过来拉住他，指着桌上的盘子：“这批瓷盘也归你做！”

夏先生有点蒙。

克利尔指着瑞清：“猪鬃瓷盘混装在一个箱子里，这是瑞清想出来的。夏，我认定，杨是商业神童！不是这样吗？”

夏先生看看瑞清，再转向克利尔：“我早就看出来了——”

瑞清看向窗外，江上，一艘帆船正在江心那橙色的朝阳里沉着稳重地前进着……

第四章

1

天冷了，阳光也成了秋后的角度，但那枇杷树的叶子还未落去。

夏小姐和母亲从外面回来，拎着个很轻的包袱。

林嫂迎上来问："皮袍取回来了？"

夏太太："取回来了。吊一下要了八钱银子，吊皮袍也好发财了！"

林嫂接过去，里子朝外晾在竹竿上："真是好狐腿呃，毛真光亮！"

夏小姐和母亲进了屋，林嫂去冲茶。

夏小姐说："穿皮袍过时了。他在洋行里做事，洋人都穿呢子大衣呢。瑞清也该做一件！"

夏太太提醒："不好穿得太入时！"

夏小姐："为什么？"

夏母："听你爹爹说，很多人拉拢瑞清！"眼一斜加重语气，"也不是没人想把女儿嫁他！"

虽受威胁，稚琴并未慌乱。

夏母继续："专门经营葡萄牙软木瓶塞的杜先生你认识？他就请过瑞清，还是在他家里吃的饭——他女儿就漂亮，我见过！"

夏小姐强努力平定自己的心绪："瑞清在周村定亲了，那些人怕是白费心计！"

夏母："还用别人吗？咱家就有人费心计！"

夏小姐脸飞红，安稳地坐在母亲侧面：“妈姆不好挖苦人家。瑞清帮爹爹揽到生意嘛！”

林嫂端着茶进来，母女对话停止。林嫂机敏，放下茶赶忙退出。

夏母轻叹一声：“唉，我看嫁给瑞清也未必好。”

夏小姐低头不语。

夏母：“那天喝醉了酒，杨立俊扶他回来。我和你爹爹陪他喝茶。他说要讨二十个老婆呢！”

夏小姐小声反驳：“酒后说话哪算得数！”

夏母一笑：“阿琴，酒后才吐真言呃！”她见女儿静默，又补一句，“一个还没娶到，先想准备后面十九个，也太好色了！”

夏小姐：“瑞清不是那种人，我能觉得到！”

夏母怕女儿太失望，改换方式：“唉，我也盼他不是！但这个人举止行动都和别人不一样，让人猜他不透！阿琴，就咱俩，你是怎么想的？”

稚琴：“我没怎么想。”说罢站起来去了东屋。

夏母失落地望着。

2

下午，洋行里有些清闲，瑞清在立俊那里聊天。他的办公台是个大案子，摆着麻将扑克等中外赌具。

立俊和瑞清说着话，手却在不停地玩扑克——把整副的扑克从右手弹往左手，收放自如，瑞清看得入迷。

瑞清：“立俊，这一手你练多久？”

立俊：“这还用练？说，想要哪张牌？”

瑞清：“红桃5。”

立俊一笑，把扑克交给瑞清：“随便洗，越乱越好。”

瑞清笨手笨脚地洗牌，然后把牌递过去。

扑克在立俊的手里鱼贯而下，瑞清两眼紧盯，防着他作弊。立俊喊声：“出！”弹出的那张扑克反转上飘，随之落到案子上，正是红桃5。

瑞清大惊："神！"

立俊："雕虫小技。"

"你认牌？"

立俊笑而不答。

"麻将怎么样？"

立俊往后一躺："那更简单，不管你把牌弄得多么乱，我都能知道是什么点子。"说着洗那副麻将，洗时，眼看远处，两只手似是变成了八只手，一会儿把麻将码好。

"你这手真快！"

立俊得意："去年我在英国表演，那些人都看傻了。好几个小姐给我名片！"

瑞清打趣："没弄个洋妞拾掇拾掇？"

立俊："拾掇？拾掇是免不了的。哈……"

瑞清过去把上面的牌换换，按住一张说："这是什么？"

立俊："三条。"一抬下巴，"翻起来看！"

瑞清翻过来，挠着头说："还真是三条！"又摸起一张，"这是什么？"

立俊："八饼。"

瑞清真是服气了："谁要和你打牌还不赔等着输呀！我说，你别干洋行了，咱俩开个赌场吧！"

立俊："正因为这样才不能赌！"

瑞清："为什么？"

立俊："我要是去赌，和抢有什么区别？上海的好几家赌场请我去。唉！"他摇摇头，"瑞清，咱是绅士呀！"

这时，工友走来，他有四十多岁，干净利索，细皮嫩肉："杨主办，你的信，山东来的。"

立俊抬眼问："桂花来的？"

瑞清笑着把信打开。

3

饭做好了，夏小姐站在门内——透过门缝往外看，看瑞清下班走来的方向。

夏先生过来问：“还没回？”

夏小姐：“嗯。”

夏先生：“可能朋友叫去外面吃了。”

夏小姐：“不会。他要去外面吃，会让工友来送信的！”

夏先生觉得有理：“可能是洋行里有事情。再等等吧。”

夏小姐跟着父亲往回走，父亲去了北屋，夏小姐去了自己的屋。她屋里的陈设雅致简单，清洁明了。她坐在床边上，看着墙上的表，六点半了，该回来了。不由自主地透过窗子看院子——盼着瑞清回来。

北屋里，夏氏夫妇在谈女儿。夏太太说：“阿琴这么喜欢瑞清，可人家在周村有人了，我们怎么办？”又补一句，“我们家世代士绅，是无锡的望族，总不会让阿琴做小吧？”

夏先生：“不会，不会。”

夏太太：“你有得办法？”

夏先生没有具体办法，却是不在乎地说：“不打紧。你知道，这是上海，上海的风气最开化！瑞清又做洋行，天天看那些卷头发的洋女人，头脑里的那个乡下的女子渐渐也就忘掉了！不打紧。”

太太：“你怎么知道不打紧？”

夏先生解释：“瑞清现在是主办呀！每月薪俸八十镑，还有奖酬。这在上海数得着哩！主持一个家没得问题吧？他为什么不把周村的女子接来？这就说明他没想好嘛！”

太太认为有理，同时也有担心：“也对。可是不会被别家抢去吧？杜家常常请他去，这是要防的！”

夏先生：“杜先生是求他把西北的发菜卖到英国。当然，也不是没有这方面的意思。但我看瑞清对阿琴极敬重。克利尔给他朱古力，他也不舍得吃一块，都带回来给阿琴，还有香水。”

太太不以为然：“香水他自己用不到嘛！”

夏先生："那他为什么不寄回周村？"

这时，瑞清回来了。

夏小姐忙从屋里跑出来，可瑞清头也不回，径直去了自己的屋。

夏先生惊异："怎么了？"

夏太太："难道让洋行辞掉了？"

夏先生："不会，不会。你去看看。只有你适合去。"

夏太太抱怨："为难的事情总是我！"叹息一声，肩负使命出来。

夏小姐来到北屋，与父亲不安地站着。

林嫂来问："老爷，吃饭吧？"

夏先生："不得忙。吃饭忙什么！"

林嫂无端被斥，沉着脸出来。

夏太太侦探归来，夏先生忙问："怎么了？"

夏太太："在哭呢。"

夏先生："为什么？你没问问？"

夏太太："那么难过，我哪好问！"

夏小姐突然变勇敢，径直来到瑞清门外，轻巧地叩着："瑞清，怎么了？在外面受了委屈？"

瑞清："阿琴，别等我吃饭了。我、我、我难过！"

4

早上十点多钟，太阳歪着照来周村大街，明暗各半。四胜正从大锅里往外捞羊肉，小伙计过来说："大师兄，爆仗刘他老婆来了，在前头。"

四胜眼一横："她来干什么？嫁了的闺女切开的瓜——说啥都晚了！告诉她，我忙着呢！"

小伙计去了，四胜继续捞肉。

小伙计又回来："大师兄，她不走。我看那眼里泪盈盈的，挺可怜人，你还是去见见吧。"

四胜把肉钩交给小伙计："唉，春里种了谷子，这又看着那高粱好——可你就这一块地！”抱怨着走来。

桂花怀孕了，也未打扮，显得拖沓。

四胜上下打量，指着她腹部说：“看你多能！还会怀孩子呢！狗生狗，猫生猫，雏鸡子生来向后刨！——这孩子早晚也得擀爆仗！”

桂花叹息：“随便你说吧。我任着你糟践！”

四胜急了：“我这是糟践你吗！我让你等等，我让你扛着，可你咋就扛不住呢！这倒好，少东家也来信了，你也嫁了。桂花，你觉得我说话不好听，可你知道我心里咋想？”

桂花：“唉，我哪知道！”

四胜：“少东家收到我那信，心还不得碎了呀！昨夜里我就做了不祥的梦，惊出我一身汗来！”

桂花忙制止：“不许胡说。瑞清好好的，我也梦见他来！”

四胜的目光越过桂花的头顶向远看：“都说是那痴情女子薄情汉，哼，到你这里却改了行市——倒过来了！”

桂花：“真难呀！”她低着头，心虚地小声问，“那信打出去了十六天了，瑞清回信没？”

四胜：“你既然嫁了爆仗刘，就跟着他死心踏地地碾火药吧，别再挂牵这些了！”

桂花：“我知道自家没脸挂牵，可我放不下呀！”她把包袱递上来，“这天也凉了，瑞清临走也没带棉衣裳，你费心给他寄去吧！算俺求你！”

四胜不接：“少东家在哪里？在上海，穿的是西洋的呢子苏杭的缎，能穿这桓台老土布？”

桂花：“穿不穿俺不管，俺得有这番心！”

四胜：“桂花呀，咱从小在一块长大，不是我说你——少东家对你可真是情深似海呀！他虽说是找二十个老婆，可是那性情人物呀！噢！收到我的信，那心碎一回。那伤刚结了痂，咱这衣裳又寄到了——再把那伤痂揭起来。你想把他折腾死？”

桂花：“那俺不管，俺得让瑞清知道俺没忘下他！俺是万般处在那无可奈！是俺娘用‘放倒神’头天晚上麻翻俺，一气睡了三天，这才嫁给了姓刘的。四胜，俺没法儿呀！”说着哭起来。

四胜叹息：“唉，花仙姑她真不该呀！”

桂花擦去泪：“要不你把上海的地址给俺，俺找人写了寄去！”

四胜伸出手：“唉，给我吧。”

桂花：“四胜，你可寄呀。万一瑞清没有棉衣裳就冻着呀！”

四胜：“寄，寄。我一准寄！”四胜把包袱放到凳子上，回过脸来问，“爆仗刘对你还好？”

桂花抿着嘴：“千好万好，娶了俺就没好！”

四胜劝慰：“唉，已经这样了，就好好地和人家过吧！——你平平安安的，少东家也好放心！”

“哼，我就没用那正眼看过他！”

“你穿针引线地给少东家做这棉衣裳，爆仗刘没拦着？”

“拦着，我就一头撞死！”

四胜抖搂着手：“这可咋办！这可咋办！万一少东家哪天杀回来，这个局面可咋收拾！”

“四胜，我把话放在这里！——只要我醒着，姓刘的就甭想碰我一指头！瑞清要是真回来，我能看见他就知足！”嘴抿了好几抿，“俺这辈子也算没白活！”说罢抽泣着快步走去。

四胜追来街上，冲桂花背影扬去手：“好好地养着，别生气着急的！”

5

早上，立俊来到克利尔办公室。

克利尔问：“瑞清四天没来了，他怎么了？”

立俊：“唉，怎么说呢，他失恋了！”

克利尔摇头：“不可能。在中国，定了亲是不能随便更改的。瑞清没定亲吗？”

立俊解释：“他那是私定终身，没有父母的认可，这做不得数的！”

克利尔大悟：“原来是这样。”他指着桌子上的那些样品，“可他不来上班，这些东西怎么发包？这都是他主管的业务，我们又不懂，弄不好又要吃亏。你去把他叫来吧。”

立俊为难：“昨天我刚去过，我看他也没有精神，像是万念俱灰。总经理，再等两天吧。”

克利尔着急地在办公室里走两趟，心生一计，走到立俊跟前：“你看这样行不行——”他指住立俊的肩，“你去美国人办的光华中学约几个女生，晚上我们请瑞清跳跳舞，喝点酒，这样也许能好一些。”随后又说，“我也用一下你们中国的美人计！”

“我看这计不管用——夏先生的女儿天天陪着他，夏小姐很美丽，也文雅。这都不管用。光华女中的学生怕也不会有奇效！”

克利尔急了：“你去叫他来！失恋不能耽误做生意！”

立俊原地未动，冷冷地提醒道：“总经理，瑞清性情刚烈，我怕逼得他太过，他不在洋行做了！”

克利尔闭眼点头：“好，好，一会儿我亲自去一趟。”随之总结道，“山东的那个女孩子一定很美，起码比夏小姐美！否则杨早就变心了！”他又纳闷，“比夏小姐美？夏小姐已经够美了，还能多美呢？”最后归结为，“中国人不好理解！”

6

下午，瑞清独坐室中。将去的太阳留一抹殷红在墙上。

夏先生回来了，进门就问太太：“瑞清好点没有？”

夏太太：“也不出屋，也不说话。好不愁人呃！”

夏先生：“还得把他叫来。我有事情找他！”

夏太太：“你自己去叫好了。”

夏先生看女儿：“阿琴，你比我们有面子，还是你去吧。”

夏小姐低着头：“我哪有什么面子！”却还是站起来，“我试试吧。”

她来到瑞清屋里，给他倒杯水，慢慢地端过来：“瑞清，去吃饭吧。”

瑞清表情空茫："唉，真是没意思！"

"桂花也是迫不得已，还不知道她有多难过。别说在乡下，就是在上海，父母之命也极难违背。好了，洗过脸去吃饭吧。"

"唉——"一声长叹，再次落下泪来。

夏小姐递来毛巾，看着地面婉劝："'人到伤心处，何是泪长流。'洋行里那么多事情，克利尔先生也亲自来过了。你还是打起精神去上工，事情一忙，你可能会好些。"

瑞清擦着泪："元遗山说：'问世间情为何物？直教生死相许！'唉，真是至情文字！桂花从小和我一块玩，我现在一闭上眼就能看见她那样儿！"

"瑞清，人生本来就没有几多遂心。还是往宽处想想，也替桂花想想。你这般难过，也算得不负这段情。来，洗过脸，一块吃饭。"

瑞清垂头不语，夏小姐正要再劝，他却猛地站起，怒目横眉："我要干出个样来，回周村灭了那窝子！还奉旨专营，狗屎！——放火惊煞我爹，逼得我出走他乡，桂花也嫁给爆仗刘！"他正视着夏小姐，"稚琴，你看着，我说到做到！"

夏小姐温情和缓地说："干出个样子是大丈夫的作为，但未必非要回去复仇。"

瑞清瞪着眼，声音高起："我本来想科考取士，光宗耀祖，可他给我放火！好，你放吧，这一放我倒是明白了！——黄巢也本想进身求仕，过安生的日子。可考官作弊，这才逼得他造了反！好，我反给你看！'唐毁于巢'，我让这家子毁在我手里！"说时，面有杀气。

稚琴淡然一笑："胸怀壮志自然很好，仇和恨也不能忘记。但对一切无法改变的事情，还是要心存宽恕，不要整天总想着报复。那样就把自己看小了。"瑞清想急，夏小姐赶紧说，"——我没有资格劝你，但天天想着恨，会弄得整日不开心。"说完，不看瑞清，默默走出。

北屋饭摆好了，一家三口坐在那里等。夏先生问："他没说来不来吃？不来就给他送去。"

夏小姐："我哪说得准。"

夏母："这孩子真拗犟！"她见女儿不悦，忙作修正补充，"这般痴情的男子也少有的。"

这时，瑞清拿着一摞单子进来。一家人全起立，瑞清忙扶下二老："不妥，不妥！"

夏先生亲切地问："洋酒还是白酒？"

夏太太："他心情这般坏，不喝酒最好！"

夏先生拖着长腔："不是这般说！宋湘（清儒）那诗我记得——"他看着瑞清，"'千秋怀抱三杯酒，万里云山一水楼'，喝点酒心胸天地也就宽了。"他示意女儿，"还是劳你驾，拿剑南春来好了。"

瑞清把单子递过去："夏叔，克利尔送来些单子，你看看你能做哪些，在上面打个钩。把不能做的发包出去。但价钱要比这报价低一成。"

夏先生忙取来花镜，认真浏览："都好做，都好做。低两成也有得赚！上海的这些买办，"他摘下镜子向外指，"都是靠洋人才发财的！"放下单子，"就是嘛！伤心完了，还是赶快上工去。当然，再歇几天也无碍。"

夏太太："你最盼瑞清去上工！"

夏小姐歪着头倒酒。瑞清忽然看着她："稚琴，你能陪我喝一杯吗？就一杯！"

夏氏夫妇交换眼色。

夏小姐脸通红，低头嗫嚅："我哪里喝得酒。"

夏先生替女儿做主："一杯没得事情嘛。瑞清这般邀请，怎的好拒绝。来，倒上。"

夏太太替女儿倒上酒，并抱怨："也不曾邀请我！"

一家人笑了。

夏先生擎起酒来："来，干一杯。干了这杯酒，雨天就变媚阳了！来，干！"

瑞清一饮而尽，夏小姐小抿一点。

瑞清放下杯子，接着一声长长的叹息。

夏太太热烈地布菜，试图冲散瑞清的愁绪。

夏先生对太太夸奖："瑞清是奇才，买办行里都是这样说的！"他转向瑞清，"你可知道虞洽卿？"

瑞清："知道。那是买办前辈。"

夏先生："对嘛。就是这样的前辈大佬，现在也不便小看我。赖先生这类的就更不用提！——现在倒要说要我帮他的忙。为什么？因为瑞清嘛！"

瑞清："惭愧，惭愧。"

夏先生："你在家里这些天，一定有不少单子跑掉了！"

夏小姐："就不能不谈生意吗？"

夏太太："你爹爹做生意有瘾的！——我们成亲第二天，那还是在无锡，他听到说曾国藩的湘军要藕粉，扔下我就走掉了！"说时挺起胸模仿丈夫昂扬出走的样子。

夏先生解释："不做生意怎的吃饭？可是瑞清，现在美国的硫酸来了上海，比英国的便宜呃！"

瑞清："克利尔今天也说到这事儿，不要紧，英国的硫酸会低下来的。"

夏先生："现在我客户都被别人抢走了！"

瑞清端着杯子："夏叔，这是暂时的。"

夏先生："可是美国的价钱低呃！"

瑞清仰面喝下酒："美国硫酸为什么便宜？因为它用特制的搪瓷大罐装运，到上海之后再分装零售。大罐是盛得多，但是装卸相当麻烦，也是经常烧着人。"他多少有些醉意，"大罐不如小罐，小罐不如不用罐——这事儿我想了好久了。哼，我从明天开始就编制这个计划。稚琴，你要帮我把这翻成英文——因为要寄到英国总部审定，更要总部全面配合。美国硫酸？哼，我倒要和它争一下！"

夏小姐："只怕我的水准不够！"

夏先生："不打紧，你译出来再让洋行里的人编辑。可是瑞清，不用罐怎的装硫酸？"

瑞清倒着酒："其实很简单。"

夏小姐小声求母亲："让他吃饭吧，劝他不要喝这多酒……"

母亲小声打趣："这最该是你的事情！"

7

周村王家。

下雪了。

王老爷心态安闲地坐在椅子上，下巴微昂，看着外面的雪，有感而发："'万里清江万里天，一村桑柘一村烟，渔翁醉着无人唤，过午醒来雪满船。'"他转向夫人，"那雪想必就这么大！"

王夫人："快过年了，雪又这么大，客商们也都回去了，赌场不会有客人。让人把新成叫回来吧。"

王老爷："这玩意儿当初就不该开！耳濡目染，你看看新成还是原来那样儿？光赌还不算，这又加上嫖！——温家前天就找了我！"

夫人："那是陪客人去的，他自己没下场子！再说了，周村这四大书寓全国有名，他整天过来过去的，偶尔下回场子也不算事儿！"

王老爷瞪眼："胡说！自打李化熙辞官回周村，咱这里就有窑子。我也年轻过，我为啥就没去？人家少奶奶是不说，暗地里还不知道咋骂咱呢！"

夫人站起："嗯！回来我说他，不能由他这么闹！少奶奶她哥脾气急，真能带人来揍他！"为转移火力，王夫人岔开话题，"我听说杨家那小子在上海洋行里主了事儿？"

王老爷摇头："唉，这都是后患呀！这小子真要是杀回来能和咱算完？"

王夫人不以为然："他在周村反不了湾！"

王老爷："你这话我不愿听！你知道咱的丝卖给谁了吗？就是卖给了联华洋行，还是瑞清亲自验的货！他娘，瑞清是洋行的主办呀！他要是找麻烦不收货，上海老闵就得把丝给咱退回来，咱就得如数返人家钱——人家不是没难为咱嘛！想想这些，咱心里该不该惭愧？"

王夫人："可是，可是。这孩子还真不孬！"

王老爷指向西屋："就这样，少奶奶说给瑞清寄点东西去，新成死活不干！说那样成了咱服软了。"他扬目看向外面的雪，"唉，硬的你用过，一把火，把周村的书生逼成了上海的买办！他娘，天下不光周村出丝呀，瑞清要是给老闵说一句——不让他收咱家的丝，咱这丝卖给谁？"

王夫人："可是！"

王老爷叹息："唉，咱能活几天？将来是他和瑞清打交道。机房里着了火，人家也没告，事情就这么着过去了。新成真该借收丝这个引子，以同乡的口气给瑞

清写封信，顺便捎点东西去。来回走动着，事情也就冲淡了。”他身子一挺，“可他不，那天因为这差点和少奶奶打起来！”

“那你写，你写更有分量！”

“我不写，我又没放火！哼，该说的咱都说了，由着他去吧。”

夫人着急站起来：“今晚咱得说说他！新成这孩子忒没眼色！老爷，我说了你可别生气！”

王老爷斜着眼：“咋了？”

“周村城里四个书寓，带着客商逛谁家也是逛，一样是咱出钱。咱家的客商也最多，可新成偏不让客人去金陵书寓！”

“为什么？”

王夫人叹口气：“还不是因为瑞清和桂花好？那天花仙姑专门找了我。”她走到丈夫跟前，“咱这是说万一，万一瑞清真回来，桂花再从旁边下上把蛆，人家不往死里办他！”

王老爷一怒而起：“你看着，驴不认道狗乱叫，发丧穿着那红箭套——这么不看眼色准得倒霉！快，快让人把他叫回来！——买卖就是买卖，不能在买卖上也诛连九族！”

8

下雪街上人少，四胜敛划起案上的肉，回身对小伙计说：“雪这么大，没买肉的了。上门！咱也早歇着！”

小伙计很听话，拿着门板出来。他刚上起一页门板，就见雪街中一个女人艰难地走来。他以为是买肉的，伸头定睛看去，渐渐辨出是桂花，急忙跑进来：“大师兄，快去迎迎，爆仗刘他老婆腆着大肚来了！”

四胜大惊：“啊！”一扔叉子跑出来，扶着墙紧走几步，迎住桂花：“你这早晨晚上就生了，摔倒可咋办！走，快回去！”

桂花惨笑着：“这死了也算一辈子。四胜，雪下这么大，瑞清那衣裳该收到不？”

四胜宽慰：“收到了，准收到了！快，我扶着你回去。”他扶着桂花的肩头，硬把她扳转过来——架着她往回走，“爆仗刘这个舅子，这么大雪也放你出来！看我不踹他！”

“这回不怨他。他没拦下我。你说收到了——瑞清回了信？”

“唉，收到我那头封信，少东家那心兴许都碎了！这信可让他咋回！”

“也不知道上海下雪没？”

“嗨！你别满心里放这些隔年愁，少东家冻不着！你整天想少东家，我看都有点癔症了！”

四胜扶着桂花慢慢向回挪，大雪迷蒙，天穹广远。

“四胜，不怕你笑话，过去咱看戏，说莺莺想那张生，想得带死带活，咱看着还不信。唉，这回我是信了。四胜，我要是躺下了，不管生没生，瑞清要是来了信，你可去告诉我呀！”

四胜忍着泪点头：“告诉，告诉，我准去告诉。唉，你娘这是办的什么事儿！”

爆仗刘手扶门框伸着脖子朝这望。

暗天下，大雪中，走着他俩萎缩的身影。

9

瑞清在家里编制计划，伏案书写，专心致志。

夏小姐在自己屋里削苹果，不时地抬眼看向西屋窗前的瑞清，心里的甜蜜漾来脸上，更显妩媚。

夏母进来：“这些事让林嫂做，你快去帮他翻英文——跑了硫酸客户，你爹爹最着急！”

夏小姐：“前面那些我译完了，正等他那最后一节呢。”

夏母：“这英文比中国话快些？”

夏小姐：“不是。他边想边写，所以慢。”

夏母：“我不晓得这些。阿琴，自从断了桂花这个念头，他对你很亲近呃！”

夏小姐：“哪里有嘛。”

夏母：“不要瞒，莲要长出，水是瞒不住的。妈姆懂！”

夏小姐含笑不语。

夏母：“阿琴，这样的人不容易碰到，嫁个好人，这是女人最要紧的事情。瑞清很能干，这才多半年的光景，我们就能买地盖公馆哩！”一撇嘴，“这要你爹爹自己做，怕到八十岁也难做到！”

夏小姐：“瑞清昨天嘱咐过，不要急于造公馆，免得人家说我们暴发户。对他在洋行里也不利！”

夏母：“我们又没骗洋行，价钱低嘛。”

夏小姐不愿再和母亲纠缠，站起来说：“看他写完最后一节没有。”

夏小姐来到瑞清屋，他没抬头：“等着，等着，还有最后两行。”

夏小姐过来歪头看，赞道：“虽是毛笔但你写得真快！”

瑞清：“当初为了考进士特别练的——写慢了答不上卷子！”

夏小姐反过臂，用腕子挡着嘴笑：“现在还想科考吗？”

瑞清：“还是洋叔说得对，中国不需要科举，而是科学！到了上海之后更觉得这话对！比如这硫酸的分子式，汉语里就没有。好了，可以拿去了。”

夏小姐接过来看，抿着嘴点头：“你这馆阁字爹爹看了都说好！”

计划编完，顿觉轻松，瑞清笑着点上烟：“文徵明就因为字写得差，考官才不让他上场子，气得他成了书法家，但也耽误了好几年。唉，都是逼的！”说着，很自然地伸手拉夏小姐坐下。

夏小姐一惊，看看他的手，红着脸坐在他对面。

瑞清也顿了一下，自我解嘲地一笑：“我这计划行得通吗？”

夏小姐：“我虽是不懂，但我觉得你头脑极灵活。能把不相干的事情放在一起，爹爹也这样说！”

瑞清一笑：“过誉，过誉。克利尔说了——只要总部同意这个计划，就让夏叔做‘无敌牌’硫酸的上海总经销。”

“所以爹爹把你看成财神。起码看得比我重！”

这时，有人拍大门，夏小姐赶紧站起来，顺手拉一下衣服。

立俊进来了。

瑞清赶忙迎接，夏小姐撤走不及只得问：“杨先生好。”

立俊躬身还礼，避开夏小姐问：“那计划编好了？”

瑞清：“好了。稚琴翻译的，你正好看一下。明天带到洋行去。这是什么？”他指着立俊手里包袱。

立俊为难地看看夏小姐：“唉，我说不送来，可是克利尔不同意，说那样不合人情——桂花寄来的包裹，摸着像是衣服。”

一听“桂花”二字，瑞清下意识地扶住桌边，夏小姐脸上的笑容也没了。

立俊晃着头：“唉，打开看看吧。”

瑞清呆滞地坐下。

10

第二天早上吃过饭，瑞清要去上工，一家人站起来。

夏先生说：“让包车送你吧？”

瑞清一笑：“哪有二十多岁坐洋车的。夏叔，婶子，我走了。”

瑞清昂首走去。

夏先生搓着手自语：“中午就会有消息！”

夏小姐面容沉静，看着瑞清的去影，两行清泪慢慢流下。

夏母慌神：“怎么了？好好的嘛！”

夏小姐不答，站起来去了自己屋。

夏先生问：“阿琴怎么了？”

夏太太：“我哪里晓得！”

夏先生拨着太太：“快去问，快去！”

夏小姐性本安娴，虽是伤心，却不出声，一个人坐在床边上看外边的枇杷树。

夏母追来：“阿琴，怎么了？”

夏小姐：“没的事情，只是心里难过。”

夏母：“为什么嘛！”

夏小姐：“妈姆，他把桂花寄来的粗布棉袄穿在里面，把我给他织的毛衣套

外面！”

夏母：“这没什么。”随后又说，“我再劝他脱掉，去洋行做工，穿得这般胖肿不像样子！”

夏小姐：“他哪肯听！”

夏母：“你劝过？”

夏小姐委屈：“我哪好劝——还不等我说话，他自己讲起关羽的故事。说关公无奈降曹操，曹操见关羽战袍破掉了，送他一件新的，关羽就把新衣套在里，旧袍仍旧罩外面——为的是能常常联想到刘备。他却反过来，把新衣套在里面，说要时时感到桂花在身边！”说完抽泣起来。

夏母：“桂花已经嫁了，穿在哪里都不打紧！”

夏小姐肩头耸动。

夏母噌地站起来：“阿琴，你记得，务必记得，不嫁瑞清就作罢，要嫁了，不管他赚到多少钱，不要让他回周村！”

夏小姐擦着泪：“不回也没用，桂花在他心里面……”

11

克利尔认真地看着瑞清的计划书，随看随称赞：“棒，杨，你真棒！是我最棒的职员！”

瑞清坐在办公桌外面，平静地抽着烟，遥视着窗外江面。

洋行大厅里，立俊捻灭香烟来到门口。

工友迎上来：“帮办要出去？”

立俊指克利尔的办公室：“一会儿杨主办出来，你来告诉我——我找他有事！”

工友：“好的，好的。”

克利尔抱着膀子：“杨，你详细地说说实施方法。”

瑞清：“很简单。我们先在博山订购硫酸坛子，等坛子烧好后，就近装上博山八陡的酱油，然后在青岛装船起运。酱油运到英国后，把酱油倒出来就地改分为瓶装，坛子也腾出来了。随后——”淡然一笑，“坛装的硫酸就运来了上海。就这么简单！”

克利尔慢慢地点着头：“妙，妙。这个灵感怎样得来？”

瑞清：“我初到上海，夏先生带我去码头上提硫酸，我当时就看着那些瓶子不顺眼，于是开始想这事儿，随后你请我吃西餐，又说英国的酱油很贵。就是这样。”

克利尔站起来：“我要写个报告，要求总部奖励你！”

瑞清：“快把这个计划报总部吧。”

克利尔摇着头：“没有这个必要了，我们现在就着手干！”

瑞清：“那我回去收拾行李。”

克利尔绕过桌子，来到瑞清跟前，情真意切地说：“瑞清，你去博山最合适。可那地方离桂花很近，你会很痛苦。瑞清，听我的话，千万不要去见她。那样会毁掉她，更会毁掉你。你对我相当相当地重要！”

瑞清凄惨地一笑：“我不去见她。”

克利尔：“对。不去见她。”他扶着瑞清的背往外走，“——雪莱说，‘把幸福剔出来给你，留下痛苦我独自咀嚼。’”

瑞清：“我明白。”

克利尔还是不放心：“你的情绪很不稳定，最好过几天再动身——我也失恋过。”

“唉，最难受的那阵子过去了。”他看着克利尔，“总经理，上海有四家英国洋行，我们能想到，别人也会想到——我们应当有所防备。”

克利尔点头：“我马上致函出口商会，申请运载方式保护。瑞清，”说着捏他的臂，“穿得这么厚！”

瑞清一笑：“我套着桂花寄来的棉衣！”

12

瑞清沿着江边慢慢向回走，虽然构思出一个赚钱计划，他却毫不兴奋。看着江水滚滚，想起当初和桂花在一起的日子。

瑞清坐着吃点心，桂花站在后面给他梳辫子。

桂花："今年会试你去不？"

瑞清喝口茶："会试会试，我爹那里刚放下，你这里又接上了。我就不明白为什么非考这玩意儿！"

桂花撇着嘴笑："自家考不上，就说科考不好。"

瑞清回身拉她坐下："桂花，你猜我为什么不愿意考？"

桂花："为什么？——我觉得你没什么正话！"

瑞清："我是怕一不小心真考上！"

桂花撇嘴轻哼一声。

瑞清："唉，真考上可就苦了，我这辈子也就算完了！"说着摸出荷包卷烟，"李商隐考中之后就十分后悔，还作了一首诗。"

桂花含情睇笑："背来听听。"

瑞清："李商隐中了进士之后与他太太开玩笑，作诗说：'为有云屏无限娇，凤城寒尽怕春宵。无端嫁得金龟婿，辜负香衾事早朝。'"他指着桂花的小鼻子，"就是因为中举，才弄得五冬六夏得早起！"两手一摊身子一仰，"把两口子的正事儿全给搅了！这就是做官上朝的好处！哈……"

桂花用食指杵下他脑门儿："满脑子里尽这个，哪还有地方去装四书五经！"

瑞清停住，对着江面抬手擦泪，不禁长叹一声。

立俊未穿外套，只穿西装从后边追来："瑞清。"

瑞清回过身："怎么了？"

立俊："你要去博山？"

瑞清："嗯。"

立俊："我想跟你去。"

瑞清："这一路很苦，不好走。"

"不碍事。我想跟你学学。昨天我看了你的计划，激动得一夜没睡好！"

"噢？"

"我认定这辈子你能干大事！"

瑞清一笑，未置可否。

立俊回头看看："你这个计划根本不该拿出来，不该让洋行赚这钱！"

"为什么？"

"咱们可以自己干！"

瑞清点头，又回脸看向江面："和洋鬼子一块闹腾，我心里相当别扭。荆条子再高也不是树！但现在，"他绷着嘴顿住，回过脸来看着立俊，"还不到时候！"

"瑞清，从现在开始，我们就要着眼于自立门户。不管什么时候，我都跟着你！"

"这正是我要说的话！"

第五章

1

十年后。1904年周村自开商埠。

周村街里响着明晃晃的大锣声。

石头——当年为教堂敲锣的那位变成临时官差，神态依旧，只是瘦腰已弯了。他伸头敲着锣满街喊："各位乡亲，各地客商，袁世凯袁大人、周馥周大人上了三道折子，往京城跑了八趟，皇上才准咱自开商埠，自由通商！济南周村潍县三地同时开埠，发财的机会来了！"

街两边站满人，七嘴八舌，议论纷纷，多数不知开埠为何事。

石头继续喊："有亲戚的找亲戚，有朋友的找朋友，拉来咱周村干工厂，县太爷那里就有赏！"他单敲了一阵锣——借机喘息，间或和看热闹的打招呼。走出一段接着喊："早年间，劝课农桑为休息，现在是，自由通商图富强！这样一直干下去，大清很快成盛唐！大伙都听着——只要来周村干买卖，税多税少好商量！"又是一阵锣，"英美烟草公司来了，南洋兄弟烟草公司也来了，汇丰银行也来了。杨瑞清也快回来了，回到周村办电厂。大锅炉、发电机都买了！只要一拉电灯线，灯泡子当时就放光！和那教堂里一个样！周村有宝风水地，开张创业最吉祥！胶济路通着济南府，胶济路路过咱家乡——"

一个年轻妇女问："四嫂，这杨瑞清不是桂花那相好？"

四嫂："对，就是他！——这人不一般，十六岁就中了举！现在更厉害，上海有名的买卖家！"

“唉，桂花真没福！”

四嫂：“是呀！花仙姑这是死了，要是不死，这一时里也得窝囊煞！”

那妇女压低声音：“四嫂，我听说这杨瑞清和王家有过节？他这一回来，现摆着就是一场斗呀！”

四嫂叹息：“强龙压不住地头蛇。现在王家也不是当初了，你看看，从书寓到机房外带澡堂子，占着多半个周村！简直就是周村的土地爷！——他让谁家兴旺，谁家就旺相，他让谁家塌架，你是一准顶不住！比谢知县都能为！”

那妇女：“我看未必！——既然敢下湾，就不怕蚂蟥往肉里钻！我听俺婆婆说，这杨瑞清也不是善主儿！”

四嫂：“善主儿也好，不善主儿也好。满周村都看着王家那眼色行事儿，杨瑞清就能治了他？还开电厂，我看连个烧饼铺子也开不成！”

那妇女不服：“四嫂，让你这一说，王新成还一手遮住天了！”

四嫂哼一声：“你家开着茶叶铺，他表哥崔广兴让你卖五分，你就不敢卖三分。这仅是他表哥，还不是那王新成！”

“唉，自家的买卖自家做不了主，真也是憋气！”

金陵书寓孤寂冷清，桂花形容憔悴，头发凌乱，独自在屋里抽烟，听着街上的热闹，觉得自己身处另一个世界。

一个瘦妓女推门进来：“妈妈，听见没？杨先生快回来了！他一回来就没人敢欺负咱了！”

桂花似笑非笑，淡漠地看着天井。

妓女：“妈妈，杨先生能来看你不？”

桂花捻灭烟：“我头疼，得歇一会儿。”说着去了床上。

外边的喊声传来：“——南洋兄弟烟草公司也来了，汇丰银行也来了。杨瑞清也快回来了，回到周村办电厂。只要一拉电灯线，灯泡子当时就放光！和那教堂里一个样……”

桂花想起教堂初开的那天晚上。瑞清在后面手扶电闸，旁边的煤油发电机嘣嘣跳响。克利尔在台上前倾着身子高声讲演：“最早上帝创造了天地，天地是空的，什么也没有，只有一片黑暗。上帝站在水面上，看着混沌的天地！”他喘口

气，积聚力量，突然大喊，“上帝说‘要有光！’”

桂花站在台口处冲瑞清一劈手，电闸合上了，教堂一片光明，随之一片惊愕：“呀——”

克利尔声音更高：“——于是就有了光。上帝说，要有火，于是就有了火！”

桂花再次劈手，瑞清合上另一个电闸，吊在天顶的大盘灯迸出蓝色的火花，探搭在周围的绒芯遂被点燃。

教堂内一片惊呼：“神呀——”

夜深了，他俩往回走，路两边是高粱地。

桂花说：“洋叔真能！”

瑞清：“这叫科学。”他看着桂花，“洋叔说，过些年不光教堂里有电灯，家家户户都能点上！”

桂花：“家家有电灯？还能每家都安个那样的机关？”她不以为然，“那东西嘣嘣地响，不掌电灯也不能让它闹死！我看还是油灯肃静！”

“傻瓜，那要建电厂，只安一个机器就行！”

“那怎么传到各家去？”

“你没看见有电线嘛！”

“俺没看见——没见烟，没见火，真不知咋把那火传到了灯头上！”

瑞清一把拉住她：“桂花，快到家了，让俺亲一口……”

桂花正在回忆，一个十岁左右的孩子跑进来：“娘，街上的人都说杨瑞清是俺亲爹呢！”

桂花坐起来：“大利，别乱跑，别让拐孩子的拐了去！”

大利的衣裳虽不破，但脏兮兮的。他抬着眼：“娘，杨瑞清真是俺亲爹吗？”

桂花揽住大利：“本该是你亲爹……”

2

盛世永是周村最大的客栈，三进式院落，庭中植木，也算静雅。

立俊先行来到周村，四胜正陪着他说话。立俊的跟班小张一旁照应。他也剪去了辫子。

茶坊送来水，另一个盘子里放着摞薄薄的周村烧饼。茶坊躬身："杨总经理，咱这茶是盛祥茶庄的上好茉莉，这水是从邹平碧云洞打来的。快喝碗，快喝碗。"

说着把茶倒上。

茶坊："咱这周村烧饼全国有名，尝尝。四胜兄弟，你让着客人吃。"

四胜嗯一声。

立俊端起茶来沾一下。

茶坊："这茶咋样？"

立俊点点头。

茶坊："杨总经理，咱这盛祥茶庄周村最大，一年出入三千担茶叶。"一指茶壶，"我这是买的上三品，真正的茉莉大方！"

四胜："从明天开始换清心斋的茶叶，我一听盛祥就生气！"

立俊："为什么？"

茶坊出去了。

四胜："这盛祥是王新成他表哥开的。这人叫崔广兴，奸诈刁蛮，还挺霸道！——没少欺负桂花！"

立俊一笑："先不要管这个崔广兴。继续说桂花。"

跟班小张过来倒水。

四胜叹口气："唉！桂花满心是那少东家，生了大利后，就死活不让爆仗刘近身。爆仗刘就没命地打她。唉，桂花性子刚，宁可让他打死，也不让他碰一下！"四胜抬眼想，"那是腊月里，爆仗刘折腾了一夜，也没近了桂花的身。一夜没睡什么也没捞着，他恼羞带着急，扯起桂花的头往磨盘上碰。桂花头破了，呼呼地流血。这女人当了娘，就不光想着自家。她怕死在这场里，就抱着孩子出来。那时候我卖羊肉，要早出去买山羊。唉，我刚出门就见她浑身是血跑了来。"四胜叹着气停下。

立俊急问："后来呢？"

四胜："我让店里的小伙计把大利——就是桂花那孩子送到金陵书寓里。我背着她去了洋婶子那里，好一阵拾掇，才算把血止住！不错，总算保住了命。”他眼一瞪，“事有凑巧，我正背着往回走，刚走到东下河，就听见轰的一声，爆仗刘家火药炸了，一家四口子全死了，外带邻居家两口子。桂花和大利算是捡了条命！唉，总经理，你说说，桂花这是什么命！”

立俊：“是，桂花是不幸！”

四胜：“第二年，桂花她娘也死了。她就把书寓接过来。杨经理，等到她接手这书寓的时候，咱这里的局势就变了。一共四个书寓，王新成占着俩，崔广兴占着一个。他俩就合起来挤桂花。说金陵书寓不吉利，久而久之，客人们也就不去了。姑娘们也都跑了，金陵书寓也很快就完了。就剩下那些房子，还有一个没人要的病姑娘。”四胜喝口水，“当年，金陵书寓最有名，有身份的客人才去得起！”

立俊叹气：“桂花怎么生活？”

四胜：“最初，少东家给她捎来钱，可桂花死活不要，后来没了法儿，这才收下。前些年，少东家在博山用硫酸坛子装酱油，她多少回说跟着我去，可每到临走就变卦，不是哭一场，就是病一场！唉——”

立俊站起来对跟班说：“小张，带上礼品，我们去看看桂花！”

四胜：“那我先去一步。”

3

金陵书寓虽然败了，但房子还规整。天井中央有个大石桌，是客人喝茶的地方。

桂花麻木地躺在床上，大利在天井里抽老牛。

四胜快步进来：“大利，你娘呢？”

大利：“在屋里躺着。四胜叔。”

四胜：“咋了？”

大利：“说是不大舒坦！”

四胜也不敲门直接进来：“桂花，快起来。快洗洗脸，杨总经理这就来看你！”

桂花坐起：“哪个杨总经理？”

四胜："少东家的先头队伍！"

"嗨，洗不洗的吧，就这样了！"

四胜着急："你看看你，披头散发的。这要让杨经理看见，一个电报打到上海，少东家还不得整夜地睁着眼？快，快！瘦茭白呢？快让她给你打水！"

瘦茭白——那个瘦妓女风风火火地闯进来："妈妈，快起来吧！送礼的来了，挑着两个大皮箱呀！满周村的人都跟着看呀！"

四胜："快快快，快给你妈妈打水，准备下那胭脂口红。你可快呀！"四胜跺脚。

瘦茭白慌忙而去。

四胜出来，拿块抹布擦石桌石凳。

街上，立俊在前，小张在后面挑着箱子朝金陵书寓走来。看热闹的街坊足有五十人，四嫂也在其中。

她对身边的妇女说："山洞再长也有口，黑夜再长总得天亮。桂花这好日子看见边儿了！"

妇女："是呀。我说四嫂，这俩人咋不留辫子？"

四嫂："这是洋派，不兴留辫子。上海那来收丝的好几个不留辫子的！"

另一妇女："这两大皮箱上海货得多少钱！"

四嫂："这算什么，我听说杨瑞清还有洋楼呢！"

妇女："这样的相好咱也摊不上！"

四嫂："人家这是打小的朋友，可不是一般的相好！这些年还不是杨瑞清照顾着桂花？要不这娘儿俩吃什么？爆仗刘家也死干净了！"

一行人进了书寓，看热闹的堵在了门口。

桂花还在梳妆，四胜进来："行了，行了，就这么着吧！整天和个疯子似的，这猛一下子咋也弄不出那样来！快，人家杨总经理在天井里等着呢！"

桂花看着镜里的自己，听着院中的喧哗，不禁流下泪来。

四胜手舞足蹈地着急："这是好事儿你哭啥！快快，快擦擦！慢着，别把那妆擦了！"

立俊在石桌前恭敬地站着，小张从担子上摘下皮箱。

四胜在前，桂花在后开门出来。

立俊下意识地看一下自己的西装，迎上两步，鞠躬问候："桂花姐姐好！"

桂花："好好。谢谢杨总经理来看妾身。"

立俊难过："唉，桂花姐姐，董事长十分挂念你。多年前，我们一起在洋行做事，那时候我就知道桂花姐姐，只是没有机会来看你。"一指石凳，"姐姐请坐。"

他们在石桌前坐下。瘦葵白送来茶。

四胜："端下去！——把那茶壶茶碗刷干净再冲茶！你看看你娘儿俩弄的这套！"

瘦葵白把茶端走了。

街坊们鸦雀无声地静观。

大利在一边咬着指头。

立俊指向一个皮箱："这是几件法国成衣和董事长太太让上海裁坊给您做的衣裳，四胜寄去的尺寸，也不知道是否合适。"

桂花低头擦着泪："谢谢俺嫂子。"

立俊："姐姐别难过，董事长很快就回来，一切都会好的。"

桂花："俺盼着。俺盼着……"

街坊们不胜唏嘘。

大利拿块脏毛巾递给娘。

立俊很难过，他沉一会儿，忍着悲戚说："这一箱是法国的化妆品和给大利的点心。也是太太去办的。"

桂花肩头耸跳，泣不成声。

立俊示意小张打开箱子。

立俊拿过一盒糖："来，大利。叫叔叔。"

大利向后撤，四胜一把拉过他："快拿着！"

立俊："去和小伙伴一起吃吧。"

四胜帮他扯开包装。

几个小孩子围住大利，他给他们分糖。妇女们也没见过花花绿绿的糖块，也想要一块。

四胜拿起一盒走过来："四嫂，你帮帮忙。这里鼻涕一把泪一把的正难过，你就带着街坊们出去吧。拿着这盒子分分！"

四嫂接过去，带着那些人往外走。

这时，一个不三不四的汉子进来："怎么着？看看不行？"

四胜："没说不行。蚂蚱，别在这里乱。快走。"

蚂蚱不理四胜，他一把扭住大利的耳朵："叫爹！快叫呀！"

大利老实地抬眼看。

立俊一步蹿过来："这位先生怎么说话？嗯？"

蚂蚱："怎么着？想打仗？"

立俊："滚！"

蚂蚱一伸瘦头："嘿儿——"嗖的一声掏出刀子，"还办电厂？我先给你放放血！"

他那个血字还没说完，小张的左轮手枪顶在他印堂上。

这时，四个衙役冲进来，二话不说扭住蚂蚱："走！扰乱客商，衙门里说话去！"

两个衙役把他扭出去，一个领头过来给立俊鞠躬："对不住，对不住。咱县大老爷怕出事儿，派小的来看着，结果还是来晚了。对不住，对不住。"

说完，连轰带推，把人全都弄出去。随手带上了大门。

桂花："杨经理，你告诉瑞清，千万别回来！看见了吗？这就是王新成派来的！他保证让你办不成电厂！"

立俊一笑："实业兴国，不是哪个人可以挡住的。"

桂花："他准得捣乱，说不定还能放火！"

立俊一笑："姐姐，你放心，现在已不是十年前，不用怕他！董事长派我先来，就是要煞一下他的威风。姐姐，不等他给我们放火，他自己就先着火了！"

四胜也说："甭说现在，十年前，少东家就是上海有名的商界神童！你也不想想，他能怕这些土财主？"

立俊回身看看大门，问："姐姐，董事长说你家后面有个大水坑，周围住着七八户人家？"

桂花迷茫："有呀！一到夏天臭哄哄的，全是蚊子！——连窗户都不敢开！”

立俊：“带我去看看。”

他们站起来。

立俊：“董事长说，他要把这坑填上，那样你就敢开窗了。”

4

王新成比以前胖了。此时他正和表哥崔广兴在西屋里喝酒。这崔广兴有四十冒头，粗眉大眼，面带不善。

少奶奶从里屋出来：“我去看看咱爹。”——去了北屋。

新成一笑：“受累，受累。”

少奶奶来到北屋。

佣人迎上来：“少奶奶，老爷刚吃过饭。”朝前一送碗，“吃了半块馍馍一碗菜。”

少奶奶：“不错。把药熬上吧。”

佣人去了。

王老爷中风瘫在床上。

少奶奶进来：“爹，喝水不？”

王老爷：“先不喝。你来了正好。新成和广兴商量什么？是不是商量着对付杨瑞清？”

“爹，你有病，养病要紧。别管这些烂事儿！反正咱说啥他都不听。”

王老爷看着天棚叹气：“你娘真有福呀！早早地死了！倒是闪下我在这里活受罪！”

少奶奶给公公拉下被角：“爹，你快好了。还是得往宽处想。啊？”

“周村围子墙里头，能建厂的地皮就那几块。新成准是要一口吃下去，再让杨瑞清买他的！”

“唉，他想让杨瑞清求他！顺便再狠宰人家一刀！”

“新成真不懂事儿。人家杨瑞清又没害你，这又何必！人家办电厂，咱不是也跟着掌电灯？少奶奶，我动不了，你还得多劝他！”

“嗯！爹，我说他虽不听，但他也不敢太过为！爹，你老人家放心，我一有空就说他！”

“这就好，这就好。唉，少奶奶，新成读书太少，不知这‘和’字多重要。满心里是个‘斗’字，这斗来斗去能有个好儿？弄到天上也是个两败俱伤。你看着，他要是一口吃下这些地，准得让不相干的人占了便宜！”随后补一句，“你可劝着他呀！”

少奶奶：“我劝，我劝。你放心吧，爹。”

新成和广兴一碰杯，双双带着响喝下。

新成吃口菜：“这些天我寻摸透了，围子墙里能办开电厂的地就那六块。要是依着我说，先下手为强，一气全买下！”

广兴：“不急。表弟，咱不发话，谁也不敢把地卖给姓杨的！”

新成：“表哥，杨瑞清可能出得起大钱呀！就怕那些人见钱眼开，真把地卖了！”

广兴一瞪眼：“怎么着？日子不过了？”

新成：“他们要是真卖了，咱还敢杀人家？”

广兴：“那些人有这胆？”

新成摇头叹气：“唉！谢知县找了我好几回，让我不要难为姓杨的。唉，那天你让蚂蚱去捣乱，这乱没捣成，倒让谢知县打了二十板子。表哥，这事儿你办得有点糙，不该让蚂蚱去！”

广兴：“嗨！没想到衙役去得那么快！”

新成：“幸亏衙役去了！——那轮子枪往蚂蚱印堂上一顶，当场尿下了！”手一摆，“这丢人的事儿以后少干！”

广兴尴尬地解释：“唉，谁想到他有枪呀！”

新成：“表哥，干洋行的哪个没枪？哪个又不贩枪？山东土匪的枪哪来的？还不是上海的洋行买来的？咱是要和杨瑞清见个高低，但不能用这类下作的招法儿！”

广兴点头琢磨：“也是。”

正在这时，进来一个三十多岁汉子。他冲二位一躬身：“正喝着哪！”

广兴："有事儿？"

汉子："少爷，崔掌柜的，人家给我那六亩地出了八千两银子。"

新成一惊："噢？出这么多钱！"

汉子摇头叹："唉，人家真是有钱呀！——说那价钱还能再商量。"

广兴："你想卖？"

汉子："谁不想卖！这些钱能买一百亩地！要不是少爷交代过，我刚才就签字据了！"

新成看看广兴，稍一沉吟，对那汉子说："平顺哥，不管这地你卖给谁，你能来告诉我一声，就够咱老街坊的那点儿滋味！这样，你问问他还能高吗？不能高，按这个价钱你卖给我吧！"

平顺："少爷，你要地干什么？又不办电厂！"

新成："这你别管。快去，我等你回信儿！"

平顺："好，好。"欢乐着飞窜而去。

广兴："真要？"

新成："真要。六块地，买下这块还有五块，什么叫财大气粗？这就是！看我不逼死杨瑞清！"

"也对。反正他不敢把电厂建在围子外！"

5

平顺来到客栈，立俊赶紧迎接："平顺兄，你家里人怎么说？这个价钱可以吧？快坐，快坐。"

四胜："你这趟跑的就没味儿！你祖宗八代见过六千两银子吗？平顺，少东家咱们从小一块长大，你这高价儿卖缺货真是不该！"

平顺："唉，我哪是回家呀！我是去了王家！四胜兄弟，咱什么都不说了，王家事先交代过——卖地之前要问他！"

四胜："什么？你是他儿呀！"

平顺："我敢不听？唉，刚才少爷说了，说让问问这个价钱还能高不？不能高，这个价钱他就要！四胜兄弟，我没法儿呀！"

立俊绷着脸："我能高！他能出多少钱，我就比他高一千两！我再加二千两！这块地靠着河，不管多少钱，我们要定了！你快去，我们等着你回信儿！"

平顺去了。

立俊气得在屋里乱走："董事长说这王家霸道，没想到真这样！四胜，这个价钱在上海也买得到六亩地了！"

四胜劝道："唉，又不是光这一块地。平顺这里不行咱买别的，我不信王新成就敢全买去！"

"四胜，你不知道，电厂的锅炉要用水，这块地靠着河。就是因为这一点，我才出了那样的价钱！"他突然问，"我们说的六千两，他到王新成那里会不会说八千两？"

四胜："有这可能。平顺这小子挺精！"

立俊："两个买家，一个卖家，咱们难免要多花钱！"

"杨经理，平顺这里不行，明天咱就去葛家。他那块地有四亩，也靠着河。"

立俊气得两眼冒光，脱下西装甩床上："洋鬼子我都对付了，却是顶不住土财主！就是花两万，我也要把这地买下来，不能丢了董事长的颜面！"

"杨经理，别生气。花这么多钱不值得！别生气，别生气。咱今晚上就去找老葛——早下手，省得王家再插一杠子！"

这时，平顺低头回来了："杨先生，真对不住，少爷把那块地要了。给了一万两。"说着翻过食指，"刚摁了手印子。"

立俊一把拎住他领子："我对你讲过了，我还能再高！"

平顺哭丧着脸："这些我都知道。可他硬要买我敢不卖吗！"

立俊："你不会收到款子的！"

平顺："少爷明天一早就给。"

立俊："你做梦吧，他保证给不了你钱！他是想给我捣乱，然后再把地退给你！"

平顺："这我也想到了。"他掏出字据，"你看看，这上头写得明白，明天晌午给不了钱，那地还归我，由我随便卖。"

立俊转过脸，疑惑地看着四胜："王家真有这么多钱？"

“唉，别说一万两，十万两也有呀！”

立俊沮丧地坐下：“明天去找葛家吧。”

“我看咱现在就去！”

“初战失利，让我怎么向董事长交代。唉——”说罢拿起西装，“快，咱去葛家，抢在王新成前头！”

6

平顺一出客栈撒腿就跑，带着风冲进家——前脚迈进去，后脚还在门外头就放声报喜：“他娘，咱发财了！”

平顺妻迎出来：“喊啥！喊啥！明着哭穷暗着富，你叫唤什么！”平顺高兴地搓手：“发财了，发财了，这回可发大财了！”

平顺妻：“卖了八千？”

平顺掏出字据：“八千？卖了一万！”

太太不信：“尽胡扯！”

“真是一万两。要不是王家硬要，我这边撒谎那边骗，兴许能卖两万！”

“真的？真是一万两？”

“真的！千真万确。你看！”说着把老婆拉进屋，掏出字据凑灯前。

太太凑过来。

平顺指着：“这是壹。这个字你认识——就是麻将上的那万字！”

平顺妻看着看着，突然“嗝儿”一声，当场背过气去，嘴里往外吐白沫。

平顺大惊：“他娘，他娘！”

妻子直挺在地，毫无反应。

他装好字据跑到门口跳着喊：“快来人呀！狗子他娘犯病了！快来人呀！快救命呀！”

刚才他一喊发财，邻居就出来看，一听喊救命，连男带女冲进来五六位。众人来到屋里——异口同法：“快蜷！快蜷！”

平顺抱住妻子上部，两个汉子各执一条腿，四嫂负责压中部，试图把她蜷起来。可她那身子硬挺挺直绷绷，两条腿里也像有钢板，折蜷回来又弹出，如是再三。

平顺着急："蜷住了就别动，蜷住了就别动！四嫂，你往下摁呀！"

大家一起用力，总算把她蜷起来——她向外弹，人们就向里搓。双方较着劲，平顺妻依然面色煞白。

四嫂说："去叫洋婶子吧？上回就是她治的！"

平顺一头汗："不用，不用，蜷着别动！蜷着别动！"

人们用力保持形状——平顺妻被挤缩成一个团。四嫂腾出手来掐人中，另一个汉子捏死她的鼻子。人们正想放弃，以便另请高明，平顺妻"轰"的一声放出个巨型大屁，嘴里也扑出个带蒜味的深嗝，两眼渐开，魂兮归来。

人们松手，拍扇着空气后退。

平顺妻从地上站起来——好像什么也没发生。咂巴一下嘴："唉，我刚才想——命真这么薄？——难道没福享受这银子？不孬！不孬！又活过来了。四嫂，快坐，他刘大爷快坐。"

四嫂："卖了多少两？"

平顺不愿说。

她老婆有感诸人救命，一扬手："一万两！"

四嫂扶住桌子："我的娘呃！"

一个汉子打趣："你也想伸腿儿？"

平顺抱着拳转圈："求求各位，求求各位，可别往外说呀。外人要是知道了，柳子帮、三番子就来了！"

四嫂说："哼，还用咱说？柳子帮、三番子，外带五仙坛全都勾着王家！要是绑你早来了！"

众人议论着出去了。

六亩地卖了一万两，整个晚上，周村传诵着这个神话。

7

夏先生名曰夏半山，他的公馆名曰"半山居"，是个砖石结构的灰色洋楼。瑞清正坐在书房里，看着台灯，若有所思，间或摇头叹气。

当年的夏小姐进来，着装素雅，委婉含蓄。她给丈夫倒杯水，轻问："事情

办得不顺利？”

瑞清：“不顺利。王家捣乱。”

稚琴坐在他旁边：“洋叔信上说的对——上帝关上门，却把窗子打开了——这不难，我们可以从窗子出去。但门和窗子都开着的时候，从哪里出去倒是要多思量。”

瑞清：“我正思量着。”

稚琴：“那些衣服——桂花穿着合适吗？”

瑞清一笑：“她谢谢你。”随手摸过烟，“我一想回周村，心里就七上八下的，一幕幕地过电影，真是不平静。稚琴，你说我回周村对不？”

稚琴一笑：“如果没有桂花，我会说不对。”

瑞清：“为什么？”

稚琴：“周村开埠是朝廷倡导，这些年，官办的事情成功过一次吗？”

瑞清抽着烟点头。

稚琴：“你看江对岸的江南机器局，朝廷拨款的时候多红火。工员们天天下饭店，多数是讨两个老婆。可这款子一断，立刻换了光景——今天来了个讨饭的，就是那里铆工！”

“我知道官办拌不出好馅子。不说别的，光看那慈禧吧——狗屁不通还主事儿！你再看看世界上——”抬手向窗子指去，“美国有过林肯，德国有过俾斯麦，英法那主事儿的也全是学者。可咱这里却是个没了月经的乡下老娘们儿！真他娘笑话儿！”

稚琴皱着眉美丽厌嫌地说：“又说粗话！”

“不是说粗话，我这一提这窝子就来气！——中国人历来瞧不起日本，可人家全国上下一股子劲，君臣一心，”掐住小指肚，“就那么一个小国，生生能打败北洋水师！还把那台湾割了去！——这是他娘的什么玩意儿？”他指着地面，“我把话放在这里，清朝给中国坐下的病，一百年也治不利索！”

稚琴点头：“光日本这个祸患就够受！唉！”她扶住瑞清的手，“既然这样就别回去了。你要不放心桂花，就把她娘儿俩接来。”

“这是另一回事儿。回周村，唉，我是想去办点实业。你也看见了，这贸易行是多么难干？光一个小小法租界就有九十家，利润越来越薄，一不小心就赔钱——和洋人做生意，不管咱多么自强，多么自尊，但人家捏着咱脖儿梗呀！——不管你愿意也好，不愿意也好，免不了仰人鼻息！克利尔也算是多年的朋友，生意上也算照顾，但那交易平等吗？我想起来就生气！”

稚琴：“去周村能干什么？”

瑞清：“自打李化熙回周村，这地方就成了旱码头，二百多年了，商业基础很好。中国北方的货物也多在那里集散，商业机会相当多。你没到过周村，不知道那贸易量有多大——按剑桥的统计，1723年，就是雍正元年，月税就达一万七千两，顶得上陕西一个省！”

稚琴：“我们去了做什么？”

瑞清：“可做的生意相当多。生丝和陶瓷就不用说了，光桓台那麻就能发个大财。尽管品种不好，但沿着马踏湖自然生长，我们完全可以改良品种，把最好的亚麻引进来，然后精纺成麻纱出口。克利尔说得对，中国落后盖源于制度陈旧，这种烂制度限制了工商业的发展，致使原料不能充分利用——多数给浪费了！工商业不发达，就导致了贸易不足！这就是积弱积贫的病根儿！”

稚琴笑看他：“我看着你想救国呢！”

瑞清笑笑：“我救不了国，我是说这买卖——苏杭的绸缎有名吧？但那是在汉唐之间！咱俩在英国都见了——上好的中国绸缎，价钱抵不上意大利绸缎的二十分之一！”他恶指地面，“在英国，下井挖炭的才穿中国绸子！为什么？还不是因为工艺落后？你看看苏杭那些机房，一家一户地干，用的是元朝的工艺，大框丝，小细纺，木机织，白白糟蹋了那茧子！你再看看那成品绸，皱皱巴巴，成匹卷起来两头都不一般齐，和那千层油饼似的。你再看那意大利货，平整光滑，整匹的绸子放在那里，两头像刀切的一样！——这是咱在英国亲眼所见！是不是这样？”

稚琴：“你想织造绸缎？”

瑞清抿着嘴坚定地说：“只要我在周村立住脚，就把最先进的织机引进来。鲁黄丝世界有名，我连缫丝，带织绸，给他来个一条龙，直接出口成品绸缎！”

他正畅谈美好理想，林嫂叩门进来：“姑老爷，加急电报。”

稚琴把电报递给瑞清：“地皮可能买到了！”

瑞清看着电报皱眉，随后摔在桌上。

稚琴：“怎么了？”

瑞清："初战不利，王家买去了那块地！"

稚琴忙拿过电报看："我们怎么办？锅炉都买了！"

瑞清喘着粗气："怎么办？"拍案大吼，"我非办了他！"

夏母闻讯，来到厅堂问林嫂："姑爷怎么了？"

林嫂迷惑地摇头："姑爷说要办人！"

夏母："办人？离得那么远，只好干生气。唉——"

8

第二天早上，立俊和四胜又向葛家走来。小张在后面跟着，随走随警惕地向后看。

立俊说："这个姓葛的是不好对付！"

四胜："炸不烂、切不断、蒸不熟、炖不透的主儿！周村街上有名的泥腿！他爹过去是瑞蚨祥的二柜，忙了半辈子总算撇下这几亩地。前阵子他五十两都没卖出去。咱一办电厂，加上王家抬着轿，他算得宝了！"

这时，一辆花车从大街上迎面驶来。那车用骡子拉着，四周画着英美烟草公司的产品——老刀、炮台、红锡包之类。车前是个十二人的洋号队，穿着白制服，吹吹打打。车上坐着从山陕书寓雇来的妓女，穿着旗袍露着腿，叼着烟媚笑做姿。

车前一个雇员——穿着西装留着辫子，拿着喇叭筒子喊："英美烟草公司诚招各地经销商！十两银子一个县，世袭罔替万代享。只要买下一个县，保证旱涝都吃粮！一县里就你自家卖，利润丰厚没人抢！"左手持喇叭，右手张牙舞爪，"老刀牌，劲头大，叼着烟卷打天下！红锡包，抽着香，旁边闻的都沾光——"

车上的妓女往下撒烟。

四胜问："杨经理，上海有这景吗？"

立俊："有。不过那车四个轮子。"

四胜："十两银子一个县，这是啥意思？"

立俊："交上十两银子，就取得了这个县的经销权。这个县里只准你卖。同时他还给你十两银子的货。在上海就是这么干的。"

花车驶了过去。

葛有财冲门坐着。他有四十多岁，手把茶壶，一脸沉怒蛮横——随时准备迎敌。

立俊四胜进了葛家。小张站门外。

四胜："有财，想好了？"满脸堆笑，"那咱立个字据吧？"

葛有财哼一声："那价钱不行了！"

四胜："为啥？"

葛有财："为啥？人家平顺六亩卖了一万两，我这四亩你才给五千——"

四胜抬手制止："有财，他那是虚的，咱这是实的——你也不想想，王新成是谁呀？他能花这冤枉钱？他又不办电厂！"

葛有财拍案而起："还来坑我！我刚去问了，平顺已经拿着银票了！"说时攥手成拳，"我亲眼所见！哼，还来我这里唱二簧！"

立俊与四胜面面相觑。

葛有财占得上风："一口价，八千两。少一钱也不卖！"

立俊一咬牙："八千就八千。来，定合同吧。"

葛有财斜着眼，随手摸过褂子："我去王家问问，看看他还能高不！出去，出去，我锁门！"

四胜和立俊被轰出来。

9

王新成面带着忧色和崔广兴商量事。

新成说："咱银票也给了，杨瑞清要是不来买——咱可傻眼了！"

崔广兴："他能变出地来？放心，没事儿！"

新成："他买也就是买一块，可周村这六块咱可买下五块了！"

崔广兴："表弟，这事儿我早想好了——杨瑞清要回来，咱也挡不住。但咱得让他知道这周村谁说了算！"虎口朝下狠往地面掐，"咱这回给他来个摁着牛头喝水，喝也得喝，不喝也得喝！发电的家什也买了，想变也变不了了。这回真应了那句话——离了咱这棵树吊不死！咱不是一万买吗？好，咱卖两万！一回给他弄没了脾气！"

新成："另外那些呢？"

崔广兴："咱等和杨瑞清立了字据，钱也收过来了。那些地——是谁家归谁家！再把钱要回来！"

新成着急："你尽想好事儿！人家能给吗！"

崔广兴冷哼一声："不给？行呀！他那日子也就别过了！"随之解说招法，"今天三番子，明天柳子帮，一会儿抱他孩子，一会儿绑他老婆。几回就拾掇踏实了！这些人也不想想，他那块破地值这些钱？没事儿，这事我包了！"

新成忧色未减："表哥，咱还得油活着（柔和着）点儿。瘦猴子谢知县一心一意地开埠建周村，前天把我找了去，说让我积极配合，不让咱马路当中抡板斧，截着客商不让过！光他还不要紧，关键是上头！——袁世凯、周馥都稀罕这瘦猴子。咱别弄出别的来！"

崔广兴："咱那板斧暗着抡！"

葛有财进来了。

新成顾大体，笑着站起来："想好了？有财哥。就是嘛，四千两不少了！"

葛有财横眉冷对："四千？人家出了八千！我是来问问你还能高不？不能高我卖给人家！快说话，别耽误我发财！"他根本不把这二位放眼里。

崔广兴蹿起来："什么？还高？滚滚滚滚！"连说四个滚，手也往外轰。

有财回身欲走："哼，你拿着三千四千的当银子，人家杨瑞清根本不在乎这个！"临出门还放下一句，"你这也叫有钱！"

崔广兴摸起帽筒要砸，新成抱住。

10

有财回来打开门，立俊和四胜又进来。

有财大模大样地往椅子上一坐，仰面看着街不说话。

四胜低声下气地问："王家怎么说？有财，五千行了！"

有财一瞪眼："五千？人家给九千，你们想买就得一万。要不九千我卖给王家！"

立俊一笑："不会吧？"

有财："咋不会？杨经理，你得看出个眉眼高低来，我要把地卖给王家，你就得从王家买。两万你也买不走！"

立俊："我们买别人的。"

有财："别人的？哼，昨夜里王新成崔广兴直接就没睡，把周村的地全收了，不管多少，一律四千两。他也想收我这地，让我骂出去了！我不怕他，谁给价儿高我卖给谁！"装上烟，点着火，不紧不慢地说，"反正现就我自家有地，你爱买不买！"

立俊和四胜想出去商量一下，有财不耐烦地皱起眉："别商量了！痛痛快快，一万行不行？不行别耽误了那边的九千！"

正在这时，一个妇女冲进来："有财，不好了，你孩子让人抱去了，是三番子抱的！往西了去了。"右手一抬，"这是你孩子的鞋！"

葛有财顿时脸发灰，两眼发直，随之暴跳："崔广兴我操你娘！"

立俊："快去告诉谢知县！"

帘子一挑，进来两个汉子。个子稍高的那位左手扭着有财的耳朵，右手提着条小辫子："小子，认识我胡世海胡大爷不？"

有财："认识胡爷。"

胡世海："认识就好！这是你孩子的辫子，有财，有种你再骂一句！骂呀！"

有财拿过辫子蹲下："还我孩子呀——"

胡世海飞起一脚踹翻他："给你脸不要脸，四千两还嫌少！心里真没灯！"

有财哭着："四千就四千，快把孩子还我呀——"

胡世海哼了一声："抓紧，抓紧，摁手印子立了字，拾掇完这套你那孩子就家来了！"

有财跟着那人往外走，胡世海看看立俊，又是一脚，把葛有财踹出去好几步："谁搅局我就办谁！"

立俊一笑，拉着四胜往回走。

四胜："这可咋办？咱那锅炉都买了！"

立俊："走，到桂花那里去。"

11

稚琴拿着封电报焦急地站在洋楼廊下。

夏母和林嫂带着两个孩子回来，一男一女，他俩一齐跑过来叫："娘。"

稚琴应付。

夏母过来问："怎么了？"

稚琴："瑞清的加急电报！周村来的！"

夏母："打开看看嘛！"

稚琴："哪好打开！"

夏母："肯定是买地的事情！——电话打过了？"

稚琴："打过了，他说马上回来。"

俩孩子缠着稚琴："娘，我也要回周村！我也要回周村！"

稚琴："以后去，以后去。"

瑞清回来了，稚琴跑着迎上去："快拆开看看。"

瑞清未拆："嗯。这回看来是办成了。"他慢条斯理地脱下外套，去了书房。稚琴跟进去。

两个孩子也要去，被夏母拦住："你俩不要乱，你爹爹好发脾气了！"

瑞清看着电报，突然哈哈大笑。

稚琴："地买到了？"

瑞清："六块地全让王家买去了！哈……"

稚琴以为他受了刺激，忙扶住他哄劝："别生气，别生气，上海一样干工厂，瑞清，你要想开些！"

瑞清拉着她坐下："不，我就在周村干！"

稚琴见他眼神无异常，疑问："地皮都被人买去了，我们怎么建电厂？"

瑞清点上烟："我本来就没想建电厂！"

稚琴："那锅炉怎么办？"

瑞清："那是个考克兰大型三节式锅炉，既可以发电，也能干别的！"

稚琴两眼大睁："这样说——你本来就没想买那地？"

瑞清："我想买，也给了立俊八千两的权限。但我知道这个价钱买不了。"

他眯着眼调皮地笑，“我是让他先陪王家练一场——先让王家破点财！”说完笑起。

稚琴打他：“早不说，倒是让人家着急！”

瑞清：“稚琴，咱要在周村办厂，也是在那里常住，不先给王家败败火能行？”

稚琴笑着双手捶他：“你这个计篓子！连我一块蒙！”

瑞清抱过她：“我要是真办电厂，能敲锣打鼓地满街喊吗？哈……”

稚琴：“那锅炉怎么办？”

瑞清：“可以先办缫丝厂！那个锅炉最先进的，既可以发电，也可以供热。我订购之前就想到了。”

稚琴：“这回该不是计吧？”

瑞清点头：“也是计。”他喝口水，“我什么都想办，电厂也想办。可你王家不让我办呀！你想想，电灯马上就亮，可你王新成生生把地占了去，从知县到百姓还不一块骂他？哈……”

第六章

1

早上，周村街上满是烟——王记裕德池在烧热水。后院里，四十口大锅一起烧，四十个大号风箱一块呼哒，拉风箱的多是童工——双手抱柄前仰后合。

二十多个伙计——有的往外舀水，有的往来穿梭挑着水桶跑，穿后院，过后堂，你呼我唤，小心翼翼，这才倒在池子里。

街上的商户们抱怨："啥时候关了这澡堂子！"

"他王家发财，整个周村跟着挨熏！"

另一个说："认便宜吧！——他那机房还没开呢！那玩意儿也是四十口锅！秫秸再湿点儿，好嘛，周村直接是饭屋！周村这些痨病是他呛出来的！"

狗剩——王家的家丁兼澡堂子主管听着抱怨走过去。

新成刚起来，坐在椅子上抽烟。

狗剩进来："少爷，堂子里那水烧好了。今天洗吧？不洗我就往里放客。"

新成想了想："洗。你去叫上崔广兴。"

狗剩："好，那我准备点心。"说完出去。

少奶奶从北屋回来："相公，咱爹让你过去。"

新成："过去干啥？整天嫌我狠，不狠能挣着钱？还是因为地的事儿？"

少奶奶："相公，这事儿你办得有点过头儿——咱占着地，杨瑞清就办不成电厂——现在满街是闲话！"

新成："什么闲话？"

"明摆着，那油坊是咱开的。一通电就没人烧油了，说是怕电厂搅咱油坊的买卖！"

新成气得笑："胡说。咱那油卖往八个县，又不是光卖周村！再说那豆油又不是光能烧！"

少奶奶向前一步，躬身婉劝："相公，杨瑞清还没回来，你就这么着和他斗——他回来还能咋样儿？"

"咋样儿？让他服了气！服了气，一切好商量，不服气，好，咱就这么着斗！倒是要见个高低，分个公母！"

少奶奶肃色提醒："咱爹这两天不大好，你去了可别说这些！唉，就是因为这，谢知县都找了咱爹。昨天下午来的。"

新成噌地站起来："怎么着？逼我卖地？自打李化熙开办周村街，历任知县没一个敢胡闹！怎么着？到他这里想改行市？卖地？行呀！就是价钱高点儿！嘿嘿。"

少奶奶一抡脸："快去洗澡吧，别去气咱爹了！"

新成嬉皮笑脸："这是咱俩说，我对咱爹还是好声好气儿。"拿过礼帽去了北屋。

2

东下河近靠围子墙，是一块长条形荒地。既没有买卖也没有庄稼。此时一二百个壮汉光着膀子，洋镐大锤一块下，吆三喝四地平整地。

四胜从南向北走着。

一个壮汉问："四胜哥，盖这么多房子给谁住呀？"

四胜："别操那么多心了，快干活！"

壮汉笑着："晌午吃啥呀？"

四胜："山药炖肉，撑死你个舅子！"走出几步，却又回过头来，"早晨饭还没咽利索，先就想着晌午！"

这边，立俊蹲在地上给包工头——三愣子讲图纸："从南往北，一溜十二个小院。看明白了？”

三愣子：“明白。杨先生，我看这院子咋像南方样子？该不是窑子吧？”

“不是窑子。”他把另一张图纸铺在地上，“看着，路东按那张图纸造，路西按这造。”

三愣子歪头看：“一共是俩院子？”

立俊：“是。董事长一个，四胜一个。”

三愣子：“娘呃，比王家那院子还大呀！啧啧，四胜真有福！有眼早交下穷贵人——四胜真是跟对了主儿！”他看着立俊，“杨先生，咱说句过头的话，当初一日，谁也没想到瑞清哥能翻身！”

立俊一笑，站起来问：“多长时间完工？”

三愣子收起图纸：“连整地带盖屋，怎么着也得俩月！”

立俊：“一个月。”掏出打火匣点烟，“干不了早说！”

“好好好。一个月，一个月。我白天黑夜地干！”

立俊掏出张银票：“先付一半，一千两。”

三愣子掂着银票呲哈。

四胜走来：“三哥，你今天窜淄川，明天跑博山，前后也有十年了，一天到晚一头汗！——揽着过这样的买卖没？”

三愣子：“还不是多亏你！”

四胜一扬手：“也别说这些了，钱也给你了，抓紧盖！”然后布置任务，“晚上在会仙楼请一桌！哈……”

大利跑来：“四胜叔，俺娘让你叫着杨先生去吃早晨饭。”

立俊弓腰来逗他：“做的什么？”

大利：“单饼卷鸡蛋。还有黏粥！”

立俊：“好好好。走，咱们去吃饭。”

他们向桂花家走去，立俊领着大利——像领着自己的孩子。

三愣子他兄弟过来问：“给钱了？”

三愣子：“给了。唉，人家真痛快！咱好好地给人家干！只要靠上杨瑞清，往后准有财发！”他用下巴指去，“你看看，那些跟着他的人，这都一步登了天！”

兄弟："可是！别的不说，你看桂花！——整天披头散发，都快糟蹋成那褪毛的鸡了。这好，穿着上海衣裳，抹着法国香水，一走过去一路香！谁不眼馋？"

三愣子："只是那时候咱家穷，没和人家玩儿上！"

兄弟一瞪眼："三哥，杨瑞清他爹死，咱爹也随了份子！"

三愣子把银票向前一杵："人家这不算还那情？要不凭什么让咱干？"

兄弟来了精神，手在空中乱划拉："三哥，咱啥也别说了。杨瑞清一回来，咱兄弟俩立刻去送礼！——他还得盖工厂呢！"

三愣子："唉，咱爹那见识短点儿呀——当然咱不能这么着说他老人家。杨家的机房着了火，咱家的屋也给烧了。胖刘叔窜了，杨瑞清去了上海。可人家当年就发了财。也就是刚到年底下，人家就给每户寄来了十个钢洋。咱那破屋值这十个钢洋？唉，现在看起来，那十个钢洋咱不该要！"

兄弟替爹着想："咱爹也是没法儿！——那时候你不是急着娶俺嫂子嘛！"

三愣子一艮："也是。快，快，快，快催着人干！"

3

新成洗完澡，坐在小炕上喝着茶吃点心，一个伙计给他捏着腿。

崔广兴歪在炕上抽大烟。他俩中间有张小桌。

新成问："这也半个多月了，杨瑞清咋没动静呢？"

"他这是抻咱，是想把咱抻慌神，主动去找他！——这样的烂计也敢拿来周村用！"

"准？"

广兴："有啥不准的？一共六块地，咱都买下来了。他那锅炉也买了，正往周村运。这锅炉卸下来怎么办？用手举着？"

这时，蚂蚱风风火火地跑进来："崔爷，少爷，不好了，杨家开工了！"

新成一惊："在哪里？"

蚂蚱："东下河！三愣子带着一二百个壮工正干呢！"

新成："放屁！东下河是块长条子地，根本没法建电厂！"

蚂蚱："不是电厂，是一个一个的小院子！——壮工正用石灰面子画线呢！”

新成：“表哥，他建些院子干什么？”

广兴半闭着眼，神态似先知：“干电厂得有懂行的匠人，这准是给那些人盖的！”

蚂蚱：“对，对。不是电厂，我问来，是住家户！”

新成一抖脚，捏腿的伙计站起来。“拿衣裳，表哥咱一块去看看。”

广兴：“看不看一个样，又不是建电厂！”

新成瞪着眼——动作静止住：“我觉得不妙！”

4

瑞清去了贸易行，俩孩子也上学去了，家里就剩夏氏母女。

夏母问：“锅炉运到周村了？”

稚琴：“运到了。”

夏母：“我听你爹爹说，周村没有龙门钩，那么大锅炉怎么卸下来？抬是抬不动的！”

稚琴：“不知道。可能会有些土办法。”

夏母：“房子造好了？”

稚琴：“嗯。听说差不多了。”

夏母：“你爹爹看过那图纸，说和我们原来的房子一个样儿？”

稚琴：“是。瑞清怕我想家，就造成了那样子。昨天立俊来电报，说院子里正在种花种树，也种了两棵枇杷——家具也运到了。”

夏母看看院子：“瑞清真细心！”她停一下，似是鼓动勇气，“阿琴，这都是小事情！瑞清去了桂花怎么办？——他要回周村，我们也拦不住。瑞清这么念旧，我真怕他旧情变新情，搞出事情来。阿琴，这要当心的！”

稚琴苦笑：“当心也没得用处。桂花很可怜，顶多是把她收回来！”

夏母一跃而起：“不可，不可。别的事情可以顺他，这件事不能应！”

稚琴：“生意人，讨个妾也算不得出格。”她低下头，“与其他提出来，不如我先说出来。这事情是我先说的。”

夏母愈发不安："阿琴，生意人讨妾虽是常有，上海讨三个都也有。但桂花是个鸨子呀！阿琴，你无论如何也得劝住，你得替他想想名声！"

稚琴："我知道。"

夏母："你不要这样不上心。瑞清的名声最重要！就是因为有名声，洋人们才给他面子。再说了，十年前他就是有名的商界神童，现在又是买办行里的少壮派！许多人看着他。瑞清要是讨个鸨子，唉！"她急得来回走，"事情传来上海，大家怎么说？你爹爹还怎样出门？这两个小孩子又会怎样看他爹爹？不行，不行。这事你要阻拦！"

稚琴抬起眼："妈姆，他要做的事情，我们拦住过吗？但是我觉得，瑞清不会不知轻重。"

5

上海瑞记贸易行在法租界，是个黄色的三层石头楼。

瑞清在二楼办公，秘书拿着份文件站在桌前。

秘书："董事长，联华洋行的合同我已经译好了，你要看看吗？"

瑞清点上烟："说说主要的，我现在没空看。"

秘书看看文件："第一，克利尔先生想在周村瑞记缫丝厂注资——"

瑞清夹着香烟抬手打断："这不行。周村缫丝厂用钱不多，克利尔一注资，就要说了算。不行，这条我们不答应。"

秘书用笔画去："第二，他要和我们签一个厂丝（用于机器织造的生丝）购销协议，为期五年。这一条可以吗？"

瑞清："只签二年，二年之后我们就自己织绸子了。"

秘书改动文件："第三条，将来若建丝织厂，其设备只准购买英国的，对方保证是世界最先进的。这条可以吗？"

瑞清："你给他改成'在质量价钱相同的情况下，优先购买英国设备'。"

"董事长，英国的设备本来就比别国的贵，这样一改克利尔可能不同意。"他小心地抬眼看瑞清，随后解释，"我是怕影响到正在装运的缫丝设备。克利尔先生还好说，可那个莱因克——"

瑞清噌地站起来："什么莱因克？我让他把锅炉拆开运，他死活不同意，说他的技工有办法。电报你也看了——光从火车上卸下来就用了四天。现在又快十天了，可那锅炉只往前走了一百米！这还不算，街窄锅炉宽，还拆了好几处民房，你让周村的同乡怎么看我？嗯？你问问他什么时候能安上！"他越说越来气，"你现在写个公文，以本行的名义照会联华洋行——延误工期照约赔偿！英国人不是好打官司吗？好，我们和他打！把照会写好后，给伦敦仲裁法院上海代表送一份去。还他娘的莱因克，狗屎！你记着，我不给洋人惯脾气！"

莱因克没害怕，秘书倒先害了怕，忙在文件上记。随后放下文件给瑞清添水，又再次拿起文件，赔着笑说："董事长，这么强硬我怕和他们搞坏关系。我们是不是——"

"我说，没看见意大利人天天来拜年？什么搞坏关系？搞坏关系怕什么？"他指着文件，"你直接告诉克利尔，周村在山东省，我们购买德国人的设备更方便，从青岛装运就行！"

"是是是。我就这样说。"

瑞清气消了，诡谲地一笑："来完了硬的来软的，你补注一条，'未来之丝织厂允许联华洋行注资入股，事先约定股本不得超过百分之四十九，拟建中之发电厂股份比例同上'。"

"好好好。董事长，百分之四十九他能同意吗？"

"要不是看着他哥的面子，四十九也不让他入。还不愿意？周村的茧子是一流的，若是用那好机器缫，好机器织，正宗地道的中国绸子运到英国，意大利那破绸子还不煞戏？"他又站起来，"还不得卖出天价儿来？"向外一撩手，"他比咱懂！还他娘的不愿意，让他入股就不错了！"说完皱着眉坐下，"你去告诉门房，一有杨经理的电报立刻送来。如果晚上来电报就送到我家去。唉，快让这破锅炉急死了！——安不上锅炉，缫丝机就没法安，咱就没法儿收秋茧！"

秘书刚想走，瑞清又喊住他："先别走，把正事儿忘了。"

"什么事，董事长？"

"你现在就去联华洋行，让莱因克抓紧把培训的技工派去周村！——那都是些妇道人家，没文化，一时半会儿学不会。你也跟着去，一边看着那些洋技工，一边给那些娘们儿当翻译——你整天跟着我，能够听懂周村话。"

“好好好。”

瑞清特别交代：“你告诉莱因克，一定要明说——洋技工到了周村，食宿自理，本行概不承担！”

“这不太好吧？”

“你呀。这是表明咱强硬态度，莱因克也肯定对技工们这样说。再加上咱那照会，联华洋行肯定重视。但技工们真到了，咱是好吃好喝好照应。”他伸着头学洋鬼子傻眼，“技工们一看好酒好菜，还不乐着说OK？能不领咱情？能不好好教那些娘们儿？”他有点烦，一摆手，“这样吧，你给莱因克打电话，说我下午见他。”指着桌面，“让他到这里来！”

6

王家，佣人在里屋给王老爷喂饭，少奶奶端着药锅子来北屋。

王老爷推开碗：“饱了。把少奶奶叫来。”

少奶奶赶紧进来：“爹，叫我？”

王老爷吐了漱口水：“那锅炉运到哪了？”

“昨晚上到了银子市。爹，看那架势是往金陵书寓运。”

“那里没地方安呀？”

“我也不明白。”

王老爷感叹：“我听说那东西和个二层楼似的？”

“是。方形的，通身都是铁，光火眼就有十八个！这西洋锅炉和咱这炉子不一样，看那样儿像是从腰里填炭！”

“腰里填炭怎么烧？有炉膛吗？”说着起了急，“唉，我也没法去看看！”

少奶奶忙劝：“爹，你这两天有点烧。等他安停当了，他那锅炉的火也点着了，我让人抬你去看。”

王老爷：“新成怎么说？”

少奶奶：“他等着人家来买他的地呢！哼，平顺那地在西边，金陵书寓在南边，人家一下手就朝正南，他还傻等呢！——咱说他又不听。”

王老爷指外伸起手：“去，去把他叫来！”

少奶奶朝西屋走来。

这时，看澡堂子的狗剩来了："少奶奶，少爷起来没？"

少奶奶："起来了。有事儿？"

狗剩："少奶奶，你知道金陵书寓后面的那个大坑不？"

少奶奶："知道。怎么了？"

狗剩立起一个指头："就这一夜，坑周遭的房子全扒倒了。三愣子带着二百多人正往那坑里填土呢！"手指街上，"你听这打夯声！"

新成一个箭步蹿出来："怎么着？锅炉要安那里？"

狗剩："看样是。"

新成看天原地打转："完了完了完了！"

少奶奶一把揪住他："别慌！"她问狗剩，"坑周边那些住户呢？"

狗剩："都搬到东下河去了。一家一个小院，统一的博山大漆家具。唉，这还不算，每家还给了四十个钢洋，外带十五袋子面！唉，那些人真是凭空得了元宝呀！"

新成原地发愣，随之旱地拔葱跳起来："杨瑞清，我和你没完！"

少奶奶拉住他："相公，别，冷静些，别让咱爹着急！"

新成："我能不急嘛！"

少奶奶："别慌，昨天我问了洋叔，他说办电厂要用很大块地方！那个大坑干不了电厂！"

新成："这锅炉还能干别的？"

少奶奶："我哪懂。"她把新成拉进屋，"相公，你别光听崔表哥的，还是自己去看看！"

新成没了脾气："好好，我去问问四胜。"

王老爷在北屋听得明白，他仰天而叹："两万多两银子呀——"

7

金陵书寓的后墙上贴着大红的招工启事，瑞蚨祥布铺的大师兄为众妇女高声朗诵："'招工启事'——这是上头那四个字儿。"

四嫂也在其中，她着急：“快念那有用的！”

大师兄清清嗓子：“下面是‘应袁世凯大人之邀，及本县台谢公义老爷之请，更念同乡之亲情，上海瑞记股份公司拟于本县开办瑞记缫丝厂，共襄开埠之盛事。本厂已从英国购入——’”他为难地搓手，“这些洋码子咱不认识呀！”

洋叔正走来：“克莱斯勒缫丝机。”

大师兄接着念：“‘克莱斯勒缫丝机六十台及其他相关设备。不久即将建业开张。故招聘工人。条件如下：

1. 无残疾，无伤病的妇女若干名，年龄35岁以下。

2. 周村、桓台、博山、淄川、邹平、高苑、长山籍人优先录用。其他籍贯者待缺后补。’——也就是说招不齐才要别处的。外来的得等等。”

人们议论遂起：“杨瑞清真照顾本乡人！”

“别出声，听听给多少钱。钱少了可不侍候！”

“人家不能小气了，不会像王家似的，一个月给三十斤面子。”

这时，澡堂子又开始烧水了，浓烟横来，呛得人们骂。

大师兄扇着烟继续念道：“待遇：春秋收茧季节，每人每月八钱银子。六月、七月和腊月正月闲歇时节每人每月三钱银子！”

众妇女高兴了：“娘呃！开铺子也赚不了这些钱！”

“在哪报名？咱先报上！在哪报名？”

“在金陵书寓门口，你看，瘦茭白正在那写呢！”

人们呼的一声跑过去。

金陵书寓门前摆着桌子，瘦茭白负责登记。过去谁都瞧不起她，现在却被众星捧月般地围着。这个叫妹子，那个叫姐姐，瘦茭白忙于应付，笔走如飞，面带微笑，感觉极好。

桂花坐在院内廊下，平静地远观外边的热闹。

敲锣的那个石头子已被聘为杂役。他搬来小桌，又端来一壶茶：“嘿嘿，东家，先喝碗——瑞清捎来的这茶，啧啧，一冲上就闻着香！和盛祥那茶不一路！”

桂花：“石头哥，别叫我东家。”

石头子：“哪里，哪里。全靠东家赏饭。”

桂花：“好好干，一个月一两银子。”

石头子："太多了，太多了。"

桂花："唉，都不易。老婆孩子一大帮。就这样吧，另有难处咱另说！"

石头感动至极，撩起衣襟蘸下泪："我代表你嫂子谢谢你。"说着要行大礼。

桂花欠身拉住："别，石头哥。"她很难过，"你虽是不务正业，可你有好心——这些年，谁都不拿俺当人，这个扭大利的耳朵，那个掐着脖子，都让他叫爹，你没变样。"

这边，告示下，一个老者指着问："不是办电厂吗？"

大师兄："有这条。张大爷你听着，'原拟建之电厂因地皮商洽未妥，暂缓建设。本公司正通过本县台谢公义老爷与土地持有者进行商谈。一俟谈洽，立即开工。'"

新成瞥眼告示，冷哼一声。

四胜过来："少爷，忙哪。"

新成点头："我忙不如你忙。四胜，这要办缫丝厂？"

四胜："是缫丝厂。唉，少爷，这事儿你办得不对呀！"

新成："啥地方不对？你说。"

四胜左手前伸，把他让出人群："少爷，当初不管那火是谁放的，但有一条是定了——不是俺少东家自已放的。这事也就过去了。人家不仅没记仇，反而对咱家挺恭敬——上海老闵来收丝，少东家或多或少总给王老爷带点东西。我不是说瞎话吧？少爷，少东家怕你吗？不是。人家是念旧！是不忘同乡之谊！可人家要回来办电厂，你看你和崔广兴那个闹腾！这好，电厂办不了，你攥着那地也没用！锅炉也买了，电厂又办不成，挺粗檩条改椽子——只能办个缫丝厂。"他压低声音加重语气，"少爷，你也不想想，办电厂和你犯不着顶。可你听那崔广兴的！崔广兴是个茶叶贩子，他懂什么？好，你俩一商量，就往死里逼人家。结果逼得人家把电厂改成了缫丝厂。少爷，这瑞记缫丝厂一开了工，可是和你争茧呀！——你这土机房就能干过那洋机器？再说那开埠章程中说得明白——自由贸易，你也没法儿奉旨专营了。少爷，我说的这套对不？"

新成大惊带大悟："四胜，咱弟兄们找个地方说话。"

四胜："不行，"一指身后工地，"我还得监工呢。少爷，你看看，为了安下这锅炉，咱既盖房子又填坑，这是多少冤枉钱？花钱也不要紧，可这缫丝厂对你不利呀！"

新成："四胜，你给那杨经理说说，我把地原价让给你，能不能不办这缫丝厂？"

四胜："唉，现在说什么都晚了！上海瑞记是股份公司，改建缫丝厂是董事会定的。"抬手向东指去，"你也看见了，运这锅炉多费劲！——洋匠人带着八十个壮汉弄了一个月，这才运到了街口上。这不是一句话的事儿！"

新成："电厂不办了？"

四胜："少东家很想办！这缫丝的机器就得用电！现在不是你攥着地嘛！"

新成："瑞清能再买台锅炉？"

四胜："能。"

新成："还有钱？"

四胜："有！洋人还想入股呢。不信你去问问洋叔，他兄弟就想掺和！"

新成琢磨着点头："四胜，这样，"一指那告示，"谢老爷也找了我爹，你叫着杨经理，咱下午去县上谈谈吧。"

这时，克利尔牧师提着一个网袋过来，里面有铁筒饼干、铁盒咖啡之类，立俊一旁陪着。他主动和新成打招呼："王少爷好。"

新成也还礼："杨经理也好。"

洋叔对立俊说："唉，技工来培训，我做翻译最合适，可我要回国了——我真不想走。"

立俊："洋叔，董事长特别交代，请你从上海坐船回国。"

克利尔牧师："看看吧。杨，我先回去，"一提网袋，"我煮上咖啡解解馋。"转向新成，"瑞清给我捎来的！"说着画一个十字走了。

四胜问："洋匠人住下了？"

立俊："住下了。四胜，董事长让中午请请这些人，你去会仙楼定饭吧。"

四胜去了。

新成："杨经理，咱们一直有些误会。我刚才和四胜说了，下午咱们去县上谈谈？"

立俊很礼貌："少爷还要多关照。"

8

谢知县的书房中央摆张破方桌，谈判双方各据一边。知县居中主持。他形同枯槁，官服亦旧，声音沙哑："谢谢四位给老夫面子——屈于敝处洽谈电厂大事。唉，老夫光绪三年进士，第二年就来本县到值。这些年中，我总想干出点事来，以报圣上垂悯重任。"摇头叹气，"回首以往，时局不靖，内有长毛义和拳作乱，外有列强接踵欺侮，空有壮志，毫无作为。除收税、断案、祈雨而外，空耗诸多时光，真是辜负圣上！"语气一低，继而再起，"太后西狩之后，深感强国之要径，于是推行新政，变法图强。恰有周讳馥、袁讳世凯二位大人力奏，圣上并太后始才同意济南、潍县、周村三地同时开埠。意在通商贸易，多聚钱财，荡涤旧弊，再造大清。杨君瑞清原为本县人氏，因家中失火，逸避上海，不期发达。闻开埠之喜讯，跃故土之情思，斥巨资以相佐，办电厂共光明。然王君新成先行一步，购入所有可用土地，致使计划搁置。老夫本欲强令出让，然此有违自由买卖之新章。故约共双方，来此洽晤。愿诸位本执建我周村，强我大清之宏愿。切之磋之，玉成此事。这也权作开场白。哪位先说？"他冲立俊一伸手，"杨先生先请？"

立俊坐着冲知县鞠躬："谢谢老爷。"他转向新成，"王少爷，我们开门见山，我们只要那块六亩的。因为那块地虽在南边，但离缫丝厂不远。我们可以把价钱出得高一点。"一伸手，"请王少爷开价。"

新成没开价，崔广兴先发话："三万两！"

谢知县不悦。

立俊："这是杀人价，我们不会接受的。"

谢知县："新成，不要卖缺货。说个人家能接受的价钱！"

新成清清嗓子："我看着谢老爷的面子。二万两。"

立俊摇头："王少爷，上海瑞记是股份公司，你觉得这样的价格董事会能通过？"

崔广兴："买不起没办法！"

谢知县一拍桌子："崔广兴，地不是你的，让你坐在这里就不错。少说话！"

崔广兴立即矮了半截。

四胜忍着笑作笔录。

新成笑笑："杨经理，你看这样行不行，我以二万两的价格作价入股。"

立俊摇头："恐怕不行。"

新成："为什么？"

立俊："董事长的经商天分非同一般，在上海相当有名。可以这样说——入我们的股份就意味着发财。"他目光温和，举例为证，"洋叔的弟弟本不是外人，连他入股董事长都没同意。"立俊点上烟，"我们还是谈价钱，不要扯到入股上。一是董事会通不过，再者我也做不了主。"

新成："那我不能再降了。"

四胜放下笔："少爷，那块地你一万两买的，稍加点利就行了。办起电厂来，咱一块跟着掌电灯。少爷，你也得替谢老爷想想，他老人家后年就尽任了。他老人家在周村这么多年，没收谁家一点儿礼，没吃过谁家一顿饭。这样的清官大清国里没几位！这是皇上太后不知道，知道了还不得褒奖宣扬？少爷，加点利就卖吧。你也让他老人家最后二年成这项政功，也算遂他老人家心愿！"

谢知县闻此低首黯然，不禁泪下。

新成长吸一口气："好。我成全他老人家，一万五！"

谢知县可怜巴巴地看着立俊，那意思是："这价钱行吧？"

立俊一拧脖子："好，我先应下！"

谢知县忙向立俊致谢："谢谢杨先生，谢谢杨先生！"

立俊扶知县坐下："谢老爷，学生临来周村之前，董事会已经料定王少爷会轰抬地价。但没想到这么高。六亩原值也就是八十两，涨十倍也不过八百两。董事长为了尽快开工，就估涨一百倍，给了学生八千两的权限。现在王少爷报价一万五千两，超出了近一倍。学生实难当场做主。但话已说到这个份儿上，我就把会谈情况写成报告，尽快寄到上海去。董事会一通过，学生定会立刻交割！"

立俊说完大家站起来，其他人也跟着站起。谢知县忙用双手向下划拉："坐坐坐。谢谢诸位成全，谢谢诸位成全。晚上在敝处一起吃顿饭。尽管简陋，然俱为我故乡武进风味！"

新成想留，崔广兴意外，四胜观望。

立俊说：“谢谢老爷。”随之拿过个盒子，“董事长知道老爷精于书法，特请湖州第一名师赵原梓为老爷做了一盒笔。同请老爷赐题厂名。”

谢知县大喜，打开盒子，从小到大一排二十四只，狼羊兼有，小大由之，他搓着手：“这是御用笔呀！”

立俊：“老爷，这是润笔，不是礼物。你老人家笑纳吧。”

谢知县：“这就是礼，我也收！”随之拉着立俊哈哈大笑。

立俊：“谢老爷，学生还有一事相求。”

知县高兴，用力一撩手：“说！”

立俊：“明天就开始培训，可一二百人没处坐。刚才我和四胜商量了一下，想借县衙门口的空场子用用。”

谢知县：“好说，好说。别说借这空场子，只要办实业，借大堂我也应！我说杨先生，怎么培训？不会点火冒烟的吧？”

立俊：“不会。只是摆上缫丝机的模型。洋技工讲，那些妇女跟着学。学生和四个同仁一起翻译。”

谢知县高兴：“好！县衙门口办培训，这在大清国是头一份儿！我也跟着听听！”

新成和广兴对视，觉得自己很渺小。

9

新成兴高采烈地回了家，直奔北屋去报喜。

王老爷躺在床上。新成过来躬身：“爹，事儿成了！”

王老爷笑笑：“瑞清买了那地？”

新成：“那个杨经理应了。说写个东西寄去上海，一有回信儿就给钱。一万五！”

王老爷：“唉，就这六亩地，平顺卖了一万，你从中弄了五千，人家平顺没事儿，你倒是得罪了杨瑞清。真是不值得！”

新成无语。

王老爷：“那五块地怎么办？”

新成："让他们赎回去。崔广兴正给他们说着呢！"

王老爷："人家就这么听话？"

新成："不听也得听。咱给他们的是大德通的银票！我事先交代了，没有咱的印鉴，票号不兑付。他们是拿着一张纸！"

王老爷："唉，谢知县知道了准不依，再说这也不合章法！"

这时，少奶奶进来："相公，崔表哥来了。"

新成告辞来到西屋："办妥了？"

广兴坐下，右脚后跟搁在椅边上："妥了。三番子的胡世海和我一块去的。我给那些人说得明白，十天之内退银票，不退，哼，他们自己看着办！"

新成："他们怎么说？"

广兴："多数哭了。葛有财就跳着骂。胡世海二话不说，掏出刀来给了他一下子。划在胳膊上了，葛有财这才踏实了！"

新成："表哥，这事儿可别弄大了。我爹说得对，这事不合章法，咱正在卖地的当口上，别让谢瘦猴子知道了！"

广兴一仰脸："没事儿，你就等着收钱吧。可是新成，这事儿我忙前忙后弄了一头汗，眼看着五千两到手，多少分给我点儿？"

新成不高兴。

这时，平顺举着银票来了："少爷，那地俺不卖了。孩子他娘还有病，俺撑不住折腾！"

新成扶他坐下，好言劝慰："平顺哥，我是让那五家退钱。没你的事儿！来，拿银票来，我给你盖上印鉴。"

平顺："少爷，还是把地退俺吧！"

新成："别，别。那块地已经卖给杨瑞清了。来，拿银票，盖上印你就能兑了！"

平顺犹豫。

广兴一瞪眼："放着钱不要，傻呀！你这个土孙！"

平顺这才把银票递上。

新成盖过印："行了，拿着银子买肉去吧！"

10

葛有财的胳膊被刺破了，老婆在给他包扎。物伤其类，其他几个卖地的闻讯赶来，七嘴八舌，一边抱怨新成毁约，一边乱想出路。

“有财，咱咋办？真把银票退回去？”

葛有财：“退个屁！——有本事把我宰了！”

另一位：“有财，三番子真敢杀人！”

“唉，夜里收，白天退，干买卖哪能这样？这王新成崔广兴直接就是大粪勺子去了头，搅屎棍子一根！”

有财包扎完毕，一脸没处发泄的蛮横：“我就在家坐着，倒要看看能把我咋着！”

一个老者往外走：“为了钱搭上命，不值。我去把银票退给他！”

有财大吼：“敢！”

老者回身：“你有招儿？”

有财没招，只是咬着牙。

另一位说：“咱去问问四胜，看看他有高招儿没？”

有财着急：“他能有啥招儿？人家说得明明白白，只要平顺家那块。咱这些地太小，人家不要！”

老者：“还是问问吧。那杨经理是上海来的，兴许有办法！”

有财：“好吧，我在家等着，有什么办法就来告诉我，咱一块办！”

11

立俊和四胜往工地走，路过王家的赌场。这是一座青砖木架的小二楼，门额上写着王记博弈馆。两边的对子是“信手掷下一粒种，转瞬开出万朵花”。

立俊一笑：“董事长说，早晚把这东西灭了！”

四胜：“为什么？”

立俊：“董事长说，吃喝嫖都不是大事儿，就这赌害人！”

“不害人怎么发财呀！你别看这个小二楼，一年能弄两万两银子！”

“噢？”

“唉，去年河北来了个趸瓷器的。这位自认为有一套，据说在河北没输过。可进去没一会儿，输了个精光。连回去的盘缠都输了！”

“是吗？”

“他这里的大帅是孟三爷，号称‘揣着麻将和牌九，走遍天下无敌手’！我见过，要几点就掷几点，一般人根本对不上牙！”

“走。进去看看。”

四胜想拦，立俊已经进去。四胜只得跟进来。

跟班小张立在门外。

赌场的伙计认出了立俊，高看一眼，吆喝着上茶。

立俊往台前一坐：“孟三爷在吗？”

柜内的大师兄斜着眼过来：“三爷不在。”

“那我改日再来吧。”

大师兄一立眉毛：“你还觉得自家是个人物？来来来，咱俩先下下咬圈！”

立俊看看这位，不屑地哼一声，回身问四胜：“请洋技工吃饭花了多少钱？”

四胜：“三钱银子。”

立俊点头：“嗯。咱再请一顿，我估计还得三钱银子，这样，我先把晚上的饭钱赢出来。”

柜内的那位气得脸紫：“狂妄，下注吧！”

立俊：“我先说好了，我不管输赢，只玩一把。输了我给你六钱银子，赢了你也给我六钱银子。”手一撩，“你就不用翻倍了！”

大师兄：“该翻就翻，这是规矩。哼，就怕你赢不了呀！麻将牌九还是骰子？”

立俊：“玩那些属于欺负你。骰子吧！”回身对四胜说，“准备收钱。”

四胜害怕：“别玩了，咱还得干正事呢。”

立俊示意对方摇。

周围的人屏气静观。

大师兄冷哼一声，两个碗扣在一起摇起来，先是上下摇，名曰童子拜观音，接着左右晃，名曰拨云见月亮，越摇越快，突然放在柜上：“大？小？”

立俊抽着烟：“猜大小太简单，五点。不对算我输。”

大师兄：“对了算你赢！开！”

碗掀开，果然五点，众人大哗。

立俊站起来：“四胜，收钱。”

大师兄傻眼：“先生，再玩一把。”

立俊：“伙计，再玩就砸你饭碗了！就这样吧。”说完走出。小张随之进来。

大师兄无奈，把钱给了四胜。他看着四胜喜滋滋地走去，下意识地想摸刀。

小张正用斜眼看他。

账房过来：“不能胡来！这是杨瑞清的总经理！东家都得敬着他，他正买咱的地呢！——他这个跟班有枪！”

大师兄纳闷儿：“这也太神了。”

账房：“这绝不是等闲之辈，得让孟三爷会他！”

四胜看着手里的钱，乐呵呵地追来街上：“杨经理，不知道你还有这手儿！”

立俊：“小意思！”

四胜：“既然这么神咱明天还来！”

立俊同意：“这样，咱让他包下洋技工费用！”

12

早上，崔广兴刚起来，胡世海就来了。进门就说：“老崔，今天是第七天了，咱去催催葛有财那一窝子。弄完这事儿我要去淄川。”

崔广兴：“咱说的十天，这去是不是早点儿？”

胡世海：“我不是要出门儿嘛！快点儿。”

他俩朝葛家走来，离得很远，就见四胜往葛家的门上贴东西。走近一看是封条。崔广兴问：“你为什么封门？老葛呢？”

四胜斜他一眼，朝上吐一口。

胡世海想急，四胜同时瞪眼：“怎么着？想玩儿横的？”

崔广兴拉住胡世海，小声嘀咕：“别，咱正卖给他地呢！”他转向四胜：“我说，葛有财哪去了？”

四胜：“哪去——我不知道！但这房子归了瑞记！”

13

这几天，新成的心情特别好。清晨，他穿着绸裤绸褂在树前逗鸟。笼内那只鹩哥扯着嗓子喊“发财”。

新成拿花生喂它。

看澡堂子的狗剩跑来了：“少爷，不好了！葛有财那五家子都跑了！”

新成大惊：“啊？跑哪去了？”

少奶奶出来：“喊什么！咱爹还没醒呢！”

狗剩压着声说：“他们去关外了！”

新成惊极而静，慢慢地摇头：“不可能。他们那银票兑不出来呀？”

狗剩急得跺脚：“他们根本就没兑！——这五家子把钱联合在一块，买成了英美烟草公司的烟卷子！”

新成笑了：“胡说，那得多少烟卷子！他们根本拿不了！”

狗剩：“他们空身走的，洋人随后给他们运去。说他们成了关外三省的总经销！”

新成晃了几晃，赶紧扶住树。

少奶奶劝：“相公，别往心里去，这不是什么大事儿！”

新成一头新汗：“他们的房子呢？”

狗剩：“都让四胜买去了。那么些屋，一共才要了二十两银子。唉，仅是够路费！”

新成：“天哪！”

这时，大锣响起：“周村开张——周村开张——”

少奶奶拿来个凳子，新成刚想坐，门房来报：“少爷，大德通银号的王账房来了。”

不等召唤，王账房苦着脸进来：“少爷，用印吧。钱都兑给人家了。”

新成：“我不是不让兑吗？”

账房：“我是不想兑，可洋人带着衙役，拿着谢知县的帖子去的，我敢不兑吗！”

新成自语：“杨瑞清那边还没信儿，这边的五家子先跑了。唉，给那五家人十天的期限，”他看着少奶奶，“现在看来太长了！——难道要毁到这场里？”

少奶奶小声劝：“‘居心不正，难有良财’，相公，快用印——就当个教训吧！”

新成两眼发直：“这个教训也太贵了……”

第七章

1

下午，瑞清下班回来，岳母妻儿似是正在商量事儿。瑞清给岳母请安：“娘，我回来了。”

夏母：“快歇。林嫂，冲茶来！”

林嫂在厨房应答。

女儿靖涵过来抬着眼问：“爹爹，什么时候回周村？”

瑞清抚她的小脸蛋：“还说不准。”

女儿：“我也跟你去！”

瑞清：“不行。周村没有新式小学，去了没法儿念书。听话，靖涵，等你长大了，再去给爷爷上坟磕头！”

儿子靖涛说：“爹爹，我和妹妹放假去行吗？”

瑞清：“唉，周村很苦，还没电——那里没什么好玩的，爸爸是回去做生意！”

稚琴领过两个孩子，瑞清上了楼。

林嫂送来茶。

瑞清：“把小姐叫来。”

他坐下，从公文包里掏出份文件。往椅子里一靠，疲惫地闭上眼捏着鼻窝。

稚琴进来：“怎么了？不舒服？”

瑞清：“没事儿，累了。你看看这个。”

稚琴拿过文件，两眼渐睁大："六亩地敢要一万五？"

瑞清一笑："是不是胡闹？"

稚琴："这个钱在上海也好买一百亩地了！爹爹怎么说？"

瑞清："咱爹说王家敲竹杠。"

"你要买？"

"我已经回电拒绝了。还把立俊骂了一顿——朋友帮忙，亲戚帮衬，再多的钱也不要紧。敲竹杠？别说是个土财主，租界当局我都不吃！"

"你不好责备立俊！"

"没事儿。缫丝设备今天下午装车了，稚琴，我们快回周村了。"说时，语气深长。

"王家几乎恨死你，去了能安全？"

"所以我要先把他脾气弄没了！"

"人还没去，王家就先折了上万的银两，怕是不会和你干休。我看你还是再等等。"

"他要是不识相——继续出条陈，对不起，"两手一摊，"我只能让他倾家荡产。"

稚琴扶住他的手："阿清，他在那里霸占久了，就觉得周村是他的。你一去，他们肯定忌讳。"瑞清不知她要说什么，皱着眉看太太。稚琴面容诚恳："阿清，在咱们看来，周村还是乡下——乡下人攒钱很不易，适可而止最好。我知道你做生意手段高，洋人也不敢小看你——王家肯定抵不住。放过他们吧——舍下善财得善报，千万别斗气。"

瑞清瞪眼："听这话的后音儿里，我是恶人了！我恶吗？一点不恶！我不是和他斗气，我只要求公平！我估了八千两，这已经是天价了。可他非要一万五，他凭什么卖这价儿！这也奉旨专营？"

稚琴赶紧哄："好好好，我错，我错。你一瞪眼我就慌——"

瑞清："不是我瞪眼。"他向外指，"你没到周村看看，不管什么买卖，王家他娘的全占着。妓院这行不入流吧？这他也占！那仨书寓他占俩，崔广兴占一个。要不他俩胡挤对，桂花能这样儿？"

稚琴正色地婉劝道："阿清，等咱到了周村，劝着桂花别干了，这一行总归是不好。咱把她娘儿俩的生活包下来，孩子将来念书咱也供着。你说呢？”

“稚琴，咱在上海，一说妓院觉得是下三路的行当。可在周村这根本不算事儿，从明朝就有！那些姑娘也有就地从良的，照样成家生孩子！”他点上烟，“不让桂花干，等于向王新成认输。但我得给桂花改改良，给她那书寓弄成文明的新式窑子！”

稚琴气得笑：“这也能改良？”

瑞清大老粗似的一撩手：“能改！这玩意儿最好改！”

稚琴无奈：“唉！只要是生意，你就有办法！一说起生意来，你就和上了发条似的！You are so bored!”

瑞清：“这是什么意思？”

稚琴抿着嘴笑，就是不说。

瑞清佯装要打：“说！”

稚琴调皮地看天花板：“You are so bored！——你真没品位！”说罢用手防着。

“大胆！”

稚琴打着拱：“我错，我错。”

2

王家赌场里，新成在二楼听汇报。孟三爷回来了，他越听越憋气，两手撑住腿，似是武功中骑马蹲裆式。

账房说：“这个姓杨的每天玩一把，就一把，多一把也不玩。就赢六钱银子，也不多赢，赢了就去会仙楼请洋匠人吃席。我不懂，孟三爷，你就够高的了，难道这行里还有比你高的？”

孟三爷鼻子喷着气：“他叫杨什么？”

新成：“叫杨立俊。”

孟三爷挠着后脑勺儿：“上海那些高手我都熟悉，男的是杜神手，黄捌子，女的是何半仙，没听说过这位呀？”

新成：“我听说咱这麻将就是他弄到西洋去的，你没在家，其他人都见了。

我也见了——那天姓杨的喝醉了，来咱这坐了会儿，那扑克玩得出神入化，要哪张来哪张！”

孟三爷：“嗯。你这一说我就明白了。我影影绰绰地听说过！”

新成：“孟三爷，咱和他玩一把！——要不咱这场子没法干！”

孟三爷寻思：“我不能轻易下场子，要玩……就得玩大的！一次给他扒了光腚，让他把办厂的钱全留下！这样，十点半了，他又快来了。还是一柜和他玩，我先在一边看看。”

新成：“咱玩是玩儿，但等一阵子，他正要买咱的地呢！”

孟三爷：“买地？我这就让他把买地的钱放咱这儿！”

这时，伙计来报：“东家，四胜来了。”

孟三爷：“姓杨的没来？”

伙计：“没。”

新成一跃而起：“上海回信儿，这是大事儿！你们都退出去，快请四胜上来！”

四胜上楼，新成在楼口处接着：“四胜，上海回信儿了？”

四胜：“里头说，里头说。”

新成不安。

四胜来到屋里，把电报往新成怀里一送：“少爷，那价儿在上海也好买一百亩呀！你看看，董事长把杨经理大骂一顿！”

新成很慌，接过来小声嘟囔念：“立俊君好，周村奉旨开埠，足下力主建厂。先行一步，洽购地皮。估涨百倍，已然惊人。然今日却要一万五千，实属奇谈！经董事会决定，电厂停建。由足下之怂恿，始财币之损失。故决定罚去红筹一成，山东经理郭四胜协办不力，罚薪半年，以示惩戒。望于周村谨之慎之，切莫越权妄为！上海瑞记股份公司董事会。”

四胜：“看见了吗？都是你闹的！”他歪着头仰着脸迎向新成，“少爷，天底下，地上头，有过这价儿吗！这倒好，我忙了一头汗，倒是挨了罚。你可害死我了！要是再这么着闹下去，我这个差使能黄了！”

新成不管四胜的差使，执意追问：“按上头的说法儿——这地不要了？”

“价钱下来就要！”

“能出多少钱？”

“八千两。我和杨经理就这么大的权限！”

“好好好。你先回，让我再想想。”

四胜叹着往外走：“少爷，八千两就行了。再这么着闹下去，少东家要是真烦了——贵贱不要你这地，你还不傻眼？”

“八千我亏呀！我亏两千两银子呀！”

“葫芦爬到屋脊上，还不是你搭的架子？唉！”他摇头叹气地走了。

四胜刚下楼，新成命令：“快去把崔爷叫来！”

3

平顺卖地发了财，做派大变——买来成套的新壶、安南紫藤的新躺椅，此时，正以老爷的态度坐在树下喝茶，抽着炮台烟，滋滋啧啧，津津有味：“他娘，把茶再冲冲！”

太太浑身绸缎崭新，光亮艳活——提着壶过来：“让你找个丫环，你就是不依！咱也算有钱了，找个丫环来，也让我过两天高声叫春燕，低声唤秋红的日子！这倒好，绫罗绸缎的穿着，倒要天天进饭屋，什么衣裳也穿不出好来！”

“慢慢来，慢慢来，刚有了钱，一切还没上正轨！”

太太冲完茶，提着壶问：“今晌午吃啥？德盛祥的肴鸡还是万合斋的荷叶肉？会仙楼做的那虎头鱼也不错，再让他送来？”

平顺闭眼躺着犯愁：“唉，就这点儿玩意儿，没啥新鲜的！你看着办吧！——吃啥也不要紧，顶多也就是二钱银子，光那利息就够了！”

“他爹，咱房子的事儿你还得上心，”一指故居，“这间破屋我是住够了！”

“吃完饭咱先睡一会儿，起来之后，咱一块出去寻摸寻摸，你说得对，是得盖处新院子。”立起一个手指，“就按杨瑞清那样子盖，院子里也种上海棠！”

太太：“可是他爹——”

平顺对称呼不满，抬手打断：“开埠了，咱也有钱了。不能他爹他爹的叫！得改！”

太太："那叫啥？"

平顺："你得叫相公！"

两口子正这里享福谈理想，崔广兴带着三番子队伍进来。胡世海一看这场景，怒从心起，飞起一脚把平顺的躺椅踹翻："他娘的，这会儿你成人物了！"

平顺突然遭打击，趴在地上一时没回过神来。

胡世海把躺椅扶正，崔广兴坐下。

平顺问："你干啥？"

胡世海提着他后脖领："干啥？把你那破地收回去！再把那银票退回来！看把你烧的！——仅仅这两天，周村的大小馆子让你两口子吃遍了！你又洗澡又逛书寓，喝茶听戏，都赶上了神仙！"

平顺妻冲上来："俺有钱，俺愿意！退银票？没门儿！走！咱去县上说说去！"

胡世海有功夫，当胸一脚，将其踹出："叫你穿缎子！"

平顺妻不是善茬，就近摸块砖头冲来，胡世海拉开架势又要踢，但她突然原地静止，随后歪倒，嘴里立刻吐沫。

平顺原地跳叫："快来人呀，救命呀！他娘又犯病了！"

一个小喽啰掏出根皮条，横着勒住他的口，平顺两眼急睁，叫声随之含混减弱。

几个街坊闻声赶来，刚想近前，胡世海用刀冲着说："我看谁敢！"

四嫂："崔广兴，这能出人命！"

崔广兴不在乎："人命？什么人命？一天犯三遍，一会儿就好！"

四嫂："你也太欺负人了，真要死了人，看那谢老爷不办你！"

胡世海拿着刀过来，四嫂不退反进，将脖子迎上去："你攮，你攮，我借你个胆儿！"

胡世海收回刀："好男不和女斗！"一挥手，"把这些人都轰出去！"

四五个喽啰将街坊推搡出去。

四嫂在街上喊："三番子杀人了！是崔广兴领来的——"

商户的伙计纷纷跑出。

崔广兴有点害怕："我说，这娘们别真死过去。"

胡世海："死了算我的！"说着点上烟，慢慢地走到平顺妻跟前蹲下，极残忍地用刀尖刺她的人中。刀子也就是刚对准，他猛然跳起来："不好！这娘们儿屙下了！"

崔广兴大惊："啊？这是净身屎！快蜷！快蜷！"

几个喽啰拍打空气凑上去。不用蜷，平顺妻是软的。

崔广兴站起来想撤，平顺挣脱束缚扑过来："我和你拼了！"

四嫂再次冲进来，一见此景，双手放下，慢慢地走向崔广兴："这回踏实了？"

4

县衙门前空场子上聚着一百多妇女，洋人讲，妇女听，立俊和瑞清的秘书小王同步翻译，相互补充。

谢知县摆个方桌于侧，喝着茶，喜欣赏。吴师爷立旁侍候。谢知县看着如此场景，有感而发："洋人讲技长，示范作榜样。千妇学缫丝，知县坐一旁。机器欲转起，电灯要放亮。新政得人心，大清定兴旺！"

吴师爷赶紧夸奖诗好。

高台上摆着一比四的缫丝机模型，一台小马达带着机器转。水槽里漂着假茧子——木轴缠着洋丝线。水槽后的黑板原是县衙的告示牌，上面画着些图案。

洋技工回身向小王咕噜一句，小王喊道："第一组来实作！"

十二个妇女排着队走来。

讲实作的技工扎着皮围裙上去，讲理论的技工下来。谢知县忙起身让座："洋先生，喝一碗。"

立俊译给他，那洋人不胜惶恐，连连鞠躬。

谢知县："杨先生，都说这洋人不着四六，可咱见的这几位还真挺好呀！——知书达理的！"

立俊："他们是些工人，能找到这个差使极不容易。所以要好好干，咱要是不满意，他们就得自费回国。"

知县感慨："唉，哪里都有三六九等，他们是外国的下人呀。杨先生，他好好地教，咱好好地侍候。别让人家说咱大清国刁蛮！”

立俊一笑：“老爷，您要是能陪他们吃顿饭，他们能高兴一辈子！他们把知县叫县长或者长官，在英国，”他一指喝茶的技工，“他们根本没有资格和长官说话，更不用说吃饭了！”

谢知县一听，眉毛高挑：“这个容易。晚上我请他们！”

立俊：“还是我请，你能过去坐坐他们就感到无限荣光！”

谢知县哈哈大笑。

知县笑声未去，远处哭声传来。平顺在前领俩孩子，街坊们用门板抬着他老婆，外带看热闹的人众，浩浩荡荡直奔县衙而来。

培训会场当时乱了，实习的那些妇女也要跑。

立俊大呼：“都别乱。我们是工人，是有纪律的！继续上课！继续上课！”

妇女们似是没听见，还是要迎去看。

四胜蹿到台阶上高喊：“天塌下来有咱谢老爷，与你们无关！谁跑去看，这个月的那三钱银子就不给了！都他娘的滚回来！”

四胜这喊真管用，妇女们怏怏地回转来。随之渐渐后退，给平顺家让开一条路。

谢知县极扫兴，一抖袖子对师爷说：“擂鼓，升堂！”

师爷照传。衙役们擂出一通升堂鼓，那几个洋人看傻了眼。

鼓一响，平顺循声而上，紧跑几步扑倒在阶下：“谢老爷，草民冤呀——”

谢知县向里走去，平顺妻遗体也被抬进大堂。

外面，众妇女围来，立俊高喊：“诸位姐妹，我们先吃饭，吃完饭案子也审完了。我们提前上课！”

众妇女似是没听见。

四胜高呼：“谁要他娘的不听话，明天别来了！走，走，快去吃饭！”

立俊过来关了马达，知县门前静下来。

堂上，谢知县把一根紫签投下来。签子落地，脆响清晰。他声调高抬：“去拿崔广兴、胡世海！同传王新成大堂问话！”

衙役："是。"

四嫂说："老爷，我见胡世海往东跑了，准是奔了淄川，快让人追吧！"

谢知县面沉似水："天网恢恢，岂能容恶！吴师爷，牒文发往周围六县，缉拿恶人胡世海！"

5

中午了，少奶奶端着饭往北屋走。这时，新成慌慌张张跑进来，一把拉住太太："不好了，不好了！"

少奶奶："咋了？"

他拉她去西屋："别让咱爹听见，屋里说，屋里说。"

夫妇进了屋。

新成："快给我找几件子衣裳，我得出去躲躲。崔广兴去平顺家要银票，正赶上他老婆犯了羊羔子疯，没能及时蜷，嗨！死过去了！平顺到县衙把我告了！"

少奶奶："啊？出了人命！"

新成着急："谁说不是呀！快，快给我找衣裳！"

少奶奶不仅没急，反而坐下了："躲着不如不惹着！这官司能躲吗？你跑了，人家能算完？咱爹病着，你把他老人家急出个好歹来咋办？"

新成："我不是怕挨打嘛！要不我先到后院里藏起来，县里的衙役来了，你就说我窜了。等到晚上我再走！"

这时，门房来报："少爷，衙役来了。怕惊了老爷没进来。"

新成一腚瘫坐椅子上。

少奶奶一把提起他："敢作敢当，不能装熊！快去县上说明白！"

新成无奈硬着头皮向外走去，临出门还可怜巴巴地看看太太。

新成刚一出来，街坊就指指画画，他低着头跟着衙役走去。

少奶奶从后面追上来，一把扯住那俩衙役，各塞一个小元宝："拜托公差，打的时候轻着点儿！"

公差拿着元宝："少奶奶，该怎么打，就怎么打，我们不敢作弊。可我琢磨着少爷挨不了打，崔广兴倒是免不去一场板子炖肉！"递还银子，"俺们不敢要，老爷知道了准得发俺去充军！”

少奶奶攥着银子，看着丈夫被带走。

门房来报：“少奶奶，快回去吧。老爷一个劲儿地喊你！”

她哭了，擦着泪往回走。

6

新成跪在大堂上，外面崔广兴被打得叫唤，声如杀猪。

须臾，崔广兴被拖进来扔在堂上。他捂着屁股嘘嘘呼呼。

谢知县一拍惊堂木：“崔广兴，认罪否？”

崔广兴：“小的没罪。”

谢知县又投下一根签：“再打四十！”

崔广兴慌了：“我认，我认。可那全是胡世海干的！我没动他老婆一指头！”

谢知县冷哼一声，拿过茶碗喝水。随之站起来去了后堂。

师爷：“原告马平顺，老爷后堂问话！”

平顺到了后堂，知县一指对面的椅子：“坐。”

他小心地把屁股放在椅子边上。

谢知县：“平顺，你这阵子烧得不轻呀！”

平顺慌：“小民咋了？”

“哼！咋了？你和你老婆在会仙楼吃饭，剩下了半碗肉，那要饭的想吃了，你抬手打人家一个耳光。随后你把肉捎回家喂了狗，当我不知道？”

平顺低头不语。

“宁肯给狗吃，也不给人吃，老天能容你这样的富人？嗯？”

平顺一头汗。

谢知县指着他：“你看看你，浑身的绸缎一肚子油。你逛书寓，一回就要仨姑娘，拾掇够了还觉得不够本儿，你还咬人家——你是狗呀！你想干什么？嗯？你老婆更甭说！——头一天还布裤子布褂，第二天就穿得花红柳绿明晃晃，站在街当中仰着脸说话，显得比杨瑞清都有钱！就这个闹法能不遭报应？”

平顺："小的改。"

知县："说说，是让被告发配充军还是让他赔俩钱儿？"

平顺："全凭老爷做主。"

谢知县脱离大清历律，根据实际情况断案："你老婆本来就有病，加上这两天突然吃得忒好，积住食儿了！你想想，她本是个粗食肚子，猛一下子吃下这多酒肉甘肥，也是容易上火。再加上这一急，于是犯了病！也不能全怨人家！"

平顺："是是是。"

谢知县："我也打了崔广兴，也算给你出气了。我看就别让他充军了，罚他们点钱儿吧！——你也落点实惠。嗯？"

平顺："行行。罚多少？"

谢知县："我本可以罚他俩一人五千两，但是，"他停下来，静审平顺，"唉，你这种人不能有钱，一有钱准干坏事儿，知道吗？这叫为富不仁！"说毕一拍桌子，吓得平顺一缩。

"我一人罚他们两千，罚多了我就害了你！"

平顺："不少，不少。"

"平顺，你可听好了。这俩人也不是善主呀。有我在这里，他们兴许不敢闹腾，可我后年就尽任了。再换个知县来还不知道是个什么人。听我的，发完丧，带着孩子走吧，去济南也好，去天津也行，就是别在周村！"

平顺："是是是！"

谢知县继续数落："你才有了钱这几天，就把周村人得罪了个遍！唉！你记着——到了一个新地方，偷着炖肉，善着做人，关上大门蒸馍馍，可别再演这一出了！"

平顺先行回到堂上站立，谢知县出来坐下。一拍惊堂木："被告听着。二人反悔协议，致死人命，按大清历律，本该发往黑龙江充军。但原告念及同乡情谊，申请以罚代刑。王新成！"

新成伏首："在！"

"事由你起，罚银两千两。"随手拍下惊堂木。

"小民认罚！"

谢知县又拿起惊堂木："崔广兴，你勾结恶霸，私闯民宅，持刀行凶，致使马李氏毙命。本当重罚，但念及你为周村第一茶商，可为开埠尽力，故——"这时，崔广兴咬牙切齿，恶眼看平顺。谢知县一拍惊堂木，向下指去，"我本来想罚你两千，就冲你这一瞪眼，罚三千！如有不服，可呈状济南府再审！押入大牢待赔再释！你俩抓紧让人送银子！退堂！"谢知县离座，"他娘的，不好好地干买卖，尽他娘的胡闹腾！"

新成、崔广兴被押走。

衙役长喊："退堂——"

人们都出去，谢知县又返回堂上，他指着外面："驱散门前闲杂人等，别耽误人家培训！你看看这套，也不怕人家洋人笑话！"

7

大坑填好了，锅炉也已到位稳住。沿着金陵书寓拉起一道院墙。三愣子他兄弟吆吆喝喝，催着壮工们快干。

这边，立俊和四胜抽着烟商量事情。

三愣子端着图纸过来："杨经理，这个方池子是干啥的？"

立俊："一时半会儿说不清，你就按照图纸干。"

三愣子："还有那些耐火砖——杨经理，不怕你笑话，那耐火砖俺见过，可那洋石灰袋上的洋码子俺不认识，你还得给俺指画指画。"

立俊："那不是洋石灰，是比利时耐火土——用水和开垒就行，和平时和泥一样。"

三愣子要走，四胜叫住他："先别慌，你这边盖着锅炉房垒着池子。让你兄弟带人抓紧盖机房！人不够就赶紧找！少东家点名让你干这活，你得领情，不能误了这季子秋茧！"

三愣子："俺二哥去找了，匠人很快就能来！"

四胜急得跺脚："你二哥是个酒晕子——不管干啥，都得先把酒喝够，啥事儿不让他耽误了？你快把这边的营生安顿下，还是你去稳妥！"

三愣子："好，好，我去。"

四胜叮嘱："咱这工程大，要得急，用人也多。你拣着精明强干的找，别找那些饭量大，本事小的！"他指着那边一个扶着铁锨喘气的胖子，"你看看那初本胜，二百来斤，吃饭用盆，一干活就喘。类似这样的可别往这弄了。咱这是缫丝厂，不是白莲教的那伙食团！"

三愣子为难："破落户子弟，能干点活就不错了。他爹当初是吉林总督，对咱家有点恩惠，所以——"

四胜驱逐："好好好，三大爷，也别从秦始皇他姥娘家开始说了！快去安排。快让你把我急死了！"

四宝凑过来："啥事儿让四胜哥着急？"

四胜撩打着手："快带人干活，快去，快去！"

兄弟俩分头走去。

立俊说："董事长让收秋茧，可这厂房还没盖，收了茧子怎么办？"

四胜："少东家心计多，让收咱就收。我先去找找胖刘叔，看他还能帮忙不！"

立俊："董事长让贴个告示，公开收购说——"

四胜："说什么？"

立俊："说要建立新的供茧体系，不要再指望一两个人！"

四胜为难："可他控着周围三县呀！"

立俊："其他县呢？"

四胜："唉，杨经理，这一行你没干过。茧子这东西不能运，"两手往外放大，"乍蓬着，还挺轻，一车拉不了多少！咱要是收远处的，光运费就够受！"

立俊丢了烟蒂："这样，咱既找刘胖子，也贴告示。"他想了想，"其实，厂丝的价格高，茧子远一点也无所谓。湖州丝厂就收萧山的茧，杭州的也收。那段路途比这远。"

四胜："那好。咱写明白了，运费咱出。这样除了周围几个县，莱芜新泰的茧子都能来了！"

正在这时，赌场大帅孟三爷带着个手下走来，见面抱拳："杨经理，这几天怎么没去玩儿呀？"

立俊一笑："我听说你回来了，所以没敢去！"

孟三爷："过誉，过誉。我倒想领教一下杨经理的手段！"

立俊和蔼地问："上海的三大仙认识？"

孟三爷："认识。同道有亲。"

立俊："你比他们怎么样？"

孟三爷："互有高下。"

立俊长叹一声："孟三爷，回去吧。四胜说你人不错，我也就没再去拿钱。孟三爷，你听好了，和我赌——直接是送给我钱。"

孟三爷一笑："杨先生，能吃过头饭，不语过头言。这话可有点大呀！"

立俊："足下刚才说到同道有亲，我虽和你不是同道，但我知道找个差使不容易。孟三爷，咱俩要是玩起来，我只能砸你的饭碗！"

孟三爷慢慢摇头："杨先生，既然把话说这里，我就恭候足下。我宁可下半辈子沿街乞讨，也要见识见识先生的手段！"

立俊："好。我忙完了一定去。孟三爷也是有身份的人，既然要玩儿，咱就是翻连翻，一千两起码！"

孟三爷抱拳："一定奉陪！"——这位虽看着不像好人，但至终面带微笑，不失礼节。

他走后四胜问："什么是翻连翻？"

"第一把一千，第二把就成了两千，第三把就成了四千，就这样往上翻！"

"我的娘呃！杨经理，少东家让你来建厂，咱可不能弄这个！万一有个闪失，又得说我协办不力！"

"放心。他一翻也翻不了。要不是董事长摁着，我这就去把那狗屁赌场灭了！"

8

瑞清看完立俊的来信，不由得叹口气。

稚琴来到书房："叹什么气？"

"咱给了他八千两，可王家还是不卖。唉，结果弄出了人命！把平顺的老婆逼死了。你看看。"

稚琴接过信看。

“也就是有谢知县，要是换个昏官，平顺就能干吃这口气！真他娘的不是东西！”

稚琴看完信：“是过分了。生意是信用，哪能这样反悔！”

“他放火生生惊煞咱爹，我就生咽下这口气！平顺亏了有证人，要不也得傻眼！想想这些，我真想办挺了王家！”

“别了。接二连三的这些事，王家已经没面子，信用威望更打了折扣。将来咱们到了周村，还是要和他往好里处。尽量不去和他争。”

“咱是想和他处好。可他领情呀！你信不信，就是出了人命，他也不接受教训。你看着，他还得捣乱！”

“还能怎么样？”

“咱那锅炉也稳上了，机器也运到了，厂房正在盖。”眉毛一扬，“他准还得想歪招儿，不让我收成这季子秋茧！——没秋茧就开不了工！”

“不至于吧？”

“唉，王新成还好一点儿，可那崔广兴太坏了。他独霸着周村的茶叶交易，三十多家茶行都得进他的货，要不就逼得你没法儿干。”瑞清皱着眉，“他这边控着茶庄，那边控着供货的茶商——只准卖给他，不准卖给别人！低价购来高价批发，就这么霸道！稚琴，周村是个旱码头，出货量相当惊人。一年至少一千三百担茶！你想想，他是挣去多少钱！——论说人发了财，心就应当宽善，可他不！——一见别人有点活路他立刻急眼，不相干也急眼！接着就使坏搅局，这就是崔广兴！哼，等我到了周村先灭了这个舅子！”

稚琴笑他：“你还没到周村，他先挨了板子，还赔上三千两！”

“三千两太少，他记不住！”

“你原先和这人有过节？”

瑞清扶住她的手：“稚琴，你整天坐在家里，不知道外面的事儿！——这好人，你和他有过节也能化解，坏人，你和他没过节他也得发坏！对这样玩意儿只有一个法儿——狠办！”

“你要和这些人较劲，我就不让你回周村了。咱是去做生意，不是去生气。咱们躲着他们就是了。”说着给丈夫倒茶。

瑞清看着窗上绿凌霄："四胜忙着建厂，立俊忙着培训，这秋茧也不知道收得怎样了！"

稚琴坐下："阿清，爹爹做生意就算瘾大，可你那瘾比爹爹大多了！——在外面做生意，回家就给我说生意。你那么有才分，咱就不能谈点别的吗？"

瑞清柔和地看着她："也是。让生意辜负了多少风花雪月，又耽误了柔情似水！这么个忙法儿，真是对人生的怠慢。"说罢，摇头慨叹。

稚琴偎着他："所以前人爱说，'持家立世，东西奔忙，比及垂老，多有神伤。'等把工厂的事情安顿完了，咱俩在家里安静地说话行吗？"

瑞清："行。这好办。"

"十年前，你来送提货单，我开门一眼看到你，就觉得此人是我今生之伴。"

瑞清推开她瞅着："噢？当时我也这么想的！"

"胡说！那时候你有桂花！"

"你听着呀！我想先把桂花娶了，随后再把你捎上！哈……"

稚琴捶他，瑞清作揖求饶，稍沉，她低问道："等到了周村桂花怎么办？"

瑞清看着窗子长叹："不好办呀——"

9

紧挨着金陵书寓起了个体面的二层楼，几个杂役在擦着墙上的花瓷砖。

崔广兴走来停下，看着纳闷："我说，这不像缫丝厂呀！"

杂役不答。

崔广兴想进去看看，石头过来挡住："崔爷，还没弄好，暂时不能进去！"

崔广兴一指："这是个什么营生？咋看着像个饭店？"

石头："不是饭店，是新鲜玩意儿！"

10

自从出了人命，新成安稳了不少，平时也很少出门。此时正和当年的刘胖子商量着收茧。

新成："老刘，这个价钱不低了，比去年高了一成！行了！"

刘胖子："少爷，自从我干这行，你这里就奉旨专营，咱这茧价就没高过。这茧子又不能运，我只能这么着就认了。唉，多年前，我想和瑞清另走条路，结果着了火。弄得我还了五年的账。可是少爷，现在开埠了，不能专营了。瑞记那告示就贴在墙上，价钱比你高一头，你让我怎么办？"

"这样，你先让他收，他收够了你再按咱的价钱卖给我。这样行不？"

"那他能全收了，根本轮不到你。少爷，我今天之所以来，是因为老爷让少奶奶去找了我，加上你又刚摊上事儿。我这才来了。少爷，可我本身是买卖人，不能看着钱不挣呀！"

"你别听他那套，他那厂还没建好呢！杨瑞清最好用计，就是他用计，才让我赔上银子惹官司。要不是他搅和，平顺家也死不了。我一提他就生气！"

"人家出八千你该卖，可你——"

新成抬手打断："咱说茧子。你给个准话儿，卖还是不卖！"说时，又露凶相。

刘胖子静静地看着他："少爷，胡世海可跑了。咱做买卖讲的是公平，我也五十岁了，给你家供了半辈子茧，你不能这么着和我说话！"

"是我不对。好，再加一成行了吧？"

刘胖子摇头："这也比人家低。少爷——"

正在这时，街上传来锣鼓之声，随之唢呐也响起来。慢长棰乐器店那大锣随之敲响。

新成纳闷儿："这是谁家开张？"

刘胖子："我刚才看见缫丝厂那里聚着些人。"

新成皱眉："昨天我刚去看了——厂房还没盖好，就是紧靠着金陵书寓的那个二楼完工了。那里能干什么？"

这时，狗剩跑来："少爷，杨瑞清没干缫丝厂，是开了一家澡堂子！"

新成站起来："胡说！"

狗剩急得抖搂手："你自家去看看！那堂名叫金陵土耳其浴室，免费三天，人正往里挤哪！"随后一拧头，"咱那堂子一个人也没了！"

新成惊得慢慢坐下。

狗剩请教业务问题："我看先把那些锅灭了吧，这三天怕是没人去！"

刘胖子问："狗剩，啥是土耳其浴？"

狗剩："我也不知道。反正里面有电灯！"

新成："没建电厂怎么发电？"

狗剩："我听说锅炉外头带着个小发电机，锅炉烧炭，随后就发电。连金陵书寓里也通上电灯了！"

新成呆呆地发愣："瞒天过海，又是一计！"

刘胖子站起来："我先去洗一回！"

11

金陵浴室前热闹非常，两班子吹鼓手较着劲吹，慢长棰的大锣也抬来了。四胜实在受不了，手在空中舞画："停停停，快把人乱煞了！"

吹鼓手没听见，四胜过去夺下喇叭："停停停！"

正在这时，孙掌柜的又是一锣。四胜作着揖过来："孙大爷，你也跟着乱！快停，停！"

孙掌柜掉了几颗牙："四胜，瑞清啥时候回来呀！"

四胜："快了，快了。还给你弄了份子买卖呢！"

孙掌柜："好。知道啥买卖不？"

四胜："孙大爷，少东家那脾气你知道，不办成的事儿不说！快抬着你那锣回去！"

孙掌柜不满："让我来是你，轰我走也是你！可是四胜，这土耳其浴咋个洗法儿？"

四胜无奈，只得详细解释："唉。两道用耐火砖垒的夹皮墙，那墙烘得很热，里头有个架子，人站在中间。随后往里浇瓢水，那蒸汽轰地一声就起来了，你身上就往外冒汗，别说身上的新油灰，就是道光二年的陈泥灰也得拱下来。外头有淋浴，就和那回回壶似的，从上往下浇。行了，给你十张票，等人少的时候来洗！"

孙掌柜接过票却不走："有人在上头提着壶？这么多人那得多少壶？"

四胜："祖宗！有个机器把水压到上面的水箱里，然后再通下管子来！"他转向守在门口的石头，"让人靠墙排好队，给他们发号，按号洗，挨到他的时候再来！别都聚在这里！"

新成一直在旁边看。

这边，立俊陪桂花站在书寓门外。她看着眼下热闹场景，欲说无言。

立俊："姐姐，这个土耳其浴是董事长送你的礼物。"

桂花："瑞清心眼是多。热水供着澡堂子，耽误厂里用锅炉不？"

立俊："耽误不了。咱这是个三节式的大锅炉，这仅点着了其中的一节。等缫丝机安好了，咱再点上一节。等电厂建好，三节才全点着！"

桂花："还是西洋的东西来劲儿。也不嘣嘣地响，书寓那灯就亮了！比当初洋叔那套好！"

立俊："姐姐，我让三愣子去找裱糊匠了，接下来咱就整修书寓，董事长要改良，咱得给它来点儿新玩意儿！"

桂花不解："这行还有新式的？"

立俊："姐姐就等着吧！"

这时，第一批洗浴的出来的，个个浑身舒泰脸通红，不住地叫好。

新成拉过一个问："里头是怎么套玩意儿？"

这位擦着头上的汗："真棒！先是热气蒸，随后热水冲，搓背修脚一水的扬州师傅，都是瑞清从南方请来的！唉，那叫地道！真是舒服！"

新成："噢？"

"少爷，你那堂子早关了吧！整天蹿烟冒火的，全周村跟着你挨熏，可别费这劲了！"

新成甩手走了。

狗剩追上来："少爷，四胜给了你十张票，请你去洗呢！"

新成愣着不想接。

狗剩说："少爷，不妨看看，咱也跟着学学。"

新成："学学？唉，咱不懂呀——"

狗剩："咱那火灭不？要不就先停二十口锅？"

12

正好是星期天，瑞清在书房里和稚琴对坐，一壶清茶，心境闲适。

稚琴："咱是年前走，还是年后走？"

瑞清："我还没想好，这要看立俊的进展情况。"

"秋茧收得怎么样？"

"傻瓜，现在还没下茧呢！"

林嫂叩门进来："姑老爷，电报，公司里的门房送来的。"

瑞清接过来看。

稚琴："林嫂，跟我们去周村吧？"

林嫂："太太给我说了，我再想想。"

稚琴："你不去我们怎么吃饭呀。我听说周村的饭很咸。"

林嫂撇嘴往外走："忘了，当初让我多放盐，还说姑老爷愿吃。"

稚琴笑着把她推出去。

瑞清看着电报一拍腿："好！王家的澡堂关了！"

稚琴闭眼仰头："哎哟，你多大了？整天一惊一乍的！"

"好，可不挨他那烟熏了！"

"堂堂大上海的商业家，先去开个澡堂子，也不怕别人笑话！"

瑞清正色道："你不知道，他那澡堂厉害，从康熙的时候就有！这一二百年光锅就烧坏四百多口！"稚琴笑他，瑞清指自己的嗓子，"为什么整天咳嗽？就是让那玩意儿熏的！吭吭！"说着装咳嗽。

稚琴撇嘴："尽胡编，我从未见你咳嗽过！"

瑞清大笑。

"该一起开个女部，也让女人洗洗！"

"这个建议好，开女部。"他小孩子似的挤眉弄眼，"王新成恨我，"头来回晃动，"可我高兴！"

稚琴打他："正经说话！"

瑞清停止胡闹。

稚琴笑问："接下来是什么计？"

瑞清脖子一拧眼一瞪："生命不息，用计不止！——我现在还没想好！"说罢又出洋相。

稚琴甜蜜地抱怨："唉，像是没长大呀——"

第八章

1

澡堂子被迫关门，新成很沮丧，思前想后总结得失：“唉，后悔呀——”

少奶奶问：“后悔什么？后悔关了澡堂子？”

新成慢摇头：“不是。”他凝盯地面，“我想来想去，唉，当初真该把杨瑞清杀了！”

少奶奶鄙夷：“对，该杀了！杀了杨瑞清就没人再会弄新机器，也没人开洋澡堂子了！”

新成瞪眼：“你知道什么！澡堂子关门无所谓，关键没法卖大烟了！”眼瞪得更大，“澡堂子一关，烟客去哪里抽？”

少奶奶轻巧地指方向：“专门开个烟馆！”

新成不想和她斗气，转脸看着外边。

少奶奶过来坐下，语气改缓和：“相公，这破澡堂早该关——呛人事小，这卖大烟太缺德了！”她压点声音，“人家谢知县看着咱爹的面子，假装不懂，你才稀里哈糊地弄了这些年——别以为那是正当买卖！”

新成：“假装不懂？假装不懂还罚我二千两！”

少奶奶：“按你的意思平顺家得白死？”

新成无法反驳，狠命地抽烟。

少奶奶借势进展：“相公，挣钱无非是想吃好点儿，穿好点儿，”抬起右手在眼前一划拉，“就咱现在这些买卖——再过十年也是周村数得着的富户！根本不用去干那讨人嫌，赚人骂的事！”口气更加婉转深入，“相公，听我一句，把那赌场关了吧，书寓的股子最好也撤出来，那都不是正道儿！”

新成不屑：“你知道什么！就这两个地方挣钱易！”恶眼一瞪，“怎么着？杨瑞清还能也开个赌场？”

少奶奶：“赌场倒不会，但桂花那书寓正在整修呢！——人家那里有电灯，一旦开了，灯火通明的，谁还上你那里去？黑咕隆咚的！”

新成：“笑话！逛窑子又不是明快——越黑越来劲！”

少奶奶无奈：“唉，你就闹吧，撞了南墙再回头虽是不晚，那头却破了！”说完撇下新成去了北屋。

2

建厂工地上，四胜站在个土包上瞩看全局，指指画画。

刘胖子爬上来：“正忙哪！”

四胜回过身：“哟！刘叔！快坐，快坐。”说着拿过两个马扎，又冲那边喊，“二扁，送壶茶来！”

小伙计在那边应答。

刘胖子看着厂房：“啥时候开工？”

四胜：“刘叔，没你那茧子啥时候也开不了工！”

刘胖子叹气：“我是想卖，就是心里怕。说来说去，还是早年落下的病！”捻索着卷烟，“我怕把茧子卖了给你，王家再出邪条陈！这又加上个崔广兴，你看看，他能生生把平顺家逼死！”

四胜：“咱没羊羔子疯，不怕逼！那火放了一回了，不能再放吧？”向外一撤身子，“除了这些还有啥招儿？刘叔，你实在地不用怕！——当初他奉旨专营，你都敢和少东家闯，这一时里咋这么小心呢？按我说的办，大胆地卖！”

刘胖子声音犹豫：“也对。”随之提出个技术问题，“你一下要这么多，缫不出来咋办？”

四胜：“这你放心。咱这是化学杀蛾，药往上一洒，里头的蛾子就死了。放到明年也没事儿！”

刘胖子觉得新鲜："什么化学？"

"我也没见过。"

刘胖子站起来："我再找找王新成，他要是不按行市收，我就卖给你！"

四胜一把扯住他："刘叔，你这趟是多余！"他瞅着刘胖子的印堂，"我说，你看一辈子风水了，这咋看不出哪家旺呢？他那土机房——大锅煮，大框转，老娘们儿弄了一身汗，就能弄出好来？再说他的工钱那么少，能有人给他干？"他指着刘胖子，"刘叔，你信不信，你把茧子给王家，一准给不了你钱！"

刘胖子："这你放心。我得先收钱再给茧子。走了——"

正在这时，院墙外头一阵喧闹。他俩居高临下往外看——四辆骡车朝这边走来，立俊骑着自行车一旁跟随。

四胜喊："杨经理，接来了？"

立俊："接来了。火车有点儿晚点。"

桂花站在书寓门外，喜不自禁。

瘦茭白："妈妈，我去迎迎吧？"

桂花拉住她："别。你如今是总管，得把架子端起来！"

刘胖子问："四胜，这又是什么洋玩意儿？"

四胜："不是洋玩意儿，是新玩意儿！"

3

新成在山陕书寓里看账，老鸨一旁侍候。账房惴惴不安地坐在那边的角落里，两眼虚恍，生怕新成看出破绽。

老鸨姓刘，姑娘都叫她刘妈妈。

这时，一个妓女进来："刘妈妈，东家也来了，你得给东家说说，我现在这么红，十个客人八个是来找我的。我得再加一杈子！"

新成抬眼看她："再加一杈子？紫燕，你怎么红的？不是我让人捧红的？"

紫燕虽是笑得甜，但那话却不软："东家，这我知道。可这梅子到老也是青，水杏六月自然红。还得说俺这胎子好！"

"嗯。也有道理。再加半杈子！"

紫燕忙谢："翠珠也让我问问，她也想加点儿。"

这两位是山陕书寓的台柱子，新成怕她们跳槽："嗯。给翠珠也加半杈子。好好干，别整天价使性子较劲！——一看客人土，就说人家身上有虱子！"

紫燕行礼："谢谢东家。"她说完并没走。

刘妈妈问："还有事儿？"

紫燕："我想问问东家，咱这里也扯上电灯不？我去金陵书寓看了，一拉灯线，那电灯立刻就亮，还不冒烟。那光也不蹿腾着跳，真好！"

新成放下账本："这得等杨瑞清回来再说，当时还不行。"他点上烟，"你接触的人多，问问客人有懂这行的没？要是有，咱自家装套这机关！"

紫燕努嘴："那些人不是瓷器贩子，就是跑私盐的，哪有这样的人物！"

新成摆手："好了，好了，我和你刘妈妈有话说，电灯的事儿我记下了。"

紫燕出去了，新成猛一拍桌子："账房，你这是花账呀！"

账房慌忙跑来："不敢，不敢，东家，这是实账！"

新成慢声慢气："金陵书寓还没开——现有的这仨书寓里，属咱这俩最红火，至少占着八成的买卖。就这点银子？"

账房："都是来打茶围，真正留宿的并不多！"

新成："这碗饭不想吃了？嗯？我让狗剩数过了，这山陕书寓每天最少四十个客人，就算每人一两吧，这一个月是多少两？嗯？你和刘妈妈勾着，这我知道。你俩昧下点儿，我也不算大事儿。可我是八成的股子呀，"一指账本，"就这么个闹法，我入股有什么意思？我要是把股子撤了你俩还能干？"

刘妈妈忙活着上来解释："东家多担待，我是留了点钱，打算着想把咱这书寓也整整。"环指四壁，"墙纸窗户都旧了，咱要是不整整，金陵书寓一开，这些姑娘不都跑了？再说桂花后头有高人，还有电灯——"

新成怒从心起："电灯，电灯，贪就是贪，别往电灯上扯！你记着，以后不准再提杨瑞清！瘦死的骆驼大过马，他还没干过王家呢！账房！"

账房进前："东家。"

新成："从这个月开始，你去安徽书寓，那边的老宋来这边。做买卖讲的是个诚，你倒好，办了娘们落了钱，全成你的好事儿了！你记着，就这一回，要是让我再发现，直接滚蛋！——你出去吧！"

账房擦着汗出去，轻轻带好门。

这时，忽然传来丝竹之声，新成一愣："哪来的戏班子？"

疑问未去，紫燕跑进来："刘妈妈，你快去看看吧！——金陵书寓一下子来了二三十个姑娘，正在天井里演练呢！"

新成一惊，不由得站起来。

刘妈妈："演练什么？"

紫燕："吹拉弹唱。为首的是十二个人，全穿着红裙子，说是叫金陵十二钗，长得真俊呀！我听说是杨瑞清从南京请来的！是专门的队伍！"

新成："二三十个？剩下的那些人干什么？是不是姑娘？"

紫燕："据我看不是，像是等候局子的——给那十二个人端茶倒水什么的！桂花根本不出面，是瘦茭白领着！"她感叹，"瘦茭白真走运！当初都走了，就人家留下了，真是留对了！"

新成不失时机地进行教育："这叫什么？这叫忠！瘦茭白丑也好，俊也好，但人家这股子忠劲，你们都得学着点儿！"

紫燕不悦。

新成转向刘妈妈："别在这傻站，快去看看。睁大眼，看明白了！回来好给我学学！"

刘妈妈忙去梳妆台前收拾，新成大怒："杨瑞清杀上门来了，还抹哪门子口红！"

刘妈妈飞窜而出，紫燕也跟去。

4

林嫂正在布置饭，瑞清高兴地回来了。给岳母请过安，随后在书房门口贼眉鼠眼地对稚琴招手："来。"

两口子进了书房。

瑞清从包里拿出电报，随后往椅子里一躺哈哈大笑："今晚上周村还不知多热闹呢！"

稚琴看完电报坐下问："十二钗？这些人是干什么的？"

瑞清："秦淮河上最红的班子，个个水灵秀气，那叫美！就这样的队伍，王新成那土窑子能顶住？还有——"

不等他说完，稚琴追问："停停停，你怎么认识这班人马？"

瑞清一愣："我去过。是南京老吴请的。"

稚琴敛去笑容："多好呀。堂堂商业家，当年还考过进士，却去这种地方！真有修养。"后一句说得很飘。

瑞清解释："我仅是看看，什么也没干！"

稚琴沉落面容："干也不要紧，回来不说就是了。"

瑞清高兴过了头，不慎说出隐情，急忙往回扳："我真没干，我心里只有你，就你自己！"

稚琴："就我自己。十年前就说要娶二十个老婆，你这理想现在可以实现了！"

瑞清："那是酒后胡说，我不是没娶嘛！稚琴，我把金陵十二钗派去，是想给王新成撤撤火，不是为别的！"

稚琴："不光这，你还想为桂花壮台面！"

瑞清板下脸："对。是为桂花壮台面！所有对我好的人，我都为他们壮台面！"说着便由气转怒，"哪怕当初对我有过一分钱的好儿，我也要一百倍地还上。要不我挣钱干什么！"

稚琴冷冷地哼一声："幼稚！"

瑞清："我是幼稚，但我永远真诚！这就是我！"

稚琴一看他想翻脸，回身看看外面，压着嗓子说："你喊什么？不怕妈姆听见？"

瑞清声音更高："我打天下，挣钱财，闯世界，什么都不为，只为让我周围的人过得好！我就是要让人们知道——善恶终将有报！你要再激我，我把奥地利芭蕾舞团也给它派到周村去！——这伙人正在凯旋宫演着呢！"

夏母在楼下听到了，问林嫂："这是怎么了？刚才还眉开眼笑的呢！"

林嫂摇头："不知道。太太放心。姑老爷就是喊，不会欺负小姐的。"

书房内，稚琴笑中带着哭相连连作揖："阿清，求你。别喊行吗？"

瑞清占了上风，这才孩子似的泄下愤怒："真是。挺高兴的事儿，劈面来了

个‘拦头雷’，把我兴致给搅了！”

稚琴接着哄：“我错，我错，我全错。”

瑞清：“你就是错了！”

稚琴：“是是是，夏稚琴错了，不仅错了，还错得很厉害！”

瑞清蛮不讲理地拧着脖子，胜利地点上烟：“光惹我！”

稚琴见局面渐趋平静，就说：“唉，真是多大的本领，多大的脾气，我妈姆说得真不错！”

瑞清声音又起：“我要是女的，宁可嫁那脾气大的，也不找那些窝囊废！”

稚琴赶紧顺着他说：“对对对，你说得对。但你不是女的。”

瑞清想起周村即将发生的事情，又笑了：“那个场景我能想象出来，全周村的人都围去看，四胜维持秩序，立俊一旁抽着烟。真有意思！”

稚琴突然问：“瑞清，说正经的，你逛过窑子吗？”

瑞清很干脆：“逛过。”

稚琴那声音像掉到坑里：“噢。”

瑞清拉住她的手：“稚琴，咱在一起也十年了，我说实话，我逛不了那玩意儿。”

稚琴玩着衣角，失望地低头不语。

瑞清：“在南京，我仗着酒劲进去了，但那女的刚一脱衣，我立刻醒了。跑出去好远，还觉得自己下作！我找个茶馆坐下，接着，你和桂花的样子就在我眼前晃，我抬手打了自家俩嘴巴子！茶馆里的客人都认为是醉了——从那以后我躲着那些地方。”他拉着稚琴的手，“我都招了，你别生气行吗？你信我说的吗？”

稚琴抬起眼：“我信。”

瑞清摇头作补充：“唉！干什么事儿得有什么心态，咱没逛过，也不便发言。但我觉得这逛窑子得心硬！得拿得起来放得下，过后什么都不记得。只有这样才能干那事！”

稚琴低头擦泪。

瑞清忙问：“怎么了？”

稚琴：“我觉得自己没有看错人。”

瑞清：“唉。对也好，错也好，这些都是凭良心的事儿！我虽是说要找二十个老婆，但我真没那本事。我一想起桂花来，就从心里愁。真回去了，我可怎么办呀！”

稚琴：“我能容得下桂花，容不下别人。”

瑞清意外：“噢？”

稚琴不敢抬头：“我总觉得自己心计重，乘人之危，顶了桂花的缺。也觉得理短……”

5

金陵书寓里灯火通明，四壁门窗描红画绿，四个楼口外的屏风上画着阮籍、刘伶等不负责任的历史人物。冲门的影壁上画的管仲探亲，另一面是伯夷忘归。十二个红衣女子在天井中央演奏，全神贯注，旁若无人。先是一曲悠长的《良宵思君》，接着便是《彩云追月》。音乐情感与她们的表情身段融为一起，更是妩媚动人。

四边二楼的曲槛上全是人，男的半张着嘴，女的拿着瓜子忘了嗑。小二送茶来，他们递银子给小费，示意把茶放下，目光却挂在那十二个红衣女子身上。

立俊和桂花坐在她家的院里——透过月洞门可以看到书寓的情景。

小张面无表情，背手站在他俩身后。

立俊笑问：“姐姐，有点意思吧？”

桂花快乐：“瑞清这心眼是多！”

立俊：“姐姐，这就叫革新——新的不来，旧的不去。”

桂花：“那几家书寓快煞戏了，她们说什么也想不到这一招儿！杨经理，”她手放在胸口下，“我这心里从没这么爽快过！”

“嗯。这才刚刚开始，好日子还在后头呢。等咱的丝厂办起来，再加上其他外来商户，来周村的人更多。”他冲外一抬下巴，“咱这就是周村一景！——没看见过十二钗，那不叫来过周村！”

“可是！用不了三天，济南青岛的客人就能坐着火车来了！”

“姐姐，你记着，董事长特别交代了——咱这里不干卖淫嫖娼的事情。董事长说这种生意太脏，不合你这身份。”

“唉，我有啥身份？”

“董事长说，咱这里光演出，这一茬儿看烦了，咱换另一茬儿。南京上海有的是。”他一指，“这十二钗仅是给周村开开荤，等过了年，再把波斯米亚跳肚皮舞的请来。”他伸出头，“姐姐，那玩意儿一跳，王新成才傻了呢！”

“哼，他这就傻了！杨经理，你不知道，这书寓，挣的就是茶酒钱，皮肉银子归姑娘。这是周村特有的规矩。有些特别红的姑娘，不仅要得皮肉钱，还得分茶酒杈子。照这样闹下去，那仨书寓也离着关门不远了。可是，杨经理，既然不让客人留宿，咱这些房间怎么办？”

“咱是按客房整修的——客人可以在这住，也可以从别处叫姑娘。但她们想要在这里脱衣服营业，对不起，就得交点管理费。有点儿意思吧？”他放下茶碗，“——咱让王新成管着那些姑娘的吃和住，赚去了忙活赚不到钱。这是董事长的招儿！”

四胜跑来：“杨经理，昌乐的王麻子问问，这金陵十二钗能不能去他那里唱堂会？”

立俊：“他是干什么的？”

四胜：“昌乐有名的珠宝王，专门鼓捣宝石的！”

立俊：“只要出得起钱，可以。”

四胜：“得多少钱？”

立俊外行地问桂花：“姐姐，多少钱？”

桂花想想：“一百两吧。”

立俊：“他不是珠宝王吗？告诉他，一千两！”

四胜：“好！”他刚想转身跑，又折回来，“有人问，这些姑娘能不能下场子？”他回身指去，“那黛玉宝钗就别说了，现在连元春惜春也有十几个人问呢！”

立俊想一下：“协议上没这条，让他们自己和这些钗说去。但是，这个商业机会是我们提供的，如果成交，二八分成，她八咱二，”他转向桂花，“姐姐，这行吧？”

“行。就怕人家看不上这些土孙！”

四胜凑趣：“嗨！桂花，你不知道！——那些人看得着火冒烟！我估摸着，就是把他爹的棺材卖了也得办这事儿！”

立俊：“你去叮嘱瘦茭白，咱只分成，不准介入交易！”

四胜去了。

外边的曲子换成了《雨打芭蕉》，清新淡远，悠扬动听。

作为同业，新成和崔广兴也受到邀请。二人在一个角落里喝着茶，酸酸地看着，同时思考自身怎样改革。

崔广兴：“事先一点征兆也没有，咋就来了这么一帮子？”

新成：“杨瑞清办事儿，哼，从来不露风声。”他长声长气地说，“澡堂子关了，难道这书寓也得关？”

崔广兴咬牙：“没那么容易！唉，可惜胡世海没在家，要不就给他砸了！”

新成斜眼看他：“再让谢知县罚银子？表哥，咱不能光想给人家砸，得想着怎么和他争！”

崔广兴：“他在上海，咱在周村，咱怎么争！咱这里有女的会这般‘武艺儿’的？——吹鼓手的老婆们兴许会，但全是些穿棉裤的老娘们儿，没人看哪！”

“要不咱也去南京请个班子来。要这样闹下去，咱那三家书寓，”他凑身过去压低声，“就成了姑娘的旅馆饭店，钱都流到这来了！”

崔广兴不答。

“你看，那个吹箫的很好看，和画上的人似的！”

崔广兴：“她叫元春，白盈盈胖乎乎的是他娘的挺来劲！我看那抓筝的也不孬！那两眼透着风情，刚才还往这瞟来呢！怎么着？问道问道？”

“唉，我刚才问了那班头——他先收十两，各钗的价码子不一样，得和具体人另商量。唉，咱为啥就没想到这手儿呢！”

崔广兴：“表弟，咱啥也不说了。总之一句话——想在周村干事儿，就得买咱这个道儿！”两眼一瞪脖子一伸，“杨瑞清自认为挺能吧？好！我明天一早就去长山，让柳子帮把这十二钗劫了！”

新成厌烦：“别再弄这套！我爹这几天不大好，可别再闹这路的动静！”

“这事儿算我自己的，出了事儿我担着！我劫了这些人，看看杨瑞清怎么收拾！表弟，你想想，咱前前后后输了几阵了？”划着自己的左腮，“咱这脸往哪搁呀！”

正在这时，一个汉子过来，放下一截绿柳枝，瓮声瓮气地自报家门：“柳子帮的赵志恒。哪位是崔爷？”

崔广兴高兴，天助我也似的看看新成：“我是。你们李爷在哪？”

赵志恒：“李爷住在盛世永，让你明天一早过去！”

崔广兴大喜：“好好好，我一准去。”

这边，四胜在外围把控局势，瘦茭白主持具体工作。他突然看见七八个汉子从外面进来，一字横队，紧贴着墙站好。四胜一惊，拉过瘦茭白交代：“看见那几个了吗？”

瘦茭白傻看：“在哪？”

四胜在下面一抬食指：“顺着我手看。”

瘦茭白看见了，惊得捂住嘴。

四胜：“别慌。那个戴礼帽的就是香磨李，柳子帮的头儿。你留着神，我去告诉杨经理。”

四胜贴着墙根向里走去，两眼始终盯着香磨李。

6

香磨李有四十多岁，干瘦精明，细皮嫩肉。他原在长山开油坊，快三十了也盖不起新屋，更找不上老婆。一日，他一脚踹翻油磨盘，振臂一呼成了匪，自称杀富济贫——贫倒没济了，他自己却是盖起了新屋，找上了媳妇。

此时，他在盛世永客栈喝茶，左手玩着保定铁球，叽里咕噜，自得其乐。

赵志恒问：“大哥，咱怎么干？”

香磨李：“还那个干法儿——咱得让崔广兴出点血！”

赵志恒：“大哥，我真看上那元春了。你还得帮我，大哥。”

香磨李：“看上归看上，但没签子不能干活！”斜眼冷看，“——这规矩不能破！”

赵志恒着急：“崔广兴这个舅子咋不来呢！”

香磨李：“不能露出急相来。崔广兴相当精，要是让他看出来，就不肯出大钱。”他冷哼一声，“芝麻豆子一样钱，谁还买豆子！——他那书寓凭啥扛住这十二钗？他比咱急！”

这时，崔广兴来了，还提着个包袱。

香磨李一撩袖子，起身让座：“崔兄，坐！”

崔广兴躬身：“唉，李爷，我正想你呢，你倒是自家来了！有缘，有缘！”

香磨李：“要是胡世海不跑，你老兄就不想我了。哈……”

崔广兴尴尬：“哪能，哪能。”

香磨李直奔主题：“说，想绑哪个？”

崔广兴：“我想都绑了。”

香磨李脸一沉：“哟！这回带的人不够呀。这样，先绑六个，拣着俊的绑！”

赵志恒怕漏下元春，面有急色。

崔广兴想想：“也行。”

香磨李：“说说银子。”

崔广兴提过包袱：“这是五百两。”

香磨李斜一眼：“要人不？”

崔广兴：“论说该要，可这十二钗忒他娘的显眼，唉，人就不要了。”

香磨李：“再加一百两。”

崔广兴：“李爷，这就不少了啦。我刚让知县罚一下子，还真不大宽绰！李爷这回担待着，下回我给你补上！”

香磨李：“既然不宽绰这五百也拿回去吧。”

崔广兴赶紧赔笑：“好好好，我再送一百来。可是咱什么时候下手？”

香磨李：“今晚上。”

崔广兴：“好。一块连场子给她砸了！”

香磨李正色道：“这不行。绑人归绑人，砸场子不行。桂花是个寡妇，还拉巴着孩子。欺负孤寡，多少钱也不干！”

“没事儿！她后边是杨瑞清，有的是钱！砸个一回两回的不算事儿！”

香磨李：“噢？”

7

瑞清回到家，面带忧色。给岳母请过安就去了书房。

稚琴赶紧跟进来："怎么了？"

瑞清："也没什么事儿。可立俊怎么没来电报呢？"

稚琴："不要紧，没什么可担心的。喝茶吗？"

瑞清："不喝，陪我坐一会儿。"

稚琴坐下："不用自己吓自己，我觉得不会出什么意外。"

瑞清："唉。这金陵十二钗一去，另外那些书寓肯定难受，当天就能冲他的买卖。你想想，就是王新成认了，崔广兴也不能善罢甘休，这小子相当坏！"

稚琴："这行也竞争？"

瑞清："只要有市场，就会有竞争。要是没竞争，那不成奉旨专营了。"说完不禁笑了。

稚琴劝慰道："不要紧。立俊见过大世面，一般的小乱子难不倒他！再说还有小张。"

瑞清："要是没小张，我根本不敢这么干。嗯，小张在那里，我这心放下一半。他跟着我下温州，去广东，没少出力。"

稚琴："不能薄待人家！"

瑞清抽着烟："薄不了。他马上成亲，我要送他套小公寓。"

稚琴笑笑。

瑞清挠下头："也不知怎么了，我总觉得要出事儿！"随后自己检讨，"我也太急了。总想着尽快让王新成服了气，咱们好到周村去。可这金陵书寓是个乱场子，什么人都有。立俊虽见过世面，但没经营过这一行。我是真怕出点儿什么事儿！"

稚琴："你经营过？"

瑞清："我虽没经营过，但我从小在周村，有些情况能应付。再说我觉得自己比立俊的本事大——当然咱这是在家里说。"

稚琴："好了。快洗洗脸去吃饭吧。至于书寓的事情一句不要露出来，省得妈姆笑话。"

瑞清："书寓是买卖，这有什么？"

稚琴作揖："你小点声不行嘛！"

瑞清："真难呀。娶了你，声音大小还受制。"

稚琴："你自己不知道。西班牙著名男高音夏里奥知道吗？就是那天唱歌的那位！——你比他的嗓门都高！"

瑞清捣蛋："你说我还有这天分？哈……"

稚琴不满："一会儿发愁一会儿笑的，真是！"

瑞清一拧脖子："我刚忘下你又提，唉，就不能让我那心里宽绰点儿？"

8

天还不算黑，金陵书寓里的人又满了。人们注视着南厢房，喝茶抽烟着急——盼着十二钗快出现。

香磨李带着手下来了，要了一壶茶，大模大样地坐下。赵志恒立于香磨李身后，两眼盯着南厢房——盼他心爱的元春早出来。

新成和崔广兴也来了。要了一壶茶，随之掏出银子。

小二躬身："二位爷，咱这里临走才付钱。"

新成又把钱装起来。

崔广兴："哼，临走付银子？付个屁！"

新成："我今天不该来。唉，一旦出了事儿，人家还得琢磨我！"

崔广兴："没事儿。这里一乱，咱就走了。随他们想去！"

南厢房里，十二钗低头调试乐器，班头站着交代工作："黛玉宝钗元春，你们上六钗昨天要钱太少了。这周村富甲天下，有钱的人多，今天要一百两——比昨天高二十两。熙凤，你们下六钗不准和客人私谈价，一切我来办，价钱还和昨天一样，八十两。大家记住——价格上去就不要下来，反正客人多，不怕没得生意做！听明白了吗？"

众钗不经意地哼应。

班头："好了，好了，快出去吧。"

黛玉抱着琵琶在前，众钗随后，碎步低首，含情带笑地出了南厢。掌声一

片，叫好迭起。

香磨李侧过脸：“不要慌，听见了？”

赵志恒专心于元春，没听见他的话。

香磨李随手把茶泼向他脚面，赵志恒一跳而起，忙又稳下赔笑：“大哥，什么事儿？”

香磨李：“倒茶。”

那边，崔广兴朝这看，摩拳擦掌，兴奋难耐。

新成两眼虚躲，待机逃窜。

四胜紧张地站在月洞门外，两眼盯着香磨李，间或回头看院内——立俊架着二郎腿，抽着烟，心平气和地与桂花聊天。

瘦茭白袖子里藏着剪子，不时地低头检验。

《渔舟唱晚》奏起，整个书寓静下来。班子里的小龟沿着南墙跑单，把客人的订单交给班头，班头乐不可支。

香磨李：“你去台前头，举杯为号，我一摔杯子立刻下手。记住，没有我的号令不能乱动。等我打灭电灯，你们就开始抢人。明白了？”

赵志恒：“明白了，大哥。”

香磨李：“去告诉弟兄们吧。记着，听号令，别价衙役在门外，你他娘的也抢人！那是找死！”

赵志恒去了。香磨李静静地喝着茶，对崔广兴点下头。

崔广兴回应，随后低声对新成说：“快动手了。”

新成姿态未改，斜眼看看大门，以利撤退。

四胜看到了这一切，赶紧回身进了院里：“杨经理，我看要出事儿！”

小张立刻来到外边。

立俊一笑，伸手从西装内袋里掏出张名片：“给香磨李送去，就说请他喝茶。把我的名字报给他！”

四胜担心：“这灵吗？”

立俊：“灵。他和董事长相当熟，董事长事先也给他写过信。”

桂花：“杨经理，还是你自己去吧。这柳子帮都有枪！”

立俊笑了：“他会放枪？”

四胜出来，慌慌张张地朝这边挤，两眼盯着香磨李——此时，香磨李拿起茶碗，又放下了。

那边，赵志恒运足的劲又泄下去。

四胜过来：“李爷，杨经理给你的片子。”

香磨李：“哪个杨经理？”

四胜：“上海瑞记杨立俊经理。他让我问问俺少东家给你的信收到没？他要请你喝茶。”

香磨李脸色大变：“啊？杨经理在这里？嗨！”他装片子，“你去告诉杨经理，我在南天楼恭候！”

四胜长出一口气，擦着汗走回来。

崔广兴在那边看到了，不禁皱起眉。他正纳闷儿，就见香磨李轻咳一声，站起来走了。

七八个手下也从四面八方跟出来。

9

第二天早上，香磨李洗过脸，刚来炕边坐下，崔广兴就冲进来，二话不说，劈面就问：“李爷，签子咋啞了？”

香磨李为难地一唉，摇头道：“唉，难呀！”

崔广兴：“咋了？”

香磨李：“你给了六百，可人家给了七百，你让我咋办？”

崔广兴：“签子有先后，这规矩不能改呀！”

香磨李：“没坏规矩。头一天，桂花就让人把钱送去了长山，可是我已经出来了，这才弄成了两岔。唉——”

崔广兴：“那咋办？退签儿？”

香磨李：“我听你的。”

崔广兴：“唉，人家三番子是先办事，后收钱。可你这边是另一套规矩！”

香磨李：“我不如三番子？”说时，眉毛立起。

崔广兴忙赔笑：“不是，不是。李爷，你看这样行不行，我再给你一千两，

咱把这事办了！”

香磨李：“你和杨瑞清有仇？”

崔广兴：“抢我的买卖就是仇！我就是倾家荡产也得把他办了！——不能由着他这么搅！”

香磨李：“唉。我挺难呀，你虽是又给了我一千，可我得把桂花这七百退回去。啧啧，赚了三百，倒是多得罪个人！”

崔广兴一把掏出银票：“一千五。咱有言在先，今晚上就得绑！”

香磨李一扭嘴，赵志恒把钱接过来。崔广兴又说：“李爷，咱可得讲信用！”

香磨李冷眼看他：“土匪最讲信用！”

崔广兴见他面有杀气，笑着说：“李爷是侠客。嘿嘿。”说完告辞出去。

香磨李看着他的背影冷冷发笑。

赵志恒：“怎么办，大哥？”

香磨李不急：“倒茶。”

赵志恒把茶倒上。

香磨李点上烟，看着院子若有所思。

赵志恒：“大哥，怎么了？”

香磨李感叹一声：“唉，没想到还能见着面！”

赵志恒：“见谁的面，大哥？”

香磨李慢慢站起来：“收拾行李，叫上弟兄们回长山。志恒，你记住，那个元春不能动！”

赵志恒：“为啥？”

香磨李：“那是杨瑞清请来的。不能绑。”他诡谲地一笑，“事先，杨瑞清就给我开过方子，咱这趟来是按方子抓药，”一指银票，“药抓了，咱就该走了！”

赵志恒：“不绑了？”

香磨李：“绑票犯法知道不？收拾行李！”

赵志恒：“崔广兴那里怎么交代？”

香磨李不在乎：“什么交代？交代什么？这小子是个孬种，咱这趟来就是为了来坑他！”

10

晚上，金陵书寓里依旧歌舞升平。

四胜和小张站在外边，桂花、立俊仍然在原处喝茶。瘦茭白还是提心吊胆，东张西望，袖里还装着剪子。

四胜左看右看，一眼看见崔广兴——他正四下里寻找柳子帮的人马。

四胜笑了。他来到里边：“杨经理，柳子帮真没来。”

立俊一笑：“只是不知道他坑了崔广兴多少钱！”

桂花问：“杨经理，你用的哪一招儿？柳子帮咋这么听话？”

立俊：“哪是我，是董事长的招法。”

四胜更感兴趣：“杨经理，快说说，也让俺这些人长长见识！少东家咋认识香磨李？”

立俊：“唉，那时候董事长刚到洋行，这个香磨李就来洋行买枪，是济南聂保昌介绍去的。这个聂保昌是济南的恶霸，当时我就不想卖。正在谈着，董事长过来了，和香磨李一叙，竟是同乡。晚上我们就在一起吃了饭，我也答应第二天给他枪。”

四胜：“卖了？”

立俊：“唉，香磨李要两支，但只带了一支的钱，说那一支的钱随后寄来。可洋行没这样的规矩，董事长却大包大揽，说这些人最讲义气，还仗着酒劲替他做保。就这样，第二天董事长找了克利尔，这才卖给他两支枪。”

四胜：“钱寄去没？”

立俊：“哼，等了三个多月，也没寄钱。董事长无奈，只得自己垫上。垫钱也不要紧，香磨李还闯祸。”说着点支烟，“在这之前，香磨李根本都没摸过枪，更不会用，我又负责教他。”他沉浸在回忆里，忍不住想笑，“那时候，有个叫约克的犹太人在上海开了家啤酒厂，每天下午往洋行医院西餐之类的地方送。他来送啤酒，正碰见香磨李揣着枪出了洋行，老兄二话不说，冲着啤酒桶就是一枪。那啤酒气挺足，蹿起来一米多高，约克也当场吓昏了——这是香磨李第一回放枪！哈……”

大家都笑了。

桂花正喝茶，笑喷出去。

立俊：“我也挨了罚，董事长也挨了训，克利尔，就是洋叔他兄弟还在捕房待了一天。”

四胜：“香磨李呢？”

立俊：“早不知道跑到哪里去了。”

这时，小张过来问：“杨总经理，柳子帮没来，给董事长发个电报吧？”

立俊：“发吧。就写四个字——柳暗花明，董事长一看就明白。他准能想起这段儿来！”

大家正在说笑，赌场的孟三爷进了院子。

立俊坐着没动：“孟三爷，这十二钗怎么样？”

孟三爷：“这金陵十二钗不如咱骰子上那十二点呀！”

立俊有滋有味地点头：“孟三爷还是想玩玩儿？”

孟三爷：“想。”

立俊：“既然这样，你就准备家什吧。”

孟三爷：“玩什么？麻将？牌九？还是掷点子？”

立俊摇头：“我不玩儿这些。”

孟三爷：“为什么？”

立俊极高傲：“玩这个，”一顿，“孟三爷根本挡不住，我也成直接抢钱了——这有违我的处世原则！”

孟三爷轻说：“狂妄！”

11

崔广兴和新成在山陕书寓里喝酒，场面冷清。

刘妈妈过来倒水：“东家，姑娘们都去了金陵书寓，咱这买卖可怎么办？照这样下去咱撑不住呀！”

崔广兴正烦：“去去去。没见这里正想招儿呀！”

新成还算和气：“你记着，谁到金陵书寓就不让谁进门儿！”

刘妈妈：“这招儿不灵！——还不让她进门，叫还叫不回来呢！”

新成用筷子向外拨："嗯。我知道了。没事儿。"

刘妈妈走了。

崔广兴已有醉意："表弟，这世道真变了，柳子帮收了那么多钱，咋就啥事儿不办呢！"

新成："哼！这就是土匪！"

崔广兴咬牙切齿："我得把胡世海找回来，不管花多少钱，我也得把香磨李这个舅子办了！"

新成："唉，那都是后话。那个杨立俊会赌，我想让孟三爷和他练练！"

崔广兴："对，和他练练。用那'花麻将'。"

新成一笑："不用花麻将，姓杨的怕也不是对手！我得把咱亏的钱一下子扳回来！"

崔广兴来了精神："对，扳回来！表弟，别怕，现钱不够我这有，这口恶气咱得出！"

新成慢慢地点头："赌一把出气可以，表哥，咱不能光靠些歪门邪道呀！"说时闭上迷离醉眼，又无力地枕在椅背上，对天感喟，"周村开埠了，各地的人物都来了，唉！周村，"坐起来咂下嘴，"啧！不是咱自家的天下了！"

崔广兴："孟三爷和姓杨的约好没？"

新成："约好了。"

崔广兴："啥时候？"

12

书房里，稚琴问瑞清："你说的这个香磨李，是不是当初打啤酒桶的那位？"

瑞清："是。这小子有点儿意思！"

稚琴撇嘴："还没到周村，先和土匪勾上了！"

瑞清："鸡鸣狗盗之徒，引车卖浆之夫，俱为我友。这叫通达！"

稚琴："下一步干什么？还有计？"

瑞清："有计。"他皱起眉，"只是这计有点悬！"

稚琴扶住他的臂："阿清，你虽是想杀杀王家的威风，但我觉得你太顽皮——好像是为了玩儿。阿清，可干可不干的事儿，最好别干。免得以后见了面大家尴尬！"

瑞清："立俊出面，我在后头。尴尬不了。"

稚琴："这回能把计策告诉我吗？"

瑞清："你知道了准担心——"

第九章

1

孟三爷执意要与立俊一见高低，新成崔广兴也极为怂恿，想把在别处失去的脸面夺回来。日子定好之后，孟三爷沐浴斋戒三日。此时，他站在堂前，看着墙上的挂像，持香在手，目光虔诚，念念有词，祈求祖师爷保佑。

外间里，新成和崔广兴坐在烟榻上不安地等待。

崔广兴："怎么还不出来！"

新成："正在上香。"

崔广兴不屑："装神弄鬼！——我看他事到临头有点儿怵呢！"

话音刚落，孟三爷慢慢地从里屋走出来，新成赔着笑："利索啦？"

孟三爷不看他，仅是嗯一声。

伙计忙上茶，孟三爷坐下。

新成："三爷，这个杨立俊不是等闲之辈，咱还是用花麻将吧！——这样还能有准星儿！"

孟三爷摇头："不可。"

新成："为啥？"

孟三爷："像这样的手儿，一眼就能看出来。再说咱玩的是翻连翻，出入的码子相当大。东家，赌也有赌的规矩，这赌讲的是赌刁赌猾不赌骗。万一让人家看出来，我这名声受不了！"

崔广兴伸上头来："不用花麻将——你敢说准赢？"

孟三爷："不敢说。不光我，谁也不敢说！"

崔广兴向后一趔身子："就是嘛！咱和他玩这场不光为了钱，也是为了出气。"手叩桌面，"依我看，咱什么能赢用什么！"

孟三爷一笑，随之站起来："东家执意要用花麻将，孟三只得告辞。"

新成忙扶他坐："好好好。咱不用花的！"

孟三爷又坐下。

新成叹口气："孟三爷，这码子可是挺大呀！万一要是失了手，咱这赌场就得关呀！——你可务必慎重！"

孟三爷坦然一笑："东家，这赌，输房子输地是常事儿，倾家荡产也不稀罕。东家要是怕，咱就去告诉杨立俊——把这局子撤了吧。"

新成忙摆手："我不是那个意思！——那也让人家笑话。"随之自叹摇头，"唉！弄来弄去你心里也没底呀！"

孟三爷："真正的赌，谁心里也没底！"

崔广兴插进来："唉，胡世海跑得真不是时候。他要是在家，直接把姓杨的办了，也没这些麻烦！"

孟三爷冷笑静坐，收敛气韵，觑眼看着窗。

新成站起来走动："也不知道杨立俊有多少码子。要是码子少，几下子也就翻不动了——局子也能很快结束！"

孟三爷："东家备了多少码子？"

新成："当初我一开赌场，我爹就给我画了个圈儿，划给了我一块家产。"他一笑，"我把圈儿里的家当全带来了。"

崔广兴两眼乱转："别怕，不够我那里有！"

2

立俊和四胜在房间里收拾皮箱。小张检查一下枪，慢慢地放入腋下。

四胜担心地问："杨经理，这赌场能来邪的不？"

立俊："什么邪的？"

四胜："比如输了赖账，或者让打手一拥而上？"

立俊："什么事情都可能发生。"他把银票一分为二，交给四胜一半，"你记住，如果我这些输了，咱就得琢磨琢磨了。"他用食指顶在四胜肩窝处，"你就劝着我冷静冷静，或者劝我抽支烟。我如果接着赌，就得向你要银票，你就提醒我小心。因为输急了头脑容易发热。"

四胜害怕："好好好。杨经理，这可是咱建厂的钱，万一输了咱咋对少东家交代？我看咱还是散了吧。"

"要那样，孟三爷就会天天跑来叫板。没事儿，走！"

说着穿上西装率先出门。

3

今天瑞清没去上班，坐在花园的石凳上抽烟，稚琴端来茶。

瑞清笑笑："坐。我今天的心情非常好。"

稚琴撇撇嘴，表示不相信他的话："周村又有什么事情？"

瑞清："立俊去周村之前，给我说了个英文字，"他抬眼想一下，"叫probability——这是什么意思？"

稚琴："probability？是这个词？"

瑞清："差不多，大致是这个念法儿。"

"一般翻译成或然率或概率，是统计学里的一个词。你问这干什么？"

"你先别管干什么？先给我讲讲是什么意思！"

"嗯。"她想一下，"比如我们想孵出一百只小鸡，那么就要孵上二百个鸡蛋，因为鸡蛋的孵化成功或失败的概率都是百分之五十。probability——或然率，就是这个意思！"

瑞清点头："嗯，明白了。假如这二百个鸡蛋孵出一百二十只来呢？"

稚琴："那是运气，不是科学。因为科学给出的概率就是百分之五十。你问这干什么？"

瑞清笑笑："稚琴，我现在想象不出——咱若是突然倾家荡产了，你会是什么表情？"

稚琴着急："你到底是在搞什么鬼？快告诉我！"

瑞清："我最愿看你着急的样子。"

他愿意看，稚琴更急，拉着他的臂："不管做什么事儿，你从不向我透点风。你心里根本没人家！"

"我自己知道，仅是我自己着急。假若告诉你——我这份急没减去，倒是拉上你。多一份担心着急，这不合算！"

稚琴央求着立起一个指头："就这一次。"

瑞清："好。就一次。以后不能再问了！"

稚琴答应："保证不问。"

瑞清点上烟，看着那边的花草并不说话。

稚琴摇着他："快说呀！"

瑞清："下午再说！"

4

赌场里仅留下一副台案，其他家具全抬到了边上。

立俊和孟三爷对坐，新成、崔广兴一干人等站在孟三爷后面，四胜站在立俊身侧，小张立在门外。

场内安静压抑。崔广兴的香烟忘了抽，烟灰烧出很长。

伙计把盒新麻将放桌上。

孟三爷一伸："杨先生，验一下。"

立俊摇头："不必。"随之一抬手向伙计示意，"码牌。"

伙计看看孟三爷，那意思是要他允许，可孟三爷只看桌面，不与交流。伙计又为难地回身看看新成，新成点下头。伙计这才把牌倒出来。

两个伙计齐忙，牌码好了。

孟三爷礼貌地伸手，让立俊先掷点子。

立俊坐着躬身致谢，客气地说："请孟三爷先起牌，咱要六点。"随手扔出，果然六点。众皆大惊，不禁轻"啊"一声。

孟三爷抓起第一手，立俊抓过第二手，两人手往手来，很快完毕。

孟三爷潇洒地把牌一抹，随之立起。立俊的牌却堆在那里，根本不动。

孟三爷抬眼看他："杨先生，怎么了？"

立俊叹口气："唉！孟三爷，我不愿意用麻将，可孟三爷执意要和我见个高低。立俊实在很为难。"

孟三爷："为难什么？"

立俊："你手里的牌我全知道，这还有什么意思！"

孟三爷不信："未必吧？"

立俊没说什么，扭头看着东墙，却是伸起两个指头。崔广兴也是内行，忙看孟三爷的牌面，新成也皱眉看来。

孟三爷看着自己的牌，果然是卡二饼。抬眼看看天，长出一口气，然后低下头来慢慢地摇。新成也看清了他的牌面，惊异地看着立俊。

立俊抽烟眼斜着地面，不与任何人的目光对接。

孟三爷无力地站起来："东家，实在对不住，孟三不敢让东家倾家荡产。唉，孟三就此退出此行。"冲向立俊抱拳，"杨先生，孟三谢了。"说罢，拿过早已备好的包袱，径直出门而去。赌场的大师兄也跟着去了。

新成立刻急了："我就不信你这么神！来，咱俩玩一把儿！"

立俊："少爷，免了吧。这不公平。用这一类的赌具和我玩，不管是谁，都是送死，包括上海的三大仙！"

"那咱玩什么？"

立俊："少爷执意要赌，咱就玩点我不会的。"说着从皮包里拿出一袋豆子，又从口袋里拿出个大酒盅。

"这怎么玩儿？"

"你也好，我也好，周围的人也行——把这酒盅伸进袋子里去舀豆子。然后十个十个地数，咱俩就事先说好要单要双，也就是押尾数的单或双，一押到底，不能变更。这纯是运气，没有任何技巧。少爷，这样才公平。"

新成看看崔广兴，崔广兴点头支持。

新成："好。就依你！来吧！"

立俊："少爷先选，是单还是双？"

新成想了想："好事成双，我押双！"

立俊："好。尾数是双你就赢，是单我就赢。咱先演练一把，这一把不算

数。”

一个伙计把酒盅伸进布袋。

立俊挺直身子：“其他人全后退，就留这一个伙计。”

豆子舀出，倒在个紫木茶盘里，新成伸着头，立俊原状不动。那伙计一五一十地数着。最后尾数是八。

新成点头：“双数！——这把要算数，这把我就赢了！”

立俊一笑：“还有机会。开始吗？”

新成搓下手：“翻连翻，起码子就一千两！”

立俊点头：“请吧。”

四胜扶着胸，半张着嘴喘气。

小张来到室内，背对台面，根本不关心身后。

赌场的伙计问：“东家，杨先生，往外舀吧？”

新成：“舀！”

伙计把盅子伸进去，慢慢地往外拿，全场的人都屏住气，等待第一局输赢——这位紧张过度，盅子刚出袋，哗啦一声，豆子撒了。新成懊恼：“快，快清台。换个老成的来！”

大师兄跟着孟三爷走了，二师兄自报奋勇：“我来！”

场内再次静下来。豆子舀出，认真清点，立俊输了。全场一片欢呼。

立俊拿过一张银票：“一千两。”

新成收过：“第二局两千两。”

立俊点头。

盅子再次伸入袋子。

四胜实在受不了现场的压抑，来到门外大口换气：“俺的娘呃——”

小张：“郭先生，你得进去，咱要防那些人作弊！”

四胜晃荡着头，又回到场内。

5

桂花给大利请了私塾先生，此时正授课：“天地玄黄，就是说——”

大利听讲不认真，这些年他早玩野了，根本坐不住，两眼乱看，手里还玩着东西。

教书先生拿过戒尺："把手伸出来！"

大利看看北屋，似向母亲求救。

桂花拉开屋门："把手伸出来！"

大利伸出手，先生轻轻打一下："孩子，万般皆下品，唯有读书高。书中自有千钟粟，书中自有黄金屋。孩子，你娘盼你成块材，这才把我请出来。你看看，从周村到临淄，这二百里的地面上，哪有一个先生只教一个孩子的？大利，你得用心学，用功上进，你看看你娘多么不易——年轻轻的就守寡，就冲这，你也得没白没黑地念，学出个样来给全周村看看！"

大利嗯一声。

桂花难过，转脸看向别处。

先生："咱接着讲。这天地玄黄，就是说天悬在那里，地横在那里。古代字少，多用通假。这个玄通悬崖的悬。就是说天悬在咱头上。这个黄，实际是横，横竖的横。孩子，这些字你都得记住，只有记住这些字，才能看懂那四书五经。只有通晓四书五经，才能考科取仕。记住了？"

大利还未回答，瘦茭白疯喊着跑进来："妈妈，不好了！杨先生和王家赌上了！"

大利闻之欲站起，先生伸出鹰爪，一把将他按下："天塌下来与咱无关，什么叫两耳不闻窗外事？这就是！"

她俩来到屋里，桂花问："怎么个赌法儿？"

瘦茭白："我听说是数豆子！双数王家赢，单数杨先生赢！我听说杨先生输了四五万了！"

桂花大惊："你怎么知道？"

瘦茭白："赌场外头聚着好几十人，王家赢一场，那些人就嚎一声，杨先生一赢，他们就呜一声。外头的人数着，说是杨先生输了！妈妈，快去吧，他们玩的是翻连翻，越翻越大，有多少钱撑得住翻呀！"

桂花似又不慌了："杨先生的赌术很高，曾去英国教过打麻将，兴许不要紧！"

瘦茭白："这数豆子全靠蒙，这玩意儿没能有个准儿！万一把建厂的钱全输了，你可咋对杨先生交代？"

桂花有点慌了："兴许不要紧。"

瘦茭白："等要紧就晚了！快，快去止下杨先生！"

桂花噌的一声，蹿上床去，打开箱子拿出些纸："走！"

瘦茭白："这是啥？"

桂花："金陵书寓的地契，三十年前，这院子就值八千两银子！走！既然赌了，就和他见个高低！"

说完率先冲出。

教书先生按着大利："别管这些！考中三甲就是孝，你娘就盼这个！"

6

赌场门口围着一堆人，议论纷纷，叫喊时起。桂花一来，人们指点着，自动让开一条路。

小张主动迎上来："大姐，你怎么来了？快回去吧，杨总经理不会输的！"

桂花："我听着是输了！"她想往里去。

小张扶住她："大姐，不要紧。刚才盘中报点，咱准备了八十万，王家才有十二万，稍微一翻，他的盘就清底了。"

桂花："现在输赢咋样？"

小张拉她到一边，小声说："唉，今天王新成真神了，连着赢！"

桂花想往里冲，小张挡住她："别，大姐，千万别进去。这时候，杨总经理心里相当乱，你一进去他就分心。大姐，你还是回去吧。"

桂花："王家没作弊？"

小张："这玩意儿作不了弊。再说杨总经理是鹰眼，谁也不敢胡闹！"

这时，场内又是一声嚎，王新成又赢了。

桂花把地契交给小张："兄弟，我到那边等着去。输也好，赢也好，你可看住杨先生，千万别出岔子！"

场内，王新成神态悠闲地抽着烟，右臂斜挎着椅背："杨先生，你今天时气不好，咱停停还是接着玩儿？我一下子赢了这么多，真不好意思！"

立俊脸有点黄，额角上也有点汗："四胜，给我二十万。"

四胜嘴唇发紫，双手哆嗦："杨经理，到此为止吧，少东家让你来建厂，你不能把整个瑞记输了呀！"

立俊："输赢都是命。给我！"

四胜递出去两张银票，随之转过身，双手合十向天求救。

王新成："这把翻成二十万了？"

立俊："二十万。往外舀豆子！快呀！"他多少有点乱。

二师兄把豆子舀出来。在场的人谁也没见过这场面，有些人为了减压，干脆转身不看。

又是双数，场内大哗。

王新成极有风度："杨经理，还玩吗？要不咱先歇歇，下午再说？"

立俊："玩儿。这把翻成四十万！四胜，把钱全给我！"

四胜把银票往他怀里一搡："都给你！"说完跑出屋子，一头扎在南墙下，蹲着哭了，"少东家，你辛辛苦苦创办的家业要毁呀！——我劝了杨经理，可他不听呀！"

小张过来厉声道："郭经理，这有失体统！瑞记不兴这个！"

四胜站起来："兄弟，少东家创业多难呀！"

小张一把扯过他："进去看着，输赢不关你的事！"

赌场内，豆子再次舀出，二师兄小小心心地慢数："一五一十，十五二十，二十七……"抬眼看新成，"东家，这把是单！"

王新成一下惊得想站起。

立俊收过银票，反攻似的问道："少爷，还玩吗？"

新成："玩儿！"

立俊一指他面前："你的台已经清了。另外准备码子吧！"

新成一把从怀里拽出些文件："这是桓台县韩家庙子村的三百亩地，也是桓台最好的地，一亩能产八百斤。说，值不值十万两？"

立俊："就算值，这一把可翻成八十万了！另外七十万在哪里！"

新成："王家的家当值不值七十万？"

立俊："值。但我要现金。"

新成："我没现金。"

立俊把银票慢慢地装进包："那就等变卖完后再玩吧！"

崔广兴一看不好，悄悄地溜了。

王新成一把抓住立俊的腕子："杨先生，别走。"

立俊看着他的手："少爷，注意风度！"

新成松开手："杨先生，我立个字据，如果我输了，王家的家业全归你。"

立俊："少爷，论说这不合规矩。但你当时又没现金，那就再玩一把吧。如果我输了，咱继续，如果我赢了，赌场也就关了，你也就成穷光蛋了。"

新成："是。是这样。"他斜吊着嘴笑，"杨经理，现在说输赢好像还早点儿！"

立俊："我还是劝你适可而止，别再玩了！"

新成："怕了？"

立俊："那请少爷立字据吧。"

新成："笔墨侍候！"

小张来到台前，立俊点着烟来到外边，桂花忙跑上来："兄弟，咋样？输尽了？"

四胜生气："看你这嘴！没听见说咱赢了吗！"

立俊："四胜，你去会仙楼定桌饭，不管输赢，咱中午好好喝两杯！"

场内的人出来请立俊。

桂花抬眼看向教堂的尖顶，急忙画十字。

立俊进去，再次归位坐好。人们退开一旁，似是怕一旦爆炸溅到身上血。

豆子舀出刚要数，新成一把按住："且慢！待我定定神！"

立俊平静地等着。

新成深喘几口，平静下来，他侧脸向着台面："数吧。"

豆子慢慢倒在木盘上，人们全又围上来。看着豆子齐数："一五！一十！十五！二十！二十三……"

赌场的伙计下意识地往后退，外面的人往里涌。

立俊问：“少爷，反悔吗？要是心疼就把字据收回去。”

新成手枕着桌子无力地歪着头：“不反悔。王家六辈子的家业归你了！拿着字据走吧。何时交割，悉听尊便。”

立俊站起来：“地契我拿走。字据请少爷收回吧。”

新成抬起眼：“为什么？”

立俊：“这是董事长的意思，立俊不敢违背。”

新成有点呆：“杨瑞清？他……”

小张收拾台面，立俊一整西装，转身往外走，人们让出一条路，用敬畏的目光送他。

小张把所有的银票收起来，一笑，跟着立俊出来。

这时，狗剩急眉火眼地过来：“少爷，咱家的祖坟就在那块地上，你咋能把祖坟输了呀！”

新成呆滞：“我把祖坟迁出来……”

外面，阳光灿烂。

桂花接住他：“兄弟。你身子虚，慢着。”

立俊惨惨地一笑：“唉，让姐姐挂心了……”

桂花：“兄弟，你咋玩儿得这么玄？”

立俊：“唉，”他转过脸，亲切地看着桂花，“姐姐，我在西洋修的是算学，那里头有个词叫概率。咱钱多，他钱少，王新成肯定输。只是今天不顺利，原本玩儿不了这么久……”

阳光下，桂花扶着他走去。

这边，赌场的大门关上了，那副木对子也摘下来。

7

深秋，夜雨如诉，瑞清坐在书房里沉思。稚琴拿件披肩给他掩上。他顺势拉住她的手，深有感触地说：“年年秋雨，年年斯人，心境却是不一样。”

稚琴坐下：“你在想什么？”

瑞清淡笑："我在想——去年这时候周村还没开埠，也不知道将会发生这些事儿。"

稚琴："这些事儿——都是你计划好的？"

瑞清："我提供的素材，立俊策划的。"

"王家现在怎么样？"

"不知道。"

"咱们什么时候走？"

"我还没想好。"他点上烟，"主要是没想好怎样对待王家——是把他彻底打垮，还是和他和睦相处。"他咬下牙，"我一想起当初王家那样儿，气就不打一处来！——高高在上，处处优先，还他娘的奉旨专营，全周村都得让着他，这都什么玩意儿？"

稚琴一笑："阿清，洋叔临回国，咱俩请他吃饭，他曾叮嘱你勿忘宽容，我觉得很对。"

"放虎归山？"

"老虎被你打怕了，不会再咬你了。"

"但是会咬别人。"

稚琴摇头："别人更咬不了。"

瑞清："为什么？"

稚琴："以往，王家之所以独霸周村，或独霸周村的生意机会，关键是没人敢和他竞争，是有一种制度在保护他。你和他争过，结果流落上海——"

瑞清截住她："我主要是来娶你！"

稚琴甜蜜一笑："别插科！"同时捶他一下，"人家刚想起一套理论来，让你给弄忘掉了！"

瑞清提醒："说到一套制度。"

稚琴："对，是因为有一种制度在保护他。但现在开埠了，章程变了，所以他家也无法奉旨专营了。无法专营也就无法独霸了。也就没人怕他了。"

瑞清点头："我原来也不怕他，只是治不了他。"

稚琴："所以啊，现在好了。各地客商都到那里去，周村也成了真正的旱码头。这些人为什么到那里去？因为那里税低，更适合发展实业。昨天长江肥皂公司的靳叔叔来过，他劝爹爹也去周村，这些都是他说的。”

瑞清：“嗯，有点儿道理！”

稚琴：“什么是有点道理，就是这样嘛！所以，我觉得不要再难为王家，咱去了之后好好和他处，总归还是同乡！”

瑞清斜着眼：“我就烦你这一套！——我什么时候为难过王家？是王新成一直为难我！”

稚琴双掌紧密地向外小拍——连哄带压：“好好好，我错。你不要吵嘛！”

“我不是吵。”夜雨更密，他拉着稚琴站起来，“走，去亭子上坐坐。”

稚琴：“我去拿伞。”

二人掌着伞来到亭子上，瑞清右手揽住她，仰观夜色，不由得吟道：“‘雨后沙虚古岸崩，鱼梁移入乱云层，归时月堕汀洲暗，认得妻儿结网灯。’——认得妻儿结网灯。唉，如斯雨夜，如斯心境，平淡中带着乡思，你又陪在我身边。这样的景致，此生怕是不多！”

稚琴偎在他肩上：“不说生意的时候你真好。人也风雅平和。”她抬起脸幼稚地问：“就不能不做生意吗？”

瑞清：“不做生意就是受穷，人穷了心境就差，纵有多少这样的雨夜，也没心思去体味。所以元微之说‘贫贱夫妻百事哀’。”他看看稚琴，“唉，这就是人生的难处！”

稚琴抬眼看着他：“阿清，求你，把那三百亩还给他吧。王家的祖坟在上面。如果真逼得他迁了坟，他会一直恨下去，我们自己也不会平静。求你——”

8

新成大败之后，躺在家里形同去世。

少奶奶过来说：“相公，吃饭吧。”

相公不答。

少奶奶：“你输了，我没说你，咱爹也没说你，你不吃不喝的和谁治气？”

新成似没听见。

少奶奶：“人家杨瑞清没要咱的家当，这就行了。仔细想想，是咱对不住人家，人家并没对不住咱！”

新成依然不语。

少奶奶坐在床边：“相公，大丈夫处世，应当拿得起来放得下，随机应变，变塞为通。所以《系辞》说‘穷则变，变则通，通则久’。经过这些事儿，咱明白了好些事儿，咱也一样和杨瑞清成朋友。”新成看着天棚，似在想事。少奶奶接着说：“他在上海知道的新事儿多，咱应当跟着人家学，不该和他较劲。”

新成脸上毫无表情。

这时，刘胖子来了。

少奶奶忙从卧房出来：“刘叔，快坐。”回身对卧房喊，“新成，刘叔来了！”

刘胖子躬着身：“少奶奶，不打扰了——我是来问问，少爷输了钱，还要茧子不？”

少奶奶来到卧房口：“新成，刘叔来了。快起来。”说完又回到客厅。

刘胖子欲走：“少奶奶，别难为少爷了，刚输成这个样，怕是没钱了。我走了。”

新成闻此一弹而起，势如猛虎冲来客厅：“要！我全要！茧子钱我还出得起！”

刘胖子想劝，新成乱摆手：“就这么定了。往这运吧。我把澡堂子等等空闲房子全改成机房！”他歪着脖子横着走，“就是我喝不下这锅粥，也得扔上只鞋！——宁可废了，也不能便宜杨瑞清！还你娘的缫丝厂，我让他机器干停着！”

刘胖子坐下：“少爷，这不是小事儿，最好再想想。”

新成充耳不闻，大喝佣人快冲茶。

少奶奶冷哼一声，去了北屋。走到中途听见丈夫大喊：“就这么定了！我要和他拼到底！”

儿子输了钱，王老爷气极至静，加之久卧病榻，亦知大限将终，神态极为平和。儿媳进来，他淡淡地问：“又喊什么？”

少奶奶：“唉，胖刘叔来了。问他要不要茧子。”

王老爷：“他想要？”

少奶奶："爹，你也别生气了——咱说啥他都不听，由着他闹去吧。就这点家当，早踢腾完了早踏实。"

王老爷看着天棚："唉，少奶奶，不怕你笑话，这些天我从头到尾地捋划——捋划来，捋划去，我没干缺德事儿呀，咋生了这么个孩子？"

"爹，别想这些了，还是养病要紧！"

"一把输了三百亩地，这在周村也有过，可那里有咱的祖坟呀！谁家的孩子能这么干呀！"说罢泪流。

少奶奶给他擦着泪："爹，我去找找那杨经理，咱把那地买回来。"

"唉，少奶奶，这事儿万万不能提，别让人家笑话！"

"笑话啥？"

"唉，周村立埠，讲的就是至信，任何买卖都不能反悔，赌就更是这样了。只要一反悔，再也没人信你了。往后这买卖怎么做？可新成这阵子接二连三地反悔——为那六亩地，死了平顺家。王家已经没脸了。人家杨瑞清把咱这家当全赢去了，可是人家没要，已经给咱送了大礼！"他可怜地看着儿媳，"咱再去说买地，咋说出口呀！"

少奶奶叹息："也是——"

刘胖子还没走，四胜来了。他还没进西屋门，新成就蹿出来："你来干什么？滚！"

四胜点头："少爷，输就输了，有啥大不了的？再说这仅是个玩笑。我是来——"

新成暴怒："滚！回去告诉杨瑞清，我九月初十就迁坟，给他把地腾出来！滚滚滚！"

四胜不滚，一脸正容看着新成："少爷，我八岁就在周村混，现在也快三十了。虽然是下人，你也不能一口一个滚呀！我哪里对不住你？"

新成："骂你是轻的，打死你也就这么着！"说着就想摸东西，狗剩赶紧抱住他。

四胜："少爷，"他环指着院子，"你这房子都输给俺了，只是俺少东家念着同乡不肯要。早知道你这样，该让你住到街上去！"

这时，少奶奶从北屋跑出来，拉着四胜："兄弟，别和他一样，别和他一样。走，咱北屋坐。有啥话和俺爹说去！"

新成疯了似的冲回屋，抱着杆火铳出来："你敢往北屋走一步，我就打死你！"

狗剩和几个家丁抱住他，可他仍是奋力往外挣，号叫着杀四胜。

四胜不理他，对少奶奶惨淡一笑："少奶奶，俺少东家从上海打来电报，让把那三百亩还给你。那电报我没带着，写得很客气，说是让我代他给王老爷道歉。少奶奶，你都看见了，我还没说来干啥，少爷就让我滚。又是刀又是枪的，这是干啥？少东家要把那地还回来，为的是咱两下里将来好亲近。"他指向新成，"可你看看少爷这个样儿，我还敢还吗？"说着抱拳，"少奶奶，代我转告王老爷，就说四胜对不住。九月初十迁坟吧！"

说罢，愤愤而出。

少奶奶慢慢地原地转身，审视丈夫："这回踏实了？"

新成抱着火铳傻站，一动指头，嘣地一枪，头顶上的树枝断了。

狗剩跑进北屋又跑出来："不好了，老爷背过气去了！"

王家混乱。

9

四胜去还地契，桂花和立俊喝着茶等。四胜气冲冲地回来了。桂花迎上来问："咋了？"

四胜："让他迁坟！可气煞我了！咱拿着地契去了，他倒是拿出火铳来！"四胜气得哮喘。

立俊："噢？他不要？"

四胜气得说不出话来，只在空中摆手。

桂花赶紧端来茶："先喝碗消消气儿！瑞清也是没味儿——拿着肉包子喂狼狗，就能换出那真心来？——他这书读多了！"

大利在南屋里听见动静，两眼乱转，想过来看看。

先生长长地嗯了一声："坐好，别管外头。"

大利："先生，我想撒泡尿。"

先生哼一声："不行！"接着说出为什么不行，"赌博的尿泡大，念书的尿泡小！这事儿我咂摸多年了——这学业八成是毁在撒尿上！"同时举例说明，"当初我就是因没有坐马纹，才三番五次地考不中！"口气转软，"念书要有定力！——过半个时辰再撒也不晚！"

大利只得坐好。

北屋里，四胜问："杨先生，他为啥这么横？这王新成心里想的啥？"

立俊："恼羞成怒。"

桂花："不光这。自打李化熙开办周村街，他家一直梗着脖子仰着脸，你再高，也得比他矮半头，见了他也得作揖请安。这猛一下子翻过来，他受不了！——准是这心情！"

立俊："开埠治的就是他这病。西洋讲人人平等，我们这里也快了，开埠就是征兆！"

四胜："开埠还能治这病？"

立俊："能治。开埠了，他那奉旨专营也就废了，经济也就自由了。咱爱干什么就干什么，也没人给他作揖了！"

桂花："对，就该这样！不能让那有钱的官宦门前站，比那百姓高尺半！——只要是人，就得一般高！"

四胜感叹："唉，不管怎么说，少东家打算还他地，这步棋不对！——这礼花爆仗既然点着了，就得让它滋完这管子火药，不能半腰里弄灭了！对他这样的，不该这么仁！这倒好，他拿着火铳对天放，倒是来了脾气！"

桂花："他那管子火药也滋得差不多了，澡堂子赌场都关了，也没啥滋头儿了！"

立俊点上烟遥想："董事长让我给他败败火，现在看来，"他看着四胜，"这火还真没败透。既然这样，让他迁坟。四胜说得对，让他把肚里的火药全滋了！"

四胜犯难："杨先生，这事儿咱再想想。王新成虽是横，但他家的少奶奶人不孬。”他看着桂花，“你说这样行不行，要是王家少奶奶主动跑来赔不是，还就别让他迁了。”

桂花恳求似的看着立俊：“兄弟，四胜说的这套行不？”

少奶奶没来，崔广兴带着蚂蚱来了。也不通报，直接推开门，挺着胸大模大样地说：“四胜，把地契给我吧？别生气，新成着急，刚才让我说了他一顿。”

四胜看立俊，立俊一指蚂蚱：“先把这个狗东西弄出去！”

蚂蚱刚想瞪眼，小张从后面捏住他脖子，掐着去了外边。

崔广兴：“姓杨的，你想干什么？”

立俊：“怎么没带着香磨李一块来？”

崔广兴：“不用香磨李，我自己就办了！”

立俊故意猛拍桌子：“滚出去！”

崔广兴原地不动，吊着膀子吸着气：“嘿儿，有点儿意思。周村还没人敢说这话！新鲜！”

四胜冲过来：“滚滚滚，回头少不了收拾你！你也告诉王新成，开埠了，没人怕你这些舅子！滚滚滚！”四胜连推带搡把他轰到院里。

崔广兴站在院里傻一会儿，也没想出别的招儿，一甩袖子低骂出去。

10

迁坟的日子到了。田里的庄稼也收了，地上有层薄霜。王家老小几十多口披麻戴孝来迁坟——纸人纸马，一应俱全。还来了二十多辆大车。

新成在前，少奶奶领着俩孩子在后，虽无哭声，却是悲容。

四胜站在坟边，旁边是准备挖坟的庄户。韩家庙子虽是个小村，但全村的人似是都来了，二三百个站在田埂上看热闹。

四胜冷冷地说：“少爷，上祭吧，祭完了好动土。”

新成懊悔地长叹：“唉——”

家丁们端上四色果品，高香点着，青烟袅袅。

新成跪在坟前，欲哭无泪，掏出祭文。

少奶奶过来跪在四胜跟前：“四胜，姐姐求你，把地卖给俺吧！”

四胜弯腰扶起她："少奶奶，这我做不了主呀！电报打到上海，少东家气得一夜没睡。"说时，自作着急地跺着脚，"你想想，俺诚心诚意地举着地契去你家，不说赶紧置酒倒茶，却把火铳对着我。咱能这样办事儿吗？"

少奶奶："兄弟，不看他，你算看着我，不管怎么说，我也是瑞清的表姐！"

新成回过头："少磨唧，快来跪下！"

少奶奶还是拉着四胜："四胜，别和他一样，姐姐求你！"

新成一步蹿起来，揪住少奶奶的头发就打："你这个贱人！你这个贱人！"

少奶奶被打倒，新成心里恨全朝她泄，拳打脚踢，四胜等人也拉不住他。

这时，看热闹的人忽向南边看去——田埂上站着十几个穿西装的人。立俊居左，小张居右，瑞清居中。瑞清冷面而视："小张。"

小张："董事长。"

瑞清："放一枪！"

"咔——"尖厉的枪声撕开田野。

新成停下手，少奶奶也朝这边看。

四胜也愣："少东家回来了！"疾速跑来。

瑞清低声命令："把地契还给他！"

小张掖起枪，从立俊手里拿过地契走去。

立俊："董事长过去吗？"

瑞清炯视四周："唉，不去了。说起来都不是外人，"苦苦一笑，"祖坟都挨着！——我爹的坟在那边。"说罢，向东走去。

少奶奶披头散发，嘴角流血向这边看来。

瑞清站在父亲的坟前，看着墓碑流泪，立俊递过香，瑞清举香躬身，喃喃道："爹，我没中了举，却成了大商人。今天本该为您报仇，只是我不忘您老人家多年教导：'宽厚为人，忠恕处世。'爹，一个恕字，何其艰难！我心里恨呀！"

说罢跪倒，泣不成声。

第十章

1

早上，周村开张的大锣还未响，桂花就起来了，梳洗罢，坐在椅子上喝茶出神。

瘦茭白推门进来："妈妈，我打听了，杨先生昨晚上就从桓台回来了！"

桂花自动地"哦"一声。

瘦茭白："我估摸着一会儿就得来看你！——我到门口望着去！"

桂花："哪能起这么早！你先把大利叫起来，教书先生该来了。"

瘦茭白先去南屋，然后站在大门口向东望。

桂花点上烟，又觉得抽烟不雅，赶紧弄灭。手扶茶碗却不端，木木讷讷，回忆往事。

那天，瑞清在吃点心，一并商量终身大事。

桂花小嘴一抿："哼，要想让你爹实实落落地答应——"她一挺胸，"今辈怕是办不到。要是依我说，"目光坚定，"咱直接私奔！"

瑞清双手阻挡："不行，不行。千万别动这个念头！我爹身子不壮实，咱要是真窜了，他老人家急出个好歹来咋办！"

桂花用疑惑迷失的目光看着他："就没别的招儿？"

瑞清："饿着闻着那饭菜香，守着要好的大姑娘，就是生生娶不走，我比你急！"

桂花红唇紧闭，果决地说："要不就选个端正的日子，你来这里，像那戏里说的，咱偷着拜天地，私自入洞房，我给他老人家生个大胖小子，生米成了熟饭，孩子一叫爷爷，你爹兴许就应了！”她凑过来问，“这招儿行不？”

瑞清眼一亮：“我看行！先把实事儿办了再说！”桂花看见了希望，瑞清随后一松：“可我眼下还不敢。”

桂花：“没见过你这么熊的！”

想到这里，认命地叹一声。

2

清晨，周村安静，店铺未开，瑞清和稚琴相偕走来，还提着些礼品。

稚琴左顾右盼，看着青砖黑瓦房舍，清幽如梦的街巷，赞叹不已：“不想北方还有这景致！”

“怎么样？有点意思吧？”

“确实不错！”

瑞清：“正所谓人杰地灵！要不能出我这样人物？哈……”

稚琴笑着：“一到周村你精神了许多！”

瑞清咂下嘴：“魂牵梦绕，心回神归。唉，只叹青春不在！”

他俩拐进银子市街——朝金陵书寓走来。

“我见了桂花叫什么？”

“你俩谁大？”

“按你说的日子，她比我大三个月。”

“那就叫姐姐。”

稚琴皱眉为难：“她要叫我嫂子怎么办？”

瑞清急得甩手：“我哪知道你怎么办！”手一撩，“混着叫吧——你俩都明白是咋回事儿，叫什么都不要紧！”

稚琴有些怯生：“咱来得是不是太早呀？”

“不早。昨晚上就该来！”

稚琴拉住瑞清，面有难色：“阿清，我还是别去了。”

“为什么？”

“我从心里觉得怵。”

他们走近慢长棰乐器铺，门一开，一个铜钱凭空扔出。

稚琴一指：“看，真扔出铜钱来了！”

“我没胡编吧？——多少年不变，这就是周村人！”

稚琴斜过眼：“孙叔为什么扔铜钱？”

瑞清：“他是找有缘人——谁拾到这个铜钱，谁就和他有缘。”

“有人拾到过？”

“有。一共俩，”大指一顶自己的胸膛，“我是其中一个。”他紧走几步，拾起那个铜钱。

孙掌柜提着锣棰子出来，老眼放光：“嘿儿！瑞清，咱爷俩真有缘！”接着看见稚琴，“这是侄媳妇？”

稚琴鞠躬：“孙叔好。”

瑞清一把扯过稚琴，向前拥着让孙叔看：“叔，咱实话实说，我找的这老婆怎么样？”

稚琴回手打他：“也不怕孙叔笑话！”

瑞清：“叔，四胜把礼送来了？”

孙掌柜：“送来了，唉，你也太周到了！”

“我这几天太忙，一得闲我就来。您老人家可别怪我！”

“快忙，快忙。你这是上哪去？”

“去看看桂花。”

孙叔笑容顿收，不敢再看稚琴：“噢，噢，快去吧。”

“叔，我还给你弄了个小买卖儿，过几天咱爷俩再细谈。叔，把棰子给我。”

他要过锣棰准备敲，稚琴后退捂着耳朵。锣响起，随之大叫：“周村开张——周村开张——”他躬身问，“叔，我这口儿还行？”

孙掌柜：“行！就是有点上海味儿！小子，咱这周村话有点串呀！”

说罢大笑。

瑞清他俩走了。

孙掌柜伫立原地看着瑞清夫妇相偕前行，感触良多：“唉，十年了，十年就这么过去了——”

伙计吃才出来：“东家，你自家嘟囔啥？”

孙掌柜问：“我今年五十几了？”

3

瘦茭白在门口守望，一见瑞清，两眼一眯——眼近视，瞅着看，她怕认错了，向前迎了几步，一看真切，掉头就跑。

她刚进院子就喊：“妈妈，杨先生来了！”

大利从南屋闻声跳出：“哪个杨先生？”

瘦茭白：“杨瑞清！就是你那真爹！”

桂花拉开门：“胡说！”

瘦茭白喘报：“来了！我看得真真的！刚才那开张锣就是他敲的！”

桂花咂摸着：“怪不得那喊声个别呢！”

“妈妈，咱出去迎着吧？”

“他自家？”

“还有个女的。苗苗条条可是好看！”

桂花后退几步：“噢。噢。”退回屋内，扶着桌边坐下。

大利扶着她的腿：“娘，我见人家叫啥？”

桂花似是没听见。她呆坐在椅子上，想象着即将发生的一幕。这时，她透过门上的玻璃看见瑞清进了院子，大步流星，越走越快，一把推开门，立在屋门口。

桂花慌乱，碰倒手边的茶碗，瘦茭白赶紧扶起。桂花撑着桌沿，强忍颤抖无力地站起来：“快坐吧。”

瑞清双眉微蹙，痛苦地横拧脖子：“他娘的，咱俩这叫什么命！”

稚琴过来给桂花鞠躬：“桂花姐好。”

桂花拉住稚琴：“快坐，快坐。”转向瘦茭白，“快冲新茶！”

瘦茭白应声往外跑，与四胜正撞上。

四胜不满：“本来眼就不济，还一惊一乍的！”说完拿着张纸进来。

瑞清微皱眉：“有事儿？”

四胜干笑："嘿嘿，我知道来得不是时候。嘿嘿。"他走上几步递上那张纸，"少东家，你看这个！"

瑞清厌烦："我不看。说，什么事儿！"

四胜："咱没逼着他迁祖坟，地也还给了他。"一送手中的纸，"刚才王家少奶奶把这送来了——就是咱想买的那六亩地。少东家，咱咋办？"

瑞清闭眼呼曰："咋办咋办，我哪知道咋办！你是山东经理，这事儿你就能做主！"

四胜："少东家，可这事儿有点复杂，我怕万一弄不好——"

瑞清打发似的扬手："给他八千两银子！——咱当初就想花这些钱。他如果不要，就照这个数计入电厂股本里。"

四胜："好，好。我这就去。"

瑞清叫住他："立俊过几天回上海，去准备点礼品——拣着周村的特产办！再去会仙楼定饭，晌午晚上都定上，咱先喝他几场！"

四胜："好好，我这就办。少东家，刚才衙役来了，说谢知县想见你！"

瑞清似是服了气："唉，四胜，四大爷！我夜里思，梦里想，好歹总算见上了，你倒好，一会儿是那六亩地，这又出来了谢知县——咱等会儿再说不行嘛！"说着孩子发急似的双脚跺地。

四胜笑着走了。

稚琴张开手："大利，过来。"

大利怯生，看看娘，慢慢地走向稚琴。

稚琴从盒子拿出把铁皮手枪："给。大利，叫娘。"

大利看母亲，母亲正泪流满面，拿过手枪什么也没叫。

稚琴揽着他问："学到哪里了？"

大利："《三字经》。"

瑞清口气生硬地对桂花说："你哭什么？有什么好哭的？千难万险俱往事，姹紫嫣红正春天，咱这不是好了嘛！闸住！"

桂花的抽泣似有减弱。

瑞清："大利，以后你就叫她娘，叫我爹！反正闲话少不了，就他娘的这么着了！来，孩子，叫一声我听听。"

大利不叫——抬眼看桂花，似等批示。

瑞清转向桂花："你先别哭，咱先说说正事儿——除了哭就不会别的？哭哭哭，这些年不走运，就是你哭的！"

桂花擦着泪点头。

稚琴不满地看他一眼："桂花姐心里七上八下，掉点泪怕什么！你不会小点声音？"

瑞清："声小了不管用，就这么着吧！别哭了，听我说！"

桂花擦净泪水看着他。

瑞清："咱先说说大利。桂花，这金陵书寓，不管金陵十二钗也好，侠女十三妹也罢，说下天来也是窑子——红男绿女出出进进，鼓鼓捣捣，孩子在这里不行，染坊里染不出白布来！得给他换地方！"

桂花小声："都听你的。"

瘦茭白送来茶，放下赶紧出去——立在门侧听。

瑞清："让他跟着立俊回上海，和靖涛靖涵一块去上新学。什么他娘的《三字经》《百家姓》，包括那四书五经，全都没用！"他转向大利，身子前倾，语重心长，"孩子，这些你都看见了——你娘不易，我更不易。俺俩阴差阳错没对上点儿，才没成就了这门子姻缘！你给我记住，一定要好好用功，等着长大了你仨一块去留洋！去受那有用的新式教育！"

大利眨巴着眼点头。

瑞清接着说："去学算学，学物理，学造枪造炮！学那些能抵住八国联军的东西！"

稚琴低头问："听到了？大利。"

大利："嗯。"

稚琴："你在上海有一个弟弟，一个妹妹，弟弟叫靖涛，妹妹叫靖涵。他俩都盼着你去呢，书包都给你买好了。"说完站起来，"瑞清，我先和大利回去，你和姐姐慢慢聊吧。"

桂花擦着泪送："妹子，这孩子挺皮，让你费心。"

稚琴扶住她的臂："姐，我和瑞清商量好了，你也一切随缘吧。"

她不让桂花送，回手带上门。

稚琴一走，桂花哭得更痛。

瑞清："唉，别哭了，哭能哭回那青春来？快把茶倒上，咱再一块吃点心！"

桂花听话地站起来，擦着眼泪倒茶。

瑞清点上烟："唉，都是你娘胡闹腾！她也不想想，我能就这么着煞了戏？你看看刚才这一出——带着老婆见相好，这都什么破玩意儿？全是你娘闹的！"桂花默认，倒茶不语。瑞清接着说："唉，她这是死了，要是不死——"

桂花："不死怎么着？"

瑞清："糊涂天，糊涂地，糊涂爹娘治不得！（读地）不死我也没招儿！"

桂花也笑了。

4

王老爷倚在床头上，新成两口子坐床前。

王老爷："唉，四胜送来了八千两银子，这可咋办？"

新成不语，少奶奶："我再给他送回去。"

王老爷点点头："新成，这杨瑞清不是等闲之辈呀！既有杀人的黑心，也有感人的手段，孩子，咱实实在在地说，哪招儿你都接不住！你算算，他前后胜了你几局？嗯？"

新成低着头抽烟，心里默认。

王老爷："那些茧子怎么办？"

新成："正在缫。我连高苑、邹平的娘们儿都招来了。二百多人一块干呢。"

王老爷："缫？三万担你就能缫过来？别说二百个，三百个娘们儿也缫不完！再有十天蛾子就飞出来了！"

少奶奶："爹，你看这样行不行，也别退给他银子了，直接给他茧子吧。反正他那厂子也开工了。"

新成："他怕是不要。"

王老爷："为什么？"

新成："他让人送来了化学药，昨天晌午撒上的，晚上茧里那蛾子就死了。西洋药有味没色，茧子还是挺白。"

王老爷："噢？啥时候送来的？"

新成："我去桓台的时候。"

王老爷点头："唉，他这是事先嘱咐下的。新成呀，你哪里疼，哪里不疼，人家都知道！咱这是在家里说话，"他的手有点抖——善意地向儿子，"可别再和人家斗了。虎牢关华雄遇关羽，根本不是对手！"

新成总算点了下头。

王老爷突然精神大振，语调铿锵："少奶奶，什么也别说了，我要见见这杨瑞清！新成不好意思去，你去把他请来吧！"

少奶奶："爹，过两天吧。他刚回来，知县里长都等见他。刚才我问四胜，说他正在桂花那里。"

王老爷："唉，但愿桂花别下蛆！"

少奶奶："不能。桂花和我挺好，她不是那样的人！"

王老爷："但愿不是。唉，新成，不谋万事，不谋一事——这就是例子！当初一日，你和崔广兴合起来挤人家，"老眉皱起，"人家孤儿寡母的多不易，你挤人家干什么？嗯？这倒好，杨瑞清一怒为知己——金陵十二钗来了，你俩傻了吧？"

新成："爹，我说句话你别生气——我心里始终觉得这周村是咱自家的，所以——"

王老爷抬手打断："别说这些了。抓紧把书寓的股子卖了！"

新成："爹，现在书寓的生意又好点儿了，一天还亏不了二两银子。我是想——"

王老爷："不在亏多少，关键是这事儿不能干！——咱要干大事儿，不能和杨瑞清犯冲！"他微仰着脸问，"桂花是谁？是杨瑞清打小的红颜知已，是没娶成的老婆！——没娶成比娶成了更怜惜，你咋不明白呢！"

新成："爹说得对。"

王老爷："他没回来那阵子，你和崔广兴挤挺了桂花那金陵书寓，杨瑞清能不生气？孩子，杨瑞清是上海有名的商业家呀！很要面子呀！他要不是恨，能在金

陵书寓旁边开那土耳其浴？能请来金陵十二钗？——这是两项什么买卖？他不怕这事儿传到上海让人家笑话？你想想，他连这都舍出去了，还有什么不能舍？听我的，抓紧卖，退出这行。”他压低声音，“孩子，咱日后用着杨瑞清的地方多着哪！”

这时，狗剩进来通报：“少爷，崔掌柜的来了。”

新成站起。

王老爷叮嘱：“新成，记住，别和崔广兴掺和！他是粗粮咱是面，一掺就吃亏！——要不是他爬墙上屋地胡撺掇，也不会闹到迁祖坟！”随后又补一句，“还没让他害死！”

5

瑞清喝着茶，唏嘘不止。

瘦茭白站在月洞门前，形同岗哨。

金陵十二钗的班头来：“姐姐，妈妈还没起来？”

瘦茭白：“起来了，正和杨先生说话。有事儿给我说，别去搅大局！”

班头递上个布袋子：“这是昨天的银子。嘿嘿。”又从腰里掏出个十两的小元宝，“这是孝敬姐姐的。”

瘦茭白接过小元宝装进布袋里：“一是一，二是二，别弄得不清不白！——你来这些天了，你挣多少俺从不管，你给多少俺也没问，你咋想坏俺名声呢？”

班头赔笑退走。

屋里，瑞清说：“桂花，再给我梳梳辫子吧。”

桂花犹豫着站起来：“只此一回。”说着绕来后面，松开他的辫子。

瑞清：“只此一回，什么只此一回？”

桂花给他梳着：“那时候，洋叔给咱讲电，他拿着俩线头，一根阴，一根阳，俩线头一对，立刻就崩火星子。唉，咱俩就是那阴阳线，当年咱都没接火，这又何必凑一块儿！”

瑞清端坐：“不是有些无奈嘛！”

桂花：“是无奈。那时候，我说咱私定终身，你不敢，我说风流一回，你害怕。唉，现在你敢了，可也晚了！”

瑞清：“我说不晚就不晚！”他想回头，可桂花紧攥着辫子不放，瑞清只得坐好，“你松开，让我转过身来！”

桂花不松：“瑞清，听我的，就这么着吧。我是风干的萝卜霜打的花，早不是当初那样儿了。你能记得我，桂花已是十分感激，你就别让我难过了。”说时，一行眼泪掉在瑞清肩头上。

瑞清：“唉，别哭了。风干的萝卜也好，霜打的花也好，我都认了——我要的就是这个人！”

桂花：“这个人一直是你的，我心里从没改过章程！爆仗刘都快把我打死了，我也不曾改口。瑞清，咱是从小的相知相好，你记着咱这辈子难，来生好娶俺！”她随说随哭，肩头耸跳。

瑞清流泪满面：“桂花，别往心里去。我和稚琴说好了，今天就跟我回去。咱愿意大办，就大摆宴席，不愿意大办，咱就选个日子在家里拜天地……”

桂花伏在他肩上：“你是要我的命呀——”

瑞清：“为啥？咋了？”

桂花：“我自家含着黄连就行了，何必把那黄连分到三下里，仨人都含着！瑞清，你把我看扁了！”

瑞清：“桂花，我男子汉，大丈夫，得对你有个交代！”

桂花：“你已经对我有了交代！——刚才稚琴让大利喊她娘，已经对我交代了。瑞清，好好待人家，人家千里相随，又没嫌我是个鸨子，桂花已是万分感念。我自家命不济，不能再拖坏人家的命，人家那么善，我不能去当冤孽——不去和人家分男人！瑞清，你要硬逼我跟你走，我一头碰死在你跟前！”

瑞清泣不成声。

桂花慢慢地拿过剪子，伸进头里，剪下一绺浓发：“瑞清，你记着，你死到我前头，咱就啥也别说了；你要是死到我后头，想着把这绺子头发给我殓上！”

瑞清闭着眼，无奈低呼：“天哪——”

辫子已梳好，但桂花还站在他身后。

这时，瘦茭白敲门进来：“妈妈，崔广兴派人来说他要请杨先生吃饭！”

瑞清：“你告诉他——我没空。”拍打着身上的碎发站起，“什么烂人也往这里凑合！”

桂花说：“别，远君子，近小人，这人很坏，最好别惹他。”

瑞清：“坏？我专治他这坏劲！——王新成趴下了，他也不能站着！茭白，直接让他滚！”

6

崔广兴的茶庄名叫盛祥，铺面宽大，气势深弘，前零售后批发，控制着周村的茶叶交易。后面有个很雅致的会客厅，古色古香，清幽别样。此时，他和新成喝着茶，商量未来大计。

广兴：“你说杨瑞清这个舅子能来不？”

新成没精神：“我哪知道。”

广兴：“表弟，书寓这么个闹法不行呀。钱都上了他那去，咱光跟着管饭，光骨头架子没肉呀！”

“我想从书寓里撤出来。唉，咱又弄不来新玩意儿，干撑着也没意思！”

广兴眼一转：“你想卖多少？”

“山陕安徽我都是八成的股子，想卖三万两。”

“太多了，眼下怕是没人要。”

“这两天我看了，金陵十二钗那么贵，也不是谁都请得起。这十二钗不光贵，正曲之前还有些过门儿——先吃饭，再喝茶，然后才能说别的。不像咱那里，扒了帮子直接炖。有些老主顾又回来了，这几天买卖就见好，只是我没心干了。”

广兴一捋袖子：“既然这样，表弟，便宜的买卖不出外，两万五卖给我吧！”

新成转过脸：“两万八。”

“两万七，再多了我就不要了。”

新成多有不舍：“唉，就依你，让账房开银票吧。”

“这就开？”

新成无精打采：“嗯。”

广兴来到院中：“老李，拿张两万七的银票来。山陕安徽那俩书寓归咱了！

一块写个过户字据！”喊罢回到屋里，“表弟，你不再想想？”

新成摆着手：“就这么着吧。”他坐在屋里看远方，“日子过得好好的，半路里出来个杨瑞清！朝廷也是脚丫子弹琴不着调！以往是洋人拿枪顶着才开埠，这回洋人也没做声，你自家开的哪门子埠呀！”

广兴不在乎地乱摇手：“这些咱都管不了！表弟，你怕杨瑞清，我不怕这个舅子。他有本事到茶叶行里和我练！”

新成一笑，未置可否。

下帖子的伙计回来了：“东家，杨瑞清没空。”

广兴：“你没问问他啥时候有空？”

伙计：“我根本没见上人家，是瘦茭白说的。”

广兴：“嗨！真没用！”

伙计：“东家，不是我没用。瘦茭白进去的时候还有笑脸，回来就把我轰出来，也不知道为啥！”

广兴噌地站起来：“穷汉子发财嫌货贱，跑到这里来摆谱！去把蚂蚱叫来。”

伙计快快出去。

新成问：“叫蚂蚱干什么？”

广兴：“我让他去淄川寻寻胡世海。我想了好几天了，咱要想彻底清心，就得办了杨瑞清！”

“表哥，人家不来是没空，又没说别的。你可别没事儿乱算卦，自家再弄些心不静！”

“表弟，你看着，我快了一年，慢了二年，我就把杨瑞清赶出周村！”脚蹬椅子指地面，“这里还是咱说了算！”

账房送来银票字据，新成按过手印，收起银票：“表哥，别较劲了，我爹说得对——收起旧套路，跟上这新鼓点儿！该说的话我都说了，你自己看着办吧。”说着要走。

广兴拉住他问：“按你的意思——先不叫胡世海？”

新成：“柳子帮钱都收了，也没办了事儿！表哥，这都是例子。小孩子摸着热炉子——咱得长记性！”

广兴伸着头："就干看着杨瑞清闹腾？你能忍，我是忍不下！——可除了请土匪，咱没别的招儿呀！"

7

车站上，瑞清送别立俊。火车还没来，一行人分成三拨，瑞清和立俊在一旁说话，桂花稚琴在叮嘱大利，四胜和其他经理人员站在一起。

瑞清："临来之前，我接了联华的一个三万件茶壶单子，你回去之后到景德镇去一趟。"

立俊："工艺复杂吗？"

瑞清："论说不复杂，都是八棱的。唉，你知道，咱这里是手工制胎，往往十个茶壶十个样儿。你这回给老马说好，再做成那样儿咱真拒收！"

立俊点头："阿清，我来到周村之后有个想法，咱应该在博山自己建个瓷厂，引进英国的制模机，机器造出来的东西绝不会走样。咱也就不用担心了。"

瑞清："唉，我也动过这个念头，可咱这钱不宽绰呀！"

立俊："阿清，咱自己的钱再多也有限，我们应当在博山周村等地公开募股，用大家的钱来办厂。风险共担，利润共享。我写了一个计划，在四胜那里，回头你看看。"

瑞清高兴："好，这个办法好。这能在周村行得通？"

立俊："在上海行不通，但在周村行！"

瑞清："为什么？"

"周村是个移民城镇，商户众多，心态开化。再加上咱这阵子闹腾，你已经名声大振，都觉得跟着你吃不了亏。所以咱们能募到股儿。"

瑞清抱着膀子欣赏着立俊。

"你看我干什么？"

瑞清："我在想，两个能人在一起，不是浪费一个，就是打得不可开交。咱俩算是例外。哈……"

"你修养好，总让着我。"

瑞清举手佯打："我揍你！"

立俊扶下他的手："阿清，和你在一起，我心里相当踏实。上海那边你放心，我会尽力的。"

"唉，常来电报，注意身体。别一天到晚不着家，让你太太骂我！"

这边，桂花含泪嘱咐大利："你大，到了上海之后，你得让着弟弟妹妹。好好念书，放了学早家去，别让你老娘着急。"

大利点头："娘，你啥时候去呀？"

桂花："一得空我就去。你也认些字了，常写信回来。娘想你。"

稚琴："姐，你放心吧，我都给家里交代了。"

桂花："孩子，师傅领进门，修行在个人。是你琴娘善，你才挣出这书寓去了上海，孩子，你琴娘给了你这么好个去处，你可得好好用功，活出个人样来！别调皮捣蛋让人家烦，说你不长出息，是鸨子生的！"

稚琴扶住桂花劝："姐，你尽管放心。我连最小的细节都交代过了。我父母和那俩孩子都会很好地待大利。过些天，等瑞清这边忙出个头绪，我陪你回去看。"

火车来了，瑞清和立俊握手作别。

小张过来："董事长，我还是留下吧——你自己在这里我不放心。"

瑞清兄长似的拍他背："不要紧，快回去成亲吧。定下日子，抓紧来个信儿，我也好拍个喜仪电报去。"

小张："谢谢董事长。前天我爸爸来电报，说你送了套公寓，董事长，这礼太重了！我——"

瑞清："等着挣了大钱，咱就换套更好的。替我问你父亲好，快上车吧。"

车开了，人们相互招手。

大利从窗里伸出头，扯着嗓子喊："娘，俺真爹回来了，你那心绪也好了，你就别抽大烟了——"

四胜急得跺脚抖搂手："这孩子，啥不该喊他喊啥！这抽大烟能喊吗！"

桂花哭着招手，瑞清一把攥住她的腕子，命令道："把这项停了，再抽我就踹死你！"

8

缫丝厂里一片繁忙，水槽子热气腾腾，漂着白茧。女工们虽穿着各式各样的衣服，但连襟白围裙却是统一。

洋技工在巡视，见有操作不对的就过去纠正示范。

四胜陪着瑞清走来，把头忙哈腰问候："东家好。"

四胜："咱这是新式工厂，不兴叫东家，得叫董事长。"

瑞清："你叫什么名字？"

四胜接过来："狗宝，过去跟着我卖羊肉的。嘿嘿。"

瑞清站住："狗宝，这四下里全是女的，就你自家是男的，咱可说好了——你得规规矩矩。不能动手动脚的！"

狗宝："我知道，东家，不，董事长。"

瑞清继续教育："自从周村有了这些缫丝行，把头东家就不正经，'任你抱，任你摸，只因俺家揭不开锅。任你亲，任你搂，俺好挣钱往家走！'知道这顺口溜？"

狗宝："知道。"

瑞清："知道就好。"他抬手指去，"这些女人出来干事儿不容易，都是街坊，都是姐妹，你要敢动她们一指头，立马滚蛋！你拿着鞭子干什么？扔了！"

狗宝吓得跑出去。

瑞清很严肃："四胜，这人托底？"

四胜："跟着我干了两三年，挺老实的。"

瑞清："老实是因为没得势！我怎么看着他五官不正呢！"

四胜："这五官和心性没关系。我抽空再说说他。少东家，咱这五千担茧子撑不住干呀！"

瑞清："唉，也就是练习练习，大批干还得等春茧。"说着走出车间。

四胜："少东家，反正王家的茧子也缫不了，咱是不是买过些来？"

瑞清："这不妥。"他一笑，"光棍子守着三锅馍馍，吃不了眼看着馊！"

四胜："咱要不给他那化学药这就馊了！"

瑞清："不给药？"他摇头，"不能那么办。四胜，一个娘们儿骂街没人看，两个娘们儿对骂才有意思。你看着，用不了多久，王家也得上机器！——两下里有机器，俩娘们儿也就骂上了，缫丝行也就热闹了！”

四胜担心：“那他和咱争买卖呀！”

瑞清：“就因为没人争，王家才一直用大锅，到现在也没发展，和明朝一个样儿！”

四胜：“按你这个说法儿，还是争好？”

瑞清：“争好。市场讲的就是竞争。洋叔给我说，最初英国那呢子比毡厚，就是因为竞争，呢子越来越薄，质量越来越好，结果卖到了全世界。你别看咱这五千担，但咱缫出来的厂丝，足抵他那三万担的价钱！”

四胜：“能差这么多？”

瑞清：“这就是技术的价值！如果织成绸子差距还大！能再翻十倍！”

他俩刚走出厂，迎面来了要饭的：“杨掌柜的，你发财了，行行好吧！”

这汉子正值壮年，身材魁梧，瑞清瞅他：“身上有残？”

汉子：“没残。”

瑞清：“没残为啥不种地？”

汉子：“杨掌柜的，你在天上喝甘露，不知道地下水多咸！租子比那收成都多，这地咋种？”

瑞清：“噢？为啥？”

汉子叹息：“唉！那天太后老佛爷没睡好，一下床就对八国宣了战。八国联军走了，咱这庚款也吃上了。县上给财东加税银，财东就给佃户加租子。杨掌柜的，这羊毛出不到驴身上，太后心绪不好宣了战，到头还是咱赔钱！”一甩手，“她惹了祸，照样喝茶吃点心，可咱没得吃了呀！”

瑞清长吸一口气：“哪里人？”

汉子：“桓台。”

瑞清转向四胜：“给他五个小洋。”

四胜数出五个小洋给他，汉子一扑到地，连连磕头：“我一辈子不忘杨掌柜的大恩大德，我一辈子不忘！菩萨保佑你年年发财，岁岁——”

瑞清伸手扶起他：“你叫什么名字？”

汉子：“贱名付学海。”

瑞清："别要饭了，到厂里去干粗活吧。唉！"

学海又要磕头，四胜拉住。

学海仰着脸："杨掌柜的，大恩人，俺老少爷们来了二百多个，能给他们也找个事儿不？"

瑞清仰面向天："唉，太多了，我当时还没招儿。四胜，我随便走走，你带他到厂里吃顿饭，再给他安排个事儿干。看这身板推炭扛包都行。"他刚要走，又想起一件事，"你去找找胖刘叔，把春里的茧子定下。"

四胜："咱别依靠他了——早晨晚上仨主意，咱这回之所以才收了五千担，就是他给耽误的！"

瑞清："唉，当时没别的道儿呀。"

9

王家意欲改弦更张，派遣少奶奶来找桂花。二人聊了一阵子。

少奶奶："瑞清要把你娶回去，你咋不依？"

桂花："唉，这也是一言难尽。"

少奶奶："剜到篮子里才是菜，你还得有主意！"

"少奶奶，瑞清也是难。他在上海挺有名，他要是真娶了我这个鸨子，谁还和他做买卖？再说他太太很善良，通新书，认洋文，和瑞清相当好！"她指着自己的胸口处，"咱但凡有一点人味，也不能掺和进去。就这么着吧，现在他也天天来，在一块说说话儿，也是挺好。"随后又补一句，"我觉得还和那当年似的！"

少奶奶唏嘘一番，言归正传："唉，桂花，咱也不是外人，我得请你帮忙呀。"

"少奶奶说，只要我能办到的。"

"新成和瑞清怄气，一下子吃了那些茧子。人手不够，又从高苑邹平招来了一二百娘们儿。人是够了，可咱那是旧式缫法，一天弄不了多少丝！加上瑞清那正规厂比在那里，人家都不愿给咱干了。"

桂花："嫌钱少？"

"不光这。人家那厂里还管饭，咱这里连个住处都没有，几十个人挤在一间机房里。和人家一比，咱这里就成了阎王爷的客厅——地狱呀。我想托你给瑞清说说，把那些茧子收了，给钱不给钱都不要紧。”

“这买卖上的事儿——我说他能听？”

“他打心里稀罕你，这我知道。”

正说着，瑞清进来了：“表姐好。”

少奶奶作相：“你眼里还有这表姐！”

瑞清：“我太忙，一直也没得空去。该打，该打。”他轻快地笑起。

瑞清一来，瘦茭白赶紧吩咐换新茶，然后来到书寓天井。十二钗在各自的屋里习琴说话，吱吱呀呀。瘦茭白找到班头：“先停停，杨先生来了。”

班头眼一亮：“我正要找杨先生！”说着就想过来。

瘦茭白拦住：“有啥事儿？”

班头：“我们的合同到期了，我想找找杨先生续到年底。姐姐还得多帮忙。”

瘦茭白：“在周村发财不？”

班头：“发财，钱太好赚了！姐姐还得多美言！”

瘦茭白：“嗯。在这里等着我叫你，不准自家窜过来！”

桂花客厅里，商业会谈在继续。少奶奶问：“这个价钱行不？”

瑞清：“用这个价钱买茧子，表姐，那是乘人之危。这批茧子我不能要。”

少奶奶：“还有嫌价钱低的！头一回见！”

“不是嫌价钱低，是这样不妥。表姐，你看这样行吧——把那二百多人的工钱给我——就算加工费，我把茧子给你缫出来。表姐，这厂丝可是比大框丝贵十五倍呀！”

少奶奶大喜：“表弟，你这是让我在王家露脸呀！行行，那爷儿俩准得高兴得说胡话！”

瑞清一趔身子，打趣道：“表姐，你也真不看眼色！我要和桂花谈谈情，你倒好，摁在我这里说买卖！快回去让人运茧子呀！”

少奶奶笑着站起来：“俺知道。俺这就走！可是瑞清，能帮着俺建个厂不？”

瑞清：“能。我回头去看王老爷！”说着抬手往外轰，“这大事儿不能和你这娘们儿说！”

少奶奶扬手：“我这就揍你！”

他俩笑着把少奶奶送走。

瘦茭白送来新茶：“杨先生，班头子想见你。”

瑞清：“叫他来。”

瘦茭白去了。

桂花：“我听说崔广兴把王家的书寓买去了。”

瑞清：“我知道。桂花，先把这金陵书寓关了吧——大利去了上海，也不知道适应不。你也歇歇心，带着瘦茭白去上海玩玩吧。让稚琴陪你去。”

桂花：“俺俩去就行，稚琴还得侍候你吃穿呢。”

班头进来了。

瑞清一仰脸：“咱长话短说，这里得关阵子门，什么时候再开还说不准。”

班头：“那我们怎么办？”

瑞清：“周村还有仨书寓，你带着班子去那吧——咱在南京定下的规矩没忘吧？”

班头：“没忘，没忘。嘿嘿。”

瑞清：“就按咱定的规矩办。至于什么时候回这里，随后再说！”

班头点头哈腰：“杨先生，我去崔广兴那里你不忌讳？”

瑞清：“我不忌讳。但咱说好了，不能破规矩！”

第十一章

1

金陵书寓门口立起个大牌子，黄纸红字："霓裳仙乐，红楼梦一曲终散去，长袖曼舞，绿柳下众钗行将别——最后营业半月！"

客人们看着牌子："哟，这是想走呀！可惜，可惜！"

"出了周村城，没处再买好羊肉，一旦真走了，上哪淘换这一口儿？"

"趁着没走再看一回，唉！"

崔广兴带着蚂蚱过来，看着牌子不屑地哼一声。

蚂蚱："东家，买卖挺好呀，为啥不干了？"

广兴："这么大的买卖家，跑到周村来开窑子，不丢人呀！我估摸着这消息是传到上海了！"

蚂蚱："东家，周村一共四个书寓，那仨已经归了咱。金陵虽是有新玩意儿，但咱三对一，杨瑞清是不是害了怕？"

广兴琢磨："不是，这小子胆挺大！"

一伙要饭的围上来："崔掌柜的，行行好吧。"

被人认出，广兴高兴："知道我姓崔？"

要饭的："六县十八镇谁不认识崔爷？崔掌柜的行行好吧，天都黑透了，我那仨孩子到这还饿着呢！"

广兴："你这是要饭的牵着个猴，玩心不退！——少吃没穿的，生这么多孩子干什么！"说着给了俩铜板。这位嫌少，求广兴再给点。他那手刚伸进衣袋，二十多个乞丐围上来。广兴一停，随手把铜板高抛而出。众人只抢，他和蚂蚱趁机脱身出来。来到这边他问蚂蚱：“这些人是哪里的？”

蚂蚱：“听说是桓台的。”

广兴：“桓台怎么了？没闹水旱灾呀！”

蚂蚱：“虽是没闹灾，但那税比灾厉害！租子太高，佃户们不敢租种。不种地只能当暴民，饿急了就抢富户！”他抬脸看着广兴，“东家，我听说桓台的县太爷也来了咱这里——说是让谢知县帮着想办法！”

广兴：“他能有什么办法？”说罢担心，“蚂蚱，这些暴民不会抢周村吧？”

蚂蚱：“不会。乡下人进城就老实了。”

这时，十二钗的班头举着根烟凑来：“崔爷好!”

广兴斜眼看他：“怎么着？另找靠山？”

班头：“靠崔爷吃饭。嘿嘿。”

广兴背手看着天：“不难呀！”

班头：“谢谢崔爷。”

蚂蚱扶着班头的肩往下生摁：“伙计，这买卖不能用嘴拱！明天晌午先在会仙楼摆一桌！”

班头赔着笑：“嘿嘿，我就是这样打算的！”

2

瑞清在家里和稚琴对坐。林嫂送来茶，稚琴赶紧去接。

林嫂：“小姐这多客气。”

稚琴笑着：“怕你走掉呀！”

瑞清：“林嫂，在这还习惯？”

林嫂：“还好。就是水有点咸。比不得上海。”

瑞清：“等我腾出手来就打深水井，也给它安上水管子。”

林嫂：“我听说桂花要去上海？我想让她捎点周村烧饼回去，那东西好吃。”

稚琴："都安排好了。姑爷还给你家带去一百两银子，算你的出差费！看你多有面子。"

林嫂行腰里礼："谢谢姑老爷。我出去了。"往外走着还小声对稚琴打趣，"十多年了，还在谈恋爱！"

稚琴轻打她一下。

瑞清倒上茶："来，尝尝崔广兴那最好的茉莉大方！"

稚琴："我不要喝。桂花说他很坏。"

瑞清："人坏茶不坏。来，喝一碗。"

稚琴坐下："阿清，你那么看得见生意，为什么不开个茶庄？以前，你不是往英国运过茶吗？"

瑞清故作高深："明年再说。这茶怎么样？"

稚琴品咂一下："一般。比咱的茶差多了呢！"

瑞清猛然坐正，指着茶碗说："就这货，他要十两一担！你说狠不狠！"

稚琴央求："咱不谈生意不行吗？——一谈到生意你就大喊大叫，就像自动的！"

瑞清不讲理："是你先说的开茶庄！"

稚琴只得主动认错："我错，我错。"她向外指，"你听听，那十二钗又演起来了！"

瑞清没胡子，却是作态捋须："霓裳仙乐，红楼梦一曲终散去，轻歌曼舞，绿柳下众钗行将别。套词儿怎么样？"

稚琴："红对绿，倒是没算离谱儿！"

瑞清不满："你就不能夸我两句？不会说话儿！"他点稚琴的额，"不通！"

稚琴："我不能总夸你，整天吃蜜就不觉甜了！还是桂花说得对，歪才是有，就是考不中进士！"

瑞清猛瞪眼："我是不待考，我要是真考——"

稚琴歪头问："怎么样？"

瑞清："那玩意儿是不好考！"说罢笑了。

稚琴听着远来的音乐，问："瑞清，金陵书寓这么热闹，能挣到钱吧？"

瑞清："挣大钱！"

稚琴："噢？"

瑞清："就这俩月，把土耳其浴加上，桂花挣了一万两！"

稚琴："这么多呀！"

瑞清点头："咱这是嫌脏不愿干，这玩意儿实际挺厉害！窑子是管仲创的，他用这个筹措过军费！"

稚琴补充："古希腊也这样干过。可是你为什么让桂花停？停也不要紧，为什么把十二钗转给崔广兴？难道又是计？"

瑞清又作捋须之态，随之轻咳，叫板起唱："小娘子，听我说仔细，只有关门才大吉。秋风起，买卖那个稀，大雪下，客商要回家——"

他那个拖腔还没完，林嫂慌慌张张地跑进来："姑老爷，衙役来了，拿着两色棍呃！"

瑞清哈哈大笑："没事儿。"说罢迎出来。

那衙役有五十多岁，胡须花白，他一见瑞清躬身递上信："杨掌柜的，这是谢老爷的手札，约你明早务必去一趟！"

瑞清戏瘾没过足，冲屋里喊："娘子，看赏！"

衙役吓一跳："杨掌柜的，我没闻见酒味儿呀！"

稚琴拿着五个银元出来，瑞清拿过衙役的手，一把拍进去："宋叔，我打小你就干衙役，咱爷们儿也多年了。天冷了，给孩子们添件衣裳。再有难处你说话！"

衙役为难："杨掌柜的，咱没这个规矩呀。"

瑞清："宋叔，不说这些，咱爷们对眼，就这么着吧！我又不让你贪赃枉法！让你枉法你也枉不了！哈……"

衙役唏嘘而去，瑞清稚琴一直送到门口。

衙役出了街口，瑞清抽抽鼻子，一指北院："你信不信，四胜这小子炖羊肉呢！哈……"他关上门，扶着稚琴背往回走，"唉，看着周围的人过好了，我挣钱才有意思！"

稚琴："爹爹就佩服你这一点。"

瑞清："你不佩服？"

稚琴把头歪在他胸前。

3

桓台县令姓刘，也是个瘦子，只是比谢知县高些。他俩在书房里等瑞清。

刘知县："谢兄，你无论如何，也得劝着杨瑞清收下这些地！唉，还有二年就尽任了，没想到出了这乱子！"

谢知县："还是张之洞大人说得对，'有利则商来而财聚之，无利则商去避害之。'刘兄，这事儿我只能力劝，但不能强迫！"一叩桌子，"总而言之，你得让人家有点利！"

刘知县："能让的我都让！只要佃户们回去就行。唉！可别再乱跑了！——在县里抢抢夺夺的我能对付，来周村要饭的也不要紧，我最怵这些去济南上告的。再这样下去，我这小小的官运就到头了！"一脸苦相，抱拳相求，"谢兄助我。"

师爷带着瑞清进来，一阵寒暄。

大家坐好后，谢知县用碗盖篦着茶，开场白道："瑞清，我和刘老爷同科，同是光绪三年的进士，邻县当差，气味相投。有一点先说明白，刘老爷不是贪官！"

刘知县："承誉，承誉。"

瑞清打趣："一看这么瘦，就知道没贪着东西！"

刘知县接上："张居正也不胖，但也没少贪！"

谢知县掌握航向，及时制止走偏的话题："咱说正事儿。瑞清，咱们不是外人，我要是倚老卖老，咱们也算师生。"

刘知县喜惊："原来还有这层关系！"

瑞清解释："当年学生亦欲致仕进取，功课什事，多得谢老爷点拨。无奈家中忽生意外，辜负谢老爷的厚爱。"

刘知县一摆手："幸亏没考。你看看我，快急死了！"

瑞清看着谢知县："谢老爷，您的大札学生已然拜读，刘老爷直接吩咐吧。"

刘知县叹息道："唉，我现在是浑身是病，不知道从哪里下手。远的咱就不说了，咱先说这庚税！”

瑞清扶着茶碗，认真听讲。

刘知县：“这庚款是按地面大小摊的，地多多交，地少少交，一律加倍。咱先说这长山县，人家那里有山，这山峦地是按半亩交，实数实报，人家那里虽也苦，但佃户们还能忍住，所以没出乱子。可咱桓台却是另一番景象——我那前任是个官儿迷，为了显示比他的前任能，更是为了他自家升迁，连二百里的马踏湖水面也算成地！”他痛苦地皱着眉，“添上这二百里他还不过瘾，自家又虚上一些！杨先生，这狗连蹿带跳的，是能蹿到房上去，上去是上去了，可从房顶上下来就难了！——这些年就他那盘子交！桓台也让他榨干了。结果，他是升上去了，可把个烂摊子留给我。我本来就在房顶上，庚款一下来，我当天夜里就想上吊！——不翻倍我都年年欠，这一翻还不要了我的命？唉，咱吃皇粮干公差没法儿呀，我就给地主加了倍。地主又不会生钱，就只能给佃户加租。杨先生，那租也忒重了，从三皇五帝开天地，就没有过这个数！”他掏出手绢来擦汗。

谢知县劝他：“别急，咱慢慢说。”

刘知县：“佃户们受不了，就撂下地窜了，地主也傻了——他为啥傻了？因为按咱那章程，不管这地种不种，只要这块在册子，到点就得交银子。你想想，地主还能撑得住？很多地主受不了，直接扔下地窜了！他窜了，也轻快了，也不用交银子了，可我上哪去弄税？光这也不要紧，盛世出瑞，乱世出妖，杨先生，你不知道，小小一个桓台县，白莲教、五仙坛、一贯道、三清会，光这个就是四十多帮子！那帮头或是喝上口酒，或是和他老婆吵了嘴，反正只要他不舒坦，大喊一声，这就开始抢。他抢谁？抢富户。没窜的地主财主也都吓窜了。”他喝口水歇歇，口气也疲惫，“我没法儿呀，就按大清律籍没了他的地。今天我请杨先生来，是想请你把这些地买下。你办法多，看看怎么让佃户们回去。刚才谢兄说足下精通历史，杨先生，咱中国人很简单，有窝头吃着就不造反！杨先生务必帮我！”说着含泪抱拳。

谢知县补充道：“现在这事儿闹得挺大，济南府都知道了。瑞清，这个忙你得帮！”

瑞清歪头问：“我买了地，这税就归我了？”

刘知县：“不会。你买多少，我就从税册上勾去多少，从此再不纳税。就等于没有这些地。这不光为了你，要是再照方子拿税，用不了半年，桓台就能出了洪秀全！”

瑞清：“上头能答应？”

谢知县：“我和刘老爷联名给周馥大人上了书，周大人历来反对种地，他曾说中国毁就毁在种地上。桓台周村挨着，他老人家答应算成商埠用地，以后不再交税银。”

瑞清脑子急速转动，但表面丝毫看不出：“嗯，这倒是个办法。有多少亩？”

刘知县忙拿过册子：“八千六百亩。只是这地不好，全靠着马踏湖，一直种着还好些。唉，这一撂荒，苇子又长出来了！”

瑞清点点头：“刘老爷想要多少钱？”

刘老爷：“我还有二年尽任，你把这二年的税给我就行。”

瑞清：“说个数字。”

刘知县挺可怜：“四万两行不？”

瑞清：“虽是不多，可我现在没有呀。”

刘知县：“那就二万两，我再给周大人写个东西！最要紧的是把那些佃户弄回去！”

瑞清：“这好办！十天之内我准让他们回去！还得抢着回去！”

刘知县大惊：“噢？这么有把握？谢谢，谢谢！”

瑞清口气和缓，细说自己的难处：“刘老爷，我没有挤对您老人家意思，可我现在正在建厂，钱也不宽绰。你看这样行不行。我先给你五千两，开春之后再给五千，剩下的那一万两明年年底给你，一准误不了明年的税。”

刘知县一咬牙：“这也行！”随之再现哀相，“你可得把佃户们弄回去呀！”

瑞清：“学生说到做到。”

刘知县拿过册子：“这地归你了。我可松缓松缓！”

谢知县高兴：“瑞清，刘老爷来咱周村多回，我也没钱，也请不起客。你在会仙楼请请俺吧！”

瑞清拿过册子：“看咱多有面子，一下子请俩县太爷！走！”

三人大笑。

刘老爷还是不放心："杨先生，你说得这么有把握，想用啥法儿？能说说不？"

瑞清："《管子》说，地辟举则民留处——把那些地让佃户认领，谁领了就归谁，还不抢破头？"

刘老爷："那你得什么？"

瑞清："我薄薄地收点小税，把这两万银子弄回来就行。一年不行二年，二年不行十年，早晚有弄回来的时候！"

4

会仙楼是个二层的木头楼，一楼散客，二楼是三个敞口雅间。

班头正在请崔广兴，同时签署协议。

茶庄账房拿来字据，广兴接过来，撇着嘴装模作样地过目，然后看看班头："你听着，每月给你五百两租银，其他收入与你无关。这条行不？"

班头："行。谢谢崔爷。"

广兴："第二条，只准我辞你，你不能辞我，这条行不？"

班头赔笑："全听崔爷吩咐。"

广兴："这十二钗乏了后，你得另外给我找人，这条行不？"

班头："这得提前说，我也好早早找人替换。行，我答应。"

广兴："先支三个月的银子，也就是一千五百两，其他的到年底再付。这条行不？"

班头："崔爷，换了新场子，要添新行头，先给半年的吧。求崔爷开恩。"

广兴："嗯。就依你！来，摁手印子吧。"

班头犹豫一下，还是摁了。

崔广兴端起酒杯："干一个，半月之后咱就一个锅里抡勺子了！"

班头双手擎杯站起，二人饮尽。

广兴放下酒杯："蚂蚱，你别在这里坐着了，快去找找三愣子！咱那山陕要整修，按金陵书寓的样子办！"他直指蚂蚱，"你给三愣子说，只能比它好，不能比它差。半个月完工！快去！"

蚂蚱飞窜下楼。

广兴想着即将开始的节目，摩拳擦掌，哈哈大笑："用不了十天，我就把那十二钗全拾掇了！我先拾掇宝钗，再拾掇黛玉，随后再拾掇——"

他还没说出拾掇谁，店小二过来躬身道："崔爷，担待，又来了桌客人。"

广兴眼一横："二楼不是买清了嘛！让他们去别处！"

店小二："是谢知县和刘知县，还有杨瑞清。"

广兴闻声站起："好好好。俺是收摊子，还是留这？"

店小二："谢老爷没说让你走。"

广兴："那就好，那就好。"

楼道很窄，谢知县在前，三人依次上来。广兴赶紧行礼："谢老爷好。给谢老爷请安！"

谢知县上下打量他："我听说你现在仨书寓？三下里得有二百来人吧？"

广兴赔笑："一百多个。"

谢知县："文明经商，礼貌待客，别争风吃醋，弄出乱子来！"

崔广兴："是是是。老爷，赏个脸，让我请客吧。"

谢知县探身问："你那饭我敢吃？"他一指班头，"还有你，整天撒鹰放鹞子，四下里划拉钱。告诉你那十二钗——别撒开翅子乱飞！在金陵书寓兴许没有事儿，可一出那门儿就不保险！真给你绑了去！"

班头："是是是，老爷。"

谢知县走到雅间门口，突然回头问班头："你在哪弄的这帮角儿？"

班头支吾。

谢知县："告诉我，等我明年卸了任，也弄这么一帮子！"

瑞清和刘知县哈哈大笑。

刘知县挑起大指："还是谢兄有办法，软的硬的都行！"

谢知县："唉，这人分三六九等，对付地老鼠，就得浓烟熏！"

大家笑罢，瑞清问："二位老爷，咱吃啥？"

谢知县先咽股口水："我没吃过鱼翅，他这里有没？"

瑞清转向小二："一会儿你下去，想着给下面那俩衙役弄套菜，大鱼大肉多放油！俺这边嘛——"他想了想，"一个鱼翅、一个海参，其他的看着配吧。总之一句话，把咱周村的真玩意儿弄上来！”说着放下个光绪银洋。

小二拿过，连连恩谢，叫着下楼：“葱白烧海参，通天大板翅，博山烩八仙，临淄扒驴肚，四个冷拼，四个素炒，一瓶十年剑南春——”

广兴连看带听，面带艳羡，他拿筷头指画着残羹：“你看看人家，你再看看你这菜！”

班头：“人家是大佬了，我哪里比得！”

雅间内，刘知县又想起那些地：“可是杨先生，你什么时候开始办？”

瑞清：“很快。刘老爷，到时候县上还得帮忙呀。佃户们一下杀回去，我是应付不了！”

刘知县：“好好好，我就盼着这一天。现在我一提这事儿，头就和油篓似的！”说时，手在头两旁放大。

5

稚琴在家陪桂花说话，瑞清进了院子。他略有醉意，四胜一侧浅扶。

他刚进屋，桂花就说：“勾结官府回来了？”

瑞清：“不是我勾结官府，是官府勾结我。”

稚琴撇嘴：“准是有利可图，要不他谁都不勾结。”

瑞清叹着气坐下：“唉，由着你俩糟蹋吧，我是那种人吗？”随之转向桂花，“谢天谢地，没娶回你来，要不你俩合上伙，准能把我拾掇死！勾结官府是——”

林嫂进来送茶，瑞清没再说下去。

瑞清简单地洗把脸，回来坐下说：“四胜，记一下。”

四胜从衣袋里掏出铅笔：“说吧，少东家。”

瑞清：“明天以瑞记的名义出个告示，专指桓台籍人士。就说咱每家赠送四亩地，一年一亩地只交一担茧子。朝廷里封官常用‘世袭罔替’这个词，这回咱也用用，告诉他们这地可以世代继承。”

四胜：“少东家，你醉了吧？咱这是干什么？”

瑞清：“干什么？发财！”

四胜："怎么发财？咱那地是买来的呀！"

瑞清："一担茧子多少钱？八千多亩地又是多少茧子？咱当年就能把本钱扳回来！"

四胜："也是。这样就不如种粮食了。"

瑞清摇头："这粮食事关天下稳定，确是个好东西！虽是好东西，但不能都种！"

四胜："为啥？"

瑞清："为啥？朱元璋打下天下后，出大诰，明令打击商人和手艺人，鼓励全国种粮食。那个词是什么来？"他拍打前额，"稚琴，我给你说过，这一喝酒想不起来了！"

稚琴过来添茶："以粮为纲，辅以渔桑。"

瑞清："对，就这词！四胜，这朱元璋是要饭的出身呀，他挨饿的时候多，吃饱的时候少，总是害怕断了顿儿！当初他靠着'高筑墙，广积粮，缓称王'这套土活络得了天下，他就认为粮食万能。可你猜怎么着？"

四胜听得上瘾："怎么着？"

瑞清伸开五指："连着五年大丰收，结果是谷贱家伤！《明史补遗》上就说'万顷粮田，不若一亩白盐！'这粮食顶多存一年，还挺占地方。那阵子，老百姓丰收丰怕了，总是盼着闹灾。可老天爷也较劲，就是风调雨顺！河北正定县的财主为了抑制高产丰收，以便抬高粮价，就放猪进田随便啃麦苗！"

四胜原地转两圈，皱着眉，极为惋惜地抖动手："少东家，咱这是在家里说，你没考上状元才屈呢！"

瑞清："再提这茬儿我揍你！"

稚琴、桂花大笑。

瑞清："所以，这粮食不能都种。朱元璋重农抑商——苏杭的织机也全砸了，为什么？税重呀。绸缎没了，也没法儿往波斯运了，西域商途也就断了。"手在眼前横划，似是表现漫山遍野，"全国处处是粮食，就是没有钱！洪武八年四月初三的行市是什么？八十斤麦子换一捆葱！"

四胜撇着嘴点头，赞叹不已："唉，你这记性真好！少东家，等着你建完这些厂，咱那买卖上了正轨，我看你还是去考考！"瑞清要打，四胜作揖："咱接着说那告示。”

瑞清：“唉，让你这一搅和，我把那套词全忘了！”

桂花说：“你这一送地，那些人不一窝蜂地窜回去？”

瑞清：“我就是让他窜回去。为什么窜回去？有利可图！要是窜回去纳税，谁也不回去！”

稚琴关心具体细节：“这么多人一下子涌进桓台县，还不乱了套？——你又怎么分？”

瑞清：“稚琴，中国从唐朝就有户口呀！我和刘知县说好了，由他按着册子分，保证差不了！”

稚琴歪着头琢磨：“你把地分给农民，表面上看来是善举，农民给你交茧子，一亩一担也不多，但你这是收私税呀！这不犯法吧？”

瑞清哈哈大笑。

桂花：“那地是咱买下的，收点小租也正常。没事儿，由着他闹去！”

四胜：“那为啥还让他继承？”

瑞清：“有恒产才有恒心，他一看这地归他了，他就好好地莳弄，桑树也种上了，苇根也锄去了，咱就年年到点收茧子了！”

6

第二天早上，四胜带着衙役贴告示，有人念，有人围着看，议论纷纷，全城大哗。

“这瑞记是真有钱呀！敢把那地送了！”

“这地分给咱之后能卖吧？”

“不能卖，只能种。种多少年都行！”

“也是，他也怕你卖了地打酒喝！吃饱喝足甩大鞋！”

“说别的都没用，赶紧往回奔呀。有数的地，去晚了兴许就没了！”

难民们相互召唤，大喊大叫，成群结队向东跑去。

这边有个铁匠铺，一个中年汉子带着两个伙计正打铁：“我小锤点哪里，你就打哪里。用心，别老砸那砧子！”

伙计："师傅，俺想回家看看。"

汉子："干完了这活再说！"

伙计："干完怕是晚了，地分完了咋办？"他冲另一个伙计使眼色，二人解下围裙，冲汉子鞠躬。他又说："师傅，谢谢你收留俺俩，俺回去了。师傅，俺这辈子忘不了你那恩德。等俺过好了，就来看你！"

汉子："唉，让你这一说我也有点动心，可我出来多半年了，不知能分给我不？"

伙计："只要是桓台籍就行，那告示上没说出来时候长短！"

汉子："快，快拆棚子，咱一块回去看看！"

三人齐忙活。

7

县衙门前，谢知县送别刘知县，马弁牵来瘦马。

刘知县："这杨瑞清是有招儿，仅是半天的工夫，周村城里就走空了！"

谢知县："快回去吧，这时候，你那衙门里早就开锅了。别再挤出人命来！"

刘知县："不会。人看不见盼头才出乱子。"他皱起眉，"可是谢兄，杨瑞清这一弄，这些佃户是稳住了，一亩地一担茧，二年就能缓过劲来，四五年上就能看见富。可那没跑的佃户咋办？这没跑不就吃了亏？不会跟着闹吧？"

谢知县："没跑就证明还能忍住。等忍不住的时候再说吧——我觉得不要紧！"

刘知县扶住马背："我一想回去就头疼！你再找找杨瑞清，让他赶紧从南方弄那桑苗子，一块想想下一步咋应对！"

谢知县："是你当官还是人家当官？快回去，回去看看再说！等着那地分下去，我和瑞清去看看。"

马弁牵着马，两个衙役跟后面，刘老爷犯着愁骑着瘦马往回走。渐渐靠近铁匠铺，那汉子一指，小声说："看，刘知县！"

伙计："师傅，咱拦住问问？"

汉子："不会打咱吧？我看着那衙役扛着棍子呢！"

伙计："哪能，咱又没犯法！"他壮着胆来到路中，躬身行礼，"刘老爷，俺想问点事儿！"

刘知县："噢？啥事儿，说。"

伙计："俺爹娘都饿死了，现在就剩俺兄弟俩，早晚也得成亲，俺能领两份儿不？"

刘知县在马上向下点画："你这人太贪！一份领着就不错！你是哪里的？"

伙计："果里的。"

刘知县："就你那里闹得欢！在道会门儿不？"

伙计："不在。俺不信那套！"

刘知县："嗯，不错。安善良民。快回去吧！"

铁匠汉子上来施礼，仰着脸小心地问道："刘老爷，俺俺俺出来多多多半年了，还能分给俺不？"

刘知县："哪里的？"

汉子："鱼龙。"

刘知县："你那里也够受。唉，人太多，地太少，还尽些苇坑！"他一指那铁匠棚，"拿着有用的赶紧走，破草苫子烂檩条这些就别要了！"说罢，策马继续前行。

街上的人明显见少。新成和广兴溜达着看，朝这边走来。

广兴："杨瑞清真给你加工了茧子？"

新成："嗯。说起来——"他看看街面，"咱有点愧呀！"

广兴："他又不是不要钱！给他多少加工费？"

新成："按那二百个娘们儿的工钱做的数。不多。"

广兴一指墙上的告示："这小子是想干什么？"

新成："这才叫干大事儿！一亩一担茧，看起来不多，但汇到一块可不少呀！桑树种在地边上，桑不误粮，就这个闹法儿，三年之内桓台就得变模样！"

广兴不服气："我看没财发！"

新成不和他争执："那书寓开始整修了？"

广兴："正干着哪！半月之内准开业！控制着这一行，也不少来钱！"

刘知县策马走来，广兴眼一亮，上前行礼："给刘老爷请安！"

刘知县茫然："这位是——"

广兴："昨天咱在会仙楼见过。嘿嘿。"

刘知县想起广兴："想起来了。"

广兴："刘老爷，桓台还有地没？我也想买点儿！我能出得起钱！"

刘知县："你是能出得起钱，"他一指墙上的告示，"可你出不了这样的心眼儿！"

8

瑞清坐在客厅里，略有焦急地瞅着院子："四胜怎么还不来！"

稚琴："你还得有间办公室，不能坐家里指挥。"

瑞清："不是地方紧嘛！等电厂建起来就好了！"

稚琴："一句实话都没有！——不是地方紧，是怕街坊们找你！"

瑞清："找我干什么？"

稚琴："去丝厂干活呀！"

瑞清："唉，这么多人，也真没处安！——等建好电厂就好了，一旦能大批供电，我立刻筹办丝绸厂。那厂用人多，还是常年开工！"

稚琴："电厂你想公开募股？"

瑞清："嗯。我想试一次。如果电厂募成了，我就在博山建瓷厂——但现在好几个愿意入股了，不募股也能办起来。"

稚琴："桓台这套谁去管？"

瑞清："管？根本不用管。"

稚琴："农民不交茧子怎么办？"

这话问了点子上，瑞清调整坐姿，准备开讲："不交有好几种，一种是刁蛮耍赖，这种人是少数，同时，这样的人也发不了财！第二种是真交不上，这就说明他有难处，或是养蚕不得法，或是桑叶不凑手。你不能逼他。你就是逼他也没有用。你想想，他连一担茧子都拿不出，你还能把他怎么样？那晚上我看了谢知县的信，当时就想好了，大也不过两万两银子，我给他来个垂拱治天下，玩一把唐尧虞舜。稚琴，你不了解这一带的民风，桓台人最厚道，那里的人要是闹腾，就说明真是没招儿了。咱退一万步说，就是一担茧子收不了，桓台人不能骂我吧？”

稚琴欣赏地看着他：“有点风度。”

瑞清：“王家也想建个缫丝厂。他不建则已，要建就得比咱的厂大。两个厂用茧子，价钱就会随升上去。农民一看养蚕能发财，地边上还不全种成桑树？你看着，我不仅帮王家建厂，还让他用咱的锅炉，让他省下一些费用。咱，”大指一挑，“就这么宽宏——根本不记旧恶！”

稚琴撇嘴：“肯定有利可图。”

瑞清调皮地笑：“对，咱得收他点儿使用费，我那热气也是用炭烧的呀。”

稚琴点头：“明白了，你那锅炉肯定有余能。我说得对吧？”

瑞清扭她腮，随之大笑。

四胜进来，正撞见这一幕。瑞清不在乎：“坐，情况怎么样？”

四胜：“都窜回去了。唉，还是利益能治病！”

稚琴给四胜倒茶：“人们没说你少东家傻吧？”

四胜：“都说你高！王新成最佩服。少东家，他想约你吃饭呢！应不？”

瑞清：“现在顾不上他。来记一下，给立俊发个电报。”

稚琴让秘书送来纸笔。

瑞清：“你让他派人去浙江萧山，用最快的速度订购条桑一万墩！”

四胜记录：“什么是条桑？”

瑞清：“是光长条子不长树干的桑。我和立俊去看过，那一墩能破三墩，破出来的这一墩第二年又是一大墩，这是专门养蚕的高产桑！”

四胜惊异：“少东家，这是早有准备呀！”

瑞清：“有准备，但没想到桓台能飞来这些地。你告诉他，顺便从萧山请二十个养蚕高手来，让他们教着桓台这伙子养蚕！”

四胜放下笔：“这还用教？是个老娘们儿就会！”

瑞清摆手：“那是乱养，不是科学。你看看人家那一套，咱这养蚕直接是胡闹！写上。”

四胜：“还有呢？”

瑞清：“再让他进口五百斤墨西哥亚麻种子。稚琴，那玩意儿叫什么来？”

稚琴："我想想——"她把手指放在眉处，样子很好看，"叫empress，就是皇后的意思。"

四胜："嫂子，这洋码子你来吧。"

稚琴过来写上。

四胜："少东家，沿着马踏湖至少也得二百里，这五百斤种子能够？"

瑞清："这玩意儿咱没弄过，先弄五百斤试试。到时候误不了还得请洋人。"

四胜："这种地还得请洋人？"

瑞清："这叫专业。四胜，不管哪一行，只要咱不会，咱就跟人家学。表面看着是花冤钱，可比起浪费来，却是省了大钱！中国为什么落后？就是因为那些贼羔子皇上关起门充祖宗！"手在空中一扫，"不能提皇上，一提这些舅子我就来气！"

四胜放下笔问："少东家，咱又是条桑，又是洋种子的，那些庄户能听咱的吗？他要是不种怎么办？"

瑞清目光炯炯："只要有利他就种！"

四胜："他怎么知道有利？"

瑞清："很简单。这一亩一担得交吧？好，我不仅要这一担，多余的那些我也买！咱给他开个合理的价钱，和每家每户都订协议。他能看着钱不挣？你嫂子给我翻译着念了本英国书，稚琴，那书叫什么来？"

稚琴："《义利之辨考》。"

瑞清："那上头有句话说得好——鸟没学过空气流动力学，但是它会飞。农民就是那鸟，虽是没学问，但知道怎么干合适！"

四胜折起纸："就这些？我去发了？"

瑞清："注明：立等回电！"

四胜点头往外走："唉，难怪发财呀，原来是两口子在家里商量着办呀！"

稚琴也笑了。

9

山陕书寓里，三愣子带人装修。蚂蚱出任监工，吆三喝四，催着快干。崔广兴衔着烟嘴进来："怎么样？三愣子！"

三愣子赔笑过来："正干着呢，崔爷。"

崔广兴大致看一下："咱不能光图快，要是弄不地道，我是不给钱！——起码得比金陵书寓弄得好！"

三愣子为难："崔爷，你不能和那比，有些材料咱没有呀！"

崔广兴瞪眼："什么材料？"

三愣子："印度墙布咱这里就没有！"

崔广兴一摆手："那我不管，你就是用手画，也得画出那样儿来！还是那句话——只能比它好，不能比它差！"脸往三愣子耳朵上凑，"我不能让人家说咱熊！"

三愣子为难："可是崔爷，这少油缺盐的，媳妇再巧也做不出好饭来！"

崔广兴："粗粮细做，这才见本事！好好地弄！"

说完去了南厢，班头迎出来："崔爷。"

崔广兴："先把黛玉叫来，我在二楼上等她！"

班头："黛玉不大方便，你看——"

崔广兴不耐烦："那就叫宝钗！"

10

王老爷依在床头上喝药，少奶奶端着水一旁侍候。他漱过口说："也不知道新成和上海老闵谈得咋样？"

少奶奶："没事儿，瑞清说，老闵嫌贵他就收。"

王老爷："他收？什么价钱？"

少奶奶："具体没说多少钱，只说比咱那大框丝贵十五倍。"

王老爷："唉，这样看来，咱以往糟蹋了多少钱呀！"

少奶奶："爹，你没见，那丝又白又齐整，那才是真正的'鲁黄'！——拿把子大框丝放厂丝跟前，直接是破烂儿，难怪洋人不愿意要呢！"

王老爷越听越心急："少奶奶，我又下不去，新成又不好意思，不管多么远，瑞清也是你表弟——你还得去找找他，咱得尽快办厂呀！"

少奶奶："他每天去桂花那里坐坐，桂花去上海看大利了，我也没再过去。"

王老爷："去他家里！——表姐找表弟，这很正常！"

少奶奶："他这正忙桓台那些地。爹，上回我见他时说了这事儿，他答应了，说一得空就来看你。"

王老爷："唉，你看人家才回来几天，就干了这么大的事儿。少奶奶，你劝着新成多和他来往，这人不一般！"

少奶奶："爹，我一直劝呢。"

王老爷："他没让咱迁祖坟，又把那三百亩地还给咱，咱就觉得他够大方。可你看看，他连八千亩地都能白白送给庄户种，这样的人能不发财？庄户们能不抢着交那一担茧？少奶奶，你没在乡下待过，不知道一担茧子是多少。"他伸出两指头，"两棵很小的桑树就能产一担茧。"老眼大睁，"那庄户不能只种两棵树吧？这些人真走运——一闹腾，倒得了元宝！"

少奶奶："可是！街上的人都走干净了。爹，看这势头，这缫丝行还真有奔头儿！"

王老爷："所以我急着建厂呀！"

这时，院里传来兴奋的脚步声，新成拿着一绺子丝兴高采烈地进来："爹，老闵全收了，九两银子一块，也就是十斤。他说春里还要呢！"

王老爷掐指计算："九两十斤，哟，是大框丝的十六倍呀！"

新成："可不！这洋机器就是来劲。"说着递上丝，"爹，你看看，这是什么成色！"

少奶奶忙递过花镜，王老爷斜过身子冲光看："真棒！这样的丝我就没见过！"

少奶奶："相公，咱爹还是催建厂，你不是说请瑞清吃饭吗？请了没？"

新成："唉，他这阵子太忙。加工费是我亲自送去的，他也正好在厂里——那么多人找他，我也没说这事儿。"

王老爷："对你还客气？"

新成感叹："可不一样了，当初仅是个傻小子，现在是又有派头又礼貌，咱真说不出别的来！"

王老爷："这就好，这就好——"

他话音未落，四胜提着两盒子点心进来，手里还拿着一本大书。新成赶紧让座，大声命令佣人冲茶。

四胜放下点心："王老爷，俺少东家真是忙得乱了营，绝不是摆谱儿！他先让我来看看你。这是一本设备图集，有四溜机的，有八溜机的，让你选选。过一天他自家来。"

新成接过书，看着封面犯难："这洋文咱看不懂呀！"

四胜："就为这，里头那详细事儿，俺少东家太太给你译成了中国字，你看里头。"

新成翻开，十分惊讶："瑞清他老婆，不，杨太太还有这一手儿？"

四胜："相当厉害。少东家在厂里和洋人说话，就是她给少东家当翻译！不光这，俺少东家有啥不明白的事儿，还问她呢。王老爷，我还忙着，先回去了，您老好好养着。"

王老爷总算插上句话："替我问瑞清贤侄好。"

新成热情地送四胜，到了门口四胜停下问："这回没拿火铳呢！"

新成："惭愧，惭愧。"

王老爷戴着花镜看图集，基本不懂。他合上书："少奶奶，你去过他厂里，他是几溜机？"

少奶奶："四溜。当初新成和崔表哥商量着挤人家，他没买成地，就挤挤巴巴地建了四溜。咱给了他那六亩地，他说建电厂的时候再添上四溜。"

王老爷："那些咱就不说了。要依我的意思，咱直接建那八溜的！"

新成正进来，王老爷问他："正在说呢——咱是建几溜的？四溜还是八溜？"

新成："爹，几溜都不要紧。可是咱找杨瑞清建厂，他会不会从中赚咱钱呀！"

王老爷大失所望，眼一闭，手一拍："孩子，人家不是没多要你加工费嘛！人家给咱引机器，外带接洽洋人，肯定有费用，你不能让人家白忙吧？"

新成："也是。"

王老爷："明着挣钱暗着坑，你选一项吧！"

新成："爹，您别生气，我仅是说说，咱出了周村城，两眼一抹黑，这事儿还非得他。咱把利钱说头里，也省得他自家说这事儿为难。"

王老爷脸色转好："这是买卖人说的话！"

这时，狗剩拿着张红帖进来："少爷，崔爷送来的。"

新成接过，狗剩出去。

王老爷："又是什么花样儿？"

新成："金陵十二钗去了崔广兴那里，山陕书寓也整修完了，他想后天开业。"

王老爷不屑："人家练够了，他再接过去，弄不出好来！"

新成："我觉得也是。"

王老爷指示并下断语："少和他来往。你看着，要下大雨老鼠忙，要刮大风鸡上墙，兔子欢了挨鸟枪！你信不信，别看崔广兴忙得紧，忙来忙去，误不了一头攮泥里！"

第十二章

1

山陕书寓描红画绿，整修一新，张灯结彩，准备开张。门口立着个一人多高的大牌子，黄纸红字：“警幻曲短，红颜未必真薄命；云雨情长，春宵当惜亦厚生。”下面横写：“金陵十二钗今晚悉数展芳姿。茶水免费！”

各色杂役进进出出，吵吵嚷嚷，一片忙乱景象。

蚂蚱掐着一大摞请柬，满脸喜气，往各大商号分送。他先来到瑞蚨祥，进门就喊：“孟掌柜的在吗？”

大师兄过来：“这是要办喜事儿？媳妇是哪的？”

蚂蚱一趔身子：“尽胡扯！十二钗今晚在山陕书寓登台，崔爷要请孟掌柜的！”

大师兄：“掌柜的在后面和客人说话，请柬给我吧。”

蚂蚱抽出一张：“我说，你可嘱咐孟掌柜的去呀！大场面，新花活，好着哪！”

大师兄：“那还用说！就是不请也得去给崔爷捧场！”他压低声音凑上来，“内务府的采办正好来咱周村，北京分号经理带着来的。刚才还愁没处去，你来得正好！”

蚂蚱笑容收去：“我说，太监能练了这套拳？”

大师兄嫌他外行：“按你这个说法儿，那不会抽烟的还不兴闻闻？快去忙吧，晚上一准到！”蚂蚱刚想走，大师兄一把拉住他，“我说，这旧人新场子另开张，得送点礼呀！可送什么呢？”

蚂蚱：“嗨，都不是外人，送个匾就行！”

大师兄：“这倒不难，可这窑子开业写什么词呢？有现成的没？”

蚂蚱想着：“南洋兄弟烟草公司那词是——是什么来？”

大师兄：“快想，天不早了，弄出词来好去做呀！”

蚂蚱一拍柜台，茅塞顿开：“想起来了，是‘佳人未老，铁梅不败！’对，就这词儿！”

大师兄点着头：“嗯，铁叶子做的梅花是败不了！”

2

那边书寓将开业，茶庄这边也热闹。一年将终，钱货两清，崔广兴在茶庄后堂里给众茶贩结算，喝着茶，与茶贩子洽定明年供货量。

这边，账房那算盘打得滑响。一笔算清，他在账本上打个钩：“福建龙岩王德汉王掌柜的。”

王掌柜掏出图单：“来了，来了。”

账房：“四百七十两，这数对不？”

王掌柜：“应该五百五十两呀？”

账房：“应该是这数。王掌柜，咱说好是新茶，可你掺了一半陈货，这让我咋办？”

王掌柜着急：“不可能，你当时验过货！”

账房：“对，验的那样子是新茶，可大货就不是这样了。王掌柜，这干买卖得实诚！”

王掌柜急了：“少给钱不要紧，但你不能说我捣鬼！”

账房还想辩白，崔广兴不耐烦地制止：“好了，好了，下不为例。王掌柜的不是外人，供了十几年茶了，说不定是手下人弄错了。按五百五十结！”

王掌柜气消笑容出，把图单递过去。

这边角落里，一个茶贩对旁边一位悄悄说：“每年弄这套！”

这一位：“明年我是不送了，要钱太难！”

“还是这里出货多！”

“唉，光多有什么用？价钱压得那么低，弄不好就得赔！”

“哼，他给我们压得低，往外批发却是高价！这一带全是他控制，谁也没办法！”

崔广兴看看天渐黑了，站起说：“各位，一会儿我请客，咱先到会仙楼吃饭，回头咱一块去书寓，金陵十二钗今天头一回演，咱打着饱嗝听小曲儿，喝着好茶看娘们儿！抓紧抓紧，老李，弄不完的明天再说！别误了后头的事儿。”

蚂蚱跑进来报告：“东家，所有的商号我都送到了，去人肯定不少，你快过去吧。人家正往那送匾呢！”

广兴：“嗯，我知道。给杨瑞清送了吗？”

蚂蚱：“我给四胜了。”

广兴点下头：“你快回去，带上几个弟兄看场子，提前把汽灯点上！”

蚂蚱：“点上了。东家，这汽灯就是不如电灯，把人脸照得和鬼似的！”

广兴：“将就着吧。中国一直没电灯，照样过了五千年！快去看着！”

3

瑞清两口子刚想吃饭，四胜来了，稚琴赶忙让座，又拿来一个酒杯。

四胜：“我不在这吃，家里也做好了。”

稚琴：“把弟妹一块叫过来。”

四胜：“别，我说完事儿就走。少东家，杨经理回电报了，说那条桑定好了，问咱什么时候运。”

瑞清：“哟！这事儿咱不大懂呀，明天找个内行问问，这种树该是春里吧？”

四胜：“少东家，你可想好了，南方的树苗子不扛冻，怎么着也得比咱这晚十天。你弟妹在乡下种过地，我回去问问她。可是，少东家，这一万墩桑苗子来了咱怎么分？还是让桓台县帮着办？”

瑞清：“嗯。还让他帮着！咱直接把条桑运到张店，在车站上分就行。可是立俊没说亚麻种子联络到没？”

四胜："说了，杨经理说那玩意儿咱自家办不了，还真得请洋人。而且这伙子人得在这住八个月，问咱能撑住那费用不？"

瑞清："唉，撑不住也得撑，咱不是不会嘛！我说，你找上他十个精明强干的小伙子，让他们从头到尾跟着学，别人家走了，咱也傻了。你直接把他们聘成工人，到点开薪水。"

四胜："这好办，可他们不会洋文呀。"

瑞清："这不是问题，咱上海公司有翻译——洋人办事儿很有条理，准有个文字材料，就和那设备图集似的。咱把这玩意儿翻译出来，石印一批，每人一本。手里有文字，加上洋人教，慢慢也就成了专家。你就让这些人住在桓台，庄户们有啥难题，就让他们赶过去。"

四胜："嗯，那咱就从桓台招人，还能省房钱。"

瑞清同意，随后问："丝厂里，工人们的工钱发了？"

四胜："发利索了。"

瑞清："有不高兴的没？"

四胜："都挺欢喜。少东家，下月就停工了，咱还到点发钱？"

瑞清："仅是半薪。"

四胜："一二百人，半薪也不少！不干活，光拿钱从来没这规矩！"

瑞清："唉，都得吃饭呀。再说王家很快建厂，咱得防着他挖人！四胜，咱虽是停了工，但不能让这些人闲着。今年咱自家缫了五千担，再加上王家两万担，咱虽是用这些茧子练了手，但工人那技术还是不行！你看瞎了多少！和宁波那工人比起来，这都不该管饭！"

四胜："可是！"

瑞清："组织她们培训，来年开春，考试上工，明年谁再瞎茧子，就扣工钱！"

四胜："早该这么办！"

稚琴过来："你俩一唱一和真配套！财东的本色露出来了！快吃饭吧，都凉了。"

瑞清皱眉："按你这个说法儿，瞎了茧子还得奖？"

稚琴："她们也想干好，不是手生嘛。"

瑞清："所以才让她练呀。"他一调身子，"你再气我，我不吃饭了！"

四胜笑着站起来："少东家，抽空到王家去趟吧，他想建厂都快想疯了——整天找我！"

瑞清："嗯，我抽空就去。"

四胜："少东家，那些年，王家没少挤对咱，这回建厂不能饶了他，得办他个万儿八千的！"

瑞清："佣金要收，但咱不挣黑钱。他办起厂来对咱也有利。"

四胜："有利？和咱抢茧子！"

瑞清："你看着，我让他为咱抢茧子！来，一块在这吃吧。"

四胜拉着走的架势："可是，今晚上十二钗登台，崔广兴给咱下的帖子，专门写的，很客气。"

瑞清："不去。别弄一身血！"

四胜："难道要出乱子？"

瑞清冷哼："乱小了都不过瘾！"

4

山陕书寓的规模比桂花那里略大，天井中央拉着铁条，挂着八盏汽灯。十二钗还在南厢房练琴，客人渐满，焦急地等着。

崔广兴站在门口应酬来客。满口酒气，一脸高兴的邪笑。

瑞蚨祥孟掌柜的带着太监来了，贺喜的牌匾上写着："情从弦上出，钱由笑中来。"

广兴迎上抱拳："孟兄快请，快请！"

孟掌柜介绍："这是内务府的李公公。"

广兴赶紧行礼："给李公公请安。"

这太监身着便装，稍微一笑，径直进去。

孟掌柜拉过广兴："崔兄，这是我的大主顾，把这十二钗全留着，等他点完了，你再往外派——钱多钱少无所谓！"

广兴："那当然。孟兄，今天来的人不少，点哪个最好早说，免得别人看上了，咱再和人家争，争也不要紧，三争两争价就上去了——我也是为难！”

孟掌柜进去。

广兴见主要的客人都来了，极为派头地一掸袖子，返身进了书寓。

新成也来了，架着二郎腿，平静地抽着烟。

广兴过来坐下：“这汽灯还挺亮！”

新成：“没电灯，只能这么说。”

广兴：“唉，要说起那恨来，真该干个电厂！咱又不是没有钱！”

新成：“你懂？”

广兴：“这不是说嘛！可让杨瑞清憋死了！——这几天我总想找他给拉条线，唉，可就是说不出口！他不是要建电厂吗？地也给他了，咋还没动静了？”

新成：“我哪知道！”夹着烟一指南厢，“这十二钗咋了？磨蹭什么，快出来呀！”

广兴回手招来蚂蚱：“快，让她们快出来，客人都等急了！”

南厢房的门开了，十二钗出来了。

过去十二钗是一袭红裙，头发仿唐式样，嵯峨高束。可今天的十二钗却是一身镶边灰夹袄，梳着平常发式，还没化妆。再加上那汽灯一照，像群尼姑。

客人一看，当时没醒过神来，等她们拿着琴坐下，全场大哗。

“这是什么玩意儿？根本不是那十二钗呀！”

“咋像化缘的！”

“崔广兴这是干什么！这不是蒙人嘛！”

“人家那十二钗早走了，他这是假的！”

“去，去找他问问。”

那太监站起来想走。孟掌柜慌了：“公公，您老人家先坐着，我过去问问。兴许是弄差了，不是这帮子人呀？”

这边，广兴急了，大声吼叫：“蚂蚱，快把班头子叫来！”

蚂蚱飞窜而去。

新成原坐未动：“表哥，真让我爹说着了！”

广兴：“姨夫说啥了？”

新成：“说你一头攮泥里！”

广兴："姨夫算的？"

这时，班头沿着墙根碎步跑来："崔爷，什么事情？"

广兴揎住他领子："这咋回事儿？"

班头："换了新地方，我想行头也换新的，这样好，这蛮好看的嘛！"

广兴："狗屁！"

班头："崔爷，别急，要好吃，是茶泡饭，要好看，是素打扮。这样最好！"

广兴两眼恶睁，一时想不出词儿来，劈面就是一拳，班头短叫一声，鼻子出了血。广兴："说，这是怎么回事儿，为啥不穿红衣裳？！"

班头抹着血："我和杨先生有合同，在南京订的，如果到别家去演，不准穿红裙子，那裙子是他在上海请人定做的！"

广兴气得喘："为什么梳这头？"

班头："头发也是这样。那梳头的是杨先生在上海请的，金陵书寓一关他就走了，还带走了撑头发的钢丝架子！"

广兴："好，好，为什么不化妆？"

班头拿出合同："崔爷，你看看，这上面写得明明白白，我要是违反一条，罚银一万两。你要给我一万两，就让她们穿红衣。裙子还在！"

广兴："你为什么不早说？"

班头："你没有问嘛！"

广兴掐住他前脖："小子，说这些也没用了，"环指场子，"这整修的费用我认了，丢人现眼我也认了，把你那定钱还我！"

班头："我已经汇到南京了，要钱没有的，要命崔爷拿去！"

广兴气得脸涨红，劈头盖脸，一顿乱打。班头也是个人物，默默承受，不挣不扎，一言不发。

孟掌柜的过来拉住："老崔，打他有啥用，快说，你这是唱的哪一出？"

新成也拉住广兴："别打了，说什么都晚了，别再把衙役招了来！"

广兴："孟掌柜的，什么也别说了，你看着哪个好弄走吧，也不用给钱！——可让这小子气死我了！"

孟掌柜："这就是那十二钗？"

广兴："人没错。就是他娘的行头变了！人靠衣裳马靠鞍，花旦靠着胭脂脸。你看看，这是套什么玩意儿！"说着又冲班头踢一脚，班头躺在地上一动不动装死。

孟掌柜一甩袖子："嗨！误我的大事儿！"悻悻而去。

愤怒的观众有的摔茶壶，有的踹翻茶几，骂骂咧咧地退场。

广兴一看局面失控，撇下班头跑到天井中央的高台上，他本想讲两句，一眼正看见宝钗，他越看越气，一把抓住她头发，扬手要打耳光，可那手举到半空却停了。左手慢慢松，人也向右倒去。

蚂蚱高呼："不好，崔爷气晕了！"

新成淡淡一笑，站起来走了。

5

瑞清在书房里用毛笔写字，面前是八行粉笺。

稚琴送茶来："写的什么？"

瑞清："我给金陵十二钗开个方子。"

稚琴："可那琴为什么没响呢？"

瑞清："让他响了我还姓杨？"

稚琴："又说大话！人家还没开场呢！"

瑞清："哼，开场？这时候该退场了。"伸出双臂，把信笺推在前面欣赏，点下头，"还得再加上一味药。"说着又写。

稚琴："整天装神弄鬼！"

瑞清笑而不答，写毕，转过脸："叫四胜，那十二钗一会儿就来！"

稚琴笑着来到院里，一拉绳子，隔壁院中铃响。

四胜高呼："这就来——"

林嫂去开门。

稚琴回到屋里，见瑞清坐在那里得意地怪笑："嘿嘿——"

稚琴抱怨："发点儿小坏你就高兴！"

"有点儿意思！"

稚琴正色道："瑞清，你是大老板，大商业家，不能总像个孩子！你看你，整天胡闹！揣着蝈蝈上朝见驾——玩儿心比那正事儿大！"

"挣钱也好，经商也好，一切为了高兴！那崔广兴是有名的土霸王，我先气他一下子，然后慢慢收拾他！"

"最好别惹他。免得他再找什么柳子帮。"

"去他娘的，还柳子帮，当初没让那香磨李害死我。没事儿！稚琴，这对坏人，躲，不是办法，你得治。等明年开了春，我就拾掇他，我把他从茶霸治成干小买卖的。这样的人不能有钱，让他有钱是害他！"

四胜跑来了："啥事儿？少东家。"

瑞清不说啥事，却问："靠着我住是不是有点烦？"

四胜："烦也得忍着呀。"

瑞清："我揍你！"

"嘿嘿，啥事儿？少东家。"

瑞清递过纸："过不了半个钟头，十二钗的班头就来，不是一脸血，就是瘸了腿。你去金陵书寓开开锁，让他们住下。有伤治伤，没伤就让他们赶紧走，明年开春再回来。"

四胜怀疑："你会算？"

"会。考科就得考《易经》——你告诉那班头，让他们按我方子练，明年回来挣大钱！"

四胜看方子："'元春宝钗秦可卿，三人一组。'这是什么呀？"

"他懂。"

这时，林嫂慌慌张张地跑进来："姑老爷，那班头来了，一脸血呃！"

四胜大惊，把大指伸在瑞清脸前面："神！"

瑞清稳如泰山："快去办理！"

四胜："得令——"举着方子飞窜而去。

稚琴从书房出来："你这是搞的什么鬼？"

6

早上，瑞清和稚琴在街上散步。他背着手，吟哦着：“‘万里人南去，三秋雁北飞，不知何岁月，得与尔同归。’眼下秋景如斯，唉，我挺想那俩孩子！”

“我更想。只是没法回去。桂花也不来个信！”

“她写不了字。没事儿，二老是教育子女的老前辈，肯定差不了，你就是最好的例子！”

稚琴打他：“整天惹我！”

“我听立俊说，英文最难转译咱这情绪。比如打情骂俏里的‘冤家’，还有你这‘整天惹我’！”

“文化背景不同，根本没法翻。瑞清，我想问一句，咱就一直在这里住下去？”

“对呀，这是咱的家呀？周村不好吗？”

“好是好，但还是不如上海。”

“那是当然。”他转过脸，“但这里是山东的上海，你看多么繁华！”

这时，大锣响起，“周村开张——”

瑞清站住，拉起稚琴往回走：“坏了，我把孙叔的事儿忘了。不行，我得赶紧去一趟。”

稚琴：“这就是山东的上海，一人敲锣全城都能听得到！”

7

慢长棰乐器店里摆着笛子二胡之类，更多的是铜响器。

孙掌柜坐在门口犯愁，唉声叹气。

瑞清一步迈进来：“叔。”

孙掌柜忙迎起：“来，瑞清快坐。”他冲后面喊，“吃才，快冲茶！”

瑞清：“叔，咱伙计这名字不行，吃才吃才，光会吃。给他改成发财！”

孙掌柜：“这孩子可笨了！”

瑞清：“不是笨，是没用好。”说着打开带来的纸包，“叔，你看这玩意儿能做吗？这就是我给你揽的那小买卖。”

孙掌柜接过来端详，屋里暗，他来到门口细看：“这不就是钹吗？”

瑞清：“嗯。你打一下听听。”

孙掌柜两手一合，钹声偏噪。他皱着眉：“我还没听见过这动静！哪里用的？”

瑞清点上烟：“说来话长，我到上海的第二年，洋人请我听音乐会，那上头的乐器我全不认识，就认识这玩意儿。我当时就想起了你，散场后，我就到后台问了问，你猜这玩意儿多少钱？”

孙掌柜：“能值三钱银子？”

瑞清：“四十两银子！”

孙掌柜极意外，又拿到门口看，又打了一下：“没啥特别的呀？”

说着回来坐下。

瑞清：“那时候我还干洋行，一听这东西利润大，回来就联络英国的乐器商。对方一听很高兴，答应出价二十两，先定十套。”

孙掌柜：“办成没？”

瑞清：“唉，立刻派人去了苏州木椟，找了最好的响器行，忙了一个月，样子是没错，可打出来的那动静可差得太远了。只有两套合格，其他全给退回来！”

孙掌柜：“为什么？”

瑞清：“我也不知道。后来我问了个懂行的，说是这玩意儿掺在整个乐队里，等那曲子演到待死待活的时候才来一下子。说这玩意儿有个音准，得和样品那动静一个样儿！”

孙掌柜：“这是那样品？”

瑞清：“对，就是这！”他叹口气，“这件生意干赔了，洋叔他兄弟还罚了我。我就把这样品留下了。心想，等有一天我回到周村，让俺叔办，非办成不可！”

孙掌柜：“苏州那可都是高手呀，他们都干不好，我就行？”

瑞清：“在我眼里，你是第一！自从我记事儿，你就整天敲敲打打，肯定能办了！”

孙掌柜：“我试试。”

瑞清："不是试试，我临回周村，又去找了那个英国乐器商，心里憋着气，就把供货合同和洋人签了。叔，这回你得办成！"

孙掌柜一抹额头："让你这一说，我先出汗了！"

瑞清以晚辈的姿态嫌弃他："你整天盼着开张，整天唉声叹气，这买卖来了，你又慌了，出的哪门子汗呀！"

吃才送茶来。

瑞清对吃才说："你也看看！——我给你改名了，叫发财。开埠了，还叫吃才，这与袁世凯大人的训谕不符！"

吃才拿过钹去门口冲光看。

孙掌柜："要多少套？"

瑞清："先弄十套吧。要是合格，我让全世界卖你的货！"说着掏出张银票，"叔，这是二百两。如果成了，这就是货款，如果不成，这就是小侄的孝敬。瑞清谢谢叔当年陪着我守灵！"说罢难过，不禁泪出。

孙掌柜一拍桌子："好，就他娘的这么着了！我试试。可是，孩子，你是干洋行的，也该留点利。"

瑞清："叔，这买卖太小了。等你成千套地干开了，咱再另说。可是，叔，你有这料子吗？"

孙掌柜："有！刚才我一接过来，就看清了是啥料子！——这是暹罗精炼铜，咱有！"

这时，王家少奶奶来了。

瑞清赶紧站起来："表姐有事儿？"

少奶奶不满："见你比见光绪都难！刚才我去你家，弟妹说你在孙叔这——快去俺家说说建厂的事儿吧，那爷儿俩快把我逼煞了！"

瑞清："按你这个说法，你这个表弟还有用？"

少奶奶扬手："再贫嘴看我打你！啥时候去？"

瑞清："九点钟晚不？"

少奶奶："不晚。唉，俺公公多少年不下床了，说你去的时候，他得下床接！——我得问准几点，好让人给他穿衣裳！"

吃才在门口看钹入迷，双手一对，钹声突响，吓了少奶奶一跳："这是干什么？刚才那锣打过了？”

孙掌柜：“我也开张了！吃才，准备干哪！”

8

王老爷端坐客厅的椅子上，新成在侧，以备搀扶。

院里全面搞卫生，几个家丁佣人在洒水。

新成说：“就差黄土垫道了！”

王老爷不悦：“这是什么话！瑞清来了你少说话，他万一说出句不中听的来，你也忍着。听见没？”

新成看看表：“九点了，咋还不来？想摆谱儿？”

话音未落，瑞清在前，四胜在后提着礼品进来。

王老爷起了几起没起来，新成赶紧稳住爹。

瑞清紧走几步走过来，伸下右手，单腿着地给王老爷施大礼：“小侄给王老爷请安！”

新成很意外，两眼大睁。

王老爷慌神：“使不得，使不得，这可使不得！”

新成忙搀，瑞清又摆出施礼的架势：“给少爷请安。”

新成怕他跪下，一把抱住：“贤弟何必！”

少奶奶腿轻脚快，似武侠小说里的秋翎水上飘——美滋滋笑呵呵地端来茶：“看你多有面子！”

四胜呈上礼品：“这是金华火腿、温州紫菜，是少东家从南方带来的。”

少奶奶故意打趣：“我让你来说建厂，又没让你送礼！”

瑞清：“过去穷，买不起。就这么个意思吧。”

狗剩站在前院往北看，少奶奶赶紧过来：“你咋还不去？”

狗剩：“刚才四胜说杨掌柜忙着，晌午不在这吃饭。”

少奶奶：“嗨，人家那是虚让，快，先定上再说。”说罢疾回北屋。

北屋里，王老爷发表开场白：“瑞清，这人从小看到老了呀！我打小就看着你是块材！十六岁就中了举，谁不夸？谁又不知道这周村的神童？不说别的，你见了谁都仁恭礼智！还是前人说得好，一岁不成驴，到老是驴驹。这骏马从小就能看出来！”

瑞清：“哪里，那时候不懂事儿，尽惹我爹生气！”

王老爷还想继续夸，少奶奶插进来说：“爹，瑞清挺忙，咱先说正事儿吧。你说呢，瑞清？”

瑞清：“好好，我听王老爷吩咐。”

新成直奔主题：“贤弟让四胜送来的那画本我看了，咱是建八溜的还是建四溜的？”

瑞清：“八溜吧。开埠了，机会也多了。这丝绸咱中国最正宗，早晚还是咱中国当老大。要是建四溜，用不了多久准得扩建，还得再麻烦一回！”

王老爷：“几溜的都不要紧，可这个厂没电呀。”

瑞清：“这我想到了。我那个锅炉是三节的，再点着一节，连电带汽全有了，还省了锅炉钱。咱把费用摊开就行。”

王老爷大喜：“那赶情好！这可省了大钱了！瑞清，咱乡亲归乡亲，买卖归买卖，你帮着建厂，该挣的钱你就挣，不用客气！”

瑞清：“老爷，小侄是干的洋行，一班子人马，也是有些费用。这样，你把设备款汇给联华洋行，等厂建好之后，你把设备总款的百分之十给我，也就是一成。老爷要是嫌多，五分也行。”

王老爷：“不多，不多。可是这套设备得多少钱？”

瑞清：“八溜的我没买过，等咱定下之后我让上海的杨经理来，让他具体经办。”

王老爷：“好好。可是瑞清，这设备还得从英国往这运？”

瑞清：“不用。”他喝口茶，“老爷，自打吃上庚款，这地是没人种了。无锡宁波一带的财东，多数变卖家当进军上海，也多集中在染织缫丝这一行。洋行看到了机会，就把大批的设备运来上海囤着，一有买主立刻发货。很快，半个月就能运来！”

新成：“贤弟，我也问一句，咱这厂也是来洋人培训？”

瑞清：“这笔钱也省下吧，我让咱厂的工人来教就行。”

新成：“那更好，还省下翻译了。贤弟，我听说弟妹懂洋文？”

瑞清笑笑。

少奶奶插进来："俺兄弟在上海人人抢，不管会什么人，能抢上就算有福！"

瑞清笑着："让你这一说，我成了汉粤铁路的债券！"

王老爷怕把会谈引入歧途，及时拨正方向："一人见世面，全家都开眼。一人有福，沾光满屋。咱周村亏了你呀！要不咱懂得弄机器？咱那丝能卖那价钱？"

瑞清："老爷，没有瑞清还有别人。孙文说得好，这是潮流。"

王老爷用手挡："咱别提这位，那是革命党！"

瑞清："既然咱定下建厂，那得就赶紧张榜招人。八趟机得用三百人。把人招来之后，咱趁着没茧赶紧教，别误了开春干活儿！"

新成："这好办。我下午就出告示，谁也撑不住庚款，跑出来的难民有的是！可是贤弟，你给他们多少工钱？咱两家得一样呀！"

瑞清："回头我让四胜拿个章程给你，按那办就行。"

新成："好好，我可省了大事儿。可是贤弟，咱不是说建电厂吗？咋还不动手？"

瑞清："唉，钱不凑手呀。虽然有了锅炉，但要是让全周村用上电，还得买个汽轮机。咱现在是胡凑合，就是我那厂也只能定时供电。"

新成："那玩意儿挺贵？"

瑞清："不光这。要想给全城供电，就得竖杆子，得把电送到各家各户。变压器、拉电线这套麻烦也不少！"

新成："要是贤弟不弃，我入一股？"

瑞清："这也不够。我想公开募股，可现在时机还不行！"

新成："啥时候行？"

瑞清："等你把厂建起来，也挣了钱了，大伙才能信着咱。"

新成："咱不能等到那！——瑞蚨祥大德通等等商号都瞅着电厂，他们都想入股！贤弟，钱不是问题，这电厂得快办！"

瑞清："少爷，这事儿咱随后专门议，咱先说这缫丝厂。老爷，要建就得尽快，咱得赶上春里的茧子。"

王老爷："对，快办！越快越好！"

瑞清："那好。我这就让四胜去拍电报，让上海报价，咱这边就备款。争取春里开工！"说着站起欲辞。

少奶奶过来一把拉住："在这吃饭！"

王老爷和新成也如是说。

瑞清："我现在比土地爷都忙，改日再扰。"

新成提过一个竹篓："这是最好的茉莉大方，我特别从崔广兴那弄来的。"

瑞清："谢谢少爷。可是这老崔怎么打人呢？你看把那班头打的！头都破了！"

新成一拍他的臂："中了计又没处说，窝囊！老弟是有一套！"

二人笑起，似是旧交。

9

广兴躺在床上，他太太用中国传统之法降压——额头上搭着块凉水浸过的白毛巾。

太太一边侍候一边抱怨："整天是那十二钗，整天是那十二钗，这倒好，让那钗给扎着了！"

广兴有气无力："别说了，我够窝囊了！"

太太："放着好好茶叶买卖不做，一门心思地开窑子。开一个过过瘾就行了，可你不，一共四个窑子，仨是你的！最后还弄了这么一出！"她从盆里再捞块毛巾替换，"这回踏实了？"

广兴："我饶不了这伙子！"

太太："这伙子人不算回事儿，关键是那杨瑞清！是他在后面撺掇的！要不，那班人敢给你下套子？"

广兴："我更饶不了他！"

太太："你就吹吧。现在王新成都不和你一个心眼儿！"

广兴："他是让杨瑞清帮着办厂。"

太太："他能办厂咱为啥不能办？你好了之后，主动去接近杨瑞清，咱也得往正道上走！修书寓，高价租下十二钗，整天弄这些没谱的——树杈子上跳大神，一脚踩不准就得摔下来！还是办厂牢稳！”

广兴求饶：“你让我消停一会儿吧。”

这时，蚂蚱带着四五个打手进来：“东家，好点儿了？”

广兴：“嗯。都来了。”

那些人齐至床前问东家好。

广兴：“带人去找那十二钗，把那班头绑来。咱不能这么着散了，里外折腾上五千两银子，可气死我了！”

蚂蚱：“还绑两个坤角儿吧？”

太太过来：“对，再绑俩坤角儿，让她陪陪你东家，哼，我看就该准备后事了！”

广兴撩手，蚂蚱带人去了。

蚂蚱刚走，十几个茶贩吵吵嚷嚷地进了院子，广兴挣扎着坐起来。

账房拿着账本算盘在前，茶贩随后涌入。

广兴：“怎么了？”

账房：“他们都不认账！都说自己那货色好，足称足两，没掺陈货，可事实不是这回事呀！”

一个三十多岁的茶贩来到榻前：“崔爷，我给你供茶四年了，年年说我货有假，年年少给我们钱，要是平常年景也就算了。可是现在茶农都要交庚银，我们收货的价钱也随之抬了上去。利已经很少了，你再少给钱，我们没法儿回去呀！”

广兴体弱无力，长叹一口气：“唉，都不容易。老李，我也没心绪，看着办吧。尽量给人家全款。等着开了春，各位多给点好茶就行了。”

账房：“看看，俺东家多讲人情！走，有了东家这句话我就好办了。”

茶贩有的鞠躬，有的赔笑，一行人闹哄哄地出去。

太太过来提醒：“你这一松口，老李自己昧钱咋办？”

广兴：“没有不昧钱的账房，就这么着吧。我不是出不去嘛！”

这时，蚂蚱一头大汗又杀回。广兴听见脚步声，咬牙切齿：“他娘，扶我起来，我还得揍这班头子！”

蚂蚱：“东家，那伙子人跑了！”

广兴：“胡说！”

蚂蚱："真的！你问问他几个！"

广兴："这么快？啥时候跑的？"

蚂蚱："昨天晚上，坐夜车走的。四胜送的他们！"

广兴慢慢点点头："真绝呀！杨瑞清，老子早晚杀了你！"喊罢，再次晕过去。

太太哭喊："他爹，快醒醒，快醒醒！"说时，大指用力掐人中。

蚂蚱也过来乱忙。

广兴又醒过来："金陵十二钗我……"

太太哭着："他爹，好好养着，等好了咱再说十二钗！"

10

下雪了，过年了，正月十五到了，花灯挂满街。

晚上，街上闹花灯，人声鼎沸，喜气洋洋。

瑞清稚琴和四胜两口边走边看。瑞清领着四胜的儿子，指着一套"玩意儿"问："小子，这叫什么？"

小子："大爷，这叫芯子！"他抬起头，"你上海有吗？"

瑞清："上海没有。"

这芯子算是周村一景，一男一女两个孩子扮成传说里的夫妻，或许仙白娘子，或张生崔莺莺，站在轿子似的平台上。那平台上又竖起两根钢筋，一高一低，男孩子在低处，女孩子在高处——或手把红伞或手持纸扇，煞是美丽。加之钢筋黑，人物亮，又是晚上，乍一看去二人像是凭空站立，很是神奇。

稚琴没见过这一景，问四胜家："弟妹，这孩子是怎么站上去的？"

四胜家："绑上去的。我小时候上过芯子，下午就得绑上，连饿带冻多半天，就等晚上这一下子！"

稚琴："不给饭吃？"

四胜家："不是不给吃，是不能吃。绑芯子挺费劲，害怕绑上之后上便所。唉，这玩意儿是遭罪！"

四胜说："少东家，到明年咱也出台芯子！"

瑞清："今年就该出！"

四胜："你没交代呀！"

瑞清："这还用交代？曾国藩剿长毛，慈禧还说给他怎么放枪？"

崔广兴和新成迎面走来，相互抱拳。

广兴看着芯子走过，有滋有味地说："嘿儿！不错。只惜十二钗跑了，要不我把那些娘们儿全绑上！"

瑞清："过了年还回来，一样绑！"

新成怕矛盾激化，忙打岔说："贤弟，这年也过完了，咱那培训啥时候再开？"

四胜："十八就开！这都定好了！"

新成："贤弟，抽空咱俩一块见见胖刘叔，一开春还得忙活着收茧呀。"

瑞清："嗯。"随即抱拳作别，"我再往前走走。"

刚才瑞清和新成说话，稚琴和四胜家的退在一旁，回避应酬。她紧紧走几步追上来，拉住瑞清问："那姓崔的威胁你？"

瑞清看着前方："我从来不吃这个！"他转过脸，"看见他穿的什么吗？"

稚琴："看到了，皮袍子。"

瑞清："记住，明年这时候，我让他穿布袍！"

第十三章

1

春天一来，万树花开。瑞清站在院里，观看那两棵从南方移来的枇杷，回身问稚琴："枇杷什么时候开花？"

稚琴走过来："猛一说我也想不起呢！"皱眉停一下，"你第一次到我家是几月？"

瑞清："问这干什么？"

稚琴："那时候枇杷开花呢！"

瑞清："按你这说法儿，这花是我催开的？"他轻快地笑着。

林嫂从东屋出来："五月！正是梅雨季呢！"她转向稚琴，"忘了？你让把姑老爷的衣服拿来洗，还说有股馊味儿！"

稚琴脸红："哎呀，就你记性好！"

瑞清："我身上有股子馊味儿？"

稚琴："我忘了。"

林嫂确定："有。天那么热，你还穿着夹袄呢！小姐心疼得不得了，她说——"

她还不等说完，稚琴就推着她往东屋走："快去冲茶吧。"

这时，四胜风尘仆仆地进来："少东家，我回来了！"

林嫂拿来小桌，他俩在院中坐下。

瑞清："那些条桑都种上了？"

四胜："种上了。可是少东家，我看那东西像柳条墩子，能出桑叶吗？——整个桓台谁也没见过这样的桑树，庄户们也犯疑！"

瑞清："以前我也没见过，没事儿！一发芽那些人就踏实了。你别看着模样不强，可桑叶产量相当大！"

四胜："那就好。那就好。可是少东家，桓台县的刘老爷说，让咱这一弄，那些没跑的户庄也闹开了！"

瑞清："噢？闹什么？"

四胜："闹着减租，也要每亩地交一担茧子。那刘老爷急得满地转，我看又快上吊了！"

瑞清："对他是坏事儿，对咱，"他一笑，"可能就是机会。"

四胜："唉，当个熊县官也真不易，那刘老爷瘦得和鬼似的。他说过两天还得来找你。"

瑞清用手挡："我就这一招儿，他老人家千万别来！"

四胜："你不是说是机会？"

瑞清着急："机会是机会，但咱不能光鼓捣这个！"

四胜觉得有理，不停地点头："少东家，王家那厂快建好了，茧子怎么样？刘胖子给个准话没？"

瑞清："那点茧子撑不住干，咱也别和王家争了，让他收了吧——你派几个精明强干的人到周围六县收茧子，外带章丘莱芜新泰等地。厂丝的利润高，有点运费不要紧。"

四胜歪着头审视他："少东家，咱一夫一妻刚想过过这平稳日子，可你却帮王家建个厂。这下子行了——俩汉子抢老婆，多一份子心烦！那价钱保证上去，到头还是咱吃亏！"

瑞清："吃亏？嗯，暂时是吃点儿亏，但接着咱就长久地沾光。你害怕王家和咱争，其实这是好事儿！一夫一妻不行，要一夫多妻。一争价就高，只要有利可图，庄户们就抢着养蚕，也就不用为这发愁了。这都是小事儿。"他抬眼看着四胜，"兄弟，再有个一年半载的，谢知县快到任了，这是个愁事儿！"

四胜："你怕来个贪官？"

瑞清："贪也不要紧，就怕来个'能不够儿'！——整天和上了发条似的胡指画，咱光应付他，啥也别干了！”

四胜：“咱能不能联络联络周村这些商户，给上头递个请愿书？咱把周村这事儿写得复杂点儿，那意思就是说离了谢知县玩儿不转，兴许能管点儿用！”

“我也这样想。唉，在外人看来周村挺肥呀。谢知县说，好几个人拱这个缺呢！”

“那咱也得试试。”四胜大眼一瞪，“咱把大钱投上了，不能让它沉了底！”

瑞清叹息一声，抬眼看着枇杷树：“人亡政息，这是祖传的毛病，想想这些真他娘的没劲！”

“咱那丝绸厂还建不？”

“我想建，可又怕谢知县走了，咱这里出什么变局。”

“少东家，这开埠是慈禧新政的一部分，新来的县官要是不着四六，咱就到上头告他！”

瑞清突然不说话了，望着枇杷树干出神。

四胜：“咋了？”

瑞清轻问：“你说朝廷最怕谁？”

四胜：“那还用问，朝廷怕洋人！”

瑞清：“咱这丝绸厂只要建，就得拉上洋叔他兄弟——我心里挺烦洋鬼子，但眼下，还就是这些洋舅子避邪！”

2

晚上，酒菜已摆好，崔广兴从外面回来。

太太见他眉头略皱，就问：“茶庄有事？”

崔广兴：“是有事儿，但不是茶庄。来，坐下，咱俩商量商量。”

太太见自己受重视，表情也庄重，赶紧给丈夫倒上酒。

崔广兴掀进一盅，夹口菜，随后点烟。

太太着急：“啥事儿？”

崔广兴：“杨瑞清、王新成那些人想让谢瘦猴子再干三年，就联名写了个请愿书，各商户挨个签名，咱签不签？”

太太：“为啥不签？”

崔广兴：“这小子在这对咱不利！”

太太：“换一个兴许还不如他呢！”

崔广兴着急：“唉，你不知道！干买卖讲的是货到地头死，这些年，我或多或少都能讹那些茶贩子，怎么着也能多弄一千两。可自打开埠之后，有了新章程。今年我刚想这么办，谢瘦猴子就把我叫去训一顿，让我诚心对茶商。唉，一千两就这么着没了。”

太太：“他怎么知道的？”

崔广兴：“这小子没事儿就胡溜达——硬学圣贤访贫问苦，三访两访就访着了这一出！”他昂起头给谢知县下断语，“这小子没活明白！——一下手就做知县，到尽任还是个熊知县，也不知忙个什么劲！”

太太：“王新成签字没？”

崔广兴：“就他忙活得紧！他那工厂刚建起来了，最怕换人。万一换来个‘二不愣子’，他还不傻眼？”

太太：“也是。可是他爹，真要换个‘二不愣’对咱就有利？”

崔广兴：“嗨！你不懂！——谢瘦猴子为啥对咱这样？是因为他不贪，多少回送礼都让他退回来！你想想，但凡咱换个人，咱这礼也能送上，咱就是每年送他五百两，咱还赚五百呢！”他喝口酒，“再说，他不滚蛋，胡世海就不敢回来，茶霸茶霸，没有恶霸撑着咱咋霸？”

太太拿不准：“就你自家不签能管用？”

崔广兴：“我想明着签，暗着告，参这小子一本！”

太太：“参他哪里？”

崔广兴：“我参他庇护外来客商，打击本地原有商户，乱用私刑乱罚银，这还不够他喝一壶？”

太太：“这些不靠谱呀！”

崔广兴一瞪眼：“怎么不靠谱儿？打我二十大板，罚我三千两！忘了？”

太太：“那是你犯了事儿！人家没乱罚！”

崔广兴：“咋没乱罚？他自家说得明明白白——本来该罚我二千，因为我冲平顺瞪眼，改罚三千！‘不以喜而谬赏，不以怒而乱罚’——我上学的时候学过，他这就是因怒乱罚！我参他！”

太太：“参这参那，猛一听这句，你也和个官似的！”太太婉转接着劝，“他爹，百姓参县官，怕是参不出好参来！”

崔广兴：“我暗参，不管参成参不成，我先膈应他一下子！”

太太给他夹块炒鸡蛋：“这阵子，书寓那买卖怎么样？”

崔广兴：“金陵到这没开，就咱自家干——独家经营，和奉旨差不多，我提价了！”他刚想吃菜手又停住，“你说说，窑子提价谢瘦猴子也知道！”

太太也意外：“噢？”

崔广兴：“前天，他在街上叫住我说，一提价客就少，反而不利。还说这和纳税一个理儿——税重了，人们就想法儿逃税，时候长了人家就不在咱周村干买卖了。仔细想想也有理！”

太太：“那就降下来吧？”

崔广兴：“不降。桂花还没回来，等她回来我再降！趁着咱自家干，我得先搲勺子稠的！把咱那亏空扳回来！”

3

缫丝厂建好了，可新成并不高兴，抽着烟坐在椅子上出神。

少奶奶问：“有啥事儿？”

新成看着前方：“不对。”

少奶奶：“啥事儿不对？”

新成转过脸：“杨瑞清帮着咱建厂，算来算去也没算挣咱钱，他图什么？”

少奶奶：“你别管人家图什么，你吃亏了吗？”

新成：“没算吃亏。我问了，咱这套机器不算贵。”

少奶奶：“就是嘛。”她坐来这边，“相公，要多往善处想别人——心里总想着善，自家也就善了。”

“我也没往坏处想他。只是这事儿怪。又让咱用他的锅炉，又给扯上电线，最让我纳闷儿的是——他为啥又把茧子让给我？这同行是冤家，再说过去还有过节，他该弄得咱没法干才对呀？可他完全反着干，这是为什么？”

“当初，你和崔表哥想弄得人家没法干，结果你也没挡住，还赔了上万的银子！相公，咱那心得敞开透风凉，别老装着块发面的引酵，想起来就发一锅，越发越多，心里就装不下了！”

“我不是没事儿乱琢磨，只是我中过他好几计，这回不是个陷坑吧？”

少奶奶一甩脸：“就是陷坑，也是你自家跳进去的！一天逼我三四遍，人家总算答应了，你又犯起疑来了！”她朝外一指，“人家给加工的那厂丝，咱没挣着钱？”

新成赔笑，扶夫人坐下：“别生气，这不是两口子说话儿嘛！自从他来了咱家，我就对瑞清的印象挺好。可这两天崔广兴老撺掇我，三撺掇两撺掇，这就起了疑！”

“相公，有些话能听，有些不能听。崔表哥虽不是外人，但他那心眼儿不算正呀——整天盼着全挨饿，就他家里有粮食！——他的话最好不听！”

新成看看外面，小声说：“前阵子他还想拉着我联名参谢知县呢！”

少奶奶一惊：“你参没？”

新成：“我没应。咱不害清官。再说人家也没惹咱。这事你可别说出去呀！”

少奶奶站起来：“相公，离他远着点。就他这个闹法儿准得倒霉！”

“你咋知道？”

少奶奶：“大伙儿都看着好的人他看着不好，这是什么眼珠子？核桃木的？”

4

早上，瑞清在街上闲逛，与商户们打着招呼。随后拐进清心斋茶庄。

站堂的大师兄赶紧招呼：“杨先生，快坐，快坐。”回身对小伙计说，“快冲好茶。”

靠墙根放着个半月形的桌子，瑞清坐下。

沈掌柜的闻讯而出：“怠慢，怠慢。杨先生要点什么？”

瑞清："随便看看。"他一指柜台，"把上三品的茶叶拿来我看看。"

沈掌柜的赶紧安排，大师兄端个红漆盘子过来。

瑞清捏起茶叶看，又凑到鼻下闻闻。

沈掌柜："这是最好的茉莉大方——崔广兴的货，差不了！"

瑞清点点头，又捏起另一种。

沈掌柜："这是珠兰云雾。"

瑞清又捏起一种边沿发白的茶："这是银毫？"

沈掌柜："对。"

瑞清："发得有点过呀！"

沈掌柜一惊："哟！杨先生内行呀！"

瑞清对大师兄示意："都给我冲上。"

大师兄去了。

沈掌柜："杨先生，咱这是送礼还是自家喝？"

瑞清一笑："我想干这行！"

沈掌柜吓得站起来："杨先生，咱后边说话吧。"说时伸手向后让。

瑞清不动："卖茶叶又不是贩大烟，不用背人！"

沈掌柜背对着门，小声说："对门是崔广兴的亲戚，我怕他胡说八道！——要是让崔广兴知道了，准得难为我！"

瑞清看去，对面茶庄里果然有个红脸胖汉子朝这看。他冲对面椅子一甩撇："沈掌柜的，坐下。既然下河掏螃蟹，就不怕掏着长虫！坐。"

沈掌柜无可奈何地坐下。

大师兄把茶送来，瑞清端起一碗看，那神态像是要从茶里找细菌。

沈掌柜："这是茉莉大方。尝尝。"

瑞清小呷一点，在嘴里咂摸。

沈掌柜关心地问："咋样？"

瑞清："一般，不够杀口。多少钱一担进的？"

沈掌柜的用余光向后瞟，两个食指打成十字。

瑞清："我五两给你要不？保证比这好，不会比这差！"

沈掌柜："那赶情好！杨先生，你干着大工厂，没必要到这行里来找气

生！——崔广兴这驴不好调教！实在没必要生这气！”

瑞清：“我不生气，倒是想气别人。”他轻快地笑。随之又端起另一碗。

沈掌柜：“这是那珠兰。”

瑞清闻闻，没喝。

沈掌柜挑起大指：“真是内行！——珠兰就是靠闻！”

瑞清：“多少钱一担？”

沈掌柜右手做个八字。

瑞清：“三两银子行吗？”

沈掌柜：“可是行！你能弄来？”

瑞清：“别说这种大路货，就是锡兰的茶、印度的茶我都能弄来！”

沈掌柜藏着抱拳：“那我就等着发财了？”

瑞清一笑，站起来去了对面。

沈掌柜见他去了对门，一甩手，回身进了后堂。

对面那茶庄叫永福春，掌柜的姓高。他一见瑞清就热火朝天地迎上来：“大财主，大财主，快坐，快坐。快冲茶——”

瑞清坐下。

高掌柜赶紧递烟，瑞清用手一挡，掏出自己的烟。

高掌柜的以为来了大买家，赶紧自我介绍：“杨先生，你以后买茶就来我这里，我这最便宜！”

瑞清：“噢？不都是一样的货？”

高掌柜：“货是一样。杨先生有所不知，周村这三十多家茶庄，数我便宜——崔爷是我表姐夫。嘿嘿。”

瑞清点头：“那最好的茉莉大方多少钱一担？”

高掌柜赔着笑支吾：“这不好说。嘿嘿。”

瑞清：“把上三品的茶叶拿来看看。”

伙计旋风似的端着茶盘过来。

瑞清捏起那茉莉大方：“就这成色，四两银子一担要不？”

高掌柜很吃惊：“杨先生耍我吧？”

瑞清捏起另一种："就这珠兰，三两银子一担。"

高掌柜："这也忒便宜了，差着一半呢！你有没？"

瑞清："过了清明就到货。"他一掸袖子站起来，"准备银子吧。"

双手一背，板着脸出了永福春。

瑞清正往南走，慢长棰乐器店的伙计正走来："杨先生，俺那大钹做好了，东家正让去请你呢。"

瑞清玩儿帅朝前一撩手："头前带路！"

瑞清一走，高掌柜的对伙计说："看着门，我去给崔爷报个信儿，这杨瑞清要搅大局！"

他贼眉鼠眼地朝南看看，反身朝北快步走去。

5

崔广兴在山陕书寓的天井里布置工作，高掌柜急如星火而来。进门就说："表姐夫，有大事儿！"

崔广兴不屑："一惊一乍，有啥大不了的？"

一个小丫环正送茶来，高掌柜接过，摆手轰她走。随后说："杨瑞清要鼓捣茶叶！"

崔广兴眉毛一扬："好呀！我正等设下'咬圈'等着他呢！关二爷面前抡大刀，这不是找死嘛！"

高掌柜很严肃："表姐夫，不可轻敌，那价钱也忒便宜了！"

广兴："怎么个便宜法儿？"

高掌柜："最好的茉莉——张嘴才要四两银子！"

崔广兴一撩手："别听他胡扯！他有吗？他要有我就要，有多少要多少！"

高掌柜："他说过了，清明就有。表姐夫，他先去的清心斋，后去的我那里。看那架势不是闹着玩儿！"

崔广兴琢磨着点头："能有这价钱？"

高掌柜："表姐夫，这玩意儿到底有多大的利呀！"

崔广兴想对策，没听见他的话。

高掌柜："表姐夫，你照顾我，给我九两一担，可他一张嘴才四两，真有这么大的利？"

崔广兴："利是有点，但没这么大。他这是想干什么？"

高掌柜："是不是想和你较劲？"

崔广兴："和我较劲？较劲是为了挣钱，他不能赔钱呀？好，这事儿我知道了，你回去吧。再有什么动静赶紧告诉我！"

高掌柜站起来，为难地撇着嘴："表姐夫，咱虽是亲戚，可杨瑞清真要四两银一担货，我挺为难呀！"

崔广兴噌地站起来："保证没有那一天！你也不想想，那些茶贩子敢把茶卖给他？就是卖给他，也不能四两银子！他这是胡搅和，绝到不了这个价钱！"

高掌柜叹着气点头："表姐夫，我不是败咱自家的威风，这杨瑞清不是善主。你看看，王家的澡堂子关了，赌场也煞戏了，他一计接着一计。刚才我一听那价钱，差点惊出痱子来！"

崔广兴："哼，不知天高地厚！到这行里来搅和，他也不是头一个！刘家赵家都来抢过这买卖，结果怎样？还不是都得光了腚？"

高掌柜："表姐夫，你别忘了，胡世海可没在周村呀！"

6

瑞清在慢长棰乐器店喝茶，孙掌柜在那边逐个检验钹。他打一下，瑞清皱下眉，表情痛苦："叔，停吧。我也听不出好歹来，还是让洋人验去吧。"

孙掌柜："那音我一个一个对的，和那样子钹绝没两样！"

瑞清："那就好。要是这回弄成了，咱就大批干。可是叔，"瑞清拿过一副，"这外头得有个盒子！二十两一件的东西，不能光着腚呀！——洋人最在乎包装，当初我弄猪鬃，外头还有个箱子呢！"

孙掌柜："钹带盒子，头一回听说！"

瑞清："这盒子非有不可，要不卖不了。"

孙掌柜："噢？洋鬼子这么认虚？"

瑞清："相当认。"孙掌柜过来坐下，瑞清给他倒上茶："我给你讲个故事。以前我往英国卖茶叶，主要是红茶。后来我看着龙井挺好，就运了一些去，用竹篓子散装的。你猜怎么着？”

孙掌柜两眼溜圆：“怎么着？送礼才用竹篓子，这就算好包装！”

瑞清：“连本钱都没卖出来！英国那进口商也赔了，从此不要了。按咱的说法儿，不管什么包装，你喝的是茶呀！可英国人不是，他要的是体面。我越琢磨越怄心，就把杭州的茶商叫到上海，我让把龙井用红丝钱绑起来，二十个叶片一捆，四十捆一装，也就是二两。外面用的是雕花的竹筒。叔，那一竹篓十斤卖三两银子，这一筒二两我就要一两银子，你猜怎么着？”

孙掌柜：“洋鬼子能不认实在？”

瑞清：“就是不认实在。从女王到贵族——还有那些大买卖家都买！进口商也发了财！——我一气弄了四五年，没少挣钱！”

孙掌柜：“你打小心眼儿就多！”

瑞清：“我从这里得到了启发，随后金华火腿、上饶板鸭、银川发菜，我都这么办！叔，咱中国是让清朝给耽误了，其实装潢本是咱拿手戏！——郑和下西洋，装臭豆腐的坛子还是用的青花呢！”

孙掌柜迟疑地问：“按你这个说法儿——咱得做个盒子？羊皮的？”

瑞清：“不行！羊皮盒子是西洋传来的，咱得弄他没有的——这既省事儿，又省钱。不用走远了，”他朝北指去，“让北边木匠铺做些博山大漆的盒子就行！通红锃亮，洋鬼子见过这个吗？再把你这慢长棰的字号写上。叔，光冲这盒子，他要退货就得琢磨琢磨！”

孙掌柜：“有理！这十个盒子连五钱银子用不了，就这么办！”他刚想站起又愣神，“刚才说，你弄过茶叶？”

瑞清：“对呀。”

孙掌柜：“那为啥不弄些来顶顶姓崔的？”

瑞清：“为啥顶他？”

孙掌柜又坐下：“唉，以前咱这里有三家子批发茶叶的，三家子争，利就薄，利薄量就大。连天津周围的也来这里趸茶叶。后来这小子勾结三番子，硬是把那两家子弄趴下了——这下子行了，就他自家干，价钱高低随他要。让他这一弄，不仅咱零买价钱高，外地的人也不来趸茶了。瑞清，你既然通这行，就不能由着他闹！旱码头，旱码头，人家为啥到咱周村来？还不是为了图便宜？来人多了，兴许还有买我货的呢！”

瑞清点头。

孙掌柜：“不用别的，你给我的那茶叶就挺好，用那个顶他就行！”

瑞清：“后天就是清明，等我给俺爹上完坟，就腾出心来和他练。”

7

瑞清在书房里看书，稚琴端来一杯茶。她看看那书——天头朝下倒着拿，笑道：“又想和谁操练？”

瑞清：“坐，坐。见我把书拿倒了？”

稚琴笑而不语。

瑞清叹息：“从打上坟回来，我就没忘下咱爹，唉。那时候贪玩儿不懂事，没少让他老人家着急！考进士那年桂花整天找我玩儿，我也满脑子里是她。咱爹见我不用心，时不常突然闯我屋里，看我念书没！——他一进来我就慌忙抓本书，多数把书拿倒了。唉，现在想想，真对不住他老人家！他要是不着那些急，身子兴许能好点儿。”放下书慨叹，“唉，这一时里，要是他老人家健在该多好！”

稚琴点头：“咱爹亦当笑慰九泉——考个进士，大也不过如此。现在你也算光宗耀祖了。”

瑞清：“也只能这样安慰自己。”

稚琴怕他久缠在这种思绪里，打岔道：“你想做茶叶？”

瑞清：“有这个念头。”

稚琴：“就该顶一下姓崔的，他欺负过桂花！你不能容他这么狂！”

瑞清似是被蜇：“欺负桂花？什么时候？”

稚琴：“你别急。”说着用手扶住他，“桂花说，他男人死了之后，她回了娘家住，独自住在西屋里。一天姓崔的喝醉了，就直闯进去。桂花正在喂孩子，姓崔的就扑上来。桂花怕压着孩子，就说让他等等。姓崔的以为桂花动心，又爬起来。桂花乘其不备，摸过剪子捅上去。扎在他左边胸膛上。姓崔的这才跑了。”

瑞清：“后来呢？”

稚琴："第二天，桂花她娘领着她找了谢知县，谢知县怕吵嚷出去坏了桂花的名声，就把姓崔的叫到县衙，罚了一千两银子，还让他给桂花磕了仨头，事情就这么平息了。我自从听了这件事，就看着姓崔的不顺眼。就觉得咱俩回周村是对的！"

瑞清："你怎么不早说？"

稚琴："我怕你生气！"

瑞清："你要是早说我就提前备茶叶了。唉，你是真能存住话儿！"

稚琴很委屈："我哪知道你想干什么？现在晚了？"

瑞清："不管晚不晚，我得给他搅一下子。"他还没说完，四胜进来了。

他俩来到客厅，四胜说："少东家，出去收茧子的人都回来了，订单都下了，那些人一听咱这价儿，都问秋里还要不。"

瑞清："咱那人咋说的？"

四胜："说有多少要多少。唉，只要这些县的茧子能来了，咱就省心了。"

瑞清点点头："当初，葛有财那伙子人下关外，咱顺便买下了那些人的房子，谁家的房子在大街上？"

四胜："刘家那处。后面还有个院子。少东家，想干啥？"

瑞清站起来："我想开个茶庄！——你这就去找三愣子，让他整修整修，不好整就拆了另盖，越快越好。我要和崔广兴练一场！"

四胜："早该和他练！"说着皱眉，"少东家，可这都过了清明了，弄茶是不是有点晚呀？"

瑞清："给崔家送茶的来了吗？"

四胜："我估摸着还没有——回头我去客栈看看。"

瑞清："嗯，那些人一来，咱就抢着收！——崔广兴是秋后才结算，咱是现款现货！就凭这一点儿咱就能截了他！"

四胜："这没问题。可是少东家，我刚才碰见了王新成，他丝厂快开业了，想请你过去一块商量商量。"

瑞清："唉，也怪了，这些人不到我家来，倒是让去他那里。真有派头儿！"

四胜："根本不是这回事儿！——人家都知道你和嫂子挺好，害怕一步迈进来，影响你俩谈恋爱！”

瑞清：“胡说！”

四胜：“真是。”他向外指，“整个周村哪有两口子一早一晚溜达的？有时候还拉着手！”

瑞清哈哈大笑：“以后不溜了。快，抓紧去弄房子，咱不能让崔广兴肃静了！”

四胜站起来正色道：“少东家，干归干，可不能怄气呀！这小子精于此道，别让他办住咱！”

瑞清：“他钱多还是咱钱多？嗯？咱就硬拼也拼死他！快去！尽在这里给诸葛亮支招儿！”

8

王老爷睡了，瑞清和新成在西屋里喝茶。少奶奶一旁侍候。

新成：“贤弟，咱这丝厂叫新成缫丝厂，这名行不？”

“行。挺上口。想啥时候开业？”

“按我意思——是等着茧子收来之后咱先干两天，一切都就绪了，咱再请它几桌席。把谢知县和周村有头有脸的商号都请去，顺便到车间里去看看。”

“嗯。行。少爷，咱得多叫人，让他们知道机器的好处。等着你这厂挣了钱，你就满世界里咋呼，扩大声势。只有大家都认了机器，咱电厂募股就不难了！”

少奶奶外围表扬：“你看俺兄弟，走一步看三步！”

“贤弟，根本不用这么麻烦。咱还没开工，上海老闵就把厂丝定去了！大家一看这玩意儿不愁卖，就想跟着建丝厂！”他疑问，“贤弟，要是都办这缫丝厂，咱还能挣着钱不？”

瑞清慢慢地说：“少爷，除了江南，咱北方一个用机器缫丝的都没有，再上十家才好呢，正好用咱的电！”

“没那么多茧子呀！”

“只要能挣钱，别说就近这些县，连东北的柞茧也能来了！要是就咱这俩厂，咱发电给谁用？”

“唉，贤弟，其他我都不说了，愚兄身处狭窄之地，见识很有限，往后在买卖上你还得多点拨呀！”

少奶奶抢过来：“可是得点拨！不兴你自家把钱都挣去！”

瑞清笑着：“只盼少爷别疑我。”

新成一惊：“不会，不会。”说时，看一眼太太。

瑞清：“一共收了多少茧？”

新成：“三万担。这都亏贤弟让着我。唉——”那声长叹里满是谢意。

瑞清：“八趟机，这顶多能干俩月。唉，明年就好了，桓台那些条桑就长成了，茧子也就多了。”

新成眼一亮：“贤弟，昨天我刚从桓台回来，你那条桑真棒，叶子和巴掌那么大。能帮我弄点不？”

瑞清：“要多少？”

新成：“我也不知道。咱乡下还有四百来亩地，我想全种上。”

瑞清：“这不难。可这种树咱外行，你找个明白人问问——这时候能挪不？如果能挪活，就算个数。我好通知上海准备。”

新成：“谢谢，谢谢。”稍沉，“崔广兴说你想弄茶叶？”

瑞清：“老崔怕了？”

新成：“他正等着你呢！贤弟，咱这买卖干得挺好，没必要和他生气。茶叶这行——买家卖家他全控着，你咋干？再说这玩意儿弄少了没意思，弄多了没处放。还怕受潮，你连个仓库都没有，没必要找这麻烦。”

瑞清：“我就是爱找麻烦。哈……”

9

早上，一声鞭炮响，瑞记茶行开了张。

瑞清在自己家院里听着鞭炮放完，哈哈大笑。

稚琴撇嘴：“还笑。一两茶叶都没有，把人家四胜留在那里遭罪！”

瑞清：“送茶的不是还没来嘛！”

“那你就该晚些天开业，省得崔广兴看笑话！”

“我不是心急嘛！”

他着急，四胜更急——人们纷纷往里涌，进店之后一看什么东西也没有，又一起往外撤，议论四起：“原来这是座空城呀！”

“好嘛！光柜台，啥玩意儿没有，这也叫茶行！”

“没准备好就开业，杨瑞清这是干什么！”

这时，崔广兴哼着小曲进来。

四胜迎上来：“哟，崔爷，来了？”

崔广兴：“我听说一两茶叶也没有？”

四胜不在乎地一扬手：“快有了——送茶的快来了。”

崔广兴：“那些人敢把茶卖给你？借他个胆儿！”

四胜：“崔爷，这是买卖，不是给皇上进贡！一样的银子，他光认你的？咱一手钱一手货，也不用等秋后！俺少东家说了，拼也把你拼死！俺价儿高，那伙子能不卖给俺？”

崔广兴：“那就试试吧！”

四胜卖过羊肉下过街，有股子痞劲，脖子一拧头一歪：“是得试试。咱倒是看看卖给谁！”

崔广兴眼一横：“较劲？”

四胜肯定：“是较劲！”他皱着眉问，“难道胡世海回来了？只要这舅子没回来，你没什么招儿呀？”

人们后退笑看。

广兴知道自己人气不旺，一甩手：“跑到这行来闹腾，哼，那是阎王爷门口练太极，找死！”说着往外走。

四胜：“要是都不死，棺材铺子咋吃饭？哈……”

人们渐渐散去。四胜唉声叹气，回店坐下。

这时，瑞清来了。

四胜蹿过去关上门，红着眼就杀来：“少东家，你这是唱的哪一出，一两茶叶也没有，蒙着个码子就开业！”他歪着头进逼，“你想害我就直说！”

瑞清掏出个小盒子，变戏法儿似的在空中玩个花样："茶叶，来了，冲上！"

四胜跺脚看着天转圈："哎哟哟，你想急死我呀！"他突然冷静下来，"少东家，这是计？"

瑞清："计。"

四胜探头过来："下一步咋办？"

瑞清："那些卖茶的快来了，茧子还没送来，厂里也没事，你就盯着那些茶贩子，咱得截了崔广兴！"

四胜又急："哎哟，少东家呀，那些人敢卖给咱吗？"

瑞清摇摇手："这事儿咱等会儿说——等忙了这阵子，你去博山一趟，把老徐找来。"

四胜："哪个老徐？"

瑞清："李家窑的徐其国，就是当初帮咱烧硫酸坛的。"

四胜："找他干什么？"

瑞清："我心里总搁着这事儿——想抽出空来，咱办个新式的陶瓷厂！"

四胜当时跳起来："这口你还没咽下，又想着吃那口！——咱忙得过来吗？"

瑞清瞪眼："去不去？不去我踢你！"

10

过了十几天，茶贩子来了。四胜身着绸缎端着架子来到长春客栈。这些人常年跑周村，多少有些脸熟。

四胜让店家头前带路，来到客房。还不及对方反应，四胜就迎上抱拳："王掌柜，回来啦？"

王掌柜忙起身："请问——"

四胜掏出大名片："瑞记茶行总经理郭四胜，还望兄台多多关照！"

王掌柜："瑞记？和缫丝厂是一家？"

四胜："是，我也是丝厂的总经理。"

王掌柜大惊："快坐，快坐。郭掌柜来访何事？"

四胜："长话短说，我想买你的茶叶。"

王掌柜："你不怕崔爷？"

四胜："我谁都不怕。说说，最好茉莉什么价？"

王掌柜："唉，往年是五两银子一担，现在要六两了！"

四胜："有多少？"

王掌柜："二百担！"

四胜："我也别给你还价了，现款交易，这茶我要了！"

王掌柜大喜："那好，那好，那自然好。什么时候交货？"

四胜："越快越好！我说，"抬手遍指其他房间，"你再联络一下其他人，今年的茶我全收了。有多少要多少，也是现款交易！"

王掌柜闻讯大喜，一步蹿来门口，大声喊道："福建的都过来，大买家来了——"

四胜出来："瑞记茶行在大街上，我在店里恭候足下！"说完一甩袖子，又端着架子出来。他刚走到门口，三四个茶贩就追出来："郭经理，留步，留步。"

四胜回身打量："什么事儿？"

茶贩："浙江的珠兰要不要？"

四胜一仰脸："唉！连句话都听不明白！是茶就要，快去提货吧！"

这些人大喜过望，里外乱跑，一想没拿提货单，又都跑回店里。

11

三十多个茶贩来到火车站。王掌柜带头，把提货单递进去，顺便塞进包烟卷。

发货的职员一看，又把单子退出来，烟卷拆开叼上。

王掌柜问："先生，怎么回事儿？"

职员："拿崔广兴的图章来！"

王掌柜："货是我们的，要他的图章干什么？"

职员："仓库是他租的，从他的仓库里提货，就得用他的图章！"说罢，拉上小木窗。

王掌柜有点傻眼。

崔广兴坐在茶庄的后堂里，不住地发笑。

蚂蚱飞窜而来："东家，那些人傻了！"

崔广兴站起："噢？快说说！"

蚂蚱："我看着小窗户拉上了，肯定是没发货！"

崔广兴冷哼："还到客栈里去截糊，杨瑞清，你还嫩点儿！"

蚂蚱："东家，咱下一步咋办？"

崔广兴一扬眉毛："咋办？坐庄收茶！——我倒看看杨瑞清还有什么招儿！"

第十四章

1

瑞记茶庄空空如也，瑞清却是坦然——闲坐着喝茶，四胜满屋里乱转着急：“那些贩子去车站提货了，”一指前后，“咱就这块地方，一旦弄来放哪呀？”他来到瑞清跟前，“少东家，咱实实在在地说，这回办茶行有点儿太仓促！”

瑞清身子笔挺，故意端坐，表情更是稳如泰山：“放心，不用往咱这店里运，直接在车站批发就行！——三十多家茶庄，还愁没处放？”

四胜：“噢！咱让人家买，人家就买？三十多家茶庄六十多个主意，那些人能这么听话儿？”

瑞清：“他是不听咱的，但听价钱的！那价钱贴着地皮——还不犯了抢？”

四胜：“贴着地皮？咱不能五分的买来卖三分吧？”

瑞清：“不用卖三分，五分买得，卖五分五就行。咱不是要和崔广兴拼拼？既然是拼——”手在空中兜圈子回来横着一砍，“就是腰斩崔广兴！一回治没他脾气！”

四胜不屑：“咱是腰斩了，咱也出气了，上千担的茶叶得赔多少？咱不能一直赔下去吧？”

瑞清：“不会一直赔下去。等咱收下茶叶后，你就召集所有的茶庄开个会，咱平入平出，上三品的茉莉卖五两一担。”

四胜反驳：“平入平出？祖宗，上三品的茉莉是六两一担！”他斜吊着膀子看瑞清，“还没出门呢，一担茶先赔了一两！”随后又补一句，“也不知道是怎么发的财！”

四胜话音甫落，茶贩头领王掌柜进来，苦着脸不好意思地说：“郭掌柜的，对不起了，我们把茶卖给了崔爷！”

四胜大惊带傻眼：“什么？”

瑞清抬手，不让四胜着急，他躬身问：“是现款？”

王掌柜：“现款。这亏了郭经理——崔广兴要不是怕我们把茶卖给郭经理，不会给现款的。”他转向四胜，“郭经理，我想回去再运些来，还能要吗？”

四胜：“从这里坐船去青岛，再坐船到上海，来来回回小俩月，早你娘的晚了三秋！”

王掌柜羞惭。

瑞清笑道：“这位仁兄，你这买卖干得太笨。”

王掌柜问四胜：“这位是——”

四胜：“我东家。大名鼎鼎的杨瑞清！”

王掌柜抱拳上来：“失敬，失敬。请杨先生指点——我这生意该怎么干？”

瑞清一指：“你可以在周村租个房子，先把货运来周村，然后自己坐堂批发，那样不仅赚钱多，时候长了还能有些固定主顾。你自己批发少一道手续，就省了经销商扒去的那层皮，价格也就低下来了——只要价格低，你根本不用动弹，全山东的茶庄都能自动跑到周村来。我说得对不？”

王掌柜：“唉，杨先生有所不知。我也这样想过，可有崔广兴独霸这行，我不敢呀！”

瑞清：“我还有闲房子，你来吧。只要租我的房子，他就不敢闹腾！”

王掌柜：“谢谢，谢谢。回去我再想想。”说着抱拳退走。

四胜问：“茶叶让人家买去了，漏筲打那深井水，劲没少费，一点玩意儿没弄着，倒是让崔广兴笑话咱！少东家，你那招儿不是挺多吗？说说，咱下一步咋办？”

瑞清：“等会儿再说咋办。”他指着门外，“这个王掌柜发不了大财！”

四胜：“为啥？”

瑞清：“顾虑太多！”他口气变得和蔼，“四胜，你说，崔广兴一下购进这些茶叶，他得用多少银子？”

四胜想一下，伸出三个指头："最少也得三万两。"

瑞清："他有这些钱?"

四胜："有。别忘了，这行他干了多年，没少弄钱!"

正说着崔广兴，崔广兴却得意扬扬地进来："哟，杨先生也在这!"

瑞清向对面的椅子一伸手："坐!"随之感叹地一拍椅子扶手，"真是强龙压不住地头蛇。老崔，咱说破天也是同乡，你还得帮忙呀!我这茶庄也开了，不管怎么着，你也得给点茶叶撑门面!"

崔广兴占了上风，大模大样往椅子上一坐："杨先生，你早这样多好，我也不用给那些舅子现款了!这倒好，咱俩一争，倒是让外人沾了光!下回别这样了。"

瑞清服输般低三下四："是是是。"

四胜在一边看得傻，心说这少东家怎么了?

崔广兴慢慢掏出烟，又慢慢点上烟，拖着长腔命令四胜："倒茶呀——"

四胜快如狸猫，赶紧跑来倒上茶。

广兴满意了，斜着眼问瑞清："杨先生想要多少?"

瑞清站起来："我也不懂茶叶，弄点撑住门面就行。具体数目你和四胜谈。"留下难题罢手走之。

四胜发毛，想追上去问又不敢，不追又不知道说什么，表面平静心里急，一跺脚："唉，真不该开这茶行!"

广兴仰着脸："快说个数，晚了就抢没了!"

四胜横拧脖子牙一咬："豁出去了，你先给我二斤!"

崔广兴夹烟的手停于嘴边："四胜，没病吧?"

四胜："没病。就是二斤。这二斤也得我自家垫上钱!"

2

桂花从上海回来，瑞清稚琴来接站，四胜叫来两辆骡子轿车。

火车进站停下，立俊先下来，瑞清走上去握手，立俊并不高兴。瑞清问："怎么了?不想来见我?"

立俊："唉，上车再说吧。"

四胜带人接行李。瘦茭白新裤新褂新表情，总体的精神面貌也焕然一新。

稚琴拉着桂花上了后面的骡车，瑞清和立俊在前面。四胜走在桂花车侧。

立俊点上烟："阿清，那批三万件瓷器让我做砸了！"

瑞清："噢？为什么？"

立俊叹口气："唉，别提了。那些茶壶——如果单个看，哪件都精品，可放在一起就不行，不一样大！"

瑞清："就怕这个！毛病还是在模子上！"

立俊："阿清，连定金外带让洋行罚咱款，一下子赔了两万多！"他看着瑞清，"咱是股份公司，从我的红筹里扣除吧！"

瑞清："扣是该扣，但我不扣！"

立俊笑笑："你不扣，其他董事就有闲话。还是扣吧。"

瑞清："英国不要卖给法国，法国不要卖给美国——早晚能卖了！"

立俊："大小不一怎么卖？我那么嘱咐老马，三天一封电报，最后还是这结果！阿清，我在路上一直想，咱做了那么多单瓷器，没有一回赚到钱！我不信命——"他迷惑地看着瑞清，"是不是咱俩的命相和瓷器犯冲？"

瑞清："冲不冲的咱随后说。咱先想个应急之策，把本钱捞回来！"立俊无奈地摇头，瑞清鼓励似的拍他的手背，"别着急——你回去之后，多找工人，再找个大型的空场子把那些茶壶摆上。"

立俊："国内展销？"

瑞清："傻瓜才展销！"他笑着，"你把那些瓷器先进行粗选，然后再细选——大的和大的放一块，小的和小的入一块。从里到外擦得干干净净，再裹上余姚棉纸，外面再做个精致的纸盒。"他一笑，"价格高抬，按精品卖！随之联络上海的各大洋行，准能把钱捞回来！"

立俊为之一振："我怎么没想到！好，这个办法好！"

瑞清："好是好，但这不是长法。这瓷器出口最费劲——又是保险，又是厚包装，可咱却没挣到钱——咱请的是最好的工匠，用最好的材料，可每回都有退货。这是为什么？嗯？说一千道一万还是工艺落后！等我在这里站住脚，咱说什么也得引套最先进的机器！"

立俊赞同："是得引进了！——中国是陶瓷的发源地，可现在连日本瓷都抵不住。在英国市场上，咱让日本瓷打得灰头土脸！"

瑞清点点头："这事儿咱抽个时间专门议！"他掏出烟，"自从王家建了厂，周村四边的财主都动了心，都想涉足这一行。好多人找我。可你知道，我挣不了熟人的钱，王新成想把这事儿接过去。你觉得他行吗？"

立俊不假思索："他不行。他觉得这是独家的买卖，准把价钱弄得很高。到头来人家还是骂咱！"

瑞清点点头："我想把这事儿交给桂花，就算帮她吧。立俊，咱不是外人，交给桂花董事们不会出闲话吧？"

立俊："他们又不知道桂花是谁。没事儿！——桂花挺机灵，再说还有咱俩在后头！"

瑞清："你别顺着我说呀！"

立俊："不是顺着你说，一路走来我深有感触。"

瑞清："噢？"

立俊："她从小受周村这商业文化的熏陶，这些东西大学是没法教的。这事儿就这么定了。"他又问，"可是，茶叶的事儿怎么样？"

瑞清："崔广兴把那些货全收了。"

立俊笑笑。

桂花和稚琴聊得热闹，四胜扶着车帮皱着眉问："桂花，你逛上海，游外滩，我是在家里到处窜，没少出力！给我捎点礼没？"

桂花："敢漏下你嘛！"

3

崔广兴独吞了茶叶气焰高涨，茶庄的掌柜聚在门口吵嚷着要购新茶。

后堂里，账房用毛笔写告示，写完前言，提笔在手："东家，这茉莉多少钱？"

广兴："今年茶贵，咱收的六两，嗯——"沉吟一下，"十两吧。唉，十两也不如去年挣钱多！"

账房写上，又问："珠兰呢？"

崔广兴直接定价："八两。"

账房："那玉兰就六两吧？"

广兴："六两不行，今年玉兰少，也是八两！"

账房悬腕而书，挥洒自如。写毕，闪身一旁："东家过过目。"

广兴一抬手："只要价钱错不了，其他无所谓，贴上去！"

账房遵命提着红告示出来，人们一齐往前挤着看。

蚂蚱往墙上刷糨子："让让，让让，贴上再看，贴上再看！"

告示贴了上去。

人们一看，立刻大哗："太悬了，这珠兰玉兰比去年贵不少呀！"

清心斋的沈掌柜回身对跟来的伙计说："快，快回店里！现有的茶叶得提价！——先别卖了！"

伙计傻瞪着眼问："咱提多少？"

沈掌柜着急："一时我也说不清。先把货封住，看看局势再说！"

伙计："一两也不卖？"

沈掌柜跺脚："你他娘的快去呀！告诉前头，直接关上大门！快去呀，你这个傻瓜！"

伙计被斥，醒了盹儿似的向南疾窜。

这时，四胜吆喝着来了——丝厂里的杂役还有石头等人也是提着告示。

四胜用卖羊肉的调子喊："闪一闪，让一让，要买茶叶先别慌，货好便宜瑞记行！让一让，我贴上大伙就明白了！"

石头等人刷糨子，四胜退到一旁，点着烟，准备解答群众提问。告示一贴上，茶庄前面"轰"地一声，似是惊起群休闲的苍蝇。

"最好的茉莉五两一担？不是胡闹吧？四胜，你有货吗？"

四胜一挺胸："当然有！"

"这珠兰玉兰都是四两，四胜，这事儿有谱儿吗？"

四胜故作高深地点着头："你是谁呀？敢叫我四胜？不想买茶叶了？嗯？得叫郭经理！"

清心斋沈掌柜的过来："四胜，这是真的？"

四胜："叔，我玩儿过假的嘛！"

沈掌柜："茶在哪？"

四胜："火车马上就运来，整整一车盒子！"他跳到对面的高门台上，"咱先说好了，俺是大宗，一担两担的俺不侍候！"

沈掌柜的："最少得要多少担？"

四胜："最少十担！先交钱，后给货，火车比那骡车快，茶叶马上就运来！咱这——"

他还没喊完，崔广兴出来："四胜，你闹腾什么！还五两银子一担，你有吗？"

四胜："当然有！"

广兴："你就吹吧。拿来，有多少我要多少！"

四胜慢慢地下来，指点着盛祥茶庄的门头："也不看看你这是什么铺面。老崔，别忘了，你开的是茶庄，不是钱庄！——一火车盒子你能要了？"

崔广兴高举着手——以自身为圆心在空中来回画半径："同行们都在这，我说话算数，只要四胜的茶叶这个价——"他指告示，"有多少我要多少！"

四胜："尽说大话！你那樱桃小口和林黛玉似的，能啃动这么大的馍馍？"

崔广兴："你别怄火儿！拿来！你这有我这就要！有多少要多少！"

四胜无赖般晃头："火车在路上开着，俺当时没有！"

崔广兴："这不完了嘛！"

四胜："顶多半个月俺准运来！"

崔广兴："茶叶就这一季子，还半个月，南方这就下雨了！根本没法采茶！"远扔东西似的一扬手，"你蒙外行去吧！"

四胜无词，狼狈逃窜。

广兴哈哈大笑。

掌柜的小声议论："兴许真在路上呢！"

"我听乐器店的孙掌柜说过，杨瑞清曾往外国运过茶叶，这事儿我看有谱儿！"

"不是说半月吗？那好，咱等着！"

崔广兴高声讲演："各位，别听四胜胡说，他弄不来茶！要买的赶紧买，咱先照顾周村。要不我就发外埠了！”

这时，清心斋的伙计跑回来报告：“东家，我把店门上了，还上了闩杠！”

沈掌柜一跺脚：“情况有变，快回去开开！”

伙计傻头傻脑：“咱再卖？”

沈掌柜不愿和他再费话，自己向南跑去。

沈掌柜一走，其他店主也散了。

崔广兴甩手进了茶庄。

4

四胜穿大街过小巷，专拣没人的地方走，拐出一条胡同来到缫丝厂西——他见门前聚着很多人，议论纷纷，说说道道。四胜一惊，他害怕厂里出了事，赶紧跑过来：“围在这里干啥？”

这些人既有商户也有平常百姓——一见四胜齐围来：“咱那茉莉真是五两银子一担？”

四胜：“对，五两！”

“给俺两担行不？俺店里也好逢年过节送送礼！”

“四胜，真要五两银子一担，俺也开个茶行！你可别忘了俺呀！”

“四胜，你卖羊肉的时候我没少帮你，咱可不兴忘恩负义！”

四胜被围在中间，双手拍打着向下压：“各位，各位，”猛一跺脚狂吼，“别吵啦！”

人们静下来。

四胜：“大家都去准备银子，咱这茶半个月就运来！”

“俺先交上钱行不？”

“对，交上钱，写个名，到时候提货就行！”

四胜又一跺脚：“唉，我做不了主呀！”

说完，挣脱群众的围攻，反身向茶行跑去。

他钻进胡同，停下来擦擦汗，然后叹着气前进。刚拐到大街上，就见茶庄门前也聚着人，他站住一愣神，茶庄门口的人就发现了他——一齐指来：“四胜！”

四胜闻声，掉头就跑。人们在后面喊：“你跑啥？你到底有茶没？”

“郭经理，别跑呀。那茶啥时候能来呀——”

5

客厅里，瑞清和立俊坐在沙发上喝茶，桂花和稚琴在那边说话。

瑞清：“那金陵十二钗啥时候来？”

立俊：“按说明天就能到。”

瑞清：“嗯。我还得给崔广兴搅和搅和——不能让他肃静了！”

桂花从那边说：“还是茶叶灵。只要断了他这项，其他的全得煞戏！”

正说着，四胜撞门进来，立于屋中，呼呼直喘，横着头，叉着腰，厉声质问：“少东家，你这是干啥？”

瑞清茫然：“干买卖呀。”

四胜：“干买卖？好！——我现在直接成了老鼠，满街人撵我！”

瑞清装傻：“为什么？”

四胜：“嗨，少东家，咱到底有茶叶吗？”

立俊扶他坐下：“有，很快就运来。”

桂花端碗茶过来：“快喝茶，郭经理。这做买卖和炒菜一样，得有火候——”

她还没说完，四胜就反击：“你说得倒轻巧。你逛上海，吃西餐，我让人家撵得满街窜，我容易嘛！”

桂花提过个皮箱：“全中国都知道你不易！给！连大人带孩子的全有了，包括你的！——看能堵住你嘴不！”

四胜一收礼，气消了一半：“嘿嘿，都是些什么东西？我打开看看。”

稚琴过来：“提回去吧。从衣服到袜子还有小子的玩具——你光弄了顶礼帽！”

四胜高兴：“还是桂花周到，知道我缺礼帽！”

瑞清清清嗓子，打着官腔道：“由于我指挥不周，导致你被满街追打，晚上咱会仙楼一聚，算我赔不是。这行了吧？”

四胜：“可是得请一桌！”

瑞清：“咱茶叶没来，可十二钗来了，你明天先去金陵书寓主持全局！”

四胜站起来，走到门口又回来：“少东家，你把我撤了吧，我真是撑不住了！——还主持全局，我敢出门儿嘛！”

众人大笑。

6

茶战序曲奏起，新成来看崔广兴。后堂里，广兴正犯愁：“四五天了，这茶是一两也不卖。车站那仓库一天就得一两银子，急死我了！”

新成：“表哥，你这价钱太高了。”

广兴：“高？实际上比去年低！都是让杨瑞清搅和的！”

“他不是搅和，说运就真能运来。我看还不如现在就把价钱往下降降，抓紧弄出些去。”

“表弟，你和他走得近，你也帮我问问，他到底有货没？——他要是和我闹着玩儿，我就靠行市，他要是真有货，咱再另说！”

“我问了，他真有货，一车盒子呢！最少也得一千担！”

“不管几车盒子，五两银子他得赔！”他一瞪眼，“他敢赔着和我干？”

“表哥，别忘了，你是收的二手货，茶贩子扒过一层了。杨瑞清在上海经营多年，他的人马能直接深入到产地去，加上又是大宗收，价钱肯定比你低！”

“比我低？好呀！他低我要他的呀！他要真敢五两卖，我就收他的！”

“表哥，我看还是和气生财。现在开埠了，连咱那奉旨专营都不灵了，你就能控住这一行？”

“能控也得控，不能控也得控，反正别人不能到我的锅里来捞肉！”两眼突然恶瞪，“我和他拼到底！”

正在这时，金陵书寓的音乐传来，二人对看。

新成：“十二钗又回来了？”

广兴：“回来我就收拾他！”

这时，蚂蚱带着衙役进来："东家，谢老爷让你去一趟。"

广兴站起："什么事儿？"

衙役："去了再说！走！"

广兴害怕："我没犯事儿呀？"

衙役："你打伤十二钗班头，人家回来把你告了！走！"

新成摇着头笑。

7

晚上，金陵书寓灯火通明，满场是人，十分热闹。崔广兴那仨书寓的妓女又都跑来，或傍着客人说话，或拉着客人喝茶，唯恐跑了生意。

广兴路过，下意识地朝里看一眼，悻悻地过去。

刘妈妈迎面走来："东家，回来了？"

广兴用鼻子嗯了一声。

刘妈妈挺关心："县上没难为咱？"

广兴不悦："没事儿，罚了十两银子。你跑出来干什么？"

刘妈妈："这不是来叫姑娘嘛！"双手呼天喊地似的朝下一拍，"唉，又都跑这来了！"

广兴："把那几个有卖身契的弄回去打！"

刘妈妈："那几个没来——可她们揽不到买卖！"

"就没别的招儿？"

刘妈妈说出症结所在："说来说去，还得安电灯——咱要是有电灯，她们和客人在这里看够了，兴许还能回去，这倒好，直接在这里住下了！既逛窑子又住店，一举两得！东家，电灯最要紧！"

"电灯电灯，十二钗咱都弄去过，也没发了财！抓紧另找人！"手一扫，"把这些烂东西全撵走！"

广兴愤然走过，刘妈妈进了书寓。

天井中央，灯光暖亮。十二钗还是一袭红裙，嵯峨高髻上还系一根红丝带，配了那演奏的姿态更显妖娆。过去是十二个人一齐上，现在是三个一组，轮流上台。

头三钗率先登台，三个女子脚下摆着个三角立牌，分别写为黛玉宝钗元春。

班头在下面忽东忽西，兜揽接应着生意。

瑞蚨祥的孟掌柜一钩指头，班头赶紧跑过去："先生，要哪个？"

孟掌柜："宝钗多少钱？"

班头："上六钗都一样，都是六十两。嘿嘿。"

孟掌柜："不能便宜？"

班头："这钱我拿不到，我说了也不算。嘿嘿。"

孟掌柜："宝钗我要了。"

班头："好好。"他冲台旁的小开伸出两个指头，小开上台翻倒宝钗脚下的牌子，另一面写着："心有所仪"。

下面有议论："咱要晚了，宝钗订出去了！班头，来，元春我定了。"

班头又伸出三个指头，小开又把元春的牌子翻倒。

瑞清和桂花坐在院里喝茶，四胜站在月洞门外。那门上挂个宽竹帘，外面看不进来。

瑞清一指："这仨都有主儿了，有点意思吧？"

桂花："你满脑子生意经，干什么都有一套！"

"过去这十二个一齐上，呼拉拉一排，很容易看花眼，这样好挑！哈……"

"快回去吧，别让稚琴说别的。"

"咱俩没别的，她就能说出别的来？"

外面，又有三个女子上了台。

四胜环视一下场子，一切正常，就挑帘来到瑞清跟前："少东家，我去贴告示吧？"

瑞清："贴吧！"

四胜害怕："少东家，咱贴归贴，可咱有茶吗？万一那运茶的火车明天早晨到不了，我这日子就别过了！——那些掌柜的能把我吃了！"

桂花："吃不了你！快去贴！"

8

稚琴独自在家，林嫂陪她说话："桂花不回来，姑老爷天天都在家！——现在好，她一回来就把姑老爷勾去了！"

稚琴笑笑。

林嫂："你还得说说姑老爷，那么有身份，光往书寓跑不合适！"

"他是去和桂花说卖机器的事情。再说，他想干什么我能管得了？"

"一个鸨子能卖机器？"

"不许胡说！桂花不是外人！"

林嫂努着嘴不悦："人家是好意嘛。"

"他去陪桂花，我心里也是不高兴。可这事出有因呀！如果倒过来，今天我是桂花，苦苦等了多年，又经历了那么多不幸，心爱的那个男人总算回来了——可他整天陪自己的老婆，连面都不见，我该怎么想？我是不是会怨他薄情？"

"小姐，你的心是善呃！"

"不是我心善，是桂花通情理！——咱们刚到周村的时候，她要一松口，瑞清把她娶回来了！"林嫂吃惊地睁着眼，稚琴接着说，"要那样咱现在是什么心境？我想起这段来，从心里感激人家，更觉得欠着桂花情分！"

"不错，不错，这样人还真少有呃——"

"既然说到桂花了，林嫂，你那天就做得不好——人家给你捎来围巾，你也谢了，但你那神态里明显是嫌人家脏。我都感觉出来了！"

林嫂心虚地辩白："没有呀——"

"林嫂，别这样，咱也用这样的眼光看桂花，她知道了该多难过？你说呢？"

林嫂小声嘟囔："我没嫌她脏——"

9

早上，立俊来到茶行，门外已聚有三十多个茶庄掌柜。一见立俊，立刻跃跃欲试往前挤，门前又出现一阵小骚乱。

蚂蚱站在对面的台阶上观看侦察。

立俊一进来，四胜率先关上门，迎救星似的接住："杨经理，你可来了！"

立俊笑笑："又该咱俩唱戏了。"

四胜指门外："你昨天让我贴告示，说今天茶叶来，这都十点了，车站也没来送提货单。杨经理，这做买卖讲的是信用。要是今天再不来，我是真没法儿活了！"

立俊："那茶叶二十天之前就来了！"

四胜："在哪里？"

立俊："在车站上。"

四胜吸着气歪头问："杨经理，你和少东家在上海干买卖，也是整天玩儿这套？"

立俊："比这复杂。"他站起来，"走，开门卖茶！"

四胜害怕，扶住立俊的臂："杨经理，这开门还不轰地一声涌进来了？咱俩怕是应付不了呀！"

立俊："你出去给大伙儿讲讲，就说先卖大户。先把一百担以上的放进来，卖完了大户卖小户。哪家要的多就让哪家先进来。"

四胜："杨经理，我听咋不合规矩？这干买卖不能任大欺小呀！"

立俊："郭经理，我们是做贸易的，贸易就是讲先大后小，大户优先。按我说的办，开门出货！"

四胜赔着笑说私情："杨经理，我在周村长大，都是熟人，过去我卖羊肉的时候，这些人都帮过我。"说着掏出个单子，"先给这些人留出些来行不？"

立俊根本不看："这不行！董事长知道了保证骂我——要不你去对董事长说！"

四胜着急："嗨！人家都给我送了礼！——我本是不想收，可那些人放下礼就走，我为难呀！"

立俊："那是你的事，我们这车茶是为了顶顶姓崔的，不能因为你收礼，坏了公司的大事！"

四胜面带哭相："算我自己要行不？"

立俊："那更不行。快去开门！"

四胜泄了气，装好单子，提过凳子，一挥右手，两个小伙计过来开门。

门一开，外面的人就往前挤，一齐呼唤四胜的大名。

四胜心一横，牙一咬，站到凳子上高声讲话：“各位老少爷们儿，各位商界前辈，咱一共就一车盒子茶叶。俺少东家说了，今年咱下手晚了，明年多弄。大伙儿都知道，瑞记不是干小买卖儿的。一担两担俺不卖。俺少东家说了，要让咱周村这三十多家茶庄都变成批发商！和崔广兴崔爷平起平坐——他不是光绪，俺少东家说了，要让大家与崔共天下，不能由着他自家发财！”人们往前涌，四胜在凳子上晃，“都别挤！听我说！——咱是先大后小，能要三百担的有几位？”

这些人没准备，齐嚷：“一百担行吗？”

“多少都是卖，俺要五十担行吗？”

四胜：“三百担的先进来，其他人得等等！——剩下才是你们的！”

说完，快速下凳，撤回门内。咣当关上门。

立俊坐在椅子上笑。

10

崔广兴在茶庄门口焦急地等消息，账房过来说：“东家，里面坐吧，别让杨瑞清看见。”

广兴：“看见怕什么？你说，他从哪里弄来的茶？”

账房：“别听他的。咱干了这么多年还不知道行市？那价钱就能购来茶？他这是搅和！”

这时，蚂蚱带着风跑来。广兴先往前迎几步，又觉得不妥，抽身退入茶庄。

蚂蚱喘着报告：“东家，卖开了！”

广兴：“真有茶？”

蚂蚱：“有，整整一车盒子！”

广兴：“真卖那价钱？”

蚂蚱：“可不！”

广兴忽然沉稳下来，他慢慢地问账房：“你说，他敢这么赔？”

账房很瘦，一瞪眼就显得狠：“他越赔越好，都给他要了！”

广兴："是不是太多呀？"

账房："不多！咱低价来的低价卖，周村处在济南青岛之间，咱不怕多！——往东往西都能卖！"随之改换口气，点着头看着街面，"这样看来，杨瑞清外行呀！"

广兴奋然作决定："走！"

11

瑞记茶庄里，几个掌柜和立俊谈判："杨经理，俺们几个凑三百担行不？"

立俊架着二郎腿，高高在上："我们不管几个人，只和一个人打交道。这么多茶叶，零卖太麻烦——我们没有那么多人手！"

"行，行，我们弄回去自己分。"

立俊："四胜，接待一下，看看他们要哪种，先收钱，后发货。"

这时，门外闪开一条路，广兴率领账房进来。

立俊坐着没动，四胜冲上来："怎么着？想犯抢？你不说俺弄不来吗？"

广兴："我不和你说话！"

立俊："郭四胜是山东经理，你只能和他说话。"说完，端起盖碗喝茶，不看广兴。

崔广兴无奈，抱着大人不见小人怪的态度叹口气："好，四胜，这车茶我全要了！"

四胜一惊，跑来问立俊："咱卖不？"

立俊："认钱不认人，卖！"

四胜回来："你有钱没？"

广兴："我要是没了钱，黄河里就没水了！说，一共多少钱！"

四胜拿过账本："价钱你知道，货在这里，你自己算吧！"

那几个想买茶的掌柜敢怒不敢言，叹着气退到门外。

账房总算有了表现的机会，拿过算盘站着打，一手翻账本，一手乱拨拉，娴熟流利。他抬起头："东家，一共四万三千两。"

广兴："这么多！"

四胜挑衅："傻了吧？我早说过，你那窄竹叶，包不了这大粽子！抓紧说话，别耽误别人买！"

广兴不在乎："四万三？小钱！我要了！"

账房："东家，咱没这么多现钱呀！"

广兴很生气："谁说没有！来，四胜，立个字据。"

四胜："一手钱一手货，还立什么字据。抓紧回去拿钱！"

广兴叹着气点头，来到立俊跟前："杨经理，咱也不是见一回了，你买地、在赌场数豆子我都见过。咱实实在在地说，你是个公平人。这干买卖钱不凑手是常事儿，你看这样行不行——我给你一万两，算做定金。咱立个字据，先让我把茶买下。剩下的那钱明天一早就给你。"

立俊想了想，转问四胜："这样行吗？"

四胜挺着肚子过来："老崔，立字据也行，你先说——你服气不？"

广兴："笑话！我服什么气！"

四胜："唉，要不是杨经理摁着，我就不卖给你！就这么着吧，让你那账房写！"

12

广兴拿着刚签的合同来到王家找新成。

新成正和刘胖子说话："老刘，这工厂不是作坊，不能和过去似的——今天三百担，明天五百担，这茧子得一下子送来！——我不能停着机器等你那茧子！"

刘胖子："放心，我就是这么嘱咐的那些庄户。下月初三行不？"

新成看着天算日子："行。从初三开始送，我初六就开工。咱可不能误了呀！"

刘胖子："误了你就扣我钱。"

崔广兴不及通报，大步流星进来："表弟，遇见难事儿了，得借我点钱！"

刘胖子赶紧让一旁，搬个小凳子矮坐。

新成让座："多少？"

广兴："最少也得三万两！我把杨瑞清那车茶买下了！便宜！——唉，这回真是发财了！”

新成一笑：“唉，表哥，”他一指刘胖子，“你也看见了，我这里正收茧子，没这么多呀！”

广兴转向刘胖子：“老刘不是外人，晚个十天半月的不要紧！”

刘胖子站起来：“可不行！现在不是以前了，庄户们也都要现钱！”

广兴：“我急用，你先等等。”

刘胖子：“少爷，要这样，咱也别初三初四了，我卖给瑞清去。”说着就想走。

新成赶紧拉住他：“别，别。我不是没说欠钱嘛！”他转向广兴，“表哥，要不你再到别处借借？”

广兴着急：“找谁借呀！”

新成给他支招儿：“去大德兴银号筹措点儿，卖了茶再还他！”

广兴：“银号要抵押，把什么抵给它？”

新成坐下：“不用别的，光那仨书寓就值五万两！”

广兴：“以前能值五万两，可让杨瑞清这一闹，买卖又开始稀了，银号顶多能估两万两！”

新成不疼不痒地说：“不能吧。光那地面也值这钱。实在不行再押给他点茶。”

广兴站起来：“唉，也只能这样了。”

新成：“你为啥非得要一车，少要点不行？”

广兴：“唉，一是便宜，再说我得控住这行！那半车让别人弄了去，往下砸价我咋办！好了，你们接着谈。”

广兴怏怏而去。

少奶奶代夫送客。

新成对刘胖子说：“胖刘叔，晚几天给你行不？——崔广兴是我表哥，我——”

刘胖子用手一挡：“少爷，可别再和他掺和了，你也细想想，你这些年和他搅一起，沾着光没？王家啥时候让县衙叫去过？还不是他撺掇，你能跪到大堂上？”手一扬，“由着他闹去！周村六家银号外带汇丰银行，弄点银子不是事儿！”

13

瑞清在家里和稚琴下围棋。稚琴问："桓台的茧子送来了吗？"

瑞清："哪有这么快。秋天送来就不错。"

稚琴："你又是茶行，又是丝厂，你还想干什么？"

瑞清："只要有钱，我什么都想干。"

稚琴："在上海的时候，你天天出去上班，现在却是总在家坐着，倒是让别人去忙活，这好吗？"

瑞清："有些事儿我去了反而能办砸了。"

稚琴指着棋盘："这一招儿叫什么？"

瑞清得意："不懂了吧？"

稚琴谦虚老实地看着他："真不懂。"

瑞清点上烟："你求我我就告诉你。"

稚琴一笑："求你。"

瑞清夹着烟指指棋盘："记住，这叫暗渡陈仓。"

稚琴："你接下来下哪里。"

瑞清拿起个棋子正要放，立俊进来了："哟，有点意思。"

瑞清站起："来，这边坐。"他转向稚琴，"让林嫂冲茶。"

立俊："崔广兴把钱清了。"

瑞清有些意外："他还有钱？"

立俊："听说是从银号借的。唉，这人真贪，那么多茶叶都敢要。"

瑞清："说来说去，还是想独霸呀！四胜呢？"

立俊："陪着他去车站提货了。"

瑞清："你回头得说说四胜——他这作风得改改！堂堂瑞记的山东经理，整天还是卖羊肉的那套！人家崔广兴不管怎么样，也是个买主，不能和人家怄气！"

立俊："他是看着老崔不顺眼。"

瑞清："干买卖不讲顺眼不顺眼，王新成给咱放过火，我看着更不顺眼！现在不也挺好吗？——买卖要做大，就要有容人之量。"

立俊："可是咱帮了王新成这么大忙，今年的生丝能不能卖给咱？"

瑞清笑笑："还不到收他厂丝的时候。"

立俊："刚才我遇到王新成，他说还有人要建缫丝厂！——周村人真有钱！"

瑞清："二百年的旱码头，怎么着也是有些积累。你回去之后再和克利尔谈一次。就说还想购三套缫丝整机，让他把价落落！"

稚琴送茶来："中午在家吃还是去馆子？"

立俊："在家吃吧。"

瑞清："不。咱刚赚了崔广兴的钱，大家是该庆贺一下——特别是四胜，他着急最多！"

大家笑起来。

第十五章

1

站台上，货都卸下来了。

四胜："老崔，数对不？"

"对。"

四胜递过字据："来，费心签个字。"

账房递上笔，广兴签了。

四胜把字据往袋里一装："走喽，茶叶归你喽！"高高兴兴带着手下人走出站台。

账房汇报："东家，咱光贪多了，可往哪里放呀？"

广兴一瞪眼："车站仓库呀！"

账房："咱原先的茶叶还没提，这又运进去一些，早就满了。"

广兴："运到王家的茧子库。"

账房："不行。他往茧子上撒化学药，那玩意儿有味儿，别给咱熏了！"

广兴："这可咋办？"

账房："往茶庄里运吧——兴许几天就卖完了。"

"茶庄放不了几担！唉，没钱愁，钱多了也犯愁！"

盛祥茶庄里外忙活，崔广兴的太太也来了。一直忙到天黑，才把那些茶叶安顿下——院子起了两个垛，和屋顶一样高。

广兴疲惫地来到后堂坐下："蚂蚱，去叫几个菜，咱一块喝点儿——累死我了！"

蚂蚱："东家，那些干活的还管饭不？"

广兴："短工，短工，就是短时间用的工，给钱就行了，管的哪门子饭！让他们走！"

账房说："东家，还不能让那些短工走——车站上那垛茶叶还没盖油布呢！"

广兴："蚂蚱，你去指画这些人弄弄。"他转向账房，"老李，来，坐下，俺俩合计合计价钱！——光这么垛着不行，得赶紧卖。起码先把露天的这些卖了！"

蚂蚱去了。

账房："东家，这茉莉多少钱？"

广兴点上烟，先不说多少钱，而是问账房："难道咱俩眼拙了？杨瑞清这茶叶这么好，他才卖这样的价钱。如此看来，那些茶贩子没少坑咱呀！"

"东家，咱是家里等货，杨瑞清是到茶田里收，两下里肯定有差距。不比不知道，一比是胡闹！东家，他杨瑞清能办来，咱也能办来。等忙完了这一阵，你也去福建浙江走走，咱也用火车往这运！"

广兴一扬手："进得贵，卖得贵，反正咱也没吃亏！说说，咱这茉莉卖多少钱？"

账房："那些人都知道咱五两银子进来的，卖高了不适合，卖低了不够赚，咱卖七两银子怎么样？"

广兴："不行，不行。怎么着也得卖八两。"

账房试探着说："人家不怨咱？"

广兴："就自家有货，那些人怨也白怨！老李，咱把书寓也押上了，另外还抵上了这么多茶叶，咱有风险呀！没事儿，就卖八两！"他冷冷地哼一声，"要不是没处放，八两也不卖！这就便宜了那些舅子！"

账房点头："那珠兰呢？"

广兴："这珠兰——"

他还没给珠兰定出价，院中狂风忽来，卷走了黄油布，接着又是一阵，伙计来报："东家，咱那油布刮走了！"

广兴恶吼："废物！赶紧用砖压住！"

账房跑出来看看茶垛，随之仰观天象："东家，不好，要下雨！"

广兴跑出来看，当场双手合十祈求上天，口中念念有词。

账房："东家，求天不是办法，还得想招儿呀！"

广兴："快带人往大堂里搬，不能淋了！"

账房吆喝着去前面叫人。

广兴回到后堂，立刻给财神上高香，双膝跪倒，十分虔诚。

崔太太一步迈进来："这是干啥？"

广兴闭着眼："别说话，我求财神别下雨！"

太太着急："财神不管雨！"

广兴站起来："什么管雨？"

太太："雷公电母。菩萨也管这！"

广兴："快，快回家给菩萨上高香！"

太太得令而去。

账房进来："东家，都全搬到店里明天咋开门？"

广兴："咋开门咱等一会儿说，你说得对，得快卖，茉莉就卖七两吧！"

说罢，来到院中久视苍天，明月当头，风也没再来，广兴纳闷儿："这不像下雨呀？"

账房："看来下不了，刚才是阵子过街风！"

广兴松口气："唉，惊得我可不轻！老李，既然这天不要紧，茉莉还是卖八两！"

账房："东家，这——"

广兴打断，抬手指天："你看，这么晴的天，上天帮着咱呢！"

2

清晨，开张的大锣还没敲，石头——看守土耳其浴的那位就敲着锣喊上了："瑞记茶行又到了一车茶叶，茉莉珠兰玉兰都有，还是昨天的价钱，买十担送一担，快去买呀！”一路喊，一路走，过了丝市街，来到大街上。这里茶庄密布，一家挨一家，清心斋沈掌柜穿着内衣跑出来：“石头，你说的这事儿准？”

石头：“准！整整一车盒子！”

沈掌柜的：“买十担送一担，那买一百担就送十担喽？”

石头：“对，买一千担就送一百担！”

沈掌柜的二话不说，返身进店大喊：“都快起来。快，快去叫账房！都你娘的快起呀！”

新成在家里听到了，独自坐在椅子上笑。

少奶奶问：“你笑什么？”

新成：“我知道就有这一出，崔广兴这回撑着了！”

少奶奶：“哼，他这就不独霸了！”

新成庆幸：“唉，我幸亏没借给他钱，要不也得陷到里头！”

少奶奶笑着问：“你是没有还是不愿借？”

新成：“两方面都有。昨晚上我出去遛弯，都八点多了，他还没忙完呢！那么多茶露天放着，要是下雨咋办？”

少奶奶：“那茶也就省得沏了——满周村淌黄汤子！”

新成站起来：“我去看看——人家买十送一，我看他怎么卖！”

少奶奶阻拦：“远离是非。瑞清上海那杨经理又来了，我咂摸过，只要这人一来，准得出大事儿！”

新成大悟，摸着后脑勺儿：“对——对对对！”

慢长棰乐器店的门开了，孙掌柜拿着锣棰出来，瑞清提着上下两层纸包走来：“叔，别敲了，都起来了！”

孙掌柜笑着：“按你这意思省下这一棰？”

瑞清：“省下。”

二人进了屋，瑞清往椅子一坐：“叔，有个微型小喜事儿——咱那十套钹，洋鬼子验住了！”

孙掌柜惊喜交集，站在屋中央：“我就这么能？”

瑞清：“可不！快，快冲茶吧！尝尝咱这茉莉！”说着把那包茶往前推推，“当年新茶，是按咱自家的标准窨的！”

孙掌柜跑到后门口："吃才，快起来，咱那钹子验住了。快冲茶！"

他跑回来，"啥时候知道的信儿？"

瑞清："我上海的总经理来了。唉，叔，验住是验住了，可其中有一套差点事儿。叔，咱还得往精处做呀！"

孙掌柜："唉，我知道。"他搓着手说原因，"瑞清，你不知道，我整天打着听，听着打，弄来弄去我听滑了。对不住，对不住。"

瑞清："叔，人家又定了二十副，指名要你这慢长棰牌。怎么样？我说把字号写上吧？"

孙掌柜大喜："按你这个说法，世界上有我这一号？"

瑞清逗趣："不是有你这一号，是离了你那钹没法儿演！哈……"

孙掌柜也笑，吃才送来茶。瑞清抢过来倒："叔，你尝尝咱这茶，和崔广兴那套根本不是一道局！"

孙掌柜收去笑容："是不是一道局这是后话，瑞清，你这一闹，这小子满嘴的馍馍咋嚼呀！哈……"

3

瑞记茶行门前再次排起了长队，这回忙而不乱。四胜也心平气和。他带领一干人物收钱开单，立俊在一旁喝茶。神情自若，十分悠闲。

这时，牌匾铺的伙计扛来一副木对子："四胜哥，瑞蚨祥孟掌柜的送副对子。挂哪？"

四胜出来："噢，我看看，我看看。"说着往外走，"写的什么词？"

瑞蚨祥的大师兄抱拳迎上："后堂好茶三万亩，前店香茗无一钱。还行？郭掌柜的？"

四胜一挺胸："可是行！"

大师兄："那就挂上？"

四胜："挂挂挂，可是得挂上！这对子正说到咱这茶行的要害处！"四胜回身进店，拿过一张大名片，"兄弟，你受累——自己到车站提箱最好的茉莉。咱不说那茶咋样，先看看那外包装——四面光的木箱子装着，四箱一担。"抱拳当胸，

"代表俺少东家谢谢孟掌柜的！"

大师兄："你就能做主送茶叶？"

四胜："堂堂山东公司经理，当然能做主！"

大师兄："郭经理，你茶叶便宜，消息不胫而走，章丘又和咱周村靠着。唉，今早上，老家章丘来了伙子人，都推着车，能不能照顾点儿？"

四胜："来吧。咱有的是茶呀！——这车不够再来一车！"

大师兄："那好，那好。我让他们过来！"

瑞蚨祥的大师兄刚走，排在后面的人就喊："咱得有个先来后到，不能照顾熟人耽误了俺！"

另一位："四胜，你要这么干俺就找瑞清去！"

四胜看着反映情况的人，把脸一板："本帅今天全权做主，将在外，君命有所不受！谁要是状告本官，我就不卖给谁！"

后面一位说："你卖羊肉的时候也没这威风！"

四胜："叔，此一时，彼一时，咱不提羊肉那段儿不行嘛！——茶，有的是，放心，都能买上！"

这时，崔广兴带领蚂蚱杀来，一把拨开四胜来到店里："杨经理，你想干什么？"

立俊抬眼看看他，继续喝茶。

广兴："你十担送一担我怎么卖？这也忒不仗义了！"

立俊似是没听见。

排队的掌柜们偷着笑。

四胜照常销售，根本不看他。

广兴："杨经理，你别不说话呀！你这样卖也不要紧，可得等着我卖完了呀！这倒好，我大批的茶叶压在手里，你在这里抄后路，这不是成心想毁我嘛！"

立俊掏出烟点上："等着你卖完了？"

广兴："对呀！"

立俊："那我卖给谁？"

广兴："那我不管！"

立俊："我们运来了两车茶，你先抢去一车。按你那意思我把这车拉回去？”

广兴一看硬的不灵，立刻软下来：“杨经理，我求你，这么个闹法儿我就毁了！”

立俊：“你的意思是我先停下，等你盘剥完了我再卖？”

广兴：“杨经理，话不能这么说。这些年，我一直控制周村的茶叶买卖，一直干得好好的，也没人和我争。你来了，一下子弄来这么多，引着我先弄去一车，你接着又来一车。这让我怎么干？”

立俊：“你怎么干与我无关，但我告诉你，卖完了这车还有一车！”

广兴想急。

立俊：“别到这里来吹胡子瞪眼，市场不信这套！有本领你卖得比我低！你三番五次地给我捣乱，噢，我冲了你的买卖了，你不愿意了！世界上有这样的事吗？咱远的不说，去年你让柳子帮试图绑走十二钗，忘了？”

广兴：“你血口喷人！”

后门一开，香磨李出现：“怎么着，老崔，想不认账？”

外边的那些掌柜议论纷纷：“快看，那是柳子帮的香磨李！”

“这个杨经理一点不慌，看来是见过大世面！”

“这都是杨瑞清安排的！”

“哟，这土匪也听他的？”

“咱倒看看崔广兴这个舅子今回咋办！”

崔广兴也不是善主，他笑吟吟地看着香磨李：“李爷，行呀，谁给钱多就给谁干。这也算江湖好汉？李爷，你要真有本事就一枪崩了我。”

香磨李过来，和颜悦色地说：“老崔，别说气话。抓紧回去卖茶吧，要是一下雨，你三辈子也翻不了身！自打过了惊蛰，咱这里就没下雨，麦子旱得不行，谢知县正忙活着祈雨呢！”手往他肩上一拍，“谢知县有一套，真能把雨祈下来！”

4

大德通票号在银子市路西，东家李朴成外出归来，在门口下了骡车。

账房老李赶紧出来接："柜东家，回来了？"

李朴成看看街面，大模大样地嗯一声。

他俩来到店里，伙计送来热毛巾，另一个伙计端来茶。李朴成往椅子上一靠："买卖怎么样？"

老李赔着笑："柜东家，我正着急呢，你不在家，我干了点儿悬事儿！"

李朴成："嗯？怎么了？"

老李："崔广兴买茶叶没有钱，来兑了三万两。"

李朴成："拿什么作的押？"

老李："三个书寓押了两万五，外带五百担茶叶。三分的息。"

李朴成："挺好的买卖，这有什么悬的！"

老李躬着身："只是他买得太多了，整整一车盒子。"

李朴成："那怕什么。"说着端起碗来喝茶，忽又停住，"他买的谁的？谁有这么多茶？"

老李心虚害怕："杨瑞清的。"

李朴成大惊："啊？你事先知道？"

老李："知道。"

朴成把茶放下，朝前伸开五指。

老李问："柜东家，这是——"

朴成："咱至少得赔五千两！"

老李："不至于吧。光那书寓就能值三万，还有五百担茶叶呢！"

朴成冷笑："杨瑞清让它值三万，它就值三万，让他光成块地皮，你是一点招儿也没有！——我刚才从大街上过来，瑞记茶行人山人海地排队买茶，大字告示写得明明白白，买十担送一担，崔广兴那茶叶怎么卖？老李，你从小斗蛐蛐，这咋不辨公母了呢？——崔广兴是对手嘛！"口气随之变生硬，"兑期多少天？"

老李："二十天。"

朴成口气轻而冷："拿兑据来我看。"

老李忙拿来一张水印黄纸。朴成大致一看，轻轻放下，长出一口气："唉——"

老李："兑据不妥？"

朴成摇头。

老李："那是——"

朴成无力地一拍桌沿："什么也别说了，"回手拿过片子，"去请杨瑞清，就说我请他吃饭，去把会仙楼二楼买清了。"

掌柜的："好好，柜东家还有吩咐没？"

朴成："唉，论说这事儿也不怨你——咱一直就是这么办的。但现在开埠了，局势变了。咱那经营也得跟着变！——这些年，咱指望着兑差取利，再就是赚点脚力钱，这跟不上趟呀！你看看前街上的汇丰银行，人家是咋干的？一开埠，人家立刻跑来了。人家是外来银行，起码是人生地不熟，可人家是咋干的？嗯？你看看人家——整天请客送礼拉关系，整天缠着买卖家投资。你再看看咱！"他慢慢地摇着头，"坐在柜台后头充老爷，和当铺没什么两样！——杨瑞清要办电厂，咱得想法入上一股，咱也把放贷变成投资，只有这样，咱才能撑乎住。要不，哼，咱也成了崔广兴那茶叶——得剩下！"

5

广兴的茶叶卖不了，独自后堂里借酒浇愁，喝口酒，叹声气。账房进来："东家，咱降降价吧。天天晒着，竹篓子都崩了，里面的竹叶子也晒没了油性，干干巴巴，茶叶直往外漏，太疼人了！"

广兴："唉，杨瑞清这是成心办我——第二车是木箱子装，咱这车倒是竹篓子。"两眼通红，"老李，你说咱还能真毁到这场里？"

账房："东家，这都是后话，瑞记茶行又贴出告示来了，说是第三车又快来了。"

广兴："什么？还有第三车？"

账房："看这架势，咱不趴下杨瑞清不散伙！东家，我问一句，你咋惹着他了？"

广兴："还不是桂花那个熊娘们儿！别说了，去把蚂蚱叫来！"

账房不去："东家，咱也随行就市地往外卖吧，再这样下去，别说茶叶——大茴香也能晒没了味儿！"

广兴："灭不了杨瑞清，茶叶有味也白搭。去，快去把蚂蚱叫来！"

账房上前一步，面有拼死直谏的表情："东家，这都十二天了，再有八天票号兑期就到了，咱拿什么还人家？"

广兴抬手摔了酒杯："快去叫蚂蚱！"

不用叫，蚂蚱自己来了。

崔广兴冲账房摆手："你先出去！"

账房叹气退出。

蚂蚱上前躬身问："东家，有啥事儿？"

广兴一歪身子，掏出张银票："这是一千两银子，你带着去淄川，无论如何也得把胡世海给我找来，我要杀了杨瑞清！"

蚂蚱害怕："东家，这犯法呀！"

广兴："不犯法坐在这里等死？快去！"

蚂蚱接过银票："东家，这就走？"

广兴站起来："蚂蚱，我知道你挺忠，这些年我对你也不错。你先到大德通把这银票兑开，五百一张，你先给他一张，等他杀了杨瑞清咱再给他第二张。兄弟，这是咱最后的现钱了。好好掖着，千万别掉了！"

蚂蚱："东家，买卖本就是有赔有赚。因为买卖杀人，我觉得不值！这事万一发了，咱可咋收场？"

广兴："我也不想这么干，可逼到了这份儿上，也就只有这一条道儿了。兄弟，咱杀了杨瑞清，也就一了百了了。就也没人再敢往周村运茶了，咱还是控着这一行。唉！想想这些，铤而走险还是值。"他向外面指，"看见外头那些茶叶吗？只要杨瑞清一死，那些舅子就得抢着买。可气死我了！"他托孤似的拉起蚂蚱的手，"兄弟，拜托你了，等把事儿办完了，咱好好过日子，我给你把工钱翻一倍！"

6

新成在书房里写东西，少奶奶进来："怎么样了？"

他把那摞纸递过去："你看看，缫丝厂开业是大事儿，可别漏下谁！"

少奶奶看着："怎么没有我哥呢？"

新成一指："看最后——亲戚那一栏。这些亲戚记着就行，不用写上。"

狗剩进来："少爷，蚂蚱想见你，在门口呢？"

新成一惊："崔广兴出事儿了？"

狗剩摇头。

新成快步出来。

少奶奶坐下看名单，随手添上一个名字。

须臾，新成慌慌张张地回来，少奶奶问："怎么了？"

新成拿衣服："不好。崔广兴要杀杨瑞清！"

少奶奶惊得站起来："什么？你怎么不拦住蚂蚱？"

新成："他能听嘛。"

少奶奶："快，快去给瑞清送信儿，先让他躲躲！——最好先回上海去！"

新成慌着穿衣服："他娘，这事儿可不能说出去！"

少奶奶："哼！干不过人家就起杀机，就凭这套盛祥茶庄也得垮！"

7

瑞清和立俊在客厅里站着看图纸。瑞清问："供着五六个厂用电，这个汽轮机能顶住？"

立俊："没问题，我让人算过了。"

瑞清："三十万两够吗？"

立俊："差不多，我再给联华洋行往下压压，实在不行，咱就买德国设备。我来的时候在青岛和德和洋行谈了一次，他那价钱能低点儿。"

这时，林嫂带着新成进来。稚琴回避不及，浅浅躬身，退回内室。

瑞清："怎么了？少爷？"

新成见林嫂在侧，支支吾吾。

林嫂退了出去。

瑞清拉新成坐下："出了什么事儿？新厂试车挺好呀！"

新成："不是我那缫丝厂，是你那茶叶！——崔广兴，唉，怎么说呢，贤弟，听我的，先回上海住一阵子吧！”

瑞清：“难道崔广兴要杀我？”

新成为难：“贤弟，你知道我和他是表兄弟，有些话我也不便说，总而言之，这人有些输不起。他霸着茶叶行至少也有十年了，你一弄茶叶——就是捅着他那痔疮，他能善罢干休吗？”他扶住瑞清的臂，“贤弟，咱惹不起，躲得起，先回上海吧。”

瑞清一笑：“少爷，我和杨经理在上海滩上淘生意，也多是虎口掏食，竞争比这厉害得多。但不管怎么着，我还是得谢谢少爷来送信儿！”

新成着急：“贤弟，这回不一样，他真输急了！”

瑞清：“唉，我就是想走也走不了呀。”他指着图纸，“咱正商量着建电厂，汇丰银行、大德通票号都愿意投资，这是个好机会——大锅炉是现成的，咱俩再加上瑞蚨祥，很快就能把电厂建起来。我不能走。”

新成无奈：“贤弟，这次崔广兴真豁上了，你既然走不开，就住我那吧——文绣是你表姐，咱也不算外人。崔广兴就是恶横，也不能去我家杀人吧！同时我再劝劝他，让他灭了这个念头。唉！急死我了！”

瑞清一笑：“少爷，有些人听劝，有些人不听劝。崔广兴就是后一种！我做生意历来讲究手下留情，但对这样的人——”他一笑，“不能手软！”

稚琴在内室听着，两手捂在胸口上。

8

桂花院里的石榴正开花，她坐在树下喝茶。一张藤几，两把藤椅，姿态悠闲。经过这阶段的恢复人也丰腴了一些。

瘦茭白进来报：“妈妈，来了个财主。”

桂花：“什么财主也不见，有事儿你带他去见班头，这类事以后别问我！”

瘦茭白：“是桓台耿家，说是想建个缫丝厂。”

桂花站起来：“哟，还真有来的呀！快请。”

那财主中等个头，人很新式，穿着西洋缎的马褂，足蹬踢死牛布鞋，还带着跟班。他一见桂花赶紧抱拳：“桂花姐，桓台耿冒振！”

桂花一指对面椅子："耿先生请坐。茭白，倒茶。"

石头不看时候，捧着银子躬着腰进来："东家，这个月——你给的这工钱太多了！"

桂花着急："嗨！天热了，我不让你给孩子们换换季嘛！快去看着澡堂子，真不看眼色——没见我这里忙着嘛！"

石头："可是——"

桂花："十个挨打的，八个是因为不看眼色！你就是第七个，快去看着澡堂子！"

石头唏嘘而出。

耿冒振乘机夸奖："桂花姐真是厚仁厚义，就凭这一点儿，我建厂也得找你！"

桂花："耿先生怎么找到我的呢？"

耿冒振："噢，我去找王少爷，他说杨先生托付桂花姐来办这事儿，我这就来了。桂花姐，还得多帮忙呀！"说着示意跟班，跟班忙把包袱递上。耿冒振说："马踏湖的干虾米，嘿嘿，桂花姐别嫌！"

桂花谢过，浅笑着问："耿家是桓台有名的大户，书香门第，万顷良田，怎么想起建厂来了？"

耿冒振长叹一声："唉，姐姐有所不知，不是这万顷良田我也急不了呢！这地不管种不种，到点就得交税！地多赔得多，再加上那庚银——直接就是没法活呀！要不是俺爹摁着，我早把这些地扔了！再加上瑞清先生这么一弄——一亩地交一担茧，庄户也和我闹，我哪撑得住呀！姐姐，我说句话你别在意，现在那庄户就差造反了！"

桂花点点头："你想怎么弄？建几趟机的？"

耿冒振："王家那新厂子我见了，他是八趟机，我想建个十六趟机的——俺一个本家的兄弟在浙江当官差，他和宁波的美国富兰克林丝绸公司说好了，咱这丝出多少，他那边就要多少，根本不愁卖。所以我想上十六趟机器！"

桂花："哟，那得用块大地，你有地方吗？"

耿冒振："嗨，地有的是！"

桂花："你是说桓台？"

耿冒振："对呀！"

桂花："桓台有电吗？"

耿冒振："我想和瑞清先生那样——自家发电。"

桂花："我虽是不懂，但那锅炉相当贵，起码能顶那十六趟机！"

耿冒振一惊："哟，这可撑不住。撑不住。"

桂花："耿先生，你完全可以把厂建在周村，既靠着铁路，又靠着小清河，出来进去都方便。再加上瑞清正忙活着建电厂，你那费用不省大了？大家在一块，万一那机器不听话，也好找人修，你说呢？"

耿冒振："好是好，可周村没地呀！"

桂花去了屋里拿来设备图集："你先看看这机器样子，地皮不算太难，我手边有俩院子，拆了足有二十亩地。"

耿冒振："这得多少钱？"

桂花想了想："大致要四万。"

耿冒振高兴："不贵！不贵！这两年周村的地皮如金，这个价钱可是行！"他一回手，跟班把搭子递过来——土财主有干货，伸手掏出块自铸金砖："姐姐，把这块卖给我吧，就按你说的，四万，我也不还价了。这块金是十二两，咱就算定钱。嘿嘿。"

桂花没看："哟，你还得等等，当时还不行。"

耿冒振："我等，我等，我等着就是了。"他长舒一口气，"唉，你可帮了大忙了，这些天一直为地皮犯愁，这下好了！"

桂花："你先看看样子，至于机器的价钱——"

耿冒振："桂花姐，我也别看了，你开价吧。"

桂花："这么信我？"

耿冒振："唉，咱虽是没见过面，但你的人品、瑞清先生的人品我都听说了，瑞清和熟人谈不了买卖，才把这事托付你。王新成说你虽是收点佣金，这是应该的。应该的。你说吧，一共多少钱，我好给你预备！"

桂花："具体价钱我说不上来，回头我让上海瑞记的杨立俊经理和你谈。你住哪里？"

耿冒振："盛世永客栈，我把那里包下了。姐姐，算我求你——你再给瑞清先生说说，让我也在他那电厂入上一股！”

桂花心里美，一下子高兴过了头：“行，我说话他准听！”说完赶紧捂住嘴，“耿先生，别见笑，我高兴糊涂了。”

桂花的脸通红。

9

大德通票号里没有顾客，账房老李一旁算账，小伙计守着前台。李朴成掏出怀表看看，十点了：“老李，到点了。你去一趟吧。”

掌柜的赶紧过来：“东家，你是说崔广兴是还不了银子？”

朴成：“哼，别说他卖得贵，就是和人家一样钱，也没人买他的！以后记住，这兑银子得看人！”

掌柜的：“是是是。我记下了，柜东家。可是——”他有些为难，“这崔广兴虽说不大地道，可也是多年的熟人，我还有点不好意思。要不咱再宽限他两天？”

朴成回手指向墙上的店训：“无亲无故，无公无私，只认银票，不认何人！难道要我去？”

掌柜的：“不必，不必，还是我去吧。”说着，夹起算盘冲伙计一努嘴，带人走了。

崔广兴在家里盼蚂蚱，他问账房：“蚂蚱走几天了？”

账房：“七八天了。”

广兴纳闷：“该回来了，难道这小子拿着银子窜了？”

账房正色更正：“东家，你说他喝口酒误事儿我信，要说他跑了，蚂蚱可不是那种人！他虽是钻头不顾腚，但这个人挺忠！”

广兴：“我也这么想！”

账房：“东家，咱快卖吧，这么挺着不是个长法儿。咱实实在在地说，这些天没下雨，就是老天照顾咱。久旱必涝，这天一直这么旱，再加上谢知县接二连三地祈雨，万一真要下起来咱就麻烦了！”

广兴："没事儿。祈雨？天就听他的？我从没见他祈下过雨来！"

账房："东家，还是听我一句劝，趁着杨瑞清那第三车没来，咱快卖。要依着我说，咱和他卖得一样就行。也是十担送一担，乡下人外地人都等他那第三车！只要告示一贴，当天就能卖不少！"

广兴："不慌，咱再等等蚂蚱！我就不信办不了杨瑞清！还反了他呢！"

话音刚落，李账房带着伙计来了。

广兴起身迎接："老李，来，坐，坐。"

李账房："不坐了，兑期到了，还银子吧。崔掌柜的担待，崔掌柜的担待。"

广兴不在乎："再等等，再等等。快了一个礼拜，慢了十天，一准儿还你银子！"

老李："不行，东家不同意。你要是还不上银子，那就在兑据上画个押，俺就把书寓收过来。"

广兴："那我展兑。"

李账房："东家交代了，唯有你这份子买卖不能展兑。"

广兴："为什么？"

李账房："东家的事儿我哪知道！"

广兴噌地站起来："你这不是抢嘛！"

老李干银号多年，经过风浪，一推眼镜："崔掌柜的，咱不说难听的，要么还银子，要么画押，你选一样吧！"

广兴："那仨书寓值七八万，你三万就想兑过去？"

老李指着字据声音很轻："是你自家愿意的，我又没逼你。"

广兴："你这不是放印子钱嘛！滚出去！"

老李点头："崔掌柜的，和气生财，大德通——从山西到山东，这么多年了，头一回碰上你这样的！"说罢，夹着算盘走了。

老李刚走，蚂蚱灰头土脸回来了，进门二话不说先喝一通凉水。

广兴似是见救星："见着胡世海没？"

蚂蚱喘着气："见着了。"

广兴："他什么时候来？"

蚂蚱丧气地坐下："东家，别提了，胡世海那双腿让人全打断了！"

广兴原地一晃："怎么回事儿？"

蚂蚱："这事有多半个月了。他正在淄川一个馆子里喝酒，突然进来俩人，二话不说，冲着他就是四枪，全打在腿上了。东家，你没见，现在他爬着走，那腿都招蛆了！"

广兴："知道是谁不？"

蚂蚱："他说是俩南方人，我琢磨着——准是杨瑞清派去的！"

广兴似是塌了架，双手一松，身子一仰："啊？原来他早有准备呀！"

他这惊叹还没了，两个衙役站在门口："崔广兴，谢老爷传你去过堂！赖账不还，大德通银号把你告了！"

10

广兴跪在大堂上，大德通的李朴成却是坐着。

谢老爷一拍惊堂木："崔广兴，原告所陈属实吗？"

广兴："属实。"

谢知县："那你为什么不画押？"

广兴："我那仨书寓值七八万，老爷，他这是讹我呀！"

谢知县："你主动去用书寓抵押，人家又没逼迫你，怎么叫讹？"

广兴："我说展期兑还他为什么不应？"

谢知县转向李朴成："原告，你为什么不展兑？"

朴成："我料定他还不上银子，所以不同意展兑。老爷，根据大清《银当章程》我也可以不展兑呀！"

谢知县："崔广兴，你还有什么话说！"

广兴："唉，我算是倒到井里了，一切听老爷发落。"

谢知县："不是听我发落，而是要依律办事！别说我，济南的府台大人就算是你姐夫，这官司你也得输——那仨书寓也得判给人家！"轻拍惊堂木，"崔广兴！"

广兴："小民在。"

谢知县："你与大德通银号抵押兑银，到期未还，根据大清律，山陕安徽淮扬三个书寓归大德通银号所有，另外再给原告茶叶五百担。如有不服，呈状济南府再审！退堂！"说罢，一甩袖子进去了后面。

师爷来到广兴跟前："崔广兴，老爷叫你后堂说话。"

广兴一头大汗来到后堂，谢知县坐着，广兴垂首而立。

谢知县喝口水："崔广兴，你勾结胡世海，妄图杀害杨瑞清，你当我不知道？"

广兴大惊，跪倒在地："没有，没有。他那是血口喷人！"

谢知县："你还不认账，哼，我看你离死不远了！站起来说话！"

广兴谢过站起。

谢知县："你三番五次犯奸作科，扰乱秩序，欺行霸市，胡作非为。要不是我摁着，你早倾家荡产了！"

广兴抬起眼："老爷，此话怎讲？"

谢知县："要不是我劝着杨瑞清，他那第三车茶叶早运来了！崔广兴，你那眼长在裤裆里？你也不看看对手，就抡着家什往上冲，就你那两下子能是对手？嗯？要不是我摁着，第三车来了不说，杨瑞清还敢往下降！不降你都受不了，他再一降，你那茶叶还不烂在手里？嗯？"

广兴："是是是。谢谢老爷！"

谢知县："随行就市地卖了，多少还剩个仨瓜俩枣，不失为周村的瓷实户。小子，你可听明白了，你要再闹腾，兴许能赔得光了腚！"

广兴："是是是。我听老爷的。"

谢知县站起来："回去吧，以后老老实实做人，规规矩矩做事，悄无声息地活着吧。也就是我，再是换了别人根本不管你！你这个王八蛋还不知好歹，写黑状子到济南府告我。唉，真是没活明白！"

11

新成的缫丝厂开工，他带着谢知县及周村的头面人物参观车间。瑞清和四胜走在后面。

四胜："少东家，你为什么不把崔广兴弄个倾家荡产？"

瑞清："他要真成了穷光蛋，这小子就能成土匪，也就成了咱一生的祸患——多少给他留点儿，让他想起起不来，想趴趴不下，这样最好。再说谢知县王新成都找我，让咱手下留情——你看看，"他朝前一指，崔广兴弓着腰跟在人后头，"这小子现在多老实，待人多客气？"

四胜："嗯！快赔干净了，也没脸往人前凑了。这回真解气！可是少东家，我听说大德通把那仨书寓卖给了咱？"

瑞清："对呀。"

四胜："咱要那玩意儿干什么？"

瑞清："开工厂呀。"

四胜："多少钱？"

瑞清："我给他三万，可李朴成非要两万五，我也没硬让。以后再找个机会补给他吧。"

四胜："还补给他！咱收他书寓，给他当着下家，这是帮他的忙！"

瑞清："咱更有下家。"

四胜："噢？"

瑞清："咱一共收了仨书寓，那淮扬安徽俩书寓挨着，桂花就四万两卖给了桓台耿家。"他说着笑起，"桂花是真敢胡说！——书寓还没到手，她就敢事先许出去。真是有一套！"

四胜高兴："桂花是拿这俩书寓出气！——当初这安徽淮扬两书寓最欢，挤得桂花最厉害！这倒好，直接给他扒了！四个书寓成了俩，还都归了桂花。"四胜忽皱眉，拉着瑞清的袖子说，"少东家，为了桂花，我看你啥都敢干！"

瑞清："哪来的这么多废话！这头算是忙完了，赶紧去博山把老徐叫来！"

四胜："咱这瓷厂啥时候建？"

瑞清："建不建另说，咱得早准备。咱要建，就建新式的。手拉坯子柴火烧——那套用不着咱！"

第十六章

1

下雪了，瑞记电厂建成了，瑞清新成还有李朴成孟掌柜四个股东站在厂门前合影留念。立俊站在摄影师旁边，轻轻地笑着。

四人合完影，瑞清拉过谢知县："谢老爷，要不是你这么通达，瑞清的志愿怕是实现不了。"

孟掌柜也说："谢老爷，明年你就尽任了，按我的意思也别尽任不到任了，你一直干下去，一直干到去世归西！"

谢知县打他头一下："我也不愿离开！唉——"

瑞清扶知县走到厂门前居中站立，镁粉灯一闪，此刻被留下来。

瑞清问："谢老爷，咱开业吧！"

谢知县："开！不管怎么样，在我任内周村点上了电灯！"

四胜带人点燃了鞭炮。围观的人们一起往家跑："快回去看看，咱家那电灯就亮了！"

"快，咱家离着电厂远，这电肯定到得晚！咱得回去看看，晚个十分八分的不要紧，要是晚半个钟头，咱可不交电灯钱！"

孩子们最欢，也跳跃着往家跑去。

总配电室内，洋工程师盯着配电盘，一会儿按按这个钮，一会儿按按那个钮，很是认真。

瑞清他们众星捧月般簇拥着谢知县进来。立俊对洋人说一句，洋工程师忙对

谢知县行礼，恭敬地伸出手，冲向总开关。

立俊："谢老爷，合闸吧。是你点亮了周村！"

谢老爷走到总闸跟前，回想以往，感慨万端，长长叹口气，猛然推上电闸！

百姓家，人们看着电灯欢呼，孩子高兴地蹦跳！

石头家的灯也亮了。他家正有个老家来的亲戚，看着电灯连连说神。

石头笑问："叔，这西洋玩艺好不？"

农村叔："可是好！啥时候咱老家能有这！——你看多亮，还不冒烟！"

石头妻在饭屋里炒完菜，来到门外喊："他爹，来帮着把菜端过去！"

石头应着跑向饭屋。

农村叔看着电灯装烟袋，越看越觉得有意思，不停地摇头赞美。他站上椅子，把烟锅子对在灯泡上——试图把烟点燃，嘴紧着吧嗒，可烟却是不出，他疑惑地看看烟袋，再看看灯泡，双向检查。他终于明白了——用烟袋锅子打向灯泡。石头正端着菜进来，制止不及。就见灯泡破碎，"嗞"地腾出股小白烟，农村叔慌忙后闪，扑通从椅子上摔下来。

灯也灭了。

石头双手端着菜跺脚道："叔，这电灯不能点烟！"

农村叔坐在地上，看着灯泡纳闷儿："这么亮，咋没火呢？"

石头妻从饭屋赶过来："快，快去叫人来修！叔呀，这电灯干不了这事儿！"

石头为难："这刚通上电，咱就打烂了灯泡了，我咋对人家杨先生说！"

石头妻："他爹，你还真得去！乡下来周村看电灯的不在少数，玩这一手儿的也不止咱叔——你让瑞清赶紧出个告示，告诉大伙儿，电灯不能点烟！"

石头醒悟："对！"他扶住叔说，"叔，你先喝着，我马上回来。看看能不能再要个灯泡子！"说罢，纵身跑出。

2

第二年秋天，瑞记丝绸厂建成，一干人等聚在厂门前。四胜扯下厂牌上的红绸子，"瑞记丝绸厂"牌赫然在目。鞭炮随之响起，贺喜的人们也一齐鼓掌。克利尔是第二股东，他也来到了周村，立俊陪着他观看。

厂门口横拉着一根红丝带，瑞清端着木盘走到谢知县跟前：“谢老爷，剪彩吧。”

谢知县看看盘内的新剪子，慢慢拿过，略有凄哀地说：“瑞清，我在周村当值这么多年，除了断案就是祈雨，基本没干正事儿！唉，你看看，开埠才几年，咱就建了这么多厂！唉，咱下手晚了。要是早这么干，咱大清朝何至如此呀！”说罢拿起剪子，“给你剪完彩，我也就尽任了！回首我之仕途好比一篇烂文章，前边一塌胡涂，结尾倒写得有点意思儿！”

谢知县剪过彩，瑞清让着他往里走：“谢老爷，你看看咱这新式机器，织的那绸子真叫棒！——你务必晚走几天，不管怎么样，也得给俺师娘捎上几匹新绸子！”

谢知县：“我捎不捎的不要紧。瑞清，只要咱‘瑞清牌’绸缎在英国叫响了，我比什么都高兴！”

瑞蚨祥孟掌柜的插进来说：“瑞清，等你这新绸子下了机，能不能先给瑞蚨祥一部分？”

瑞清：“孟兄，克利尔在英国铺天盖地地作广告，宣传咱这绸子，那边还等着呢！克利尔虽是二股东，但厂子是我经营，我和他之间也有订单，咱不敢耽误！一旦误了工期，他是照样罚钱！”

谢知县称许：“里是里，外是外，还是洋人这章程明白！——咱大清朝毁就毁在这糊涂上！——家里外头一回事，公私不分，一锅黏粥没个豆，分不清哪是哪！”

孟掌柜打趣：“谢老爷，这话要是让老佛爷听见，准得办你个午门问斩！”

谢知县：“要是张之洞听见，没准能提拔我！”

大家笑着进了车间。

车间内整齐有序，机器齐响，人们都看愣了！

3

傍晚，谢知县看着窗外的暮色回忆此生，目光深长，不停地摇头叹息。

吴师爷来到书房："老爷，开灯吧？"

谢知县："开吧。"

电灯亮了。

谢知县指对面的椅子："吴师爷，坐坐。"

吴师爷似有腿疾，扶着桌边坐下："老爷，那些书我都收拾好了，明天我就去托运上。"

谢知县："唉，人这辈子真快！"他喝口水，"我六岁入塾读书，先《三字经》后《百家姓》四书五经而外继之汉晋唐宋文赋诗词。"他苦笑着看吴师爷，"满腔雄心壮志，却做了这么个小官！"他目光神远地看着窗外，"三十年中，无一刻懈怠，无一刻不提心吊胆，不错，下个月就卸任了，总算没出大纰漏！不错，不错。"一脸无奈的自足。

吴师爷："老爷，我问一句——如果有来生，你还做官吗？"

谢知县端起茶碗："但愿没来生。"

吴师爷："老爷，为官以来你一直这么清廉勤政，朝廷知道不？"

谢知县苦笑："从政，讲的是忠君爱民。这些天我总琢磨——实际上是忠君者多，爱民者少。这是为什么？因为忠君有回报，爱民无回报。我说得对不？"

吴师爷静静地点头。

谢知县："咱在周村这么多年，没要过谁家的东西，没收谁家银子，西太后大寿咱也没额外收税送礼——后来发给咱的报子上说，全国一千八百七十四个县，没给西太后送礼的只有五十二个县，一半是因为穷，一半是咱这种情况。吴师爷，要不是府台大人力保，我早滚回武进老家了！"

吴师爷："就是因为她办大寿，北洋水师才输给了倭奴！老爷，如果甲午之役咱胜了，大清国运是这样？"

谢老爷："不光因为这！——那天，我和瑞清聊世界上的海军，瑞清说得对，西班牙也好，英国也好，人家那海军是开疆拓土，一切为了贸易，结果发现了美洲——他在那里抢了钱，跑到咱中国来买东西，咱也跟着用上了墨西哥银子！可你看看咱这舰队，自打把船买来，就没去过公海，总在家门口转悠，连家都看不住。说一千，道一万，这是一支庄户舰队！办不了什么正经事儿！"

吴师爷一笑："咱大清有鉴于元朝的教训，不敢逾越明制半步，郑和下西洋，花了那么多钱，也不过是‘扬威异域，结好友邻，示我中华富强’——没弄回一点儿玩意儿来！”

谢知县摇头：“明朝也好，大清也好，咱就要走了。回想我在周村之所为，旱了，咱及时祈雨，涝了，咱及时求助龙王爷。断案也尽量公正。吴师爷，作为一个县令，这叫恪尽职守，也叫庸碌无为。”他面色十分平和，“吴师爷，咱确实很穷，但也过来了；但如果四处搜刮，身家千万，也有可能不得善终。你看看整个山东，自打开收庚税，一半以上的知县挨过揍——开征的头一年是挨揍，现在变成了掀摊子！”他竖起一个指头，“仅仅这一年，就有三分一的知县被打窜了。远的咱不知道，你看看那沾化利津博兴，包括桓台刘知县，不仅知县被打窜了，县衙也让饥民占了。”他自嘲地笑，“想想也挺有意思——没有知县那里的百姓照样过，税也省下了。唉！比起这些来咱已算上承皇天，下托万民，尽心竭力，规矩谨慎，活得也挺踏实。”他看着吴师爷，“咱忠了君，也爱了民——尽管爱得不够，却是不敢懈怠。正是因为咱这样，老百姓才没骂咱，甚至连土匪也不给咱添麻烦。不错，可是不错！”一指自身，“我——”眼再次瞪起，拧动头，“相当相当知足！”

吴师爷很感动：“老爷，我敢说，再过一百年，周村人也得记着你，记着你的好处！”

谢知县：“那都是后话了。吴师爷，新来的顾知县是个‘同进士’，兴许没读多少书，做事难免有点儿毛糙，你要好好地帮着他——大清国积贫积弱，新政以来，多少有些起色。别处咱不知道，单说这周村，”他一指电灯，“电厂建起来了，四家缫丝厂开了工，杨瑞清的丝绸厂也织出了新式绸子。这都是好兆头。咱要保护这些实业，让人家这些干买卖的放心。唯有如此，大清才有出路——洋鬼子凭什么打咱？还不是实业多，技术新？”

吴师爷：“老爷，我尽力而为。”他给谢知县添点水，“老爷，这顾季捐的官，又能补上实缺，看来有两下子。”

谢知县摇手：“这位顾老爷是鱼台人，其家号称运河第一米商，在济宁玉堂酱园子也有股份。不是他有两下子，是他家里有两下子！”

吴师爷：“老爷，周村正在开埠的当口上，上头咋派这么个人来？”

谢知县：“府台大人说他精于商道。其实我看，这事儿府台也做不了主，是上面硬派的。”他眼一瞪，“吴师爷，你不用怕——他来之后，你该说说，该劝劝，不用忌讳！不能在这里干师爷，就到武进去找我。咱就是不能看着他胡闹！——吃点贪点儿都不要紧，最要紧的是——不能让他把咱刚聚起这点人气给踢腾散了！”

吴师爷：“我都这把年纪了——没了图谋也就没了迁就。再说现在周村有商会，他要是胡来人家也不听他的。”

谢知县将去，心里很急，他连叩桌子：“大清的瓤子都糠了，可不能再胡来了！”

4

丝绸厂是六座斜坡一砌厦的厂房。机器整齐地作响，绫子左右飞撞。一个女工看一台机，每趟机器都有两个穿工作服的洋人。他们来回查看，十分认真。

瑞清看着织出来的绸子，面有惜怜之色。

四胜说：“少东家，用机器织绸子过去哪敢想？当初你说建这厂，还是洋人当厂长，我觉得是胡闹——咱们这些人没一个懂的，咋能织出绸子来？”他高兴地傻笑，“咱还真织出来了！”

瑞清：“不光你，王新成也觉得咱是说梦话。所以他不入股。”

四胜：“他没这样的见识。电厂让他投资就不错啦！”他一笑，“现在倒想入了，可晚了！”

瑞清：“他现在入股，我还让他入。四胜，只要咱这绸子真在英国叫响了，这厂还得扩大！”

四胜：“我敢说，你只要一松口，王新成立刻举着钱跑来！”

瑞清淡淡地笑。他朝那边一抬下巴：“雇洋人给咱干活，这一景想过没？”

四胜双拳打着自己的头：“我现在都觉得是在梦里！少东家，除了当初北洋水师请过洋工人，也就是数咱了吧？”

瑞清：“哪里！现在上海的新式工厂里都有洋人。光英国就有六千人在中国当技工！这还不算外国人开的工厂！”

四胜：“那——咱的钱不都让外人挣去了？”

瑞清：“人家会的咱不会，所以咱就请人家。咱是花钱买人家的本事，是帮咱挣钱。所以，他只能把咱挣富了，不能把咱挣穷了！”

这时，桂花和稚琴牵着手进来，惊喜地看着机上的绸子。桂花刚想用手摸，洋厂长大步赶上来喊：“Don't do it!”

桂花吓得抽回手。她问稚琴：“洋鬼子喊什么？”

稚琴笑着：“他不让你动。”

桂花：“这是那个洋厂长？”

稚琴：“嗯。”

桂花不满：“真凶。”

稚琴：“不是凶。他是怕你弄坏了，瑞清罚他钱——这厂是他包干儿！其实这人挺和气。”

桂花：“瑞清真行，连洋人都能拾掇住！”

洋厂长：“I'm sorry for my rude, ladies，but you can't touch the machine! I must stop you，I apologize!”说着冲稚琴桂花躬了下身，继续查看机器。

桂花：“他又咕噜什么？”

稚琴：“他向你道歉——不让你用手摸机器。”

瑞清笑着，用手点画着她俩：“一看咱就是老婆孩子夫妻店，你俩跑来干什么？”

桂花：“俺想要一匹——俺也穿穿咱自家织的绸子！”

瑞清：“你以为咱这是烧饼铺子呀——一出锅，你先吃一个！”

桂花：“我就得吃个热的！”

瑞清笑着点头：“好，让你吃回热的！”他转向稚琴，“有事儿？”

稚琴：“刚才立俊来电报，问绸子织出来没有，克利尔急等着要，一天三遍电话催！”

5

王老爷去世后，新成升为老爷。

天色向晚，夫妻二人正在喝茶。四胜扛着匹青色绸子大喊大叫进来了：“王老爷在家吗？”

新成赶紧迎出来："你叫我王老爷，我就得叫你郭经理。快请。"

四胜把绸子递上："我就不进去了，这是咱织的那绸子，少东家让我送一匹给太太。好，好，我走了。"

王太太接过绸子，新成把四胜送出来。

王太太拉开电灯，仔细地查看绸子的成色。

新成回来："唉！还真把绸子织出来了！成色怎么样？"

王太太："不错。老爷，他这绸子咋这么挺括？"

新成："他用云南的天麻浆过。你知道这匹绸子要多少钱？"

王太太："能有二两银子？"

新成："在英国起码能卖十两！"

王太太："啊？这么贵！"

新成点上烟："杨瑞清心眼儿是多！"

王太太："咋了？"

新成："他第一个办缫丝厂，却只有四趟机，咱是八趟机，耿家是十六趟，李朴成那个也是十六趟。这些缫丝厂数他的厂小，我一直纳闷儿他不害怕被挤死？现在明白了，除了耿家，咱和朴成这俩缫丝厂全是给他办的！——给他这丝绸厂供原料！"

王太太一努嘴："不能这么说人家，当初一建这丝绸厂，瑞清就劝你也入股，你不是信不着人家嘛！"

新成："所以后悔呀！"

王太太："你也不想想，洋叔他兄弟能入这厂的股子，还亲自来了周村，就说明这事有准儿。咱真不该那么小心。老爷，咱这缫丝厂只能春秋两季开工，这丝绸厂可是全年都干呀！"

新成："咱总想跟上趟，可就是跟不上。说来说去，还是见的世面少！"

王太太："咱见的世面少，咱就跟着那见世面多的走。他还要办陶瓷厂、麻纺厂，这些咱都入股！我是他表姐，他不好意思不让咱入！"

新成："他娘，你去问问瑞清，他不是说这厂还要扩建吗？咱那片房子就在他厂南头，拆了足有九亩地，看看咱还能入上不？"

王太太："我觉得差不多。周村地这么贵，咱那片房子又正靠着，"随之断定，“这事儿有准儿！”

狗剩带着个衙役来到北屋，新成忙起身迎：“宋叔，有事儿？”

宋衙役叹口气：“新知县要来了，谢老爷让大伙去开个小会，一块儿商量商量咋迎接。”

新成：“不是说初六吗？”

宋衙役：“新知县上任心切，等不到初六了！”

新成问：“瑞清去不？”

宋衙役：“去。不仅要去开会，周村所有头面人物都得到车站去接！——真他娘的有派头！”

6

早晨，车站上，谢知县带领各界头面人物候立。他来到瑞清跟前：“瑞清，等会儿车到了，你带着大伙儿一排站好，也让他看看咱周村的人物！”

瑞清：“还用磕头不？”

谢知县：“你别捣乱了。”他抱着拳，“帮我唱完这最后一出！”

李朴成过来说：“谢老爷，咱周村历来不看重官，没必要弄得这么隆重！”

新成：“我听说这顾知县单独挂了一节车盒子了，有什么可带的？——故意摆谱儿！”

谢知县转着圈作揖：“各位，各位，都算帮我，都算帮我。这个新老爷没做过官，他要是哪句说得不中听，大伙儿也得忍着。咱三十六拜都拜了，不差这一哆嗦！”

瑞清：“哼，就凭挂这一节车，也不是什么好鸟！”

谢知县：“人家自费，咱别管这些！——你还是少说话！”

孟掌柜：“内务府来周村订货，也不过包个卧房！哼，他要是胡闹，我立刻参他！这样的熊官我根本没看到眼里！”

谢知县：“老孟，说我？”

孟掌柜：“全国的知县，就您老人家在我眼里。嘿嘿。要不是为着您，我他娘的根本不来！”

一声长鸣，火车转过弯道。谢知县赶紧整顿队伍，大家一排站好。

火车停下，谢知县带着大家都迎去，崔广兴跟在后面。

一个黄胡子的德国铁路技工率先跳下来，紧跑几步，钻站台下面摘开最后一节车。七八个壮汉帮着把那节车与整车推开。

洋技工爬上站台，拍打着手上的土，用汉语问瑞清："请问，先生，是国王来了？"

瑞清不假思索，手一扬："国王他姐夫！"

这是一节行李车，顾知县从前门下来，中门拉开准备卸货。

谢知县长揖到地："欢迎欢迎。"

顾知县赶紧还礼："劳驾兄台。"

谢知县拉着他的手，第一个介绍瑞清："这位是本埠第一买卖家杨瑞清！"

顾知县："开埠功臣，久仰久仰。"

瑞清一笑抱拳还礼。

谢知县："这位是大德通银号柜东李朴成。"

顾知县拍着朴成的右臂："从山西到山东，到处都有贵号，我们鱼台地也有！"他拉着朴成的手，"往后足下还要多多帮衬！"

谢知县一路向后介绍。

那边，顾知县的家丁吆三喝四地指画着卸车。

朴成小声说："瑞清，这顾知县看着倒是仪表堂堂，一团正气。"

瑞清点上烟："《宋史考》上说，秦桧就长得很体面！"

朴成："你这是抬扛！"

瑞清喷出一口烟："王莽长得也不错。"

朴成侧身过来："我算看出来——你没考上进士，看着人家上任你眼红！"

瑞清："这是真话！"

那边，脚夫们帮着卸车，看着两个大皮篓问："这是什么？"

这个家丁名叫顾武，是顾老爷的本家侄子："水！我们老爷怕猛一下水土不服，特别从济南趵突泉灌的！"

脚夫："顾老爷不是鱼台人吗？"

顾武："是鱼台人，可这些年一直在济南住着！"

脚夫看着拿起一大串红辣椒："这也带？"

顾武："你周村的辣椒不辣！——哪来的这么多废话，快干活！"

谢知县介绍完毕，拉着顾知县出车站："顾兄，买卖家集体出资，在会仙楼摆了两桌，还请务必赏光！"

顾知县立刻站住，斩钉截铁地说："不妥！为官一任，造福一方，不能给买卖家添麻烦。我看还是免了吧！"

谢知县闻此，顿生敬意："饭店都备好了，再退等于坑人家！"

顾知县义正词严："既然这样，这顿饭我请。要不我不去！"

谢知县极为赞赏："好！"

二人抚掌大笑。

7

傍晚，稚琴和林嫂等瑞清回来吃饭。久等不归，稚琴说："林嫂，咱先吃吧。"

林嫂："我看再等等。"

稚琴："新知县刚到，难免多说一会儿话，咱不等了。"

她俩刚想吃，瑞清东摇西晃地进来，稚琴赶紧扶住他，林嫂忙去冲茶。

稚琴："又喝这么多！"

瑞清："人之将别，心里难过。想想当年谢知县帮我辅导功课，唉，就跟昨天似的！"

稚琴："谢知县什么时候走？"

瑞清："后天。唉，大伙儿都觉得谢知县不孬，又穷了一辈子，就凑了一万二千两银子，算做回家的盘缠。"

稚琴："他能要？"

瑞清："不管他要不要，这回得让他拿着，要不他回家咋过日子？"

稚琴："官做到这份上真是不易。"

瑞清："唉，他虽说是个县令，但我把他看成朋友，他来周村的时候才三十多岁，可你看他现在老得那样！"他喝口茶，"他家在武进百丈，回头我再让立俊单独再给他送点钱去！”

稚琴：“应该这样。这新知县怎么样？”

瑞清琢磨着：“说话谈吐都挺好，人长得也体面。可今天拉来这一车行头，大伙儿都看着不顺眼。”

稚琴：“这不算什么。咱来周村不也拉了好几车？”

瑞清站起来：“后天谢知县尽任，我要把这饯行宴办得体体面面，也让新知县看看——好好做官，心里有黎民百姓，百姓就从心里爱戴！”

稚琴：“咱自己出钱就行！”

瑞清：“孟掌柜、李朴成都想自己出钱，争来争去，最后说定我和李朴成第一场，新成和老孟请第二场——”

他还没说完，四胜跑进来：“少东家，谢老爷走了！”

瑞清一惊而起：“啊？”随之摇头，“刚刚分手，不能，不能。”

四胜：“咋不能！我从缫丝厂出来，见街上的人往车站跑，我也跟着跑去看。”四胜擦把泪，“谢老爷一上车，二百多人全跪下了，哭成了一片！”

瑞清扶着桌边呆呆地坐下。

朴成、新成进来：“瑞清，谢老爷走了！”

瑞清：“坐，坐。”二人在沙发处坐下，良久无语。

朴成：“瑞清，往后咱可咋办呀！”

瑞清：“在西洋，官府叫做政府，那政府是老百姓选出来的，所以政府不敢胡闹。咱这里是皇上派来的，所以官府不怕老百姓。咱们往大处说，咱们都是周村同乡，往小处说，都是瑞记电厂的股东。新知县拉家具也好，带水来也好，咱都不管，甚至索贿咱都给他，但他不能干扰咱干买卖。你说呢？朴成。”

朴成点着头想了想：“这顾知县说话举止倒还在谱儿，新成也这样说。只是我觉得——”

瑞清：“怎么样？”

朴成：“我觉得他弄得过于正规，反倒有点儿假了！”

瑞清摆手扫去疑惑：“正规也好，不正规也好，他不能整天装假！现在光听见些动静——只要钻出庄稼地，是狗是獾咱就看清了！”

8

第二天，瑞清来到厂里。洋厂长主动过来汇报生产情况，稚琴一旁翻译。

瑞清："他说什么。"

稚琴："他说工期很紧，可能要加夜班，电厂十二点之后不能拉闸。"

瑞清："告诉他，不拉闸可以，这工期万万不能误。要是让洋行罚了款，我就扣他的钱！"

稚琴转向洋厂长："I don't care that, but you must finish the work on time, if you can't I'll not pay you!"

洋厂长躬身认可："OK, but please take enough food to workers late at night."

稚琴点头，她转向瑞清："他说行。但要让伙房给工人准备夜餐！"

瑞清："答应他，一会儿我就让四胜安排。"

这时，吴师爷带着顾县令进来。顾县令没见过机器，更没见过洋人恭恭敬敬地给中国人说事，治下之区能有如此景色，脸上满是民族自豪感："杨先生，好！"说着挑起大姆指。

瑞清抱拳迎上去："欢迎顾老爷。"

顾老爷拉着瑞清的袖子小声说："贵夫人还懂洋文？"

瑞清拉过稚琴介绍："稚琴，这是顾老爷。"

稚琴赶忙行礼，顾知县手足无措。

她随后小声说："我先回去了。"

瑞清带着顾老爷漫步参观，洋厂长一旁陪着。

四胜跑来："少东家，茶冲好了，请顾老爷去客间吧。"

瑞清带他出来，噪声顿时消失。顾知县扑噜着耳朵："杨先生，这机器好是好，就是太闹！"

他们在办公室坐下，瑞清一使眼色，四胜出去了。

顾老爷喝口茶："本县第一天上任，就在贵厂开了眼，不错，不错！我听说咱这绸子要卖到英国去？"

瑞清："对，这厂就是为出口建的。"

顾知县："这机器绸和木机绸有啥区别？"

瑞清："一句半句说不清，但咱这绸子价格高，是一般绸子的六倍。"

顾知县："哟！让你这一说我还真得仔细看看！"

这时，四胜抱着一匹紫绸子进来："这是孝敬顾老爷的。"

顾知县一趔身子："杨先生，这太客气了！"说着细看成色，连连说好，"杨先生，这样，你卖给我一百匹，从府台到宫里我都给他送送！杨先生，咱周村有这么好的东西得让上头知道！"

瑞清："顾老爷，当时不行。这批货工期很紧，如果晚了出口商就罚咱的款。"

顾知县不在乎："没事儿，罚款算我的！"

瑞清忍了几忍，最后点头："好吧，过些天我让人送去。"

顾知县："最好快点儿。过个十天半月的我就去济南，到任了，要给府台大人述职，咱最好一块带上。"

瑞清和四胜把顾知县送到厂外，看着他上了轿，瑞清叹着气往回走。

四胜："少东家，县衙啥时候有的轿？"

瑞清："他自家带来的。包括那些轿夫！"

四胜："张嘴就要一百匹，少东家，他能给钱吗？"

瑞清："还给钱，送晚了都不行！我看这，这小子不是个东西！——别看他说得挺好听！"

四胜："不给他，反正他不能来抢。"

瑞清："抢是不敢，但他能给你捣乱！这就是咱的官府！"

9

早上，顾知县带着懒慵的表情走出卧房，往椅子上一坐，又打了个哈欠。

吴师爷恭顺地进来："老爷，起来了？"

顾知县嗯一声，一伸手，丫环送来大烟。

吴师爷一愣，害怕流露情绪，眼睑低下来。

顾知县解释："读书累了，我就抽口歇歇，没瘾！"

吴师爷不语，他见那烟枪上吊着个玉佩。

顾知县抬头看看房子："唉，吴师爷，咱这县衙不行呀，透风撒气的，到冬天怎么过？"食指点向吴师爷，"你抓紧找人修！"

吴师爷："修不难，老爷，可这银子从哪里支？"

顾知县："你看着办吧。去，把那四个老衙役叫来。"

吴师爷出了。

从丫环到佣人，全是顾知县带来的。这时家丁顾武进来："三叔，我啥时候穿上官差服呀？"

顾知县仰着脸："很快！"

顾武："三叔，我听说这周村有电光照相的，我穿上衙役服之后啥都不干，先照张相寄回家去，也让俺爹高兴高兴！"

顾知县："好好干，别乱闯祸，咱刚来，别毁了我的政声！——这周村不是鱼台，全是买卖人，都见过世面！"

顾武："不管见多大的世面，也得归您管！"

顾知县："我听说他这里有个土耳其浴，去，把堂里的人清了，咱先去洗洗！"

顾武应着跳出去。

吴师爷带着四个老衙役进来。

顾知县满脸是笑，十分客气："四位老哥，快坐，快坐。四妮，快冲茶！"

老衙役们不敢坐。

顾知县："唉，都五六十岁了，为朝廷当了一辈子差，也该歇歇了。吴师爷，给这四位每人十两银子，让他们回家颐养天年吧！"

吴师爷："顾老爷，我觉得这不能急，周村不比别处，应当让他们带着新衙役熟悉熟悉，然后再说回家的事儿？"

顾知县："不必，不必。好。就这样吧。"

宋衙役问："老爷，俺们往后咋办？"

顾知县："自食其力吧。这是朝廷的定制，我也没办法。周村这么繁华，开一个小店就可以谋生！这不是什么大事儿！"

四个老衙役还想争辩，吴师爷劝着他们出来。他们眼含热泪，拉着吴师爷问："吴师爷，俺们往后可咋办呀！"

吴师爷自身难保，只是叹气。

顾知县在屋里喊道："吴师爷！"

吴师爷撂下衙役跑进来："老爷，有事儿？"

顾知县："我要去洗洗那土耳其浴。劳驾，头前带路！"斜眼回身，"四妮，带着家什，给我搓背！"

吴师爷有感于男女同浴伤及风化，就说："老爷，那里有专门搓背的。"

顾知县："他们搓得再好，也不如四妮！走！"

10

早上，土耳其浴室特别忙，石头在门口收票。李朴成拿着毛巾过来，石头赶紧招呼："李爷，里边请。"

朴成："孩子那病好了没？"

石头："好了，多亏俺东家给请大夫！"

朴成："不错。不错。"说着就往里走。

这时，顾武来了，看看石头："你是看门的？"

石头："是。这位爷有事儿？"

顾武："新任县大老爷要来洗澡，把里头的人都轰出来！"

朴成回身看着。

石头意外，他瞅着顾武："这位爷，往日谢老爷是和大伙一块洗，从没清过场子！"

顾武："他是他，咱是咱。快清！"

石头："你等等，我去问问俺东家。"

顾武一把揪住他："是你东家大，还是顾老爷大，嗯？快往外轰！"

石头一听反而坐下了："我就是不轰，看你能咋样儿！——二百年周村就没有过这样的官！"

顾武恶眼一瞪，飞起一脚，把石头踹翻。

朴成大吼："住手！你娘的是什么东西？"

顾武昨天见过朴成，上下打量他："老爷洗澡不该清场子？"

街上的人都围上来，朴成一挥手："把这个舅子绑起来！"

顾武练过拳，正想一展雄风，乘机露一手，牙一龇："嘿儿——"随之一个大鹏展翅，亮出架势。

四胜闻讯赶来，他冲顾武拍打手："停停停，亮的哪门子架势呀，有话好说，有话好说。"

顾武收起架势，四胜笑着走上来："就是嘛，这样说话多好！"说着乘其不备，一脚踢在他裆里，顾武哎呀一声，捂着裆怪叫蹲下，人们一拥而上，将其缚住。

桂花赶来，见石头的左脸抢破了，指着顾武，回身对瘦茭白说："抽这个舅子！"

11

瑞清在书房里给谢老爷写信，写到动情之处，不禁抬手抹下泪。

稚琴劝道："别难过，你给立俊说清楚，让他定点给谢老爷寄银子。"

林嫂进来："姑老爷，来了四个老衙役。"

瑞清意外："噢？快请。"说着来到客厅。

四个老衙役进来，面带泪迹。

瑞清："四位老叔，这是咋了？"

丁衙役："杨先生，俺们被辞了！"

瑞清意外："这么快？"

宋衙役："这是新老爷上任办的头件事儿！"

瑞清："嗨，辞了更好！不就是吃顿饭吗？这好办。宋叔，你俩到丝厂看门，这二位叔，你俩到电厂看门。衙役给我当门房，这是多大的场面！一个月五两银子，逢年过节另有喜面儿！别说你们，就是给谢老爷做饭的那伙夫，也不能让他掉到地下！坐，坐，中午咱一块吃饭！"

四人想下跪，瑞清张手接住："这是诚心折煞我寿！"

正在这时，四胜跑来了："少东家，不好了，新知县的狗腿子把石头打了！"

瑞清双目大睁："什么？动手打人？这是来了个什么东西？"

12

浴室门前被围得水泄不通。顾武被绑似猪，嘴里也勒着绳子，支吾乱叫。

朴成和顾知县僵持对立，形似斗鸡。顾知县瞪着眼："李朴成，我命你把他放了！"

朴成："等瑞清来了再说！"

顾知县："杨瑞清是县令还是我是县令？"

朴成："你既然知道是县令，就不该放纵恶奴！"

顾知县："大胆！"

朴成毫无惧色："大胆小胆的吧，不能轻饶了这个舅子！你刚刚上任，家奴就惹出这样的事端，倒是知县老爷该给大伙儿一个交代！"

人们闪开一条道，瑞清进来，看看知县，又看看顾武，轻轻地哼一声，他问顾武："石头五十多岁了，和你爹年纪差不多，你竟踹他。你他娘的还是人嘛！"

顾知县把瑞清拉来一边，小声说："杨先生，实在对不住，顾武是我本家侄子，我本想带他来做点儿事，不成想刚出门他就惹是非——我刚到任就摊上这事儿，你还得帮衬着！"

瑞清："没问题。顾老爷，随你怎么处置。"

顾知县："你看这样行不行——我把他带回去好好管教，保证以后不再犯。你说呢？"

瑞清："我说不行。"

顾知县："行也好，不行也好，你先把他放了！"

瑞清揶揄道："把他放了行，让石头给他磕头都行。可如此一来，顾老爷，公正何在？"

顾知县："你说怎么办？"

瑞清："顾老爷刚上任，正好审审这个案子。"说完撇下顾知县过来，"把这小子弄到县衙去！顾老爷说了，他给咱主持公道！"

几个壮汉闻声而上，插上杠子，把顾武抬起来。

桂花站在外围看着笑。

13

顾武跪在大堂上。

顾知县在后堂里发愁，他问吴师爷："这事儿可咋办？"

吴师爷："秉公办理就是！"

顾知县："要是换了谢老爷，这事儿会咋办？"

吴师爷："一般是打二十大板，然后给人家磕三头，再罚十两银子。"

顾知县："不是打了不罚吗？"

吴师爷一肚子气："谢知县断案的章程是——只要犯法，就一回把他治改了。连打带罚，绝不轻饶。顾老爷，顾武是你本家的侄子，又是你的佣人，于公于私，你都该往狠里办他！——这是你树立威望的好机会！"

顾知县点点头，抱着丢卒保车的态度说："也对！升堂吧。"

吴师爷："衙役都让你辞退了，也没人喊了，你就这么着出去吧——顶多是我出去喊一句。"

吴师爷来到堂口，冲外喊道："升堂。"

看热闹的足有二百人，一齐喊道："威——武！"

顾知县吓得站住了，他冲吴师爷招手："过来。"

吴师爷又退回："什么事儿，老爷。"

顾知县："不会反了吧？"

吴师爷："反是反不了，但要是断得不公，这些人就能砸了县衙，杨瑞清也能找人把顾武宰了！"

顾老爷害着怕，胡乱答应。先探头看看，然后轻咳一声，壮起胆子出来，他在前边走，吴师爷在后面偷笑。

顾知县总算坐在了大堂上，拿起惊堂木看看，猛拍下去："带人犯！"

顾武已在堂上，顾知县一喊，四个壮汉就掐着他脖子往下摁——让他给老爷磕头。

顾老爷一抬手："把他松开，嘴里勒着绳子没法儿说话。"

壮汉解去他嘴里的绳子。

顾武总算有了发言的机会，他抬头喊道：“三叔，他们打我，就是对你不恭敬，你可给我出气呀！”

顾知县一拍惊堂木：“胡说，法堂之上，无父无兄，说，为什么殴打澡堂看门人！”

吴师爷忍不住笑，装作腹内急疾，捂着肚子退下。

顾武：“你要洗澡，我去清场子，我到了那里之后——”

顾知县又拍惊堂木：“不说前后，只说为什么打人！”

吴师爷绕来堂外，他小声叫：“四胜，过来。”

四胜赶紧过去：“吴师爷，啥事儿？”

吴师爷：“你把孟掌柜的叫来。”

四胜跑去。

堂上，瑞清、朴成列坐一旁，看着断案——形同慈禧派来的监审。

虽是三秋，顾知县却是一头红汗，不停地擦，他拿过一根签子：“顾武，身为县衙佣丁，却是知法犯法，责打二十大板，再行问话！”

顾武大喊：“三叔，我这可是为你呀！”

顾知县：“狠打！”

四胜一挥手，三四个壮汉把顾武拖出，随之是痛打之声伴着一阵惨叫。顾知县借机起身去后面喝水。

丫环四妮有急事，跑来汇报：“老爷，他们在后面——”

顾知县急了：“快回去，别让人家看见！”

四妮还想再说，顾知县不管她，又折回堂上。

顾武被打得皮开肉绽，趴在堂上哎哎哟哟。

顾知县断喝：“顾武，知罪吗？”

顾武：“知罪。三叔，我改了。哎哟哟哟——”

顾知县：“罚银十两，给石头磕三个响头！”

顾武：“是是是。”

这时，孟掌柜提着烟枪进来：“顾老爷，你身为朝廷命官，这抽大烟不合适呀！”

顾知县一愣："胡说，我不抽大烟！"

孟掌柜提着烟展览："我刚从你屋里找来的，你咋不认账？你看看这玉佩，明明雕着你的名号！"

顾知县站起来："你跑我屋里干什么？"

孟掌柜："查大烟呀。"

吴师爷在堂门后面乐。

瑞清一拍几案站起来："顾知县，昨天大家高接远迎地把你接来，盼你能保一方平安，治一处清明，你早晨就想清场子洗澡，还抽大烟，你是什么东西？按照大清禁烟令，人人可得而绳之。来呀，把他绑起来送济南府！"

呼拉一声，冲进来二十多个小伙子。顾知县作着揖跑来："杨先生，别，别，别绑我！我自己去济南向府台大人请罪。我自己走，我自己走。"说着抱头鼠窜，跑向后堂。

人们在堂中央哈哈大笑。

朴成："瑞清，这回行，来了知县只干了一半天，有点儿新鲜！"

瑞清："唉，知县抽大烟，我真没想到！"

朴成："谢知县还在济南述职，你说，府台能把他再派回来不？"

瑞清："唉，咱是这样盼着。"

朴成："瑞清，这没了知县咱怎么过？"

瑞清："照样过！我说，咱为啥非得让官府管着？——这小子一跑，我省下一百匹绸子！"

四胜抱着匹绸子跑来，往前一杵："少东家，我又把咱那匹绸子要回来了！"

瑞清突然窜上正座，摸过惊堂木看看，然后环视全堂，郑重发话："我虽没考上进士，但今天要过回官瘾。"猛拍惊堂木，"他娘的退堂！"

慢长棰乐器店的孙掌柜拿着锣棰出来，稍加构思，狠打过去，那锣咣然大响："周村——"喊至中途停下，遂改为，"抽大烟的知县窜了——"喊完自己也笑了。

街里响起了鞭炮，先是一处响，接着响成一片。

第十七章

1

一个县官走了，另一个县官来了。这位接受顾知县的教训，轻车简从，家眷佣人而外，只带个半老不老的师爷。

吴师爷把他接进县衙：“马老爷担待，府台来了电报说老爷驾着骡车来，也就没去接。”

马知县很大度：“无碍，无碍。吴先生，这位是赵师爷。”

两位师爷努力掩饰相互忌恨，不冷不热地对行礼。

佣人们往里搬行李，吴师爷带着知县进了客间。

吴师爷解释：“顾老爷把衙役佣丁全辞了，我去冲茶来。”说着要往外走。

马知县：“喝茶不忙。吴师爷，咱先说说正事儿！——你帮谢知县为政多年，周村开埠之后，实业日隆，气象一新。我新任到此，风土人情一无所知，先生还得多受累呀！”

吴师爷：“马老爷客气。”

马知县：“吴先生，银库的钥匙呢？”

吴师爷先端过账本，又从腰上解下钥匙一并呈上：“银库在后院，一会儿我和赵师爷核对移交。”吴师爷笑笑，“老爷，周村不比别处，咱这里有银号，所收税银俱存于彼。一是安全，上交也方便——所谓银库仅是个木箱，盛着票号的存据。”

马知县点点头：“顾知县没动？”

吴师爷："顾老爷还没来得及，就知难而退了。"

马知县把钥匙交给赵师爷："这样，吴师爷，你通知一下周村的士绅，中午一块儿吃顿饭，大家也好认识认识。"

吴师爷："这不难。可是老爷，这请饭——是咱出钱还是商户出？"

马知县："我新官到任，他们不该略尽地主之谊？"身子往椅背上一靠，"——不在于谁出钱，得分个主客尊卑！"

吴师爷一笑："那样怕是没人来？"

马知县："为什么？"

吴师爷细声慢语地说："马老爷，自李化熙归隐，始有周村一镇，身为一品大员，却是代完市税，相沿七代，近一百六十余年。历任知县，无不效其勤勉平易之风，正因为如此，才引得客商熙熙而至。商人是做买卖，买卖交易讲的是公平。潜移默化，民众心里虽有尊卑，行为举止却是崇尚平等。马老爷新任，他们若是自发宴请，咱们自然顺水推舟，要是硬派，怕是不会有人遵命。"

马知县倒吸口凉气："让你这一说，周村人很刁蛮？"

吴师爷摇头："周村人极讲事理。但商人毕竟不同于地主，地主田产在此，因恒产而恒心；商人则是逐利而事，如鱼觅食，择水而居，随时可以携资他投。谢知县深明此道，故而努力净化治下风气，不是万不得已，从不给商户们添麻烦。马老爷明白我的意思不？"

马知县点头："那咱请他们！"

吴师爷："是私银还是官银？"

马知县："我以身许国，自然是官银。"

吴师爷一笑："官银是税银，是商人们缴来的——那和他们做东并无二致！"吴师爷抱拳，"老学生说话直率，还请老爷担待。"

马知县："我身为一县之长，总不能自家出钱请他们吧？商人？哼！——仕学农工商，五流之末，哪来的这么多毛病！"

吴师爷躬身告退："我去安顿一下。老爷稍坐。"

在这个过程里，赵师爷一直静观细品，吴师爷出去后，他向前一步："老爷，这老小子挺难斗！"

马知县："你抓紧接手！"右臂一扬，"尽快让他滚！要不是他，老顾也不能跑！——那些人怎么知道老顾抽大烟？”

赵师爷：“老顾说，这些买卖家里杨瑞清是个头儿。老爷，咱要想在周村打开局面，就得先擒下此人！”

马知县点头：“嗯，我自有道理。”朝外一指，“你快去清点银子，我下午就让这姓吴的走！——刚才没让他气死我！”

赵师爷刚想去，吴师爷背着个小包袱进来：“赵师爷咱去银库吧？清点完了，我就坐下午的车回去了。”

马知县一惊：“吴师爷弃我？”

吴师爷冷冷一笑：“当是老爷自弃。”说完转过身，“赵师爷，请吧。”

2

南天外茶楼上，瑞清和朴成等人商量着筹建陶瓷厂。新成抽着烟认真听。孟掌柜歪头看瑞清面前的图纸：“瑞清，烧盘子烧碗还用机器？”

瑞清：“要是不用机器，也就用不着咱们了。”

朴成也对孟掌柜解释：“咱不是烧饭碗，是要烧高级玩意儿，要到外国去卖。这瓷器是咱中国发明的，可我听瑞清说，现在连日本瓷都抵不住！”

孟掌柜：“咱想怎么办？”

瑞清：“我想建个最新式的陶瓷厂，生产最好的东西。克利尔虽是洋叔的兄弟，也不算外人。但咱这是干买卖，是花大钱买机器，不能说克利尔给咱什么，咱就要什么。”

孟掌柜点头：“瑞清，你想咋办就直说！”

瑞清：“我是想——等咱们几个定下之后，朴成、新成一块去英国实地看看——先看看机器，再到窑厂看看人家是咋干的！然后咱再说买什么家什。”他转过脸，“你说呢，朴成？”

朴成还没说话，孟掌柜先抢过来：“我也去，要不我不入股——我这辈子胖的瘦的都弄了，就差拾掇个洋妮子！”

新成认为可以就近办理：“孟兄，拾掇洋妞不用跑那么远，在上海就能办！”随后小声补一句，“还用为这点小事儿下西洋。”

大家笑起来。

朴成又问："瑞清，你估摸着这得多少钱？"

瑞清想了想："最少也得六十万两。"

朴成："这么多呀！"

孟掌柜："六十万还算多？庚款赔了四万万，慈禧都不嫌多！"

大家笑。

朴成详说自己的经济情况："瑞清，缫丝厂弄上了二十万，咱又刚办了电厂。再往外拿大钱还真有点吃力！"

瑞清："我也是吃力——这回我想改改章程，咱四个算是发起人，也买些股子，其他的咱公开募。周村这么多买卖家，募这点钱不是难事儿！你说呢？新成。"

新成："我不管这套，你怎么弄我怎么跟着。"

朴成："这公开募股我倒是听说过，汇丰银行就是这种公司，可这套在周村能行得通？"

瑞清："咱贴个告示试试，看看有多少人信咱。募起来更好，募不起来，汇丰银行、联华洋行都愿意投资。"

孟掌柜乱摆手："募募募！别再让洋人掺和！实在不行，我自家拿上。不就是六十万吗？这在瑞蚨祥不算事儿！"

瑞清："孟兄，咱中国的企业之所以干不大，就是用自家的钱干自家的事儿——有多大个荷叶包多大个粽子。咱这回是要试条路出来，只要募股子这路走通了，就凭咱们这些人，能干出惊天动地的事业来，甚至能造军舰！"

孟掌柜用手一挡："造军舰你找别人，千万可别拉上我。咱造的军舰再好，就凭现在这窝子——"他伸出头，"不用人家打，他自家就能弄沉了！"

大家正在笑，吴师爷背着包袱上来："各位，吴某前来辞行。"

瑞清迎上去："新知县撵你？快坐，快坐。"

瑞清拉着他坐下，吴师爷叹口气："是我踹了这个舅子！"

瑞清："怎么着，这小子也不是正来头儿？"

吴师爷："唉，狗头上插着雉鸡翎，我看着不像个正规鸟！"

孟掌柜不在乎："去他娘的，不正规咱把他拾掇正规了！"

吴师爷："唉，怕是不那么简单。本事大小先不说，我看这人心术不正！"

3

第二天早上，募股的告示贴在了瑞蚨祥门口，路人商户都来看。孟掌柜站在门前，似是以人作证，同时兼答问询。

一个掌柜的问："孟掌柜的，这光说一股子多少钱，没说分红多少呀！"

孟掌柜："挣了钱才分红，挣不了钱不分红，咱一块赔，一块赚，这就是新式股份公司。咱这是凑钱把马买回来，随后才能说下驹子！"

这位又问："一块赔，一块赚，按你这个说法，买回来的那马要是不下驹子，大伙儿也跟着搭上马料钱？"

孟掌柜："是这个理儿。这就叫风险利益都均沾。"

这位嘟囔着往后退："我看这事儿有点悬！"

另一位说"我看着不悬。"他一指告示，"你看看这几个发起人，都是一诺千金的人物，我看这事儿就能干！"

清心斋沈掌柜也说："土生土长的买卖家，瑞蚨祥算得上头一号，要说洋里洋气，那自然当说杨瑞清。这土洋并兴，我看着赔不了！"他指向告示，"你看，他这些瓷器是往外卖，不是一般的破盘子烂碗！"

一个老者指着告示"'今天投一瓦，明日得一厦'，孟掌柜的，最少得买多少股？"

孟掌柜："一百股。"

崔广兴一直在外围观看，他见咨询热烈，也凑上来小心问："孟掌柜的，卖给我不？"

孟掌柜："你有什么个别的？又不是三个球蛋！"他一指告示，"这上头没说不卖给姓崔的！"

崔广兴："这我知道。唉，我不是和杨瑞清不大睦嘛！——他不忌讳？"

孟掌柜："谁都不忌讳！别说你，白莲教义和拳外带长毛捻子，都不忌讳！洪秀全要是活过来，一样卖给他！——这募股子认钱不认人！"

崔广兴："我当发起人行不？"

孟掌柜："你当不了发起人。"

崔广兴："为啥？"

孟掌柜："头一天还挖大粪，第二天就开饭店，谁去这馆子吃饭？你当发起人——咱这股子也别募了！老崔，总之一句话，你当发起人只能给这事儿抹黑！——一看你搅在里头，人家谁敢买？你带着钱窜了咋办？"

正在这时，外边一阵蛮横的吆喝："闪开，闪开，都闪开，该干什么干什么去！"——两个新任衙役来到门前，抬手就要揭告示。

孟掌柜："喂，你是谁呀！"

衙役一指自己的号衣："没看见？老子是新来的衙役！"

孟掌柜笑着走上来，回手指向瑞蚨祥的字号："不认识？"

衙役："认识，不就是瑞蚨祥吗？"

孟掌柜："既然认识还不赶紧掌嘴！"

两个衙役有点傻："掌嘴？掌谁嘴？"

孟掌柜一钩指头："来，我告诉你。"

一个衙役凑上来，孟掌柜抬手一个脆耳光："滚！别说你这俩舅子，就是那个熊知县，也不敢在这个门前充老子！"他揪住衙役的领子，"回去告诉马保国，慈禧太后是俺家干娘，你让他赶紧来送礼！"

两衙役没见过这派头，抱头鼠窜。

人们大笑。

瑞清闻讯赶来："他为什么揭告示？"

孟掌柜："还不等他说为什么，我的火就上来了！"

瑞清："嗨！你该问问！"

孟掌柜不在乎："一条泥沟鱼，还能反了湾？没事儿！"

他俩往店里走。瑞清笑着问："真和慈禧有扯络？"

孟掌柜一瞪眼："有呀！——难怪你考不上进士！也不想想，慈禧母仪天下，不是咱干娘是什么！"

瑞清皱着眉求他："孟兄，咱别提进士这段儿行不？"

4

马知县的夫人是个续弦的小太太，约有二十八九岁，杏眼桃腮，人鲜衣艳，和马知县比起来，像是旧衣服上一个崭新的补丁。她看着门庭清静十分不满："你看看，新官上任，一个送礼的也没有。还什么旱码头，一点儿礼数都没有！这是什么熊地方！"

马知县解释："周村不兴这套。唉，说来说去，还是谢瘦猴子落下的病！"

太太："周村这么肥，我不信他不贪！哼，尽些表面文章！"

马知县："你这话错了！不光他不贪，历任县令都不敢练这手儿！"

太太一翻白眼："那咱来干什么！"

马知县："现在是什么时候？补上这个缺就不易！再说规矩是人定的，慢慢地来嘛！"

太太："慢慢地来，"她朝南指，"孙大炮今天杀知府，明天炸道台，光今年就是四阵子暴动。咱得有所防备，万一这大清朝撑不住，咱喝西北风呀！"

马知县厉色道："别胡说！"

太太好像弹簧受力，声音更高："不是我胡说。老爷，捐这个衔咱花了三十万，等补缺就等了十二年，这十二年中每年送礼，一回至少三万吧？十二年又是多少钱？咱得尽快把本钱扳回来！"

马知县摇头："真不该给你说这些事儿！"随后诠释，"我心里也挺急，这敛财翻本好比拆褥套，得先找到个头绪！再说周村离济南这么近，我还得防着上头！"

太太："官儿，咱是不想升官了，想升也升不了。"口气改果决，"不用管上头，就说眼前！"口气又转软，"我听说那个杨瑞清挺难对付，想出招儿来没？"

马知县："哼，他是骡马我是人，再难对付我也能驯住他！"

太太："我在济南就听说他那机绸子好，先让他送十匹来！"

马知县："老顾要不是弄绸子，还滚不了那么快呢！咱不要绸子要银子！"他摇头叹息，"唉，不是咱想贪，是咱这顶乌纱有本儿呀！"

话音始落，赵师爷带着两个挨打衙役进来。马知县皱眉问："怎么了？"

赵师爷："让瑞蚨祥的孟七子给打了，我在远处看得真真的！"

马知县大怒，一拍桌子："大胆！拿他！"

太太去了里屋。

赵师爷用手挡："不可，不可。老爷，这瑞蚨祥和内务府相当熟。当初长毛占了苏杭，宫里的绸缎就改由这个字号供。周村是瑞蚨祥的总号，咱要真把孟七拿了来，别的不说，他往北京分号打个电报，上边追问下来，咱三桌酒席也摁不下。老爷，咱刚上任，没必要惹这麻烦！"

衙役捂着脸补充："他说慈禧是他干娘呢！"

马知县傻睁着眼看赵师爷："有这事儿？"

赵师爷一仰身子充知情："你想想，他整天出入宫闱禁地，也真说不定！"

马知县："咋办？就这么着折这第一阵？"

赵师爷对衙役说："老爷会给你们做主的，出去吧。"

两个衙役出去了。

赵师爷坐下："老爷，在周村玩儿硬的——"他摇着头，"看来不行。好，硬的不行咱就来软的。告示上那四个发起人，杨瑞清头一个，咱先把他叫来。"

马知县伸手摸过签子："传他。"

赵师爷接过签子放回筒子："不能用签子，老爷，得用片子——我亲自去。"

5

虽已初冬，阳光却是明媚。瑞清和稚琴在桂花的院子里喝茶。

桂花说："既然这新来的知县不是股子正劲，这陶瓷厂就该先放放。你说呢，稚琴？"

稚琴："咱说他听吗？一提干生意，就跟上足发条似的，不用完了这把弦，他是不停手！"

瑞清："不是我不停手，我这雄心壮志不能因为知县换人就停下吧？不就是个知县吗？有什么大不了的？真要把咱惹烦了，我就把上海的报纸叫来，把他的肠子肚子全给抖落到外头，让他收拾都来不及！"

桂花："报纸听咱的？"

这时，瘦茭白带着赵师爷进来："妈妈，县里的赵师爷找杨先生。"

赵师爷一脸笑意呈上帖子："杨先生，招商募股发展实业本是好事，但这要先报县上核准，再要报府台备案。先生私自张榜，聚财兴事，与律不符。马老爷请先生去一趟。"

瑞清稳坐如磐，目光直盯着赵师爷，既不说话，也不接帖，稚琴赶紧代接过来："好，赵师爷请回，他一会儿就过去。"

赵师爷含意深长地笑笑，点着头走了。

桂花："你刚才咋不说话？"

瑞清："茭白。"

瘦茭白过来："有事儿？杨先生。"

瑞清："你去撵上那个狗屁师爷，说我马上就到。"

瘦茭白答应着追出。

瑞清一指茶碗："继续喝茶。"

稚琴："你不去县上？"

桂花倒上茶，瑞清有滋有味地喝一口："唉，新官上任必然有火，我得用黄连败毒汤治之。具体方剂为：淮黄连三钱、生石膏四钱、云大黄四钱、贵番泻三钱、浙桔梗五钱。水煎服三服。稚琴，照此方抓药，桂花，快刷药锅子！哈……"

桂花："别闹了，快回去换衣服。省得他拾掇咱！"

瑞清："我先拾掇拾掇他。"

6

赵师爷气呼呼地回到县衙。马知县见其脸色不对，忙问："怎么了？杨瑞清不来？"

赵师爷一腚墩在椅子上："来。说是马上就到。唉，老爷，他对我怎么样都不要紧，关键是对你不敬！"

马知县："噢？说说。"

赵师爷开始编造："我把你那片子递上，他用两个指头夹着，"他侧身斜着眼，表演一个轻蔑的姿态，“用白眼珠子看，还问我你这官是不是捐的！”

马知县：“你咋说？”

赵师爷：“我说纳绶捐衔是朝廷的定制，也经过了考试，所以称作同进士，与登科官员并无什么两样。老爷，你猜他说什么？”

马知县一扬手：“别说了，我饶不了他！”

赵师爷助势：“可是不能饶了他！——老爷，咱怎么拾掇他？”

马知县制定具体步骤：“第一，要在大堂上见他，记住，不能给他让座！”

赵师爷：“我记下了！——两班衙役也持械站好！”

马知县：“嗯。第二，他来了之后，我一时半会儿不出去，先杀杀他的锐气！”

赵师爷担心：“他走了怎么办？”

马知县：“你一看他想走，立刻来叫我。记住，衙役一定要威风！快去安排吧。”

赵师爷去了，马太太从里屋出来：“老爷，这些都没用。你把杨瑞清弄烦了，咱更弄不着东西！”

马知县：“我不是把他弄烦了，而是要把他弄服了！刚才我看了纳税卷宗，他那个丝绸厂免税二年！——我先把这项优待给他撤了！”他瞅着太太，“你说他不服气？他能不求我？”

太太：“他为啥不交税？”

马知县：“谢瘦猴子说‘涵养税源，以待汩汩而涌’——等会儿我把那个协议拿给你看！”

太太眼一亮：“老爷，把这项优待撤了，咱并弄不着东西，最多是给朝廷添点税银。你看这样行不行，优待保留，让他交一半。反正上头知道这厂子免税，另外一半咱为啥不自家昧起来？”

马知县高兴：“嘿儿——这招儿好！”随之犯愁，“他能认这一杠？”

太太小嘴力抿，斩钉截铁：“大权咱攥着，他认也得认，不认也得认！”

马知县：“嗯，这一半儿——”阴阴一笑，“咱能弄着更好，弄不着也不能便宜了这小子！”

太太进一步问：“你再看看其他厂是咋办的，说不定还能找着点缝！”

马知县："我都看了。周村这四家缫丝厂全是半税——这也不合定制！"

太太："肯定不合定制！老爷，你信不信，谢瘦猴子这么办，肯定有好处！要不，他能费这劲?"

马知县："嗯。我先拾掇杨瑞清，随后挨个拾掇。好，给我拿衣裳！"说着站起来踢腿亮相，"你看着，我给他上演一出，"改为京戏叫板，"马保国走马新上任，杨瑞清服气行大礼！等着看好戏！"

太太美滋滋地去了。

前堂，衙役们憋着气，挺着胸，手持法棍两班站立，只等瑞清来。赵师爷站在衙口朝街里眺望。

7

傍晚，崔广兴的太太备好饭菜等夫归来，蚂蚱也帮着忙活。崔太太看着蚂蚱有感而发："疾风知劲草，国难见忠臣。咱这买卖不行之后我才看明白，"她朝外一撇嘴，"咱雇的这些人里数你忠！"

蚂蚱："跟着东家喝酒捞肉，也得赔着东家受罪挨打。这是应该的。"

崔太太："唉，等咱这买卖翻过点儿来，我让老爷多给你钱！"

蚂蚱："这就不少，够吃够喝就行了。"

这时，广兴回来了。太太接过帽垫（类如帽头子，可以垫在礼帽内，亦可单独戴）："咋样？见了没？"

广兴坐下："蚂蚱，坐坐。他娘，拿俩杯子。"

太太倒上酒："县太爷不见咱？"

广兴："唉，不是不见咱，是没得上空。两班衙役杀气腾腾，我没敢往前凑合！"

太太："为啥？"

广兴："说是提审杨瑞清。我在县衙外头等了仨时辰，直到这时候，杨瑞清也没去！"

太太纳闷儿："他敢抗命？"

广兴："他越抗命越好。他越抗，县太爷越急，越急越狠，还不把他拾掇死？"

太太："也是。老爷，为啥拾掇杨瑞清？"

广兴和蚂蚱一碰杯，仰脖掀下一盅："晌午孟老七子把衙役打了，县上惹不起瑞蚨祥，就转向了杨瑞清。他是那瓷厂招股的发起人，不找他找谁？"

太太："哟，这打衙役可不是小事儿！"

广兴："过去是大事儿，现在不算事儿！博兴的暴民三天两头把县太爷的头打破，也没抓起谁来。"他感叹国运式微，"唉，自打吃上庚款，朝廷也没脾气了！只要不是揭竿而起，杀进北京，朝廷根本不问！"

太太："咱咋办？"

广兴："我吃完了饭再去。蚂蚱，一会儿你去店里弄四斤最好的茶叶！——我探了这几天，没一个给县上送礼的。别看几斤茶叶，这也是深山的姑子下馆子，头一回见腥荤！"

太太大力支持："不在东西多少，起码说明咱眼里有他！"

广兴信心大增："嗯。就这么办！蚂蚱快吃，跟我一块儿去！"

8

瑞清和稚琴桂花一块吃饭，林嫂也在座。

桂花不安地问："你让知县干等了一下午，他不急了？"

瑞清："肯定急。我就是让他急！他是拿片子请我，又不是用签子传我，我不去他能怎么着？"

稚琴："没必要和他怄气。你还想募股办瓷厂，他要是捣起乱来，就平添些心烦！"

瑞清："你越软他越捣乱！历朝历代为什么总有造反的？多数是这些小吏把百姓惹烦了！来来来，咱干一个。"

桂花喝下酒："唉，当初不听我的——你要是登了科，咱现在也不吃这气了！"

瑞清双手前伸："我现在制定规矩，以后不准再提科考。"表情似孩子，"不知道人家不愿听嘛！"

稚琴捂着嘴笑。

林嫂插话："姑老爷是没考，要考准能当个上海道台！"

这时，有人敲门，林嫂去了。

瑞清向外指："要不是衙役，我罚三杯！"

桂花："你怎么知道？"

瑞清："你听那动静多横！"

稚琴："要是衙役我罚一杯。"

林嫂果真带着个衙役进来，他看看桌上的菜，然后一躬身："杨先生，老爷让你明天一早去一趟。这是信。"

瑞清接过来问："我说，今下午马老爷着急没？"

衙役："老爷很生气！"

瑞清："你回去告诉他——我就是让他生气！"

衙役想退，瑞清叫住他："慢着，伙计，见过电灯吗？"

衙役："以前没见过。"

瑞清："知道这玩意儿是怎么亮的？"

衙役："是股子电支撑那泡子！"

瑞清点头："伙计，这电是炭烧出来的，这买炭得花钱买呀！回去告诉马知县，你那里一共十二盏灯，明天先送十二两银子来！"

衙役："县衙还用交电钱？"

瑞清："不交电钱就抓紧拿瓶打油，顺便把油灯也刷出来！省得明晚上摸黑！"

衙役伸出头："你敢断电？"

瑞清："敢。不交钱就断电，这是董事会定的。伙计，知道什么是董事会吗？"

衙役气哼哼地走了。

瑞清一指稚琴："稚琴，既然来的是衙役，就别让我费话啦，喝吧？"

9

第二天早上，瑞清溜溜达达来到县衙门口。赵师爷一见立刻招呼衙役："快快快，快站好，击鼓升堂！”

一个衙役拿着鼓槌跑出来，双臂高举，不着四六地擂起来。

马知县早已穿好官服，一边等一边与夫人定计擒瑞清，一闻鼓声，随之弹袖而起：“看我的！”

瑞清站在那里饶有兴致地看着衙役乱敲，轻轻一咳，随之抬手叫停：“停停停。伙计，这是打的什么点儿？”

这衙役昨晚到过瑞清家，他恶眼一瞪：“什么点儿？我不管什么点儿！老爷升堂就得击鼓！”

瑞清：“伙计，鼓是礼器，不能乱敲——审案子是打紧急风，祈雨求神打慢长槌，庆丰年打风开怀。你刚才打的什么？嗯？”

衙役：“我打的——”

瑞清一瞪眼：“你打的是乱翻天！皇上驾崩才打这个！小子，你这是成心想咒皇上呀？”

衙役害怕：“我不懂，不是成心的！”

瑞清：“不懂还能当衙役？嗯？原先干什么的？”

衙役：“我原先是济宁运河码头过秤的，县太爷是俺舅！”

瑞清：“什么外甥什么舅，就凭你这套，这个知县也是个外行！打吧。”说完返身往回走。

赵师爷追出来：“杨先生留步，杨先生留步。俺们原先都不是干这个的，难免有些疏漏。杨先生里边请。”

瑞清上下打量他：“你原先是干什么的？”

师爷不说。

瑞清上下打量他：“据我推断，”瑞清给他定职业，“你原先当是个讼棍。我说得对不？”

赵师爷：“杨先生过于苛刻了，我原先是老爷家的账房。”

瑞清：“既然是账房，不在家里好好算账，跑这来干什么！”说罢意欲拂袖而去。

赵师爷拉住：“杨先生别走。连昨天算上，老爷都等了你两天了。”

瑞清一指衙门：“你这里既然打鼓，老爷肯定是忙着！我先回去！”

赵师爷："杨先生，杨先生，打鼓就是为了迎接杨先生。"

瑞清："迎接我？是迎我还是镇我？不这不那地打的哪门子鼓呀！胡闹！"

赵师爷伸手前让。瑞清端好架子，装腔作势地再次咳嗽，挺胸背手，堂皇而入。

马知县本想堂上端坐，但见瑞清教训师爷，也迎出来："杨先生，请。"带着瑞清去了书房。

马知县的太太没见过丈夫当官，悄悄地躲在堂口处向这看。丫环过来："太太，参汤煮好了，这喝不？"

马太太："等会儿。"

丫环："这就是杨瑞清？"

太太："小点儿声，别让他听见。快，送茶进去。"

马知县拉拉官服，摆正官员姿态，开始发言："保国奉府台大人之命，司职本县。唉，有幸初睹，周村确真是车水马龙，繁华热闹，保国本想——"

瑞清抬手："马老爷，我相当忙，有什么事儿直接说。再者你没事儿的时候说说那些差役，这鼓不能乱打。太后和皇上都活得好好的，你打'乱翻天'干什么？咱这是不计较，要是碰上那较真儿的，就凭这通鼓就得罚你三年俸！"

马太太在堂口一惊。

马知县："唉，原先的衙役都走了，这些人是我从老家带来的。杨先生还得多担待！"

瑞清："老爷把我叫来，是想问问募股的事儿？"

马知县稳住神："那是后话，咱先说说这丝绸厂——那个协议我看了，这免税二年不合定制呀！"

瑞清："噢？哪里不妥当？"

马知县叹息："自从庚款下来，全国上下节衣缩食，连老佛爷用膳也减成了五十道菜。过去咱这中国没工厂，主要是收农税，庚款下来之后，亩地翻倍，可工厂没有跟着翻。谢公义知县和你签的那协议，"他停一下，斟酌措词，"我认为殊为不妥！——国难当头，这样的协议是肥己损国呀！"

瑞清："老爷的意思呢？"

马知县晃动头，口气也是体谅："唉，我也知道干工厂不是易事，可你那绸子不是一般绸子，出口到英国卖十二两银子一匹，利挺大呀。你——”

瑞清：“你怎么知道卖十二两？”

马知县：“我来周村虽是时候不多，却是没少走访。”

瑞清皱着眉头：“没见你出门呀？”

马知县：“身为知县，自然要明察世情，我不出门，还没人来告诉？”

瑞清：“一定是崔广兴，就是他昨晚给老爷说的，还提着四斤茶叶。老爷，以后喝茶找我，他那茶是树叶子，就你这种身份，”瑞清上下打量他的官服，“不能喝那个！”

马知县一板脸：“咱闲话少说！说说，咱这税怎么纳。免税是不行，不管多少，咱总得纳点儿，要不我不好对上头交代！”

瑞清：“我要是不纳呢？”

马知县脸一沉：“我只能封厂！皇粮国税，本县不敢宽宥！”

瑞清：“那你封吧。”他撑住桌子作欲走之势，“我先告诉老爷，你今天封了这厂，明天你就得回济宁！”

马知县：“噢？口气不小呀！”

瑞清冷哼一声：“这干什么都得有规矩。瑞记丝织厂是正宗的华洋合资企业，是总理衙门备案的。谢公义老爷给本厂免除税赋，也是济南府核准的。马老爷，我二十岁干洋行，很讨厌洋人，更没有挟洋自重的意思，但咱既然同意洋人注资办厂，就应当按当初的约定办。丝绸厂虽是没交税，但却让二百多个娘们有活干，也给这些人找到了饭门，间接地稳定了局势。这些人挣了钱就得花，一买东西就等于交了税。日本人写的书上把这叫‘就业消费’。从另一个方面说，这些娘们儿原是本地没文化的农村妇女，通过在这里干工，成了有专业技能的技术工人，这不是对我大清的贡献？”他冷冷一哼，“马老爷，你要废除免税，这是违反约定。一旦引发外交纠纷，”瑞清一指他帽子，“你这顶子怕是扛不住！”

马知县一时无词：“有这么严重？”

瑞清一笑：“比这还严重！甚至伤及中国国体！中国是礼义之邦，以诚智信悯治天下。咱现在既缺技术又缺钱，被迫无奈，才拉上洋人干买卖，咱这是为什么？就是了奋发图强，盛我大清。既然想奋发图强，就要有恒定的章程，不能前任知县刚应了，这任知县又变了。这么个闹法儿别说我，老佛爷也不答应！”说罢站起来，“马老爷，我知道你弄这个小官儿不容易！要钱要物都不是大事儿，要什么都好说！但我劝你一句，你千万别拉出高人一等的架势！别不年不节的乱敲鼓。”他朝外一指，“你这一敲不要紧，门口聚上了二百多人，知道的是你想收税，不知道还以为皇上不壮实呢！”

马知县遭到迎头痛击，一时缓不过神来，瑞清往外走，他就跟着送：“杨先生，哪天得闲咱一起吃顿饭，有些事儿我还不清楚，与君一晤，真是得益良深，得益良深……”

瑞清抱拳：“瑞清随时恭候。”赵师爷跟过来，瑞清一指他：“一会儿让账房去把电费交上。”

马知县：“谢知县交电费不？”

瑞清：“他不交。”

马知县：“那为什么让我交？”

瑞清：“谢老爷为了办起这些厂，窜前跑后，操心劳神，大伙儿心里感念他！”

10

瑞清去了县衙，四胜不放心。瑞清一出来他就迎上去：“少东家，没事儿吧？”

瑞清：“唉，就凭这些混蛋，大清朝也得完！”

四胜：“怎么着？他想唱出《战宛城》？”

瑞清：“还他娘的战宛城、定军山，夏侯渊都让我斩了！这个舅子想收税！”

四胜：“他想显示自家比谢老爷能？”

瑞清：“有这个原因。我觉得，这小子想玩狸猫换太子。他知道这厂子免税是上头应了的，咱要真把税交上，他自己就能昧起来！”

四胜：“他敢这样？”

瑞清：“唉！科考取士的那些官，不管真的也好，假的也好，总是读了些书，人读了书就懂规矩，一懂规矩就胆小。可捐官的这些玩意儿仗着家里再有俩钱儿，根本不用功，脑子像个腌转了黄子的咸鸡蛋！唉，四胜，这人无知就无畏，慈禧就这样！她不知道世界是个什么样，所以才敢一下对八国宣战。对于这种杂碎，咱寸步不让，慢慢拾掇，让他知道自己什么能干，什么不能干，给他立起个规矩来！”

四胜一扬脸：“腌了的萝卜出了窑的砖，这小子也就这样了。咱没必要和他治气，不听他的就是了。”

瑞清：“咱是不想和他治气，可他和咱治气。四胜，咱要整天和他练，什么也就别干了。我刚才弄他这一顿，他准和咱没完，准得另想办法难为咱。唉，想想这些就没劲！”

四胜：“这不是个祸害嘛！能把他除了不？”

瑞清：“除？”他摇头，“猛一下子办不到。别看他狗屁不是，但根基挺深，要不补不上这个缺！”他转过脸，“既然是狗屎，咱就用他上地，不能让他摆在路中间恶心人！”

四胜：“咱咋办？”

瑞清：“一会儿那个师爷去交电费，我让他交十二两，你呢，把周围的人撵走，收他六两，给他六两。”

四胜：“行贿？”

瑞清：“这小子挺坏。第一步，咱不能让他想起来就给咱下蛆，第二步，咱让他给咱通风报信。给了他多少钱你都记着，随后咱再说怎么拾掇他！”

四胜：“狗吃了还能吐出来？”

瑞清：“不吐就杀狗！没事儿，给他！”

四胜：“行。我和他弄得热热乎乎的。放心，这事儿我拿手。”

瑞清：“等他交完电费，你再从车间拿匹绸子给他送去。刚才他那个熊老婆一直在堂口偷听，看那架势也是个‘能不够儿’！刚让我挖苦到骨头里，突然收着点儿礼，那气也就泄了。咱要建厂干大事儿，没工夫和这些人周旋。”

四胜担心：“少东家，你可想好了。咱那绸子可格外一个样，他老婆再不知道头轻蛋重，做成衣裳地出来，周村人可说咱呀！”

瑞清：“我就是要让人知道咱送礼，起码让崔广兴知道！”

四胜：“少东家，当初就该办挺他，不该留他这口气儿！昨晚上还不知道说咱什么呢！”

瑞清：“回头我让王新成说说他。他要是再闹腾，真把他弄成穷光蛋！”

11

马知县遭打击，坐在椅子上发愣。太太问：“真交电费？”

马知县摆手：“这都是小事儿！”

太太：“这杨瑞清拿不下，其他户咋下手？”

马知县：“咋下手我说不上，建成的厂子眼下也没想好怎么个治法儿。但这瓷厂，哼，我就让他建不成！”

太太：“咱整天听书看戏的，看着那戏上安个罪儿挺易。可真办起来不那么简单！”

马知县：“歪的不行！咱是官，得官办！”

赵师爷欢天喜地回来了：“老爷，我给杨瑞清说了说，他只收了十两——”手托小银子，“还剩回来二两，也算给了面子。”

马知县：“哼，这算什么。”

赵师爷：“老爷，我算看出来了，这杨瑞清不吃硬的，咱得想软招儿！”

他这软招儿还没想出来，四胜大喊大叫扛匹红绸子进来：“马老爷在哪里，俺少东家让给老爷送匹绸子来了！”

马知县立刻想站起，一想自己是知县又坐下。马太太喜不自胜含笑进内室。

赵师爷迎出来：“快请，快请，郭经理。”说着接过绸子。

四胜一见马知县纳头就拜：“哎哟哟哟，青天大老爷，郭四胜给您老请安啦！”

马知县宠惊不已，赶紧搀起：“不必，不必。赵师爷，快冲好茶。”

四胜往椅子上一坐，双脚叉开，拉出练拳的架势：“唉，马老爷，俺少东家一出门，就夸你呀！唉，俺少东家说，周村有你这样的官，用不了多久咱这里就能撵上上海！”

马知县脸红：“过誉，过誉，杨先生说什么？”

四胜绘声绘色：“唉，少东家说你懂世理，通人情，知轻重。真真正正以天下为己任。俺少东家说——朝廷要都是你这样的官，英国？法国？还他娘的美国？哪国也不敢欺负咱！”

马知县：“做官就该这样。只是我新来乍到，还摸不上头绪。”

四胜：“往后就好了。俺少东家说了，哪天你有空，他请你喝酒。老爷，你虽是来的时候短，可周村人都夸你长得体面。我还听说你那字写得挺好？”一指墙上那字画，“这都是老爷写的？”

马知县：“戏撰疥壁。”

四胜正色道：“可不能这么说！颜柳欧赵外带王羲之，也就这成色！”他着脸嘻嘻地笑，“老爷，哪天你有闲，也赏我个墨宝。我捎到上海朵云轩裱起来，挂在正堂上，这——”四胜叩着桌子，“就是俺的传家宝！老爷，你可得应呀！俺求你了！”

马知县：“好说，好说。”

四胜告辞出来，赵师爷跟着送。

马太太从内室出来，拿着绸子看，用手捻着：“唉，这洋机器织的就是板正。老爷，杨瑞清这不挺懂事儿嘛！老爷，什么方子什么病，既然他懂事儿，咱就得换方子！”

马知县看着地面冥想：“这人还真是摸不透——”

第十八章

1

连翘迎春又开出黄花，春天又来了，阳光下，空气也是明亮的黄色。电厂会议室里，四个发起人在开会。

孟掌柜不耐烦地问："一会儿说咱章程不细，一会儿又说地皮没落实，这些咱都弄齐了，他又压着不办。"他指着桌上的文件，"你算算，前后半年多了，这小子想干什么？——我真想揍他！"

瑞清无语。

朴成说："咱这是凑钱办实业，又不是升官高就，难道还得送礼？瑞清，咱四个一块儿去一趟！"

新成："咱仨去行，孟兄万不能去，他要扇了这灶王爷，咱这锅水更烧不开！"

孟掌柜："说不定扇两巴掌真管事儿！"

瑞清摆手："咱是买卖家，不是老粗。咱那船票都买了，等是不能等。朴成兄，你和新成兄带着博山老徐去英国，我和孟兄办这舅子！他娘的，给他一万股！"

孟掌柜站起来："给这么小的官送礼？瑞清，咱是谁呀？——中国有名的买卖家！"

朴成抬手让他坐下："不管官大官小，这一时他正管咱。瑞清说得对，咱和他耗不起。给他一万股——就当喂狗了！"

新成问："瑞清，咱是觉得一万股不少，可这小子胃口准挺大，一万股怕是打不起定盘星！"他看看老孟，"要是依着我，直接给他两万股，一回把他喂饱，省得再来个第二遍！"

孟掌柜急了："一共六十万股，没开工先出去了两万——你仨这么熊，这瓷厂的股子我不入了！"

瑞清冷哼："孟兄，别急——你听我的，咱直接给他三万！"

孟掌柜："给几万都不要紧，关键是心里窝憋！瑞清，你可想好了，咱这章程上写得明明白白，这股子可以自由买卖。我不是小气，"他指着窗户，"你信不信，咱今天给了他，明天他就能卖了。"脖子一拧，加重语气，"卖了也不要紧，这影响咱那士气呀！"

瑞清："知县敢明着卖股子？"

孟掌柜："这小子不知道头轻蛋重，他真敢卖！"手妥协地往下拍着，"好好好，就给他三万，他要还捣乱，咱再要回来！"

瑞清转向新成："新成兄，崔广兴是你表兄弟，上回看着你的面子，我关闸放水又让他活了。可这马保国一来他挺欢呀。过年我回了上海，他挨门挨户地给茶庄拜年，说马保国给他做主，又要垄断茶叶生意，还说马保国也要入股。新成兄，你说说他，别让他胡掺和，这茶叶生意最简单，谁也垄断不了。"深吸口气，"他要是再闹腾，我不管他什么马保国李保国，连他一块弄成最穷的穷光蛋！"

新成："唉，崔广兴有点不大识相。瑞清，他想入咱这瓷厂股，又想让咱打打折，真也没办法——我说说他。"

孟掌柜手在空中一扫："门儿也没有！一股一块，天王老子也这钱，卖给他就不错！"

朴成忙把话头引上正题："各位，要不咱就按瑞清说的办——给他三万？"

四人先叹气，随后一致同意。

瑞清说："按董事会的规矩，咱们得举举手。"

四人又把手举起。

瑞清一笑："诸位放心，不管几万，我准让他拿着股票看画！——到最后他还是弄个一声空！"

这时，四胜进来报："少东家，博山老徐来了。"

瑞清："先让他等一会儿！"

四胜："少东家，我看他也没什么大事儿，他是来问问，去英国还用带干粮不。要是带，他好赶回去，让他老婆赶紧蒸！"

瑞清气着皱眉："从博山跑来就是为问这？"

四胜："对！"

孟掌柜接过来："你告诉他，英国在济南西边，不算远，一共四百多里地，蒸三锅馍馍就够了！"

2

县衙院中的桃花开了，马知县与太太在树前观赏。马太太穿着红绸子薄棉袄，衬了那粉色的桃花，更显美丽轻佻。

马太太："杨瑞清那伙子人服了？"

马知县指着地面："他服也服，不服也得服！"

马太太："你可得把住关——股票一天不送来，咱那大印就不盖！可不能让他涮了！"

马知县："送来也不盖。"抹一下胡子，"我给他来个连环赚！"轻蔑地哼一声，"还他娘的经商，俺马家在济宁下手经商的时候，他祖宗还种地呢！"

太太笑着："这是实话。他什么时候送来？"

马知县："马上就到，昨天说好的。"

太太担心："老爷，咱都没见过股票，你可看清了，这些人心眼儿挺多，别让他蒙了！"

马知县不在乎："蒙了？蒙了咱他那日子还过吧？没事儿！"

太太："股票就是一张纸，总之不如银票实惠！"

马知县："你懂什么？这玩意儿比银票来劲——银票一万就是一万，可这三万弄好了能卖六万，甚至还多！"

太太："还能生小的？"

马知县运用新学的经济知识作解："不是生小的，杨瑞清给了我一本日本人写的书，说这股票能升值！"

太太："那咱就留着，让它越升越多！"

马知县本想说股票也能缩水，赵师爷进来报："老爷，杨瑞清来了。"

马知县一摆手："让他到书房候着。"

太太跑回屋拿来官帽，马知县整顿衣冠，调整气韵板着脸向前走去。

瑞清撤尽平常的傲气，谦恭地站着等，马知县一进来他赶紧扶他入座。

马太太又来到门外听谈。

瑞清打开个纸板夹子，呈上股票："马老爷笑纳。"

马知县看看，并不去接。

瑞清放到桌上："马老爷，这是三万股，您老人家务必收好。如果咱那瓷厂开了工，这三万至少卖四万，如果咱那瓷在英国卖开了，这就得涨成六万，越积越多，越滚越大，最好别轻易卖了！——老爷真要缺钱花，就先卖给我！"

马知县："让你这一说——这不成了摇钱树？"

瑞清："比摇钱树厉害。只要咱那瓷厂有利润，股东就年年分红。子孙万代地分下去。"随之举例说明，"美国西部铁路的股票最初发行的时候，三美元一股都没人买，现在六十美元都买不上。马老爷，手里攥着这玩意儿，就等于有个聚宝盆！"

马知县还是不看股票，瑞清多少有点纳闷儿。

马知县不紧不慢地喝着茶，不住地叹息。

瑞清："马老爷有什么愁事儿？"

马知县："我自己倒没什么愁事儿，只是为周村愁！"

瑞清："噢？"

马知县："唉，咱周村这么多工厂，这么多商号，可你看看这路！——晴天一街土，雨天两脚泥，出来进去忒不方便！上回府台大人来巡视，直接说到我脸上——让我修路，可咱没钱呀！"

瑞清："不是有税银？"

马知县："税收是固定的，我想加税，你也知道，周村的事儿不好办！——加税比登天都难。杨先生，你在周村有威望，又是商会会长，能不能出面招集招集，弄点钱修修路？"

瑞清不假思索："好呀！这路大家走，就得大家凑钱修。没问题，这事儿我

办！可是马老爷，咱先修哪条？”

马知县：“唉，全修咱没那么多钱，慢慢来，咱先修从火车站到街里的这段儿吧。”

瑞清：“嗯。行！这条路最要紧，咱先修这条！可是马老爷，你估摸着这得多少银子？”

马知县看着窗盘算：“最少也得八万两！”

瑞清点头：“嗯，不多！”又追一句，“八万不多！”

马知县心喜，向前探出身子笑问：“杨先生，你知道当官什么最难？”

瑞清故作迷茫地摇头。

马知县猛一拍桌子：“打发亲戚最难！”他痛苦地摇着头，“咱是为朝廷当差，办的都是公事儿。可那些亲戚不这样想！——你当官了，一个县都听你的，他就想来沾点儿光。真也没办法！”

瑞清：“老爷的亲戚想修这路？”身子一仰，“谁干都是干，就这么着吧！可是，老爷，这路用什么料子？”

马知县早已想好：“泰安花岗石！咱不修则已，修就修最好的！你说呢？”

瑞清：“行！咱得让人家看出咱开埠的气象来！就这么定了，钱我去弄，路由老爷的亲戚修，八万两，不多！老爷，趁着春里抓紧开工，等到夏天雨一来，怕是不好干活！”

马知县大喜：“好！”他冲外喊，“赵师爷，用印！把那募股章程盖上章，再让衙役把告示贴出去！”

赵师爷应着，马太太在门外偷着喜。

瑞清又叮嘱：“老爷，咱说干就干，让咱那亲戚抓紧往这里弄料吧！”

马知县又冲外面喊：“赵师爷，一块给家里发个电报，就说修路的事儿定了，让老四抓紧往这里运石料！”

崔广兴一直在前公房里等着，赵师爷在外面应答，他就在屋里来回转。赵师爷一回来他忙迎上去：“赵师爷，杨瑞清答应那事儿了？”

赵师爷一愣：“哟，这事儿我没问！”

广兴着急：“赵师爷，没应就不能用印，一旦盖了章，咱说什么他也不听了。”

赵师爷想想："嗯，也对！"他又回到书房，躬身问马知县，"老爷，咱是不是再给府台大人呈个文请示一下？"说时，暗对知县递眼色。

瑞清："府台不是核准了吗？"

马知县："杨先生，你还得等两天——咱谁也没募过股，这事儿还得办严实。"

3

广兴高高兴兴地回了家，老婆一见便知事成："办成了？"

广兴往椅子上一坐："成不成咱另说，今天我把杨瑞清给闸住了！"

老婆："噢？县大老爷听你的？"

广兴："他不是听我的，是听钱的！——他一听那山陕书寓一个月挣一万，当时眼就发亮。哼，杨瑞清不把这东西让出来，募股子，哼，门儿也没有！"

老婆："现在山陕和金陵混着干，人家能挣那么多，是靠那十二钗串场子。你就是真把山陕书寓要过来，那十二钗也不跟着过来！"

广兴不在乎："话不能这么说。那山陕书寓本来就是咱的，是大德通银号和杨瑞清合伙挤我，这才落入他人之手。那十二钗更是咱的——"他指向抽屉，"咱和那班头子有协议！——别说咱是买回来，要是县大老爷主持公道，咱就能要回来！"

老婆给他倒茶："连十二钗也买过来？"

广兴："那当然。唉，咱没再争，再加上谢瘦猴子不给咱撑着，十二钗这才又回到金陵书寓去。又和杨瑞清定了合同。为今之计，咱也只能再把那合同买过来。"眼一瞪，"只有这样，十二钗才能听咱的！"

老婆提醒："这回你可看好了，别再打扮得和姑子似的！"

广兴："哼！吃亏上当就一回，这回我让他原样照搬！"

老婆："咱和县大老爷咋拆账？"

广兴："一人一半儿！"

老婆不高兴："他一个子儿不出，就分一半钱，咱忒吃亏！"

广兴："咱挣了一万说八千，他就能知道？——给他点就不错！"

太太："嗯。这事先放放——"她指外头，"这可快到清明了，茶叶的事咋样儿？"

广兴叹口气："王新成临上英国，特别把我叫了去，说茶叶的事得慎重。杨瑞清当面给他说，咱要再大宗进茶叶，他还给咱搅局！他娘，饭得一口一口地吃，事儿得一件一件地办，咱得慢慢地恢复！先把书寓办起来，随后咱再说弄茶叶！"

老婆给他指航向："弄茶叶也拉上县太爷，分一半钱咱也认了！——我实在咽不下这口气！"

广兴："我更咽不下。"他抬起手，"等等，等等，只要靠上县太爷，咱他娘的谁也不怵！"

4

瑞清和稚琴来到桂花家，瑞清闷闷不乐地坐下。

桂花慌问："咋了？"

瑞清叹气不语。

稚琴一撇嘴："打败仗了！"

桂花："快说，啥事儿？"

瑞清："那个熊知县想要山陕书寓！唉，不给他吧，他就不给咱盖印，咱那瓷厂也办不起来——买机器的人都去了英国，想罢手都晚了！"

稚琴："要是依着我，咱大也不过搭上路费，不给他！——不能他要什么咱就给什么！"

桂花放心了，手极放松地往外一弹："给他。我还以为什么大事儿！"

稚琴着急："姐，你不知道，还想要那十二钗呢！"

桂花："也给他。还十二钗，上海舞厅里的货腰娘个个都抓魂儿的功，哼，他前脚弄走十二钗，我后边就给他开舞厅！——看不顶死这窝子！"

瑞清垂着头："唉，真窝囊！"

桂花给他倒上茶，心疼地说："别往心里去，啊？"随后又疑惑地问，"堂堂县太爷能开窑子？"

稚琴："姐，是崔广兴要！"

桂花蛾眉平横："什么？是这舅子？不给！我一把火点了也不给！"

瑞清："桂花，我知道你生气，可你不给他，咱的事儿就没法儿办。求你，卖给他吧。我保证再给你弄回来！"

桂花气得呼呼喘："狗知县前脚来，这小子后脚就还了阳！怪不得那天在我跟前阴阳怪气儿，原来是有这一出！"

瑞清瞪起眼："他说什么来？"

桂花："那天我路过他那盛祥茶庄，一见我过去，故意大声说'杨瑞清再能，也能不过知县！脚脖子拧不过大腿根儿'！"

瑞清噌地站起来："桂花，刚才就当我没说——我不给他书寓照样募股子！"

桂花忙哄："别，别，咱不和他生这气——给他！"

瑞清捏着下巴发笑："这些人真不知道好歹，阎王爷的供果子也敢要！看我不办挺他！"

桂花摆手："啥也别说了，快让他送钱来。十二钗外带山陕书寓，一块给他！我倒要看看，他能唱出啥戏来！"

5

金陵书寓门前扎起了彩棚，横梁上黄纸红字："博山瑞记陶瓷股份公司股票发行处。"

两班子吹鼓手对吹，慢长槌那大锣又抬来了。孙掌柜亲自掌槌，乐曲一停歇，他就来一下。

四胜窜前跑后平息局部事端，瑞蚨祥的大师兄带着账房坐台销售。人山人海，喧闹一片。县里的衙役吆喝着维持秩序。

崔广兴也来了，在外围看着，犹犹豫豫。

瑞清和孟掌柜的在桂花的院里喝茶。

瑞清笑问："孟兄，窑子门口卖股票，这不算一景？"

孟掌柜高兴："正宗一景！瑞清，你信不信，要是下去五十年，后人们得说咱胡闹！"

瑞清："不管什么事儿，一开始都是胡闹！当初努尔哈赤倡导汉学，就把《论语》译成了满语顺口溜！"

稚琴和桂花在屋里听着笑。稚琴一指瑞清："姐，瑞清张嘴就能胡编！"

桂花："不是胡编！他当初背书，我就给看着，他真是记性好，过目不忘！"

院里，孟掌柜说："咱这个厂募成了，接着就办下一个！"

瑞清："孟兄，咱在桓台引种的那些外国麻，总体上也算种成了，收成也不错。这回咱这股子募成了，按我的意思，咱就再办麻纱厂！"

孟掌柜赞同："瑞清，人生苦短哪！咱就得趁着年轻猛闹腾，省得老了后悔！"他看看屋里，探身上去小声说，"我就是这么办的，所以没停下逛窑子！"

二人大笑。

桂花出来添水："你俩笑什么？"

孟掌柜本着旧式读书人传统，回避不看桂花："妹子，"他一指门外，"这钹锣唢呐的忒闹，咱不能把十二钗弄到门口来一阵？"

桂花："这好办。"

瑞清："那更成一景了。"

桂花问瑞清："让她们出去不？"

孟掌柜代为做主："你甭管他，听我的，她们出去闹一段儿！——济南博山来买股票的不少，也让这些人开开眼！"

桂花："嗯。我就让她们扮上。"

这时，四胜跑进来："少东家，桓台苗家想买十万股，咱卖不？"

瑞清惊异："哟！数太大了，要是他再凑上两家子，就能控了股！孟兄，咋办？"

孟掌柜歪头琢磨："苗家的人挺规矩，我觉得不要紧。"

瑞清："这不是小事儿，卖给他五万股吧。就说别一下子买这么多，"压低声音，"你就说这玩意儿有风险，要是真有钱，就让他买后面的麻纺厂！"

四胜刚走，瑞蚨祥的大师兄进来："东家，济南北厚记葛掌柜的来了，想买十万股呢！"

孟掌柜："只卖五万。"

大师兄得令出去。

孟掌柜说："瑞清，看这个架势募一百万不是难事儿！"

瑞清："是呀。正因为这样咱才更要好好干。咱得对得住人家信咱！"

6

新成去了英国，王太太在北屋里听八音盒。崔广兴快步跑来，进门就说："表弟妹，新成去了英国，也不知买股票的事儿他交代下没？"

王太太让座："我没听他说。"

崔广兴着急："表弟妹，你和杨瑞清能说上话，帮着我去买点行不？"

王太太："这怕是不妥。刚才俺哥想买，我都没跟他去。"

崔广兴："表弟妹还得帮忙——开始我以为没人买，也就没往前凑合。这一时又挤不进去了！杨瑞清孟七子都在金陵书寓里坐着，还是帮我说声吧。"

王太太为难，站起来想了想，最后决定去："好，走！"

崔广兴先行一步挡住门，抱着拳说："表弟妹，买是能买上，杨瑞清是你表弟，能不能让他便宜点儿！"

王太太停住："这怕是不行。"

崔广兴："嗨，他这都是虚的，八字还没一撇，兴许能还价儿。弟妹，还是问一句。"

王太太无奈："好吧，我去试试。"

他俩往外走，刚走到门口，狗剩疯了似的跑来报："太太，舅老爷见彩了！"

王太太大惊："我哥咋了？"

狗剩："嗨，不是坏事儿！"

王太太更害怕："快说是咋回事儿？！"

狗剩："刚才，你让我跟着舅老爷去买股票，他本想买五万股，可等到掏钱又改了主意，就买了三万。可出来之后见都抢，就想再买三万。可这时候人家卖完了！"

王太太："快说正事儿！"

狗剩："舅老爷没买上，排在后面的那些人更没买上。博山赵家急了，用四万两银子买去舅老爷那三万股票！"狗剩极兴奋，"太太，没挪地方就挣一万两银子，自古有这事儿没？"

王太太也吃惊："啊？能有这事儿？"

狗剩跺脚："舅老爷卖早啦！现在涨到一两五一股啦！"

王太太更不理解："真这么邪乎？要按这个说法儿，咱入的那六万股这不成了九万？"

狗剩双手向下按着："太太，稳住，不是九万的事儿，再放两天说不定能成了十八万！唉，真玄呀，活了这么大就没见过这样的悬事儿！"

广兴着急："表弟妹我咋办？"

王太太："啥也别说了，人家卖完了，你也不用还价儿了！"说着往回走。

崔广兴："有升就有降，这说不定又降下来了！"

王太太正色劝道："崔表哥，外边的事儿我不懂，但我觉得你勾着县太爷，逼着人家卖书寓，这实在不大妥！——杨瑞清这么好对付？"

崔广兴斜着眼："这是咋了？别人发财都妥，我发财咋就不妥？"

王太太往里走，狗剩跟上来："太太，崔爷去得最早，本来能买上，他咋看着元宝跑了呢？"

王太太："要不是我硬劝，咱家老爷也放跑元宝了！"

狗剩小声报告："太太，我听说崔广兴去买书寓，和桂花没谈合拢——他说桂花漫天要价儿！"

王太太停下："谈不拢兴许好点儿，真谈成，误不了还得吃大亏！"她瞅着狗剩，"这是啥时代？他也不想想，那穿便棉裤的能干过穿西装的？"

7

马知县和太太坐在院中树下。太太问："修路的钱敛起来没？"

马知县："杨瑞清正忙着卖股票，还得过两天。"

太太正色提醒："老爷，马车运，骡车拉，大批的石头可运来了，不能紧拖着！"

马知县："嗯。我知道。等会儿我就传杨瑞清。放心，说准的事儿变不了！"

这时，赵师爷从外面赶来："老爷，出大景了！那股票涨成一股子二两！"

马知县不耐烦："没头没脑地说什么？什么涨成二两？"

赵师爷："嗨！杨瑞清那股票本是一两一股，"他竖起一个指头，"还是那张股票，左手一两买过来，右手二两卖出去。老爷，那连一个时辰都不到呀！"

马知县极吃惊："有这事儿？"

赵师爷跺脚："可不！老爷，咱真该多买点儿呀！"

马知县很稳重："这买也不晚！去把杨瑞清叫来！"

赵师爷："人家卖完了，摊子都收了！"

马知县："不能再印点儿？"

赵师爷："那股票是府台衙门监印的，说六十万就是六十万，不能随便印！"

马太太插进来："也就是说咱那三万成了六万？"

马知县："嗯。"他思考，"一会儿翻身打了滚，自古就没有过这事儿！老赵，他是咋弄的？"

赵师爷一头汗："老爷，那些买股票的都信杨瑞清，都觉得跟着他能挣钱，所以才犯抢！"

马知县："崔广兴买了多少？"

赵师爷替广兴后悔："他？他一张也没买上。去得最早，什么玩意儿没办着！两口子为了这，在街上就打起来了！"

马太太："那咱卖了吧？"

马知县还没说话，赵师爷先急了："太太，可不能卖。"他指天，"到不了天黑就得涨到三两！"

马知县点着头："嗯，是得放放。老赵，你去把杨瑞清找来，股票卖了，钱也挣了，咱得说说那路了！"

8

早上，孙掌柜拿着锣棰出来，还不及敲，瑞清两口子走来。稚琴先鞠躬：“孙叔好。”

孙掌柜：“好好。”他苦着脸，“瑞清，昨天你劝我买，唉，我心里没底，结果耽误了，窝囊得我一夜没睡着！”

瑞清要过棰子：“我先敲一下子！”锣声响起，瑞清高喊：“周村开张——”

孙掌柜不满：“都开张了，就我！——敲鼓打锣，从里到外忙得全身是汗，一点玩意儿没弄着！”

瑞清扶他往里走。

稚琴说：“快拿出来！别让孙叔着急！”

瑞清调皮捣蛋地学狗叫，双手在孙掌柜面前刨：“喔喔！”

稚琴：“别胡闹！”

瑞清笑着坐下，伸手掏出股票来：“一千股！叔，你和我爹一样，越让越不吃！拿着吧！”抬手把那纸拍在桌上。

孙掌柜两眼大睁：“给我留出来了！”

瑞清：“我就知道你得后悔——怕你骂我，就留出了这些！”

孙掌柜掂着那纸：“好好，我也开张了！等着，我给你拿银子。”

瑞清：“别拿银子了，抵成钹吧！”他撇着嘴，“看看这是多大的面子，买股票不花钱外带卖铜钹！——快让吃才冲茶吧！”

孙掌柜扬手：“再胡数落我揍你！”跑到后门冲外喊，“吃才，快冲茶——”他拿着股票回来，“瑞清，我听说为了募股子，你答应把山陕书寓卖给崔广兴？”

瑞清：“唉，没办法。当初咱两万五买的这仨书寓，淮扬安徽那俩书寓靠着，桂花卖给了耿冒振，拆了办成了缫丝厂。现在周村就剩下俩书寓，金陵书寓是素的，所以山陕书寓的买卖特别好。唉，就是因为买卖好，这才让崔广兴缠上。也不知道这小子和知县咋说的，非买去不行！可桂花却是少钱不卖，我正为难呢！”

孙掌柜：“少钱了就是不能卖！现在一共俩书寓，加上围子墙里的地皮紧，现开都没地方！就是光那地也得值个三万五万的！再别说还带着那套班子！”

稚琴闲着没事儿，拿着副钹胡比量，不由得打了一下。

瑞清看她一眼。

稚琴脸红了。

瑞清：“叔，我有点事儿得问问。”他指着门外，“当初修咱门口这大街，花了多少钱？”

孙掌柜：“问这干什么？”

瑞清：“我想修修南北道，从车站到街里这段儿。”

孙掌柜琢磨：“这条道当初是王老爷挑头弄的，你爹还有我外带孟七子他爹，”他看着屋山，“花了能有三百两银子？”

瑞清：“修我说的那段儿呢？”

孙掌柜：“那段儿比这长一倍，能花六百两？”

瑞清：“要用泰安石呢？”

孙掌柜：“咱这就是用的泰安石。”

瑞清：“你还没算人工呢！”

孙掌柜抖落手：“嗨！啥人工！”他指外面，“现在满街是饥民，只要管饭保准抢破头，比抢股票都来劲！”

瑞清探出身子：“叔，马知县想让他兄弟干这活，你猜他要多少钱？”

孙掌柜：“多少？三千两？”

瑞清：“八万两！”

孙掌柜跳起来：“去他娘的，上济南告他！”

瑞清点头：“好，叔，只要你能这么说，其他商户说什么我就知道了。还八万两，修你娘的紫禁城呀！”

9

马知县的四弟是个脑满肠肥的人物，上唇留着小胡子。此时，他正在和哥哥商量发财及发财之后的分配方式：“哥，这本钱就得四万两，这样，挣得那四万咱一人两万。”

马太太从里屋出来："他叔，话不能这么说。没有你哥这个官，你也揽不到这个活儿。两万不行，咱得四六分！"

马老四也不是善主，不冷不热地哼一声："嫂子，是，是没有这官揽不着这活儿。但话又说回来了，俺哥捐官是花的家里的钱，也有我一份，你说不是这理儿，哥？"

马知县不耐烦："去去去，什么四六分成，先干完了再说。"

马太太不悦，一甩脸撤回里屋。

马知县："四弟，这道不能总修，咱得弄个长年来钱的事儿。你看这样行不行，挣了钱咱也分点儿，但大部分要留出来，咱用这钱在周村开个饭店。唉，四弟，你刚来周村，不知道有多繁华，每到晌午那馆子里直接坐不下！——干饭店绝对是发财！"

马老四眼一转："行！哥，有你在这里坐着，谁不去捧场？咱一桌多要个三两五两的谁好意思说？"

马知县："嗯。到时候我让他们都去，我的话他们不敢不听！"

马老四吹捧："不听也行，那买卖也别干了！"

马知县："饭店一旦开起来，把咱济宁的那甲鱼泡馍、草鱼炖粉条等等这些好吃的全弄来！"

马老四积极响应："对，这些他们没吃过，不知道多少钱，咱正好蒙他！"

马知县："还有档子买卖更发财！"

马老四："噢？"

马知县："你去过山陕书寓？"

马老四："去过。"

马知县："我很快就收过来，你——"他杵住兄弟的前襟，"你和崔广兴一块干！这小子不大地道，你得看着他！"

马老四："行！哥，咱占多大股子？"

马知县："还没最后谈成，不管多少钱收，咱占一半儿！"

马老四："这可是个发财的买卖！那天我去晚了，直接没排上。唉，那些娘们儿太俊了！——我看那架势，一月挣一万不算事儿！"

兄弟俩讨论得正热烈，瑞清进来了。

马知县和兄弟双双站起。

瑞清坐下："老爷，咱这道啥时候修？我好去敛钱呀！"

马老四："很快，很快，石头我都运来了。城里没处放，都放在了围子外头。"

瑞清："快往里运吧。"他转向马知县，"马老爷，你不知道，周村人认实，不见兔子不撒鹰。不把料运进来那些人不信！"

马知县："老四，别在这坐着了，快去运料。把料运来杨先生好敛钱！"

马老四冲瑞清抱拳，阔步而去。

马知县拉着瑞清的手来到书房："杨先生，股票也卖了，钱也到手了，你还得说说那个桂花。一个书寓要八万，这也太贵了！"

瑞清："行，我说她。可是老爷，我堂堂男子汉，已经把东西给了人家，就不便张嘴要回来。我说可以，但不能逼人家。"

马知县："这我知道。崔广兴也认了，他出四万，这不少了！——你算给我个面子！"

瑞清站起来："好，就按老爷说的办。"他刚想往外走，又回过头来小声问，"老爷，有人想买股票，你那三万卖不？"

马知县略微有点尴尬："能给多少钱？"

瑞清："能给七万。"

马知县："不忙，不忙，再放放。"

10

早上，开张的大锣响过，瑞清来到院里，看着枇杷树暗笑。

稚琴过来："你笑什么？"

瑞清扶住她肩："唐人张敬忠有诗说'五原春色旧来迟，二月垂杨未挂丝，即今河畔冰开日，又是长安花落时。'一到春天，一看见这枇杷树，就想起第一回见你来！"

稚琴手作莲花指放于腮侧，逗趣学戏里的青衣人物，拿捏着说："谢谢郎君还记得那垂杨挂丝的五原春色！"

二人哈哈大笑。

瑞清："真还有那点儿意思！"

林嫂从东屋杀出来："小姐在教堂唱过诗，唱得可好了！"

稚琴："哪里也有你！"

林嫂笑着回去。

稚琴："马知县他兄弟把石头都运进来了，下一步怎么办？真给他八万两银子？"

瑞清："给！"

稚琴撇嘴："你是谁都蒙！——我是问不出句实话来！"

瑞清："娘子，屈煞小生了——"

又是一阵笑。

稚琴："桂花让我告诉你，今天让崔广兴去谈。"

瑞清："哼！通天大道他不走，地狱无门偏进来——我一会儿就去告诉马知县。稚琴，你看到了吗？这个熊知县敛财的心真切！"

稚琴："处处如此。博兴的知县不敛财，还不能让百姓打跑呢！瑞清，说来也怪，现在这人怎么不怕官府？"

瑞清："甲午之败，庚子之败，这些年老百姓一个劲地跟着赔款，心里挺恨这窝子！"他眉开眼笑地看稚琴，"博兴二年没知县了，老百姓反而过得很好。真有意思！"

稚琴："没知县就没税，老百姓当然高兴！"

瑞清："真是这样！——老百姓也尝到了甜头！现在倒好，博兴的百姓不分好坏，一见知县直接揍。连着揍回仨去了！"

这时，石头敲着锣沿街开喊："各家各户准备好，县大老爷要修道，一共耗银八万两，谁家也都跑不了！大户出三千，小户出三百，泰安石头已运来。修道架桥为大家，这笔冤钱咱得花——"一遍接一遍。

各商户纷纷跑来街上："什么？八万两？铺玉也用不了这个数！"

"我听说是知县他兄弟干这活，杨瑞清答应的！"

"对，是他兄弟，我见了，他兄弟留着小胡子！"

"就是指画着运石头的那个？"

“对，就是那小子！——一看长得那模样，就知道和知县没出五服！”

一个老者问：“杨瑞清那么精明，咋能应这傻事儿！他不算算嘛！”

“谁应的谁拿，我是一个子儿也不出！”

“不会拿卖股票的干这吧？”

“要那样咱一块告他！”

“修路倒是好事儿，可这钱也忒离谱儿了！”

“走，咱去找那杨瑞清！”

这时，有人敲门。

瑞清亲自去开，泥瓦匠三愣子闯进来：“杨先生，咱修啥道呀花八万？”

瑞清：“南北道。从车站到街里这段儿！”手一伸，“里边请。”

三愣子抱拳谢过：“我不进去了。杨先生，算起来咱也是两代世交，这活就让我干吧！”五指张开，“五百两！——我保证弄得体体面面！”

瑞清：“五百两？你别赔了！”

三愣子：“杨先生，你是买卖人中的尖子，咱明人不说暗话，这铺路是粗活，饥民就能干，五百我也能挣五十两！”

瑞清点点头：“那回去写个字据送来——这活儿归你了！”

三愣子高兴：“谢谢杨先生！——我这就回去写。”

瑞清拉住他：“三愣子，你既然说到了世交，咱就办出个世交样儿来！我再给你加一百两。”

三愣子：“杨先生，这是——”

瑞清制止：“三愣子，咱把话说到前头，你得让那些饥民吃饱！这抬石头是重活儿，别一头攮到街上！”

三愣子感喟：“唉！人善有善财！杨先生，我啥都不说了，我不仅让这些人吃饱，我还天天给他们炖锅菜！你就放心吧。”说完又担心，“多加这一百两大伙儿能愿意？”

瑞清：“一共六百两，这钱我自家出了！快去写字据！”

11

山陕书寓眼看要买过来，马氏兄弟正和崔广兴谈判，广兴满脸堆笑，连连点头。

马知县："账房由我这边出。"

广兴："行！可是杨瑞清没说让咱啥时候去和桂花谈？"

马知县："这你别管，我一会儿就让赵师爷去催他！"

广兴："老爷，当初仨书寓我才押了两万五，现在一个书寓他就要四万，这太高了！"

马知县劝解："此一时，彼一时。你看那股票，不比这还悬？"

广兴："那和这不一样！"

马知县："行了，四万就四万吧。几个月也就挣回来了！就这——"他指地，"我也是掐着杨瑞清的脖梗子，要不人家不卖！"

广兴叹气："唉，马老爷，你没来的那阵子我可吃大亏了！我——"

他还没说完，就听衙外吵嚷，赵师爷跑来报："老爷，杨瑞清来了。"

马知县转向崔广兴："先躲躲！"

广兴跑向北屋，一想帽子忘拿了又折回。

马知县："外头咋这么乱？"

赵师爷："来了二百多人！说是——"

瑞清怒目横眉，大步而入，一进门就大吼："马老爷，你可害死我了！"

马知县不解："怎么了？"

瑞清把修路字据拍桌上："你自己看！"

字据很简单，马知县一目十行："什么，六百两就能修？"

瑞清一腚坐下："马老爷，你想办我就直说，咱这是何必呢！这下好，满周村都骂我贪污，多少年的名声一下子毁了！"

马知县被唬住，他转向兄弟："老四，六百两能修了？"

马老四："那得看用什么料！咱这可是正宗泰山花岗石！"

瑞清指字据："这上头也是这么写的。马老爷，哪里弄不到钱？咱何必捅这马蜂窝？我本想打着你旗号好办事儿，这下子不仅我毁了，你也跟着受连累！"

马老爷勃然大怒："老四，胡乱报价，说，这咋办！"

马老四小声嘟囔："石头我都拉来了，反正我不能运回去。"

瑞清质问："马老爷，你快给我支个招儿，看看这事儿咱怎么收场！"

马知县扶住瑞清的臂："杨先生，你先回去，我问问老四是咋回事儿。"

瑞清指外边："马老爷，门外聚着二百多口子，我怎么对人家交代呀！"

马知县："想想办法，想想办法。"赔着笑往外送瑞清。

瑞清叹气："老爷，我为难呀！"

马知县哄着："你有威信，不要紧，不要紧。"随之感叹带自我检讨，"修路本是件好事儿，没想到弄成这样儿，唉，我也难逃失察之责！——六百两和八万两，差距太大了！"

瑞清揶揄："现在的老百姓穷，一穷就急，一急就烦。再加上朝廷没威信。唉，马老爷，要是赶在康乾盛世——动不动就杀人，别说八万两，十八万两也能敛起来！"

第十九章

1

马知县修路敛财遭狙击，威信大跌，广兴也是忧心忡忡。他在家与夫人喝茶犯愁，不住地叹气。

夫人："咱那事能黄了吧？"

广兴："我连去了三趟，马知县都没提这事儿！"

夫人提醒："他爹，咱的礼可是送上了，不会肉包子打狗吧？"

中国的民众从来瞧不起官吏，广兴自嘲："咱是肉包子，马知县也确实是狗，但我觉得不能有去无回。山陕书寓要不过来，他也没法儿发财！"

夫人："哼，还发财？这马知县算是看事儿，及时认输没再硬犟着八万两，要不老百姓能把他吃了！"

广兴："吃了是不敢，但能揍一顿！"他朝外指，"你看看，从博山到淄川，哪个知县没挨过揍？"摇头叹喟今不如昔，"过去每个县都有丁勇，现在朝廷没钱——到点关不了饷，丁勇也没人干了。朝廷真熊！"双腿一伸，头往椅子上一担，"唉，金戈铁马杀进关，那是多么威风。没想到弄来弄去，弄得知县光挨揍！"

夫人不让他感慨："挨揍也好，挨打也好，咱不管这些！他爹，你再去问问——咱把山陕书寓要过来，这事儿我都说出去了。你不能让我合不煞嘴呀！"

广兴瞪眼："以后，没办成的事儿先别说！嘶嘴骡子卖了个驴价，毁就毁在这嘴上！"

太太认错："我往后管住自家的嘴。他爹，我看还是去一趟！"

广兴为难："唉，现在我一出去，人家就知道我去县衙——连片子鱼鳞都没弄着，倒是弄了一身腥！"

夫人："你不便问那马知县，就问问他兄弟，你俩说话还直接！"

广兴："那小子贪心更大，胆子更小，这两天都不敢出来！"说着拿过帽垫子，"我还是去问老马吧。"他戴上帽子往外走，夫人送行，他在门口站住说："关键是杨瑞清募完股子了，我怕他变了卦！"

夫人："哟！他爹，杨瑞清虽是和咱不睦，但那可是个有信用的人，不能过河拆桥！"

广兴点点头："但愿如此！"

2

瑞清在客厅里抽着烟，仰望天棚出神。稚琴问："想什么？"

瑞清："朴成和新成该到英国了吧？"

稚琴："一个多月了，估计快到了——咱下盘棋？"

瑞清坐正："今天下不了，我心里尽是事儿！"

稚琴："路没修成，马知县也踏实了，还有什么事儿？"

瑞清摇着头："不行，这小子贪心未退，我得办他一下子！"

稚琴："他兄弟的石头运不回去——已经办住他了！"

瑞清："这叫中计，不叫破财！——我得让他破破财！稚琴，你说这小子多么无耻，他还是盯着那山陕书寓。昨天又把我叫了去，问我啥时候卖给崔广兴！"

稚琴："你怎么说？"

瑞清："我没说行不行。"眼一瞪，"就是卖，我也得让他着阵子急，不能这么痛快！——咱要是痛快了，他就能变本加厉！"

稚琴："要是依我说，根本不用理他。反正股票也卖完了！"

瑞清看着前方似是没听见。

稚琴问："你怎么了？"

瑞清抬手不让她说话，脸上表情静止，稚琴也坐着不敢动。

林嫂进来报："姑老爷，来了个衙役。让他进来吗？"

瑞清还是那样坐着。稚琴冲她摆手，林嫂转身往外走。瑞清猛醒过来："林嫂，你说衙役在门口？"

林嫂："对。"

瑞清："告诉他——就说咱同意把书寓卖给他。让崔广兴去找桂花吧。"

林嫂出去。

瑞清猛地站起来："我得出去一趟，给我拿衣服！"

3

早上，崔广兴带着蚂蚱朝金陵书寓走来。

蚂蚱问："东家，这回能卖给咱不？"

广兴大模大样，胸有成竹："不卖也行，杨瑞清什么也别干了！——他不敢得罪县太爷！"随之鄙夷地哼一声，"扛了那么久，到头怎么着了？还不是得答应卖？"

蚂蚱助势："嗯！这山陕书寓本来就是咱的！东家，说一千，道一万，还是怨那谢瘦猴子！——要是马知县早在这，咱现在能这模样儿？"

广兴一脸壮志："你看着，看我怎么重整家业，看我如何耀祖光宗！那些茶庄别闹腾，等我忙完了这一出，腾出空来抽出手——接着拾掇他们！"

瘦茭白依在门口，嗑着瓜子闲看。

广兴走上来："桂花呢？"

瘦茭白原姿未改："桂花是你叫的？"

广兴不理她，直接往里走。蚂蚱用眼剜她。

瘦茭白依然看着街，也不阻拦。

桂花坐在椅子上喝茶，屋门大敞，崔广兴走上来："桂花，是屋里还是外头？"

桂花前视空看不语，手边又放着个观音瓶，形似严肃菩萨。

崔广兴大度地一笑，迈过门槛。只听嗖的一声，观音瓶从他头上飞过，广兴一缩脑袋，跳将门外，拉着防守架势，问："你又不出来，又不让我进去，这买卖咋谈？”

桂花：“去和茭白谈！”

广兴：“我——”

下面的内容还没说，一个茶碗又飞来。蚂蚱想要横，广兴横手挡住。叹息着说：“杨瑞清没回来的时候，你也没这大脾气！”

桂花：“滚！”

广兴无奈，唏嘘着来到门口。瘦茭白也不回看，只当没有这俩人。

广兴：“茭白，这事儿你做主？”

瘦茭白看着街——和路过的人打着招呼。

广兴有点急：“我的话你听见没？”

瘦茭白嗑瓜子受过专业训练——整个的瓜子扔进口中，留下仁，皮吐出。她把一个整皮吐出很远：“和你没什么好谈的，直接说价钱！”

广兴瞪着傻眼问：“就是在这谈？哪有当街谈买卖的！”

瘦茭白：“我一入行，就是学的站街，快说，本总管还忙着呢！”

蚂蚱忍无可忍，冲上来吼：“我抽你！”

瘦茭白还是看着街：“我求之不得。”她转过脸，“枪管子一指，当场尿一地，对女人倒有本事！”

广兴怕把气氛搞坏，赔着笑说：“茭白，咱到院里谈吧！”

瘦茭白回身猛吼：“少磨唧！——勾结官府霸占他人产业，我就要周村人全看见！”

广兴息事宁人地向下拍手：“好，好，就在这里谈。茭白，这水有源，树有根，什么事儿都有个来龙去脉！山陕书寓原来就是我的，是杨瑞清李朴成这伙子一块逼我，这才成了你家的。当初仨书寓作抵了二万五！”他点着头，“当初是当初，现在是现在，这些我都认了。”爽朗地一扬手，“我二万五把这一个书寓买回去！”

瘦茭白看着街：“说梦话！”

广兴：“你要多少钱？”

瘦茭白吐出个瓜子皮，说得很轻：“五万。”

广兴差点跳起来：“马老爷不是说四万嘛！”

瘦茭白："是四万。可马老爷说他得要一万，这就成五万了！"

广兴："有这事儿？"

瘦茭白："问你主子去！"

广兴看看蚂蚱，认倒霉地点头："好，好，好。五万就五万。我什么时候接手？"

瘦茭白："你什么时候给钱？"她回过身，"我先说好了，下午四点之前把钱送来，晚一分钟也不行，妈妈说了，俺这买卖像火车，过时不候！"

广兴："这样，茭白，我给你四万，另外的那一万我直接给马老爷！"

瘦茭白盯着他："你想往马老爷身上栽赃？这是黑钱，你给，马老爷就能要？"

崔广兴："可我现时没有呀！"

瘦茭白给他指出路："把你那茶庄卖了！"

这时，有些人围上来观看，广兴窘迫，只想赶紧结束。他似是认输："好，我一块给你送来。那金陵十二钗啥时候过去？"

瘦茭白："十二钗？十二钗去了你那里，俺这里怎么过？"她瞅着广兴，"你这不是仗势欺人嘛！"

广兴小声加力说："是杨瑞清答应的！"

瘦茭白："那你去找杨先生谈。"

广兴哀求："唉，茭白，你进去问一句，看看桂花咋说！求你！"

瘦茭白："好，我去给你问一句。"

她去了里面，蚂蚱在门前向看热闹的众人作揖："各位，各位，帮忙，咱别看了，这有什么好看的？"

孟掌柜路过："老崔，兴你暗着勾结官府，不兴大伙明着看看？"他指着广兴的鼻子："你就闹吧。你轻来轻去地闹腾还好点儿，你要灶王爷练拳——踢了锅灶，不用瑞清，我就办你！"

广兴抱拳："孟兄，您还得多帮衬！"

孟掌柜走了。

瘦茭白从里面出来，广兴迎上去涎着脸问："桂花咋说？"

瘦茭白指着街尽头。

广兴回头看去："这是什么意思？"

瘦茨白："让你滚蛋！"

4

下午，瑞清和桂花坐在院中喝茶。瘦茨白拿着字据进来："妈妈，画个押吧。"

瑞清要过字据看看，随后递给桂花。瘦茨白呈上印泥，桂花按了手印。

瘦茨白问："崔广兴问，啥时候和杨先生谈那十二钗？"

瑞清："先让他把这钱清了。"

瘦茨白跑出去。

瑞清："我得折磨折磨这舅子！——把他拾掇透了，再把这班子人给他！"

桂花："先把山陕书寓的电给他断了！"

瑞清："断电是不行，干买卖要有规矩。"

桂花："那就给他提价，一个灯，要他二十两银子！让他用高价电！"

瑞清欣赏着桂花生气的样子，笑着摇头："那是欺行霸市，咱不干那个。"

瘦茨白拿着银票进来："妈妈，这是那五万。"

桂花装起。

瑞清："至于十二钗，你让他去和四胜谈——现在就去，也是过时不候！"

桂花交代："你去和姑娘们说说，就说山陕书寓卖给崔广兴了！——不是咱不要她们，是县太爷逼咱！"

瘦茨白点头出去。

瑞清问："你咋自主涨了一万？要是马保国来问怎么应对？"

桂花冷哼："崔广兴敢问吗？就是敢问，姓马的敢来问我吗？"

瑞清："他真来问呢？"

桂花毕竟是千锤百炼风月场，闪转腾挪乱局中——根本不在乎马知县："他真来，哼，我就说一口咬定他让我这么干！——反正字据上又没写这条！瑞清，我发现你现在咋这么胆小呢？"

瑞清："不是胆小，是不愿意和这些人纠缠！你别看就这么个小官，发坏一个顶俩，真能给咱搅了局！”

桂花：“哼，要是依着我说，咱也该跟着博兴学，把这舅子打跑了！”

瑞清摇头：“那是作乱造反。干买卖什么都不怕，就怕乱局子！——县官一跑，土匪立刻就来。有这么个狗东西在这里，总算是个牌位，说明大清朝还在——是猫就避鼠，原因就在这里！”

桂花：“明抢明夺的，和土匪也差不到哪里去！”

瑞清笑着：“你放心，我让他分文带不走。就是给他个仨瓜俩枣的，也是让他寄放着。”他一咬下唇，“我抽上机会，就想法儿搬倒这舅子！”

桂花：“让四胜记上账，不能便宜了他！”

瑞清：“哼，不仅记账，每回都有收据！”

桂花：“修路的事咋样儿了？我看三愣子正带人打夯呢！”

瑞清：“嗯，正干着。三愣子嫌碍事，把那些石头运到县衙门口了！——马保国出门都费劲！有点意思吧？”

桂花：“该运到县衙院里去！”

5

四胜一身绸缎，头戴小帽，坐在办公室里听戏。茶坊一旁摇着留声机——《定军山》正唱到要害处。四胜半躺椅中，脚架桌上，装腔作势，闭目点头充内行。

账房进来报：“郭经理，崔广兴来了。”

四胜似是没听见。

账房前进一步：“郭经理，见吧？”

四胜不睁眼：“等等，等黄忠斩了夏侯渊再说！”

账房是个瘦老者，他出来对广兴说：“崔先生，还得等等。郭经理正忙着！”

广兴指向屋里：“这电戏正唱，咋说忙着？”

账房：“是。就是忙着听戏！”

广兴原地转个急圈：“啥时候听完？”

账房："我可说不准，这张片子刚放上——这《定军山》一共十二张，这才听到第七张！"

广兴："按你这个说法儿，得等着他听完了？"

账房："那倒不一定。郭经理说等黄忠斩了夏侯渊！"

广兴忍着气："这唱到哪里了？"

账房："刚才我听着张郃劝夏侯渊别出去，夏侯渊不听劝，两下正争呢！"

广兴着急："那还早呢！"

蚂蚱："狗仗人势！当初卖羊肉的时候也没这谱儿！"

账房正色道："我说，英雄不问出处。当初刘邦还杀过狗呢！"

广兴抱拳："先生再去催催。他东家说过时不候，我不敢等呀！"

在这个过程里，四胜一直趴在门内偷听，一边听一边乐，这时他赶紧跑回来，恢复原姿。茶坊在那边忍不住笑。

账房进来说："郭经理，让他们进来吧？"

四胜拿下腿，懊丧地摇头："正听到要紧处！曹军在山下骂阵，法正不让黄忠出战！"站起身来一甩水袖，改为道白，"黄忠不战不要紧，崔广兴却来战我！带将上来，看我如何一刀斩他两段！"

广兴冲进来："四胜，你也太涨饱！"

四胜："来将通名！——本帅不斩无名之将！"

蚂蚱原地前伸脖子："四胜，咱也不是一天两天了，你也真好意思！"

四胜："你东家都好意思抢俺买卖，我让他通名还咋了？"一指门，"行了，主将上场了，跑龙套的出去吧。"

广兴拨他，蚂蚱嘟嘟囔囔生气出去。

四胜："老崔，也别费话了，说，多少钱！"

崔广兴："咱怎么着也得让个座吧？"

四胜："不用，你那痔疮还没好，最好还是别坐着！"

广兴把右拳往左掌里打下："唉，你算是得势了！——你打算要多少钱？"

四胜点上烟："我说，老崔，人家桂花孤儿寡母的，你这是干什么？金陵书寓全是素的，全指望着十二钗。你把这伙人弄走了，人家咋干？"

广兴："唉，我早知道这么麻烦，就不该兴这心！"

四胜："现在回心转意也不晚！"

广兴手在额前乱摆："痛痛快快，你把十二钗转给我，我给你五千两银子！"

四胜："一万五千两。要不俺就接着听戏！"

崔广兴："四胜，我挖别人的买卖是不对，可你也太狠了！"

四胜："狠？狠是为了让你记住！你说什么？说俺狠？老崔，当初弄茶叶，要不是王新成来求少东家，"他朝南一指，"你现在披着麻包在南门外蹲着呢！快说，什么时候给钱？——别耽误我听戏，黄忠还没斩夏侯渊呢！"

崔广兴："你立字据，我回去拿钱。咱先说好了，那十二钗可不能变样儿，不管红裙还是化妆都得和现在一个样儿！"

6

县衙里，马知县和兄弟商量下一步的工作："老四，昨天崔广兴把山陕书寓接过来了，你抓紧打个电报回去，让家里派个账房来！"

马老四："嗯。我一会儿就打。哥，那十二钗还是真俊！"

马知县回头看看："唉，我是没福消受了。"

马老四压低声音："让俺嫂子回娘家，我先把元春给你弄来！——胖乎乎的可是来劲！"

马知县摇头："现在时局不稳，再说这周村不是别处，咱要在这事儿上栽了跟头，捐官儿的钱这辈子也扳不回来了！"

马老四："也是。哥，我听崔广兴说，桂花多要了一万两，说是你让要的！"

马知县茫然："没有呀？"

马老四："崔广兴说得真真的！说要了给你！"

马知县："去把他叫来！桂花这是败坏我！"

马老四刚想走，就听衙前鼓声大作，众声齐喊："叫知县，叫知县！"

赵师爷跑进来："老爷，不好了，衙前来了四十多个壮汉，还拿着杠子！"

马知县一惊："干什么？想反？"

赵师爷："反是不像。要反就直接冲进来了！"

那个衙役进来："三舅，外面那些人让你升堂！"

马知县："干什么？谁带的头儿？"

衙役："修路的三愣子！"

马知县长吐一口气，稳住神色，慢慢站起："升堂！"

衙役傻问："还敲鼓吧？"

马知县："敲个屁！"

三愣子穿着衣裳，身后那四十多人全光着膀子，手持器械挺立大堂中央，倒像黄巢的队伍。

马知县从侧厢出来，往椅子上一坐，环视下面，举起惊堂木一拍："见了本官为何不跪！"

众衙役："跪下！"

三愣子："跪？跪什么？你以为这是剁儿滚子（多尔衮——人们恨其凶残，有清一代，辱骂未绝，剁儿滚子已是最不恶毒的称呼。）刚进关呀！还你娘的跪，不给你掀摊子就不错！——说说，那些石头咋办，现在碍事！"

马知县惊眼发呆，拿着惊堂木的手哆嗦："你，你大胆！"

三愣子一扬手："胆大胆小吧，别弄这些症候了！——现在修路修到这衙门口，快让你兄弟把石头运走！"

马知县不说石头，他定气宁神，看着三愣子："我是朝廷命官，你可以瞧不起我，但不能瞧不起朝廷！"

三愣子很烦："别弄这些没用的！什么他娘的朝廷，光会赔款！"他回手一扫后面的人，"要不是朝廷，俺这些伙计还安居乐业呢！马知县，咱什么都能说，就是别提朝廷，你要是一个劲地磨唧这，没准儿这周村就成了博兴！——一顿乱棍打死你！"

马老四在后面听着，吓得两腿直抖。他小声叫过赵师爷："老赵，快去对我哥说，让他们把石头用了吧，咱不要钱！"

赵师爷也害怕，踟蹰不前。

马老四："快去！"

赵师爷擦擦额上的汗，大着胆子过来，伏在马知县耳侧低语。

三愣子："胡嘀咕什么？是不是想害俺？"

马知县一仰身子稳住神："诸位，本官到此，也没对周村做什么事，心里有愧。这些石头你们就用了吧。修路是大家的事儿，不要钱了！"

三愣子："不要钱也不用，你这石头尺寸太小。俺们交不了差！"

马知县："关于尺寸我对杨瑞清说！"

三愣子："那都是后话，你现在就误俺的工！"

马老四又对师爷说："给他们二百两银子，就算运费！快去！"

赵师爷："天下有这事儿？"

马老四："老赵，快去吧，去慢了真能反了呀！"

7

瑞清在书房用毛笔写信，稚琴送来茶。瑞清回头一笑："坐一会儿，我马上写完。"

稚琴坐下，用很美的眼光看着自己的丈夫："阿清，你写字的样子真好看。"

瑞清不抬头："是吗？"

稚琴："嗯。真像翰林大学士！"

瑞清放下笔："咱不提这段儿不行嘛！"样子像孩子，"又说人家的心病！"

稚琴笑着："山陕书寓快开张了，这回用个什么招儿？"

瑞清把信递给他。稚琴看着点头："行。这招儿行！"

瑞清："你看着，我让那山陕书寓一个人没有！"

林嫂进来："姑老爷，郭经理来了。"

瑞清："让他去客厅候旨！"

稚琴："这一口儿真像道台老爷！"

瑞清扬手要打，稚琴作揖认错。夫妇二人笑着来到客厅。

四胜："少东家，桓台的茧子又送来了。领头的说要见见你！"

瑞清意外："噢？"

四胜："让他进来不？"

瑞清："我就别见了！"

四胜："为啥？"

瑞清："你知道我心软。一见那些庄户粗手黑脸这么不易，我就不忍收了！"说完一抬眼，稚琴敬佩的目光正看来。

四胜："少东家，种地收租，这是千古不变的道理。要不是咱当初买下这些地，他们今日有收成？"

瑞清："一共花了两万两，还买不着半块山陕书寓！再说咱收了好几年了，本钱也早回来了。"说着，他神经病似的猛窜起，"我他娘的学一回冯谖客孟尝君！把地契烧了！四胜，你就这出去对那些庄户说，以后不收租了，这一担咱也花钱买！"

四胜大诧："少东家，你没事儿吧？"

瑞清坐下："你觉得咱吃了亏？"

四胜："不是？"

瑞清："咱头一回收这一担茧子租，全是好茧子，第二年就不如头一年。四胜，庄户们也会算账——这交租的茧子肯定是最孬的！去年咱亲眼所见——个别刁蛮之辈还在箩筐底下放上块砖。"他摇着手，"没必要——咱一共四趟机，用不了多少茧子。咱这么着一办——直接不收租了，那些庄户肯定领情，肯定把最好的茧子选出来卖给咱。咱弄茧也不是一天了，这好茧孬茧差距太大了！"

四胜大悟："对对对，咱这是名利双收。就是吃亏也吃不大！"

瑞清得意，二郎腿一架："这就是读书的好处！"

四胜撇着嘴对天惋惜："大清朝呀，你可真漏了大贤呀！"

瑞清扬手："我揍你！"

稚琴笑得打躬，四胜闪躲开来。

瑞清："快去！"

四胜："少东家，崔广兴这两天忙活得挺紧，还故意气咱，少东家，咱不能让他得了志呀！"

瑞清拿过刚写的信："加急电报，发往上海！"

瑞清往外送四胜，行至院中，四胜问："少东家，三愣子问问那二百两银子咋分？”

瑞清：“什么二百两银子？”

四胜：“就是马知县给的那运费。”

瑞清点头心里美：“让他用那些石头铺路，银子分给干活的饥民。”他抿着嘴看天，“四胜，你知道我最大的愿望是什么？”

四胜：“娶二十个老婆？”

瑞清摇头：“那个想法儿早灭了！”他看着四胜，“我最大的愿望就是等我出殡的时候，一万人哭！”

四胜：“也别一万人哭，你也最好别出殡！”说完窜出。

8

广兴在家里喝着酒，与夫人商量开业计划。夫人说：“他爹，三愣子是个泥瓦匠，人家都不怕知县，不仅不怕，还生要了二百两银子，咱凭啥给他一半干股？”

广兴点头：“我也这么想！是他娘的有点冤！”

夫人脸一板：“让他拿银子入股，要不不分红！反正咱把书寓要过来了！”

广兴：“唉，桂花明说多要了一万给他，可他就是不认账！我让他去和桂花对质，他又不去。”他瞅着夫人，“现在满周村都知道咱勾结官府，可咱一点好处没弄着，真憋气！”

夫人也有同样苦：“我在前头走，人家就在后头指画我！——我都不敢上街！”

广兴：“唉，现在想想，这事儿咱办得太生硬。你想想，杨瑞清是什么人？咱生生把书寓弄过来，虽说是价儿高点儿，但他还是栽了面儿！他能和咱算完？——不知道又有什么招儿！”

夫人：“这倒不怕！随便你想吧，还能有什么高招儿？”

广兴：“我想了好几天了，没想出什么高招儿来！杨瑞清就是有招儿，也得等着开了业。咱现在先说马老四，不出钱，账房倒是他的，这都什么玩意儿？”

夫人：“你吃了饭就去找他，他不拿钱咱就自家干！”

广兴："嗯。我这就去！连个泥瓦匠都治不了，更别说治我了！"

这时，狗剩先行一步进来："崔爷，俺家太太来了。"

广兴夫妇忙接出来。

王太太进来后往椅子上一坐："崔表哥，你表弟在英国来电报，让我说说你。唉，咱从哪里说起呢？"

广兴兴奋："从英国打来了？俺表弟啥时候回来？"

王太太："没说。"

崔太太忙活着冲茶。

广兴："表弟回来就好了，我也好有个依靠！"

王太太："崔表哥，说破天咱也是一家人，你觉着你能干过杨瑞清？"

广兴："表弟说啥了？"

王太太："他倒没说啥。唉，我收到电报就去了桂花那里，瑞清两口子正好也在。他让我劝劝你，最好从这山陕书寓退出来！"

崔广兴："表弟妹，我咋退？眼看着就开业了！"

王太太："不是有知县吗？——不能全退也得退一半儿。瑞清说那样你还能剩下点玩意儿！"

广兴："别听他的。退归退，我可不听吓唬！"

王太太叹口气："唉！崔表哥，话我说到了，心也尽到了，你自己看着办吧！"说完站起来。

崔广兴追着送："表弟妹，杨瑞清没说用啥招儿？"

王太太站住："崔表哥，不管用啥招儿，咱实实在在地说，哪招儿你都接不住！——还是早退好！你表弟没在家，人家不用再看谁的面子。别弄来弄去，弄得吃饭都费劲！"

9

广兴与马老四在城边上的一个小酒馆中对饮。广兴把酒盅往桌上一蹾："四老爷，咱后天就开业了，咱得定出个章程——咋给姑娘们分杈子！"

马老四外行："分什么杈子？"

崔广兴："四老爷，哪行都有哪行的规矩。姑娘们在咱那里营业，皮肉钱是她们的，茶酒房钱是咱的。但是有几个抓茬儿的姑娘仗着能揽买卖，就要分咱这茶酒房钱的杈子——金陵十二钗就更甭说了！"

马老四大睁着眼："噢，弄来弄去，挣的钱不全归咱？"

广兴："要是全归咱，那些姑娘们挣什么？"

马老四："你早说呀。早说我不入这一半股呀！"

广兴淡然一笑，口气却强硬："现在退股子也行！"

马老四摆手："好好好。我以为这些人是卖给咱的呢！"

广兴："卖身娼门，这在周村早过时了！过去咱这里是书寓多，竞争也就难免！争得利害的时候，那些姑娘一天一跳！——谁家给的杈子多就去谁家。今天这个门儿，明天那个门儿，来回串。现在好了，就剩下咱自家了，可以少给她们点儿！"

马老四点头："你说分给她们多少？"

广兴："十拆三？"

马老四摇头："不行不行，太多！——那成给她们扛活儿了！十拆一就不少！"

广兴："十拆一是不行，十拆二吧。"

马老四："嗯，就依你。那十二钗咋办？"

广兴："就这十二钗要紧！她们在金陵书寓的时候，一点脾气也没有！——桂花不仅不给她们分杈子，她们倒是要给桂花交钱。咱门头软，怕是要分给她们点儿！"

马老四烦了："老崔，你可别蒙我是外行。噢，在那边她们给人家钱，到了这边咱得给人家钱，天下有这理儿吗？"

广兴耐心解释："四爷有所不知。咱和金陵书寓没法比，无论哪方面咱都比不了人家！"

马老四："说说，你只要说出个子丑寅卯来就依你！"

广兴："第一，在金陵书寓得不上病。"马老四想打断，广兴抬手让他听完，"杨瑞清从济南请了个西医，让她们每月查体。"

马老四："咱也请呀！"

广兴："可以，但得慢慢来——得打听着那个西医住哪呀！"

马老四："这好办。我负责打听，济南我熟！"

广兴："第二，杨瑞清专门从英国进口的防毒水，这咱没有吧？"

他朝外指，"你看看，这么多姑娘哪有得病的？"

马老四："这也好办，让我哥命令他给咱进！——进了来咱再卖给她们，还能赚上点儿呢！"

广兴："下边这项咱是直接办不了！——他那土耳其浴室有个小池子，是专门为这些姑娘准备的。每周让这些人泡一次药浴。那堂子是桂花的，她是肯定不借咱用。你还得给老爷说说，让杨瑞清劝着桂花，把池子借给咱用！"

马老四："这都好办。杨瑞清不是三愣子那样的泥瓦匠，他不敢要横。只要干买卖，就得找我哥。不过我哥这一关，他什么厂子也开不成！没事儿，这项我包了！"

广兴："好。四爷，可这些事儿咱一时半会儿弄不齐呀。所以得分给她们点杈子。等咱都弄全了，咱再给她取消了。我看，就给十二钗十拆三吧。"

马老四点头："唉，这个分一点儿，那个分一点儿，也剩不下什么玩意儿了。好，就这么着吧！"

广兴端起酒："四爷，咱干了这个吃饭，吃完饭咱把那些姑娘聚起来说道说道！"

10

早上，孟掌柜在办公室里写信。大师兄手扶茶壶一旁站立："东家，这一共是几封？"

孟掌柜："四封。"写罢最后一个信皮，往椅背上一靠，"你给这些商号送去，让他们务必帮忙。"

大师兄："好，我这就去。"

孟掌柜交代："告诉英美烟草刘先生、南洋兄弟烟草的许先生，晚上我在会仙楼请客，让他们一定到！"

大师兄提醒："东家，这两家为卖烟卷子，打得砖头乱飞要玩儿命，凑到一块行吗？”

孟掌柜一笑：“你懂什么！这是洋鬼子卖货的招术！——一个娘们儿骂街没人看，俩娘们儿对骂才热闹！你看看，他俩这一打，烟卷卖得多快！——这是两家商量好的！”

大师兄摸着后脑勺儿：“噢，原来这是点灯诓鱼呀！”他看看信封，“好，我这就去。”他指着桌上那封，“我连这封也捎着，一块给汇丰银行送去。”

孟掌柜：“不行。汇丰这襄理相当高傲，你去分量不够，一会儿我亲自去！”

大师兄走了。孟掌柜点上烟在屋里溜，袭着《空城计》的板式唱道：“瑞清在城楼观山景，我带着人马胡闹腾，管弦交错天籁音，原来是众钗改了门庭——”

一曲未了，账房拿着请柬进来：“东家，山陕书寓今晚开张，崔广兴亲自送来的。在外头呢！”

孟掌柜叫板：“传信使入那——帐！”

11

晚上，山陕书寓张灯结彩，灯火通明。广兴和马老四站在门口迎客。广兴轻车熟路，应付自如。马老四没见过场面，手脚似是没处搁，只跟着干笑。

天虽还没热，孟掌柜却是手把折扇，潇洒而来，还带着两个客商。

广兴紧走几步迎上：“欢迎，欢迎。四老爷，这就是大名鼎鼎的孟掌柜！瑞蚨祥的金交第一把！”

马老四抱拳：“久仰，久仰。俺爹一直穿贵号的绸缎！”

孟掌柜上下打量他：“你和马保国一个爹？”

马老四尴尬：“是亲兄弟！”

孟掌柜：“一个娘儿？”

马老四忍怒不语。

孟掌柜：“看你这模样，呦——”皱着眉吸口气，“我怎么看着串了壶呢！”说罢，哗地一收折扇，挺胸进入。

马老四恨恨地说：“这小子真横！”

广兴："小点声，别让他听见——慈禧是他干娘！"

这时，一队人物相约而来。广兴逐一介绍："这是南洋兄弟烟草公司的许主理——"

那些人进去了。

广兴："四爷，你上去讲两句儿？"

马老四闻言后撤："不行。还是你讲，还是你讲！"

说着往前推广兴。

瑞清和稚琴坐在桂花的院子里，树后有月，清风浅来。瑞清纵目望去，忽而发笑。

桂花问："笑什么？"

稚琴："他整天装神弄鬼！没事儿他也这样笑！"

瑞清点头："我这辈子办对的最大一件事儿，就是没一下娶了你俩——要不我根本活不到现在！桂花，我想起一诗，特别适合你和那十二钗的心境！"

桂花："心里有酸就快泛，别故意卖关子！"

瑞清举头再望明月："白居易有首诗叫《夜筝》：'紫袖红弦明月中，自弹自感暗低容，弦凝指咽声停处，别有深情一万重。'——今晚上那十二钗就是这种心境，身在山陕，心在金陵，也是念着你呀！"

桂花哼一声："你还有脸说！连个烂知县都斗不过，还不如个泥瓦匠呢！"

瑞清委屈："这牌局还没散，不还没分输赢嘛！真是，又埋怨人家！"

广兴发表完开业演说，抱拳下来。十二钗中的元春宝钗黛玉上场，姿态婀娜，神情平静，整个书寓静下来。三位向台下鞠过躬，坐下来演奏。管弦如诉，凄婉动人。

其他妓女也傍着熟客静观。

这时，汇丰银行的王襄理站起来："班头，别演了，这仨我要了！"说罢，不管班头，直接往外走。跟班随后对广兴交待："让她们去会仙楼。"

广兴："好好好，谢谢捧场！"

三钗下台，退进南厢更衣。又出来三个红衣女子。还没上台，南洋兄弟烟草的许掌柜就喊："也别演了，俺都看过，也去会仙楼吧！"

这时孟掌柜站起来："剩下的那六钗也省了这套，一块跟我走，咱到会仙楼上演去！"

场子里有点乱。马老四站在廊下傻眼，他拉住广兴："这是怎么回事儿？"

瘦茭白站在慢长棰乐器店门口，孙掌柜拿着锣棰等待。那边乐曲一停，瘦茭白忙说："叔，敲！"

孙掌柜奋起一锣："周村开——"

瘦茭白一把捂住他的嘴："咱让他关门儿，你却让他开张！真是老糊涂了！"

孙掌柜："唉，整天喊，喊滑丝了！"

随之锣声响起。

山陕书寓里，众妓女一听锣响，集体带着客人退场。广兴出来拦："上哪去，都给我站住！"

紫燕一推他："爱上哪上哪，又没卖给你！"

于是，众人鱼贯而出，不一会儿，只剩一个空场子。

马老四："这是怎么回事儿？"

广兴："准是杨瑞清捣鬼！"

孟掌柜疾步来到金陵书寓，进门就冲瑞清喊："杨大爷，这样弄个一天两天的行，长此下去——天天怀里抱着个钗，别说我这身板，就是武松也撑不住！"一见稚琴也在，忙躬身抱拳，"失言，失言，让弟妹笑话！"

瑞清站起："坐。"

孟掌柜一甩手："嗨！还坐！会仙楼上男女齐，等我去了才开席！"说着往外走，"兄弟，赶紧想高招儿！"

这时，四胜来了。

瑞清命令："再给立俊发电报，让他快来！"

四胜："杨经理已经来了。"

瑞清："为啥不提前来电报？"

四胜："说是革命党在上海炸了码头，那船也说不准啥时候到青岛，所以就——"

立俊微笑站在门口："董事长，好吗？"

第二十章

1

立俊远来，瑞清高兴，二人在瑞清的书房里作长夜谈。

立俊向瑞清汇报上海方面的业务。他拿着笔记本说："土产的出口很正常，'瑞清牌'丝绸在英国卖得也挺好。克利尔真是破了本，广告推广一直没停下！"

瑞清："嗯。那机器进口怎么样？"

立俊："唉，这一行竞争太激烈了，几乎无利可图。革命党在南方不断地暴动，士绅们又涌进上海。买家多，卖家更多，光咱公司那条街上，就有十几家在做机器进口。同行压价不说，各国洋行也跟着压——他们竞争得更厉害。"他把食指夹隔在笔记本之间合上，"阿清，我想把这项业务停了！"

瑞清："这些事儿根本不用问我，你看着办！"

立俊又翻开本子，在上面钩一下。抬起头来说："阿清，你说孙文能成事儿吗？"

瑞清："成事儿不成事儿这是后话，但清朝是快煞戏了。问这个干什么？"

立俊："前些日子他们派人来找我，想让咱给他弄点军火，这事儿能干吗？"

瑞清："哟，孙先生要是这么弄，大清怕真得玩儿完。唉，就怕弄来弄去还是秀才造反。"他沉一下，"弄军火，这不难，给现钱——"他看着天棚一停，"就能干！"

立俊："他们怕是给不了现钱，起码是全给不了。"

瑞清："那就得慎重。"他深深地看着立俊，"我看最好不做——咱现在这么忙，没必要找这些麻烦！"

立俊掏出一张花票："你看看，这是他们发行的'创国公债'——一比十的回报！看着倒是挺热闹！"

瑞清接过来扫一眼，慢慢放到桌上："这玩意儿没准。"他笑笑，"立俊，中国人都恨清朝，读书识字的人更恨！为什么恨？因为这窝子无能！——不光是赔款，关键是打击了中国人的自信与骄傲！秦汉壮美、唐宋风流全让这窝子给糟蹋尽了！"他把手端到胸前，"咱是从心里盼着这个民族强大，孙大炮自由平等诸多论调也真对咱的心思。"他开释地一笑，口气也降成和软，"但咱是买卖人，实在输不起。别说咱输不起，就是洋行，也怕得罪了清政府，所以不敢大宗地弄军火，更不用说卖给革命党了。"

立俊："是这样。"

瑞清："你要办，我不反对，但本着一条，高价，现钱，只此一次，趁乱捞一把散伙！"他忽然很生气，口气高硬，"当初我为了考进士，精读了中国历史，读来读去，越读越生气！朝代一回一回地更迭，皇上一个一个地换位，百姓一回一回地盼望。忙活了一阵，还是一场空，到头来还是没完没了地交捐纳税出徭役，一点好处弄不着！"

立俊笑着调侃："我看历史生气，所以不看！"

瑞清："我也是生气。但我还是看，可看来看去，总算看明白了——秦皇汉武唐宗宋祖康熙乾隆全是王八蛋！——连朱元璋李自成这些平民出身的人，一旦得了势，也是把天下看成是他家自己的，心里也没有老百姓，就是有，也是怕老百姓再起来造反，顶多是做些表面文章！"他二目灿亮，脸色如朱，"就中国这些皇上，不管是谁，都是先说自己那天下，后说百姓的死活，无一例外！——这就是中国那病根儿！"他深瞅着立俊，"兄弟，只要把这病治好了——把百姓放到前头，咱不说西洋那样的民主，能做到孟子那'民为贵，社稷次之，君为轻'，"随之伸出大指，"中国就是世界第一强！"

立俊深深地点着头："对，对，对，"他慢慢地说出三个对，"真是这样！阿清，孙中山就是想这样办。他要创立共和，不是当皇上！——这就是他与历代帝王的区别！"

瑞清情绪很坏，手在空中乱摆："那些咱还没看见，等创建好了再说吧！咱退一万步说，就是孙中山真能这么办，他后面的人也能这么办？兄弟，历史有个惯性，这惯性，"脸一沉，冷哼一声，"三辈子五辈子的去不了！咱省了这番心吧！"

立俊略有不解地看着他："阿清，咱是不是应当把目光放远点儿？万一孙中山得了势，咱兴许就能沾上点儿光！"

瑞清："这就是读新书的害处——理想太多，不切实际！你回首看看中国历史，哪一次改朝换代不得乱上几十年？等他乱完了，一切都就绪了，咱也死了，人家也把咱忘了！兄弟，千万别犯傻！咱不缺吃不缺穿的，这就挺好！"

立俊点着头。

瑞清点上烟："你共和也好，皇权也好，老百姓就是过日子，根本没心管这套，更不管是谁在紫禁城里坐着！只要别害人——就称呼明君，只要赋税别太重，老百姓就算烧高香！清政府熊就熊吧，它越熊越好，正好没能力收税。我就是抱定这一条，和周村的县官周旋，挺有意思！"

立俊："上海的租界之所以繁荣，也是因为税不乱。起码是知道该交多少。"

瑞清笑着说："兄弟，咱们总觉着自己是个人物，其实狗屁不是。咱这辈子只能干仨事儿——挣钱，花钱，行好。别的咱干不了！"

立俊笑着叹气："是这样，咱是些小人物，没必要掺和这些事儿。阿清，咱这样约定，我如果想运这军火，就事先来个电报，只写一个'火'字，你要是同意就明说，不同意就给我回个'水'字。"

瑞清略显疲惫："唉，除了水就是火，其实咱自己就水深火热！"说完笑了。

稚琴进来："吃点宵夜吧，林嫂做好了。"

二人站起来走向餐厅。

立俊问："咱什么时候拾掇崔广兴？"

瑞清："拾掇他是次要的，我是想借这个机会，把那马知县一块弄到水里！"

立俊："为什么？"

他俩坐下，林嫂上饭。

瑞清："立俊，咱是处在个乱局里。既然是乱局，咱就要在混乱中制造一个适合混乱的秩序。"说着拿过酒瓶，"现在的官吏分为三种，一种如谢知县——深感国将不国，循着读书人的良知尽其人事；第二种是无所事事，坐吃等死，爱怎么着就怎么着，到点领俸禄；这第三种就是马知县这类——捐官上任，就是为了捞钱。能捞着就心花怒放，他捞不着就给捣乱——让你也捞不着。与其这样，还不如拉上他一块干。你说呢？"

立俊："依我说，"手平着向外一砍，"这样的官员该杀！"

瑞清想起了一句戏文："劝千岁杀字休出口——兄弟，干买卖什么都不怕，就怕见血。秩序一乱，咱也完了。所以你说革命党，我心里就很矛盾——既恨清朝，又怕新上来一帮还不如这窝子！"

2

山陕书寓三四天凉场子，马知县很着急。他问广兴："这三四天一直这样儿？"

马老四接过来："可不！这里刚开演，那些掌柜的来了，叫着人就走。随后慢长棰就敲锣，其他姑娘也跟着走！只剩个灯火通明的空场子！急死我了！哥，当初咱不该投这钱！"

马知县："老崔，你肯定是杨瑞清捣乱？"

广兴："肯定！那些掌柜的都是有头有脸的人物，也都和杨瑞清要好，除了他别人没这势力！"

马知县点头："好。一会儿他就来，你俩先避一下。"

马老四："哥，你得把他镇唬住，要不这买卖没法儿干！咱投的那钱也得沉了底！"

马知县想了想："镇唬？"自谓地摇头，"镇唬不是办法，这人不吃硬的。好，你们先躲躲，他该来了。"

二位刚撤走，瑞清就来了。他在前倒背手扬首阔步，四胜在后面扛着两匹绸子进来。及近初夏，风清日媚，马知县把他俩让来院中石桌处坐。

四胜躬身呈礼："老爷，该换季了，少东家送给太太两匹绸子！提花双纺，联华洋行来的新样子！"他指着绸子说，"刚下机，英国还没开卖，就先给你送来了！"

赵师爷接过。

马知县很高兴，抬脸看赵师爷："让太太出来谢过。"

马太太惯于偷听，赵师爷还没到，她先出来了，眉花眼笑地行礼："谢谢杨先生。"

瑞清立刻惊起站立，目视地面抱拳还礼："给太太请安。"

四胜不管这套，仰着脸迎上去："太太，就凭你这风采，再配上这新式绸子，赵飞燕？杨贵妃？我看连西施也得让你比下去！"

马太太手衔绸帕，羞中带喜："郭经理真会说话！"

四胜一脸肃整："太太，咱什么也别说了，抓紧让裁缝来做上。这新绸子还没运到英国，你无论如何也得赶到那英国女王前头！——慈禧扛不住英国女王有情可原，她老呀！太太，不管于国于家，你都得争这气，咱这新绸子就得穿到她前头！"他转向瑞清，"少东家，我把洪顺的裁缝叫来吧？"

瑞清嗯了一声。

四胜："太太，你去屋里等着，我马上回来。"说完为难着急地一甩手，"唉，太太这么俊，我得叫个老裁缝，年轻一准弄不准尺寸！——光这人就能看晕了！"

马知县瑞清哈哈大笑，马太太含羞带嗔地进了屋。

佣人送来茶。马知县给瑞清倒上，茶壶一放，唉声叹气："杨先生，我为难呀！"

瑞清："老爷，什么事儿？"

马知县："周村这几个缫丝厂定时免税，今年八月里就到期了——你那厂已经超了期。开始征税吧，事业初创，根基不牢，不利于发展；不征税吧，我又做不了主。所以得把你请来商量商量。唉，杨先生，咱怎么办？"

瑞清："我听老爷的。"

马知县："唉，再申请免税也不是不行，但办这事儿相当麻烦。既得写公文，又得打点！——我一想要去上面打点，心里就发怵。可不打点咱这税就得交，这玩意儿挺重呀！”

瑞清附和：“可是挺重！”

马知县：“你有什么高招儿？”

瑞清：“当初谢知县曾说过届时可以展期——府台大人也同意了。但展期归展期，谢老爷也说相当费劲！别的咱不知道，日本人在博山开办的铃木制瓷所，费了那么大劲，甚至惊动了总理衙门，也仅减下一半来！”

马知县挺恨日本人：“真不该便宜这窝子！要是依着我，一半也不给他减！跑到咱这里来干买卖，还想不交税，门儿也没有！”

瑞清：“是是是，总之内外有别。全靠马老爷费心了！”

马知县眼一亮：“杨先生，我和上面很熟，全免我办不到，但免一半我觉得还有把握！”

瑞清：“免一半就不错！马知县，等这事儿办成了，我带上大伙集体请你！”他压低声音，“去上面打点的费用我们平摊，事情办成，另有谢仪！”

马知县摇手：“这倒不必。杨先生，你还得帮我个忙呀。”

瑞清：“老爷请说。”

马知县：“舍弟在家赋闲心闷，就和崔广兴合伙开了山陕书寓，我——”

瑞清抬手：“老爷别说了，主要你找的那个合伙人太臭！——孟掌柜他们见崔广兴仗着老爷的势力，生生夺去那去处，心中替我鸣不平，所以才给他晾场子。唉，有老爷这句话，我今晚上就让他宾客满堂！”

马知县欣赏地看着瑞清：“这我信！”

在这个过程里，崔广兴马老四一直监听，听说宾客满堂，欢欣鼓舞。

瑞清抱怨：“老爷拿着我当外人呀！”马知县想问，瑞清抬手挡住，“想挣钱不用干那玩意儿！看见这新式绸子了吗？多了不说，一匹挣八两没问题——那大机器一转，一天几百匹。以老爷的家世，又有令弟这样闲人，为什么不建个厂？——既好听，又挣钱，何必开窑子？不管这书寓是否与人合伙，你总是掺在里头，挣钱与否咱权且不说，起码不利于老爷的政声！”

马知县：“我也这么想过，只是咱没谈到过这么深。”

瑞清：“崔广兴是老周村，也是很有经验的买卖人，老爷更可以让他入一股。大伙儿都说他为人不好，其实是为了买卖，就个人而言，并没干什么伤天理的事情。”

广兴听到受表扬，险些冲出来。激动地拉住马老四说：“四爷，等咱这书寓安顿下，咱也开个丝绸厂。我也懂丝！”

马知县小声问：“杨先生，既然话说到这里了，我问一句——你能帮我往英国卖？”

瑞清：“老爷，我要不帮你卖，就不让你建厂了。”

马知县小眼一眨：“不怕我和你抢厂丝？”

瑞清：“老爷，我是买卖人，对我有害的事儿我不会干。现在周围诸县都在种桑养蚕，所以才有那么多人开缫丝厂。正是因为有这些厂，今年春里连昌邑、寿光、安丘的茧子都来了。老爷，什么都有个度，这么多的茧，这么多的厂丝，我那一个丝绸厂肯定用不了，用不了就得往外卖——咱这鲁黄丝是丝中精品，假若这些厂丝流出去，就会在英国丝绸市场上与‘瑞清牌’竞争，绸子的价钱也会给拉下来。”他亲切地看着马知县，“与其这样，还不如咱自家把这些厂丝吃了呢！如果老爷办个厂，不仅能用了便宜丝，还能扩大在英国市场上的占有份额，再加上咱对外一家，我也显得有实力。你说对不？”

马知县点头作应允之状，咂咂摸摸地想一阵，正视着瑞清：“那你得入一股——要不我不放心！”

瑞清向后一仰身子：“那当然。你想呀，县太爷办丝厂周村的买卖家谁不入？一准抢破头！”他前探身子压低声音，“老爷，咱说句最到家的话，你办厂根本不用让上头核准，还用交税？”

二人仰天大笑。

3

深夜，街上行人稀少，广兴和蚂蚱高高兴兴地往家走。蚂蚱说：“东家，杨瑞清这势力是大，说让咱红火，书寓立刻爆了棚！”他朝东一指，“东家，你发现没？慢长棰那也不敲锣了！”

广兴大悟：“对，今晚上是没敲！”随之感叹，“唉，现在看来，咱不如人家王新成开窍早呀！——澡堂子关了，赌场也让杨瑞清弄挺了，可人家不忌恨，反倒是和杨瑞清成了朋友！先办缫丝厂，接着又在电厂入了股，这又去英国买机器。别的不说，除了那些吃不上饭的，周村家家掌电灯，那电厂就挺挣钱！唉，蚂蚱，咱也应当靠上去！”

蚂蚱撇着嘴：“就怕人家不让咱靠！”

广兴自信有贴靠之术：“想靠就能靠上去！”来到他家门前，温和地问，“一块进来喝两盅？”

蚂蚱体谅广兴：“不早了，东家早歇吧。我回去了。”

广兴昂首挺胸进了屋。

太太室内候驾，几只小菜早已摆好：“今晚没晾咱？”

广兴：“满满的人，犯抢了！唉，这才叫好买卖！”

太太：“喝两盅？”

广兴：“可是得喝两盅！”

太太把酒倒上：“他爹，杨瑞清离开了周村十几年，这才回来几天，他咋就能这么着呼风唤雨？”

广兴倒下一盅：“唉，他能让人发财，所以大伙都信他——远的不说，周村这三十多家茶庄就敬他！”一指对面，“你也喝一盅。”

太太回手从搁几上拿个盅子自斟上：“来，他爹，你有日子没这么开心了，咱干一个！”

广兴心血来潮，走将过去，夫妻来了个交杯酒。随之哈哈大笑。

太太：“看把你高兴的！”

广兴：“唉，以后天天这么高兴！你知道光那十二钗就给咱挣了多钱？”

太太：“多少？”

广兴：“二百两！”

太太：“啊？这么多！”

广兴：“这些娘们是有绝招儿！——她们点什么，客人就要什么，真听话！桂花真是挣了大钱！”

太太提醒：“他爹，你还得防备，杨瑞清心眼最多，小心他再出招儿！——十二钗也好，书寓也好，原来都是人家的！”她侧点头，“我觉得杨瑞清不能这么着散了！”

广兴：“你说还能给咱使阴招儿？”手一扬，“没事儿！我这就靠上他。王新成能和他成朋友，咱为啥不能？”

太太挑起大指：“识相！——早该这样！”

广兴吃块韭菜炒鸡蛋：“要靠上杨瑞清，首先得打通桂花这关节！——他没娶了桂花，心里就有个豁子。桂花说什么是什么。他娘，桂花是个女的，我去不便，你明天先去找她玩玩。”

太太为难：“我去？当年她拿剪子捅了你，我一见她就骂，这一时里，”说着脸扭曲，“咋好意思去！”

广兴乱摆手，让她打消顾虑：“王新成拿着火铳打过四胜，更别说给杨家放火了。你想想，这些人家都不放心上。没事儿，你给桂花送点礼！”

太太端起了酒杯，一听这话又放下：“送礼？送啥礼？人家穿着那上海衣裳，抹着那法国雪花膏，咱有啥？这礼可是难送！”

广兴不在乎：“她有洋的，咱有土的！你把那袋子博山风干肉给她送去，那是你家的祖传，也算名吃！”

太太开窍：“这倒行！”

广兴：“只要打通了桂花这一关，什么就都好办了！杨瑞清让马保国建个丝绸厂，那绸子我见了，真棒！这回咱说什么也得入一股！”

太太极力赞许：“可是得入！他爹，这些外围的事儿我来干，至于大事，我看还得等王新成回来！”

广兴：“嗯。他娘，县太爷办厂根本不交税，杨瑞清这是养虎遗患，用不了二年，就能把他那厂挤垮了！——马老四就是这么说的！”

太太：“为啥？”

广兴：“马老四说，先让他帮着把厂建起来，等一切就绪上了道儿，就对杨瑞清那狠收税，把他收垮了，再把他那厂接过来！他娘，这兄弟俩挺狠呀！”

太太：“哟！咱咋办？”

广兴：“咱先入上股，混在里头，谁得势咱就傍上谁！”

太太点头：“这回你算活明白了！”

4

瑞清吃过早饭，坐在院中喝茶。稚琴说："阿清，我总觉得桂花家的房子不好，光俺俩的时候我汗毛直奓！"

瑞清笑问："噢？难道你是半仙之体？"

稚琴："真的。桂花也这样说。"

瑞清倒茶："桂花住在那里是不妥，出来进去不断人，挺闹。"

稚琴往前挪挪凳子："瑞记茶行的贸易量虽不小，但是在车站上发货，根本不用铺面，我想把那里拆了给桂花新盖套房子。"

瑞清："行——咱那茶叶也用不着铺面。"

稚琴可怜巴巴地看着丈夫："算我送给桂花的行吗？"

瑞清扭她的腮："行。"

这时，有人敲门，瑞清赶紧拿开手。

林嫂跑去。

瑞清说："桂花，信不信？"

稚琴："你整天装猫变狗，你怎么知道！"门口传来桂花的声音，夫妻赶紧站起。

桂花杀将进来，一见瑞清劈面问道："你捣什么鬼？"

瑞清摸不着头脑："怎么了？"

稚琴扶桂花坐下："你说让崔广兴火爆十天，今天第十一天了，说，咋办？"

瑞清："这不还没天黑嘛，我晚上就办他！"

稚琴："姐，他虽是考不上进士，但办这事儿失不了手！"

桂花："还考进士，当时要不我天天撵他回去读书，举也中不了！"

瑞清双向作揖："二位，二位，瑞清求你俩了！"

桂花："这回崔广兴倒是挺领情，又是风干肉，又是刚摘下来的西瓜。他老婆一天去三趟，烦死了我！"

稚琴："收礼还烦？让她送去！"

桂花："妹子，你不知道，我一看见她老婆就生气。唉，那书寓本是咱的

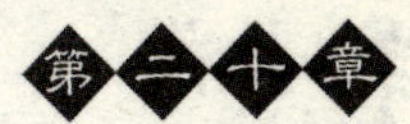

呀！”

瑞清：“桂花，你在这书寓上挣了五六万，行了。”他一看桂花瞪眼，忙改口说，“好好好，我晚上办挺他行吧？来，喝茶，喝茶。”

四胜进来：“少东家，那班子人马来了，杨经理问你咋办。”

瑞清：“在哪里？”

四胜：“杨经理带着去了金陵书寓。”

瑞清去屋里拿衣服。稚琴说：“四胜，帮我办这么个事情——把瑞记茶行一锨锄了，四合小院平地起，给我桂花姐新盖套房子！”

四胜皱着眉看桂花：“你咋光弄好事儿呢！”

5

晚上，山陕书寓又是顾客盈门。马老四在二楼上乐不可支。他给广兴倒上茶：“老崔，照这个干法弄到年底还不得弄好几万？”

广兴：“可是。一般人瞧不起这玩意儿，其实挺挣钱！”

马老四：“嗯！既挣钱又省事儿！这玩意儿比开工厂来劲！”

广兴：“还是工厂可靠——这十二钗总有老，时候久了人们也就不新鲜了。可工厂就不怕这个！——只要厂丝断不了，钱就断不了。你说呢？四爷。”

马老四：“各有各的好处。”天黑透了，他站起来对下面，“把灯全打开！”

蚂蚱一合闸，电灯全亮了，场子顿时扩大透彻。

元春一组在掌声里走出南厢房，三人一齐鞠躬，准备开演。

广兴向下面寻找：“那些掌柜的咋没来？”

话音始落，街上传来锣声。石头敲着锣沿街喊：“看电影，看电影，电影也叫电光影子！金陵书寓免费演三天，今晚上是外国片子，《贵族老爷的新生活》，明晚上是中国片子《定军山》！谭鑫培唱得，那是好呀！——尽管我没听过！看电影看电影，电影也叫电光影子，新鲜玩意儿呀——”

一路喊着走去。

街上一阵骚乱。瑞蚨祥的伙计们一齐跑出，大师兄在后面喊：“快回来！那是书寓，你们不能去！东家在那里，去了明天全滚蛋！"

伙计们站住，商量一下，怏怏而回。

山陕书寓也是一阵板凳乱响，妓女嫖客全走了，又剩一片空场子！

广兴呆坐自语："杨瑞清又出招儿了！"

马老四："再让我哥找他！"

广兴："唉，四老爷，咱怎么找人家？不让人家放？放电影不是开窑子，和咱隔着行哪！"

马老四："你看过电影没？"

广兴摇头。

马老四："我也没看过，咱看看去！"

广兴为难："人家让咱进吗？"

金陵书寓里拉起了黑边映幕。人们急不可待，关掉一趟灯，人们静一点。立俊站在银幕下发表开演辞："女士们，先生们，为了娱乐诸位，此次共带来六部电影。今天上演的第一部是《贵族老爷的新生活》，该片讲述了一个英国贵族的爱情故事，也向我们介绍了西方的生活。明天上演谭鑫培先生主演的《定军山》，此片根据京戏改编，分为请缨、舞刀、交锋三个折。本公司来周村放映电影，不是为了赚钱，而是为了感谢商界同仁对敝公司的支持。如果大家感兴趣，杨某将报请本公司董事长瑞清先生，独立进口影片，以供大家欣赏！"说毕，温文尔雅地一躬身。台下一片掌声。

灯全灭了，人们静下来。无声电影开演了，放映机是手摇的，先是一阵横七竖八的晃眼条道，接着出来些英文字。随之，一列火车向观众驶来，吓得人们齐尖叫。火车远去，人们又恢复过来。画面上，一对情人热烈地接吻，下面的观众啧啧称奇，随之二人奔跑追逐，观众又羡慕不已……

瑞清、稚琴坐在桂花的院子里："有点意思吧？"

桂花："嗯。比那十二钗都勾人。我敢说，这些人都没看过——你算让周村人开眼了！"

稚琴："用不了几天济南人也能跑来！"

桂花："那咱就卖票。瑞清，这票该多少钱一张？"

瑞清："回头我问问立俊，看看上海多少钱。"

桂花一指："那十二钗还得吃饭，可这电影不吃不喝光挣钱！瑞清，你说孟七子看过吗？"

瑞清压低声音："估计孟掌柜的没看过！"他侧身指去，"你看，他脖子伸得多直！哈……"

孟掌柜确实伸着脖子看，连旁边的那些钗黛都忘了。

稚琴反驳："尽胡说，孟掌柜常跑北京，北京没有电影？"

瑞清一拍大腿："北京有是有，但不便明着放！"

稚琴皱着眉："我看报上说，这《定军山》就是为慈禧拍的。"

瑞清："是为她拍的。可放的时候，电影机子着了火，慈禧觉得不吉利，从此禁放！"

桂花担心："瑞清，咱这楼可是木头的，咱这着不了吧？"

瑞清："没看见买了三十个水桶嘛！"

桂花："唉，这玩意儿要是白天能放该多好！瑞清，咱能不能把这书寓顶子篷起来？"

瑞清琢磨："太大了，有点难。上海那巴黎大剧院就费了不少劲！"一指外边，"别说这个了，咱那厂房中间还有柱子呢！"

瘦茭白进来报："妈妈，山陕书寓没人了。连崔广兴也来了！"

桂花："你去告诉他——今天这是头一天蜇他。只要他那山陕书寓开一天，咱就蜇他一天，非把他蜇死不可！"

瘦茭白点头，伏于桂花耳侧低声说："那些姑娘还想住咱这，行不？"

桂花："这些事儿以后别问我。等新房子盖好了，我就搬出去，这里全归你！"

四胜进来："少东家，刚才来了俩衙役，马知县让你明天一早去一趟。"

桂花问："难道能不让咱放电影？"

6

深秋，新成赴英考察归来。

早上十点多钟，他洗漱完毕，吃过早饭，与夫人一同喝茶。太太问："英国好不？"

新成："唉，真该出去看看，街上都跑火车！"

王太太："那咋跑？"

新成："也是有轨，只是跑得慢些。不管是挖炭的还是当官的都能坐。"

太太点点头，认真地问道："我让你给桂花那孩子大利买点东西，买了没？"

新成："买了。不仅大利，连瑞清那俩孩子的也买了。船到上海，杨立俊去接的俺们，第二天我就和朴成一块去了瑞清他岳家。"他看着院子长叹，"真快，几年不见，大利长成了小伙子，人也精神。现在他和瑞清的孩子一块读书。"他感喟地点着头，"他娘，咱也该把孩子送到上海，也该去受新式教育！"

太太："我可舍不得！"

狗剩进来："老爷，崔爷来了，在前院，问你起来没？"

新成去里屋拿来个带盒的烟斗："唉，狗剩，到了英国，乡下人就算进城了，眼也花了。满街不认识的东西，真也不知道买啥。给，就这么个意思吧！"

狗剩惶恐地接过："老爷公差那么忙，倒还想着我。"抚摸着盒面，"我得好好收着。"

新成："用吧。过些日子说不定还去！"

狗剩："机器不是运来了？"说完意识到自己多嘴，赔礼似的笑。

新成转向太太："昨天我一下火车就对瑞清说了，光办瓷厂不过瘾，还得把麻纱厂办起来！——咱这里是穷人才穿麻纱夏布，在英国，麻布比棉布贵十几倍！好，让崔爷进来！"

太太赶紧叮嘱："老爷，你得好好劝劝崔表哥，别再让他胡闹了——你也说说瑞清，让他高抬贵手，让崔表哥随上你们这股水溜子！"

书寓买卖不好，广兴人也萎缩，进门就抱拳："表弟担待，昨夜里也没去接你。"

新成热情地让座，回手拿过个打火匣："表哥，这是给你的小礼物。"

广兴感激："唉，不在东西多少，心里还有这个表哥！"说着难过，低头欲泪。

新成："怎么了，表哥？"

广兴装起打火匣："唉，别提了，依山山倒，靠水水干，干什么都赔！越赔越大，唉——"

新成："表哥，那些年，咱俩在周村称王称霸，可杨瑞清一来，咱立刻落花流水。澡堂子关了，赌场倒了，为了买地还弄出人命来。唉，那时候我天天想，咱究竟输在啥地方？想来想去，总算找出个头绪——表哥，咱是前朝的榆木疙瘩，人家是新式的锋钢斧子，咱就是再硬也撑不住整天劈！"

广兴："我让杨瑞清劈去得太多了！茶叶不用说了，光这书寓又弄进去三四万！"

王太太插进来："当初一日，你表弟从英国来电报，我立刻就去了你那里，让你别掺和，可你不听——说你不怕吓唬。结果怎么样？人家天天放电影，你那里还有人吗？——那院子里都长草了！"她很生气，"崔表哥，记住这些教训吧，别再豆子地里蹿高粱——硬充旗杆了！"口气转和，"你表弟也回来了，县太爷又要办工厂，快商量咋办！"

广兴："我就是来说这事儿的。表弟，这事儿能干不？"

新成："当然能干！"

广兴："杨瑞清能让我入股？"

新成："能。不仅让你入股，昨夜里在车站没来得及细说，我听他那意思，是想让你和知县他兄弟一块去上海看机器。表哥，开埠了，周村也不是过去的旱码头！咱得学那鲤鱼跳龙门，不能像那蛤蟆似的老往泥里钻！"

广兴："是是是，往后我就听你的！"

新成："一会儿俺们在电厂开董事会，一有了准信儿，我立刻告诉你。"

广兴摇头叹气："表弟，先是杨瑞清办我，后是知县他兄弟办我！唉，我已经没大有钱了。"他抬起眼，可怜地看着新成，"我想再把那书寓卖了。"

新成："你那书寓一点买卖也没有，眼下怕是没人要！"

广兴抱拳相求："你给杨瑞清说说，求他再收回去，我也好腾出钱来入股子。"

新成："你想卖多少钱？"

广兴："买这书寓前后一共花了五万。我和马老四各出了两万五，后来他一看不好，就一万五硬把股子卖给我。算起来我一共出了四万。”头无力地摇，“表弟，我认了，给三万我就卖！”

新成：“这个价钱我没法儿给人家说。”

广兴：“你说多少钱？”

新成：“和个荒庙差不多，给一万就不少！”

7

瑞清诸厂改收半税，马知县自有所得。此时，他关上屋门，与太太一同看账本。夫妻二人紧靠着，越看越高兴。

太太说：“哟，还是税厉害！一个月就收了三万七！这比收礼可来劲！”

马知县：“这还仅是半税呢！”他得意地点着头，“以后一个月三万七，一个月三万七，就这样无穷无止地收下去！我就用这钱办丝绸厂！”

太太担心：“杨瑞清他们能告不？”

马知县：“告？告什么？省下一半税还告我？——这免税是我跑下来的，没有我，他们就得交全税！谢我还来不及呢！”

太太：“他们不要税证？”

马知县：“大清朝从来就没这套。还税证，给他写个字据就不错——咱这是在周村，要是在济宁、邹县这些种粮的地方，连个字据都不用出，地主也不要这玩意。中国这一千多个县，不管哪里，都是留够自己的，剩下的才是朝廷的，哪个县令都这么干！——三年清知府，十万雪花银，钱哪来的？收礼能收这么多？”一指账本，“靠的就是这一手儿！”

太太：“老爷，还是防备点儿好。周村离济南太近，别让上头知道了！”

马知县：“只要他们不告，上头永远知道不了。我为什么和他们掺和着办工厂，就是要和他们搅在一起！”

太太：“这事儿不能让老四知道。他嘴太快，人又贪，真能弄出事端来！”

马知县：“唉，虽是亲兄弟，要紧去处也得防备！——亲是亲，财是财，亲戚恼了财上来。他要是知道了，再不分给他点儿，哼，他就能把我告了！”

太太：“当初就不该让他来！”

马知县："你知道什么？他要是不来谁去上海看机器？我去？——官员不能经商，这犯法！"

8

电厂会议室里，四董事均在。新成先述说英伦之行："他们把机器运到青岛，下月就能安上。洋工匠随着机器一块来。"

瑞清："估计什么时候能开工？——咱好在上海接订单。"

新成看看朴成："我觉得明年春天差不多。"

瑞清："那好，回头咱一块去博山，和老徐商量着招工人。同时把那料场买下来！"

朴成："我插一句，瑞清，咱从八月里开始交税，马知县也按律把银票存在了大德通，可这些税银却是记在了自己账上，这是怎么回事儿？"

瑞清一笑："这事儿我知道。其实咱全免税，可马保国却说咱免了一半儿。四胜和那赵师爷弄得挺熟，是他告诉咱的。"

孟掌柜当时急了："这不是收私税吗？办他！"

瑞清："他要不收私税，咱就得交全税，就这么着吧！"

孟掌柜："咱就是交全税也不能便宜这舅子！"

瑞清："不便宜他就便宜朝廷，朝廷也不会感念咱！就这么着吧。我这就拉他建厂。只要他上了道儿——实实落落地挖着勺子稠蜜，他准立马来精神，也就没心乱咱了！"

新成大悟："怪不得呢！过去谢知县给咱办的那免税，有一个府台的证照，这回啥没有，原来是这么回事儿呀！——咱得找他理论理论！"

瑞清温和地环视会场："咱为什么来周村干买卖？"他挑起两个指头，"两个原由。一是咱这是全国闻名的旱码头，往来的客商多，出货进货都方便。再就开埠之后税赋灵活，税多税少都好商量。其实凭咱们这些人的能为，咱自己去找找府台大人也能免了税，但如果那样，水也太清了，马知县也捞不着玩意儿了。当官捞不着玩意儿干个什么劲？他为了捞着点儿东西，他想各种各样的办法——今天修路，明天抢书寓。一会儿又想让他兄弟来周村开饭馆子——好在这事让我给灭了。

他要真开个饭馆子，硬是逼着咱去吃，咱好意思不去？去也不要紧，他还不照死里要钱？咱不天天生气？唉，看起这些来，不如让他从税上弄点利索！”

朴成冷哼：“他要提走这些钱，我就得让他说出个四五六来！——一个月三万七，数目太大了！”

瑞清：“咱不管几万七，咱心里有数就行了！你看着，他准用这税银办工厂！”

新成：“真说不定！”

瑞清笑问：“银票能带走，工厂能带走吗？所以这事儿咱别往心里去。上面来查，咱就如实说，不来查咱也不做声。由着他闹去！咱就是要和他搅在一起，就给他弄得满锅黏粥没个豆！”

新成：“要是这么个干法儿，他就能控了丝绸厂的股！”

瑞清：“他不想控咱都劝他控，这怕什么？”

新成：“你是说——”

孟掌柜打断：“瑞清，俺们几个拉帮套，是你驾着辕。兄弟，你驾辕可得看清路，可别拉来拉去把车拉到藕池里！”

瑞清一笑：“把他拉到藕池里，咱在干地上。”

孟掌柜乱摆手：“你心眼多，你就看着办吧。俺们是让出钱出钱，让出力出力。反正吃了亏找你！”

大家笑起来。

新成探身问：“瑞清，崔广兴也想入点股，行不？”

瑞清不假思索：“十分欢迎。”

新成代表哥致谢：“还是你大度！”

孟掌柜：“我把话说在前头，这小子掺和我不入。”

瑞清：“孟兄，这个人对我们太重要了。他既是新成兄的表哥，又是马知县的狗腿子。我对他的人性十分了解，放心，让他进来对咱没害处！”

新成趁热打铁：“瑞清，还得帮个小忙，崔广兴想把山陕书寓卖给你。要不？”

瑞清：“服气了？”

新成：“唉，都哭了！”

瑞清：“他想卖多少钱？”

新成：“一万行不？”

瑞清：“要不是看你的面子，五千也不要。好，让他去和瘦茭白谈吧。”

朴成插进来：“咱这厂址在哪？眼下城里没地呀！”

瑞清向新成点头致歉：“当初，我偶施小计，新成兄买去周村城里所有的地，现在也还闲着。既然是合股，咱就让新成兄出块地，再把这地作价成股。新成兄，瑞清多有得罪！”

新成诧异：“唉，不说这些了。那时候买得贵，现在看来却是捡了便宜！”

9

崔广兴被邀入股，高兴异常。太太收拾行李，他坐在椅子上仰面而视：“哼，杨瑞清也有中计的时候！”

太太抱怨：“还有脸说呢，这手五万买过来，那手一万卖出去，这是吃了多大的亏！哪辈子扳回来！”

广兴：“很快，很快！”

太太：“他为什么让你去上海看机器？”

广兴：“咱是第二大股东呀！唉，真是老虎也有打盹儿的时候。我和马老四商量好了，这回到了上海，不仅和洋行谈机器，还得和洋叔他兄弟弄成朋友。等一切就了绪，马知县说了，立刻把他们清出去，咱自己发这财！”

太太：“小心把你也清出去！”

广兴：“没那么容易！我这回是给他用这手儿——镇江狗皮膏，趁着天热贴牢稳，揭都揭不下来！”

太太：“他爹，既然你们有这心，就得防着王新成，不能让他知道内情！”

广兴：“除了我自己，我谁都防！”

太太：“连我也防？”

广兴：“不防你，你是个壮劳力，还得帮着我数钱呢！”

第二十一章

1

桂花搬进了新房子，又请了一个女佣，她是四胜的亲戚。桂花问："刘嫂，一会儿瑞清两口子来吃饭，你那两下子能顶住不？"

刘嫂："虽比不了会仙楼，但比一般的娘们儿强！"

桂花："嗯，那就预备吧。"

刘嫂放下抹布："妹子，你真是有福之人！"

桂花："噢？头一回听说我有福！"

刘嫂："你看人家杨先生，那么大的买卖家，当初还中过举。没发财时咋样，发了财还是咋样儿。过了那么多年，还是那么稀罕你！妹子，这样的男人没几个！"

桂花："是不多。"

刘嫂环指："你看这屋，什么料子好用什么！砖瓦到顶还不算，"指着地上的花瓷砖，"我听说这瓷板是从意大利运的？"

桂花："嗯。浴室里的家什，还有这些硬木头家具全是外国运来的。"

刘嫂："看看，把澡堂给你弄到屋里，想得真周到！——我从现在就积德行好办善事，说不定下辈子也能碰上这样的人！"

外面敲门，刘嫂高叫着奔去。

四胜一进门就喊："来了送礼的了——"手里拿着两个画轴。

瑞清夫妇随后进来。

稚琴拉着桂花问："这头一夜还习惯？"

桂花："唉，真是太方便了！"

四胜嘴一撇："你可是习惯！——全周村，就你有这水管子！不用挑，不用抬，一拧龙头水就来！"他指着院中那套水压泵，"光这套玩意儿就三千两银子。这亏了谁？还不是亏了我？"

桂花扬手打他，四胜躲往一边。

瑞清往椅子上一坐，高声叫板："看茶来——"

刘嫂没见过他这架势，先是一惊，忙答应着飞窜去备茶。

桂花拉开抽屉拿出封信："妹子，大利来了封信——"

瑞清伸手："我看看。"

桂花问："洋文，你看得懂？"

瑞清失落地放下手："这是成心拾掇我！"

桂花抽出信瓤，指着下面问稚琴："下面这一阵子洋文是啥意思？"

稚琴看着，嘴唇微动："原句是'祝妈妈永远美丽，你永远是我心中的圣女贞德！'——大利的文采真好！"

桂花喜极而泣，刘嫂递过毛巾。

瑞清接过信去看："嗯。文字是不错，可这字写得一般化！"

稚琴："新式学校不讲书法。"

四胜对桂花说："咱说好是来吃饭，你别哭天抹泪的，弄得大伙儿心里堵！——咱是叫菜还是自家做？"

刘嫂："我做。"

四胜："七嫂子，把你介绍到这里，我是担着干系！七嫂子，能在这里当佣不易呀，冻不着饿不着，你可好好干。别让人家说我！"

刘嫂应着去了厨房。

四胜打开画轴："桂花，少东家给你写了副对子，咱实实在在地说，"冒充内行，头一拧，"还真不错！"

桂花笑着疑问："你还看出好孬来？"

四胜："那是自然。"说着拿过挑杆挂上。他指着："浅梦春陌海棠绽，却是去年桂花香！——还真是有点滋味！"

桂花不好意思地看稚琴："尽胡闹，也不怕俺妹子不依！"

瑞清大王似的向上一捋袖子："说！怎么样！"

稚琴："说实话，虽是没考上进士，但这字写得不错！"

瑞清求饶，众人大笑。

桂花问："我听说你让崔广兴去了上海？别忘了，你们四个也有股子在里头！"

瑞清："怎么着？"

桂花："让他做主买机器，他不捣鬼？"

四胜抢过来："他俩占着六成的股子，机器要是买贵了，他们吃亏大！"

桂花："那你四个也是跟着吃亏！"

瑞清："老鼠不是为了沾光，能吃那断肠散？他要好好地走，兴许没事儿，他要是胡闹乱跳跶，一准儿崴了脚脖子！——我倒要看看他弄出什么花样来！"

2

立俊带着广兴和马老四来到联华洋行。台阶下，广兴举头望去，目有敬畏："杨先生，当初瑞清就在这里干工？"

立俊："是。当主理！"

广兴："难怪这么厉害，真是见过大世面！"他检查一下自己的衣装，随着立俊走上去。马老四一言不发，老老实实地跟着。

他们来到克利尔办公室。

立俊介绍："这位是崔先生，这位是马先生。"

克利尔把手伸来，广兴一愣，才明白是握手。他僵硬地笑着："晚辈给洋二叔请安！"

克利尔大笑："好，好，瑞清刚来的时候也叫我洋二叔。请坐。"

广兴顺时而上："我和洋叔可好了，那时候他在周村传教，经常请他去我家吃饭！他最爱吃单饼卷羊肉！"

他说得有鼻子有眼，把克利尔也镇住。他思想着说："噢？我只听他提到过桂花，四胜，好像没有说到你。"

广兴不管这套，随手解开大包袱："洋二叔，这是俺那里的特产周村烧饼，酥薄香脆，当年洋叔最爱吃这个！"

克利尔："是很好，瑞清经常带给我。"

立俊在外围一躬身："克利尔先生，你们谈，我回去了。"

克利尔把他送出来："你转告瑞清，我会按他的意思办——明天你过来一趟，我这里有个陶瓷小订单。"

立俊："好吧，谈完了给我打电话，晚上咱一起吃饭。"

克利尔桌上摆着铜人小钟，那钟摆吊在外边。广兴先用手指挡住，又把钟摆摘下来看。马老四着急，让他快挂上，广兴慌张，拿着钟摆往里捅，捅了好几捅，就是挂不上。捅来捅去，不知捅到什么地方，只听"呲楞"一声，发条弹了出来。他双手捧住，不知怎么办。

这时，克利尔回来了。

崔广兴尴尬："洋二叔，这玩意儿不知咋弹出来了。"

克利尔："它不会自己出来的。"接过钟摆，"好了，咱们开始谈。设备图集看过了？价格可以吗？"

广兴："洋二叔，周村开埠这些年，成了山东最热闹的地方，好多洋行的买办去那里揽买卖，价钱就不用谈了，就按信上的价钱办！"

克利尔："那还谈什么？"

广兴："俺也想请个洋厂长包干，这行不？"

克利尔："可以。只要购买我们的设备，这些都由我来办，你支付费用就是了。还有什么事吗？我让人送合同来？"

广兴贼眉鼠眼："洋二叔，说起来，"嘴一咂，"瑞清也是俺俩的合伙人，这事不该这么办，可总是俺俩股子大——"

克利尔一抬手："不要绕圈子，我知道周村人最痛快，有什么话就直说！"

广兴："将来咱这厂上了正轨，俺不通过瑞清，自家把绸子卖给你行不？"

克利尔："可以。这一项也可以写到合同里。"

广兴忙用手挡："不行，不行！现在还没到那一步，俺回去之后，另外那四个股东也要看合同。"

克利尔："我认为还是写进去，那样大家按约而行，省去很多纠纷。"

广兴："洋二叔帮忙，咱俩心里明白就行了，不用写到合同里，这是咱两家私下里的事儿！"

克利尔："我不管公与私，我们只认货色。不管是谁的，只要质量好——起码要合格，价格便宜就行。我让人拿合同？"

广兴高兴："拿拿拿！"

克利尔打铃叫人。

马老四在桌下暗对广兴挑大指，称他有能耐。

克利尔点上烟，架起二郎腿："机器就在上海，很快就能运到周村。你通知周村汇款吧——"

广兴发财心切，他盯着问："行，行，我一会儿就发电报。洋二叔，俺这厂啥时候能开工？"

克利尔抬头看着天花板盘算："如果一切顺利，就能用上明年春天的新丝。"

广兴摩拳擦掌。

马老四松口长气："明年春天，明年春天，唉，发财不远了——"

秘书把合同送来了。克利尔先让广兴看，马老四也伸过头来。

克利尔耐心地等着，看着这俩乡下人发笑。

广兴把合同递回来："洋二叔，就这么办吧！"

克利尔递过钢笔，广兴为难："有毛笔吗？我没用过这个！"

3

第二年春天，博山陶瓷厂点火试窑。瑞清等四个发起人悉数到达。

车间内，两个洋匠人腰扎皮围裙，带领中国工人灌浆制模。脸上泥星撇捺，精力集中。瑞清他们走过，他们仅是躬身示礼，并不说话。

瑞清问："洋匠人怎么样？"

老徐："不挑吃挑喝，挺好。"

瑞清："吃点怕什么！我是说干活！"

老徐感叹："太仔细了。杨先生，过去咱用手拉坯全是凭感觉。你没干过这一行，不知道这里头的蹊跷！——今天心绪好，那坯就拉得精神，那心绪不好，或是和老婆拌了嘴，或是那屋昨夜漏了，一天弄不出一个像样的坯子！可洋人不这样，就按标准来，不管心绪好坏，就照样子干。”他看着瑞清，“这就是咱和人家的差距。”

瑞清：“老徐，你记着，咱第一步是接订单，按客户的样子烧。第二步咱就自己创样子，主动争取洋行定货。我去英国的时候，见人家有个博览会——展出各种样品。在这展会上，哪个品种招人喜，就成批地生产哪个。等着咱上了轨，咱也可以去参加这种博览会，看看洋人喜欢什么，咱好回来干！”

老徐：“是，是。”

瑞清：“咱请的这四个洋人里，有一个就会设计，工薪也最高。咱既然给了钱，就得让他卖力气！让他每月至少出两个新样子！”

老徐：“行。我就是这么交代的。杨先生，按我的意思，等他那样子出来后，咱再在他那样子上添添减减，你说行不？”

瑞清：“这话说得在行！咱就要添添减减，样子虽是洋人出的，但咱要给它改成咱中国的玩意儿。要是里外上下全是洋的，人家就直接在英国买了，根本不用买咱的！”

孟掌柜没头没脑地插进来：“这几个洋人逛窑子吗？”

老徐一笑：“他们都带着家眷。”

孟掌柜：“听你这意思比八国联军强？”说完笑起来。

老徐的表情挺夸张：“唉，别提了，这几个洋人刚到的时候，满博山都跑来看西洋景。知县大人也来看，那阵子没把我急死！可这几个洋人——无论你怎么看，从来不急。真不错。”

朴成问：“博山电厂里不是也有德国人？”

老徐：“电厂不让进，一般老百姓见不着。”

他们走出车间，来到窑前。这窑是长方形，有角有棱，只有顶子起拱。老徐介绍：“这是平窑，完全和英国的一样！”

瑞清：“以前咱用什么窑？”

老徐：“长的是龙窑，圆的是馍馍窑。”

这时，年长的那个洋匠人向窑壁上啐吐沫，然后凑上去观察。瑞清纳闷儿：

“这是干什么？”

老徐：“这是测窑温，咱也是这么干。”

瑞清点着头，托孤似的拍下老徐的背：“我说，咱这可是六十万两银子呀，你千万好好干。你要是干砸了，以后就没人信咱了，咱那麻纱厂也就募不着股子了——股份公司，就是要对股东的利益负责，你要干不好，我只能把你撤了。”

老徐指着自己的眼：“杨先生，你看看，我六天没睡了，我比你心上那块石头大！”

孟掌柜：“光不睡没用，关键得烧出真玩意儿来。老徐，俺几个一点都不懂——一窝傻瓜里就你这一个明白人。你要是干砸了，那些股东能把咱吃了！”

老徐作揖：“别挤对我了，再挤对我真能寻了短！”

新成一直在旁观察，他探身轻问：“烧出个样品来没？”

老徐：“烧出来了，在客间里，走，咱去看看。”

这时，账房跑来：“徐掌柜的——”

孟掌柜厉色道：“叫厂长，不能再叫掌柜的！”

账房：“是是是。徐掌——徐厂长，知县邵老爷来了，说是要见见董事长。”

客间里，邵知县正在静等，还有个师爷陪着。邵知县有四十多岁，浓眉胖脸，看着倒是一团正气。

桌上摆着一溜茶壶，他先摸，又拿起来端详。瓷厂的襄理一旁恭敬侍候。

他指着壶肩上的那溜图案：“真不简单，这么多壶，线条花条都一样儿！”

襄理解释：“这是贴上去的。”

知县：“噢？咋贴上去的？”

襄理：“这是进口的瓷用花纸，是事先印好的，和咱那手绘不一路。”

知县点头：“唉，这瓷器明明是中国先有，现在倒是外国人走到咱前头。”他转向师爷，“咱得琢磨琢磨呀！”

师爷：“老爷，不光这。过去咱们是手拉坯，大小往往不一样。他这是用模子灌的，只要模子不坏，所有茶壶就一样大！”

知县：“噢？”他看着襄理，“过去咱制不了模子？”

襄理：“也能制，只是咱没那套机器，很复杂的制不好。”

老徐在前，瑞清等人随进来。

知县赶紧抱拳相迎：“杨先生，无农不稳，无商不富，你可是博山富足的功臣呀！”

瑞清：“全凭老爷呵护！”随之介绍诸人，一阵寒暄。

大家落座，邵知县喝口茶，掸袖正冠，正式开讲：“唉，杨先生，博山烧窑可以追溯到春秋战国，”指着脚下，“这李家窑也有二百多年了。但烧窑类属工商末流，我朝入关以后，有感于元朝背道命短，就尊汉正统，承袭明制。重本抑末。”摊开手无力地摇头，“烧窑技艺无甚创展。国粹精华，日渐式微。及至今日，却要师夷之技，想来让人黯然神伤！”他把语气落到低处，稍作过渡，随之扬亢，“知耻后勇，咱尽快赶上去！如咱们的瓷器能畅销欧美，不仅可富国利民，更可以扬我国威，重振大清天朝气象！”胖手掌往桌上轻落稳，“我回去之后，立刻呈文府台大人，痛陈利害，穷竭情理——博山虽不在开埠之列，但无论如何，也要为这个新式窑厂争取免税！”他二目放光，挑出三个指头，“最少三年！定为我中华瓷器争回面子不可！”

众人兴奋。

瑞清抱拳相谢：“谢谢老爷。”随后叹口气，“唉，瑞清少时亦有进仕报国之念，然时世蹉跎，沦为商贾。地位卑微，未敢忘国！庚子之败，砭髓痛切，不以同富，无以国强。故而自不量力，约友同赴。今有老爷如此鼎助，事业光大踮足可望。瑞清代表所有股东谢谢老爷。”说完站起来鞠躬。

邵知县隔着桌子，慌忙示意他坐下：“快坐，快坐。可是杨先生，我看外国的东西，都有个牌子，咱这牌子叫什么？”

瑞清：“瑞清此来，就是拜请老爷赐题牌号。”

邵知县早有准备，先点头品味，后扬眉开说：“唉，杨先生，自林少穆禁烟以来，大清国运，背阳向阴，天朝气象，渐失隆盛。人之一生，坎坷短促，故太史公有泰山鸿毛之论。我与足下皆时光之间匆匆过客，然我大清江山却是亿万斯年。临行之前，稍拟腹稿，杨先生，贵号品牌拟为‘泰山’共勉若何？”

瑞清大赞：“妙极！”

大家一起鼓掌吹捧。

邵知县用手压下群众的掌声："杨先生，咱什么时候正式开业？"

瑞清："等这一窑烧成了，咱就择吉挂牌！"

邵知县："好！咱要把这开业仪式办得热热闹闹的。我把博山所有的头面人物全请来，也让大家看看新式工厂是个什么样子！只要咱干成了，咱们就着手扩大厂基，我负责辟地，你负责募股！咱争取建成中国第一大的新式窑厂！"

瑞清："全靠老爷提携！"

邵知县很亢奋："杨先生，博山上有森林之茂，下有煤炭之藏，民风淳朴，物产富饶。杨先生，我想以此陶瓷厂为契机，垂行示范，一俟成功，咱多办工厂，广聚钱财，以为强国之道，更不负圣上谆谆重托！杨先生还得费心呀！"

瑞清："学生定将竭尽全力！"

邵知县点头满意："杨先生，我听说你和上海的报纸挺熟，开业之时，能不能一并请来，就此帮咱博山扬扬名？"

瑞清："这没问题。刚才老爷一席言语，足见学养深厚，开业典礼之上，老爷定要登高弘议！就算给我们壮壮声势。随后我再让报纸把老爷的讲演登到报上！"

邵知县大喜："好。咱晌午吃完饭，我就开始准备稿子！走，今天我请客，也请诸位尝尝正宗地道的博山菜！"

师爷问："老爷，咱去哪？"

邵知县："西治街上的万山楼！——看云卷云舒，闻肴香袅袅，别有一番情致！那菜也地道！走！"

4

早上，阳光明媚，瑞清和稚琴坐在院中，楠木小方桌上放着两把茶壶。稚琴指着一把新壶说："新式窑烧的是好看！"

瑞清点点头。

稚琴把另一把纯中式壶凑上去："你说哪把好？"

瑞清："它俩不是一派。唉，咱实实在在地说，这壶虽是让克利尔退了货，但成色真不错。就是因为没模子，不一样大呀！"

稚琴："他又不是成批地卖，不一样大怕什么？"

瑞清："唉，洋鬼子有时候挺傻，可有时候就硬较劲。当初我劝他半价收下，可他就是不认。"他看着那把壶，"就是因为退了货，我才横心办窑厂——稚琴，我虽是经商，但并不会干工厂，更没那么多专业知识。办这瓷厂我心里真没底。"他看着太太，"光会卖不会干，这是大短处！"

稚琴："没事儿，有老徐呢！"

瑞清："是有老徐。但他是传统的中国匠人，在洋玩意儿面前也是个新手！"他向外指，"你看看，丝绸厂是洋厂长，电厂是洋工程师，窑厂又是这套。咱囫囵吞枣，交上银子把机器弄回来，只知道一过电，机器就转了。机器一转，咱也算挣了钱。但我这心始终悬着，这赔钱与挣钱，仅在毫厘之间！"

稚琴："你是说人不行？"

瑞清："不是不行，是根本没人！这新旧土洋差得太大，根本接不上流子！"

稚琴扶住他的手安慰："阿清，别往心里去。什么都有个过程，等靖涛大利这代人留洋回来就好了，咱也就有人了！——中国着这个急的不是咱自己，都着急！都恨不能一天把人培养出来！"

瑞清一脸忧色："是呀，但得慢慢等呀！"

稚琴："一边等，一边学，慢慢也就会了！——洋枪最初在中国生产，中国工匠就是不肯安准星。现在不也造得挺好吗？"

瑞清指着茶壶："这比造枪难！这一窑和那一窑就有可能天上地下！"他喝口茶，放落茶碗，"要是咱自家的钱，赔了赚了都好说，关键这是大伙儿钱。比如桓台苗家，他就买去了五万股！稚琴，土里刨食、种地弄这五万两银子相当难，最少也得三辈子！我想起这些来，夜里就常睁着眼！"

稚琴："都是立俊出的主意！"

瑞清："主意没错。但周村不比上海。在上海募股，谁也不认识。可这里全是乡亲。咱说句丧气的话，这窑厂真要是赔了，咱爹的那坟也能让股东给刨了！"

稚琴："你刚才说，苗家土里刨食不容易，正是因为种地挣钱难，他才投资工业。既然是股份公司，风险利益均在。大家都相信你能干好，所以才把那股票抢了——"

瑞清抬手打断："难就难在这！干买卖谁也不敢说光赚不赔，但现在是都奔着我来，"手在胸前攥成拳头上提，"所以我那心才抽着！"

这时，四胜进来了，林嫂又搬来把椅子。

瑞清问："有事儿？"

四胜摇头："为难的事儿！"

瑞清："说！"

四胜："这清明马上就到，咱又该往这运茶叶了。刚才赵师爷去找我，说马知县想搭一股。"他摇头叹气，"少东家，这不是明摆着分咱的钱嘛！"

瑞清："你怎么说？"

四胜："我说得来问你。"

瑞清点点头："以后再有这样的事儿，你就直接应下。明着吃点小亏不要紧。"他冲四胜一笑，"让他搭一半的股。"四胜想发言，他抬手制止，"这回你完全听他的！四胜，你记着，咱听他的，就是想办他！不听他的，就是咱办不了他——书寓五万卖给了崔广兴，回头就一万再买回来，就这么办他！"

四胜附和："对，就这么办他！"

瑞清托着下巴："办归办，但得有分寸！——办重了他能急了，办轻了他记不住，得讲究火候。咱为了挤垮崔广兴，整天免费放电影，马保国三番五次逼咱停，咱就是不停！——为什么不停？因为停了就办不挺崔广兴。"他皱着眉问，"我就纳闷儿，这些人三番五次地中计，为啥就记不住！"

四胜："这小子真贪！"

瑞清看向天："贪吧，把这大清朝贪塌架，他也就利索了。"

四胜问："少东家，这回咱咋办他？"

瑞清："很简单，你先给福建老刘打个电报，让他报个高价来。随后我再告诉你怎么办他！"又指定四胜，"有一条你记住，他明着抢咱钱，咱就明着办他！"

5

李朴成在大德通的后室里看账，账房一旁侍立。

前堂的大师兄跑进来报："东家，马老爷来了。"

朴成很意外："噢？在哪？"

大师兄："在外边。他没穿官服，也没坐轿。"

朴成看看账房："备个红包！"说完，迎出来。他一见马知县就欢天喜地往内让。

账房给马知县请过安，贴着墙边去了。

马知县先看墙上的店规，又看悬挂的字画，啧啧称奇。

伙计送来茶，朴成给他倒上："马老爷，驾临敝号有什么吩咐？"

马知县掀开盖碗，一嗅，点点头："正宗龙岩茉莉。好，这汤色也好。"

朴成："这是瑞清送我的。老爷，中午在这吃饭？"

马知县："不讨扰了。我说完事儿就走。"言毕，端起碗喝茶，不急于说出什么事。

朴成也不便追问，只得乱琢磨着等。

马知县带着访贫问苦的表情问："买卖还行？"

朴成："托老爷的福。"

马知县点点头："唉，没涉入工业界之前，我总以为做买卖很简单，但真一脚迈进来，事无巨细，全得操心！唉——"

朴成："朴成能为老爷解忧解难？"

马知县："唉，想来想去，我只能来找你。"

朴成猜问："银票的事儿？"

马知县摇头："厂丝。"他看着朴成，"咱那国兴丝绸厂虽是建起来，但这原料也成了事儿。你得帮我呀！"

朴成："老爷想买厂丝？"

马知县沉重地对他点头。

朴成："哟，老爷，这多有不便，我和瑞清有合同，咱的厂丝都归他用。"

马老爷："这你不用管，瑞清那边我去说。"

朴成游移："要多少？"

马知县："如果方便我就全要了！"

朴成一惊，但又很快平静："老爷，对我来说，卖给谁也是卖，但这可违约，朴成在商界多年，还没干过这样的事儿。”

马知县：“相互帮忙，算不得违约。再说国兴丝织厂也有你们的股子。”

朴成面色变冷：“这样，老爷，我得和瑞清协商一下。”

马知县自信地站起来：“那我恭候佳音。”

账房出现在门口，意思是红包已备好。朴成一仰脸：“老爷不在这吃饭！”

他看着马知县走去，气哼哼地回到店里。

账房问：“柜东家，我听着他想买咱的丝？”

朴成：“真让瑞清说对了，第一步是抢厂丝，等那绸子织出来，就该清这些股东了！瑞清也是，不该帮他建这厂！”

6

下午，广兴心气高昂地回到家，太太迎出来：“我猜着你该回来，好茶刚冲上！”

广兴表扬：“嗯，是时候。”

夫妇二人进屋，太太问：“办得咋样？厂丝定下了？”

广兴：“说一千，道一万，还是民怕官！杨瑞清那么盛，还是让咱先收厂丝，咱收够了他再收！说，我支的这招儿怎么样？”

太太：“好！——依着我，把那些丝全收了，让他没法干！”

广兴：“现在还不到时候，卖绸子还得指望他。你放心，总有一天我让他看着咱挣钱，他自己傻眼！”

太太提醒：“他爹，杨瑞清不是一般地刁，你还得防备！”

广兴：“防备什么？织绸子就得用丝，咱周村的鲁黄丝全国有名，价钱也不高，没事儿，这回保证中不了计！”

太太：“嗯。我看也是这样！——他敢坑咱，还敢坑马知县？”

广兴看看外面：“别说，他还真敢！”

太太吃惊：“噢？”

广兴：“马老四见茶叶挣钱挺容易，就想掺和着弄。他先找的咱，我怕再演当年那一出，就没答应。他接着找了杨瑞清，要搭一半的股子。今天老赵拿个电报给我看，那价钱比去年高了一倍！”他斜瞅着太太：“比咱当年的价都高！”

太太：“马老四应了？”

广兴：“马氏兄弟俩外行，就来问我这价钱行不行，我当时一口咬定便宜！”

太太：“为啥？”

广兴：“这样的价钱——弄回来肯定卖不了，茶叶不是别的，一不小心就能捂了！要是这六万两银子打了水漂，老马能不恨杨瑞清？——我这是一计！”

太太：“这计好！——既给马保国破了财，还不得罪杨瑞清，好，好！”太太一扬身子，“就是嘛，这才是真计！”

广兴阴阴地笑着：“我倒要看看这两车茶叶怎么卖！”

太太灵感忽来：“他爹，当年杨瑞清抄了咱的后路，咱这回就不能抄他？——咱要弄些便宜茶来一顶，他还不傻眼？”

广兴：“不行。我怕杨瑞清后面还有计！——你想想，他肯定知道马老四得让我看那电报，那价钱明写在电报上，他既然不怕我看穿了，就证明他不怕咱抄他！——再说，还有马家在里头，咱是不能抄！”

太太图省心似的向下拍手：“对，咱消停点吧。翻砖挪瓦地逮蛐蛐，看着个大就用手捂，别再捂着个蝎子！”

广兴：“咱捂不着蝎子，我倒是盼着杨瑞清捂着个蝎子，狠狠蜇他一下子！”

太太：“还有计？”

广兴：“有，一条毒计！”

7

晚上，瑞清和稚琴来桂花家吃饭。菜上齐了，可四胜还没来。桂花说：“我让人去找找四胜？”

瑞清：“不用，他那里正办知县呢！”

稚琴：“瑞清，他那个厂还没开工，就先开始抢厂丝，将来真要干大了，还不得逼咱停工？”

桂花："我看也是！这准是崔广兴支的招儿！"

瑞清："我之所以撺掇着他建这个厂，就说明咱这里的厂丝用不了。用不了就得往外卖，如果来收丝的多，丝的价钱就往上走。咱就得跟着吃亏。现在俩厂正好用去这些丝，所以收丝的也就不来了。干买卖，迈出左脚，就得想到右脚踏在哪里。没事儿！"

桂花："你这不是计吧？"

瑞清："是计。但这刚开始。这做买卖，你得教他！——教他懂规矩，教他守信用，只有这样他才服气！"

桂花担心："瑞清，那可是知县，你要办得他太厉害了，小心他报复！"

瑞清："瘫巴持刀上门寻仇，没什么大不了的！"

这时，四胜回来了，进门就说："少东家，那价钱他认了。"说着掏出银票，"看，六万两。这小子真有钱呀！"

瑞清："有个屁，这是周村的税！"

四胜："少东家，下午我看得清清的——赵师爷拿着电报去问崔广兴，可他这回咋没给咱发破头楔子功？"

瑞清："他这是二计合用——坐山观虎斗外带借刀杀人。他知道这是蒙人价，更知道这个价钱弄回来卖不了，卖不了马保国就得急，一急就冲咱撒气。六月里的酱正晒得冒泡，他趁机抓上把蛆，那酱还不得臭了？——看着咱和马家翻脸，正称他的心！"

四胜："那咱咋办？"

瑞清："第一步，咱一分钱不出，就用这六万两购进两车茶叶！——这两车中有一车是咱的，因为他这六万两仅是搭了一半的股子！"

四胜："好，还没出门，他这六万就先成了三万了！少东家，那第二步呢？"

瑞清："弄回来就在那里放着，卖了，就有咱一半的钱，卖不了捂了咱也不吃亏！"

四胜点头："嗯，行。"

瑞清："我估计，咱还得按去年的价钱卖。"他一指四胜跟前的银票，"六万两弄两车茶，顶多能卖六万二，咱再分一半，让他弄三万一就不少！

哈……”

四胜：“少东家，这狠点吧？”

瑞清：“不狠，这是咱交的税！——咱这是巧用计，税款再收回！”

桂花冲瑞清一撇嘴：“谁往你的锅里伸勺子，准得让你把手剁了去！”

稚琴：“你看着整天文质彬彬，其实杀人不见血，狠着哪！——来，来，吃饭！”

瑞清故意努嘴生气：“真难侍候！——咱没动地方就挣了三万多，不说夸俺能，还一个劲地乱褒贬！我不吃了！”

稚琴赶紧说：“好好好，能——”

桂花也说：“可是能！就是考不上进士！”

8

第二天一早广兴就来到县衙，赵师爷迎来：“崔掌柜，这么早？”

广兴：“老爷起来了吗？”

赵师爷：“有事儿？”

广兴：“急事儿！”

赵师爷：“你等着，我去看看！”

广兴在前院乱转，一会儿，马知县来了：“老崔，什么事儿？——我还没吃饭呢！”

广兴搬个椅子扶他坐下：“老爷，我有个想法儿！”

马知县：“说。”

广兴：“老爷，要是等新丝下来还得俩月。可咱的厂子建好了，洋厂长也来了，织工也都学会了。咱得抓紧开工，光这样停着咱赔不起呀！”

马知县：“上哪去弄丝？”

广兴：“杨瑞清有呀！咱先借他两千斤，等新丝下来咱再还他！”

马知县眼一亮：“行。可是他能借吗？”

广兴：“他肯定不想借，因为他的丝也不多了。甚至咱借来这两千，他就得停工。”他贼眼外看，“老爷，咱和他可是一山二虎呀，从现在开始，咱就得想法儿灭他！”

马知县思忖着点头。

广兴躬着身子：“老爷，咱说什么也不能等新丝。咱得提前织出来——我得先拿到上海让克利尔看看咱织得行不行！只要他说行，咱就放手大干，如果说不行，咱也好找找毛病出在啥地方。你说呢，老爷？”

马知县觉得有道理，高声喊道：“赵师爷！”

赵师爷跑来：“老爷，有什么吩咐？”

马知县：“去，把杨瑞清叫来！”

赵师爷答应着走了。

马知县顺手从笤帚上摘个草秆掏耳朵：“我说老崔，我怎么觉得这茶叶贵点呢？”

广兴：“是贵点，可现在茶农不愿种，我看，能收着就不错！”

马知县：“我可把银票给他了。你是内行，咱可别赔了呀！”

广兴：“谁赔了老爷也赔不了！——只要你说句话，我就去挨门推销，哪个茶庄敢不要？”

马知县：“也是——”

广兴：“老爷，无论如何，咱也得把丝借来！”

马知县笑笑：“现在杨瑞清比较听话，我觉得问题不大！”

9

新成在家喝着酒想事，心不在焉。

王太太问：“有啥事儿？”

新成：“倒是没啥大事儿，我是觉得崔广兴这阵子太欢。”

太太：“你得说说他。你看看，他把瑞清的厂丝借了去，人家当天就停工了——马保国说得明白，这主意是崔表哥出的。能这么干吗？”

新成看着太太：“他娘，这阵子我咋看着瑞清有点软呢？”

太太：“他也没办法。对面是知县，他能不借？”

新成饮下一杯：“唉，当初瑞记丝绸厂扩建，咱用四亩地作价入了股，现在看来有点不明智。”

太太：“咋不明智，这二年分得那红足以抵上那地钱！今年再分红咱就干赚了。老爷，瑞清是明白人，他不会让股东们吃亏的。别说近邻——博山瓷厂全是生股子，他都那么上心，更不用说瑞记丝绸厂了！今天我去找桂花玩，她说瑞记的加工订单干完了，借去厂丝伤不到筋骨！”

新成：“唉，那是个敞口订单！——咱干多少英国人要多少，瑞清牌绸缎在英国相当有名，很好卖！”

太太：“既然这样你就得找找崔表哥，别再让他干这绝户事儿！”

新成：“可是得找找他！”和夫人一碰杯，又是一盅。他唉着气点上烟：“不管怎么说，崔广兴真是不算厚道。他明明知道瑞记丝绸厂里有咱的股子，他还这么干，真没亲戚滋味儿！”

太太：“没亲戚味不要紧，可别没了人味儿！——当初瑞清不看着你的面子，能让他掺和进来？你看看，咱，孟掌柜的、李朴成，再加上瑞清，四家子才占了四成股，他倒是占着两成。你得劝他饮水思源，别河还没过利索，先琢磨着拆桥板！”

新成点点头：“还真让你说对了，他真想拆这桥！”

太太：“有这么歹毒？”

新成摇头叹气：“唉，那天他请我喝酒，三杯下肚，实话也说出来了！——他说等他这厂上了正轨，就把俺四个清出来。你说说，这是人办的事儿吗？”

太太紧张：“你给瑞清说了吗？”

新成：“说了。”

太太：“他说什么？”

新成：“他只是叹了一口气，看那样挺难过。”

太太噌地站起：“狼！喂不熟的狼！当初就该让杨瑞清办挺他！”她盯着丈夫，“以后别和他来往，由着他闹去！”她指着外面，“你看着，他闹来闹去，还得掉到粪坑里！”

10

晚上，瑞清和稚琴在家喝茶。瑞清放落茶碗：“四胜这时候该到福建了！”

稚琴：“四胜有上海公司的人帮着，你不用挂心。”

瑞清：“我挺想上海那些伙计，等着收完茧子咱回去一趟？”

稚琴：“当然好，我真挺想孩子！”

这时，桂花一步冲进来，刘嫂在后面，怀里抱着一匹绸子。

稚琴见她面有怒色，忙迎上来接：“怎么了？姐。”

桂花坐下，一指绸子：“看看瑞清干的好事儿！”

刘嫂把绸子放到桌上，瑞清捏着端详：“织得不错呀！”

桂花：“帮着人家建厂，借给他厂丝开工，倒是让崔广兴他老婆抱着绸子去气我！”

瑞清笑着：“你也好生气！——给你送礼还生气？”

桂花：“他老婆说了，崔广兴这就去上海，要是洋叔他兄弟看着行，他就放开织！”

瑞清：“放开织怕什么？”

桂花：“我是怕顶死你这个傻瓜！”

稚琴笑劝：“没事儿，他这个傻瓜顶不死！”

瑞清：“唉，咱实实在在地说，崔广兴是不够意思，既然这绸子织出来了，也该给我送一匹。”

稚琴：“哼，把绸子送到姐那里，就是向你示威！”

瑞清敛去笑容：“我就那么怕吓唬？”

桂花：“不管怎么说，你这事儿办得不聪明！——明明知道崔广兴人性不好，还帮他干这高级事儿！你看看，接下来准得有些心不静！”

稚琴：“姐，咱不去管这些，你来了正好，咱叫上林嫂打打麻将！”

桂花不打麻将：“稚琴，你是没见崔广兴他老婆那狂样儿！——当年独霸茶市的气焰又出来了！”随后又跟一句，“可气死我了！”

瑞清：“帮他建厂行，借给他厂丝也行，但她气咱不行。放心，我回头气气她！这总行了吧？”

桂花赌气地一扭身子。

瑞清伸出三个指头："三招儿之内，我让崔广兴马保国双双叫爹！这该行了吧？"

桂花还是不说话。

瑞清着急抖落手："我不是柳子帮，今晚上灭不了他。好，稚琴，快让林嫂支桌子，咱打两把。"

桂花盯着他："你可说的是三招儿！"

瑞清确认："三招儿！"

稚琴："姐，放心，他说三招儿，兴许两招儿都用不了。咱摆上？姐？"

桂花："气死我了！"

瑞清："消消气，别介输了怨我！"

桂花赌气不语。

瑞清："眼没气花吧？别气得把'财神'看成'幺鸡'！"

大家笑起来。

第二十二章

1

上海，立俊和瓷厂的老徐带着样品来见克利尔。

办公室里，克利尔拿着茶壶仔细看。掀开壶盖看里面，又伸下手去摸壶底。拉开抽屉拿着放大镜，趴在壶上看。

老徐一头大汗，目不转睛等宣判。

立俊倒显自信，歪着身子抽着烟打趣："还用显微镜吗？"

克利尔笑着收起镜子："中国的陶瓷确实精致，我现在最关心是否一般大！"

老徐抹去头上的汗："一个模子出来的，保证一般大！"

克利尔："光说不行，我要派人去验货！"

立俊："可以，董事长事先就交代，让咱们行派个专员去博山，往来费用全算我们的。"

克利尔："那样你可能亏损，因为这批货的价格很低。"

立俊："这次本来就没打算赚钱，我们是想用这批瓷器建立起信誉！"

克利尔一耸肩："谢谢。杨，只要大货全是这种质量，我也就敢向国内承揽了。你知道，我也是个中间商，上次你亏了二万两，我也让订货方罚了一千镑！"

老徐："洋二叔，咱什么时候走？一家人都等着呢！"

克利尔："一家人？你是说股东？"

老徐："是。董事长最着急！"

克利尔看着立俊："瑞清最能沉住气，这次倒是有点反常！"

立俊："克利尔先生，周村是个农耕环境下的市镇，虽是开了埠，但对股份制还是不甚了解。他们信任董事长，认为只要入了他的股，一定能够赚到钱，所以董事长压力特别大。克利尔先生，只要大货能验住，立刻付款可以吗？"

克利尔皱眉："为什么？"

立俊："股东有些不放心，甚至成群结队地去窑厂看。董事长的意思今年多少分点红，把大家的情绪稳住。"

克利尔："可以，但你得请我喝酒！"

说着笑起来。

这时，秘书进来："总经理，山东来了位崔先生，说是和你约好了，这次来是想让你验验货！让他进来吗？"

克利尔迷惑："崔先生？哪里的崔？"

立俊抢过来："崔广兴，周村国兴丝绸厂的！"

克利尔："噢，我知道了。你让他下午来，就说现在有客人！"

秘书出去了。

立俊："让他进来就行。我们不怕见他。"

克利尔轻轻地笑着："他怕见你们。"

立俊："董事长知道他来上海。"

克利尔摇着手："不管他。"说着拉开抽屉，拿出个单子签上字，"这是下一批的订单。"他指着下面，"但要在这批货合格之后才生效。签字吗？杨？"

立俊高兴地拿过笔："你就等着付款吧！"他签完字把单子一分为二，自己留下一份。

克利尔："杨，应当说，咱们在瓷器上并没赚到钱。希望以后会好些。"

立俊笑着点头。

老徐见样品验住，信心大增，伸手从包里拿出个青色的平碗："洋二叔，你看看这玩意儿怎么样？"

克利尔一看，当场大惊，又拿出放大镜观看，良久，放下镜子问："这是影青？"

老徐："比影青好。"

克利尔："那是什么？"

老徐："我们叫它鲁青，是博山的老艺人和你派去的洋匠人一块鼓捣出来的！"

克利尔："能把这个样品留下吗？"他恳求地看着立俊。

立俊："可以。"

老徐："洋二叔，咱先说好了，这瓷可不能做成些茶碗茶壶，咱要糟蹋东西，祖师爷不依！"

克利尔："我明白。好，这种瓷太美了！"

立俊拿着包站起："我等你鲁青瓷的订单！"

2

瑞清在桂花家。四胜购茶归来，特向瑞清复命。他在前面走，跟班在后面抱着些南货。他进门就喊："送礼的来了！"

刘嫂接过礼品，跟班告退，桂花给四胜倒上茶："办得怎么样？"

四胜："我还能办差了？"

瑞清捏着下巴："两车都运回来了？"

四胜："嗯。一共花了五万八，咱就跟他说六万！少东家，这两车茶是和他分开，还是咱帮他卖？"

瑞清："咱那车，你卸到车站仓库里，另一车交给马老四，让崔广兴给他卖去。"

四胜："崔广兴去上海了！"

瑞清："我知道。搭股子购茶，咱就光管购，其他的不管。"

四胜："咱卖多少钱？"

瑞清："咱这茶是拾的，卖多卖少都是赚——你让马老四先卖，他卖完了咱再卖。"

四胜："少东家，你可想好了，他能逼着茶庄买，这茶是咱购运回来的，弄到最后人家还是骂咱！"

瑞清："咱又不卖高价为什么骂咱？"

四胜明白了，站起来说："好，我这就去和他交割。只要一验货，淋了捂了都和咱无关了！"他刚想走又停住，"少东家，崔广兴去上海截咱的后路？"

瑞清："那你不用管。抓紧把茶叶弄利索，腾出手来收茧子！"

四胜仰天鸣冤叫屈："你是成心想累死我呀！"说完一步跳出去。

瑞清气得笑。

四胜走后桂花笑着说："瑞清，四胜一和你耍贫嘴，我就想起咱小时候来——这么多年了，你也成了大买卖家了，可咱们在一起的时候，还觉得啥都没变！"

瑞清："我回周村，找的就是这种感觉。"

3

下午，广兴再次扛着绸子来到洋行。克利尔让他把绸子展开在大案子上，三四个洋专家围上去，细心验货。

广兴忐忑不安地在旁守候。

专家们用英语向克利尔汇报，他点着头，抬手请专家出去。

广兴伸上头来："洋二叔，咋样儿？"

克利尔请他坐下："很好。你现在有多少？"

广兴："新丝还没下来，这只是样品——用不了俩月，就能大批地干！"

克利尔拿出个合同："如果你同意，我们现在就可以签合同。"

广兴看看："可这洋文我不认识呀！"

克利尔拉开抽屉："这是中文的，你看看。"

广兴先说价钱，又说数量，他问："洋二叔，这'订单之外余数，本公司亦有优先购买权'，是啥意思？"

克利尔："这叫敞口订单。这一条的原则是——你首先保证合同约定的数量。这个数量之外的绸子，也就是超产的部分你应当首先卖给我。"

广兴高兴："那行，那行！在哪签？"

克利尔指给他位置，广兴高兴地签字。

克利尔签过字后与广兴握手："合作愉快。请记住，不能延误工期！——一定要在合同约定的日期之前交货！”

广兴大包大揽：“没问题！洋厂长在那里盯着，衙役白天黑夜地看着门——谁也别想偷！保证误不了事儿！”

克利尔：“你没交货之前，最好不要让杨瑞清知道。”

广兴：“知道也没事儿，我现在不怕他！马老爷说，等咱这头绪捋顺了，就把杨瑞清等四个小股东清出去！”

克利尔：“我不管这些，只管收货。晚上我请你吃饭！”

4

广兴上海立大功，高高兴兴地来给知县复命。

马保国看着合同：“嗯。行，有了这合同，咱就啥也不怕了！”

马老四又要过去看，频频点头：“老崔，你是有一套！”

广兴：“当初我帮过他哥哥，他欠咱的情！老爷，厂里，一切都正常，外头，上海那边咱也说死了。咱下手往外清那些人吧？”

马知县向下拍拍手，意思是让他等等：“清他们是早晚的事儿，老崔，先帮着我把茶叶卖了！”

广兴：“杨瑞清没帮着卖？”

马老四：“他回来分给了咱一车，这些天我一直在车站上看货！老崔，咱先办这事儿，回头再狠拾掇杨瑞清！——可气死我了！”

广兴：“好吧。四老爷跟我一块去——货不是我的，你跟着也好当场谈价儿！”

马老四：“你那茶庄不先要点儿？”

广兴：“咱先卖，卖不了我再要。”

二人出县衙，经南北道，一路来到大街上。崔广兴抬头看看清心斋茶庄的牌匾，高声叫道：“请出你那掌柜的来，就说马四爷来访！”

茶行里都烦广兴，站堂的大师兄不紧不慢地问：“哪来的马四爷？”

广兴：“县大老爷他兄弟，快，别耽误了正事儿。”

沈掌柜从后堂出来：“崔掌柜的，有事儿？”

广兴伸手介绍马老四："刘掌柜的，这是马四爷。认识？"

沈掌柜："认识，当初修路，四老爷指画着运过石头。"

广兴："什么也别说了。咱先说说正事儿！——四老爷应杨瑞清之邀，今年一块搭股子购得茶叶。要点儿不？"

沈掌柜："多少钱一担？"

广兴问马老四："多少钱一担？"

马老四："不贵，都是乡亲，就算十两银子吧。"

沈掌柜："什么？我往外批发才八两，你就要十两。是不是说错了？"

马老四很认真："没错，就是十两。今年茶叶贵！"

沈掌柜："那你留着自己喝吧！"说完回到柜台内。

广兴跟上来："老沈，县太爷不是外人，无论多少，你怎么着也得要点儿！"

沈掌柜生气："谢知县在这里的时候，我每月税银交四两，可这马老爷一来，我成了交六两。老崔，我按点交税，不能把我抓起来吧？"

广兴："你这是怎么说话？"

沈掌柜毫无惧色："你别吹胡子瞪眼，这不是当年了！"他指着对面，"对面老高是你表妹夫，你问问他十两银子要不？"

广兴："我现在问你！"

沈掌柜："我也直接告诉你——我不要！"说完扔下这二位，气哼哼地回了后堂。

马老四犯傻，广兴拉着他出来："我说，你是不是让杨瑞清坑了？"

马老四："你不是说那价钱行吗？"

广兴："肯定行！"他拉着马老四往前走走，"你知道他为什么不要？"

马老四："为什么？"

广兴："四老爷，你有所不知。过去是我弄茶叶，周村的茶行我坐庄。"说时，大指倒着顶住自己的胸膛，"杨瑞清回来后，就用火车往这运，这些年一直是他说了算——这些茶庄都不敢惹他，肯定是四胜来放过话了！"

马老四："走，回去，让我哥找他！"

他们往回走，这时，石头敲着锣沿街喊来："各茶庄听着，快去车站提茶叶，还是去年那价钱，一共一车，去晚了弄不上了！”

大街上茶庄密布，闻声一齐跑出。街上出现小混乱。

马老四问：“去年什么价钱？”

广兴：“五两银子一担。这些年一直是这价儿！”他故作姿态地挠头，“杨瑞清这是怎么了？那电报上明明写着九两一担，这怎么卖五两呢？难道是成心坑咱？”

5

站台上摆着桌子，茶庄掌柜的排队候购。四胜在站台另一面抽着烟，头枕着椅子背，仰坐看风景。

沈掌柜赔着笑过来：“四胜，叔想多要点儿！”

四胜根本不看他：“就是俺爹——多要也没有！一共就一车，你多要，人家咋办？”

沈掌柜急得跺脚：“四胜，你看我是谁！”

四胜还是不看：“不管是谁，只要不是光绪，就是一家十担！”

沈掌柜扬手要打，四胜蹿起：“叔，我和你老开玩笑。”他拉着沈掌柜去一边，“叔，少东家说了，先让你要十担，后面的那些兴许还能便宜点儿！”

沈掌柜：“那我等着要后边的！”

四胜：“后面的不靠准。还是先要下十担。”他看看那边，“我正在挤马老四，挤下来更好，挤不下来这十担先卖着，随后咱再往这运。”

沈掌柜打四胜的头：“刚才演得像真事儿！”

四胜笑着，又回来坐下充老爷。

赵师爷急眉火眼地来了：“郭经理，这是咋回事儿呀！”

四胜：“还咋回事儿！没让你把俺害煞！——俺让你先卖，你却要等着崔广兴，崔广兴回来了，他卖了吗？赵师爷，俺和你不一样，你是滔滔的河水滚滚的钱，这俺实在比不了。眼看着小满收茧子，就是赔点儿，俺也得把钱腾出来！”

赵师爷：“你这一弄俺咋卖！”

四胜猛地坐起，当场翻脸：“你爱咋卖咋卖！不懂就别干，给你运来了，又来问我咋卖！光侍候你了！”头一歪，“费心劳神地让你怀上那孕，按你这意思，还得给你侍候月子？”

赵师爷：“四胜，你这不是明着办俺嘛！”

四胜：“你明着抢俺钱，俺不明着办你？俺不愿意生气，才叫他一声马知县，要想生气，就到济南去告他！——官员经商犯法！”

赵师爷：“你小点声！”

四胜：“声大声小一个样儿。就这么着吧。”他指着自己的鼻子，“老赵，这事儿是我办的，和俺少东家无关。马保国有本事让他来找我！”

6

第二天早晨，马知县带着礼品来到瑞清家。

林嫂进来通报，稚琴避入内室。

瑞清迎出来：“老爷传我就行，怎么亲自来了！快请，快请。”

赵师爷抱着礼品跟进来。

马知县坐下后，先叹口气，然后亲切地看着瑞清：“杨先生，还得帮忙呀！”

瑞清：“噢？老爷请讲。”

马知县：“我当初真是用了功，可考科却是多次未中，自己着急，家父失望！他老人家一横心，就花钱给我捐了这个官。大哥二哥都好说，关键是我这四弟，他认为我花了家里的钱。我到来周村后，一会儿闹着修路，一会儿要办饭馆子。我万般无奈——杨先生也帮着，咱才办了这个厂。现在绸子织出来了，他又有了新招儿，想把你们四个手里的股子收过来，他当大东家。”装模作样地摇头，“都是因为我，才屡次给你添麻烦。杨先生还得帮我呀！”

在他叙述的过程里，瑞清集中精力，极力猜测下文，但真说出收股子，瑞清也很意外。他点点头，看看院子，慢慢地说：“我倒好说，朴成新成也不会难为老爷，就是孟掌柜的怕是不会答应！”

马知县没想瑞清这么痛快：“这你别管。我去找他们，只要你答应就行！”

瑞清：“我现在是好几个厂的董事长，也真分不出身来。老爷愿把这股子买回去，等你和孟掌柜的谈妥了，咱一块办过户。”

马知县大喜：“好！好！”随之懊丧地一甩头，“这个老四，尽给我添乱。他非得弄茶叶，结果得罪了四胜！这样，你给他两万两银子，把那车茶接过去吧。”他点着桌子，“人多嘴杂，知县的兄弟掺和这种买卖不适合！”

瑞清一笑，未置可否。

马知县：“杨先生不愿收？”

瑞清：“马老爷，我做买卖从来不管具体事儿，至于收不收，让赵师爷去找四胜，他主办。”

赵师爷躬身：“四胜同意收下。”

瑞清：“那就让他给四老爷银子。”他转向马知县，“老爷，厂子刚建起来，接着就开始清场子，这不合规矩呀。”

马知县跺地：“谁说不是！唉——”

瑞清：“好吧，既然你动了这个心，我就劝劝老孟，让他把股子让出来。”

马知县抱拳：“那样最好。多多拜托！”

瑞清送走马知县，笑着回到屋里。

稚琴问：“他真这么干呢！”

瑞清：“唉，看见了吗？这就是衰世之象！”

稚琴：“济南府就不管？他私截税款上面就一点不知道？”

瑞清坐下：“开埠之初，我在上海见过府台大人，说真心话，人品真不错，学问也好。他有感于国家积弱至衰，就想学汉初文景，效法黄老，无为而治，以便于休养生息。济南周村潍县三地同时开埠，但他没来过周村，也没去过潍县，济南的商埠也从不涉足。他认为商有商道，一切由商贾循道而行，不要干预。”

稚琴：“就由着下面这些小官胡闹？”

瑞清感叹：“天之欲雨，庭前蚁聚，这个气候下，官员贪污是正常的。这个马知县虽也贪点儿污，但并没坏什么大事儿。比较而言，这就算通达之人了。”

稚琴撇着嘴：“真大度，刚抢了咱的股子你却夸他！”

瑞清：“抢咱的股子？”他瞅着稚琴笑，“谁抢谁还不一定呢！”

稚琴：“股子去了人家手里，怕你也是没招儿！”

瑞清：“高招儿是没有，但这好戏刚刚开始。一会儿把桂花叫来，咱喝着酒等消息！”

稚琴：“等什么消息？”

瑞清满桌上寻找，抓过烟当做说书的醒木，往下一拍：“收茶叶，郭四胜暗战赵师爷；抢股子，孟七子明挑马保国！”

稚琴：“是你安排的？”

瑞清：“这不用安排。”他喝口茶，放下茶碗看着院子说，“我觉得这马知县挺笨，捞钱捞得太明。我要是当知县，既让大家都说好，还得让他们全送钱。信不信？我就有这本事！”

稚琴：“大清之幸！——没让你考中进士！”

7

瑞蚨祥布店里，孟掌柜铁面而坐。马知县身子前躬，正冲着老孟絮叨：“孟先生，杨瑞清先生也同意，李朴成王新成二位先生也没说别的，就靠老兄成全了！”

孟掌柜：“人家瑞清是怕惹麻烦，心里再不情愿，也不好当面辞你。”他皱眉问，“我说，这厂不是有钱就能建！——人家瑞清给你介绍的联华洋行，新成拿着地皮入了股，朴成更甭说——把银子给你换成了英镑，那时候你钱不凑手，让俺四个入股。俺也没说别的，也没要求在董事会上有什么决策权，就一人出了一万两。现在绸子织出来了，买家也找好了，你的钱也转过来了，就卸磨杀驴？刘邦杀韩信也没这么急呀！你也是堂堂知县，也算知书达理的人物，咱能这么办嘛！”

马知县一副痛苦脸：“唉，我是真没办法。家父年事已高，我怕老四回去闹腾，让他老人家着急。我真是被迫无奈！”

孟掌柜：“噢，你怕你爹着急，就不怕俺四个着急？仗着你是知县就这么办俺？你把俺几个看成谁了？我问你，是章丘旧军孟家门头大，还是济宁马家门头大？嗯？是我和宫里熟还是你和宫里熟？”

马知县抱拳：“好好好，咱什么也别说了，这事儿我办得不对，虽是不对，但我还是请孟先生帮忙。你看这样行不行，一比二，你当初入了一万两，现在我二万两买回来，这总行了吧？”

孟掌柜噌地站起来："瑞蚨祥字号遍布京沪宁杭，根本没看见这点钱！我给你一比三，把你的股子卖给我吧！那样你兄弟就踏实了，你爹也用不着生气上火！"

马知县扶他坐下："孟兄，别着急，咱这不是商量嘛！"

孟掌柜深瞅着他："你怎么不收崔广兴的股子？"

马知县："不能收他的，联络洋行还全靠着他！"

孟掌柜："这些瑞清都能办！不仅能办，还能给你闸住！让你卖不成！"

马知县一笑："这不可能，合同都签了，定金也给了。所以——"

孟掌柜替他说："所以就什么也不怕了！"

马知县："别说得那么难听。孟先生，我对你怎么样？"

孟掌柜："不怎么样！"

马知县点头："好。不怎么样——瑞蚨祥是老字号，不是开埠之后新创企业。谢君公义先生当知县的时候，你是纳全税，我呢，只收先生半税。这能说是不怎么样？"

孟掌柜："按这个说法，大清税制你说了算？"

马知县忽然脸色冷峻："是我说了算！孟先生，这么着，只要你同意让股子，我让瑞蚨祥一分不交！这总行了吧！"

孟掌柜拍案而起："假公济私，就凭这一条，我就能扳倒你！账房，送客！"

说罢一甩袖子，撇下知县，昂首进了后堂。

在这个过程里，新成的家丁狗剩一直在店堂装顾客偷听。一见马知县出来，先行一步撤出来，向后看看，窜回去报信儿。

8

马知县收股子，朴成挺生气。他来到新成家，二人唉声叹气，对知县不满。

新成："瑞清怎么说？"

朴成："刚才我去他那，嘿！瑞清真是沉住气，两口子正和桂花喝酒呢！"

新成："你没问问？"

朴成："我怕冲了人家的兴致，也没好意思说——瑞清也是，想干啥儿都不告诉咱，光让咱着急。唉，他这嘴也忒严实！"

新成："朴成兄，着急倒不用，我觉得瑞清准有招儿！当初咱四个开会，就说这事儿由他和老孟办，不让咱俩掺和。"他给朴成倒着茶，"朴成兄，说来说去，真不该把马氏兄弟领进丝绸行里来！现在可好，绸子也织出来了，外销的合同也签了，订金也到手了。人家还要咱干什么？瑞清那么精明，咋干了这么个傻事儿！"

朴成："光马氏兄弟还不要紧，关键还有你表哥！——这主意准是他出的！"

新成："马保国去找瑞清之前，崔广兴先来找的我——劝我把股子让出来。唉，亲姨表兄弟，竟和外人一个心眼儿，真让人寒心！"

朴成摆手："咱别说这些了。新成，你知道，大德通银号是外驻的分号，入股之前，我对总号说了。"手指向前点着，"仅仅这么几天又让人家给清出来，让我怎么对总号说？知道的是马家兄弟贪心，不知道的还不以为我人品不行？可急死我了！"

新成看看外边："我也是！——你弟妹也这么数落我！"

朴成站起来："不行，咱得去找找瑞清！——咱没违反企业章程，也没犯别的错儿，不能就这么着把咱撵出来！"

新成也拿衣服，二人刚到院里，狗剩跑回来："东家，我看不要紧！"

新成："噢？孟掌柜的顶住了？"

狗剩："屋里说，屋里说。"

他们又折回来。

新成问："孟掌柜咋说的？"

狗剩："孟爷不管三七二十一，把马保国挖苦到了骨头，最后直接把他撵出来！"

新成着急："光撵没用，你没听着说咋弄这股子？"

狗剩："说了，我听那意思孟爷是死活不卖！"

二人对视，心里多少踏实些。

朴成问："新成，既然闹到了这一步，咱四个能不能合起来，把姓马的清出去？还有你表哥！”

新成看着院子摇头：“这事儿相当难！你想想，各方各面都就了绪，钱就摆在眼前头——一伸手就能够过来。这种情况下他能把股子让给咱？再说咱是四，他俩合起是六呀！”

9

傍晚，广兴怏怏回到家。往椅子上一坐：“抓紧弄酒！”

太太来到门口对佣人喊：“老爷回来了，上酒菜！”

佣人在厨房里应答。

太太回来问：“咋了？啥事儿不顺心？”

广兴：“什么事儿都不顺心！”

太太：“杨瑞清不让股子？”

广兴：“他倒是同意让，可孟老七硬顶，把马知县都顶出来了！这小子真横！”

太太：“那咋办？”

广兴：“马保国想抽腿，我就劝他——现在不清，一旦大钱挣回来，更难往外清！要是厂子一扩大，他四个再一齐入股，占了大头，说不定能把咱给清出来！”

太太：“知县咋说？”

广兴：“我这样一说他才害了怕。他明天再去找杨瑞清！”

太太：“关键是孟老七，杨瑞清不算什么！”

广兴睥视太太：“你知道什么，他俩是唱双簧，这都杨瑞清事先预备的一盘菜！”

太太大悟：“准是这样儿！可杨瑞清不依怎么办？”

广兴：“不依？他敢不依！马保国说了，他就去这一趟。要是办不成，周村所有的商号就都征全税。不错，不错，我煽了这几蒲扇，总算把这火儿煽起来了！”

太太担心：“要那样，咱盛祥茶庄也得跟着纳全税呀！”

广兴："还茶庄，我这就关了！我一看茶叶就生气！——过去咱是周村的茶霸，现在倒要排队趸茶，忒他娘的丢人！"

10

早上，马知县与太太商量计策。他一脸愁容，太太倒显得平静："老爷，要是孟七子不愿卖，就把他留下，把那仨人清出去！"

马老爷："不行。他四个是一个契据，再说孟老七挺犟，别再让他挖苦一顿！"

太太眼一亮："老爷，你得这么办，先把契据分开，然后一个一个的往外拾掇——那样兴许还好办些！"

马知县摇头。

赵师爷进来报："老爷，杨瑞清来了，在前堂。"

马知县应着："唉，就看这一下子了。实在不行，我就开征全税！"说着咬牙切齿："不让咱挣钱，谁也别想安生！"

马知县来到前堂，瑞清面色清静，起身行礼："老爷何事召我？"

马知县叹气："坐坐，坐下说话。"

马太太蹑手蹑脚走来窗下，侧耳探查动静。

马知县："杨先生，我来周村之后，并没有难为各个商户，对于一些老商户我还特别照顾，允征半税。旧字号不在开埠的行列里，为了这，我没少往济南跑，也没少请客送礼。我为了什么？还不是为了共襄开埠盛举？我自己遇见点小难处了，你看看，说三道四，真叫人寒心哪！"

瑞清："孟掌柜就那脾气，你别往心里去。"

马知县："杨先生，你是见过世面的人，也不把这股子看成回事儿，可那些人就不同了。昨天下午李朴成来了，说退股子行是行，得让我给他的总号写个东西，说明为什么把他清出来。杨先生，这种东西该我写吗？"

瑞清："朴成仅是个外桩，也是有些难处。新成没来？"

马知县："他没来——他那么点地抵了一万两，我给银子赎股正合他的意！"

瑞清："老爷，不好这么说。新成那地现在能卖两万两。他要是真较劲，硬把地收回去你咋办？"

马老爷摇头："唉！这四个人除了你，哪个都不好对付。杨先生，还得你出面帮我呀！"

瑞清："帮，自然要帮，但老爷也不能让我为难，更不能让他三个觉得我得了老爷的好处。"马知县刚想高兴，瑞清接着说："我看还是保持现状，没必要多此一举！"

马知县："一切都别说了。杨先生，我一比三赎股子行吗？"

瑞清想了想："老爷，在上海常有这种事儿，多是集中在挣钱较易的行业，比如船运。"

马知县："他们是怎么办的？"

瑞清掏出个东西："你看看，这就是我在广德盛船运的退股书，当初的比例是一比八！"

马知县一愣："这么高！"说着接过去看，随后递还，"杨先生，看这样行不行，我豁出去了，一比五！"

瑞清摇头。

马知县："那一比六！"

瑞清："不用这么高，一比四就行。至于孟掌柜那里我去说！"

马太太一听此言，情不自禁地一步迈进来，瑞清赶紧起身："给太太请安！"

马太太："就是嘛，还是杨先生懂世理，昨天你就不该和孟七子生气！"

马知县脸一沉，口气淡而重："好了。我和杨先生有话说！"

太太尴尬一笑，行礼退出，归位窗下继续听。

马知县："咱什么时候过户？"

瑞清从袖里拿出文书："我把文书带来了，让赵师爷准备银票吧。"

马知县大喜："好好。你可帮大忙了！"

瑞清面容平静，用劝诫的口吻说："老爷，挣钱也好，捞钱也好，你都要得法儿。要是这样硬干，可能会得罪人。"说完站起。

马知县拉住他："不过户了？"

瑞清指向文书："我已经签过字了。等会儿让赵师爷把银票送到电厂就行了。唉，我得去给那位说好的！"

瑞清走了，马知县回到屋里，太太问："咱啥时候把崔广兴清出去？"

马知县："再等等，等老四和洋鬼子玩熟了再说这项！"

太太："这事儿得早着手，以后去上海老四都得跟着！"

马知县冲外喊："老赵！"

赵师爷进来。

马知县："准备十六万两银子！"

赵师爷："我备好了。这就送到电厂去？"

11

电厂会议室里，四人哈哈大笑。孟掌柜说："这出戏我和瑞清出力最多，你俩得请客！"

朴成："当然，虽是我请客，但这钱是马老爷出的！——咱吃鱼翅席！"

孟掌柜正色道："我说的请客是分头请，不是让你俩合伙。这请客不能合资！"

朴成、新成认可。这时，忽听院中一阵马蹄声，瑞清站起来往下看，瓷厂的老徐翻身下马，撒腿就往楼上跑。

瑞清的脸当场白了。

新成扶住他："怎么了？瑞清。"

瑞清："不好，窑厂肯定是出事儿了！"

老徐一头大汗闯进来："董事长，看！"他递上张纸。

瑞清扭头不敢看，朴成接过来："我说，这是汇票呀！怎么回事儿？"

老徐也不管谁的茶，端过来喝下去："联华洋行汇来的！咱那货验住了！"

瑞清慢慢地转过脸，有气无力地说："老徐，咱就不能办得含蓄点儿？你知道我最担心这熊窑厂，你倒好，又是骡子又是马的，想吓死我？"

老徐龇着牙笑："我是寻思着骑马快点儿。"

瑞清拍手让他坐下："验住了就好。不仅这回验住，以后哪回都得让他验住！"

孟掌柜对瑞清不满："瑞清，你大风大浪都见过，这咋像个娘们儿？"

瑞清："我连个娘们儿都不如。一想起窑厂来，我夜里就睁着眼。验住了，不错，不错。"

新成："老徐，要是照这个干法儿，年终能分点红不？"

老徐："分红不敢说，但我觉得赔不了！"

瑞清："不管赔赚，年终一定得分红。孟兄，人家是奔着咱四个来的，就是窑厂没挣到钱，咱四个出钱也得分！"

朴成："行是行，可我不好对总号交代！"

新成："别让朴成为难了，咱三个出！反正有马知县那钱顶着！"

朴成眼一亮："对。我入了一万，回来四万，这事儿我先不对总号说！"他转向瑞清，"可是，咱分多少？除了咱四个，外头还有三十多万股呢！"

瑞清："看我下一步办得怎么样。咱要是还能办住马保国，就分百分之二十，要是办不住，就分百分之十。老徐，这么多人给你顶着，你可好好干哪！你要是干不好，年三十——"他挑起三个指头，"那些股东能把咱祖宗骂得从坟里坐起来！"

老徐："我知道。董事长，我下去吃口饭还得赶回去。洋二叔又定了一批鲁青瓷，我得盯着干！"

孟掌柜抬手往外轰："依我说，你还是弄上俩火烧边走边吃，别在周村胡磨蹭！千人当家，一人主事。俺四个全是外行母子，就是这个顶用的公子！快回去！"

老徐笑着往外走。瑞清站起："记住，鲁青就咱自家有，不能卖便宜了！"

老徐下楼牵着马往外走，四胜拦住他："等一分钟，火烧夹羊肉马上来。我让人去买了！"

赵师爷来了，四胜一脸欢笑迎上去："送财老生来了？"

赵师爷："这是银票，你摁个手印子。"

四胜摁过手印，接过银票看看："赵师爷，你说了好几回金陵十二钗。刚才瘦芟白来送信儿，天暖和了，那些钗又回来了。晚上我请你！"他皱着眉问，"你是喜欢哪个来？我咋一时想不起来了？"

赵师爷："哪个钗也得等阵子再说，眼下老爷正上火！"

四胜："老爷上火你败火，定了，晚上过来，我带你去。我让你先看电影后弄钗！"

四胜把银票送上楼来："少东家，送来了。"

瑞清接过来交给朴成，看着四胜说："你下去办这么个事儿——"他停下了。

四胜："少东家，都不是外人，有啥不好说？"

瑞清一笑："你下去之后，先给国兴丝绸厂停停电，吓唬吓唬这帮子！"

四胜高兴，转身欲走，瑞清喊住他："别慌，记住，停五分钟就行！"

四胜："为什么？"

瑞清："一停电，他们立刻急，接着电又来了，又是一喜。只要这样弄上三次，他就得哭了。先急后喜再哭，喜急而泣词源就在这里！"

众人大笑。四胜去了。

朴成："瑞清，我观察多次了，你有时候就像个小孩子！"

瑞清："只要没了童心，人就完了！"

孟掌柜摆手："请客，请客！"

朴成："一会儿就请。可是瑞清，这钱分了？"

瑞清："一人分三万，剩下四万存在你银号里。"

新成在一旁抿着嘴笑。

孟掌柜："怎么着，还有计？"

瑞清："有计！"

朴成："瑞清，咱都不是外人，说出来听听！"

瑞清："我用计连老婆都不告诉，你就更不告诉了！"

孟掌柜："幸亏你没开绸缎庄，要不我能让你办死！"

新成一笑："瑞清，为什么留下四万？"

瑞清："一人一万呀。三位兄长等着，看我给马保国上演迷天大法！——四万把咱清出来，咱再一万杀回去！还得让他请客送礼说好的，哭咧咧地求咱们！咱呢，仍然是股东！"

老孟："你能这么神？"

瑞清一板脸："孟兄，别激我！你要把我的火儿激起来，马保国吃亏更大！"

四人大笑起来。

12

广兴欢天喜地回到家，往椅子上一坐："办了！"

太太忙问："真办了？"

广兴："可不！现在国兴丝绸厂就剩咱和他了！国兴国兴，就是马保国崔广兴，剩下咱和他，这才名副其实！"

太太更高兴："咱好好喝两盅！"

广兴："可得好好喝两盅。孩子下学一回来，咱举家齐聚会仙楼，吃他个小辫子朝天！"

13

晚上，瑞清归来，略有醉意，稚琴扶他坐下："让人家清出来了，却还有心喝酒！"

瑞清正色问："稚琴，你说开埠是什么？"

稚琴："这还用问，开埠就是自由通商呀！"

瑞清："通商是不是需要一种秩序？"

稚琴："是，干什么都得有章程。"

瑞清："我刚才回来的时候想，不管是王安石还是张居正，包括康梁维新，都是想建立一种适合当时发展的秩序。马家把咱清出来，就是心里没有这种秩序，或是不懂这秩序。既然他不懂，咱就应当告诉他，然后让他遵守！我说得对不？"

稚琴："对是对，但这太难了——"

瑞清一笑："我让他出钱学，出钱之后还要遵守这种秩序！"

第二十三章

1

夏天，绸子织好了，崔广兴和马老四来到上海。一出码头，立俊迎上来："欢迎二位！"

跟班小张接过行李。

马老四不好意思："天这么热，还麻烦杨经理来接。"

立俊笑笑，带他俩来到汽车前。

广兴吃惊："这是你的？"

立俊："是董事长奖我的。"

汽车初来中国，实属稀罕之物，车一驶过人们便目送神追地久看。他俩头一次坐汽车，也头一次凭窗观赏上海景色，新鲜之余，又从羡慕的目光里找了高人一等的感觉。

立俊在前座回过头："货已经到了，什么时候往出口码头运？"

广兴不解："这出口还是单独的码头？"

立俊："是。不仅有单独的码头，还有单独的仓库，都是洋人经管的！崔先生，你最好早定下来，我好通知码头移仓！"

广兴："什么叫移仓？"

立俊："一句半句说不清，弄一次你就明白了！咱什么时候运？"

广兴："这样，杨经理，等问问洋二叔再说。"

立俊往窗外弹下烟灰："你这批货快逾期了，克利尔相当着急，天天催我——咱们先去洋行？"

广兴与马老四交换眼色："先去旅馆吧！"

立俊："想住哪？"

广兴："我哪知道，还是杨经理安排。"

立俊："发财了，又是做的国际贸易，去万国饭店吧！"

广兴："多少钱？可别太贵了，省得回去马老爷说我！"

立俊："贵贱不说，那里有洋妞。伙计，那可是实在东西！"

马老四跃跃欲试："就住万国饭店！"

立俊对小张说了上海话，汽车转过一个弯，向万国饭店驶去。

汽车刚驶过上海道台衙门，路边"轰"的一声，一个提包在衙门内炸开。

广兴抱头："我的娘——"

立俊回头一笑："没事儿，经常炸，是革命党送的礼！"

马老四也惊："杨经理，这万国饭店保险不？"

立俊叼上烟："不管保险不保险，你俩最好少出来。对外人——千万别说你哥是知县，革命党专杀这路人！"他点上烟，"不过革命党是炸三品以上的，你哥官太小，不在被炸范围之内！"

车在万国饭店廊台上停下。立俊没下车，小张把行李提下来。

崔马二位齐谢。

立俊挎着车窗："有什么事情及时找我，这是我的电话号码！"

广兴接过名片看："什么是电话？"

汽车开走，卷起一股轻尘。

立俊对小张说："去电报局。"

小张答应着："总经理，董事长也太迁就他们了！咱不能看着他这样抄我们后路！"

立俊看着外面，并未作答。

2

瑞清和稚琴在枇杷树下闲坐，默默相对，有情无言。瑞清抬头看看树："稚

琴，南唐人张子澄有首诗很适合咱眼前的意境，极美！”

稚琴歪头问：“是吗？”

瑞清：“他说‘别梦依依到谢家，小廊回合曲阑斜，多情只有春庭月，犹为离人照落花。’我一看见这枇杷就想起当初来，每年如此。”他感喟地一笑，“诗里说的是谢家，我是到的夏家，就差一个字！”

稚琴含情脉脉：“好在咱们不是离人。”

瑞清抿着嘴：“稚琴，这么多年过去了，有一种感觉我始终没有说出来！”

稚琴：“又要调笑我！”

瑞清：“这回不是。这些年我总想——当初去你家，又在你家住下——可能就是为了拐骗你！好在我没辜负足下，所以也没说！”

稚琴低下头：“人家愿意让你拐骗。当年你真帅！”

瑞清：“现在不帅了？”

稚琴：“从无到有，从小到大，这么多年的商海浪淘，其实你已经见老了。”说着把手放在他膝上，“别看你总在家里，又总在我面前装作万事不在意，其实你心里挺紧。”

瑞清感其相知，不由得深叹一声，拉过她的手攥着。

这时，四胜来了：“给，电报！”

瑞清接过来放一边，根本不看。

四胜：“你为什么不看？”

瑞清：“一会儿你准叨叨！”

林嫂送来椅子，四胜坐下：“少东家，咱帮着他把厂建起来，他接着就把咱清出来。随后又抢咱厂丝，厂子多，电不够，也得由着他先用。”他越说越来气，“这还不算，你还让杨经理用汽车去接他！你这是想干什么？咱欠他的？”随后又补一句，“我还没坐过汽车呢！”

瑞清深情地看着他：“兄弟，咱的买卖虽不少，但都刚起步，等着都上了正轨，我也给你买一辆。”

四胜：“我不是要汽车，我是生气！刚才我过来的时候，又见崔广兴他老婆去了桂花那里——这准是去显摆！你等着，一会儿桂花准得冲进来！”

瑞清：“兄弟，放心，让她显摆去！别说崔广兴马保国之流不是孙悟空，就真是孙猴子也跳不到圈外头！你等着，看我咋让这俩舅子折戟沉沙上海滩！”

四胜哼着冷气：“还折戟沉沙上海滩，人家越来越欢！人家去上海那么多次了，也没折了戟！倒是咱一个劲地吃亏！”

瑞清表情像小孩子：“郭四胜经理，喜欢自行车吗？喜欢哪个牌子？兰瓴？三枪？还是侯爷？”

四胜：“我啥都不喜欢，就喜欢看着崔广兴趴下！”

瑞清冲屋里喊：“稚琴！”

稚琴学丫环跑出：“什么事儿，老爷？”

瑞清憋住笑：“拟个电报稿，让杨立俊发辆最新的三枪来。你再告诉，让他天天汇报上海的动静！”

这时，桂花果真生着气进来，瑞清赶紧弓着腰接住：“别生气，别生气，我这就办崔广兴！”

桂花赌气一甩手，向北屋走去。

瑞清扎煞着手原地跺脚转圈“看我多难！你们想挤死我呀——”

3

下午五点多钟，广兴和马老四来到联华洋行。克利尔热情迎接——脸上洋溢着洋人特有的甜蜜微笑，灿烂亲切：“喝茶还是咖啡？”

广兴大咧咧地一扬手：“咖啡吧。”

克利尔去桌上按了两下铃。

克利尔坐下问：“货到了？”

广兴：“全到了，一共八千匹。后面还有！”

克利尔：“后面的我还要！”

广兴：“洋二叔，既然俺这货好卖，后面的那些不能这价了！”

克利尔拉开抽屉：“看，我们有合同。一切都要按合同办。”

广兴有点傻眼，拿过合同找这项，马老四也凑上头来。

克利尔：“你的丝绸和瑞清的一样，我只能一视同仁！”

广兴叹口气：“唉，我既然画了押，就按这上头的办。洋二叔，这货还要运到出口码头？”

克利尔：“是，根据合同规定，这笔盘驳的费用要由你们承担。我给杨立俊先生打个电话，让他带你去。”说着摸起电话，“杨，好吗？我是克利尔。你来一下，帮崔先生把货运到码头去。什么？过一会儿？好，好。晚上一起吃饭。”他放下电话，“他一会儿就来。”他看着广兴，“崔先生，瑞清给你帮了很大忙，回去之后你要谢谢他！”

广兴不以为然，斜着身子问：“什么时候给钱？是不是货一进仓库，就该结算了？”

克利尔：“是。我们的验货人员跟你去，只要抽检合格马上付款。”

广兴站起来：“洋二叔，杨经理很快就过来，我们去门口等着，早办完了早利索。”

克利尔送到平台上：“争取在天黑之前运完，我的验货员随后就到。”

广兴：“放心，你就准备钱吧！”

克利尔站在原处，看着他俩下了台阶。

广兴和马老四站在路边等立俊。广兴说：“四爷，咱是不是卖低了？”

马老四：“这就挣了不少！要按这个干法儿，咱一年就能把厂挣回来！”

广兴摇头：“你看克利尔要得多痛快？咱织多少他都要！”他琢磨着，“既然这样就证明，就证明咱的货在英国抢手！你说是不是？”

马老四认为有理：“嗯。是这么回事儿！”

广兴：“不行，后面的货先不给他。”

马老四：“你想咋办？”

广兴贼眉鼠眼：“咱再找几家洋行问问。”他不屑地哼一声，“咱这货，哼，说不定杨瑞清在这中间扒了一道！”

马老四大悟：“真有这可能！——要不他不能这么帮咱！”说完接着犯愁，“咱是俩乡下傻冒，谁也不认识，咱问谁去呀！”

广兴：“别急。等会儿杨立俊来了，咱问问他。”

马老四：“他能告诉咱？”

广兴：“我自有办法。”

立俊的汽车驶来停下，他俩上了车。

立俊问："去盘货？"

广兴："是。洋二叔的验货员随后就到。"

汽车原地掉头，朝码头驶去。

广兴扒着前椅背："杨先生，哪里还有洋行？"

立俊一指："这些大楼全是。找哪家？"

广兴和马老四对视："找那经营绸子的。"

立俊："洋行全有这业务。"

广兴踏实了，往后一靠身子，摸出烟来要点。

立俊："车上不能抽烟。"

广兴："我看着你抽呢！"

立俊冷冷地说："这车是我的！"

4

瑞清在书房看书，外面的座钟打了十点。稚琴进来说："睡吧，电报可能不来了。"

瑞清放下那本《唐文英华》："再等会儿。心里有事儿躺下也睡不着。"

稚琴："要是立俊没打呢？"

瑞清："只有电报局不送，立俊不会不打。坐下，看我给你算一卦！"

稚琴撇嘴笑他："整天自夸《易经》学得最好，我倒是要看看！"

瑞清："你懂《易》？"

稚琴："我又不考科，学那个干什么！"

瑞清："你不懂就好办了。"他拉起稚琴的手，"算不算一个样儿。'化而裁之谓之变，推而行之谓之通。'只要明白了这个，世间的一切就都明白了。"

稚琴："这是至理？"

瑞清："嗯。物以类聚，人以群分。世界上的人各种各样，但总体上只有两种。"

稚琴："哪两种？"

瑞清："通和不通——所有的人，不管才华多大，能力多好，官职多么高，甚至包括皇上。要想有所作为，首先要是个通人。通，是处世立身的最高境界！马知县崔广兴之流就是不通。这样的人可能发财，但不能成事儿！而立俊却是通人，你记得当初他去咱家送信儿吗？”

稚琴手扶额角想。

瑞清告诉她：“那时候你心里喜欢我，又不好意思说，就给我买了件伯爵牌衬衣，我说你不会过日子——想起来没？”

稚琴羞着打他一下：“我记得。”

瑞清：“他一见克利尔重视我，就说将来让我提拔他。后来我用硫酸坛子运酱油，他立刻劝我自己干——为什么？他认为我能发财！”

稚琴：“是这样，立俊是很聪明。”

瑞清：“所以，我给他买了汽车后，立俊开玩笑说，他这辈子就干对一件事儿——找对了朋友。琴，你知道，立俊是海派人物，很要面子。全上海一共六辆汽车，连克利尔都在地下跑，立俊却是开着汽车，他心里当然美！一辆汽车大也不过两万两银子，你如果给他这些钱，立俊根本不在乎，但这钱变成汽车，他就高兴异常。所以我也是通人！”

稚琴笑道：“转了一大圈还是夸奖你自己呀！”

瑞清使气地努着嘴：“你不夸我，我只能自夸。”说完哈哈大笑。

稚琴：“阿清，你虽是没考上进士——我不是惹你，是说真话。”说时，用手挡着，怕瑞清打她，“——你虽是没考上进士，但书没有白读，你把学问都用在了处世做生意里！”

瑞清受表扬，相当高兴：“这就是中国文化的至纯精华——知行合一！读书不仅是标志身份的幌子，而是要用来指导你的行径。咱实实在在地说，十三经真是好东西！”身子前倾举例说明，“——‘民为贵，社稷次之，君为轻’——”他二目炯炯地盯着稚琴，“什么样的民主有孟子这套先进？嗯？你翻译着给我念了好几本子民本主义的著作，我听来听去谁也没有孟子说得透彻！”说罢轻叹一口，“唉！就是这样的好书却让读书人读歪了——竟把四书五经弄成考科取士的垫脚石！真他娘的没劲！”说时，生气地用力磕打桌面，“先贤的思想光芒万丈，可这些人不是用来改观时世，却是用来升官发财！”抬手向北指去，“说一千道一万，都是那些熊皇上闹的！”

稚琴看着他生气的样子抿着嘴笑。

瑞清瞪眼："笑什么？我说得不对？"

稚琴逗他："就是不对人家也不敢说。"

瑞清指着她："你故意气我！"说时，食指叠在中指下弹一下稚琴的额头。

稚琴未躲，心里挺甜蜜。

瑞清喝口水："现在人们一提那康乾盛世就似喝蜜儿似的，还拿这和盛唐作比。其实中国毁就毁在乾隆手里！"

稚琴闻所未闻，敛去笑容："噢？何以见得？"

瑞清："当初一日，英王派专使提着正宗的英国点心来见乾隆，要求两国邦交通商。当时中国也不弱，两大强国完全可以互通有无，共同发展，这是多好的事儿？嗯？可乾隆不！"说时脖子一梗眼一瞪，"他得充老大！随后就以世界家长的口气给人家回信，说中国什么都有——还用春秋笔法——一边明目张胆地自吹，一边拐弯抹角地挖苦人家。就这样把人家打发了，中国的大门也就这样关上了。"他探身向稚琴，"这老小子不知道，就在他鼓捣着烧青花、弄粉彩的时候，英国正在工业革命！——没过多少年，人家带着大烟架着大炮来了，把他的子孙打得晕头转向！《南京条约》也签了，地也割了，款也赔了，英国人也走了，道光才傻睁着两眼问'这英吉利国在哪呀！'"说时，学道光傻睁眼踅摸。

稚琴反手挡着嘴笑。

瑞清身子一挺："英吉利国在哪？他祖宗早知道！"说时生气地把手在头上来回乱摆，"不说这个，越说越生气！"

这时林嫂进来添水："姑爷的学问真好！"

瑞清也不谦虚："那当然，十六岁中举的有几个？"说罢哈哈大笑。

林嫂出去后稚琴认真地问："你认为中国落后是因为与外界交流得不够？"

瑞清："这是很重要的一点。"

稚琴："所以你让咱的孩子——包括大利去留学？"瑞清想回答，稚琴抬手一挡，执意说完："——你刚才说四书五经好，那你为什么让这些孩子去西洋学理工科学？"

瑞清停了一下，深吸一口气："唉，这些年，咱让洋鬼子打傻了。"他深盯着太太，"让孩子去学科学是为了求变！——穷则变，变则通，通则久。孔子也有

‘见贤思齐’之谓，我不是把洋鬼子比作贤，但通过挨打，咱知道了自家的短处在哪里，知道了哪些东西咱不会。于是放下架子跟人家的学！——中国文化要是没这样的胸襟，早就煞戏了！”

稚琴的嘴角淡淡露出一丝轻蔑：“严复一部《天演论》几乎掀翻中国五千年。你能说文化没问题？”

瑞清：“适者生存等等理论《易经》《墨子》《老子》中都有，并不是前所未有的新鲜的创见，只是人们不肯用。”他抬手指去，“当年王新成给咱放火，烧了周村半条街，我不适合在这了，所以去了上海，所以发了财，这是什么？这算不算适者生存？稚琴，你记着，等着有一天，中国真正翻过点儿来，中西两种文化融会嫁接在一起，中国将十分强大！”

稚琴：“我不信！中国文化那么死板，能融会吗？我觉得挺难！”

瑞清：“你这话外行！——是中国的文化人死板，不是中国文化死板！中国文化不仅不死板，而且最宽容最开放！”

稚琴：“尽胡说。”

瑞清忍着气点头：“好好，我胡说。我问你——十字军东征没少费劲吧？条顿骑士没少死吧？他改变了中东的局面没？”

稚琴思索着摇头。

瑞清进逼：“英国人把印度看成最重要的殖民地，他们为了让印度人和自己融为一体，就努力传播基督教的文化，把印度原有的一百七十多种语言都灭了，也把官方语言都改成了英语。他们那套进入印度人的精神世界没？或者说印度人有没有接受他们那套？”食指果断地横向一打，“没有！”他深问稚琴：“这是为什么？”

稚琴美丽傻摇头，轻轻地喃答：“不知道……”

瑞清：“波斯也好，印度也好，这些文化都有个宗教内核！”眉毛一扬，“恰好！中华文化没这个！只要有用，当场拿来，这就是中国文化的宽容。”瑞清美滋滋地点上烟，“怎么样？还说我胡说吗？”

稚琴深情地欣赏着丈夫：“有道理。我怎么没想到这一层。”

瑞清：“自汉朝开通西域之途，中国就不断接受外来的东西。天文有回族历，军事有回族炮——”

稚琴打趣："那回回烧饼也该算！"

瑞清："那自然！这马蹄子烧饼，真是从馕演变来的——咱接刚才的话头说——中医是文化中的文化，你看《药性赋》里有多少味印度药！至于西洋对咱们的影响就更甭说了。"他认真地问，"中国文化是不是很宽容？——咱再往东看日本——汉语对日语的影响之大不用说了，但汉语对其毫不排斥，企业、干部、警察，派出所——这不全是日本词？尽管这样，这些词儿用在中文里一点也不别扭！这是为什么？因为中国文化本身就是一个开放的结构！例如——"

林嫂进来："姑老爷，电报来了！"

瑞清灵机一动："电报就是个好例子，中国过去有电报吗？没有，但并不排斥，不仅电报，中国文化对所有先进的东西都积极地吸纳。这是什么？这是文化的活力！"他身子向后一仰，"嗨！正讲到兴头儿上，来的哪门子电报呀！"

稚琴接过来看，脸色陡变："克利尔收下了崔广兴的货，已经运到码头了。他这是要干什么？难道见利忘义？"

瑞清苦笑："义，是中国观念，洋鬼子不认这个。随他去吧，睡觉！"

稚琴："不再聊会儿了？"

瑞清："电报一来，我又想起钱来了！真他娘的俗！"

5

早上，广兴和马老四来到洋行。货已入库，钱将到手，广兴气焰高涨，东瞅瞅，西看看，满不在乎。一个黄头发的女员工迎面走来，冲广兴礼貌地笑，他心血来潮，说了句自创的英语："稀里糊涂。"

女员工停下，认真问他有什么事。

广兴慌神，连连抱拳作别撤走。

克利尔站在办公室门口等他——看着广兴笑。

广兴走上来："洋二叔，钱备好了？"

克利尔把他俩让进来："好了。请坐。"说着按铃。

财务人员拿来汇票，克利尔接过来看，对那人说："把验货员叫来。"

广兴伸手："我看看。"

克利尔递给他。

验货员是个中国青年："总经理，抽验了十匹，全部合格。"

广兴眼眯着："怎么样？洋二叔，这钱我装起来了？"

克利尔对验货员说："你在验单上签字，然后让崔先生签。"

二人履行完了手续。

广兴故意问："还摁手印吧？"说着把汇票装起来。马老四一拉他，他又把汇票掏出来给他看。

克利尔："不用。但你要提供授权书。"

广兴："什么授权书？"

克利尔："崔先生，我们购买的是'瑞清牌'丝绸，不是其他别的什么牌子。你们既然使用了这个牌子，就要经杨瑞清先生同意——所以我们要授权书。否则你这就是冒牌货！"

广兴："咱这可不是冒牌货！"他抬手指，"'瑞清'这俩字的洋码子，就织在咱那绸子的边口上！洋二叔，你也不想想，杨瑞清要是不同意，咱敢往上织嘛！"

克利尔："那我不管，我只认文件！"

马老四慌了，他看着广兴："咱没有呀！"

广兴："洋二叔，你看这样行不行，你该装船装船，该出口出口，咱两不耽误！——我随后把授权书给你送来！"

克利尔托着下巴："那样违法。"他朝窗右侧指去，"你出去走过三个楼，第四个楼上就挂着伦敦仲裁法院上海代表处的牌子。如果杨瑞清一个诉状投到那里，不仅这批货被没收，我也得交罚款。"他转向验货员，"封存这批货，没有授权书不准启封！"

验货员鞠躬出去。

广兴呆傻："这玩意儿还这么重要？"

马老四头上冒汗："咱咋办？"

广兴："洋二叔，俺是头一回干，不懂，你照顾照顾！"

克利尔横摇一个手指："法律不能通融。"

广兴给他支招儿："洋二叔，东西运到英国没人管，再说这事儿只有咱俩知道，没事儿。再说我随后就把授权书送来。你还是照顾照顾！”

克利尔：“幼稚！我可以告诉你——起诉书就在杨立俊手里，我现在收下你的货，下午法院就传我！”

广兴眼一亮：“对，咱去找杨立俊，让他授权！”

克利尔：“你只能回周村，我们要看杨瑞清的签名！”

广兴：“还得回去？”

克利尔指着马老四：“把汇票还我。”

马老四赶紧掏出双手呈上。

克利尔：“崔先生，本行付你的定金，请在十日内送还，否则启货充抵！——二位可以回去了！”

他俩站起来往外走。

天气热，加上着了这场急，二人头面如水洗，天昏地黑，深一脚浅一脚，总算出了洋行。刚走下台阶，就见立俊的汽车停来。立俊挎着车窗问：“去码头？”他一笑，“去青岛的船票我已经定了。”

6

马知县收到电报大急，在屋里来回转：“洋鬼子毛病真多！”

太太：“这不是什么大事，你去给杨瑞清要一张！”

马知县：“不忙，不忙。他俩很快就回来了，问问是咋回事儿再说！”

太太：“你快打电报，先别让他回来，让赵师爷拿着文书送了去！”

马知县：“怕是不那么简单。咱既然要办，就一回办利索，别再跑第二趟！”

太太：“唉，当初该把那三个没用的清出去，留下杨瑞清！”

马知县急了：“尽些事后诸葛亮！”

太太笑着过来：“老爷，别急，没什么了不起的。货在仓库里放着，没不了！”

她一说马知县更急：“你知道什么！咱不仅要交仓储费，弄不好货还让洋鬼子弄了去！咱敢惹洋人吗？”

太太眼珠一转，说了句没用的：“你认识上海道台不？”

马知县差点气晕：“天哪，你以为我是慈禧呀——”

7

瑞清心闲无事，在慢长棰乐器店里喝茶，后面一片敲打之声。孙掌柜问：“咱那钹卖得咋样？”

瑞清：“眼下倒是没退货。叔，尽管没退货，还是得用心。你这是手工活，不是机器，多一锤少一锤就差成色！”

这时，朴成、新成来了，孙掌柜赶紧让座，同时对后面喊：“先别敲了，有客。换大壶冲茶——”随后又说，“还是我自家去吧。”

朴成笑问：“把那俩舅子办住了？”

瑞清：“这仅是小办，还不算办住！”

新成：“瑞清，这招儿够绝！”说着挑起大指。

瑞清：“咱还能光吃气？噢，帮你建厂，然后你就卸磨杀咱，咱不是傻驴呀！”

朴成：“下一步怎么办？”

瑞清看看新成：“崔广兴这阵子挺狂，他老婆三番五次地去气桂花。”他低下头横着拧动，“你气我行，气桂花不行！那是我从小的相知，今生我没有娶了她，心里挺歉疚。崔广兴不是狂吗？他老婆不是四下里气人吗？好，我让他两口子服了气，非一回治服他不可！”又笑笑，“他不是尽些坏心眼子吗？好，我给他来个烂疮口处拔罐子，一次把脓抽干净！”

新成：“行了，他这就服气了！”

瑞清：“还欠火候！一天三十两银子仓储费，慢慢交吧。哼，我二十岁干洋行，你也不想想，我能让你在洋行里抄我的后路？笑话！”

朴成：“俺俩干什么？”

瑞清：“你俩什么都别干，还是我跟孟兄唱。”

8

马老四和广兴背着包袱，灰头土脸地回到县衙。马知县端坐中央，一脸沉怒：“说，怎么办！”

广兴：“还得去要授权书。”

马知县一拍桌子：“放屁！我去了四趟了，可杨瑞清就是不给。老崔，知道为啥不？”

广兴：“为啥？”

马知县：“你老婆气桂花！——要不人家早给了！”

广兴低头默默承受。

马知县：“老崔，咱一事儿还没办成，你气人家桂花干什么？桂花是杨瑞清的心尖子，你不知道？杨瑞清一回接一回地办你，为了啥？还不是为了桂花？你傻呀？咋就没有记性！”

广兴粗声粗气地低头说：“老爷，说什么也晚了，说说咱下一步咋办吧。”

马知县：“咋办？让你老婆去给桂花赔不是。穷周村之所有，把你从上海捎回来的东西也带上！——一次不行就两次，直到人家答应！狗不咬，用棍儿捣，你是粪坑里头放雷子——自家崩出来这身臭！”

广兴：“桂花要不让进门儿咋办？”

马知县：“那我不管。老崔，这事儿是你惹的，上海的仓储费你交！别傻站着，快去！”

广兴走出县衙，却没了走回家的力气，一提裤筒，坐在石阶上想歇歇。可这县衙冲着街，人们都看他。广兴无奈，咬牙站起，朝家走去。他过银子市，进了街，路过金陵书寓门口，瘦茭白依门站街磕瓜子，尖声尖气地喊：“哟儿——崔爷不大精神呀！”

广兴点点头：“唉，茭白，我过去不对，以后我改。等会儿我老婆就来看桂花，求你让她进去！——你也劝桂花消消气，俺家的命都在她手里攥着！”

说完快速走过。

9

下午，瑞清和稚琴在树下对弈，四胜带着崔广兴进来，稚琴要起身回避，瑞清扶下她。

四胜："少东家，崔掌柜的来了。"

瑞清根本不抬头："知道。先让他出去，等我下完这盘棋。"

四胜冲广兴一摊手，带着广兴出来。蚂蚱在门口抱着礼。

四胜放下广兴，忍着笑捂着嘴回来："少东家，你弄得有点过了！"

瑞清："过了？一点不过！正好！"

稚琴笑着收起棋："别使小孩子脾气，让他进来吧。"林嫂接过棋盘她俩进了屋。

四胜伏身小声问："少东家，怎么拾掇他？"

瑞清："不是咱拾掇他，是他拾掇咱。"手一扬，"让他进来吧。"

广兴在前，蚂蚱在后面抱着礼品，二人躬身而入。

广兴抱拳："杨先生，广兴不知天高地厚，还请杨先生原谅。杨先生大人大量，别和我一样。嘿嘿。"

瑞清一指蚂蚱："第一，把礼弄回去，第二，让蚂蚱把桂花叫来，我得问问她应不应！"

广兴："她应了，我老婆去了四趟！——桂花挺通人情，让你给我授权书。"

瑞清："我得听她亲自说！按我说的办，去叫桂花！"他看看蚂蚱，对广兴说，"蚂蚱跟了你这么多年，老崔，你虽是不怎么样，但你这伙计挺忠。蚂蚱，把礼抱回去，把桂花叫来。我得听他亲自说！"

蚂蚱看看广兴，广兴同意，蚂蚱去了。

广兴想坐下，瑞清一指大门："你到门口等着！"

广兴："杨先生，我虽是不对，但我也经商多年，也是掌柜的，你总得给点面子吧？"

瑞清口气很轻："我给过你多次面子，我一直把你看做掌柜的，是你不拿着自己当人。出去！"

广兴还想说话。

瑞清："你只要再说上一字儿，桂花同意我也不给那授权书！"

四胜充好人，扶着广兴背推出。

瑞清哈哈大笑。

稚琴一直在门内观看，笑得打拱。她出来说："你虽是没当过县官儿，但有点县官儿气度！"

瑞清："这才刚开始呢！"

四胜回来，小步跑来低声说："少东家，别弄过了火儿！崔广兴也快五十了！"

瑞清："一年长不成，到老也是架子猪！我不管他多大！"

四胜："他在周村这么多年，从没跌过这个架儿！差不多就行了！"

瑞清："你说了不算，得让桂花核准！"

桂花像个小孩子，笑眯眯地进来了。稚琴接住她："姐，瑞清正给你出气呢！"

她俩进了屋。

四胜又把广兴带进来："杨先生，桂花同意不？"

瑞清转向四胜："去问问，桂花同意不？"

四胜跑到北屋门口，隔着帘子问一句，又跑回来："同意了。"

广兴刚想高兴，瑞清又说："去问问出气了没？"

四胜忍着笑又跑去，接着再回："出了——"还没说完就大笑起来。

瑞清不笑："去问问桂花往后有什么要求？"

稚琴和桂花看着瑞清装腔作势的表演，几乎笑翻。四胜一进屋，桂花就小声说："快别让他闹了，就这么着吧！"

四胜："喜死我了！"说着跑回来，"少东家，桂花说以后别再让崔太太气她，除这，没别的要求！"

瑞清看着广兴："听见没？"

广兴："听见了。那个熊娘们要是再惹事儿，我就休了她！"

瑞清摇头："你老婆凭什么狂？你这炉膛里没有火，你老婆那烟囱能冒烟？还不是你带的？老崔，年纪不小了，以后踏实着做人，诚实着做事。咱都是周村人，咱一块干多好？可你不，非得把我清出来。这回知道厉害了？”

广兴那头顿着：“知道了，我能记到死！”

瑞清：“是恨吧？”

广兴：“不是。是长见识。”

瑞清赞赏：“这就对了。四胜，把授权书拿来吧！”

四胜走到北屋门口，稚琴一挑帘子，把信封伸出来。

瑞清将授权书递给广兴：“看看。”

广兴：“不用了。”

瑞清加重语气：“我让你看看，省得出门不认账！”

广兴只得抽出：“哟，全是洋文，我也不认识。行了，杨先生的字号在上头，一切就办了。”

瑞清站起来，先掸右袖，然后攥住袖口，昂头背过手去，转身叫板：“送客——”

随之板着脸抬起左脚，一停，再迈右脚，一下一下地悠着台步走向北屋。稚琴桂花看着他那傻样，实在受不了，笑得坐在地上。

10

广兴拿着授权书到县衙复命，马知县看着：“杨瑞清会洋文？”

广兴：“他老婆会。”

马老爷：“还是现印的？”

广兴：“是打字机器打出来的。洋行里都有这机器，杨瑞清也有！”

马知县感叹：“唉，两个能人凑到一块了。可是——”他咂下嘴，“这回授权了，下回怎么办？”

广兴搬个凳子坐下，他摇着手说：“不管怎么办，我是再不去了。没让他把我拾掇死！”

马老四指着文件：“这东西还要回回授？”

马知县：“恐怕是这样。”

广兴：“要那样，他不是掐着咱脖子？——让咱喘口气儿，咱就喘一口，不让喘咱就得死。老爷，这不是个长法儿，咱还得另想招儿！”

马知县：“你俩看看这样行不行，咱每匹绸子里给他提点钱，一次讲定，那样咱也放心了。”

马老四：“那还不如让他入股呢！”

马知县瞪眼：“人家本来是股东，不是你整天胡撺掇，能把人家清出去？噢，现在撑不住了，又想这事儿来，别说杨瑞清，要我也不干！”

广兴：“他入不要紧。”他长吸口气，“杨瑞清挺义气，就怕他还是拉上那仨人！”

马知县：“既然想请神，就一次请全了！”

马老四：“三哥，这事儿不能太急。他刚胜了咱这局，现在请他回来，这伙子人准得提条件！”

马知县摆手：“这些先都放放，你俩赶紧回上海。割不了麦子，咱那豆子就耩不上，后面的活就没法儿干！”他一指授权书，“不弄利索这一出，咱敢接着织？”

广兴站起来：“什么也别说了，抓紧回上海！四爷，咱什么时候走？”

马老四：“尽快，咱今晚坐夜车到青岛，然后抓紧买船票！”

广兴：“好，我回家拿行李，顺便再骂那娘们儿一顿！”

马知县摆手：“你也别骂她了，临出门儿再生上顿气，不值得。我说，你俩还用杨瑞清派人接不？要接我再让赵师爷去说声。”

他俩对视，马老四咬着牙：“他折腾了咱，咱也得折腾他！——让他接！”

他俩往外走，都出门了，广兴突然跑回来：“老爷，咱一开始就中了杨瑞清的计！”

马知县：“这话怎么说？”

广兴：“你想呀。瑞记丝绸厂本来就是华洋合资厂，克利尔是四过九的份子，杨瑞清五过一。就是杨瑞清同意，克利尔也不能看着咱冒这牌子！”

马知县往外轰：“现在有了授权书，已经不是冒牌了。快去吧，见了人家客客气气的，别豆蔓子钻进烂棉鞋——弄出窝没用的头绪来！”

11

桂花高兴，在家摆席谢瑞清。刘嫂里外忙活，瘦茭白也来了，还带着两个丫环。

瑞清以功臣的姿态半躺在椅子里：“你俩说，我是不是有两下子？”

稚琴撇嘴：“还有脸说，当初就不该退出来。这八千匹绸子挣好几万！”

瑞清一挺坐直：“听你这意思咱吃了亏？不管他挣几万，俺四个一人先挣了三万！”

桂花：“这回不错！自打死了爆仗刘，崔广兴就气了我！这回行，那陈年的旧气也一下子出来了！”

瑞清：“就是嘛，这话人家还愿意听。”他刚想再躺忽又坐直，“桂花，还想出气吗？我还有招儿！”

桂花：“别了，我看他挺惨，他老婆一个劲地哭着求我——倒是显得咱挺霸道！”

瑞清用手点画她：“气得你轻！”说完躺好。

稚琴：“说来说去，全是你的功，我就没点功？”

瑞清肯定：“你没功。”

稚琴：“那英文授权书你打的？”

瑞清坐直抱拳，尖声道白：“小生忘（那）了——”

桂花：“唉，你俩是真有意思！”

瑞清：“你要是搬过去，咱仨更有意思！”

桂花垂下头：“等着老了吧。”

稚琴：“为什么？咱现在还年轻？”

桂花：“妹子，总有一天，咱仨能够凑到一起。”

屋里的空气忽然抽紧。

瑞清摆手：“别一说到这事，咱仨都像犯了错儿！实际咱谁都没有错儿！他娘的，太公在此，百无禁忌。桂花，稚琴是通人，你要自己觉得闷，就搬到一块过！”

桂花：“瑞清，你也好，妹子也好，都是我的亲人，要是没有你俩，我和大利现在都在黑井里。年下我去上海，见大利长得那么出息，心里说不出的高兴！你看看，他和他琴娘对着说那外国话，一句不带打哏儿的。别说我，就是爆仗刘也得在地下感念！”

说罢，泪如雨下。

稚琴扶着她的手劝慰：“姐，有这些长出息的孩子，咱这辈子就算没有白来世上。姐，别难过，咱的好日子刚开始——他仨差不多大，瑞清说了，等他们在圣约翰中学毕了业，一块送到英国去。用不了几年，个个都是出类拔萃的洋派精英！那时候，他仨站在咱跟前，咱心里能不美？”

桂花哭得愈痛。

瑞清烦了：“叫人家来吃饭，你这又哭上了！外人不知道咱仨难，不知道咱说到那伤心处，你这一哭，还以为我欺负你呢！”

稚琴：“你去把四胜叫来，我和俺姐说说话。”

瑞清一伸头：“什么？我去叫四胜？他从十三就是俺家的伙计！”一转身子，“我不去。”

稚琴：“姐，咱俩去。”

瑞清：“好好好，我去。”

这时，四胜来了：“少东家，崔广兴马老四又去上海了！”

瑞清：“他不去上海去哪里？”

四胜：“嘿嘿。我是给你通报一声。”

瑞清：“哼，去了也得回来。我非治服他不可，包括那个熊知县！这哪是县令呀，直接是个董事长——”

12

立俊的汽车停在洋行台阶下，广兴和马老四下来。

马老四笑着说：“杨先生，请回吧，谢谢你！”

立俊说：“没事儿，我在这等着——你俩一会儿就出来。”

广兴抱拳，转身上去。

授权书在手，胜利在望，气焰又起。他来到平台上，背着手上下打量印度门

卫。他一直盯着看，看得那门卫发毛——从上到下检查自己。

广兴哈哈大笑，这才阔步进去。

他俩走向克利尔的办公室。

马老四小声叮嘱："老崔，克利尔要授权书，这是人家的规矩，你别七十三八十四地数落人家！"

马老四一说，广兴反而来了气："我饶不了他！这回我把授权书带来了，看他还说啥！"

说毕推门进来。

克利尔正打电话，伸手请他坐下。

广兴点上烟，放肆地抽着，一脸铁青不悦之色。

克利尔放下电话亲切地问："喝茶还是咖啡？"

广兴："喝汇票！"

克利尔理解地一笑："授权书带来了？"

广兴点头："带来了。汇票呢？"

克利尔拉开抽屉："还是那张，我知道崔先生很快回来。"

广兴用两个指头夹过来，态度像大亨，手腕一翻交给旁边的马老四。

克利尔："授权书呢？"

广兴不急于掏出，慢条斯理地说："洋二叔，实实在在地说——咱不是外人。洋叔刚到周村的时候，没人信他的教。是我东拉一家，西扯一家，教民这才多起来。好嘛，现在我来找你做买卖，你看看你这套麻烦。要是洋叔知道了，准得说你！"

克利尔："要是不经过这些麻烦，我就是自己找麻烦。杨瑞清细致精明，这是你要学习的。"

广兴："仓储费还是归我出？"

克利尔："归你。"

广兴："一人一半不行？"

克利尔解释："如果是我方导致的延误滞存，费用由我负担。请把授权书给我！"

广兴一歪身子拿出来："唉，"他掂着那个信封，"又是火车又是船，来回跑了近万里！”

克利尔接过去打开，越看眉越皱。马老四看到了，捅一下广兴。克利尔放下纸，不由得叹气。

广兴：“还有什么麻烦？”

克利尔：“这不是授权书！”

广兴一惊而起：“不是？那上头明明签着字！”

克利尔：“是有杨先生的签字，但这是封信。”

广兴：“上头写的什么？”

克利尔：“瑞清让我给你讲讲他在洋行的从业经历，讲讲他怎样成为名震上海的商界神童。”他拿起信来看看，“让我教育你好好做人，诚信经商，就这些。崔先生，要听吗？”

广兴口内发干，已不能语，脸色蜡黄。

克利尔：“需要叫医生吗？”

马老四主动把汇票掏出来，小心地放到办公桌上。笑笑，过来搀起崔广兴：“不用了，洋二叔。俺再回去弄授权书。”

克利尔坐着没动，看着他俩相偕而出哈哈大笑。

秘书进来：“总经理笑什么？”

克利尔：“我笑瑞清·杨，他还是那么顽皮！哈……”

二人相扶着走下台阶，立俊问：“怎么了？克利尔不会打人呀？”

马老四：“唉，杨经理，别提了！”

立俊：“去码头？”

马老四提口气：“唉，只能去码头——”

克利尔站在门前的平台上，笑看汽车开走。

秘书：“总经理，你今天真高兴！”

克利尔看着秘书：“当初瑞清初到洋行的时候，就像你这样年轻。”他觑起眼，看着江面，“在我接触的中国人里，瑞清最有游戏精神，也最有意思——”他看看立俊驶去的汽车，“真快呀，十几年过去了——”

斜阳西来，外滩一片殷红。

第二十四章

1

广兴归来，高烧不退，躺在床上呻吟，头上搭着块凉毛巾。新成在一旁陪着他。

崔太太端来药，扶他喝入。

广兴躺下："哎哟，杨瑞清是想要我的命呀！哎哟——"

新成："表嫂子，我带表哥去济南看看吧。这药也喝了好几服了，烧也没退。别耽误了！"

崔太太："孙华佗说你表哥是急火攻心，气滞阴虚。说得倒是挺对，可咋就高烧不退呢！"

新成："中医是估量着说，这玩意儿没准儿。还是到济南看西医，还是那玩意儿利索！"

广兴无力地抬起手："死了更好！死了杨瑞清就称心了！"

新成："表哥，别什么事都怨人家。你前脚把俺们撵出来，后脚却盗用人家的牌子，换了我也不答应！——这怨不着人家。"

广兴："不让用就早说，何必让我一趟一趟地来回跑！连来带去十几天，没病也窜出病来了！"

新成："瑞清说了，不跑几趟你记不住。"

广兴斜倚着床头摆手："表弟，啥也别说了。杨瑞清带着你仨退股，每人弄了三万去，再这样闹下去，你表哥那点玩意儿也就踢腾尽了！"

新成更正："俺们不愿退，是你们把俺撵出来。别说了，咱去济南看不？去我就回去叫人。"

广兴："不去！"

新成站起来："表嫂，我回去了，要是表哥再不好，就让蚂蚱去叫我。"

广兴悲哀地长叹一声："表弟，当初你烧杨家的机房，是我找的胡世海。现在倒好，你和杨瑞清成了知己，我倒成他的仇家，真有意思呀——"

新成很烦："表哥，十几年了，咱有什么说什么，最好别提这个！要不是我找杨瑞清——一场茶叶战，你就趴下了！"说罢欲出。

这时四胜来了，进门就喊："怎么着？我听说崔掌柜的不大舒坦？"喊着来到床前，看着广兴说，"就你那身子骨——铁打的金刚铜铸的佛，风雨不坏呀！咋就病了呢？"伸手一摸广兴的额头，立刻缩回，"哟！这直接是个烫壶！"他转向新成，"王老爷，这是怎么回事儿？"

新成没说话，崔太太冷风热气地接过来："还铁打的金刚铜铸的佛，金子也架不住陈醋泡！连生了这些气，什么人也撑不住！"

广兴大喊："别胡说！"他看新成，"表弟，扶我起来。他娘，快给四胜倒茶！"

太太端着茶壶翻着白眼出去。

新成、四胜联合把他扶起来。广兴看着四胜："四胜，咱也认识多年了，你知道，我不是坏人。那时候我年轻，又喝了口酒，一时没摁住定盘星，这才惹了桂花。四胜，这些你都看见了——礼我也赔了，礼我也送了。杀人不过头点地，杨先生不能这么折腾我呀！"

四胜："崔掌柜的，你确实不是坏人，但就是眼珠长到那脚后跟上，离地太近，看不清大局！你也不想想，一代神童杨瑞清，就能让你抄后路？"说着摸出瓶子药，"快让崔太太弄水喝上，正宗英国西药！叫——"人挠着头，"叫他娘的什么来？"

新成高兴忙活："甭管叫啥了，先喝上把烧退了！"

广兴一看药，不由难过："唉，这一说你少东家不盼着我死？"

四胜趁机挑拨："只有马氏兄弟盼着你出殡。你一入土，国兴丝织厂就成他自家的了！先别说这些没用的，快把药喝上。"

新成端水，四胜数出四片药，扶着广兴喝下。

四胜坐下："这西药，退高烧，减心烦，胜过慈禧的清心丸！——明天一准儿见好！"

崔太太端来新茶，给四胜斟上："快喝碗！"

四胜抬眼看着她："没下点砒霜啥的吧？哈……"

崔太太见四胜送药，那气早减了八成："唉，早该和你少东家多来往！要和俺新成表弟似的，不也上英国转一圈儿？"

广兴："唉，四胜，你回去给瑞清说，等我好了再去谢他。"

四胜："好好养着吧。崔掌柜的，谁病你也不能病，你是擎天白玉柱，架海紫金梁，周村的丝织业还指望你撑着哪！街上一旦少了你，明显看出空落来！咱这旱码头上当场就少了一大景！——你好好地养着，千万别出意外。要是真的没了你，"身子往后一趔，"咱这开埠盛事就不全圜呀！"

新成笑得抖。

四胜站起来："王老爷，少东家让去开会。老徐来了，一块说说瓷厂的事儿！"

新成："四胜，往后咱别叫老爷！别人叫没事儿，你叫我就听着刺耳！"

四胜："那哪行！一门四进士，系出名家，这尊卑可是不能乱。咱中国就剩下这点玩意儿了！"说罢走去，崔太太送出来。

广兴问："杨瑞清这是干什么？"

新成："盼着你赶紧好了，也好一块干事儿！"

2

早上，孟掌柜来到县衙，账房在后面跟着。他昂首挺胸，派头比瑞清来得大，更不把衙门放在眼里。马知县已在前厅侍候，赵师爷张罗着倒茶。

马知县满脸赔笑："孟先生，快请，快请。"

孟掌柜全面视察四壁，指着墙上的字："这是你写的？"

马知县："戏撰疥壁，孟先生多指教！"

孟掌柜点点头："看着是不错，就是缺少才情。太干！——就像吃饭，光有干粮没菜没汤。”他否定之后再肯定，装模作样地撇着嘴点头，“但是有所师承，没离大谱儿！”

马太太久闻孟掌柜大名，她对丫环说：“我听说这孟七子一表人才，咱去看看！”

丫环：“太太，孟七子不比杨瑞清，挺好色，别让看见你！”

马太太正愁无人欣赏：“看见怕什么，走！”

丫环在前，马太太在后，蹑着手脚向前推进。

马知县倒上茶：“孟先生，这来来回回一个多月了，咱那绸子还在码头上放着。唉，是舍弟和崔广兴胡撺掇，才把四位请出去。现在想来，殊为不妥！”

孟掌柜：“知道不妥就好。马老爷，你不是想发财吗？这很好办，只要咱们心一致，天下就没有难住咱的买卖！”

马知县略喜：“那就好，那就好！唉，我让人去请瑞清，他死活不来，我想去他家，又怕他不见，更怕把情势弄糟了。孟先生，我看瑞清对你挺恭敬，先生还得从中斡旋呀！”稍停，又补一句，“如果大家看着老崔膈应，咱就把他清出去！”

孟掌柜：“我说，咱别再胡清乱清了！一共干了这么几天，今天清这个，明天清那个，弄得和军机处似的！老崔是新成的表哥，别再清出麻烦来。说说，你打算怎么办？”

马知县长叹：“现在我挺难呀。我想给瑞清银子，用用他那瑞清牌，让他给回了。孟先生，你看这样行不行，你们四位退回原款，仍然各持一万股？”

孟掌柜：“退股和入股两回事儿！《穆桂英挂帅》和《莺莺听琴》看着都是娘们儿戏，但文武两路隔着行！我说得对不？”

马知县犯难：“那咋办？”

孟掌柜：“我给你支一招儿？”

马知县：“孟先生快讲，急死我了。光那仓储费就不是个小数！”

孟掌柜：“我们三个各拿一万，赎回原来的股子，瑞清不交银，用牌子入股。马老爷以为然否？”

马知县脸色很难看，游移心疼。马太太在外面着急，又不便或者不敢进来，急得跺脚——希望自己的急切变成气功，起到催发作用。让丈夫立刻答应此事。

孟掌柜站起来："老爷再想想，孟某告辞！"他一抬头，正见马太太蹿着身子往里看——露出上半块脸。孟掌柜高声道白："窗外佳人貌美如花，为何不能进得前来？"

马太太一听，抽身疾撤而去。

3

瑞清和稚琴在院中树下乘凉，摇着蒲扇。瑞清看看澄碧蓝天："四个月没下雨了，要是这样下去，别说桑树，亚麻也得旱死！"

稚琴逗他："你整天装神弄鬼的有一套，露一手儿，祈祈雨！"

瑞清笑容顿敛："这雨可不能乱祈！我一介布衣，没这个资格。这事儿得知县办！"

稚琴："那就让他办吧。"

瑞清："等我忙了手头这些事儿，看我怎么样晒这个舅子！"

稚琴："你不是想祈雨，是想作弄知县！"她点着瑞清的额，"尽些坏心眼儿！"

瑞清："什么叫高？这就是！——堂而皇之地发坏，让你说不出别的来！"

稚琴："天这么热，马知县年纪也不小了，怕是撑不住，别把他晒晕了！"

瑞清："撑不住也得撑。知县的三大职责就是收税、断案、祈雨，要不还要知县干什么？"

广兴痊愈，心怀感激，四胜带着他来到瑞清家。稚琴回避，瑞清迎至门外，十分热情："崔兄，快请，快请。"

广兴点头哈腰地进来，稚琴在门内看着笑。

瑞清和他坐在树下，林嫂换来新茶："崔兄是茶界前辈，尝尝这是什么玩意儿！"

广兴一脸肃穆，端起来沾一点儿，用舌轻咂，又吞下一口："开化龙顶。对不？"

瑞清大惊，挑起大指："真是内行！"身子向后一躺，欣赏地看着他，"朴成自称精于此道，竟猜是崂山早绿。一南一北，差着三千里地！"

广兴："确实差着不少。"

瑞清亲切地说："崔兄，我想从茶叶行里退出来，还是由你来做，姑且算作小弟赔礼。"

四胜："这礼可是不小！崔掌柜的，明年运茶归了你，我也省下趟苦差。"

广兴感激至极，头顿着嗟叹："唉，杨先生，远望着太极殿里的神仙龇牙咧嘴露凶相，可哪尊都是好神！杨先生，让我说什么好呢？"

瑞清："什么都别说，这行原来就是你的。"广兴抬起眼，瑞清正视着他："崔兄，现在交通很方便，这茶不能卖贵了。一旦价钱离了谱儿，南方人随后就杀来。再说贵了卖得少，更不挣钱！"

广兴："是是是，唉，杨先生，广兴不是那种不知道窖凉炕热的人，往后有什么事儿，杨先生尽管吩咐！"

瑞清："这是哪里话，原来咱就不是外人。"

广兴："杨先生，你四个又成股东，咱那些绸子咋办？光这么存着，那仓储费我也撑不住呀！"

瑞清转向四胜："电告杨立俊，同意授权，同时致电克利尔，把这次的仓储费平摊在以后的十批货里，不能让崔兄受损失！"

广兴一言不发，两滴眼泪掉在地面。

四胜欲走，广兴也站起来："杨先生，广兴不说谢了，我有情后补！"

瑞清笑着往外送，广兴转过脸问："杨先生，我要问一句，马保国想把我清出来，你死活不依，这是为啥？广兴愚钝，实在不明白！"

瑞清："谁是周村人？咱们是周村人！我能让外人把咱清出来？不清他出去就不错！"

瑞清送走广兴，笑眯眯地回来坐下，稚琴点着他走来："你这辈子没演戏，真是屈了才！"

瑞清冤枉："我咋了？"

稚琴："弄得人家来回跑了好几趟，高烧不退险牺牲，这又充起好人来！"

瑞清："咱不是给他送了药嘛！"

稚琴正色道："阿清，我倒要问问，你为什么力主把崔广兴留作股东？"

瑞清得意："大小两个说项，先听哪个？"

稚琴："先从大处说。"

瑞清蘸点水，在桌上写出个"商"字："稚琴，这商字有城门之象，如果城门关了，商人就进不去。所以经商讲究左右逢源，前后通达。崔广兴已是去毒之蛇，留之无害，所以我力主留下他。再者——"

稚琴歪头问："再者什么？"

瑞清："你得夸我明智我才说呢！"

稚琴："好，你明智！"

瑞清满足："儒家文化的表面教义是仁义礼智信，但中心精神却是一个'恕'字。恕就是宽容。所以处世经商不要把人逼至绝路，更不能穷追猛打！——斩尽杀绝是那些贼羔子皇上干的事儿，处世不能学那套！崔广兴已经服输了，再逼他有意思吗？"

稚琴这回是真佩服："确实有见地！"

瑞清受鼓励，兴致大发，一扬手，拉开架子："汉武以来，罢黜百家，独尊儒术，表面看是大力张扬儒家之学，究其实，却是最大的阉割！仁义礼智信忠恕悯诚，皇上拿走了忠，后来演化成愚忠，比如岳飞；盗贼拿走了义，比如梁山好汉，各取所需。把没用的那些扔到一边了！但扔掉的这些恰好是儒学的精髓！这还不算完，被阉过的儒学演化到南宋，就没人味了，所以才有饿死事小，失节事大的教条！那年我考进士之所以没中，就是因为说了这些。所以考官说我妖言惑众，差点把我办起来！"

稚琴用手背挡着嘴笑："要是把你办起来，你也没法儿在周村兴风作浪了。"

瑞清跟进："兴风作浪是小事儿，关键是我没法上海滩上遇佳人！"手作捏拿手帕之状，声调变成青衣尖声，"辜负了小姐守望，辜负了明月盈窗，辜负了鸳鸯一对对，辜负了燕子一双双。辜负了——"

他还没辜负完，稚琴就打来，林嫂也在东屋里笑了。

稚琴给他倒上茶："你又是仁，又是义地弄了一遍，但我觉得留下崔广兴，你定是另有图谋！"

瑞清一拍大腿："说对了！俺四个加上崔广兴，就是六成的股子。马氏兄弟要胡闹，俺五个一较劲，就能把他轰出去！娘子，明薄（白）了吗——"

稚琴指着他："绝对刁民！考官真该把你办起来！"

夫妇相对大笑。

4

丝绸顺利交货，但马知县并不高兴，坐在屋里闷闷不乐。太太劝道："老爷，股东多，虽是挣钱少，但是咱清心——什么也不管，就等着分红！"

马知县："关键是这通折腾！折腾来，折腾去，赔钱不说，还外带跌份子！杨瑞清确实不好对付！"

太太："剩饭总是丫头子吃，给他加税！——不能这么饶了他！"

马知县："要是在高青沾化这些偏地方能办，可这周村离济南太近，一有动静济南就知道！"

太太："就没别的什么招儿？"

马知县瞅着地面寻思："税虽加不了，但能征捐！我想了好几天了，也没想出个眉目来！"他看太太，"你有招儿没？"

太太："征个治河捐行不？"

马知县："废话！天这么旱，河都干了，治什么河！"

太太："剿匪捐行不行？"

马知县："柳子帮也没闹腾，也没出命案，这个捐也勉强！"

太太："柳子帮虽是没闹腾，但人在长山。他今天不闹腾，明天不一定不闹腾，有匪就得剿，开征剿匪捐！"

马知县："唉，这一项得慎重。剿匪得从济南调队伍，别咱征了捐，队伍再不来。唉，这伙人真能告到上头去！"

太太："那就把队伍调来！"

马知县："调队伍也不是什么上选！剿匪，就证明咱这里有匪，就说明咱治理无方，这影响我的政绩。再就是那些北洋新式老兵痞饭量挺大，来上二三百人，一通吃喝，也是不少钱。弄不好还得赔点儿！"

太太鼓动："征征试试，见招儿拆招儿，咱不能这么干坐着！"

马知县点头琢磨。

这时，赵师爷呼天喊地地跑来了："老爷——汇票！"他进屋递上，"老爷，看，洋鬼子的汇票，上海汇来的。"

马知县接过来看："英镑？这英镑咱咋花？"

赵师爷："汇丰银行能给咱兑成银子！"

马知县看着汇票感谓地点头："好是好，数目也不少，可这里头只有咱四成呀！"

赵师爷宽慰："今天四成，明天四成，源源不断，像那趵突泉的水，也是挺好！"接着纵深解释，"机器安上了，又不用咱干，一发货就来钱，老爷，你得这样想——咱不是织绸子，是织钱！"

马知县："老赵，自我到任之后，一直想剿匪。"他向外指去，"柳子帮就在长山，人也不多，咱剿他一下子怎么样？"

赵师爷："老爷，这事儿得慎重。癣不挠不痒，别咱一剿反倒把土匪轰起来。衙门里又没兵，有兵也不管用，万一夜里土匪把县衙炸了咋办？"

马知县："也是。"他皱着眉，"我是想贴个告示征点捐。"

赵师爷："老爷，这征捐得有说项，得让那些人觉得咱是为民干事儿。征捐，这不难，天这么旱，咱征个抗旱打井捐就行！既弄了钱，还干了事，谁也说不出别的来！"

马知县："咋打井？旱了这么四个月了，不挖个十丈八丈的弄不出水来！"

赵师爷："老爷，咱打井是假，征捐是真。钱来了，咱也做做样子挖两口。久旱必雨，不等挖完，雨就下来了。水一多，老百姓也就把打井的事儿忘了！"

马知县："不下雨咋办？一直挖下去？"

赵师爷："挖下去怕什么！街上那么多饥民，大也不过管顿饭，没事儿就让他们挖着。这周村是齐国故地，说不定还能挖出玩意儿来呢！"

马知县觉得有理，轻声问："可是征多少呢？"

赵师爷："庄户就别征了，征也没钱。同样是放枪，还得拣着大的打！老爷，还得瞄准这些买卖家。类如杨瑞清、李朴成这样的大户，最少也得一千两。烧饼铺子羊肉摊咱也不能饶他，咱没征过捐，怎么着也得一百两！老爷，积土成山，周村这么多商户，一番征下来，不会少于十万！"

马知县："嗯。大户一千倒是行，可是那烧饼铺子羊肉摊子——能拿出这些钱来？”

赵师爷向前一步：“老爷，咱这是在哪里呀？是周村！是全国闻名的旱码头！——多了不说，每天来来往往不会少于一千人吧？这些人来到周村，哪个来了不得尝尝咱这里名吃？哪个不在这里花点钱？别看它那铺面不起眼，实际都挺肥！”

马知县深以为然：“嗯。那你去写个告示，口气一定要恳切。咱别捐没征着，再惹出乱子，和那修路似的！”

赵师爷大包大揽：“这好办。我给它写得情真意切——说你夜不能寐，忧劳而疾，茶饭不思等等。放心，倚马可就，马上就来。”说完高兴地出去。

5

早上，瑞清和新成等四人在电厂开会，商议创建麻纱厂。

孟掌柜的问瑞清：“在英国麻纱真比棉布贵？”

瑞清：“你问问新成。”

朴成：“不是一般的贵，我和新成看了，只有那有钱人才穿得起！”

孟掌柜纳闷：“咋什么事到了外国就翻过来了呢！”一仰脸，“瑞清，咱先说好了，我没去过英国——哪国也没去过。这回再买机器得我去！——要不我不入股！”

大家都笑。

新成解释：“孟掌柜的，咱穿的那麻纱是土麻织的，是夏布，和人家那麻纱不一道局。我买回来一件，回头拿给你！”

孟掌柜不满：“你俩都行了！——穿着麻纱布，抱着洋闺女，就俺干出钱，什么没捞着！”

瑞清：“这回准让你弄点实在东西！到时候我让立俊陪你去，他在英国留过学，哪个地方的闺女好他最明白！”

孟掌柜手乱摆：“别馋我了，咱说干就干，这厂一共要用多少银子？让我出多少？”

瑞清：“我也不明白。我的意思是大伙同意之后，我拍个电报去上海，先让洋行报价。但我估摸着至少也得八十万！”

朴成：“还是公开募股子？”

瑞清：“我想这样！”

朴成面有难色：“唉，我倒是没问题，只是总号那边不会这么痛快。”他见孟掌柜想急，抬手阻止，“孟兄听我说完。我说句不好听的，总号那些财东，全是山西的地主老财，只知道起院子盖大屋，再就是娶姨太太。弄来弄去，把活钱变成死钱，然后再让死钱沉底。”他摇着头，“根本不知道实业如泉，活水汩汩。瑞清，我觉得咱这厂最好是明年办——等咱那瓷厂分了红，地主老财见了喜面儿，我才好有个说辞！”

孟掌柜：“我看别扯上你那总号了，你自己入股最利索。咱募一些，剩下的那些咱自家拿。十万八万的你还没有？”

朴成拖拖拉拉地说：“也行。”

瑞清看新成：“新成兄的意思呢？”

新成一笑：“还是那句话，你干什么我都跟着。但是——”

瑞清：“兄长说。”

新成：“要是再买机器，我还想去英国，有孟兄跟着我胆更大！”他摇摇头解释，“上回乡下人进城有点傻眼，没敢放开玩儿。行不？”

瑞清：“这算什么！去！都去！新成兄，要是看着那洋闺女好，你就直接带回来，让她给咱生些金发碧眼杂毛后代，等咱老了，领着上街，闺女也好，儿也好，那头发金黄带着卷儿，你想想那时候咱是啥心情？哈……”

大家都笑。

这时，街上一阵乱哄哄。瑞清走到窗口看——人们站在告示下指手画脚，骂骂咧咧。

孟掌柜问：“怎么回事儿？”

瑞清：“看不明白呢！”

四胜来到会议室：“少东家，马知县要征抗旱捐，让咱出一千！给不？赵师爷在下面等着呢！”

端清：“回头再说。你先让赵师爷回去！”

四胜出去，孟掌柜站起来：“怎么着，想划拉钱？把亏给咱的钱敛回去？”

瑞清笑笑：“孟兄，认便宜吧！马保国就算好的！咱周村已经是天上了！——要是在别处，月月征捐不稀罕！”

朴成：“拿点钱倒不要紧，可这钱弄了去他干啥？”

瑞清：“无非是打井挖河，别的还能干什么？”

新成：“哟！周村这么多商户，不管什么捐，一征就得十几万，打井能用了这些钱？”

瑞清笑了：“三位兄长，你看这样行不行，咱先让马保国祈祈雨，祈不下来咱再拿钱！”

新成赞成：“对，天这么旱，要是谢知县早祈了好几遍了！”

孟掌柜一拍桌子站起来：“这祈雨要选正晌午，太阳越毒越管用，走，咱去给他说道说道！”

朴成：“别处我不知道，这山西祈雨，那雨不下来，县令就一直跪着！”

瑞清：“别别别，这招儿太狠！马保国也四十多岁了，又弄着小媳妇，白天黑夜地不闲着，扛不住折腾！”

孟掌柜皱着眉：“瑞清，难道你被收买了？”

四人大笑，一起往外走。

新成说：“瑞清，过去谢知县祈雨，是崔广兴帮祭，他内行，这回还让他主办？”

孟掌柜：“这小子一直没立功，这回让他露露脸！”

6

桂花家做凉面，邀来瑞清两口子，吃完饭，坐在院中喝茶。

桂花问：“明天马保国真祈雨？”

瑞清：“真祈！”

桂花：“他会嘛！——这祈雨有套章法！”

瑞清右手在眼前一划拉：“会不会是后话，先晒他一阵子再说！”

稚琴点着他：“看看，多坏！”

瑞清：“不坏就得拿钱呢！”

桂花笑问："今儿下午，我看崔广兴蹿前跑后地挺忙活，一会儿叫人扛皂旗，一会儿叫人抬锣鼓，这小子有点还阳呢！"

瑞清："这事儿就是他主办。你别说，这小子上了道还真能干，整个班子都是他请的！"

稚琴："明天你也跟着晒？"

瑞清："开始晒一会儿，马保国一上香，大家就得回避。这叫向天祈年，白丁不能在场。"板着脸，表情相当正式，"要不老天爷不依！"

稚琴："这准是你编出来的！"

瑞清："不是，这是谢知县的章法。当初我是举人，在旁做过祭酒吏！"

稚琴逗趣："大清朝还没倒，你这举人也没废，明天你也该在那里站着！"

瑞清抱拳左右求饶："二位，二位，行行好，大伙儿把这茬儿给忘了，咱千万别提这一出！"

稚琴、桂花大笑。

这时，狂风骤起，黑云忽来，一阵过去又是一阵，院中的高树也被裹得东摇西晃。接着雷声隆隆，天暗云低。瑞清举头仰观天象，皱眉道："难道马保国是半仙之体？"

桂花："看样要下！"

稚琴："嗯。也该下了！"

瑞清忽然离座跳开，在院中胡乱舞画一阵，双手合十，闭目神站，口中念诵："王母娘娘老天爷，雷公电母和天上所有管事的，咱这雨先别下，等明天马保国晒个够，你再下个透——"

稚琴："别闹了，也不怕人家笑话！"

7

中午，骄阳似火，县衙门前青白两队持旗站立。广兴出任总指挥，吆三喝四，来回检查。持旗的全是些十几岁的男孩子，他走到一个看上去年龄稍大的孩子跟前，上下打量："是童子吗？"

男孩子："是。"

广兴："没沾过女人？"

男孩子："我是想沾，可一直没得上架子！"

广兴："嗯。不管怎么着，是童子就行。要不祈不下雨来！"他看看天，"不下雨，周村城里不要紧，可六镇八乡的庄户撑不住！"

他后退几步，对着整个队伍喊，"有破身的没？裂纹的铁锅漏水的壶，一概不能站这里！谁要破过身就早出来，咱别耽误了正事儿！上天什么都明白！"

孩子们持旗而笑，没有人站出。

这时，瑞清及孟掌柜及周村有头有脸的人物，分为两列，持香前来，祭案正冲着县衙。他们来到案前，闭目静立。

广兴高喊："周村商号给雷公电母上香——"

瑞清虔诚地看看香头，看看牌位，躬身双手呈献。

广兴又喊："周村六镇八乡给雷公电母上香——"

孟掌柜代表农民又是一遍。

两列分为左右，静站于旁。

广兴高喊："击鼓——"

慢长棰孙掌柜亲自执棰，先是一阵《渔阳三通》——由慢到疾又由疾到缓，来回往复。直打得人们汗毛奓立。随后双杆一撞，一阵疾打，接着戛然而止。

广兴："本县之令马保国上香主祈——"

马知县从后面快步跑来，一衣官服，势如朝觐。先行九叩之礼，又上三炷高香。一通折腾，一脸白汗。

广兴："读祭文——"

马知县于袖中取出祭文，展平而诵："小职马保国再拜天公天后，入春以来，未得雨露，禾苗无生，稼穑将废。赤地四周，起饮危困。井枯河涸，已处死地，人有倒悬之苦，畜有干渴之难。国所以望者，自天佑之，民所以安者，仰天垂怜——"

瑞清忍不住笑。

朴成小声问："笑什么？"

瑞清："文字还真不错！"

马知县读完祭文，再次上香。然后跪立案前，弥久不起。

广兴："诸人退，县令守香——"

众人退出热场子。

瑞清脱去外衣："他娘的，弄了一身大汗！"

孟掌柜："走，让这个舅子在这跪着吧，咱南天外喝茶去。"

他们四个向前走着。

新成说："瑞清，用不了半个时辰，马保国就得晒晕了！"

瑞清："过去祈雨，谢知县哪回都晒晕！这玩意儿得心诚，不晒晕不管事儿！"

众人大笑。

孟掌柜："别说，崔广兴喊的那套还挺正规！"

新成想起一件事："可是瑞清，我记得当初是你喊。唉，忘了，你是举人呀！按过去的章程，你不属于白丁，也该在那守着！"

瑞清抱拳急求："三位兄长，饶我！"

他们来到南天外楼下。

孟掌柜回头看看："我说，这时候该晕了吧。"

瑞清咂摸："嗯。还欠点火候！哈……"

马知县跪于衙前，双眼紧闭。那地烫得他膝疼，浑身汗水早已流尽，只剩下干热。他抬眼看，那香才下去一半，又把眼闭上。

马太太衙内心疼，又不便出来看，就招呼丫环："快把西瓜放到井里，老爷回来好吃！"

丫环："放上一个了！"

马太太："不行，一个不够，再放上一个！"

赵师爷着急地过来："太太，我去叫个大夫来。按规矩最少要守三炷香，这才第一炷。要这个闹法儿老爷能中暑！"

马太太："快去！"

赵师爷刚跑，马太太就喊："走后门。老爷在前头呢！"

广兴在墙边阴凉处蹲着抽烟，一个小童来报："崔爷，第一炷香完了，该第二炷了！”

广兴扔掉烟蒂拐到衙前，代马知县上了第二炷香。

马知县睁眼看看，只见那衙门先向东歪，再向西倒。他努力镇定，衙门这才正过来稳定住。

南天外茶楼上，瑞清他们喝着茶。

孟掌柜问：“电报发了吗？”

瑞清：“发了。我估计很快就回信儿，唉！说一千道一万，还得准备钱呀！”

朴成纳闷：“瑞清，麻那么粗糙，可英国人咋就纺得那么细？用手摸上去软乎乎的，还不起褶子！”

瑞清：“我和稚琴去英国，也去这种厂看过。基本工序是先把粗麻批子用烧碱泡，晒干之后再上机器弹，翻来覆去好几遍，最后弹成绒绒，这才上机纺。总之，这玩意儿挺费劲！”

孟掌柜：“咱不管那些，”二郎腿一架，“咱只等着去英国！”

这时，广兴擦着汗跑上来：“杨先生，马知县晕倒了！”

瑞清赶紧让座：“快，快坐下喝碗！”

广兴感觉自己入了流，挺高兴：“唉，我也热得不轻！”

孟掌柜斜看着他：“老崔，咱们在一块玩多好？可你不，非跟着那晕堂子的知县跑。现在明白了？”

广兴抱拳：“唉，啥都别说了！”

朴成看看瑞清，说：“老崔，俺们几个正商量着创建麻纺厂，入一股不？”

广兴大喜：“好呀！”

这时，天忽然暗下来。

瑞清跑到窗前，拉起竹帘子看：“好，灵！看样雨要下！”

孟掌柜：“灵个屁！这雨昨晚上就想下，鼓捣了一阵子没下起来。哼，要是真下，也是蒙上了！”

瑞清回来坐下。

这时，忽听得街上喧嚷：“下雨了！下雨了！”

大家一齐来到窗前，只见斜雨如鞭，奋疾而至。

瑞清一挺胸："怎么样？咱说吧？这不晒晕了不管事儿！"

众人欢天喜地回来坐下，听雨喝茶。

孟掌柜感叹："诸位，在你们看来我是老粗，其实我真用过功！虽是没想考进士，书可没少读。"众人不知道他要说什么，饶有兴味地等着。孟掌柜一指窗外急雨："王建作《雨过山村》，听着——'雨里鸡鸣一两家，竹溪村路板桥斜，妇姑相唤浴蚕去，闲着中庭栀子花。'——今天咱就心闲，一会儿雨停了，咱一块喝酒！"

瑞清："还叫马老爷不？哈……"

8

马知县中暑躺在床上，头上搭着毛巾，夫人心疼地一旁看护，赵师爷搓着手，不知如何是好。

外面大雨如注。

太太说："我说征剿匪捐，你不听，非得弄什么抗旱捐。这倒好，捐也没弄着，你倒是被晒晕了！"

马知县："唉，我没想到祈雨这么灵。钱不钱的无所谓，只要老百姓不旱，咱也算积了德！"

赵师爷："老爷的真心感动了上苍。可贺，可贺。老爷，今年述职咱得写上这条！"他一指外面，"这祈雨救禾不是小事儿！别说把雨祈下来，就是没下雨，这也是响当当的政绩！"

太太不满："早知道你有这神通，那心别这么诚呀！"

马知县："唉！这么多年，我一见祈雨就觉得是胡闹，没想到还真能祈下来。不错，不错。等我老了，回首此生，亦当以此自慰！想起这些来，心里相当宽绰，捐不捐钱不钱的也就无所谓了！"他看着赵师爷，"你说是不？"

赵师爷："可是！墓碑上也能写这条！"说完始觉失言，退一步问，"老爷，那抗旱捐还敛不？"

马知县生气："敛？敛什么敛？雨这么大，不淹了就不错！"

太太忽然来了幽默："老爷，既然你神通这么大，能不能让雨停住？"

马老爷一怒坐起，指着外面说："老百姓那地不种了，大伙儿全挨饿，就你自家有钱？正打雷，说这话小心把你劈了！"

9

秋后，创建麻纺厂进入正式运作。瑞清他们在电厂会议室里商量着。

朴成问："瑞清，这套机器七十六万，都包括些什么玩意儿？包括把麻布织出来的那套不？"

瑞清："不包括。咱说的麻纱，是用麻纺出来的纱。那麻布咱这里织不了，织出来也卖不了，咱这里不认这东西！咱这套机器只是前纺，是把麻纺成纱，光出口这麻纱就挺挣钱！"

孟掌柜："洋鬼子说准要了？"

瑞清："咱买机器，首先得有这一条，要不咱纺出来卖给谁？"

新成："我和孟兄啥时候走？"

瑞清："我让立俊去订票了。船票一订下，你俩就动身去上海。"

孟掌柜："可是瑞清，咱这银子在英国能用不？"

瑞清："这些你都不用管，到了上海，让立俊给你换成英镑。"

这时，四胜拿着封电报跑上来，表情复杂，一进门就喊："少东家，光绪慈禧全他娘的归西了！"

众人大惊。

四胜递上电报："你看，杨经理打来的！"

瑞清把电报给老孟："你干娘归西，你先看吧！"

孟掌柜看着，一拍桌子："好！这老邦子可该歇歇了！"

瑞清皱眉问："孟兄，你说慈禧犯的最大的错是什么？"

孟掌柜迷茫地摇头："犯的错太多，猛一下说不上来。啥错儿？"

瑞清："慈禧犯的最大的错，就是出生！中国要是没这个娘们儿，中国能是这熊样儿？"

朴成："对，要是康梁变法弄成了，咱现在绝对比日本强！"

孟掌柜侧摆手，不让朴成再说。他看着瑞清问："瑞清，你说慈禧他娘犯的最大的错是什么？"

四胜抢过来："不该生这个孩子！"

朴成也高兴："那慈禧他爹呢？他犯的最大错是啥？"

新成一摆手："这好猜测，不该和慈禧他娘成亲！"

国害已去，众人宽怀大笑。

10

开完会，瑞清独自往家走。他走得很慢，越走眉头越皱，表情也愈发不安。

进门后，稚琴问："怎么了？"

瑞清："慈禧光绪都死了，前后差着一天！"

稚琴："好呀，她死了中国就轻快了！"

瑞清似是没听见，站在屋中央垂首沉思。

稚琴："你最恨慈禧，她死了高兴才对！"

瑞清还是那样站着。

稚琴害怕："你怎么了？"

瑞清："不好！"

稚琴有点慌："你没头没脑的说什么！"

瑞清拉着稚琴坐下："琴，你想想，光绪没儿，谁来当这贼羔子皇帝？"

稚琴摇头："我哪知道。袁世凯不是一直管着事儿？"

瑞清忽地站起来："不行，我得走！"说着去拿帽子。

稚琴："去哪？"

瑞清很紧张，他拉着稚琴的手："这亚麻厂不能建！我得给那些人说去！"

稚琴："慈禧和亚麻厂有什么关系？"

瑞清长叹："关系太大了！你想想，她和光绪一死，谁来管这烂摊子？中国宫廷最好借着发丧闹动静，接下来准是争皇位！光绪要是有儿，一切也就顺理成章地办了，可他没儿！要是那些大臣亲王的争起来，还不出乱子？"他急于出走，"琴，等我回来再详说！局势没有明朗之前，不能投资！"他看着太太，"险哪！

慈禧要晚死两个月，这七八十万就出去了，哭都来不及呐！”

说罢，夺门而出。

稚琴跟来院中，看着空气发愣。

林嫂过来：“小姐，怎么了？我看姑老爷有点慌呢！”

稚琴无力地说：“慈禧死了，光绪也死了。清朝也差不多了……”

第二十五章

1

三年后，清帝逊位。县衙门口挂起了五色旗。

电厂会议室里，除了朴成，余人都剃成光头。

瑞清看看大家："诸位，清帝逊位对中国是件好事，但对我们——"他苦笑一下，"未必是福！"

朴成："此话怎讲？"

瑞清："我看遍了中国历史典籍，改朝换代，最少的也要乱三十年，绝对不少于这个数儿！有些朝代甚至从生乱到死，比如元朝，它满打满算不足五十年，这五十年中各地暴动就没停下过！"

朴成："这回兴许能好点儿，袁世凯一直管着这个摊子，清帝逊位他仅是明着接过来。"说时担心地看着众人，"我觉得能好点儿！"

新成："他是接过来了，北洋军阀也都成了各省的督军。可孙中山的队伍能这么看着？能由着他这伙前清的余孽闹腾？"

新成说："唉，瑞清，当初亏了你闸住——咱那麻纱厂没有办。"

瑞清一笑："兴许这辈子也办不了了！"

孟掌柜心烦："褥子睡久了准反潮，皮袄穿常了准掉毛——早该扔了！"手在头上舞动，"咱不说这些陈年旧事儿！瑞清，说说咱现在该咋办！"

瑞清："唉，当初一日，我从上海回来，是想干番大事业，也不枉此生涉世。现在看来，这个愿望怕是要落空了。孟兄，咱什么都别干，就这么坐着——静观其变，以待贞元！”

新成轻声问：“还能有贞元吗？”

瑞清环视诸人：“唉，咱是这么盼着！”沉一下，他抬起头，“诸位都是我的兄长，也都是曾经沧海的人物，但瑞清要说一句，咱这买卖该收收口了！”

孟掌柜：“收口干什么？噢，难道清朝煞戏了，咱也不往下演了？我看没必要！他逊他的位，咱干咱的买卖，根本就油案子和面两不沾！”

朴成：“孟兄，瑞清说得对，咱是该收口了，起码是先停停。昨天总号从山西来电报，很多票号都封单刹账了！”

新成：“你那总号刹了吗？”

朴成：“没有。俺老东家和袁世凯很熟悉，那电报上说，袁世凯想拉上俺这边开办共和银行呢！”

瑞清听着，一言不发。孟掌柜又急了：“我说，瑞清，咱这一窝子人，就你学问大，咱干也好，收也好，你得说说。别憋在那里不做声！——咱先说这收，怎么个收法儿？”

瑞清：“猛一下子我说不清楚，但我那心却是悬着，总也有股子不祥之感。”他转向新成，“新成兄，咱先说说这丝绸厂——扩建之后，我是四过一的股子，克利尔是三过九，你是二成的股子。”他深深吸了口气，“新成兄，咱把它卖了吧！”

新成：“卖给谁？”

瑞清：“首先是克利尔想要。再者，在淄川开矿的德国人也想要——洋鬼子不怕乱，中国越乱他越发财。眼下也只有这路人敢买——北洋军阀再不讲理，也不会主动惹洋人。你说呢？新成兄。”

新成：“行，这样最好。”

瑞清：“现在我想听听，你这二成股子想卖多少钱，我好对他们报价。”

新成：“当初仅是块地，值不了多少钱。你看着办！”

瑞清：“三十万两行吗？”

新成：“可是行！不仅行，这太多了。瑞清，你别为难，咱这仅是个商议价，报价的时候你可以自主进退。”

瑞清：“谢谢兄长。回头我就向他们报价，谁出得价高咱就卖给谁！”

新成："克利尔一直是股东，也一直是咱的出口商，还是让他优先买。再说洋叔和你挺好，咱这也算对得住老朋友。"

瑞清："同等条件下，咱先卖给他。就是低不太多咱也卖给他。"他无奈地笑笑，"唉，只是克利尔对中国太熟了，比中国人都了解中国，我料定他出价不会太高！"

新成："他能乘人之危？"

瑞清："很有可能！咱总是想着——大家是朋友，加上我一入洋行他就帮着咱，这也算个报答的机会，但洋人不这样想。这也许就是两种文化的区别。"

新成："瑞清，你放开了弄，我全听你的！"

孟掌柜说："瑞清，你那缫丝厂卖不？要卖就先卖给我！这些年，我一直想弄个工厂干干！"

瑞清为难地苦笑："孟兄，卖给你就是坑了你。哥哥，听我的，别买。"

孟掌柜："没事儿。说，多少钱？"

瑞清："多少钱也不卖给你。"

孟掌柜："这又何必？"

瑞清："在咱四人中，瑞清年齿最轻，但这些年来——特别是咱募股子创办瓷厂以来，各位兄长都听我的。瑞清备感殊荣，"说时向下鞠躬，"孟兄，先父早年就和令尊知己，咱们也是很好的朋友，不仅咱是朋友，等将来孩子们长大了，他们还会成为世交。听我一句，乱世不置业，盛世不存粮，别买缫丝厂！"

孟掌柜点头："好，我听你的——那你卖给谁？"

瑞清："卖给马保国。"

孟掌柜："清帝一逊位，他这个知县当场过时。他就敢买？"

瑞清："山东督军孙宝琦和他家不是一般的交情。改朝换代对他来说，顶多是从县令变成县长，甚至还能往上升升，在这种情况下，他那个四弟将是更加有恃无恐——你看看，他现在多横！"说着从袖中取出文件，"昨天，他用九十万两银子买去了这个厂！"

新成大惊："这么麻利！"

朴成笑着："我已把这银票交给了汇丰银行汇走了！"

孟掌柜："咱这电厂怎么办？也卖？"

瑞清："卖！"

孟掌柜："我是这个厂的股东，这回我得先买！——他再乱，总得掌电灯吧？工厂的机器总得用电吧？——我要定了！"

瑞清："孟兄，这又何必！"他指着窗外，"现在各省谁说了算？督军！督军是什么？是军阀！——稚琴说，西洋有个现成的词儿，叫军管！孟兄，在西洋，这块地也好，这个厂也好，只要你合法地据有，就千秋万代地属于你！咱这里行吗？——四海之内莫非王土！皇上想要你都挡不住，更别说军阀了！"他一脸哀相，冲着孟掌柜抱拳，"孟兄，我不会害你，还是听我一句，别要这个厂！"

孟掌柜反而急了："我不管这套！——除非你不卖，要卖就得卖给我！"

瑞清无奈："唉，"他又想聚起气力再劝，转念又泄了，"既然如此，就把我股子让给你吧。孟兄，这是火坑，将来可别骂我！"

孟掌柜站起来："再乱我也不怕，就是让土匪烧了我也不怨你！说，你那股子多少钱，我下午就给你！"

瑞清："我当初投了四十万，这些年分红收回来二十万，你就给我二十万吧。"

孟掌柜："那不行，我这样成了挤你了！我给你四十万！"

瑞清："既然孟兄执意如此，瑞清只得遵命。但其中的二十万算做暂存，有朝一日用得着，就去上海找我！"

孟掌柜一拍桌子："瑞蚨祥遍布大江南北，名震长城内外，是中国数得着的买卖，永远用不着那二十万！"

瑞清致歉："让孟兄生气了。"

孟掌柜乱摆手，不让他接着说，转向新成问："王兄卖吗？"

新成："唉，卖。内人交代，一切跟着瑞清走！"

孟掌柜："多少钱？"

新成："我这股子挺复杂，也是入了块地，瑞清照顾我，当时估值十万。这样，孟兄，给我五万吧！"

孟掌柜："少废话，我要堂堂正正做东家，十万！"

新成感叹。

孟掌柜转向朴成："朴成，你呢？"

朴成："我得请示总号。"

孟掌柜："好，我等着！"手在空中一划拉，"将来有一天，我只要不高兴，就拉电把子！让全周村摸黑！哈……"

瑞清笑不起来，表情复杂地看着他。

孟掌柜："过户过户，我下午付款！"

这时，瘦茭白上气不接下气地闯进来，四胜在后面跟着："杨先生，不好了，俺妈妈晕倒了！"

瑞清大惊："啊？"

2

瑞清等人赶来，桂花已经苏醒，斜倚在床上，脸色苍白。

孟掌柜等人不便进来，在东厢房喝茶。

稚琴也来了，在床边拉着桂花的手："姐，怎么回事儿？"

桂花："唉，别提了，这病有些日子了——一到下午就出汗，浑身和冒火似的，就是全脱了也热！我也没往心里去。刚才又是这一套，我想站起来倒杯水喝，接着就眼前发黑，随后什么都不知道了！"

稚琴在她耳边低问一句。

桂花说："没有。"

瑞清着急："别嘀嘀咕咕的，有什么病好早治！"

稚琴："这病我妈姆也得过。无锡把这叫做'换属相'（更年期），过几年就好了！"

瑞清："什么换属相，这属相能换？"他站起来对四胜说，"你现在就去济南，去美国医院里请个西医来，倒是看看是啥病！"

四胜："人家问我是啥病——我咋说！"

瑞清："全中国你最笨！把桂花刚说的那套学一遍！"

桂花想制止，瑞清心烦："你快躺着吧！"

四胜去了。

稚琴："姐，搬我那去住吧，你一个在这我不放心。"

桂花强笑："还没到那步！我觉得不要紧！"

瑞清："等要紧就晚了！今天就搬过去！"

桂花："唉，咱别搬来搬去的，咱等大夫来了，咱听听人家说说是咋回事儿，咱再说那搬不搬。瑞清，稚琴，你俩不用急，我少不了给你们添麻烦！"

瑞清指着她鼻子："你就犟吧，早晚死到这犟上！"

西屋里，三人议论。朴成说："瑞清一贯沉着，这清帝一逊位他咋有点慌神呢！"

孟掌柜不以为然："书读多了！"

新成："孟兄，我觉得你这电厂不该买！"

孟掌柜："要反悔？——我一会儿就让人把钱给你送了去！"

瑞清过来，众人站起，孟掌柜问："要紧不？要紧就赶紧去济南！"屋里的人他挨个点画，"你看看，这都是多大的买卖家！包括我，全是些土孙！这一时里咱要是有辆汽车，还不立马开着去了？"

瑞清："四胜去请大夫了，兴许不要紧。我看她那脸色又有了血色，像是缓过来了。"

刘嫂送来茶，瑞清接过来："你出去吧！"

瑞清坐下："三位，咱趁这个空，赶紧说说下一项，咱在国兴丝绸厂的股子咋办？"

孟掌柜："这也撤？"

瑞清："撤！最好撤出来！"

孟掌柜皱眉看着他："你在周村待够了？"

瑞清："这是我家乡，山清水秀，永远待不够！只是我觉得咱再掺和在里头没意思！说不定那钱能沉了底！"

朴成："咱退股不要紧，可退多少钱呢？"

瑞清："咱入了一万两，再退给咱一万就行。"

孟掌柜："那可便宜了马保国！"

瑞清："时局不明，先退出来再说吧。万一情况转好，咱们自己再办个厂，也省得再和他兄弟俩掺和！新成兄，退一万行吗？朴成兄，你也说说。"

新成："行。他当初往外清咱，咱们每人办了他三万，加上这些年拆账分红，咱早够本了。"

孟掌柜一撩手，表示没意见。

瑞清："马保国去济南了，等他一回来，我就去找他。"

新成："刚才崔广兴来说，马保国回来了，去的时候是知县，回来真成了县长，辫子也剪了！"

瑞清点点头："我这就去找他。"他转向朴成，"朴成兄，劳驾，把我存在贵号的所有银两全部交由汇丰银行，让它给汇到上海去！账号你知道。"

孟掌柜烦了："你是想干什么？青天白日的，弄得大伙儿人心惶惶，你这不是和共和作对嘛！——袁大人刚坐庄，你就闹着收摊子，这不是信不着他老人家嘛！五族共和，趁机抢面蒸馍馍，越乱东西越贵！盛世平头百姓富，乱局奸诈商人肥，越乱越好！"

瑞清着急："孟兄，别闹了，这不是开玩笑的时候！你看看这才几天，一会儿这个省独立，一会儿那个省中立，这共和是大船抬到马路上，不是左躺就是右靠，就是放不平稳！我把话放到这里，三闹两不闹，说不定哪个督军觉得自家不够本儿，找个头绪就打起来！"他急得眉头狠皱，"各位兄长，我不会害大家！咱读了书就是为了用！——历朝历代无不如此！共和也不能免俗！"

3

马知县成了马县长，官服也换成了北洋制服。他坐在椅子上摸着光头高兴："还是没辫子利索！"

赵师爷："老爷——"

马县长抬手打断："以后叫县长，把老爷等等前清的称呼全去掉！新朝新气象，一切从新！"

赵师爷笑着答应："县长，督军大人咋说？"

马县长："督军大人说，周村是山东的钱匣子，让我看好！不仅要看好，对于那些挣钱的好厂，最好买过来——咱自家攥在手里！这是督军大人的原话！至于前清什么开埠免税等等旧制一律去掉！过几天咱就把税务局、警察局全弄起来，天津啥样儿咱啥样！”

赵师爷：“那好，那好。”

马县长：“督军大人说了，周村的税占着山东的三成，比济南都重要。过几天就给咱派队伍来。哼，老子有了队伍，什么他娘的杨瑞清、孟七子，全都老实了！”

赵师爷：“县长，把这些厂买过来不难，现在咱这么盛，谁也不敢扛着不卖。可是县长，买来的这些厂是归咱，还是归省里？”

马县长摸头：“这倒没说——没说这些厂归谁！”

赵师爷乘机献计：“县长，既然督军大人没说，咱就先办着！”压低声音凑上去，“改朝换代没章法，咱也该趁着这股子乱劲，自己弄点真玩意儿！”

马知县：“正合吾意！——咱先买过来，咱先攥着，督军大人想要，咱就加码卖给他。当然，咱自家留着更好！”

这时，瑞清来了。

马县长一脸严肃，坐着没动，冷冷地问：“杨先生有事儿？”

瑞清恭敬地呈上一个信封：“这是瓷厂去年的分红，一万两，请县长过目。”

马县长一听钱，立刻大悦：“快坐，快坐。老赵，冲茶呀！”

赵师爷出去。

马县长抽出银票看：“真也好，假也好，你给了我三万股。前年分了一千三百两，这回却分了一万两。杨先生，你可挣大钱了！”

瑞清：“瓷厂的买卖相当好，咱和联华洋行定了十二年的合同。咱那鲁青瓷现在已是名震英伦，有多少卖多少！”

马县长：“好，好！可是这个卖不？”

瑞清作为难之相：“县长，这是股份工厂，卖不卖我自己说了不算！”

马县长：“嗯。啥时候开董事会？开的时候叫我，我去讲两句儿！”

瑞清：“县长准备讲什么？”

马县长：“督军大人说了，改朝换代，百废待兴，作为封疆大吏，手里得有钱呀！上哪去弄钱？”他向外一指，“乡下是指望不上，只有开工厂。所以，督军大人说，先收一些工厂，然后再开些工厂。咱说干就干，我想把国兴丝绸厂的股子

收回来，说，多少钱？”

瑞清一笑：“我是拿牌子入的股，我那一万就不要了，牌子仍归县长用——回头我给你个永久授权书，免得以后再麻烦。李朴成等人当初入了一万两，县长刚改任，我们应当支持县长，你就原价赎回吧！”

马县长大喜过望，挑起大指：“高，真是高！”他探身前来，“杨先生，在周村的这些商人里，我最佩服你，知道为啥？”

瑞清一笑。

马县长：“识相！你最大的好处就是识相！老赵——”

小丫环在前端着茶，赵师爷跟来：“县长，壶刚开！”

马县长一抬手：“我不是说茶！”

赵师爷：“那是——”

马县长：“李朴成等人退股了，杨先生那股不要钱，其他三人每人给他一万两，让他们来过户！”

赵师爷：“好，我这就去！”

赵师爷走后，马县长倒上茶，一指茶碗：“要喝自己端！”

瑞清：“我这就走。”说着站起来。

马县长：“慢！”

瑞清又转回：“县长还有吩咐？”

马县长一歪身子，抽出手枪：“看，这是什么？”说着撂到桌上。

瑞清淡然一笑：“克虏伯BOD19。县长，我贩过这玩意儿，这是老式的，已经不兴了！”

马知县一惊：“噢？”

瑞清：“县长还有事儿吗？”

马县长：“没事儿。”他赔着笑，“是督军大人给我的，让你看，没有别的意思！”

瑞清躬身，转身而去。

马知县也不站起，坐在椅子上看着瑞清昂然而出，又看看那枪，自语道：“老式的？”

瑞清走到前堂，正遇马老四过来。马老四穿着新制服：“杨先生，你看我穿这玩意儿像样儿不？”

瑞清：“很威风！”

马老四：“我咋觉得不得劲呢！”

瑞清：“不管什么东西，一开始都不得劲！”

4

济南来了个女西医，正在给桂花听诊。瑞清坐在院里，愁眉不展。四胜说：“少东家，这些天我就没见你笑过！——桂花不要紧！”

瑞清：“嗯。”

四胜：“少东家，你那么厌恶清朝，可这清朝一完蛋，咋像是换了个人？”

瑞清：“四胜，要是我没估错，咱弟兄们快分手了。”

四胜想哭：“少东家，你又撇下俺？”

瑞清：“唉，先不说这些丧气话，你去给立俊发个电报，就写一个字，火！”

四胜：“他能明白？”

瑞清：“上回他来，我和他约好了，他一看就明白。”

四胜：“好。”

四胜走后，瑞清在院中溜达。崔广兴来了：“杨先生，你们退了股我咋办？”

瑞清一指椅子：“坐。”

刘嫂送来茶。

瑞清问：“马县长怎么说？”

广兴：“他让我退，又不让我全退。”

瑞清点头：“他知道你和克利尔熟悉，更知道这套营生还非你办不了。”他琢磨着，“嗯，不让全退，让你留多少？”

广兴：“让我留一股。”

瑞清：“下次交货，你带着马老四一块去。我让克利尔和他签个长年合同，然后就全退出来！”

广兴："杨先生，你弄错了，我不愿意退！"

瑞清："不管你愿意与否，听我的，退！他让你看枪没？"

广兴："看了，还搁在我头上呢！没把我吓死！"

瑞清："就是嘛，你要是不退，他就能崩了你！"

广兴："他能这样儿？"

瑞清："能！"

广兴："不管怎么说，过去他当知县的时候，还算客气，总之没算离谱儿。杨先生，龙旗换成了五色旗，他也跟着换了秉性，像是另一个人！"

瑞清："过去清朝熊，他手里又没兵，再加上咱这些人限制着他，他一直没能乍开翅子！身上的毛病也让咱给摁下了！"他看向天，"现在不同了，他真真正正地得势了！崔兄，听我说，和克利尔签完了合同就退股！"

广兴："那我干什么？"

瑞清："干什么咱另说，首先得保命！"

稚琴从北屋出来，广兴告辞。

瑞清迎上来问："大夫怎么说？"

稚琴扶他坐下，回头看看门："大夫听了一阵，说她心脏有杂音，还不是单纯的换属相！"

瑞清紧张："要紧不？"

稚琴："说不能生气着急，要静养。"

瑞清闻之顿时脸色煞白。

稚琴问："怎么了？"

瑞清："当年洋婶子也这样说过咱爹！"

5

立俊在办公室里低头书写。秘书进来："总经理，董事长山东来电。"

立俊直起腰歇歇："念念。"

秘书为难："一共一个字，火！"

立俊立刻站起来："快把小张叫进来！"

秘书害怕，快步出去。

立俊拉开抽屉，慢慢拿出一把枪，推弹上膛又退回来，如此几个往复，确认枪支正常，随手放进包里。

小张进来，回手关上门："总经理，有事儿？"

立俊："董事长山东来电，应了咱说的那个火字。你现在就开车去买船票，带上家什，咱俩尽快去山东！"

小张："还带长的吧？"

立俊："长枪不方便。但要带上几个手雷！"

小张抓过桌上的车钥匙健步跑去。

立俊摇电话："给我接立俊公馆！"

电话通了，但没人接，他扔下电话在办公室里来回走。随之又摇电话："给我接半山居，对，是夏半山先生家。"

电话通了，是夏母接的："哪里？"

立俊尽抑急切："伯母好，我是立俊。"

夏母："噢，立俊呀，有事情吗？"

立俊："我太太在那吗？"

夏母一撇嘴："在，刚打两圈，你的电话就追来，看得真紧！"她回身叫："德芬，立俊电话呢——"

立俊抱着听筒等，太太来了："阿俊，找我？"

立俊小声说："听我说，一句不要问。"

德芬："好，说吧。"

立俊："你现在就回家，把我在英国玩的那套飞刀找出来，磨一下，表面再擦点油。不要问，千万别问，一问夏伯母就看出来。另外给我准备衣服，我要去山东！"

6

早上，孙掌柜拿着锣棰出来，看看街两头，抬手一棰，锣声回响："周村开张——"

喊声初落，瑞清就拐进街来，在远处就喊："叔——"

孙掌柜聚睛看去："哟，瑞清呀，这么早！"

瑞清紧跑几步，扶着孙叔进了屋。

孙掌柜："桂花不要紧了？"

瑞清："好点儿了。"他摇摇头，"叔，我听那意思，桂花这病和当初我爹差不多！叔，你说说，日子过得好好的，咋出这一套！"

孙掌柜："你爹那病我知道，只要不着急就跟好人一样。你婶子也这病，这不一直活着？"

瑞清："也是。"

孙掌柜："这么早跑来，有事儿？"

瑞清沉一下："先让吃才冲茶，咱爷儿俩慢慢说。"

孙掌柜来到后门口喊："吃才，冲茶——"

瑞清环视着铺子，不胜唏嘘。

孙掌柜回来坐下："瑞清，啥事儿？我咋看着你神色不对呢！"

瑞清干笑："没事儿。"他抬眼看门外的街，"唉，叔，今年我三十六，正是个本命轮回年。这条街，"抬手指去，"我打小就从这里走，走着上私塾，又从这里走过去了上海。唉——"

孙掌柜愈发不安："这是咋了？"

瑞清泪出："叔，咱爷们儿兴许得分开一阵子。"

孙掌柜："你咋哭了？"

瑞清："人之将别，心里七上八下的。我从小给你捣乱，今天偷你那石榴，明天在你屋上撒尿，想起这些来，就跟昨天似的！"

说着从衣袋里掏张纸，"叔，咱又和那乐器商签了三年的合同，那钹你就继续做。我要是走了，你就把钹寄到这个地址。"说着递过去，随之又掏出一张纸，"叔，这是你在汇丰银行的账号，我就把钱汇到这个账号上。叔，听我一句，把你所有的钱全都存到这洋人的银行里，银子也去大德通兑开，一块存过去，放在家里不保险。"

孙掌柜："朗朗的乾坤，明明的日月，你咋说这些？"

瑞清："叔，前天征那共和捐你没交二百两？"

孙掌柜："交了！当兵的拿枪顶着，我敢不交吗？"

瑞清："周村有过这事儿没？"

孙掌柜："没！"

瑞清："这就是共和！叔，按我说的办吧！"

孙掌柜："挖个坑埋起来不行？"

瑞清："不行。叔，我挺忙，按我说的办吧。"

孙掌柜："好。"

吃才送来茶，孙掌柜接过来："你去吧，我和杨先生有话说。"

瑞清："叔，我想把博山瓷厂卖了！"

孙掌柜正倒茶，闻言停住："刚分了红，干得好好的为啥卖？"

瑞清："详情我就不说了。叔，你知道那红是咋分的？"

孙掌柜："咋分的？"

瑞清："这些年，我心里总想着——咱中国人自家办点事儿，别离了洋人就迈不开腿！唉，这个厂我没让洋叔他兄弟入股。他心里不高兴，就给咱改成到岸付款——就是到了英国才给咱钱。唉，可这瓷器怕碰怕压，咱就一边加大包装，一边自购保险费——花了很多冤钱。咱那鲁青虽是在英国卖得挺好，但这费用太高了，这些年基本没有挣到钱。开始几年，是俺四个发起人分摊，所以少点儿。这回分得多，是因为咱保险费投得大，说来也巧，那船在吕宋外头触了礁，沉了！——是汉邦保险赔的咱那保险费！"

孙掌柜："啊？原来你一直倒贴呀！"

瑞清很可怜："叔，我做了那么多生意，唯有在这瓷器上没能挣到钱。叔，我挺忙。"说着掏出张银票，"这是一千两，把那股票给我，算我赎回去了。"

孙掌柜："孩子，我一切听你的——你不能害我！"

说着去后面拿来股票。

瑞清收起："叔，你和桓台苗家有点儿亲戚？"

孙掌柜："是表亲，但是很远。"

瑞清："你老人家受累跑一趟，什么也别说，就说我想原值购回股票。另外，你还知道谁家有股票，一块收回来。"

孙掌柜："这刚分了红，那些人怕是不舍得卖！"

瑞清显得很累："叔，这股票本就是风险共担，自由买卖，咱完全可以放手不管。但这些人多是同乡，所以咱劳这番神！至于卖不卖，那是他的事儿——咱那心尽到就行了！"

这时，四胜跑来："少东家，杨经理到了。"

7

瑞清和立俊在书房里密谈，小张站在大门内，不管稚琴怎么叫，他就是不进去。

稚琴着急："你董事长是自己吓自己，没事儿，快进去歇歇。"

小张："太太，我不会进去的。我要住一阵子——"

稚琴："西屋已经弄好了。嗨，还是进去喝点水，一会儿再来站着！走！"

小张："太太，别让了。我晚上睡在西屋里，白天就在这站着。太太快进去吧。"

稚琴无奈，嘟囔一句："东家伙计一个样，全都这么拗！"

书房里，立俊说："我把你的意思给克利尔说了，他同意升值转让在瑞记丝绸厂的股子。"

瑞清："我等你等不来，心里沉不住气，就把咱那股子卖给了德国人。卖了六十万两，已经汇走了。"

立俊："克利尔那些怎么办？"

瑞清："那些德国人当然要。可咱给他卖多少呢？"

立俊："只要升值就行——克利尔知道眼下的情况，他能理解。"

瑞清："自我一入行，克利尔就帮我，你回去对他说，我尽量给他往高处卖，不会低于五十万！"

立俊："他能高兴得蹦起来！"

瑞清："现在周村虽是平静，但我心里抽得特别紧。半个月之前，济南派来了一连兵，吃住由各商家摊，美其名曰共和捐！他娘的共和还用捐嘛！"

立俊："上海也挺乱，好在咱在租界里。阿清，我下一步干什么？"

瑞清："你在这里歇一夜，明天就回去，把咱这里的局势给克利尔说说，让他尽量配合！”

立俊：“我估计问题不大。”

瑞清：“这就好。你带着崔广兴马老四一块去，让克利尔痛痛快快地签个长年合同，按咱商量的办，由咱给他代理。还有博山陶瓷厂的外销，也让签个合同，一块让他帮着办一下！”

立俊：“我明白！”

瑞清点上烟：“唉，兄弟，总的来说，咱俩的命不行呀，赶上这么个岔口子！”

立俊：“阿清，当初幸亏没给革命党弄军火，要是运了，现在咱找谁去要钱？”

瑞清好像轻松了一些，他笑问：“立俊，你知道你最大的好处是什么？”

立俊：“别抬我！”

瑞清：“不是抬，这是实情。你最大的好处是通达听劝——咱们在一起这些年，从没争执过。想起来此生之遇可谓前世之缘！”说罢，摇头唏嘘。

立俊觉得空气紧，就说：“桂花怎么样？”

瑞清：“好点了。”

立俊：“我一块带她走吧，上海的医生好一些。”

瑞清：“现在不行，她的病还没稳住。但她要是再犯，我不管稳住稳不住，亲自送她回上海。”

立俊：“噢，忘了，阿清，咱那三个孩子靖涛靖涵还有大利，都考取了英国伦敦大学预科。靖涛和大利是学机械工程，靖涵是学教育——专业和这学校都是我选的，明年一开春他仨一块走。阿清，到时候咱一块送他们去！”

瑞清点头：“立俊，你说咱们能不老？”

立俊站起来：“是呀。走，咱去看看桂花，顺便把这事告诉他。”

瑞清严肃：“你可慢慢地说，她这病生气惊喜都不行。你得先说大利上进——先把她的心绪引到孩子上来，接下来再说留学的事儿。你一点一点儿地说，不能让她太高兴！”

立俊看看外面：“我看你对桂花，比对阿琴都好！”

瑞清难过：“对谁都不好！立俊，你不知道我有多难！把心分在两下里，她

俩我都对不起——她俩又都这么好。唉，想起这些，就觉得歉疚惭愧！”

他俩出了院子，小张提着礼跟后面，神色警惕。

8

早上，一匹快马直奔县衙，信使翻身下马。两个持枪的警卫刚想问，信使举起信，直接跑进去。

马县长刚起来，赵师爷就拿着信进来：“县长，总督急件！”

马县长拆开急视，抬头问：“信使呢？”

赵师爷：“在前头吃饭。”

马县长：“你告诉他，就说让总督大人放心，我保证办到！”

赵师爷去了。

马太太从里屋出来：“什么事儿。”

马县长把信递给她。马太太看着，惊讶地说：“八十万两！还限三天筹齐，这上哪去弄呀！”

马县长：“要不我犯愁呢！”

马太太：“就是征捐，三天也征不齐！”

马县长：“咱先垫上，随后征来再顶上也行。反正现在没人敢不交！”

马太太：“老爷，这事儿不能太痛快了。要是咱办得太快，总督还能接着要！”

马县长：“唉，我也这样想。可现在共和新成立，正是咱露脸的时候。可八十万也太多了！”赵师爷进来，马县长抬脸问：“老赵，总督让筹八十万，限期三天，说说，有啥高招儿没？”

赵师爷阴阴地一笑：“极为好办。”

马县长眼亮：“快说说！”

赵师爷：“这些年，咱在周村没少生气——没少吃气！连条路都修不成。可现在咱想征捐就征捐，谁也不敢不交！县长，这是为什么？因为咱后头是共和！共和比前清撑劲！咱有枪。有枪啥不好办？”

马县长着急：“快说咋办！”

赵师爷回头看看："一个字，抢！"

马县长一腚坐下："老赵，咱是官府呀！"

赵师爷一笑："官府就不抢？袁世凯大人不抢？不抢孙大炮为啥骂他窃国？咱再往小处说——北洋军哪个不抢？"

马县长了悟开来："也对。"他抬起眼，"咱抢谁家呢？"

赵师爷："大德通银号、汇丰银行，都能抢！"

马县长："别，别去惹汇丰，那印度警卫有枪！不过大德通倒是可以搞一下！"

赵师爷："县长，抢完大德通，不仅能筹足总督之款，咱自己也得富得流油！"

马县长："他那里能有这么多钱？"

赵师爷："抢了大德通，就等于抢了全周村。杨瑞清王新成还有他娘的孟七子，那钱不都存那里？"

马县长一拍桌子："好！就这么办！"接着又犯愁，"可咋抢呢？"

赵师爷："让张连长带人换成便衣，黑布蒙头，冲进去抢就行！"

马县长不放心："张连长倒是不要紧，咱也可以把总督的急件给他看。可那些兵呢？——万一喝上口酒儿，一张嘴说出这事儿咱可毁了！"

赵师爷："极其简单。等一切拾掇利索了，就让跟去的那几个兵回济南，在半路上把他们办了！——咱多给张连长钱，他准能把这事儿办利索！"

马县长看看他："老赵，你挺毒呀！"

赵师爷堂堂正正："我这是忠心为主！老东家让我跟你来，就是让我来帮你发财，其他的我不管！"

马县长："嗯。你去把张连长叫来！"赵师爷刚想去，马县长又说："咱把杨瑞清也抢一下咋样？这些年他一直和我作对，这口气我得出！"

赵师爷："县长，咱是抢钱，不是出气。等咱办完了这事儿，一个一个地慢慢拾掇！——想拾掇谁就拾掇谁！以咱今日之势力，咱让杨瑞清跪下他敢站着？"

马知县："嗯。先抢大德通，随后拾掇他！我说，他那个陶瓷厂挺肥呀——三万股就分了一万的红！咱得把这个厂弄过来！"

9

是夜，赵师爷带着六七个人来到大德通门外，他压低声音：“张连长，你就说是总号来的，先骗他打开门，然后就好办了！”

张连长点头：“你说他那银库在后头？”

赵师爷：“对，在后头。我说，县长交代了，记住，最好别杀人。共和刚建立，出了人命挺麻烦！”

张连长：“我知道！”

赵师爷抱拳：“我回去等消息。”说罢猫腰跑回。

张连长上前叫门：“快开门，快开门，总号的！”

赵师爷回头看看，捂着嘴笑。他刚到县衙门口，就听见一个手榴弹炸了。吓得他一缩身，窜进衙内。

瑞清家，爆炸声一起，小张翻身坐起，一个健步窜到院里。北屋里的灯亮了。

小张大喊：“董事长，关上灯！”喊罢，纵身一跃，扒着墙角上了房。他伏在房脊侧，右手持手雷，左手拿着枪——直瞄街口。

接着又是两声爆炸。

瑞清提枪出来，仰头问：“哪个方向？”

小张：“大街上！”

10

天亮了，人们小心地打开门。孙掌柜提着锣棰出来，想了想，没敲又回去了。

瑞清正在洗脸，四胜来报：“少东家，大德通让土匪抢了！”

瑞清粗粗擦下脸：“走！”

小张先行一步，来到门口，侧身探头往外看。一切正常，这才让他俩出来。

大德通门前聚着好多人，有的哭，有的闹。朴成站在凳子上，表情极为平静，甚至比平常还坦然："各位主顾，各位主顾，大德通创业百年，不是头一回遭抢。本号有账，保证一厘少不了——"

人们渐渐平静。

瑞清新成还有孟掌柜的并肩走来，人们让开一条道。

瑞清拉着朴成："没伤着吧？"

朴成苦笑："还不如死了呢！"

孟掌柜："难道是柳子帮？"

朴成："不是，柳子帮没飞雷（手榴弹）！——再说香磨李不好意思！"

新成："还能有谁呀？咱这附近没别的土匪呀？"

瑞清："别在街上站着，走，有话进去说。"

他们进去，小张守立门外。

铺内遍地是纸，一片狼藉。

账房送来茶。

瑞清问："一共没了多少？"

朴成微微一笑："现银太沉，他们抬不动，弄去了约有二十万两。可抢去三百多万银票呀！"

这时，马县长怒气冲冲地进来："这是什么人干的！嗯？这不是反了！"

瑞清："马县长，过去咱周村没队伍，也没出过这种事儿，现在来了一连兵，大伙儿还交了共和捐。哼，你看看这共和！"

马县长不敢看瑞清，眼低着乱看："我一查到底！李朴成，拿账本来我看看！"

朴成进了后堂。

马县长："唉，怨我，怨我！——是我催得不紧，咱这警察局才没成立起来。好，我这就办，顶多一个月，保证周村路不拾遗，夜不闭户。警察很快就来！我让他们夜里巡察。大伙儿放心睡觉，可警察不能歇着！"

这时，大德通的账房从后面跑来："杨先生，柜东家用刀抹了脖子！"

第二十六章

1

早上，赵师爷在县衙门口指画着把“山东周村警察局”和“山东周村税务局”的牌子挂上，马县长站在县衙的台阶上看着。共和伊始，马县长就开始留胡子。他捋着尚未长成的胡子，表情满意。

中国警察是由袁世凯的北洋兵痞演变而来，这位警察局长也不脱宗派，三十多岁，肥胖的脸上泛油光。他站在马县长左侧：“县长，这牌子一挂就算开张。别看咱就四个警察，我敢说——谁也不敢闹腾！”

马县长以长官的姿态点点头：“务必勤政爱民，保一方平安，不要辜负本县民众的期望！”

刘局长立正敬礼：“是！”

税务局长戴着款新式眼镜，三十多岁，细皮嫩肉，像账房的儿子。他躬身问：“县长，我从明天开始查账？”

马县长：“查！要彻底地查！一定要把偷漏的税款收上来！”他转过脸，“丁局长，这查归查，但不能乱查，临查之前要告诉我！”

丁局长：“是！”

赵师爷上来，指着牌子问：“县长，你看行吗？”

马县长哼了一声，向内走去。

共和之后，马太太对丈夫特别好，也不敢乱支招儿了，害怕把丈夫叨叨烦了，自己被撤职！她满脸赔笑地问：“老爷，中午想吃点什么？我好让人弄！”

马县长挠着光头："唉，吃什么呢？"他抬脸看着太太，"我说，汉高祖登基之后，先在未央宫里宴群臣，接着就是衣锦还乡。唉，这两项都没什么玩意儿！"说时手摆着，"——现在我倒想吃吃济宁太白楼那草鱼炖粉条。"他寥落地看着院子，"可惜太远了！"

马太太也不答话，来到门口："老赵——"

赵师爷腿轻脚快地跑来："太太。"

马太太："给家里打个电报，把济宁太白楼的王师傅请来——老爷想吃草鱼炖粉条！"

赵师爷欢快地答应："简单！"说罢跑去。

赵师爷刚走，就听门卫喊："督军大人专使到——"

马县长赶紧整衣出迎。

一个营长带着马弁进来，穿着皮靴，还有一个商人模样的人跟在后面。

营长往椅子上一坐，甩过一信封："马保国，你自己看！"

马县长不看，问营长："史营长，这位是——"

史营长点烟："这位？好嘛！袁大总统的朋友，山西大德通票号的葛掌柜！"营长直接往桌角上弹烟灰，"我说，共和才几天，周村大德通就被抢，还出了人命，你这县长想不想干了？"

马保国慌乱应对："正在破案通缉！"

史营长："狗屁！袁大总统限期破案！"他指着那公函，"你自己看！"说着伸上头去厉问，"我说，大德通是谁呀？嗯？——是共和银行的三大股东之一！你倒好，让人家一下子被抢去三百多万，这周村是土匪窝子？嗯？"

马太太在里屋先偷听，后害怕——蹿到床上蒙上了被子。

2

小张坐在门内的凳子上。有人敲门，他探身看去，见是新成，就笑着把门打开："王先生好。"

新成："小张，进去通报一声吧。"

小张一笑："董事长说三个人不用通报，先生就在其中。王先生请。"

说着伸手向里让，随后又关好门。

瑞清忙迎出来："新成兄，快请。"

新成一指枇杷树："咱在这里坐吧。"

林嫂送来茶。

瑞清问："这么早，有事儿？"

新成叹气："贤弟，我想把新成缫丝厂卖了！"

瑞清琢磨着："卖？卖？"他像是在问自己。

新成问："你的意思是——"

瑞清："我看不用急着卖。"他说得很飘，似不肯定。

新成："贤弟，你不知道！——朴成一死，我的心直接凉了。我看还是卖了利索——不和姓马的生气！"

瑞清点着头想了想，抬起眼来说："现在周村有两个丝绸厂，我那股子卖给了德国人，克利尔的股子也卖给了这个德国人，昨天刚刚在上海交割完毕。另一个就是国兴丝绸厂。这两个厂一个属洋人，一个属官府，两头都挺硬。既然都挺硬就免不了争厂丝。新成兄，咱周村这鲁黄厂丝是响当当的缺货，不愁卖不出去。不仅不能卖，我看倒是机会来了！"

新成："噢？贤弟给我说说！"他一甩头，"你拉着架子回上海，我的心早乱了！"

瑞清："别乱，别乱，没什么大不了的！新成兄，前清昏庸窝囊，德国人才把山东圈成了自己的别墅。开矿的这个德国人叫克伊夫，胆子相当大，当然，他是有国家撑着。这小子仅是从探矿队手里买了个开矿证，就敢在昆仑、八陡、洪山同时开矿！足见有些财力。你想，他刚买去瑞记丝绸厂，就能看着马保国垄断厂丝？马保国正得势，更不甘心输给洋人！两下里一争，那丝价还不打滚儿？再说朴成去世了，他那个缫丝厂今年怕是开不了工，再就桓台耿家那个厂——他和宁波富兰克林丝绸公司签有三十年的供货合同，他的丝不外卖。能够产丝的也就是你这厂了。新成兄，过几天新蚕就下来，先捞他一把再说！"

新成点头："捞一把是行，可这厂丝咋卖？谁给的价儿高卖给谁？"

瑞清摇头："不是，要卖给洋人。洋人不赖账，比马保国强！"

新成担心："卖给洋人倒是行，可我怕马保国拾掇我呀！"

瑞清："要是因为这拾掇你，德国人准和他不算完！新成兄，现在局面太乱了，咱也只能用狐假虎威之术对付这些傻舅子！——先把洋人的牌子亮出去，看他说什么！"

新成点头："嗯，我就这么办！"

瑞清叮嘱："就是洋人那价儿低点也卖给他！那样省心！"

新成对瑞清很眷恋："贤弟，不走不行吗？"

瑞清："咱等一会儿说这事儿！新成兄，记着，挣了钱就存入汇丰银行，朴成就是个教训！"

新成："我刚才来的时候正见马保国送客，也不知咋了，当时想起了朴成，我真想一刀捅死他！"

瑞清苦笑："这样的粗活咱不干！新成兄，别看他闹得这么欢，你放心，这仅是中国历史上极为短促的一幕，马氏兄弟长不了！咱不说这个，抓紧回去，把博山瓷厂的股票拿来，我要卖给马保国！——这个厂咱不能留！"

新成："我明白。"他用疑惑的目光看着瑞清，"贤弟，你既然知道这窝子长不了，为什么还让崔广兴带着马老四去上海签合同？"

瑞清一笑："那是另外一出戏！"

3

督军的专使史营长走了，马县长坐在那里发呆。他抬起眼："老赵，咋办？"

赵师爷："是真破案还是假破案？"

马县长："不管真假，咱总得有个说辞！"他站起来满屋转，"看你出的这点子，你整天能掐会算的，咋就不知道大德通的背景！——这倒好，戳到头芯子上了！"

赵师爷尴尬："唉，谁能想到开票号的还能认识袁世凯！县长，别急。"他瞪着眼，"谁能抢票号？土匪呀！——这抢银号一准儿就是土匪干的！既然是土匪，肯定就是柳子帮！"手在空中乱舞画，"这连问都不用问！咱把队伍派了去，一阵杀绝不就行了？"

马县长叩着信封："没那简单，上面让追回赃款！——三百多万上哪弄去？"

赵师爷高深地一笑："这更好办！咱补上点，再征上两回捐，三百万？绰绰有余！咱那共和捐不就一下子弄了一百二十多万？"

马县长："嗯，也只能这么办。可这回用个啥名堂呢？"

赵师爷："啥名堂？剿匪呀！——当年咱想征那剿匪捐，结果没有征成，这才改成了祈雨——"

马县长生气："直接说正事儿，别提祈雨那一段儿！"

赵师爷："好好好。咱就征这剿匪捐，那告示上直接写明白——据探查，抢劫大德通实系柳子帮所为，故而派兵进剿。"双手一摊，"这不就完了？"

马县长："那就抓紧办！"

4

广兴和马老四前往上海签合同。此时，他俩在房间里等立俊。

广兴问："四爷，昨晚上杨立俊请咱吃西餐，我咋没吃出好来呢！"

马老四："尽是些生的，没滋没味儿，我现在一想都恶心！"

这时，街上传来两声枪响，一个前面跑，后面众兵追，大喊："抓住他！抓住他！"

前面的人扔出个手榴弹，众兵急忙趴下，手榴弹炸了。

硝烟散去，那些兵接着追，只是那喊声弱了。

马老四说："哟！上海挺乱呀！咱昨天该住到租界里，那地方比这保险。"

广兴："没事儿，一会儿签完合同咱就坐船回去了。"

马老四扶住广兴的手臂："老崔，你还得说说杨立俊，还得让他给咱代理。你看看，上海这么乱，咱又不能整天来，咱得有个人给咱打理这套买卖！我说，杨瑞清说好给咱代理，可这杨立俊他咋就是不同意？是不是他俩唱双簧，想多要点儿代理费？"

广兴叹气："杨瑞清答应，是不好驳马县长的面子。现在这么乱，谁也不愿揽这些麻烦！——人家收这点代理费，一是要把货从码头盘驳到出口仓库，还有验货收款等等麻烦。你又要把货款暂存在上海——让人家代管着，四爷，这套活络挺费神！”

马老四着急：“老崔，你再给他说说，咱要没有这代理，买卖咋干？整天跑上海？——走，杨立俊快到了，咱到门口等他去。”

5

联华洋行克利尔办公室里，广兴极力说服立俊做代理。立俊犹豫，克利尔抱着膀子等待他的谈判成果。

广兴：“杨经理，瑞清先生已经答应了，你这又何必呢？帮帮忙，咱们都不是外人！”说着抱拳。

马老四也跟着助势：“杨经理帮忙，代理费好商量。”

立俊：“唉，董事长虽是答应了，但眼下的局面这么乱。万一货在码头上让人家抢了，我们就得赔上！”

克利尔插话：“杨，可以让他们卸在杨浦，那里是我们的码头，情况会好一些——我也主张你来代理，那样双方都方便。”

立俊着急：“你们是方便了，可我们太费劲了。不光这，克利尔先生，我们还要为他代收货款！”

克利尔转向广兴：“崔先生，你们那代理费太低了，所以杨不愿意做。”说着一摊手。

广兴看看马老四：“四爷，要不咱涨点儿？”

马老四：“涨多少？”

立俊：“最少百分之十！要不我们不干！”

广兴抱着拳过来：“杨先生，你和杨先生是大买卖家，不在乎一星子半点儿！再涨一个点——百分之六！如果中间不出纰漏，年终再奖些！”

马老四：“对，只要不出纰漏，年终一定有赏！”

立俊看着克利尔：“百分之六，克利尔先生，有这么低的代理费吗？”

克利尔：“杨，就这样吧。他们是大宗，百分之六也是可以做的。再说瑞清是周村人，和他们是同乡！”

立俊无奈地叹一声。广兴趁热打铁，跑去从桌上拿过合同来："杨经理，咱签了？"

立俊瞪起眼："我先说好了，你那款要及时转走。总在我账上放着——你又不交税，租界当局要问的！"

广兴回身问马老四："行吗？四爷？"

马老四："好。我尽快往回转。可是杨先生，你也知道山东挺乱，真怕转出乱子来。这样，杨经理，租界当局要是问，咱就多少交点税。你说呢？"

立俊一指合同："这条要写在合同上。"

6

瑞清和稚琴在院中喝茶，四胜气哼哼地进来了。稚琴给他倒上茶，然后去了北屋。

瑞清笑着说："一看你这模样，我就知道刚吃了亏！"

四胜拍下张单子："你看！又交了三千两！"

瑞清不看："给他了？"

四胜："顶又顶不住，不给咋办？"

瑞清："马保国这是胡闹！——咱的缫丝厂卖了，丝绸厂也卖了，电厂卖给了孟掌柜，咱在周村没买卖了，论说咱不该交这钱！"

四胜："瓷厂在周村注的册，这是那份儿！"

瑞清："把这茬忘了！这回是什么说项？"

四胜："叫剿匪捐，告示上说——已经弄明白了，大德通是柳子帮香磨李抢的，要派队伍进剿！"他伸着头问，"少东家，这不是胡说嘛！香磨李和李掌柜的是至交，还为大德通押过镖，让谁谁也不信！"

瑞清苦笑："赶快走，越走慢了越生气！"

四胜可怜巴巴地看着瑞清："少东家，我打十三就跟着老东家，前后二十年了！——你上回走，我还有个盼头，知道你早晚得回来。可看这回的架势，你是一去不回头呀！"

瑞清："不回头！"

四胜："你就把俺撇这里？"

瑞清："跟我去上海？"

四胜泪下："俺想跟着，小子他娘也想去！"

瑞清："停停停，哭什么！稚琴——"

稚琴挑帘而出："喊什么，我又不聋！"

瑞清朗声说道："四胜还有弟妹想和咱一块回上海。你拟个电报稿，让咱娘把你家的旧房子收拾出来，堂堂山东郭四胜经理去了好住！"

稚琴高兴："行。四胜，那房子里锅碗瓢盆全都有，进去就能过日子！"她走上来笑着说，"你也看看你少东家当年上海的避难所！"

瑞清逗趣："更是'遇君处'！"

稚琴笑着回屋。

瑞清："四胜，你既然有这个想法，就赶紧去买车船联票，让弟妹和孩子先走，咱俩留这处理后事儿！"

四胜咬牙："我周村生，周村长，梦里那景都是周村！可现在我恨不能一步迈出去。好，我一会儿就去办！"

瑞清："定好行期立刻告诉立俊，我让他在上海排宴接驾！"

四胜抬起眼："少东家，我晚上睡不着常想——这辈子我要不是遇见你，会是个啥样儿？"

瑞清站起来："不说这些，走，进屋。"

他俩来到书房，瑞清坐下说："这么些年，柳子帮从没乱过咱，总的来说够那同乡的滋味。"瑞清拉抽屉，拿出两个紫木扁盒，"这是两支新枪，你抽空给香磨李送去，就说咱谢谢他。"

四胜："好，我这就去！——趁着那兵还没动手，还能找上他！"

瑞清："那个马保国实际挺傻，这些坏主意都是那个狗屁师爷出的！"

四胜走了。

稚琴问："你让四胜去找土匪？"

瑞清淡化："临走了，谢谢朋友！"

稚琴："当初他打穿人家的啤酒桶，差点弄出大事来！忘了？"

瑞清："我没忘，他更没忘。走，咱去桂花那玩玩！"

7

瑞清两口子来到桂花家，她却正在生气。

瑞清问：“怎么了？”

桂花：“说是要剿匪，张嘴要三千。茭白仅是问了一句，那个警察局长抬手就是一巴掌，打得茭白鼻子嘴里流血。这是他娘的什么世道！”

瑞清浓眉横平，一动不动，仅是轻轻地哼一声。

稚琴：“姐，你刚好，千万别生气！”

这时，女西医进来：“杨先生，你得劝劝桂花姐，她总是这么激动，心脏受不了！”

刚才她一进来，瑞清就站起浅躬：“高大夫，你要好好地看着她。我太太刚给你院长写了信，只要她不好，你就别回去。所有费用我按单照付。”

高大夫：“不是费用的事儿，我怕院长不同意。”

瑞清：“他会同意。你放心，他没多大本事，顶多是把你辞了！——济南干不了，跟我去上海。我只求你别离开。”

高大夫想了想：“好吧。”冲稚琴躬躬身出去。

桂花气未消：“昨晚上，那个狗屁师爷带着警察局长去书寓，十二钗弄了一个遍，一分钱不给人家。那班头伸手要，赵师爷却把唾沫吐到人家手心里。瑞清，他们是想干什么？”

瑞清：“哼，想要书寓！”

桂花向外打手：“抓紧给他！不和他生这气！”

瑞清：“哼，这窝子快闹到头儿了！”

稚琴：“姐，搬过去住吧，你自己在这里我真不放心！”

桂花：“没事儿，还不敢跑到家来闹！”她转向瑞清，“赵师爷说了，要不是看着你帮他们做代理，早把书寓收过去了！”

瑞清：“他别急，我早晚卖给他！”他站起来，“走，叫着高大夫，去我那吃饭！”

8

马老四上海公干，得胜归来，向哥汇报工作："哥，这是咱那合同。"

马县长撇着嘴掀："嗯。行，这杨瑞清还算帮忙！"

马老四坐下："这小子最识相，一看咱现在这么挺托，一门心思地巴结咱。这次到上海，杨立俊就请我吃的西餐！"

马县长："嗯。他是挺明白！"

马老四伸上头："哥，你知道博山瓷厂那壶多少钱一把？"

马县长："多少钱？"

马老四："四两银子！唉，洋鬼子真是傻！"

马县长："洋鬼子才不傻呢，四两收来他得卖八两！"

马老四："你不是说把这厂收过来？"

马县长："杨瑞清倒是答应了，可到现在也没送来股票——回头我也催催他！"

马老四："哥，不是催，是使劲催！催慢了都不管事儿！你想想，这么挣钱的买卖他能心甘情愿地放手？"

马县长看着外面："收过来倒是没问题，只怕那价儿低不了！"

马老四趁热打铁："哥，咱现在来钱挺容易，应当趁着这股子劲把瓷厂弄过来。"他看看外面，凑将上去，"哥，这官不能一直当到死，就是当到死，也不能传给下一代，但这工厂就不同了。咱得趁着有势力，弄下点儿实在东西！——咱手里攥着几个厂，谁当总统都不怕！"

马县长大悟："这是至理名言！我办！"

赵师爷进来报："县长，崔广兴来了，让他进来不？"

马县长一扬脸，赵师爷出去唤广兴。

广兴进来后，马保国并不让座，他也只能站在桌前，像是受审。

马县长龇牙咧嘴地掏耳朵，广兴站着等，两只恨眼四处乱看。马老四也觉得有点过分，站起来出去。

马保国总算掏完，清理一下耳窝，不紧不慢地说："老崔，这趟办得不错！"

广兴不敢抬头："老爷夸奖。"

马保国："去找赵师爷领八千两银子，你在国兴丝绸厂的股子就算退了，顺便签个字！"

广兴试了试，鼓起勇气说："老爷，你收去了一万股，我还剩下一万股！"

马县长："是一万股，本该给你一万两。但这趟上海的差旅花了两千，这钱不该你出？"

广兴："老爷——"

马保国不耐烦："给你八千就不少。当初你自作聪明，去抄杨瑞清后路，来来回回好几趟，不止两千。就这么着吧！"

广兴憋着气往外走，正与马老四相遇。马老四说："老崔，你干事儿得长眼色！"

广兴："四爷，咋了？"

马老四用食指点着说："你看看你，周村第一大茶商，却是这么小气！——新来的刘局长丁局长不该送点茶去？你说呢？"

广兴暗咬牙："该送。我一会儿就送！"说完无声地骂着进了账房。

马老四来到屋里："把这小子打发了？"

马县长嗯一声。

马老四坐下："哥，那俩书寓挺肥呀，一晚上最少也得挣一千两！"

马保国不悦："那是桂花的，咱没必要去惹杨瑞清。不仅现在不能惹，将来也不能惹。咱的货他代理，他又和那洋鬼子挺熟，别为这点儿小事乱了大局！明白吗？"

马老四："我是这么说说。就是真弄，我也不出面。"

马保国勃然大怒："不出面也不行！不能去惹杨瑞清！"

9

早上十点多钟，下着雨，孟掌柜撑着把红纸伞来到瑞清家。

瑞清："怎么着？雨里寻诗？"

稚琴与孟掌柜见过礼，去了内室。

孟掌柜见稚琴去了，凑上去压低声音："雨里寻屎！"

林嫂送来茶："姑老爷，孟掌柜在这吃饭吗？"

瑞清："在这吃。露一手儿，弄几个正宗上海菜。"

孟掌柜也没推让："唉，瑞清，我当初不听劝，买下了这个破电厂。"他摇着头，"总的来说，眼力比不了老弟呀！"

瑞清："怎么了？"

孟掌柜："怎么了？——县衙、队伍全不给电费！好，县衙队伍是公事。可马家那些厂白天夜里开着机，这该给吧？"他指向外面，"小伙计去收，要得急了点儿，那个狗屁师爷当胸就是一脚，生生把伙计给踹出来！这是他娘的什么玩意儿？"

瑞清："什么是军阀？这就是！"

孟掌柜："兄弟，咋办？"

瑞清："把电厂卖给他，给钱就卖！"

孟掌柜："没那么便宜！前天，大德通总号又派来一帮子，是来处理朴成所遗后事，我念及朋友一场，又花二十万收下他的股份。全算起来，我收这电厂一共花了八十九万，马保国想买也行，不能低于这个数！"

瑞清："孟兄，争命不争财，听我的，三十万就卖！"他皱着眉，"凭咱们这些人，哪里挣不了钱来？没必要和他较这劲！"

孟掌柜："哼，这回我就和他较上了！等我卖了电厂，就把总号迁到北京，不和这些贼羔子生气！"他喝口茶，"还真让你说着了——清帝逊位，是中国之幸，但不是我等之福！"

瑞清："既然明白这一点儿，心里也就宽敞了！抓紧卖，卖了抓紧走。你北我南，咱一样合伙做买卖！"

孟掌柜感伤："唉，瑞蚨祥发源于周村，光大于周村。咱单说这个'蚨'字——《搜神记》卷十三，蚨为水虫，落迹金银，一旦金银上沾上它的足印，不管跑得再远，这钱早晚自动回来！所以，瑞蚨祥从没赔过本儿。我说什么也不能把电厂卖便宜了，不是钱，是不吉利！"

瑞清笑道："孟兄，做人处世讲的是三有：读有用之书，结有福之人，敬有灵之神——你没用的书读多了！"

10

马保国穿着内衣，在正厅里喝银耳粥，太太一旁侍立。

赵师爷进来："老爷，叫我？"

马县长不抬头："嗯。孟老七是他娘的又臭又硬，他那电厂少了九十万不卖，有招没？"

赵师爷："县长，他为什么又臭又硬？还不是仗着慈禧？县长，慈禧一死，他这螃蟹没螯了，咱想怎么拾掇就怎么拾掇。不就是电厂吗？我很快就能办过来！"

马保国："办归办，但不能办贵了。这回是总督的亲戚要，咱得办漂亮！"放下碗，"说说，准备咋办？"

赵师爷挑起仨指头："慢了仨钟头，快了俩钟头，我就让他服了气！"他指着桌子，"我让孟老七老老实实地来画押！"

马保国向外一打手，赵师爷立功去了。

11

孟掌柜在后堂抽烟犯愁，就听外面一阵嘈杂—— 一队兵分为两列守住了门口，大师兄吓得连连后退。

赵师爷在前，税务局丁局长在后，阔步而入。赵师爷一抬手，高声叫道："老孟，税务局查账！"

孟掌柜原坐不动，一拨指头，账房把账本子抱出来。

赵师爷一看，问账房："老孟没在家？"

账房回头看看："这些事儿用不着东家！"

赵师爷瘦眼一瞪："嘿儿——有点派头！"说着进来。

孟掌柜端坐，身侧站着汉子，怒目横眉，一看就是杀手。

赵师爷一看，多少有点软："老孟，你这派头也太大了，我倒是无所谓，关键是丁局长，这个面子该给吧？"

孟掌柜冷哼一声，依然如旧。

赵师爷："老孟，识相之人是大事化小，小事儿化了。你可好，倒着来！"

孟掌柜："正着也好，倒着也好，我就不信你们能横行一辈子！"

赵师爷："对共和不满？"

孟掌柜："极其不满！"

赵师爷用手点着他："哼！就凭这句，就能把你办起来！"

孟掌柜："我等着！"

赵师爷："老孟，你干娘死了，这不是前清了！"

孟掌柜："哼，除了你拿着慈禧当回事儿！——小庙里的鬼！"

赵师爷："那你是什么？"

孟掌柜："就你这样的杂碎不配和我说话！——当个县长就闹成这样，生生把人声鼎沸的旱码头弄得一个人没有！要当了总统还得咋样？"

赵师爷："你是影射袁大人？"

孟掌柜："我当着袁世凯也这样说。小子，告诉你——你八辈子小门小户，见过多大的天？告诉你，袁大人段总长都是先父的至交！你他娘的就闹吧！把我闹烦了，我宰了你这个舅子！"

赵师爷无所畏惧："吓唬我？老孟，冲你这句话，今天我就闹给你看！丁局长——"

丁局长跑来："师爷，有事儿？"

赵师爷："瑞蚨祥偷了多少税？"

丁局长看看孟掌柜，故意问赵爷："他那电厂是多少钱？"

赵师爷一笑："说是九十万。丁局长，记着，电厂和这无关。咱是查税！"

丁局长向前走两步："姓孟的，我也别查了，拿一百万！"

孟掌柜冷笑。

丁局长回身对手下喊："开具罚单，一百万！"

赵师爷和颜悦色："老孟，马县长同意买电厂，就按你说的那个价儿，九十万！一会儿过去签字吧？"

孟掌柜轻轻地说："我早晚宰了你！"

赵师爷脖子一伸胸一挺："好！我那是因公殉国！光荣！"一招手，"走！"

孟掌柜看着他们走去，一动不动。

立在他旁边的那位也有意思，一来一往，唇枪舌剑，他好似一点没看见，就那么站着，脸上表情也没变化。

账房过来："东家，别生气。"

孟掌柜："快去请杨先生！"

大师兄闻言跑去。

账房问："东家，这一百万给他？"

孟掌柜咬着牙："给他我就不姓孟！"

账房看着东家的脸色，十分着急："东家，好汉不和势力斗！钱财钱财，去了再来，这就是咱那蚨字——他拿走了早晚也得还回来！东家，你千万别生气——"

孟掌柜抬手："我不是生气——"那气字不曾说完，一口鲜血喷出去。但他二目铮明，依然手扶桌沿挺坐原处。

保镖低声说："东家，我今晚上就办了他！"

孟掌柜抬手制止。

账房递上毛巾："东家，去屋里躺会儿吧？"

孟掌柜怒视前方，闭嘴不语。

账房急得跺脚："东家——"

说罢，跪到地上。

孟掌柜："去给我订票，我晚上去北京！起来！"

账房擦着泪站起，这时，瑞清气喘吁吁地进来。他拉着孟掌柜："孟兄，你这又何必！"

孟掌柜抬起眼："贤弟，我晚上就去北京，咱弟兄今日就算别过了。开店做买卖，开门容易关门难。我走后，你帮着我打理一下，看着他们顺利关门。"他一指小张，"临走的时候，让咱这张老弟把他们送到车站上——咱这些伙计都是我章丘的本家子弟，实在出不得意外！"

瑞清泪流，已不能语。

孟掌柜抬眼问："贤弟，你读的书多，咱那历史上演过这一出没？"

12

第二天早上，瑞清在前，瑞蚨祥的账房在后，阔步走近县衙。小张走在前面。

卫兵横枪挡住："干什么的？"

瑞清夹张名片："就说上海瑞记杨瑞清来访！"

赵师爷从里面看到了，腿轻脚快地迎出来："哟哟哟，这不是杨先生吗？快请，快请！"

瑞清看看他："师爷最近挺忙呀！"

赵师爷不敢和瑞清直接过招儿，心里虽恨，却是赔着笑。

瑞清穿过前堂——左边警察局，右边税务局，瑞清一笑："大衙门套小衙门大小全是衙门。赵师爷，能对上下联否？"

赵师爷摇头。

马县长一见瑞清带着账房走来，欢快地迎出："杨先生，你这是代表孟老七具结？"

瑞清："正是。"

小张站在门口，账房跟进去。瑞清坐下，瑞蚨祥的账房却是站着。

马县长："杨先生，咱怎么个弄法儿？"

瑞清："孟掌柜昨天晚上走了，他叮嘱瑞清代完遗务。马县长，自从你来到周村，大伙儿就视你为一方父母，也没算难为你。前清煞戏，共和接上，改朝换代经常有。只有马县长前后判若两人！"

马县长："唉，我知道百姓们得说我，可这上头逼催，我有什么办法？——比如这电厂，我出六十万，可孟老七死拧着九十万，弄来弄去，这两下里就僵上了。杨先生，这厂不是我要，是督军的亲戚想买！——别说是买呀，就是硬要你能不给？"

瑞清掏出张条，平放在桌上："马县长，你说六十万，咱就六十万，拿合同来吧！"

马县长："那一百万的税呢？——税单也都开具了！"

瑞清一笑："一张纸，收回来就行！"说着一伸手，账房把税单递上。瑞清直接推给马县长。

马县长冷哼：“就这么简单？这共和不是前清，新朝自有新章法，开出去的税单不能收回！这一百万得交！”

瑞清：“一定得交？”

马县长：“一定得交，不仅交，晚了还得罚！”

瑞清看看税单，一抬眼：“余人退下。”

赵师爷和账房都出去了。

瑞清把另一张纸递过去：“马县长，你看看。”

马县长不在乎地拿过来，故作姿态——先看看瑞清这才慢慢展开看，一上眼，当时紧张：“这是什么意思？”

瑞清轻问：“马县长，贵府在济宁是这个地址？”

马县长：“对！”

瑞清：“令尊堂及叔侄近亲全不全？”

马县长：“全！”

瑞清：“马县长，朴成兄一死，孟掌柜就从章丘老家叫来了一代名侠孟庆东。知道孟庆东是谁吗？”

马县长：“听着耳熟！”

瑞清：“孟掌柜的宗兄，自然门大师杜心武的同门兄弟！”

马县长：“啊？就是孙中山那保镖？”

瑞清学说评书的腔调：“正是！”

马县长下意识地扶枪：“你想干什么？”

瑞清看到了他摸枪的动作：“马县长，刀枪棍棒不是咱这些人玩的东西，那太粗，太跌份子！马县长，昨天，赵师爷带人气得孟掌柜吐了血，当天孟庆东就带着山东八俊去了济宁。”他回头看看表，“现在是八点半，下午六点孟庆东接不到我的电报，马县长，济宁贵第就有灭门之祸，你就得回家奔丧！”

马县长大吼：“你恐吓共和官员，你想干什么？”

瑞清：“马县长，我既然敢来，就没想回去，想杀想剐，悉听尊便！”

马县长：“你想怎么样？”

瑞清：“免交税款，六十万具结电厂归属！马县长，咱认识多年了，还在一起做过买卖。我还刚让克利尔与令弟签了合同，并且以后还要在上海帮着你。马县长，一个朋友一条路，我就不明白，你为什么把事儿干得这样绝！”他向外一指，“这样的师爷不能要！你人不坏，也不狠，大伙儿也都知道这主意不是你出的，可是孟掌柜不听这套，他认死理儿，较死劲。你快给个准话儿，行不行！咱别人也杀了，你也应了，咱说什么都晚了！”

马太太从里屋冲出来，扑通跪倒：“老爷，咱俩孩子都在济宁呀！”

马太太一出来，瑞清赶紧起立，同时低下眼睑，极尽礼貌。马县长看在眼里，他扶起太太：“不要紧，杨先生是个周全人。进去吧。”

马太太进去，瑞清复又坐下。

马县长：“唉，瑞清，老孟要是早答应，哪有这些麻烦？”

瑞清替他着急，回头看表：“马县长，风雨不坏紫禁城，却没皇上坐到底——做事儿还得想前后！马县长，咱别误了！”

马县长一拍腿：“好，我给你这个面子，就按你说的办！”

瑞清一步窜出来，冲账房喊：“快去发电报！”

账房飞蹿而去，赵师爷不知出什么事儿，探头想打听，马县长一挥手，他又缩回头。

瑞清进来，马县长担心地问：“误不了吧？”

瑞清站起来：“那只能听天由命了。”他用松紧相济之法，先是一紧，随后又说，“但我觉得不要紧，孟庆东就等在电报局里。”

马县长多少踏实点儿：“这就好，这就好。老赵！”

赵师爷跑来。

马县长故作平静：“拿电厂的合同来，再拿张六十万的银票，一块让杨先生具结！”递上税票，“瑞蚨祥要迁走，这税就免了吧。”

赵师爷去了。

瑞清轻松地往后一躺，歪过头去说：“县长，前天令弟去找我，听那意思是——你急于收这博山瓷厂。有这事儿？”

马县长：“唉，有，老弟还得帮忙呀！”

瑞清：“唉，这瓷厂的买卖是挺好，可朴成一死，我也没心干了。大德通总号来清账，我又把朴成的股份接了过来。回头我一块拿给你。但是散户手里的股子，县长自己收吧，他们见分红挺高，就不舍得出让。我现在共有四十万股！”

马县长：“四十万股就不少，剩下的我慢慢收！”

赵师爷端着印台盒子来了：“县长，你过过目。”

马县长一撩手：“不必，让杨先生用宝吧。”

瑞清办完那套，装起银票，十分认真地躬身施礼：“谢谢县长，瑞清十分感念。东隅已失，桑榆非晚，尚容瑞清后谢！”

马县长把他送出来，及至分别，还相互抱拳。

他往回走，赵师爷撵近来问：“县长，这是怎么回事儿？税咋免了呢？”

马县长：“还不是你闹的！快给家里发电报，让他们先到乡下去！”

赵师爷：“为什么？”

马县长一跺脚：“不为什么！”

13

时局虽乱，但金陵书寓依然管弦交错。十二钗红衣白裙，头束红丝带，正在演奏《凤求凰》。赵师爷马老四和刘局长来了，班头前头赔笑引。但此时院中已坐满，班头干笑着说：“对不住，今天满了，三位爷明日再来吧！”

这边，一个胖财主正抱着元春亲昵。刘局长走过来，看看他，拿起他桌上帽子扔出：“走。土了吧唧的还在这里吃嫩黄瓜！”

胖财主也不善，仍然抱着元春：“你是谁？”

刘局长一指自己的肩衔：“没看见，警察局长！”

胖财主：“小小局长还吹胡子瞪眼，连你县长也不敢呀！你知道我是谁？”

刘局长有点毛：“阁下是——”

胖财主：“桓台田家听说过吗？”

刘局长：“听说过，你是——”

胖财主大吼道：“田茂禄是我兄弟！”

刘局长吓得咔嚓一个立正：“得罪，得罪！”

马老四过来：“对不起，对不起。”说着拉着刘局长就走。

胖财主慢声慢气：“就这么走了？”

刘局长一头汗："田大人还有什么吩咐？"

胖财主一抬脸："把帽子给我拾过来。"

马老四拾过来，刘局长呈上："嘿嘿，田大人，小的能走了吗？"

胖财主那口气横里带着拐弯儿："不能！"

这个过程刚开始，赵师爷早就撤到外边。

刘局长："田大人还有什么吩咐？"

这时，台上的演奏停下了，全场人都朝这看。

胖财主："小子，知道这里是干什么的？嗯？这是听曲儿说话的文明地方！有钱就来，没钱就散，我看你架势想玩霸王妮儿呢！"

刘局长："不敢，不敢。"

胖财主亲一下怀中元春："你他娘的不长眼，吓着了我这小宝贝儿。"说着给她捋后脑，"给元春鞠个躬！"

刘局长正规立正照办。

胖财主甜声问："宝贝儿，行了吗？"

元春笑着点头。

胖财主："让这个舅子走？"

元春再点头。

胖财主脸一变，当场下令："十分钟之内，给我送一百两银子来！不，一百五！"他转向元春，"宝贝儿，今天给你过节。"向外一撩手，"滚！"

刘局长马老四跑出来。

赵师爷问："没事儿了？"

刘局长："带着一百五十两没？"

马老四借着门口的电灯拿出张银票，刘局长赶紧送进去。行个礼，放下银票忙撤回。

全场的人哈哈大笑，胖财主冲着台上一挥手："接着拉！"

刘局长听着里面曲又复奏，摘下帽子来擦汗："悬！这周村还真是藏龙卧虎！"

马老四："这田茂禄是谁？"

刘局长："好嘛，督军的副官！"

马老四："天呀！险些惹了大事儿！"

赵师爷："刘局长，不打不相识，经过这一场，以后倒是认识了。"

刘局长："对对对，老赵说得真对！"

赵师爷："这里买卖真好呀！"

马老四："哼，要是书寓在咱手里，咱就能结识不少人物！"

赵师爷斜着眼："想弄过来？"

马老四："有招儿？"

赵师爷："当然有！"

马老四："快说，说完了咱去喝酒！"

他们朝前走着。

赵师爷故意卖关子："你能让猫吃辣椒吗？"

马老四："尽胡说，猫哪能吃辣椒！"

赵师爷："我能！"

马老四："除非狗能上树！"

赵师爷："你把辣椒掺在肉里也好，用辣椒炖肉也好，猫都不吃。四爷，怎么能让它吃呢？"

马老四："快说吧！"

赵师爷："把辣椒抹到猫那屁眼上，它就得玩儿命舔，三舔两舔，辣椒就吃进去了！咱也不用别的，隔三岔五就来闹。刘局长抽空就来闹一场，刘局长如果没空，那张连长就带人来，三闹两闹，她就撑不住劲了，"瘦头一伸，小眼放亮，"还不得把这卖给咱？"

马老四挑起大指："高！这招儿，诸葛亮也想不出来！"

刘局长："闹归闹，咱得看准了才能闹！——不能再撞上人物！"

赵师爷："放心，我让人盯着。有人物咱不闹，一场子百姓咱才来。"

三人笑逐颜开。

第二十七章

1

早上，阳光灿烂。新成坐在北屋看着院子出神，抽着烟回忆这些年来的境遇。

太太过来问："哪里不舒服？"

新成："没事儿，我是在想瑞清——他干的这些事儿我咋有点看不懂呢？"

太太："哪些事儿？——他没干什么呀？"

新成转过脸："他平出平入，把博山瓷厂卖给了马保国！——为什么不坑他一下子？"

太太："马保国这么盛，瑞清不愿惹麻烦！"

新成慢慢地点着头："当初，俺这四个发起人一人出了六万，这些年不仅没挣钱，还每年往里贴钱——是俺四个给股东分红。"他看着太太，"别的厂都行，就这瓷厂没能挣到钱——这厂办得草率！"

太太："老爷，话不能这么说，诸葛亮也打过败仗！干买卖本来就该有赔有赚！——既然是个无底洞，就得早脱手。"她给丈夫倒茶，"现在好了，瓷厂归了马保国，该他往里填钱了！——他一共收去多少股？"

新成："总股子一共六十万，他收去了将近四十万。"

太太："四十万不是小钱！老爷，别看钱不少，他准不在乎——他出个告示就是钱！"

新成："他娘，这时局难道往后就这样了？要是这么着闹下去，谁还做买卖？”

太太：“就是不让你做。要是依着我，把新成缫丝厂也卖了！”

新成：“我也想卖，可瑞清说缫丝就是干一季，不要紧！”

太太冷哼一声：“虽是干一季，但他准让你全年交税。还是卖了利索！——咱一共收了多少茧子？”

新成：“四万担，俩月就能干完！”

这时，狗剩跑进来：“老爷，缫丝厂停电了！”

新成：“为什么？咱又不欠电费！——你没去问问？”

狗剩一跺脚：“嗨！我去了，那个狗屁师爷说——不仅今天停，明天还停。他明着跟我说——你东家一天不明白，就停起来没完！老爷，你咋惹着他了？”

新成垂头丧气：“他想买咱的厂——”

太太：“老爷，别生气，咱卖给他！”

狗剩着急：“卖不卖是后话，现在咋办？茧子在槽子里煮烂了！”

新成拿过帽子：“我去找找瑞清。”

2

瑞清和稚琴相偕来到丝绸厂——来到德国人克伊夫的办公室，他迎上来握手：“杨，好吗？”转向稚琴，“夫人请坐。”

瑞清：“生产还正常？”

克伊夫：“正常。”他迷人地笑着，“工厂比开矿简单，我要再建一个厂！杨，用不了多久，我就把这里建成世界的丝绸基地！”又补一句，“周村的生丝是最好的！”

瑞清：“好是好，但产量有限！”

克伊夫：“这不是问题！等我把厂建起来，我就鼓励农民多养蚕！采用法国的公社制——和农民签合同，让他们按合同供蚕茧！杨，你不也这样做吗？”

瑞清点点头：“克伊夫先生，新成缫丝厂想脱手，你感兴趣吗？——你有了个丝绸厂，再有一个缫丝厂正好配套！”

克伊夫皱着眉：“这要多少钱？”

瑞清："不会超过三十万！"

克伊夫站起来："带我去看看！"

瑞清让他坐下："克伊夫先生，中国的情况你也看到了，时局混乱，私有财产正在遭受野蛮的掠夺。马保国县长也想要这个缫丝厂，但王新成先生不想卖给他。可他是县长，王新成又不敢明说，所以——"

克伊夫："你就找了我？"说罢大笑，"我不怕什么县长！"

瑞清："你是不怕，但王先生怕。克伊夫先生，你有意和县长竞标吗？"

克伊夫黄眉一横："我愿意。我不会输给他的！"

瑞清摇头："其实没必要硬争。如果价钱太高，就不如购入机器新建个厂。"

克伊夫："开矿我懂，但我不懂缫丝。杨先生，多少钱以上不能买？"

瑞清："到时候我会告诉你。"说着站起来，"克伊夫先生，你买去了我的丝绸厂，也算帮了我的忙，我不会让你吃亏的。"

克伊夫："杨，我们应当事先定个暗号！"

瑞清："不用。到时候先生讲英语，我太太会直接告诉你！"

克伊夫一躬身："谢谢夫人！"

3

这是一个红霞满天的下午。电厂会议室里，马老四和赵师爷正座，瑞清、新成坐在一边，稚琴与马老四坐对面。

马老四对稚琴说："嫂子，洋鬼子说的什么你可告诉我。在中国的地盘上，不能让洋人争了先！"

稚琴不看他，只是轻轻一点头。

瑞清："四爷，新成兄已经和克伊夫定了供销合同。你要是不停电，干完了这一季，直接把厂卖给你就行了。可你这一弄，洋鬼子知道了，他非买这厂不可！"瑞清不满，"尽是咱自家找来的麻烦！"

马老四："杨先生，不管怎么样，这厂不能让洋鬼子买了去！我不但要买这个厂，回头我哥再给督军要个手令，把周村四乡的茧子全控起来！我让洋鬼子守着

织机开不了工！”

瑞清：“早该这样，咱中国的钱不能让外人挣了去。四爷这话有气节！我赞成！”

新成：“四爷，我从没误过税，也没顶撞过马县长。你连着停了六次电，瞎了一千多担茧子。唉，真让人寒心！”

马老四抱拳：“王先生担待。厂子归我后，我把损失补给你！”

这些坏点子全部出于赵师爷，在这个过程里，他低头拨算盘消遣，不出声音，也不敢抬头看人。

这时，克伊夫带着秘书进来，众人起立。他笑笑，坐在稚琴旁边，低语一句。

稚琴一笑，对马老四说：“可以开始了！”

马老四叼上烟含混地说：“四十万！”

稚琴小声转译。

克伊夫点点头，嘟囔一句。

稚琴：“他出四十五万。”

马老四转头看墙，轻蔑一笑：“五十五万！”

克伊夫停一下，看看稚琴，又用英语小声嘀咕。

稚琴：“他出六十万！”

新成惊得两眼大睁，又怕别人看见，赶紧低下头。

马老四一捋袖子：“六十五万！”

克伊夫问稚琴：“keep gaining?（还能加吗？）”

稚琴小声叮嘱：“Sir，you should not overbid for the value. It is the long price，keep bit is not a good idea!（不能了，先生。这个价格已经超出了实际价值。再加是不明智的！）”

克伊夫：“You sure that?（是吗？）”

稚琴：“Sir，he spend illicit money in getting get this，but you are not. I pray for you，please stop bit sir!（先生，他的钱是搜刮来的，你的钱却是银行的贷款。没必要争下去。我恳请先生做一个认输的表情。）”

克伊夫皱眉：“why?（为什么？）”

稚琴："Just appease him，please!（以满足他那毫无意义的虚荣！拜托先生！）"

克伊夫笑了："Oh I see! It is a play，I'm just a player，right?（这是杨导演的一出戏，我仅是个配角，是这样吗？）"

稚琴："This is that your friend has recourse to you!（你可以看成是朋友求助！）"

克伊夫宽谅地一笑，站起来冲对面鞠躬。

马老四问稚琴："他什么意思？"

稚琴："他承认失败，新成缫丝厂归你了！"

瑞清带头鼓掌，克伊夫往外走，瑞清稚琴送出来。

楼口处，克伊夫和瑞清握手："杨，你欠我一个情！不是吗？"

瑞清："谢谢先生！"

室内，马老四声威大震："他娘的，我准备了一百万，才弄了两下子，洋鬼子就服了，真没劲！"

赵师爷对新成说："咱什么时候过户？"

新成："现在就行！"

4

新成拿着银票回家，太太一看，哭了。

新成不解："你这咋了。厂是你让卖的，咋又哭了呢？"

太太："我是哭周村！哭咱这些年的心血！过去咱是好几个厂的股东，现在全都利索了！"

新成："利索了更好！旱码头成了狼窝子，没什么好哭的！"

太太："你看看，那么多工厂，都成了马家的买卖。那么多人没白没黑地操心劳神，倒是为知县作了嫁！老爷，这是什么世道呀！"

新成："唉，咱还算好的。你看看，朴成搭上了命，孟掌柜气得吐了血。要不是瑞清帮着，咱那厂能卖这些钱？"

太太她泪眼可怜地问："老爷，这番事业就这么败了？你们这些人就这样认输？”

新成冷哼：“没那么简单。不说瑞清，孟掌柜也和他不算完。瑞蚨祥和袁世凯相当熟。前天孟兄给瑞清来信，说是正在活动，早晚给咱出气！”

太太：“你给瑞清说说，咱们也凑点钱，让孟掌柜的出面打点，让上头杀了这兄弟俩！”

新成：“杀了这俩还得来俩，反正咱也没买卖了，就这么着吧！”

太太疑惑地看着丈夫：“咱就守着这俩死钱儿？”

新成：“瑞清说，当此之际，以走为上。”

太太：“去哪？”

新成：“瑞清说去青岛也行，去上海也行。他都帮着咱！”

太太：“哪里也不安生！”

新成：“起码比这好！这俩地方都是洋人主事儿，俗话说百姓怕官，官怕洋人，洋人怕百姓。洋人怕百姓是怕中国乱，怕乱厉害了影响他发财，所以就使劲摁着。唉，走一步看一步吧！”

太太：“既然瑞清这么说，咱就得想想了。但有一条，咱这房子不能卖——等安生了，咱还得回来！”

新成：“乱治交替，咱肯定能回来！”

太太：“咱这些钱咋办？”

新成：“存在汇丰银行，眼下那里还算安全！起码马家不敢抢。瑞清说，洋人讲的是秩序，中国再乱，洋人也要维护它局部的秩序。他娘，还是那句话，瑞清说的差不了！”

太太长叹：“想想，从开埠到现在，简直是一场梦呀——”

5

马老四得胜还衙，心下甚喜，往椅子上一坐：“哥，我算了算，周村这些厂，除了洋鬼子买去瑞记丝绸，差不多全让咱弄来了！”

马县长：“什么是时务？这就是时务！还是那个县长，前清和现在直接就是两道局！”

马老四："对呀，过去咱干什么都干不成，现在想干什么就干什么，没人敢拦咱！哥，用不了几年，咱就是江北最大的工业家。要是依着我，咱把家里的人全从济宁迁过来，一块享受这旱码头的繁华！"

马县长："我也这样打算！"

马老四："现在唯一那俩书寓不归咱，这是个心病。"

马县长色变："别打这类主意。桂花是杨瑞清的命根子，你要惹了她，咱什么也别干了！杨瑞清给咱代理着货，钱还在他手里攥着。咱不能因小失大！"

马老四："要没这些顾虑，我早办过来了！哥，你是没见，书寓的买卖相当好，比干工厂都发财！"

马县长："再发财也不能办。再说了，杨瑞清刚帮着收完博山瓷厂的股子，咱能背后里办人家嘛！"

马老四："也是。这事儿他娘的有点难！"

马县长："老四，就这么着吧。这小四十万的股子平出平入，杨瑞清一分没赚，这样的人不好找！他还答应再帮着咱收散股子，这几天就能有个头绪！——四弟，周村四乡咱不熟，除了杨瑞清，咱自家收不来！"

马老四："那就等他收完了再说！"

马县长瞪眼："收完了也不能去动桂花。四弟，他帮着咱代管货款，那不是个小数！"

马老四："三哥，放心，没准儿的事我不干。"说着掏出个字据，"他已经把款给咱存在上海的外国银行里了！你看，这是刚才杨瑞清给我写的字据。"

马县长接过来看："嗯。四弟，就是他把钱全给了咱，书寓也不能办。咱要把他弄烦了，以后咱咋办？"

马老四："哥，赵师爷说，这事儿咱自家不出头，让刘局长去办。我敢说，他闹不上两回，桂花就得服了气，就得抢着把书寓卖给咱！"

马县长烦了："别听老赵的！——自打一共和，他的坏心眼子全出来了！大德通到这也没弄利索！这个瓢还没摁下，不能再起来葫芦！就是摁下瓢，也不能去惹杨瑞清！"他突然变成可怜相，"四弟，咱的买卖已经够大，不要太贪。为了个书寓，得罪杨瑞清不值！"

马老四："不动书寓也行，你得多分给我一股子！要不我就把书寓弄过来自己干！”

这时马太太出来了：“他四叔，你三哥是为你好，这和股子没关系！你也不想想，要不是你哥这势力，你算什么？什么都不是！”

马老四一斜眼：“嫂子，要不是家里出钱，我哥能干这差使？”他转向马县长：“哥，咱兄弟俩无所谓，可下去三辈子子孙们就远了，我也得为后代想想！——再说，无论干什么，都是我出面，今天要不是我你能干败洋鬼子？”

马县长心烦：“都别说了。老四，先让杨瑞清把钱汇到周村汇丰来！”

马老四：“哥，先说好咋分再汇吧！我看着，钱放在外头更保险！省得让督军抄了去！”

马县长点头：“说了这一阵，就这句有用！那就先别让他汇，咱看看再说！”

6

瑞清和稚琴坐在枇杷树下。他垂头丧气，唏嘘不已。

稚琴：“你什么时候把新收的散股给他送去？”

瑞清摇头：“唉，我还没想好。琴，送去这些股票，咱就该走了！”

稚琴：“一共收了多少股？”

瑞清：“不到七万。有些人死活不卖，咱又不能把话说得太明。唉，当初我不该办这厂！”

稚琴：“不是不该办，是不该不让克利尔入股！”

瑞清：“我为什么恨洋人？就为这！只要他沾不着光，就往死里挤对你！——立俊跟我说，克利尔每次装船都把那瓷器装下头，浪一起，货一压，运到英国碎一半儿！博山瓷厂之所以没挣着钱，就出在这运输破损上！”

稚琴：“人家掐着咱的脖子，有时候就得认输。好，不说这些了，中午想吃什么？”

瑞清：“我什么都不想吃！”

稚琴：“别使性子，我又没惹你。咱把桂花也叫来！”

瑞清：“不叫她！还没让她气死我！”

稚琴："怎么了？"

瑞清："我的意思是卖了书寓一块走，可她不，她非得和马老四较劲。我回来没说——这几天那个警察局长总去闹，警察局长不闹，那个贼羔子连长就接上。瘦茭白也让人家打了好几回！"

稚琴："马家支使的？"

瑞清："还能是谁？"

稚琴："桂花知道吗？"

瑞清："知道。唉，琴，桂花干的事儿，咱往往看不明白。你知道为什么？——她从小长在乱场子里，窑子里打仗是常事儿，她根本不在乎！"他着急地一拧头，"可就她那身子骨，就能架住生气？"

稚琴站起来："不行。我去说说她！林嫂，跟我出去一趟！"

瑞清很感激。

稚琴刚走，广兴一脸是愁地进来了："杨先生，还得帮忙呀！"

瑞清让他坐下："怎么了？想要你那茶庄？"

广兴点上烟："不是这。我看着乱，今年没敢进茶叶！"

瑞清："嗯，这回聪明！——不进就对了！"

广兴："杨先生，我比不得你。茶庄明摆着不能开了，丝绸厂又把咱清出来。就这俩死钱儿花不到死呀！杨先生，你还得给我支支招儿！"说着抱拳相求。

瑞清点头想了想："唉，这样，去青岛吧。"

广兴："去青岛干什么？"

瑞清："咱这茶是从南方运来的，船是先到青岛，咱再从胶济路运过来。别看济南是首府，却在青岛的下家。津浦路虽是快通了，但这一路好几个军阀，一不高兴就给你扣了！还是船运保险。这样，你在青岛坐庄，我从上海给你发茶叶，然后你沿着胶济路一溜往西发。咱这么办行不？"

广兴拨愁雾见青天，激动得险些跪下，用力顿着作揖："杨先生，你可救了我！——这一弄我心里就有底了。"

瑞清扶下他的手："还能玩得更省事儿！"

广兴："噢？"

瑞清："你在青岛站稳后，就给你所有认识的茶庄写信，让他们去青岛提

货！”

广兴：“好！好！可是好！既省事儿又安全！好，好！”

瑞清：“崔兄，茶叶体积小，价值高，不怕往那远处运。你就给他来个立足青岛，眼望东看——过了海就是东北，等你安顿好了，主动到东北去一趟，把那里的茶叶也控起来！”

广兴大睁眼：“杨先生，我有个感觉，马家这一闹，我崔广兴说不定因祸得福！——你在南边撑着，我再努把子力，用不了几年咱就是北方茶霸！”

瑞清摇头：“永远别当茶霸！崔兄，一霸就想控价钱，价钱一高，苍蝇就闻见血了——同行立刻杀进来。这样反而挣不多钱——你当初要卖五两银子一担，我敢往这运茶？”

广兴：“是是是。杨先生，你来定价，我只管干。挣了钱你六我四！”

瑞清：“这都是后话。等你在青岛安顿完之后，就去上海。具体事宜你去和立俊谈。再让他带着你到茶叶产地走一趟，看看哪些茶好销。崔兄，咱不用弄多了，弄准十个品种准能富得流油！”

广兴：“好，我这就回去安排！早一天撤早一天踏实。你看看，整天纳捐外带提心吊胆，这是人过的日子？”

瑞清：“这兄弟俩闹得太欢，物极必反，我看差不多了！”

7

现在马县长已经停伙，是让会仙楼送饭——四凉四热外带一个汤。伙计刚把饭摆好，就听前面高喊：“督军专使到——”

马县长赶紧整身出迎。督军专使还是那个营长，他进来后往椅子上一坐，随手撂下公函：“马保国，案子破了吗？”说着看看饭菜。

马县长：“什么案子？”

营长：“大德通的案子！——袁大总统亲自过问下来了！”他掏出烟来，马县长急忙划火。

营长吐口烟：“你打算怎么办？就这么拖着？”

马保国：“不不不，已经有头绪了。据探查，该案系长山柳子帮所为，我正和张连长商量进剿！”

营长：“进剿？剿什么剿？长山紧挨着长白山，”向外一指，“就你这几个人能办这事儿？”

丫环送来酒，马县长：“去，把赵师爷叫来。”他躬着身给营长斟酒，“史营长，还得多美言呀！”

史营长端起酒，斜眼看看马保国，一饮而尽。

马县长也跟着干了。

赵师爷进来：“县长有事儿？”

马县长一仰脸：“给史营长准备的那三万两银子汇了吗？——要是没汇就拿来！”

赵师爷很机灵：“我怕汇来汇去让外人知道，就等着史营长来。我——”

马县长一摆手：“拿来拿来。一会儿带着史营长的随从去会仙楼吃饭！”

赵师爷出去。

史营长惊喜：“马兄，这是干什么！”

马县长：“唉，论说我该亲自送到济南去，可你看看，我走得开吗？”他双手端起酒，“史营长，还得多美言呀！”

史营长喝下酒：“美言是美言，可你这祸惹得太大了！”

马县长：“噢？”

史营长：“你光惹大德通也不要紧，关键是瑞蚨祥那个姓孟的！——这小子也较劲！”

马县长：“孟七子还有神通？”

史营长：“唉，老兄有所不知呀！他不是一般的神通！”夹口菜放在嘴里慢慢嚼，慢慢吊着老马，“早年，小站练兵，孟七子他爹就认识袁大总统。后来袁大总统统辖济南，孟七子就接上了。八国联军进北京，一窝子王爷拖家带口跑来济南，从吃到住都是瑞蚨祥出的钱！”他看着老马，“现在好了，他和大德通两下里拧成了一股劲，非把你扳倒不可！”

马县长吓得直冒汗：“史营长，给兄弟指条明路！”

史营长看看外边：“马兄，说实话，大德通是不是你抢的？”

马县长不假思索：“不是，绝对不是，我说什么也不能给共和抹黑呀！”

这时，赵师爷拿来银票，史营长皱着眉虚让，马县长摁着他装进口袋。

史营长收了钱，心也平了："马兄，只要不是你抢的，这事儿就不难办！"

马县长："咋办？"

史营长："你现在已经把罪过摁到了柳子帮头上，既然摁上了，咱就摁到底！"贼眼看看外面，"你这么办，让张连长带着人去长山转一圈儿，一顿乱枪，声势就出来了！"

马县长："可那香磨李不好逮呀！"

史营长一拍筷子："笨！上头谁认识柳子帮？谁认识香磨李？——沿途逮两个要饭的杀了就行！"脸一仰，口气轻松，"拣着那四十多岁的杀，然后把头一割，不就交差了？"说罢大笑。

马县长高兴："好！这招儿好！来，史营长，咱弟兄俩干一个！"

史营长端起杯子："一会儿我去给张连长交代。保证办漂亮！——我们在直隶的时候常办这一手儿！"

8

史营长走后，马县长依然兴奋不已，在屋里来回溜。赵师爷来报："县长，杨瑞清来了！"

马县长高声叫板："嗯——请！"

瑞清进来："县长可好？"

马县长："相当好！杨先生，几天不见你怎么瘦了？"

瑞清一笑："收股票收的。"说着把一叠股票放桌上。

马县长看看："一共多少？"

瑞清："七万。就这些了，剩下的那些，县长自己贴个告示吧！"

马县长："想害我？——这要是能贴还用你？"说着笑起来。他转向赵师爷："给杨先生拿钱，七万。"他谦和地问，"还加点不？"

瑞清："不必。县长，办完了这件事儿，就回上海了。按我的意思，是把存在我那的货款汇回来，总搁在那里真不是个长法儿！"

马县长急忙制止："别别，先在你那放着。我什么时候用，你什么时候汇，等我电报！”

赵师爷送来款，瑞清收起。

瑞清点点头：“好吧。”他看看外面，很为难地说，“县长，你能不能把那俩书寓接过来？”

马县长：“怎么着？不想干了？”

瑞清：“唉，这书寓是桂花的，论说我做不了主。可现在时局不靖，还是卖了利索！”

马县长：“时局不靖？怎么时局不靖？有人捣乱？”

瑞清：“唉，县长不问我也不愿说，今天张连长去，明天刘局长去，一去就是七八个，不仅搅了场子，还不给钱！唉——”

马县长一拍桌子：“胡闹！我这就办他！”接着和颜悦色，“杨先生，看着我的面子，别和他们一样。书寓该开还得开，谁也不敢动你！”

赵师爷低头出去。

9

马老四躺在炕上抽大烟，赵师爷跑来报喜：“四爷，行了！杨瑞清撑不住了！”

马老四坐起来：“噢？他怎么说？”

赵师爷：“他想把书寓卖给咱，可老爷就是不收！”

马老四想急：“为什么？”

赵师爷嫌他笨：“嗨！咱不是还用着他嘛！”

马老四：“也是。”

赵师爷凑上来：“四爷，咱这回办得不错。咱历次去书寓，你一回没出面，杨瑞清也认为是刘局长捣乱。杨瑞清急于回上海，四爷，我看再闹一回，这事儿就成了！”

马老四：“怎么闹？”

赵师爷：“你还是别出面，晚上我和刘局长去——刘局长一闹，我就充好人。我事先给刘局长交代下，我越劝，他越闹，保证让杨瑞清欠咱情！”大包大揽地一扬手，“放心，我跟着，保证离不了谱儿！”

马老四：“可得掌握火候。我哥说得对，咱不能因小失大！——无论如何不能让杨瑞清看出毛病来！”

10

晚上，金陵书寓里灯火通明，管弦交错。十二钗台上演奏，班头在下面兜揽生意。

瘦茭白站在门口，她的嘴角瘀着青，但丝毫不在乎。本寓的名妓紫燕过来说：“茭白姐，这些人要是再来闹，我看直接叫妈妈！他们知道妈妈后面有杨先生！”

瘦茭白：“别。妈妈身子不好，别气出事儿来！”

紫燕：“可天天这么个闹法，咱这买卖没法干呀！吃喝玩全不给钱，一不顺手就动手。姐姐，杨先生知道不？”

瘦茭白转过脸：“唉，杨先生最好不知道。你想想，他又治不了马家，知道也是干生气！”

这时，刘局长和赵师爷酒后走来，满脸赤红，赵师爷的小眼都快睁不开了。刘局长一见瘦茭白：“怎么着？还在这站着？”他看看自己的手掌，“我挺有劲呀，咋还没打服气？”

瘦茭白：“我一入行就挨打，早练出来了！”

刘局长扬手要打，赵师爷推着他向里走去。

十二钗中的上三钗黛玉宝钗元春正在演奏《春江花月夜》。刘局长进来恶眼乱看，怕事儿的人站起来就走。英美烟草公司的刘襄理回头看看，轻轻哼一声。

刘局长侧脸低问师爷：“那小子是谁？”

赵师爷傻看：“哪个？”

刘局长指去：“就是那个穿绸汗衫的。”

赵师爷：“英美烟草的刘掌柜。咋了？”

刘局长：“我看着他不服气呢！”

赵师爷扶住他的臂：“别，这咱惹不起，他后面是洋人！”

刘局长仗着酒劲："什么他娘的洋人，我不在乎他！"

赵师爷拉着他："别，咱别找麻烦！"他扶着刘局长来到东厢下，踅摸一下周围的客人，选中一个较土的问："你是干什么的？"

这位三十多岁："来趸烟的！"

刘局长用手一划拉："滚，给老子让座！"

那位不满地站起来。他俩坐下，赵师爷一扬手："上好茶！"

全场的人都向这边看来。

刘局长恶视全局，人们又回过头去。

一曲终了，元春笑吟吟地朝刘襄理走去，刘襄理也站起来接。刘局长一时性起，蹿将上去："小子，元春归我了！"

刘襄理上下打量他："你有钱？"

刘局长："有！"一指，"在你口袋里！"说着一掌打去，刘襄理险些摔倒。

班头一看不好，贴着墙根往外撤。

赵师爷跑来打圆场："刘掌柜的，局长喝醉了！对不住，对不住。"

刘襄理虽是洋人雇员，但洋枪洋炮没在跟前，本着好汉不吃眼前亏的原则，捂着脸往外走。

来到门口，瘦茭白问："咋了？刘先生。"

班头："警察狗子打了刘先生！——我去叫妈妈！"

瘦茭白一把没拉住，班头窜去。

瘦茭白原地积攒怒气——本想忍下，却是忍不住，疯也似的跑到警察局长跟前，二话不说，摸起茶壶砸将下去，刘局长一抱头，茶壶砸在他手上，热茶烫得他原地跳高。

赵师爷忘了斯文，抓住瘦茭白没头没脸地乱打。茭白瞅准机会，一口咬住他的腕子，用力甩头，生生挣下一块肉来！

刘局长又冲过来，正要打，桂花和高大夫出现。桂花大喊："你敢！"

刘局长停住手："你是谁？"

桂花走来："我是催命鬼！"说着一剪子捅过去。

北洋兵都练过拳，刘局长一闪，当胸一脚，桂花飞出。平躺在地上不动了。

赵师爷大惊，拉起刘局长往外走："老刘，快走！"

刘局长："放开！我踹死这个娘们儿！"

赵师爷："快走，她是杨瑞清的相好！"说着连推带抱，把刘局长弄走了。

桂花脸苍白，高大夫蹲下身平着乍开手，不让别人动桂花。瘦茭白吓得哭。高大夫急了："别哭了，快去叫杨先生！"

11

桂花躺在瑞清家的西屋里，稚琴拉着她的手掉泪。桂花苏醒过来，惨淡地笑着。

高大夫在这边兑着针药。瑞清问："高大夫，不要紧吧？"

高大夫："兴许不要紧，现在她的心率不快。"

瑞清："万幸，万幸。你为啥不拉住她？"

高大夫："我拉得住吗？"说罢举着针走过去。

瑞清退出来。

四胜和小张等在门外，四胜："少东家，桂花挺拗！——咱那么多买卖都卖了，也不差这一点儿，快把那书寓卖了吧！"

瑞清丧气："这事儿怨我，今晌午就该硬让姓马的买下！"

四胜："少东家，啥也别说了，赶紧卖。再不卖就出人命了！"

瑞清点点头："走，跟我去县衙！"

小张跟出来，瑞清回身："你别去！"

小张："那警察有枪！"

瑞清一笑："他早晚毁到这枪上！"

12

警察局长垂首站于县长前，马县长怒不可遏："你他娘的长眼吗？谁不能惹你惹谁！"他转向赵师爷，"老赵，谁让你去闹的？是不是老四？"

赵师爷低着头："不是。我和刘局长吃完饭，本想去玩玩儿，可那瘦茭白不让进，这才打起来！”

马县长：“桂花死了吗？”

赵师爷：“当时没有。”

马县长指着他：“你等着，桂花要是死了，我让你偿命！”

赵师爷尴尬地笑：“不老不小的，没那么容易死！”

前面卫兵跑进来：“报告县长，杨瑞清求见！”

马县长急忙往外轰：“你俩快躲躲！”

赵刘二人窜出去。

须臾，瑞清进来，马县长急接：“杨先生，你看这事儿闹的，我正训他们呢！快坐，快坐。冲茶——”

瑞清坐下，心平气和地说：“马县长，你真不该呀！”

马县长又跺脚又抖落手，急得不知道从哪说：“嗨！真不是我！——杨先生，你也不想想，你帮了我那么大的忙，今后还要帮，我能这么干嘛！是那兵痞刘局长野性不改，这才闹出乱子！”

瑞清：“马县长，咱什么也别说了。”抱着拳，含着泪，“你算帮我个忙，把这俩书寓买去吧！”

马县长更急：“杨先生，我说什么也不要！——真不是我让干的！”

瑞清：“我没说你干的，我是让你帮个忙！——钱多钱少无所谓，我只想快出手！”

马县长坐下：“你看看这事儿闹的，让我怎么做人！”

这时，马老四进来：“哥，杨先生既然这么说，你不妨收下。回头你再给上头写个东西，说说这刘局长的作为，最好让上头把他调走——喝酒吃饭全不给钱，不能由着他这么闹！”

马县长不便看兄弟，着急上火地说：“要没这事儿我能收，可现在——唉！”

马老四转向瑞清：“杨先生，我收下！说，多少钱，我这给你拿！”

马县长大吼：“老四，别胡闹！”

瑞清抬手：“马县长，我看这样最好，卖给四爷比让刘局长弄去强得多。”他看着马老四，“四爷，我已经不在乎钱了，随便你给！”

马老四：“三万两？”

四胜大吼：“不行，最少四万！”

瑞清瞪眼看四胜，四胜置之不理。

马老四：“好，就依你。四胜，跟我去东屋拿钱。”

四胜也不去看瑞清，跟着马老四去了。

马县长相当懊丧，欲辩无言，不辩又气，不由地骂道：“真他妈的不要脸！这让我咋做人！”

瑞清站起来：“马县长，桂花病情一好转，我就回去了。等我一到上海，就把钱给你汇来，唉，咱们的合作到此结束了！”

马县长拉住瑞清：“杨先生，求你，千万别汇！上头盯着大德通的案子，万一有个闪失我将一无所有！杨先生，真不是我让干的！——请先生费心，再代为保管一阵子！”

瑞清不语，只是想走。

马县长不让瑞清走：“杨先生，今天出了这事儿，我相当窝囊！杨先生大人大量，往后还得帮着我，要不这些厂咋办呀！”

瑞清正视着他：“马县长，咱实实在在地说，民国之前，你还真不错，虽有小瑕，但也顾及体面。但这阵子你变化太大了。唉，既然话到了这里了，我也有个条件！”

马县长：“说！”

瑞清：“把这个狗屁师爷轰走，这些坏点子全是他出的！”

马县长：“好好好。”接着又犯难，“杨先生，你是明白人，老赵知道的事儿太多，我得慢慢来。往后我不听他的就是了！——杨先生，求你，千万别把钱汇来。”

瑞清鼻子出冷气：“嗯——好吧。”

13

第二天早上，瑞清和四胜在院子里坐着。稚琴和高大夫从西屋出来，瑞清赶紧起身问：“怎么样？”

高大夫很高兴："除了虚弱，别的都正常！"

稚琴："快订车票吧。一离开周村她的气也消了。"

瑞清看着高大夫："不会反复？——我心里咋这么不安生呢！"

稚琴："别胡说，只能一天比一天好！"

高大夫本着科学的精神说："随时有可能反复，但现在看来不要紧。"

瑞清："她能站起来走动吗？比如咱坐火车去青岛，然后坐船，她能撑住这趟折腾？"

高大夫："最好养一阵子！"

瑞清点头，慢慢走回来坐下。

四胜："少东家，咋办？"

瑞清："火车门太小，抬不进担架去，桂花又不能站起来走。这样，你去周村航运局租条小火轮，咱坐船从小清河到羊角沟，再换船去青岛。随后让她在青岛养一阵，等恢复得差不多了，咱再去上海。"

四胜站起来："我觉得这样挺周全！"

瑞清："你给立俊发电报，让他从上海派两个西医来，他知道桂花的病，让大夫多带药！"

四胜点头："嗯。还有别的吗？"

瑞清："再写两个字——大火！"

林嫂端着汤去送饭，瑞清站起来看："这是什么？"

林嫂："西洋参炖鸡，可补气的！"

四胜去发电报，来到门口，小张问："郭经理出去？"

四胜："董事长让你进去！"

四胜走了，小张关好门，紧闭着嘴来到院里："董事长叫我？"

瑞清指着对面的椅子："坐下说。"

第二十八章

1

早上，马县长在正房中教训兄弟："老四，你是干的什么事儿？——你咋就这么不知道轻重呢？那书寓有啥好的？你就这么盯着不放？难道周村这财全得你发了？"他气得在屋里东撞西碰地走两趟，回来继续，"你想想，咱现在一百下里用着人家杨瑞清！你倒好，却把桂花打了！桂花是谁呀？那是杨瑞清的命！还好，没出人命！要是桂花死了咋办？咱这买卖不做了？"

马老四："这事儿我自始至终没出头，他怨不着咱！"

马县长："杨瑞清傻呀？你看看，咱这一万匹绸子马上交货，你让我咋对人家说？"他看看天，"叭狗子得势比虎欢，还真是这样！——你还不如叭狗子呢！贪贪贪！早晚贪得搭上命！早知道这样，就该让你在济宁趴着！"

马老四忍了再忍，最终还是反驳道："哥，咱为什么活着？还不是为了得势？得势干什么？就是为了弄钱！杨瑞清反正要走，他那书寓总要卖，老刘又没把桂花踹死，我看没什么大不了！"

马县长治不了兄弟，一了百了乱摆手："好好好好，你是祖宗！什么也别说了，抓紧出去躲躲——杨瑞清这很快就走，你和老刘先去济南住阵子，等杨瑞清走了再回来！"

马老四："我去济南可以，但不是躲着杨瑞清。这事儿和我扯不上，我不怕他！"

马县长忍着怒气交代："兄弟，大德通那套还没完，孟七子也较着劲，我心里已经够乱了！你到了济南老老实实地趴着，千万别再惹是非。兄弟，那是济南府，满街都是官，是个官就比你哥大！”

马老四满不在乎，不屑地应着出去。

赵师爷来了。自从刘局长打了桂花，马县长对他极冷淡，赵师爷自然也矮了半截。他赔着笑躬身：“县长，张连长剿匪回来了！”

马县长不看他——免得再生气。冷冷地说：“老赵，你收拾收拾回济宁吧。你看看，这些乱子——全是你弄出来的！”

赵师爷：“县长，我可是忠心为主呀！”

马县长：“你是忠心为主，但也快把我害死了。大德通孟七子——两家一块在京城里撺掇，一块给我下蛆！”

赵师爷也豁出去，直视着马县长：“县长，大德通也好，瑞蚨祥也好，都是县长同意的，咱不是救急嘛！”他不软反硬，“老爷，这事儿摁下更好，摁不下我是不能去顶罪！——我仅是个师爷，想顶也顶不上！”

马县长抬起头：“你什么意思？”

赵师爷：“县长都撵我走了，我还能有什么意思？——我跟随老东家二十年，没让老东家说出半个不字来！老东家重托在身，我这才跟着县长来了周村。”接着历数功绩兼诉委屈，“我费心出力，一片忠心，钱也好，物也好，我什么没弄着，倒是让县长撵出去。真有意思！”

马县长怕逼急生变，口气渐渐软温：“唉，你们这些人呀，全不知道我的难处！咱厂里的绸子马上在上海交货，交了货就是钱。可你闹出这套来，我咋去找人家杨瑞清？”

赵师爷：“给咱当代理，他也从中挣钱，又不是白干！”

马县长心烦：“好，先这样。老赵，咱可说好了。你愿意吃啥就吃啥，愿意喝啥就喝啥。算我求你——咱务必消停两天！”恶烦皱眉一扬手，“好，就这样。把张连长叫进来。”

赵师爷转过脸，一抽鼻子，脸上满是鄙夷的表情。

张连长一身戎装阔步而入，脸上络腮胡，身后背着大刀。过来敬礼：“县长，我回来了！”

马县长让座：“柳子帮灭了？”

张连长："灭了！斩了六七个首级。其中包括香磨李！"

马县长点点头："好。挂到城门上示众。再让赵师爷写个告示，就说柳子帮灭了。我也上书督军为你请功！"

张连长起立敬礼出去。

马县长总算可以歇歇了。太太从内室出来追着问："真把柳子帮灭了？"

马县长一哼："哼，还灭了。柳子帮没灭了他就不错！"

马太太："他不是说包括香磨李吗？"

马县长："嗨！你也信真！——就是几个要饭的！"他手扶桌子看外边，"他既然这样说，咱就这样信，总而言之，大德通的案子就算是破了。督军也好对上头有个交待！"

太太："老爷，老四心太野，又不知道轻重，我看该让他回济宁！"

马县长一拍桌子："你也该回去！"

2

桂花倚床而坐，瑞清守于床前。他盯着桂花问："胸口还疼不？"

桂花一笑："没事了。"

瑞清："踹得轻！我说什么都不听，该把你踹死！"

桂花低下头："你可别忘了，出殡的时候，想着把那绺子头发殓上。"

瑞清拉起她的手："唉，桂花，和那些人治气值得吗？你不说好好珍惜自家，反倒较了劲。你那命能和那些烂命一个价儿？"他伸手拿掉桂花肩头的一根落发，"桂花，大利过了年就出洋留学，用不了几年就是响当当的机械工程博士，说不定还弄个洋鬼子当媳妇！咱这是多好的日子？可是你不懂，为了个破窑子差点搭上命！你——"一杵她的太阳穴，"直接不通！"

桂花："在这之前我就生气！——今天纳捐，明天交税，还把你那买卖抢了去，周村几乎让他自家占了！"她抬起眼，"瑞清，自打一共和，你咋这么熊呢？"

瑞清皱着眉："唉！你好好养着吧。熊也好，能也好，咱能平平安安地到了上海，就算老天帮咱！"他叹口气，"桂花，世间之事——包括钱财，有无常有，无无常无，最不该把这些放在心上！既然赶上了乱局子，就应当退守自保。”他直指着，“说你不通是客气，你是典型地没活明白！”

四胜敲门进来，猫着腰小声汇报：“少东家，马保国和他老婆来了，还带着礼呢！”

瑞清意外：“噢？”

瑞清往外走，四胜伸头向床，冲桂花说：“你是秃子跟着月亮走，沾光不觉！——等着吃礼吧！”

桂花抡起枕头打来：“你也数落我！”

四胜接住，学小妮腔：“姐姐别生气——”说完，一扔枕头跑出去，走到门口还做个鬼脸。

桂花气得笑。

这时，稚琴陪着马太太进来。马太太一进门就虚天火地地夸奖：“哟——早知道桂花妹子俊，哎哟哟，还真是美人儿！”

北屋里，马县长坐在上首，瑞清给他倒茶：“马县长，还劳你亲自探望，真过意不去！”

马县长故作余怒未消：“唉，这叫什么事儿！”口气转热，“我早就想来，可尽是些烦心事儿，真也走不开！桂花好些了？”

瑞清：“不要紧了。上海的大夫这两天就来——要是看看没大事儿，我就回上海了！”

马县长感叹：“唉，我什么也不说了，等着定下日子，我置备酒宴为你饯行！”

瑞清：“别再麻烦了。我现在什么都不盼，就盼着桂花稳定下来！——真怕她路上再折腾犯了！唉，当初我爹就是这病！所以我心里特别膈应！”

马县长：“我听说令尊因惊而逝？”

瑞清：“好在桂花没惊过去！”

马县长：“杨先生，别生气了。姓刘的让我撵走了——我也给督军大人写了信，详细述说了他在周村的所作所为，上头一定会惩办他的！”说着摇头叹气，“唉，这些人全是兵痞出身，没读过什么书，身为治宪人员，带头扰民，真是挺可恨！”

瑞清一笑：“算了吧。他喝醉了——县长此来还有别的事儿？”

马县长喝口茶：“杨先生，这批货又齐了，你还得帮忙呀！——刚出了这事儿，我是真的说不出口！”

瑞清：“马县长，生意是生意，和这不是一回事儿。我更不会因为生气毁了合同。发货之后立刻通知我，也好让上海方面早准备！”

马县长忍着高兴，赞扬道：“好好好。这公是公，私是私，就该这样！可话又说回来，我家老四真不该买这书寓，你看看，他接过来了，人家那十二钗也走了。书寓成了空房子！”他摇头，“还是那句话——不读书是不行！鼠目寸光，没大出息！”

瑞清：“四爷买书寓，其实这是帮我忙。改日他到了上海，我要好好地谢他！”

事情谈妥，马县长站起来：“唉，我得回去。柳子帮灭了，大德通的案子也算结了。唉，我还得费神给上头呈文呀！”他拉着瑞清的手，“杨先生，咱啥不说了。等定下日子，我大摆酒宴，给你饯行！把周村的买卖家都叫上！”

瑞清：“周村没多少买卖了！”

3

新成安坐家中，太太在那边收拾行李。他点上烟：“尽量少带，别弄得和搬家似的！”

太太：“又不是出去住几天，往后咱就是青岛人了！”

新成：“早晚还得回来！”他一指，“孩子的衣裳最好少带！他们也都成了大人，到了青岛买新的！”

太太一扔包袱，过来坐下：“老爷，我周村生，周村长，地地道道周村人，论说临走心里该是依依不舍，可我，”她指着胸口，“一点都不贪恋！恨不能一步迈出去！”

新成：“我也是。”他看着太太，“唉，这些年咱亏了人家瑞清，咱这逃难还是亏了人家。将来咱在青岛改做颜料买卖，又是人家帮着。想起来——”他摇摇头，“我心里真愧！”

太太："当初那事儿？"

新成勇敢地看着她："今晚上，瑞清设宴给咱和崔表哥送行。他娘，我想借着酒劲给瑞清认个错儿，把当年放火的事儿给他说了！"

太太慢慢地摇头："别。千万别说！"

新成："为什么？"

太太："你不说，瑞清心里也知道。你要是明着说，就得逼着他明着恨。老爷，人家他爹可是死在这场里呀！"

新成："正因为这样，我更得说出来。他恨也好，不恨也好，总得认下这个罪过！"

太太苦苦一笑："老爷，那天我去看桂花，瑞清特别提到这一段儿。他不让你说！"

新成大诧："他咋说？"

太太："他说'不知道今日，才有那当初'——显然是指这事儿！老爷，还是免了吧！"

新成一叹到地："唉——和人家比起来，真是那天上地下！"

太太看看外边："老爷，你说这么着行不行——咱今夜里去给瑞清他爹上上坟，烧烧纸，烧烧香，念叨念叨，圆承圆承，心里也许踏实些！桓台也不远，套上骡车，下半夜就能回来。"

新成："只能这么办！"他无力地仰起脸，"唉，心里愧呀——"

这时，广兴高高兴兴地进来："表弟，票买了！"

新成让座："表哥，咱快走了，这一时里你想什么？"

广兴："想什么？想着人家的好处！表弟，咱已经掉在井里了，可瑞清又把咱捞上来！不遇上人家，现在咱咋办？"一指外面，"身陷这个乱局子，咱还不是壁虎子吃了烟油子——傻眼带麻爪？唉！这都是天意呀！表弟，不遇上人家，咱这辈子就是堆狗屎！"

4

新成、广兴两家逃难去青岛，第二天早上，瑞清稚琴前来送行。四胜与广兴在那边开玩笑，老婆孩子在这边。

新成拉着瑞清的手，一直不肯放开。

瑞清："到了青岛来电报，我也好放心。"

新成："好，好。你从小清河到了羊角沟，得让桂花歇两天。等定下去青岛的船，我到码头上去接你！咱好好说说话，把这些年的话都说了！"

火车驶进站来，慢慢地停下。

王太太拉着稚琴过来："瑞清，再多的感激在心里，表姐啥都不说了。俺在青岛炖下肉等着你这一家子！"

瑞清逗趣："听这个说法儿——你这个表弟还行？"

王太太："唉！你一闹腾，还是看着你没长大呀！"

稚琴："表姐，快上车吧。"

广兴过来告别，心激动，手颤抖，眼里含着泪："杨先生，啥都不说了，广兴谢了！"说着一躬到地。

瑞清赶紧扶住他："崔兄，立俊来电报，说那茶已经发出了，快去青岛接着忙吧！"

广兴抹着泪走向火车，可新成却还拉着瑞清的手。

瑞清："新成兄，咱又不是不见，快上车吧。"

新成点点头，慢慢松开瑞清手，看看天，低下头，突然跪倒："瑞清，新成在这里谢罪了！"

瑞清赶紧扶起他："新成兄，这又何必！"

车开了，人们相互招手。

车将驶出站台，新成却见瑞清还站在原地。他一闭眼，头向后仰去："兄弟呀——"

5

上海，立俊来到克利尔办公室，放下提包拿出单子："克利尔先生，新到的那一万匹绸子，已经运进了出口仓库。"

克利尔接过单子看："现在付款吗？"

立俊："随便！"

克利尔一笑，随手按铃。

秘书进来："总经理。"

克利尔递过单子："你去核对一下。"

立俊站起来："克利尔先生，我先回去了。如果方便，就请把款汇入我账！"

克利尔笑着点头。立俊问："你笑什么？"

克利尔摇头。

立俊向外走来，克利尔跟着送："瑞清什么时候回来？"

立俊："还等一阵子。桂花的病情还不稳定！"

克利尔："不是桂花的病，他是在等马家的货——国兴丝绸厂的生丝还没用完！"一歪头，"我说得对吗？"

立俊一笑："对了一半！"

克利尔："山东那么乱，可瑞清却是不乱，他的胆子真大！"

6

早上，瑞清向慢长棰乐器店走来，人之将去，依依不舍。他走得很慢，仔细看着一景一处，一砖一瓦。慢长棰乐器铺斜对面有个南纸店，瑞清站住看着门上的对子："瑞阁书画寻鹤梦，雅苑琴棋探剑门。"端详良久，叹喟着摇头。

孙掌柜看到了他："瑞清，看啥呢？"

瑞清走过来："我看那对子。写得真好，那么清幽闲雅！"

他俩进了屋。

瑞清笑笑："叔，我听说这批钹又做完了？"

孙掌柜："可不！我做完了你还不是没走！"他看看外头，"瑞清，我整天敲敲打打，马保国知道我是做的出口钹，这回他咋没征我的税呢？"

瑞清："我跟他说的！——他正用着我。"

孙掌柜："唉，瑞清，这些年亏了你呀。要不是有这钹，这些年还不干坐着？"

瑞清掏出张银票："叔，瑞清一去，可能三年二年的回不来，这是一千两银子。再到清明的时候去给俺爹上上坟，也给俺爹圆承圆承。拜托你老人家了！"

孙掌柜："扫墓上坟的事儿归我，把银子收起来——你啥时候走？"

瑞清想了想，又把银票装起来："我随时可能走。到时候，我兴许不能来给你老人家道别。叔也别怪我。"

孙掌柜："唉！好好的周村街，好好的旱码头——想想当初石头敲着锣满街喊，说你回来办电厂，就和昨天似的。唉，你看这阵子乱！——现在还有人吗？"

瑞清："剩下他自家他就踏实了！"

孙掌柜："我看着——这阵子你和马家走得挺近！"

瑞清："我和叔走得远，咱们倒还那样亲！"

孙掌柜："瑞清，你心眼多，就不能想个法子灭了这窝子？收税征捐咱都认，可他为啥打桂花？"

瑞清："不用咱，自然有人灭他。"

这时，四胜跑来："少东家，快回去，桂花的病又犯了！"

瑞清站起，回退一步，扑通跪倒磕头："叔，瑞清就此别了！"

7

上海来了两个大夫，加上高大夫，三人一块围着桂花急救。

稚琴焦急地在旁边，高大夫回身喊："杨太太，快搬个电扇来！"

四胜在门外听到，赶紧搬来电扇，又让林嫂送进去。稚琴接过来放好，想把电扇打开，手却抖得不听使唤——总也按不开。林嫂抢上一步，按开了电扇。她攥着稚琴的手惊问："小姐，你的手这么凉！"

稚琴："我心里怕。"

桂花躺在那里，嘴唇干焦，头上冒汗。

瑞清冲进来，稚琴抱着他往外拥。

高大夫过来轻声说："杨先生，你先出去。桂花相当危险，心率一百六！"

瑞清在原地呆着，两眼发直。

稚琴连哄带劝，扶着他来到院中。瑞清往椅子上一坐，像小孩子似的嘤嘤地哭了。

稚琴站着，揽着他的头哄也似的捋着："阿清，别难过，三个大夫都在这里，桂花不要紧。"

室内，一个女大夫打上针，另一个大夫监听桂花的心脏。

高大夫问："怎么样？"

大夫："心率还是快，而且有杂音！唉，这里没氧气，要是能够输上氧情况可能会好些！"

高大夫："何大夫，我会针灸，我给她针一下行吗？"

何大夫："针哪里？"

高大夫："内关！"

何大夫："试一下吧。快！"

高大夫从药箱里扒出针来，不及消毒，刺向桂花的手腕内侧，她躬着身，不停地醒针捻动。只见桂花的手一下接一下地抽搐，高大夫用另一只手按住。慢慢地，桂花的呼吸缓下来。

何大夫看着表听诊，她抬起头来说："心率降下来了！现在是一百二！"

高大夫长出一口气："天呀——"

瑞清还在院里抽泣。高大夫出来说："杨先生，好些了，心率下来了！"她转向林嫂，"这几天一直挺好，怎么会突然这么厉害？"

林嫂："这不说嘛！昨晚上还好好的。可能是做了个噩梦——我听她喊了一声，接着就犯了病！"

瑞清泪眼湿亮可怜巴巴地问："高大夫，她能好了吗？"

高大夫感其诚："能好。但不能刺激她。"

瑞清又问："她还能活几年？"

高大夫："何大夫说，如果治疗得当，休养得法，度过这一阵子就好了——会活很多年！"高大夫回过身去擦泪。

四胜瞪着眼："全是让那个贼羔子踹的！少东家，不能饶了他！"

瑞清似是没听见，无力地垂着头看地。

四胜蹲在他眼前劝："少东家，别难过，桂花年纪不大，能好了！"

瑞清没说什么，慢慢从衣袋里掏出个纸条："按这个地址发封电报！"

四胜接过来看："写啥？"

瑞清："一个半！"

8

中午，太阳正毒。赵师爷拿着毛巾来到金陵土耳其浴，石头起身迎："赵师爷，来了？"

赵师爷："来了。我说，你东家要去上海了，这澡堂子咋办？"

石头："俺东家说了，还是让俺看着，让俺靠这澡堂子吃饭！"

赵师爷感动："唉，你东家人品真不错。有这么个差使，吃穿也就不愁了！"说着要往里去。

石头扯住他问："赵师爷，那个警察局长在哪里？"

赵师爷一瞪眼："干啥？"

石头："俺想问问他为啥这么心狠！"

赵师爷感叹一声，晃动着头进去。

9

县衙对面阴墙下坐着个庄户，跟前是一篮子石榴。他不卖，只朝东边看。

县衙警卫过来问："干什么的？"

庄户："俺东家说是来给县长送礼，咋还不来呢！军爷，几点了？"

警卫："我也没表！"

庄户："该来了？"

警卫拿起个石榴："甜的酸的？"

庄户："甜的！"

警卫拿着就走，庄户跟上来："军爷，俺东家很仔细，多少石榴他有数，要是少了准得骂俺！"

警卫不在乎："没事儿，你东家来了我跟他说！"

庄户无奈，又回到原地蹲下。

10

赵师爷洗过澡，满面红光地出来。石头声音忽然高抬调门：“赵师爷，你还没给钱呢！”

他这猛一喊，把赵师爷吓一跳：“你想钱想疯了！”

石头拉住他：“赵师爷，俺指望着这吃饭呢！”

赵师爷：“不想干了？”

石头扯着不放：“反正不给钱不行！”

赵师爷不愿和他纠缠，掏出个铜板扔地上。那铜板跌落门台，跳到街上。石头追出来拾起，冲着他的背影喊：“赵师爷，有空再来呀！”

赵师爷哼一声，头也没回。

刚才石头一喊，那边墙边有个人站起。他戴着草帽，慢慢向前来。赵师爷走过来，这位迎上去，二人走成对面——赵师爷向左他往左，往右他往右，赵师爷问：“干什么？”

那人一挑草帽：“赵师爷，不认识我？”

赵师爷：“你是——”

草帽一扔：“柳子帮香磨李！”

赵师爷：“你想干什么？”

香磨李一扯前襟，露出双枪：“不用贴告示，我就在你跟前！不是拿我吗？好，我自家来了！”

赵师爷：“土匪！你想怎么样？”

香磨李：“怎么样？让你魂断周村街！”说罢，抽出双枪，脚尖点地向后跳退——江湖人称“倒踩莲”，双枪齐发，打得赵师爷转地晃，瘦眼瞪着，慢慢摔在街上。

枪一响，那边一个人翻身上马，右手另牵一匹，快速跑来，香磨李抓住缰绳翻身上去，立马街心，鸣枪大叫：“狗屁师爷是我杀的！我是柳子帮的香磨李！”

又放两枪，纵马直奔西门。

11

枪一响，县衙门前的那个庄户提着篮子过来：“爷，这街上不肃静，俺不等了，你把这石榴给老爷送进去吧。”

警卫横着枪准备迎战，没有注意他。那个庄户悄悄走进县衙。这时，另一个看到了，追上来拉住：“站住。把东西给我！”

庄户慢慢把篮子递给他——转身就跑。

警卫纳闷，低头再看篮子，正有股青烟洇出。他大叫“不好”，顺手把篮子扔出——正扔到县衙院中，轰的一声，篮子炸了。

硝烟散去，俩警卫一脸乌黑，只有那牙是白的。

马县长正拥夫人午睡，炸声忽来。马太太一声尖叫，用被子缠在头上。马县长一慌，跌落床下。他端着枪：“这是怎么了？”

没人回答他。

12

为了便于医治，桂花那床移至屋中央。瑞清在床前守着，稚琴从后面给她梳头。

桂花：“唉，我又活过来了。”

瑞清：“别说话，还是歇着。”

稚琴：“姐，现在你什么都别想，就想着大利。等你好些咱就走，到了上海一家人就团圆了！”

桂花：“我盼着。”

四胜一头大汗跑来，来到桂花屋前急刹住步子，慢慢进来。他看看桂花：“少东家，听见炸没？”

瑞清：“听见了！”

四胜：“县衙被炸了，狗屁师爷也死了，是香磨李干的！”

瑞清点点头，他温情地看着桂花：“出气了吗？”

桂花：“你让他干的？”

瑞清：“这样说也行，但我没让他干！——这个狗屁师爷乱贴告示，一心剿灭柳子帮，你想想，香磨李能让他剿？”他一笑，“桂花，他死了，咱还活着，也算出气了——我早看这小子不顺眼，为了灭了这舅子，我给了香磨李两支新枪！”

桂花：“啊？这是勾结土匪呀！”

瑞清：“你弄错了。香磨李没抢咱，是马保国抢！他才是土匪呢！”

四胜一拍胸膛：“这些全都亏了我！那枪是我给他送去的。桂花，抓紧好，好了你请客！”

13

赵师爷被杀，县衙被炸，马县长心气全无。他坐在椅子上看着院子：“唉，真乱起来了！”

马太太也害怕：“老爷，柳子帮不会再来吧？”

马县长：“谁知道，这种事儿咱也没经过！”

马太太：“老赵就这么埋了？咋对他家里说？”

马县长一听赵师爷当场来气：“咋说？就说让土匪打死了。哼！这些麻烦全是他惹的！”

马太太：“哼，老四倒是清心，逛济南，吃馆子，他倒自在！咱却在这里提心吊胆！”

马县长：“唉，别说这些了。多一事不如少一事！——他要整天在这里胡晃悠，你想想，杨瑞清看着不生气？——当年他为了桂花，差点把崔广兴拾掇死！”

马太太：“杨瑞清这就不气了？”

马县长：“老四不在周村，杨瑞清就看不见——眼不见心不烦，起码能好点儿！”

马太太：“咱下一步咋办？”

马县长长叹：“唉，我也在想呀。想来想去，这做官就是为了挣钱，现在咱有钱了，这官也没必要做了！”

马太太：“不做官，”她向外指，“咱这些买卖咋办？”

马县长：“这都没事儿。咱虽然不做官了，但官场咱还是通着，没人敢把咱怎么样。”他想了想，“我想把这批货交了，让杨瑞清一块把钱汇到济宁。登报请厂长，咱随后就辞官还乡，回去享清福！”

马太太一撇嘴：“老四第一个不愿意！”

马县长：“不管他。咱走了，让他在这里闹吧！闹下天来咱也不管！”他对兄弟很不满，“根本不分个轻重缓急。杨瑞清能惹吗？书寓咋就那么好？乡巴佬！”

说着站起来，马太太问：“你去哪？”

马县长：“我去找杨瑞清。唉，还得把这批货交了呀！——八千匹绸子，不少钱哪！”

太太给他拿过衣服，帮他穿好：“天这么黑，明天吧。”

马县长：“不要紧，我带上两个兵——我想好了，此处不宜恋栈，咱交下这批货立刻走，越快越好！”

14

秋至浦江，天高云远。

立俊的汽车在联华洋行门口停下。他下车之后点上烟，回身看看江面，这才慢慢走上去。

克利尔在打电话，笑着示意立俊坐下。

立俊脱去风衣。

克利尔放下电话问：“喝什么？”

立俊：“咖啡吧。”

克利尔按了两下铃。

立俊：“货又到了。”

克利尔一笑：“噢？这姓马的真能干！多少？”

立俊：“八千匹。”

克利尔点头：“好，什么时候验货？”

立俊：“明天早上可以吗？”他夹着烟冲克利尔笑着，“克利尔先生，我想等货一入仓，你就把款子给我，可以吗？”

克利尔："这么急？"

立俊："是，想给山东姓马的汇去。"

克利尔狡黠地笑着："我估计瑞清快回来了！"

立俊："噢？"

克利尔："不是吗？"

立俊："猜的？"

克利尔："算的！"

立俊："是这样。桂花的小楼盖好了，他们该回来了！"

克利尔今天心情很好，站起来在屋里走动："周村开埠，瑞清去了这旱码头，这些年，"一停，笑着问，"是赔了还是赚了？"

立俊："很难说。总的来说是有收获！"

克利尔："他回到上海之后，还开工厂吗？"

立俊："现在的气氛不适合长期投资。"他的脸忽然冷下来，"倒是适合走私！"

克利尔挑起大指："精明！生意人就该这样！——乱有乱的干法，你说得对，眼下的情况最适合走私！中国已经失去了秩序，也没人关心关税了！"说完哈哈大笑，随后又补一句，"我敢说，走私是瑞清的主意！"

立俊点下头，承认他的推论。

克利尔看着立俊笑，还不停地摇头。

立俊问："你笑什么？笑我们俩离开你？"

克利尔还是摇头。

立俊："那是什么？"

克利尔："明天八千匹绸子一入仓库，你和瑞清就发财了！"

立俊忍着笑问："你怎么知道？"

克利尔："我估计，你不会把款子汇给姓马的！"

立俊笑笑："这是那些股东们的心血，董事长仅是代表大家讨回公道！"

克利尔歪着头："你们两家有合同，你不怕他起诉你？"

立俊拿过包，从里面抽出合同："你是指这份？"说着递给克利尔。

克利尔接过来看看，点点头，又笑着递还。

立俊接过合同："合同是秩序的产物，秩序都没有了，合同也就失效了。"说着把那合同慢慢撕开，又慢慢撕碎。

克利尔先是震惊，继而哈哈大笑。

立俊站起来："好，明天见，克利尔先生，咱俩的合同还有效！——不列颠帝国还没倒呢！"

克利尔扶着他的背往外送，十分亲切，一直送到外面平台。他看着江面，有感而发："对待好人，就应当是天使。"他回脸看着立俊，"对待恶人，就应当是魔鬼！你和瑞清做得对！——对待姓马的就应当这样！"

立俊一笑，快步走下去。

克利尔还站在平台上，立俊在车前向他招手。

汽车开走了，克利尔自语："一旦没有了秩序，也就失去了约束。太可怕了——"

15

秋天的大明湖景色别样，荷叶半残不残，柳树半凋不凋，天净湖清，水鸟低翔。

马老四和刘局长坐在沧浪亭上喝茶。

刘局长问："姓杨的还没走？"

马老四："快走了。前天我回去，听说把船都租好了！"

刘局长："快滚吧，他滚了咱好回周村——还得逛书寓哪！"

马老四不满："书寓书寓，咱这一闹，十二钗也走了，姑娘们也散了，咱只弄俩空院子！——老刘，现在想想，这事儿办得不对。"手一摊，"咱什么没捞着，倒是得罪了杨瑞清！唉，那一时里我也不知咋了——真是昏了头！"

刘局长："没事儿。卖儿卖女的满街是！等咱回去，拣着好的买些来，一阵子就能红火了！"

马老四："唉，那些人浑身虱子一身疮，没劲！哪有十二钗的风致！"他说完，就见一个年轻人走来，他穿着风衣，戴着礼帽，不紧不慢。

年轻人越走越近，马老四再看，忽然认出是小张，惊得一腚坐地上。

刘局长一惊："怎么了？四爷。"说着回过头。

小张把枪顶在他额上："姓刘的，再去踹桂花呀？"

刘局长害怕："不敢了，不敢了，英雄，这是他让干的！"

马老四撒腿就跑，小张一笑，抬手一枪，马老四捂着小腿坐倒。

小张问："是想一枪死还是两枪死？"

刘局长惊恐万状："我不想死。英雄，我——"

小张一笑，枪响了，刘局长向后摔去。小张边骂边打，又是十几枪。

刘局长在地上踏实了。

马老四在地上爬跑，小张过来，踩住他的伤腿，疼得马老四尖叫："疼死我了——"

小张和气地问："你想残到什么程度？"

马老四："兄弟，我把书寓还给你，我不想残！"

小张："还是残了好。残了你就不闹腾了！"

说着，小张左一枪，右一枪，打在马老四腿上。然后枪口慢慢上抬，瞄向他的头。他不急于开枪，笑着在欣赏马老四的惊恐之相。

马老四坐着回退，鼻涕泪水弄一脸。

小张又把枪挪下来，左右各一，打穿他的肩窝："马老四，这就是报应！——下半辈子爬着活吧！"他收起枪，"回去告诉你哥，不要乱跑！省我四处追杀！"

说罢，装起枪来，一带风衣的领子，潇洒而去。

马老四张口高喊："这里一个人没有，我可咋办呀——"

老茶坊从亭子间里出来："你咋办我不管，先把茶钱交上！"

16

早上，马县长正在吃饭，忽听前面喊："督军专使到——"

马太太不满："又来要银子！"

马县长赶紧出迎，史营长一脸严肃，阔步进来。他身后还跟着个人——孟掌柜的。

马县长一惊："史营长，他来干什么？"

史营长不看老马，展开督军手谕念道："马保国作乱市镇，私募税捐，霸占工商财产，勾结土匪抢劫银号，民愤极大。自今日起革职法办！并籍没周村济宁之所有家产！"史营长一招手，"来呀！把马保国拿下！"

几个士兵上来把他摁倒。

马保国大叫："抢银号是为督军集款，我冤枉！"

一块毛巾塞进嘴里，高喊变成支吾。

孟掌柜过来，扭住他的耳朵："小子，想到这一天了吗？"

马太太张着手冲出来："俺老爷啥都没干！"

史营长把她抱在怀里："娘子，别急。他倒了还有我呢！我就是下一任县长！"

17

第二天早上，孙掌柜拿着锣棰出来，高高举起，狠狠砸下。那锣虽是响了，但也劈了。

孙掌柜看着锣纳闷自语："难道不让开张？"

这时，吃才从那边跑来："掌柜的，杨先生走了！"

孙掌柜一愣："啥时候？"

吃才回身指："就这！我看得真真的，一伙人抬着桂花去了小清河码头，还有孟掌柜的！"

孙掌柜一扔锣棰："走！咱去送送。"

小清河码头上，瑞清与孟掌柜握手含泪告别。

四五个穿西装的青年把桂花的担架抬上船，瘦茭白四胜还有大夫一旁护着。

孙掌柜跑来："慢着，瑞清，叔来了——"

瑞清和孟掌柜一起朝前迎去。

辛丑条约签订之后，巨额赔款致使中国农业急速破产，大批的地主士绅弃地撂荒，涌入城市，延续两千多年的封建体制随之出现解体迹象。在内外两种势力的共同作用下，中国工商业趁机快速地畸形发育。继而，北洋军阀窃国妄为，对工商业进行野蛮的掠夺绞杀压榨，本就畸形的萌芽就这样惨叫着死在襁褓之中。这个故事仅是那个时代已渐朦胧的缩影。周村，这个繁华二百余年的旱码头也就此衰弱，最终没能发育成大型城市!

船走了。

瑞清站立船头，向远岸上的人们招手。

四胜问："少东家，咱的买卖就这么散了？"

瑞清姿态依旧，并未作答。

四胜："少东家，咱这国就这么乱下去？"

瑞清摇摇头。

四胜："咱这国能像那英国美国那样强大不？"

瑞清回头："能！"

四胜："噢？你也说说，我也好有个盼头儿，心里也宽绰宽绰！"

瑞清苦笑着回过脸："唉，这话我和稚琴说过，中国之所以落后，是因为关上大门朝天过，是那些不知天高地厚的烂皇上不肯与世界交流。"他昂起头，瞩望着远方，"总有一天中国得出个明白人，这个人不用干别的，只要把中国引领进世界的潮流里，和世界融会为一体。"他深吸一口气，"用不了多少年，中国就会相当强大！"

这时，稚琴来到他身侧，瑞清扶住她的背："琴，你信吗？"

稚琴点头："我信。"

河水那么平静，小火轮吐着作别的灰烟，画出离去的轨迹。

近处是水，远处是天，小火轮无声地向前行驶——

驶向水天相接处，那边，彩霞满天!

后 记

我把《后记》看成是和读者拉家常，是向读者汇报我近期的情况，那种心态好比穿着随心的衣服和家人说话，不拘形式，很是惬意。

《大染坊》播出后，淄博市委并周村区委真诚来邀，我便与总策划张宏森先生、制片人晋亮先生一同回到了故乡。乡音乡情，令人感动。周村自古就是闻名遐迩的旱码头，宏森先生灵机一动，随即有此策划。回京之后与央视国际总公司高总建民先生、张师鲁杰先生再谋，《旱码头》就此萌生，我也开始奉命写作。

《旱码头》与《大染坊》一样，也是先有剧本后有小说，或者说是同时产生——我写的剧本实际就是能拍摄的小说，好比机动农用三轮车，既可以在田间运土拉肥，也可以进城扰乱交通，是多用途的。稿成之后，深得我国前辈文艺家李准先生指导肯定，从而信心大增。于是按照李先生之要求，稍事修改，即交山东电影电视剧中心实作，又得王兄汉平、赵师冬苓、李师久红、唐导敬睿、马兄朋昌及刘强诸君鼎助，感铭之情，一言便俗。

我之写作，引文全凭记忆。之所以如此有恃无恐，盖因身后友人镇守——栾师贵明先生、田奕女士再次费心勘正，并有批注提示，得益良深。

在周村采访采风期间，得到了淄博市委书记张建国、市长刘慧晏、副书记岳长志，周村区委书记陈勇、区长丛锡刚，及李家玉、丁秀霞、孙方之、李国经、郭济生、张刚诸先生的大力协助，于此一并致谢。另外还要鸣谢我的助手并同事张宗苗、刘凯、刁志强、任翔、张炳栋诸君。一人引车卖浆，众人助之，得以兜售。

《大染坊》我写了四十天，《旱码头》我写了五十天。我每分钟连想带打八十个字，相当于寻呼台小姐的水平，猛一看是快手。但大家不知道，在这两部中间还有部《大磨坊》——我写了两年，到现在还没弄利索。也正是这部剧使我积劳成疾，到写作《旱码头》时已是相当难受，一俟交稿，立刻准备进行胃部手术。但当时山东省立医院没有床位，于是打电话向我挚友，资深影视人士晋亮先生求助。他一听我病，十分着急，随之联络北京解放军总医院，第二天下午便随我一同驱车北上。我的挚友兼影视类写作之导师张君宏森先生正准备随中国电影代表团出访美洲，闻讯之后，推掉极为重要的晤谈，星火而来，一同商量求医计划。经我国多位著名专家会诊，认为我之疾病不宜立刻手术，建议采用保守方式暂作缓解，待机再图。七日之后，回到济南。在京期间，除影视界朋友前来看望而外，我原供职的泛亚国际传媒机构CEO姜强先生、COO巩岩先生及诸多同事结队而至，鲜花满室，我忽然觉得自己不是坏人。

我入院治疗后，济南市委宣传部部长王良、副部长李图滨、文艺处长贺文奎，及其他领导不仅亲自与院方接洽，询问治疗情况，同时还提供诸多资助与帮助。于此深表谢忱！

我初卧病榻，但觉人生可爱，友情弥珍。我最初供职之济南邮区中心局之陈建光、邓炳义、肖辉乔、耿建新诸位局长多次问及治疗情况，并给予了最大限度的支持。我原是一个火车邮件押运员，四个同事为一组，押运着邮件走过长城内外，塞北江南。火车在朝阳或夜色里疾驰——多少次在梦里闻到江浙的花香，多少次抬起头看见松辽的月亮。岁月如歌，总是难忘。我十六岁参加工作，所以与我同时从业的同事多已退休，闻我生病，相约前来。我看着那些老哥哥已无光华的面容和渐渐佝偻的身躯，多少次掉下泪来。天若假我以年寿，我将加倍报答所有让我感动的人！

《大染坊》出版后，盗版蜂起，多达数百万册。山东相邻某省的一个县中就有九家盗版。但我并无怨言，亦无追究之念。因为售卖盗版书者多为下岗工人或其他弱势群体，我能为他们的生活帮一点小忙，自认为是广结善缘，心下甚安。但此次不同了——这有可能是我最后的著作，是我身后妻儿的衣食学费。于此我哀求盗版从业者放我一马，就是非盗不可，最好也能晚几天，就算可怜我吧。更盼广大读者同情我之境遇，拒绝盗版，陈杰在此谢过了！

在北京就医期间，栾师贵明先生及田奕小姐就发现我行迹不轨，遮遮掩掩，推断我有事相瞒。但没想到我生病。不久二位师友去港参加国际汉学会议，其间知我病情。会议甫毕，便火速来到济南。执手泪眼，无语凝噎！回京后，又向九五高寿的杨绛先生汇报我之病情，老人家亦很着急，来函慰问，鼓励我与疾病斗争。我一脸热泪，只是不知怎样回复！

二十世纪一共有三个哲学命题，其中之一是“偶然修正必然”——因孩子留学川资不足，偶然写作，偶然遇到了张宏森先生，于是宏森先生指导我写出了《大染坊》，一时之间，虚名鹊起，稿约如云。不仅解决了学费，还发现了自己一项新技能，同时也由职业经理人员变成了写手。我从未走过运，偶然遇到宏森君，这才走了一回运，可谓不虚此生！像宏森这样的人物，遇见一次就能走运，同样，庸医遇见一回就能没了命！我年轻时就喜涉佛学，还对名相用过功——一个缘字道尽人间万般际遇。同时我也精通各种巫术，并以善相自居。尽管有如此强大的预警系统，仍然防不胜防，这是为什么？

这就是形而上主题——命运！

当此之遇，我把爱献给我的观众和读者，然后让心中充满阳光，真诚地赞美上帝与老天爷！

陈杰恭记于我佛喜楼·济南之春·2006